Für meine Tochter Solveigh

Über die Autorin

Cornelia Mohrmann besaß bereits als Kind nicht nur eine blühende Fantasie, sondern auch neben Freude am kreativen Schreiben eine gewisse Ausdauer. Ihren ersten umfangreichen historischen Roman – der übrigens ebenfalls im Frankreich des 17. Jahrhunderts angesiedelt war – verfasste sie mit sechzehn Jahren, sah jedoch von einer Veröffentlichung ab. Als aktive Musikerin wurde ihr Interesse für die Epoche des französischen Absolutismus geweckt und verstärkt durch die Lektüre einer Fülle von historischen Romanen sowie durch Reisen zu den barocken Königsschlössern in der Pariser Region. Dabei fiel ihr auf, dass die Bildenden Künste unter der Herrschaft von Ludwig XIV. im kulturell ansonsten blühenden Frankreich erstaunlich wenig Beachtung gefunden und entsprechend wenig Hochrangiges aufzuweisen hatten. Eine Idee wuchs heran: Wie könnte die Geschichte der französischen Malerei ausgesehen haben, wenn um die Mitte des 17. Jahrhunderts ein wirkliches Genie dort gewirkt und Einfluss genommen hätte? Und um wie viel reizvoller wäre dieses Genie, wenn es kein Maler, sondern eine energische, intelligente, attraktive und lebenslustige Frau gewesen wäre? Einen Roman in diesem Milieu anzusiedeln, ist für eine Autorin verlockend genug: blühende, zum Teil verschwenderische Kultur, komplexe höfische Intrigen, schillernde Personenstaffage. Eine historische Künstlerkarriere entwerfen, die zugleich eine Beziehungs- und Liebesgeschichte beinhaltet und unterhaltsame Einblicke in die Kultur- und Sittengeschichte des französischen Absolutismus gewähren kann, dies war und ist der Autorin ein Anliegen.

Cornelia Mohrmann lebt mit ihren Kindern seit 2007 in Rheinhessen, wo sie sich sehr wohl fühlt und als Ärztin arbeitet. „Ich malte die Sonne – Teil 1: Die Berufung" ist ihr erster Roman.

„Nun auch erscheint ihm Daphne reizend: es entblößte der Wind ihre Glieder; im Gegenwind flatterte ihr Gewand, ein sanfter Hauch erfasste ihre Locken und wehte sie rückwärts. Ja, verschönt wird sie noch durch die Flucht!

Doch der junge Gott erträgt es nicht mehr, seine süßen Worte zu vergeuden. Von Amor selbst getrieben, folgt er ihrer Spur mit geflügelten Schritten ...“

(Aus: Ovid: „Metamorphosen“, Erstes Buch „Apollo und Daphne“ – Übers.: August v. Rode; Artemis Verlag/Zürich und München)

Zum Geleit

Ein historischer Roman kann zu einer schriftstellerischen Zerreißprobe gedeihen, sofern man dem Perfektionismus Vorrang vor der Notwendigkeit von Kompromissen gibt. Was ist wichtiger, was ist mehr zu respektieren – größtmögliche Authentizität und exakte Recherche oder der Fluss einer logischen und lebendigen Handlung gepaart mit dem Charme von Zeit- und Lokalkolorit?

Ich habe mich bei der Kompromissfindung letztendlich meinem Hauptmotiv gebeugt: eine fiktive Handlung vor einem realen historischen Hintergrund so voranzutreiben, dass sie in sich abgerundet und schlüssig erscheint. Soweit möglich und sinnvoll habe ich die darin vorkommenden Fakten des Zeitgeschehens authentisch behandelt und eingewoben. Wo dies nicht möglich war, musste ich abwandeln oder unerwähnt lassen. Dies betrifft sowohl Lebensdaten von Handelnden als auch Szenarien, Gebäude und Beziehungen der Personen untereinander. Das Zeitalter des Absolutismus im 17. Jahrhundert, vor allem in Frankreich, ist eine historische Epoche, für die eine Fülle von belegbaren Quellen, Zeugnissen und Dokumenten existiert – der künstlerischen Fantasie in dieser Menge von Fakten angemessenen Raum freizumachen, bedarf einiger Erklärungen und Richtigstellungen: Das *Heidelberger Schloss* sowie dessen *Schlosspark* wurden nach umfassenden Zerstörungen im Dreißigjährigen Krieg unter dem restaurierten *Kurfürsten Karl I. Ludwig von der Pfalz zu Rhein* unter beträchtlichen Opfern wieder aufgebaut respektive erneuert. Der Kurfürst war ebenfalls federführend für den Wiederaufbau der *Universität*, die bereits damals über eine renommierte *Medizinische Fakultät* verfügte. Das *Nosocomium* war ein ehemaliges Krankenspital, an dem die ab dem 17. Jahrhundert für die medizinische Grundlagenforschung unerlässliche Vergleichende Anatomie ausgeführt und auch gelehrt wurde. Ob es während der Jahre 1655 – 1665 allerdings freie Vorlesungen in Anatomie gegeben hat, lässt sich nicht ohne Weiteres belegen; andererseits war dies sowohl an der Sorbonne als auch an den Universitäten zu Bologna und Prag durchaus üblich. Karl I. Ludwig, der im Jahr 1680 während einer Reise friedlich und ohne vorangegangenes Siechtum in einem Sessel unter einem Nussbaum verstorben ist, musste es nicht mehr miterleben, dass die Truppen des mit ihm seit 1671 verschwägerten König *Louis XIV.* von 1685-89 im *Pfälzer Erbfolgekrieg* brandschatzend, mordend und zerstörend durch die wiederaufgebaute Pfalz zogen, nachdem sein einziger erbberechtigter Sohn Karl II. Ludwig 1685 kinderlos verstorben war.

Zur religiösen Situation in der Pfalz: Die Pfalz war über Bucerius und das Elsass (das erst 1689 Frankreich zugesprochen worden war) calvinistisch reformiert. Zu den vertraglichen Bedingungen der Restauration von Karl I. Ludwigs Kurwürde gehörte jedoch das *Heidelberger*

Toleranzedikt, nachdem auch Lutheranern und Katholiken in der Kurpfalz Religionsfreiheit zugebilligt wurde. *Paris* war bereits Mitte des 17. Jahrhundert eine Stadt mit mehr als fünfhunderttausend Einwohnern – und damit mit den üblichen infrastrukturellen, hygienischen und kriminellen Problemen, mit denen größere Ansiedlungen in Europa bis weit in die Neuzeit hinein zu kämpfen hatten. Zu einer für damalige Verhältnisse modernen und vorbildlich organisierten und verwalteten Kommune wurde Paris hauptsächlich durch die Tatkraft und Umsicht eines einzelnen Mannes, der im Jahr 1667 auf persönliches Betreiben Louis' XIV. auf den neu geschaffenen und vor allen Dingen direkt dem König unterstellten Posten des Generalleutnants der Pariser Polizei berufen worden war: *Gabriel-Nicolas de La Reynie* (1625-1709). Der aus einer eher ärmlichen, amtsadeligen Familie stammende Jurist war zuvor Richter in Bordeaux gewesen; mit nicht unerheblichen Mitteln durch die Krone ausgestattet, gestaltete er im *Châtelet*, der Pariser Polizeizentrale, eine richtungsweisende Polizeiarbeit, die nicht nur die öffentliche Sicherheit verbesserte und neuartige Methoden der Kriminalistik einführte, sondern erstmals seit dem antiken Rom Verkehrsregeln einführte: sowohl das Einbahnstraßensystem als auch das Einrichten von Parkplätzen waren Erfindungen de La Reynies – der in seinem Privatleben als belesener und bibliophiler Altphilologe und als charakterlich überaus integrer Mann galt.

Zur Wohnsituation der königlichen Familie: Erst im Jahr 1682, nach Beendigung der letzten und umfangreichsten Phase des Um- und Ausbaus von Versailles – das in den 1630ern als bescheidenes und vor allem diskret abseits von Pais gelegenes Jagdschloss seines Vaters Louis XIII. mit gerade einmal 26 bewohnbaren Zimmern errichtet worden war – bestimmte Louis XIV. das Schloss von Versailles per Edikt zur ständigen Residenz des Königshofs. Bis dahin praktizierte sowohl die königliche Familie als auch die Familie des Herzogs von Orléans (dieser Titel gebührte dem nächstjüngeren Bruder des Königs) einen ständigen, zum Teil saisonal bedingten Wechsel zwischen diversen Schlössern. Louis XIV. (1638-1715) war im Schloss von St-Germain-en-Laye geboren worden. Während seiner Kindheit und frühen Jugend, die von politischen Unruhen geprägt worden und zuletzt von der aus Adelskreisen angezettelten Revolte der Fronde (1650-1653) erschüttert worden war, hielt er sich wie alle französischen Könige vor ihm bevorzugt in Paris im Louvre und dem (heute nicht mehr existenten) Tuilerienpalast auf. Traumatisiert durch die Fronde, verlegte er seine Residenz zunächst wieder nach St. Germain-en-Laye, ehe er nach dem Tod seiner Mutter Anna von Österreich im Jahr 1666 den Ausbau des Versailler Jagdschlosses zur Residenz forcierte. Ins Jahr 1666 fiel auch Louis' letzte offizielle Übernachtung in Paris; von diesem Zeitpunkt ab hielt er sich nur noch stundenweise in der von ihm gehassten Hauptstadt auf. Die zeitweilige Verlagerung von Hofhaltungen diente nicht nur saisonalen Besonderheiten – wie zum Beispiel der Aufenthalt im Schloss Fontainebleau zur Jagd im Oktober – sondern war in der Regel schlichtweg hygienischen Gründen geschuldet: Zum ständigen Hofstaat Louis' XIV. zählten bereits Mitte der 1660er Jahre eintausendzweihundert Personen; der Hofstaat von Königin *Marie Thérèse* umfasste etwa 800 Mitglieder; hinzu kamen noch zahlreiche Adelsfamilien, die durch die Annahme königlicher Pensionen zur Anwesenheit in der Nähe des Königs verpflichtet waren. Bedenkt man die heutzutage unvorstellbare Tatsache, dass in den Schlössern weder fließendes Wasser noch in ausreichender Anzahl und vor allem funktionierende sanitäre Anlagen, inklusive Anschluss an eine Kanalisation, existierten, dass sich Infektionskrankheiten unter den Höflingen und vor allem deren Kindern fast schneller verbreiten konnten als in Armenvierteln, so war der regelmäßige „Tapetenwechsel" die einzige wirksame Maßnahme, diese Zustände von Zeit zu Zeit hinter sich lassen – und die „verwohnten" Paläste zwischenzeitlich reinigen und auf Vordermann bringen zu können. Diese Umzüge waren eine wahre logistische Meisterleistung: Man nahm nicht nur seine persönlichen Gegenstände wie Garderobe, Bücher, Accessoires und z.B. Musikinstrumente mit, sondern darüber hinaus die wichtigsten Kunstgegenstände und den gesamten Hausrat bis hin zu den Möbeln. Belassen wurden lediglich die Betten. Zogen die Hofstaaten des Königs und der Königin bis 1682 zwischen St. Germain-en-Laye, Versailles und Fontainebleau hin und her, so wechselten sein Bruder Philippe I. von Orléans (1640-1701) und dessen Familie zwischen dem in Paris liegenden Palais Royal (ab 1660) im Winter und dem an der Seine bei Sèvres liegenden Palais von St. Cloud (im Jahr 1870/71 durch die königlich-preußische Artillerie zerstört) im Sommer. Ferner besaß der mit „Monsieur" betitelte Herzog von Orléans ausgedehnte Appartements im Südflügel von Versailles. Ferner gab (und gibt) es noch das Palais Luxembourg (mit dem angehängten Palais Brion) – vormals Palais Cardinal. Dieses durch Richelieu erbaute Pariser Stadtschloss, das erstaunlich solide, modern und vor allem komfortabel errichtet war, wurde bis zu ihrem Tod durch die Herzogin von Montpensier bewohnt, genannt die „Grande Mademoiselle", eine unermesslich vermögende und vor allem einflussreiche Cousine Louis'.

Über Malerei im Frankreich des 17. Jahrhunderts: Malerinnen, die sich anerkanntermaßen ihren Lebensunterhalt verdienen konnten, sind seit dem 16. Jahrhundert immer wieder erwähnt und zum Teil sehr bekannt geworden – in der Regel handelte es sich um die Töchter etablierter Maler, die von ihren Vätern eine fundierte Ausbildung erhalten hatten. Berühmte Beispiele sind Sofonisba Anguissola, älteste von fünf zu Malerinnen ausgebildeten Schwestern, die es zur Hofmalerin Philipps II.

von Spanien brachte, und die zeit ihres Lebens unabhängige Artemisia Gentileschi, eine glühende Verehrerin von Cavaraggio, deren Leben von Dramen überschattet war, obwohl sie zuletzt in Rom außerordentliche Erfolge feierte. Auch die *Académie royale de Peinture et Sculpure* stand in Frankreich von ihrer Gründung an offen für die Aufnahme weiblicher Mitglieder – wobei Frankreich bis auf die beide nach Italien ausgewanderten Erzrivalen Claude Lorrain und Nicolas Poussin sowie den auf Geheiß *Louis' XIII.* nach Paris zurückgekehrten Simon Vouet im 17. Jahrhundert keine Maler von internationaler Bedeutung hervorgebracht hatte. Gegründet wurde die königliche Akademie für Malerei und Bildhauerei im Jahr 1648 – ursprünglich zum Schutz der Hofmaler gegen die rund zweihundert Jahre ältere und vor allem durch Kunsthandel wohlhabende Lukasgilde, im Grunde jedoch ein weiterer Mosaikstein absolutistischen Hegemonialanspruchs gerade in kulturellen Belangen. Nur wer Mitglied der Akademie war, durfte überhaupt Mitglieder der königlichen Familie abbilden. Im für meinen Roman so entscheidenden Jahr 1669 umfasste die Akademie fünfundachtzig *Officiels,* also stimmberechtigte Mitglieder, die über die Aufnahme neuer Mitglieder und proporzgemäß über Stipendien und Preisgelder zu bestimmen hatten. Exklusiver war der innere Zirkel der *Anciens,* also eine Art Ältestenrat, dem stets nur achtzehn *Officiels* angehörten – ursprünglich die ersten Gründungsmitglieder von 1648. Nachgerückt wurde nach Tod oder Ausscheiden eines *Anciens* nach dem Senioritätsprinzip. Zu den wichtigsten Einnahmequellen der Akademie gehörten die Studenten – *étudiants* – die gemäß Satzung jeweils in Grund- und Aufbaukursen in den Fächern Anatomie, Perspektive und Aktzeichnen ausgebildet wurden.

Die Akademie stand auch für weibliche Studenten – wobei diese aus „sittlichen" Gründen à priori von den Aktzeichenkursen ausgeschlossen waren – als Kandidaten für die Aufnahme offen. Allerdings waren weibliche Mitglieder – *académiciennes* – zu keinem Zeitpunkt stimmberechtigt, durften jedoch unterrichten, Kunsthandel treiben und an den alle zwei Jahre stattfindenden Salon-Ausstellungen teilnehmen. Immerhin nahm die Akademie innerhalb von einhundertfünfzig Jahren bis zu ihrer Schließung 1793 insgesamt vierzehn Malerinnen auf, darunter kunsthistorisch bedeutsame wie *Elisabeth Sophie Chéron* im Jahr 1672, sowie im 18. Jahrhundert *Rosalba Carriera* und *Louise Vigée-Lebrun.* Letztere wurde intensiv von Königin Marie Antoinette protegiert.

Die Akademie stand von Anfang an anders als die Lukasgilde auch Malern offen, die keine Franzosen waren. Bis 1685 war die Aufnahme des Malers auch nicht an dessen Konfession gebunden.

Schirmherr und Vorsitzender war der auch für kulturelle Belange zuständige Oberkontrolleur der königlichen Finanzen, Minister *Jean-Baptiste Colbert.* Rektor und Präsident war in der für meinen Roman relevanten Phase *Charles Le Brun,* den Louis XIV. zusammen mit André le Notre und Louis Le Vau nach dem vorgeschobenen Korruptionsskandal um Nicolas Fouquet für den Ausbau Versailles' verpflichtet hatte. Le Brun war als Maler gut ausgebildet – nämlich in der Werkstatt von Simon Vouet in den Tuilerien – doch weitaus mehr brillierte er als Leiter der königlichen Teppich- und Gobelinmanufaktur in Aubusson und in einem Metier, das man heutzutage mit „Design" betiteln würde. Als Leiter der Akademie bewies er außerordentliches strategisch-taktisches Geschick, vor allem hinsichtlich der Dauerfehde mit der Lukasgilde. Nach dem Tod Colberts im Jahr 1683 unter dessen Nachfolger Louvois d.J. begann seine Bedeutung rasch zu sinken, zumal er sich mit Hardouin-Mansart, der Le Vau als königlicher Oberbaumeister folgte, während der entscheidenden Ausbauphase von Versailles (1678 – 1682) überworfen hatte.

In der für meine Erzählung entscheidenden Zeit war die Akademie im Palais Brion, einem Seitenbau des Palais Luxembourg untergebracht (genauer zwischen 1668 und 1676), was einer gewissen Pikanterie nicht entbehrt: die „Vorbewohnerin" dieses kleinen, diskret gelegenen und vor allem leicht zu erreichenden Palais war von 1665 – 1668 Louise de La Vallière gewesen, Louis' XIV. erste amtliche *Maitresse en titre*. Ihrer beider jüngsten Kinder sind dort geboren worden.

Kulturhistorische Besonderheiten habe ich einige in meinem Text erwähnt. So wird für meine fiktive Heldin *Daphne von Owen* (sprich übrigens: *Auen* – nach dem bis heute geführten und aus dem Mittelhochdeutschen stammenden Ortsnamen Owen unter Teck im Württembergischen) in Frankreich recht unterschiedlich tituliert. In der frühen Neuzeit ging man mit unverständlichen fremdsprachlichen Eigennamen für unsere heutigen Begriffe teilweise relativ radikal der eigen Phonetik anpassend um (im Amerikanischen übrigens immer noch Usus!). So wird *von Owen* wiederholt umgemünzt zu *d'Owen* oder gar *d' Ovène.*

Das Tennisspiel, damals als *jeu de paume* bezeichnet, dem Daphne und ihr französischer Geliebter *Armand de Rossignac* gerne frönen, war im Frankreich des 17. Jahrhunderts eine ungemein populäre Sportart. Ursprünglich, also im 15. Jahrhundert aus Italien stammend, wurde es höchstwahrscheinlich von Höflingen von Catarina de Medici eingeführt. Die heute noch geltenden Grundregeln und die Zählweise (nach den Denier-Münzen) stammen aus dieser Zeit. Der mit Darmsaiten bespannte Schläger wurde erst im 16. Jahrhundert eingeführt, ebenso die Spielweise über ein Netz. Ballhäuser, die das Spielen sowohl geschützt vor Wind und Wetter als auch sich anschließende Geselligkeit erst ermöglichten, setzten sich in Frankreich und England in der zweiten Hälfte des 16. Jahrhunderts durch. Tennis war sowohl stände- als auch geschlechtsübergreifend. Und gerade von den Königen Frankreichs, angefangen vom letzten Valois

Henri III. bis selbstredend hin zu Louis XIV., wird berichtet, dass sie nicht nur begeisterte, sondern sehr talentierte Tennisspieler waren. Louis IV. hat übrigens unweit des Schlosses in Versailles eine Tennishalle in der heute *Rue du Jeu de Paume* genannten Straße errichten lassen, das sowohl von Höflingen (einschließlich dem König persönlich) als auch Versailler Bürgern frequentiert wurde. Eine gewisse Ironie der Geschichte mag darstellen, dass ausgerechnet in dieser Tennishalle der berühmte „Ballhausschwur“ gelobt wurde, der letztendlich die Französische Revolution lostrat.

Kaffeehäuser: Die heutzutage von keinem Frühstückstisch und auch sonst in der Geselligkeit nicht wegzudenken heiß getrunkenen Genussmittel Kaffee, Tee und Kakao fanden im 17. Jahrhundert durch den zunehmend weltumspannenden Handel dauerhaften Einzug in die europäische Küchenkultur. Den anfänglich der adeligen und wohlhabenden bürgerlichen Schicht vorbehaltenen Genuss wollte man in Stätten zelebrieren, die sich nicht nur durch ihr Publikum, sondern auch durch ihr Ambiente von Schänken, Kneipen und Garküchen abhoben. Mitte des 17. Jahrhunderts wurden in Paris die ersten Kaffeehäuser eröffnet, meistens von Italienern, die eine „demokratischere“ Alternative zu den exklusiven Salons der *Précieuses* genannten Adelsdamen darstellten. Auch für französische Damen galt der Besuch eines Kaffeehauses – im Gegensatz zu England oder den deutschen Teilstaaten – nicht als sittenwidrig. Da die Kaffeehäuser schon damals stets gerne von Studenten, Wissenschaftlern und Künstlern frequentiert wurden, nimmt es nicht Wunder, dass man sie quasi als Geburtsstätte einiger mächtiger kultureller Strömungen wie zum Beispiel die der Enzyklopädisten im Zuge der Aufklärung betrachten kann.

Grand Appartement royal: Das zweitägige Fest im Park von Versailles fand im Juli 1668 statt und nicht wie in meiner Handlung 1669. Gedacht und gewidmet war es zur Einführung von Françoise Athenaïs de Montespan als Offizielle Mätresse Louis' XIV. Die von mir geschilderte Inszenierung entspricht der historischen Überlieferung (ein Teil der Schilderungen stammte übrigens vom Physiker *Christiaan Huygens*, den ich mir als Nebenfigur einzuführen erlaubt habe) – einige Handlungsstränge sind selbstredend fiktiv.

Historische Persönlichkeiten: *Anne de Gonzague et Nevers* (1616 – 1684) stammte aus dem französischen Zweig der Gonzaga, ursprünglich Herzöge von Mantua. Ihre erste Ehe mit einem in Wirklichkeit weitläufig verwandten Cousin, dem Herzog von Guise, wurde 1641 wegen angeblich zu engen Blutbanden zwangsgeschieden. 1645 heiratet sie den mittellosen und zehn Jahre jüngeren Éduard von Pfalz-Simmern, einen der Söhne des Winterkönigs Friedrichs V. von der Pfalz; damit wurde sie zur Schwägerin Karls I. Ludwig von der Pfalz. Der Ehe entsprangen drei Töchter. Sowohl

Jules Mazarin als auch später Louis XIV. griffen immer wieder gerne auf Annes diplomatisches Geschick zurück, vor allem was das Arrangieren von politisch brisanten Heiraten anging. Ihr Lebenswerk dürfte auf jeden Fall das Einfädeln der Ehe zwischen dem 1670 frisch verwitweten Philippe I. von Orléans und ihrer Nichte *Elisabeth Charlotte von der Pfalz zu Rhein* – heutzutage als Liselotte von der Pfalz bekannter – gewesen sein. Trotz ihrer Gerissenheit und ihren kaum aufzudeckenden Intrigen galt die hochintelligente Anne de Gonzague ihr Leben lang als integer und respektabel. Louis XIV. betrauerte ihren Tod aufrichtig.

Olympe de Soissons, geborene Mancini (1639 – 1709), war eine Nichte von Kardinal Jules Mazarin und eine der vier so genannten „Mazarinetten" – und damit eine Jugendgespielin von Louis XIV. Nachdem der junge, noch enthusiastische König sich ihrer mittleren Schwester Maria zugewandt hatte – er, damals neunzehn Jahre alt, hatte ernstlich vor, Maria zur Königin machen zu wollen – verschaffte er seiner Geliebten Olympe im Jahr 1657 zunächst einen standesgemäßen Gatten, den aus dem Bourbonenzweig der Condé stammenden Comte de Soissons, sowie 1660 den höchst einflussreichen Posten der Oberaufseherin über den Haushalt der jungen Königin Marie Thérèse von Spanien. Es ist davon auszugehen, dass Louis XIV., der fürchtete, durch seine junge Frau von spanischen Spionen unterwandert zu werden, den Informationsfluss durch die immer wieder zu Olympe gesuchte „körperliche Nähe" am Laufen hielt. Seine Gunst erlosch im Jahr 1665 jäh – Olympe war es – wahrscheinlich aus Eifersucht – eingefallen, seine noch heimliche Affäre mit Louise de La Valliere (der immerhin bereits zwei Söhne entsprossen waren) der etwas begriffsstutzigen Königin aufzudecken. Olympe musste im Zuge der sogenannten Giftaffäre 1680 Frankeich für immer verlassen. Eines ihrer sieben Kinder, die sie dem Comte de Soissons geboren hatte, war übrigens der berühmte *Prinz Eugen von Savoyen,* nachmalig genialer Feldherr unter den Habsburgern – und im Spanischen Erbfolgekrieg erbitterter Gegner Louis XIV.

Sich einem der bedeutendsten europäischen Monarchen der Neuzeit nähern zu wollen, indem man ihn als Antagonisten in eine historische Fiktion einbezieht, ist keine ungewöhnliche Praxis. Und doch immer wieder ein Wagnis, wie weit man sich an der verbürgten Historie messen kann , wann man diese verlassen darf – und vor allem wie. Eine Persönlichkeit wie *Louis XIV. Dieudonné de Bourbon,* dem bereits zu Lebzeiten ein wahrer Kometenschweif von Biografen und Berichterstattern folgte, und der dieses Register der Propaganda so elegant wie vor und nach ihm kaum ein Herrscher zu ziehen verstand, eine solche Persönlichkeit sich aus den unterschiedlichsten verbürgten Quellen bedienend als Figur eines Spiels zu entwerfen, besitzt einen eigenen Reiz. Kein Monarch hat je in Europa so lange geherrscht wie er: vom Tod Louis' XIII. bis zum eigenen zweiundsiebzig Jahre, de facto als alleinherrschender König immerhin noch dreiundfünfzig Jahre lang. Als Kriegsherr eher glücklos (und gar ruinös für die Staatsfinanzen) prägte er dem Abendland auf kultureller Ebene einen derart umfassenden Stempel auf, dass man ihn als Begründer der französischen *Grande Nation* betrachten darf.

Als Regierungschef darf man ihm bis heute das uneingeschränkt bescheinigen, was eine erfolgreiche Führungspersönlichkeit ausmacht: Disziplin, Menschenkenntnis, Informationspolitik, Innovationsfreude und – zumindest in den Anfangsjahren – Unvoreingenommenheit. Hinzukamen seine hohe Belastbarkeit und seine instinktive Befähigung, den „richtigen Menschen" auf den richtigen Posten zu setzen. Dass er ab 1661 seine Minister sowie die „Arbeitsebene" von hohen Verwaltungsbeamten bis hinunter zum Sekretär ausschließlich aus Amtsadeligen und bevorzugt aus Bürgerlichen rekrutierte, um seine Regierungsarbeit nicht durch die gängige Korruption des Altadels sowie dessen Neigung zu Privatfehden behindern zu lassen, hatte in der damals feudal geprägten Welt etwas Revolutionäres.

Louis' Charakter gilt bis heute als so komplex, dass man sich in der historischen Bewertung darüber uneins ist. Ihm zugeschriebene Gefühlskälte, Neigung zu Distanz, Machtspielen und Kontrolle sowie schon im mittleren Alter ein Mangel an Spontaneität stehen glaubhaften Zeugnissen von der Liebe zu schönen und dekorativen Dingen, der Neigung zu körperlicher Verausgabung und Genussfähigkeit entgegen. Unter keinem anderen als Louis XIV. wurden die Grundlagen der bis heute herrschenden Herrenmode und der klassischen französischen Küche geschaffen – dies nur als Beispiele.

So distanziert der – übrigens erst im 19. Jahrhundert so bezeichnete – Sonnenkönig gegenüber Männern war, so legendär war sein Appetit in sexueller Hinsicht. Zwar handhabte er die allermeisten – das heißt inoffiziellen – Affären im Gegensatz zu der Mehrzahl seiner männlichen Zeitgenossen äußerst diskret, doch der Abgleich etlicher historischer Quellen legt die Vermutung nahe, dass *Louis XIV.* seit seiner Geschlechtsreife bis zu seinem Tod mit schätzungsweise dreitausend Frauen intim geworden sein durfte. Seiner Umsicht – und der seiner ihn permanent umsorgenden Leibärzte – dürfte es geschuldet gewesen sein, dass er sich bei dieser Gelegenheit zumindest niemals mit Syphilis infiziert hatte.

Glaubt man denjenigen Zeitzeugen, die sich nicht zum Zweck der Verherrlichung des Königs über ihn geäußert hatten, sondern die von der Meinungsäußerung her unabhängig waren – wie etwa seiner Schwägerin Liselotte –, so war seine Anziehungskraft auf Frauen nicht nur seinem Status und seinen blendenden Manieren geschuldet, sondern in der

Tat (zumindest in jüngeren bis mittleren Jahren) durchaus auch seinem Äußeren. Louis XIV. war nach damaligen Maßstäben eher groß (laut Obduktionsbericht mit knapp siebenundsiebzig Jahren immerhin noch 1,79 m) und dank seiner Neigung zu körperlicher Verausgabung (Reiten, Ballett, Fechten und Tennis) ausgesprochen athletisch gebaut. Außerdem verfügte er über das damals von der Mode geforderte üppige, lockige Haar, das für ihn bis Mitte dreißig das Tragen von Perücken überflüssig erscheinen ließ. Er besaß zwar keinerlei Sinn für intellektuelle Spitzfindigkeiten und verfügte kaum über nennenswerten Humor, seine unstrittigen musischen Neigungen, seine Eleganz und seine formvollendete Höflichkeit jedoch ließen ihm die Herzen der Frauen in einem verblüffenden Maß zufliegen. Dass Königin Marie Thérèse, die ihren Gemahl zeitlebens geradezu vergöttert hatte, in diesem Kontext bis zu ihrem Tod im Jahr 1684 eine unglückliche und untergeordnete Rolle spielen musste, ist eine heute nur noch wenig beachtete persönliche Tragödie.

Beim Ersinnen des Handlungsablaufs habe ich mich bewusst auf die Welt des Adels und der Höfe beschränkt – wohlwissend, dass die überwiegende Mehrzahl der Bevölkerung in Armut und ohne Chancen auf Aufstreben zu existieren hatte. Eine sozialhistorisch ausgewogene Schilderung hätte aber den Rahmen meiner Erzählung rasch gesprengt. Weiteren für diese Zeit relevanten Personen wird in den folgenden Teilen von „Ich malte die Sonne“ die ihnen gebührende Bedeutung eingeräumt werden.

Personenliste

In Heidelberg

Daphne Sophia von Owen	Wunderkind und Malgenie
Johanna Elisabeth von Owen	deren Mutter, geborene Gonzaga aus Mantua
Theodor Alexander von Owen	deren Vater, Kurpfälzischer Hofsyndicus und Rechtsgelehrter
Karl I. Ludwig	Kurfürst von der Pfalz zu Rhein
Luise von Degenfeld	dessen morganatische Ehefrau
Elisabeth Charlotte	Kurprinzessin, genannt Liselotte
Ruprecht von Waldeck	Daphnes Verlobter, Junker aus dem Odenwald
Karl Friedrich von Waldeck	dessen Vater
Johann Heinrich Roos	Kurpfälzischer Hofmaler, Daphnes Lehrer
Margot	zuerst in von Waldeckschen Diensten, später Daphnes Zofe
Heloïse	Daphnes Katze – ebenso eigenwillig wie ihre Besitzerin

In Paris

Anne de Gonzague et Nevers	Herzogin, geachtete königliche Sonderdiplomatin
Louis XIV. Dieudonné de Bourbon	König von Frankreich und Navarra
Marie Thérèse d' Espagne	dessen wenig geachtete königliche Gattin
Philippe I., Herzog von Orléans	des Königs einziger und überaus exzentrischer Bruder, genannt „Monsieur"
Amélie d' Archachon	Erste Ehrendame von Anne de Gonzague et Nevers
Diane de Perrêtre	Hofdame von Anne de Gonzague, später Daphnes engste Freundin
Nicolette und Fleur	weitere Hofdamen im Hôtel Nevers
Adelaïde de Machy	noch eine Hofdame – und zu töricht, um als Intrigantin wirklich zu taugen

Antoinette de Soubris	Hofdame bei Louis XIV., legitimierte Tochter von Henri IV. und einer dessen zahlreicher Mätressen
Olympe de Soissons	Comtesse, Erste Surintendante der Königin, geborene Mancini, früher Geliebte des Königs
Charles Le Brun	Rektor der Königlichen Akademie für Malerei und Bildhauerei, Erster Königlicher Hofmaler
René-Antoine Houasse	Aspirant auf die Aufnahme in die Akademie – und die Ehe mit Le Bruns Tochter
Jean Nocret	Akademiemitglied und Erster Hofmaler von „Monsieur“
Adam Frans, Pierre und François	Maler in Nocrets Werkstätte
Henri Testelin	Schriftführer der Akademie
Armand de Rossignac	Comte, Königlicher Kammerherr und Großneffe von Antoinette de Soubris
Jean-Baptiste Colbert	Königlicher Superminister für Finanz-, Bau- und Kulturwesen sowie für die Marine
Nicolas de Chamarande	Comte, Königlicher Kammerherr mit Spezialportefeuille
Gabriel-Nicolas de La Reynie	Gerichtspräsident und Präfekt der Pariser Polizei
Christiaan Huygens	Niederländischer Naturwissenschaftler

Kapitel eins

In dem von einer kleinen Prinzessin mit Schmetterlingsflügeln, wahrem Heldenmut und Geistesgegenwart der zehnjährigen Daphne und deren großem Talent als Zeichnerin berichtet wird

Heidelberg a.D. 1657

Daphne musste sich auf die Zehenspitzen stellen, um ihrer Mutter einen Kuss auf die Wange zu geben. „Ich bin zum Mittagsläuten wieder da!", versprach sie. „Nimm dir einen Apfel mit, mein Liebling!", schlug die Freifrau von Owen vor und setzte lächelnd hinzu: „Oder magst du lieber von den getrockneten Feigen?" Die großen, graugrünen Augen ihrer Tochter weiteten sich vor Begeisterung: „Oh, wenn du mir Feigen anbieten willst ..." Johanna Elisabeth erhob sich mit einem gespielten Seufzer und ging ihrer Tochter voran in die Küche, wo die Köchin Barbara bereits mit der Vorbereitung der Mittagsmahlzeit beschäftigt war. Sie schloss die Speisekammer auf und brachte einen mit Wachstuch abgedeckten Tonkrug mit, dem ein feiner Duft entströmte. Getrocknete Feigen – eine hierzulande selten erhältliche Köstlichkeit! Doch Johanna Elisabeth kannte einen reisenden Händler, der diese ersehnte Ware dreimal pro Jahr aus ihrer lombardischen Heimat mitbrachte und zu einem wohlfeilen Preis verkaufte. Jetzt erlaubte sie ihrer Tochter, in den Topf zu greifen. Daphne war im Gegensatz zu den meisten Kindern ihres Alters weder gierig noch allzu naschhaft – aber sie liebte das zarte Knirschen der Feigenkernchen zwischen ihren Zähnen und den anhaltenden süßen Geschmack, der sich mit keinem heimischen Obst vergleichen ließ – noch nicht einmal mit Korinthen. Sie steckte sich drei Feigen – jede von ihnen war etwa doppelt so groß wie eine welsche Nuss – in die Rocktasche. Sie knickste kurz vor ihrer Mutter und lief davon. Sie hatte wieder einmal vergessen, sich ihr Häubchen aufzusetzen ... Johanna Elisabeth von Owen brachte den Tontopf zurück in die Speisekammer und besprach mit Barbara die nötigen Einkäufe für die in zwei Wochen bevorstehende Karwoche, bevor sie an ihren Nähtisch in der Stube zurückkehrte. Sie besah sich den Berg an Näharbeiten, der zu bewältigen war. Die Töchter anderer Adelsfamilien lernten selbstverständlich früh sticken, klöppeln und Hohlsäume setzen, doch Daphne Sophia zeigte dafür weder Begeisterung noch Geschick. Das Mädchen besaß dafür Talente, die ihr Vater als „Prüfung Gottes für Väter" bezeichnete, die die Freifrau selbst aber als einen Sack voll ungeschliffener Diamanten ansah – sich wohl hütend, darüber zu klagen. Mochte Gott es so gewollt haben als Dreingabe dafür, dass er ihr vor zehn Jahren – nach dem Verlust ihrer Söhne – noch einmal ein Kind in den Schoß gelegt hatte. Sie liebte ihre Tochter, deren aufgeschlossenes und fröhliches Temperament dem ihren so ähnlich war, von ganzem Herzen – und hätte sie um nichts in der Welt gegen eines der braven, aber faden Mädchen eingetauscht, die in den umliegenden Stadthäusern der Staatsbeamten und Universitätsprofessoren aufwuchsen. Denn was Bildung, Wissbegier, Auffassungsgabe und Witz anging, übertraf Daphne diese, und zum Teil auch deren Väter, allemal um Längen.

Johanna Elisabeth setzte sich wieder ans Erkerfenster, denn dort war das Licht zum Nähen am besten. Sie blickte kurz durch die leicht grünlichen Scheiben – kristallklares venezianisches Glas war einfach unerschwinglich – hinunter auf die Zehntgasse und erhaschte eben noch einen Blick auf ihre Tochter, die mit wehender Schürze in Richtung Heiliggeistkirche rannte. Sie würde zum kurfürstlichen Schloss laufen, wie sie es seit ihrem achten Geburtstag an allen Tagen tat, an denen das Wetter trocken und nicht zu kalt war. Ihre lederne Schultertasche führte sie dabei stets mit sich. Die Freifrau verfiel kurz in Gedanken, die weniger schwermütiger waren als besorgt: Daphne war ein hübsches, aber nicht auffällig liebreizendes Mädchen. Sie war kerngesund, von lebhaftem Temperament und geradem Wuchs. Doch irgendwann in den kommenden sechs, sieben Jahren würde die Zeit kommen, da der Freiherr und sie Sorge tragen mussten, für die Tochter einen Freier von Stand zu finden. Nicht nur, dass ihr keine allzu große Mitgift zustand, sie verfügte darüber hinaus über Eigenschaften und Eigenarten, die dem männlichen Geschlecht zur Zier dienen mochten, für Weibspersonen aber unziemlich waren.

Die Freifrau zupfte aus dem Weißzeug ein Hemd ihres Mannes, inspizierte es und fand den Stoff an einigen entscheidenden Stellen zu brüchig, als dass sie es hätte dauerhaft flicken können. Aus dem feinen Leinen konnte man anderes fertigen, beschloss sie, und die Spitzensäume an Kragen und Manschetten waren noch tadellos. Sie griff zu einer kleinen Schere und trennte das Klöppelzeug entschieden ab. Ja, auch für eine Dame von Stand war es unerlässlich, Handarbeiten und Nähwerk zu beherrschen. Sogar sie selbst war ab dem fünften Lebensjahr von drei älteren Kammerfrauen darin unterrichtet worden, als sie, die einzige Tochter des Herzogs Ferdinando I. von Gonzaga, noch an einem der ältesten Fürstenhöfe in Mantua in Norditalien – sah man von den Visconti einmal ab – gelebt hatte. Damals hatte sie sechs Zofen alleine zu ihrer Bedienung gehabt ... bis man sie, die nachträglich legalisierte Tochter aus einer zwangsgeschiedenen Ehe mit einer nicht standesgemäßen Frau aus niederem Adel, an einen Gefolgsmann des Grafen von Württemberg verheiratet hatte. Der hatte nach den entsetzlichen Wirren und Verlusten des *Großen Krieges* sein Einkommen am Hof des Kurfürsten und Pfalzgrafen zu Rhein, Karl I. Ludwig gefunden, nachdem er sich vor elf Jahren von seinen letzten Talern das Amt des Hofsyndicus mitsamt einem Stadthaus gekauft hatte. Johanna Elisabeth von Owen, geborene Duchessa di Gonzaga, klagte niemals über die Vergangenheit. Ihr war es wichtiger, daraus für die Gegenwart zu lernen.

*

Daphne wusste, dass ihr Ärger ins Haus stand: Sie hatte beim schnellen Laufen durch die Heidelberger Altstadtgassen nicht darauf geachtet, ihre Röcke hoch genug anzuheben. Nun war der Saum ihres blauen Wollkleids fast bis zur Mitte der Waden mit Schlamm und anderem besudelt. Die Magd Thomasine würde lauthals in ihrem breiten Odenwälder Dialekt schelten. Ganz zu schweigen von dem missbilligenden Blick der Mutter, der sie zwar nur selten traf, dann aber einem Strafgericht gleichkam. Vielleicht könnte sie ja warten, bis die Schlammspritzer getrocknet waren und sie dann ausbürsten.

Ab dem Burgberg war der Weg gepflastert und ab dem Affensteinschen Haus war er sogar reinlich. Wie schön, dass Seine Hoheit, der Kurfürst, schon seit Längerem verfügt hatte, dass die Wege zum Schloss und auch der Burggraben frei von Unrat und Schlamm gehalten wurden. Und dass der Park von Sonnenaufgang bis -untergang auch dem gemeinen Volk offenstehen musste – sofern es sich darin ziemlich benahm und in ordentlicher Kleidung Einlass begehrte. Hierher kam das zierliche Mädchen fast jeden Tag für die beiden Stunden vor dem Mittagsläuten, und wenn sie etwas Interessantes entdeckte, blieb sie stehen, holte aus ihrer Ledertasche einen kleinen Folio, Bleigriffel und Stylus. Dann vergaß sie die Welt um sich – und zeichnete das, was sie so gefesselt hatte. Etwa ein neues Beet, ganz nach der Mode angelegt wie das Muster einer Stickerei oder auf einem Gobelin. Ein Elsternnest ganz hoch oben auf dem Baum, das so nachlässig zusammengesteckt schien, als könnte es der nächste leichte Windstoß auseinander wehen. Ein Büschel Schneeglöckchen, das sich aus der körnigen Decke des letzten Märzenschnees gewagt hatte. Ein kleines Hündchen, das regelmäßig von einer alten Dame ausgeführt wurde. Prachtvolle niederländische Tulpen mit vielfarbig geflammten und gezähnten Blütenblättern. Mittlerweile kannte man die kleine Malerin, sie unterhielt sich gerne mit anderen Spaziergängern und den Gärtnern – und eben diese Hundebesitzerin hatte gelegentlich etwas zum Naschen für Daphne in ihrem Ridikül. Zuletzt sogar Pralinen – was Daphne dazu veranlasste, auf der Stelle eine allerliebste Zeichnung des Hündchens anzufertigen, wie es aufwartete und den Zeichner mit seinen großen Knopfaugen schmeichelnd anzublicken schien. Danach überließ sie die Zeichnung der Hundebesitzerin, die überaus angetan war und Daphne über ihr leicht gewelltes, hellbraunes Haar strich. „Gott hat dir zwei wundervolle Gaben verliehen – die des Zeichnens und die, Menschen für dich einzunehmen …", sagte sie mit ihrer brüchigen Stimme und entfernte sich langsam auf dem ordentlich geharkten Kiesweg.

*

Italienisch hatte sie von Anfang an von der Mutter gelernt. Lesen, Schreiben und Arithmetik mit vier Jahren, ebenso das Spielen auf dem

Virginal der Mutter, das während der Jahre davor ungenutzt war. Das Lateinische in einem Alter, in dem andere Kinder vielleicht gerade ihren Namen schreiben konnten, aus Büchern in der väterlichen Bibliothek. Dort fanden sich auch Werke in Griechisch, Englisch und Französisch – die sie lediglich studiert hatte, um diese Fremdsprachen zu begreifen in ihrer grammatikalischen Struktur und in ihrem Wortschatz. Auch ihre Aussprache war nicht tadelnswert, denn diese hatte sie von Anfang an intuitiv an ihrer Musikalität geschult. All dies konnte, beherrschte und entwickelte Daphne Sophia von Owen, als sie acht Jahre alt geworden war. Dann erst entdeckte sie ihre Liebe und ihre Begabung für das Zeichnen, die ihre übrigen Talente weit in den Schatten stellte. Und der sie sich zum ersten Mal in ihrem Leben mit Ernst und Leidenschaft widmete, anstatt mit dieser Gabe spielerisch umzugehen. Ach, wie gerne hätte sie einmal die berühmte Gemäldesammlung des Kurfürsten besichtigt! Oder gelernt, wie man statt eines kleinen Blatts Papier eine große Leinwand mit Farbe gestaltete und mit Leben erfüllte. Ihre Mutter ließ sie gewähren, hin und her gerissen zwischen standesgemäßer Sorge, heimlichem Stolz und der Liebe einer Mutter zu ihrem einzigen überlebenden Kind, das ihr spät geschenkt worden war. Daphnes Vater war ein verschlossener Mann, spätberufener Rechtsgelehrter, der in seiner inneren Trauer um seine Verluste eingemauert war – und zu seinem einzigen Kind nur noch darüber Zugang fand, indem er es beim Abfassen von Urteilen und Vergleichen auf seinen Schoß nahm – und ihm die geltende Rechtsprechung erklärte. Schon bald las Daphne die stets in Latein abgefassten Schriftstücke und korrigierte behutsam die grammatikalischen und lexikalischen Fehler ihres Vaters. Der manchmal des Nachts, wenn er sich neben Johanna Elisabeth zu Bett legte, seufzte, dass „... solche Geistesgaben an ein Weibsmensch verschwendet wären wie ein goldenes Halsband an ein Schwein."

*

Daphne schlenderte zwischen frisch umgegrabenen Beeten umher, bis sie bei den Taxushecken den Oberhofgärtner entdeckte. Er konnte ihr an diesem bisher so ereignislosen Tag sicher sagen, wo es etwas Lohnendes zu zeichnen gab. Der hagere und in einen schwarzen Umhang gekleidete Mann erteilte gerade drei Gärtnerinnen Anweisungen, als er Daphne aus den Augenwinkeln erblickte. Er wartete, bis sie nahe genug war, dann zog er seinen breiten schwarzen Filzhut und verneigte sich vor ihr. „*Bon jour, chère* Baronesse!", rief er aufgeräumt aus. Daphne blickte ihn verblüfft an, dann hob sie zierlich ihren Rock mit beiden Händen und knickste. „*Bon jour, maître jardinier! Comment ça va?*" Monsieur Tillieux richtete sich auf und lachte herzlich. „Ihr seid schon eine überaus charmante junge Dame, Baronesse Daphne!" Daphnes leicht rundliche Wangen glühten. „Aber Monsieur Tillieux – warum verneigt Ihr Euch vor mir? Ich bin doch erst ein Kind!" Tillieux, der kurfürstliche Oberhofgärtner, behielt seinen

Hut freilich in der Hand. „Aber wusstet Ihr denn nicht, Mademoiselle, dass der König von Frankreich die Höflichkeit besitzt, vor jeder Frau den Hut zu ziehen? Dabei ist er noch sehr jung, ich würde sagen, höchstens zehn Jahre älter als Ihr!" Daphne kicherte leise, dann versuchte sie, ein ernsteres Gesicht aufzusetzen. Was ihr nach ihrer Ansicht gut gelang. Sie mochte den stets zum Scherzen aufgelegten, weißhaarigen Franzosen zwar gerne, aber manchmal tändelte er zu sehr herum. „Maître Tillieux – ob Ihr wohl so freundlich wärt, mir zu verraten, wo es heute etwas für mich zum Zeichnen gibt?" Tillieux rieb sich nachdenklich sein Kinn, doch eine der Gärtnerinnen fiel ihm ins Wort: „In den Platanen hinten am Bollwerk, da bauen Eichhörnchen ihr Nest!" „Oh ja, das mag ich sehen!", rief Daphne begeistert aus. „Kann Sie mich hinbringen?" Tillieux nickte und Daphne stiefelte der jungen Gärtnerin hinterher. „Es sind rotbraune Eichhörnchen!", wusste diese zu berichten. „Sie spielen wie närrisch Fangen, aber das tun sie immer im Frühling, bevor sie Junge bekommen!" Allmählich näherten sie sich dem alten Baumbestand, der einen Teil der Mauer des Bollwerks säumte, das steil zur Neckarfront hinunter abfiel. „Da ist eins!", rief die Gärtnerin aus. Doch Daphne reagierte nicht. Denn weit oben in einer Platane erblickte sie ein ganz anderes, sonderbares Geschöpf ...

Ein kleines Mädchen saß auf der Astgabel einer Platane. Der erste warme Frühlingswind streichelte sein Gesicht. Alles, was für die Erfüllung ihres immer wiederkehrenden Traums wichtig war, hatte sie getan – mindestens zwanzig Fuß hinaufzuklettern und mit Draht verstärkte Schmetterlingsflügel aus bemaltem und besticktem Tüll anzulegen. Jetzt wartete sie darauf, dass der Wind etwas stärker wehte, und beobachtete die dürren Blätter, die vom letzten Herbst noch unter den Hecken liegengeblieben waren. Wenn sie vom Wind hochgewirbelt und fortgetragen werden würden, dann wäre die Gelegenheit günstig.

Das Mädchen war noch klein für sein Alter. Sie konnte eben ihren eigenen Namen schreiben, hatte einen wackelnden Milchzahn im Unterkiefer und seit dem vergangenen Christfest einen Traum, der in gewissen Abständen immer wiederkehrte, der sie zuerst verängstigt und zuletzt mit großer Hoffnung erfüllt hatte: Sie würde zusammen mit den ersten zurückkehrenden Staren zu ihrer Mutter fliegen.

Eben zeigte die Gärtnerin dem großen Mädchen ein rotes Eichhörnchen, das auf einem der benachbarten Bäume hurtig von Ast zu Ast hüpfte und dabei Sprünge vollbrachte, die mindestens drei Klafter weit waren. Doch Daphne zupfte die Gärtnerin am Ärmel und deutete stumm hinauf zur Platane. Die Augen der jungen Frau weiteten sich vor Schreck.

Das kleine Mädchen erkannte die Situation und bekam es mit der Angst zu tun. Sicherlich würde ihr geheimer Zauberspruch nicht wirken, wenn ihr andere Menschen zusahen. Sie würde versuchen, sich in die Luft zu schwingen – und ihre zarten Elfenflügel würden steif und nutzlos von ihrem Rücken abstehen. Wie ein Kieselstein fiele sie dann zu Boden. Sie würde ihre Mutter, die von ihrem Vater vor einem Jahr einfach weggeschickt worden war, so weit, dass ihre kurzen Beine sie niemals dorthin trügen, niemals wiedersehen! Dem kleinen Mädchen schossen die Tränen in die Augen. Einsam wie sie sich ohnehin fühlte – auf dem hohen Baum war sie noch einsamer.

„Um Jesu Christi Willen!", rief die Gärtnerin aus und schlug die Hände vor den Mund. „Das ist ja Prinzessin Elisabeth Charlotte!" Daphne kniff ihre Augen zusammen und beschattete mit einer Hand ihre Stirne gegen die hochstehende Sonne. Prinzessin Elisabeth Charlotte von der Pfalz zu Rhein war ein fünfjähriges, sehr zierliches blondes Mädchen mit einer hohen Stirne und schönen blauen Augen.

Manchmal hatte Daphne die Prinzessin im Park gesehen, zusammen mit Gouvernanten, Hofdamen, Zofen und einigen gleichaltrigen Kindern, die der vornehmen Kleidung nach aus Höflingsfamilien stammen mochten und die Spielkameraden der Prinzessin waren. Warum aber saß die kleine Prinzessin fast im Gipfel einer Platane, in der lichten Höhe von mindestens zwanzig Fuß? Gekleidet in einen Sonntagsstaat – und mit Theaterflügeln auf dem Rücken? Daphne erkannte, dass die Prinzessin bitterlich zu weinen schien. „Lauf Sie und hole Sie Hilfe. Jemanden mit einer Leiter!", rief sie der Gärtnerin zu. Die stand immer noch wie erstarrt und mit kreidebleichem Gesicht, ohne sich auch nur einen Schritt zu rühren. „Nun lauf Sie schon!", schrie Daphne nun. Endlich begriff die junge Frau und raffte ihre Röcke. Als sie davonrannte, stob der Kies unter ihren Holzpantinen zur Seite.

Langsam näherte sich Daphne dem Baum mit der kleinen Prinzessin. Warum saß sie in derart absurder Aufmachung in so schwindelerregender Höhe? Zunächst aber sah es für sie so aus, dass das kleine Kind niemals alleine und ohne Hilfe unbeschadet wieder auf dem Boden landen würde, egal wie sie hinaufgekommen sein mochte. Sie erinnerte sich an eine ihrer Katzen, die sich als Jungtier von zehn Wochen einmal auf einen Dachfirst gewagt hatte, dort oben eine Weile stolz wie ein Spanier hockte. Wie sie am Abstieg scheiterte – und kläglich maunzend und zitternd sitzenbleiben musste – bis Christoph mit einer langen Leiter gekommen und hinaufgestiegen war. Doch ihm war es nicht gelungen, das Kätzchen zu dem Wagnis zu bewegen, die wenigen Schritte zu ihm hinüberzukriechen. Erst als Daphne selbst auf die hohe Leiter gestiegen war und das verängstigte Tier mit einem Bätzchen Butter angelockt hatte, kam es mit tapsigen Bewegungen auf sie zugekrochen, leckte die Butter von ihren Fingern und ließ sich von Daphne in ihre Schürzentasche stecken. Hernach wurde sie von ihrer Mutter wegen ihres wagemutigen Leichtsinns streng gescholten. Da hatte sie, gerade einmal sieben Jahre alt, mit all dem Ernst, zu dem ein Kind in der Lage sein kann, geantwortet: „Der Herr Jesus Christus hat mir das Kätzchen anvertraut – darum konnte ich nicht anders. So wie du auf die Leiter gestiegen wärst, hätte ich auf dem Dach gesessen." Johanna Elisabeth von Owen antwortete nichts, sondern schloss ihr Kind einfach in die Arme.

Und nun saß ein ähnlich hilfloses und verlorenes junges Geschöpf ebenfalls in bedrohlicher Höhe. Daphne näherte sich langsam der Platane, Prinzessin Elisabeth Charlotte nicht aus den Augen lassen. Etwa zehn Fuß vor dem Stamm blieb sie stehen, raffte, so zierlich, wie es ihr möglich war, ihren blauen Tuchrock und knickste. „Gott zum Gruß, Hoheit!", rief sie aus. „Habt Ihr eine gute Sicht von dort oben?"

Prinzessin Elisabeth Charlotte musterte das ältere Mädchen erst voller Misstrauen. Der Kleidung nach war sie ein Kind aus einer Professoren- oder Beamtenfamilie, aber ihre Ausdrucksweise war anders. Gestelzter als sie es von den Höflingen kannte. Das große Mädchen trug ihre langen, leicht gewellten Haare offen, nur mit einem breiten Hornreifen aus dem Gesicht gesteckt. Ihr Gesicht war freundlich und rotwangig. Sie hatte sie schon öfter im Park gesehen, natürlich nur von fern. Immer hatte sie ihre Ledertasche dabei, so auch jetzt. Die Prinzessin fühlte, dass das große Mädchen keinen Streit mit ihr suchen wollte und dass sie ihr vertrauen konnte. „Ich möchte zu meiner Mama ...", antwortete sie kläglich.

Daphne erschrak nicht wenig. Die Mutter der Prinzessin, die Kurfürstin Charlotte, war, wie sie selbst mitbekommen und verstanden hatte, vom Landesherrn vor nicht allzu langer Zeit gegen ihren Willen getrennt, vom Hof verstoßen und zu ihren Eltern zurückgeschickt worden. Nach Kassel, was irgendwo weit im Norden lag. „Das ist aber eine weite Reise, Hoheit!", entgegnete sie. „Wie wollt Ihr diese Strecke denn zurücklegen?" Die kleine Prinzessin, nun schon wesentlich bestimmter, wies auf ihre Elfenflügel. „Ich werde fliegen!", verkündete sie.

Oh du milder Himmel!, dachte Daphne. Lass alles Mögliche andere geschehen, bevor das geschieht! „Wartet bitte damit, Hoheit!", rief sie entschlossen aus. Sie kletterte auf die Mauer des Bollwerks, zog sich hinüber auf einen der unteren Äste bis zum Baumstamm und kletterte Fuß für Fuß nach oben, bis sie den Ast erreicht hatte, auf dem Elisabeth Charlotte saß. Der Ast ächzte leicht, Daphne ignorierte es. Der Wind wehte hier oben stärker und zerzauste ihr Haar. Sie erkannte, dass die kleine Prinzessin in ihrer schönen Staatsrobe vor Kälte zitterte. Wann kam endlich Hilfe? Daphne wagte sich nicht zu rühren auf dem Ast, der deutlich knarrte. „Hoheit, wer hat Euch denn das Fliegen beigebracht?", fragte sie. „Gar niemand. Ich hab's geträumt, dass ich es könnte." Die Prinzessin schniefte. „Dann war es gewiss ein schöner Traum!" Prinzessin Elisabeth Charlotte nickte heftig.

Daphne schwieg eine Weile. „Habt Ihr das Fliegen denn schon geübt,

Hoheit?" Elisabeth Charlotte drehte erst jetzt ihr Gesicht dem großen Mädchen zu. „Ich kann das auch so. Ich bin eine Prinzessin!" Daphne hielt kurz die Luft an. „Nun, Hoheit, aber die kleinen Vögelchen proben es auch zuerst, wenn sie ihr Nest verlassen. Und viele plumpsen auf den Boden. Gut, wenn dann ihre Eltern zur Stelle sind." Daphne schwieg eine Weile. „Ihr könntet Euch möglicherweise wehtun, Hoheit. Und Eure Eltern wären bestimmt traurig darüber!" Aus den Augenwinkeln beobachtete Daphne, dass das Eichhörnchen von vorhin auf einem Ast in der Nähe herumturnte. Sie angelte nach ihrer Tasche, zog ihr Zeichenbuch und ihren Fettkreidestift heraus und umriss das kleine Tier mitsamt dem knospenden Zweig, auf dem es saß. Das Eichkätzchen hockte aufrecht, den buschigen Schwanz erhoben, seine Vorderpfoten fast wie zum Gebet vor seinem kleinen weißen Bauch zusammengelegt. Sein dreieckiges Gesicht mit den großen, streng seitlich sitzenden Augen und den gespitzten Pinselohren wirkte aufmerksam und durchtrieben. Es keckerte leise und wippte auf seinem Zweig hin und her. Länger als wenige Minuten benötigte sie nicht für die Zeichnung. Daphne rutschte vorsichtig auf dem Ast weiter nach außen hin zur Prinzessin – und reichte ihr das Zeichenbuch. „Hoheit, schaut einmal!", forderte sie Elisabeth Charlotte auf. Die griff neugierig nach dem Büchlein und betrachtete das gezeichnete Eichhörnchen mit wachsendem Gefallen. „Das ist aber niedlich!", rief sie aus. Daphne entdeckte währenddessen, dass eine ganze Rotte von Helfern in hellem Lauf nahte. Monsieur Tillieux mit mindestens fünf Gärtnergehilfen: der Oberhofmeister Richard Kyriakus von Rödern, ein steifer alter und humorloser Kerl, den sie nicht leiden mochte, der Graf Moritz von Schadenberg, seines Zeichens kurfürstlicher Jägermeister, ein lustiger, dicker Mann, der immer entsetzlich schnaufte, aber zum Spaß im Schlosshof um Mitternacht Jagdsignale zu blasen pflegte, und natürlich Frau Kolb, die Gouvernante der Prinzessin. Gleich zwei Leitern hatten sie mitgebracht, sowie allerhand Tücher (die wohl zur Ausrüstung für die Treibjagd gehörten) und Seile und Winden. Tillieux deutete auf sie und winkte aufgeregt, doch Daphne gab ihm durch eine Geste zu verstehen, dass es der Prinzessin und ihr gut ging. Die Kleine blätterte in Daphnes Skizzenbuch, wo sie sich besonders bei den Zeichnungen von Tieren aufhielt. „Oh, was für ein süßes kleines Kätzchen!", rief sie aus. „Gehört es dir?" – „Ja, Hoheit, das ist meine Katze – aber jetzt ist sie schon groß. Sie heißt Heloïse." Eine Leiter wurde angelegt, aber sie reichte längst nicht bis zu ihrem Ast hinauf. Prinzessin Elisabeth Charlotte blätterte weiter in Daphnes Zeichnungen, ganz darin versunken. „Ist das dein Hofhund?" „Ja, das ist Nero. Der heißt nach dem römischen Kaiser, der gesungen und sich selbst dazu auf der Harfe begleitet hat", gab Daphne zur Antwort. Einer der Gärtner war auf die Leiter gestiegen und rief Daphne leise zu. „Gnädiges Fräulein – schafft Ihr es, ein Seil um die Mitte der Prinzessin zu befestigen? Wir wollen sie dann herunterlassen." Daphne nickte – er warf ihr das Seil zu und bat sie, es mindestens zweimal um den Ast zu wickeln, bevor sie es an der Prinzessin festmachen sollte.

Immer mehr Menschen strömten in der Ecke des Parks zusammen. Doch Maître Tillieux schaffte es irgendwie, dass Ruhe bewahrt wurde, alles seinen stringenten Gang nahm und niemand kreischte oder dazwischenplärrte. Daphne rutschte, nachdem sie das derbe Hanfseil zweimal um den Ast geschlungen hatte, zu Prinzessin Elisabeth Charlotte hinüber, die immer noch fasziniert war von Daphnes Zeichnungen. „Hoheit", räusperte sich diese, „ich denke, heute wird sich kein günstiger Wind mehr erheben. Ihr solltet aber die Gelegenheit nutzen, das Fliegen trotzdem noch einmal zu üben!" Derweil spannten die Jagdgehilfen die Lappen unter dem Ast aus und hielten sie straff gespannt. Elisabeth Charlotte verzog ihr Mündchen, gab sich dann aber geschlagen. „Wenn du es so sagst ...", meinte sie, schlug dann aber energisch das Buch zu und drückte es an ihre Brust. „Schenkst du mir die Zeichnung von dem Eichhörnchen?" – „Hoheit, Ihr dürft gerne das ganze Buch behalten. Aber seid bitte so gütig und lasst Euch das hier von mir umbinden!" „Na gut ...", gab die Prinzessin nach. Und Daphne gurtete die einzige legitime Tochter des Landesherrn Karl I. Ludwig von der Pfalz an, nicht ohne sich zu vergewissern, dass der Knoten gut griff. „Und nun rutscht einfach vom Ast herunter", ermunterte sie die Prinzessin. „Das wird ganz langsam gehen, ganz sachte. Dann könnt Ihr ja sehen, wie sich Eure Flügel bewähren!" Die Prinzessin nickte ihr zu, drückte das Zeichenbuch noch enger an sich und glitt vom Ast hinunter. „Oh mein Herr Jesus Christus", betete Daphne im Stillen, „steh uns bei in dieser Stunde der Not!" Gleich zwei Gärtnergehilfen hielten bei der leichten Last dagegen – und so schwebte Elisabeth Charlotte von der Pfalz zu Rhein wirklich mit der Anmut einer Blumenelfe zu Boden. Man löste das Seil von ihrem Bauch, zog es gänzlich herunter, und einer der Männer, der oben auf der Leiter Posten bezogen hatte, warf es Daphne erneut zu. Wie eben schlang sie es zweimal um den Ast, bevor sie es sorgsam um ihre Taille knüpfte und den Gärtnergehilfen am Boden zunickte.

*

Es geschah alles sehr schnell und plötzlich. Daphne hatte den Ast losgelassen und spürte den sanften Ruck des Seils, als sie plötzlich über sich ein splitterndes Geräusch hörte und das sanfte Gefühl der Führung jäh vermisste. Sie stürzte zusammen mit dem geborstenen Ast in die Tiefe – und ein Schrei aus mindestens zwanzig Kehlen zugleich begleitete sie. „Ich habe vergessen, auch für mich zu beten ...", war ihr einziger merkwürdiger Gedanke. Sie schlug durch die gespannten Treiblappen auf den Boden, ein Körper – der des Jägermeisters von Schadenberg – wich aus, oder wurde von ihrem Aufprall zur Seite geschleudert. Durch ihren linken Oberschenkel fuhr ein Schmerz, der gut von einem Landsknechtsschwert oder einer Hellebarde hätte herrühren können. Taube Stille. Das war es, was sie danach in ihren Ohren wahrnahm. Und in ihrem Körper. Auf dem blauen Wollstoff ihres Rocks breitete sich eine dunkelrote Blume aus. Blut.

*

Ein Stein, ins Wasser geworfen, erzeugt konzentrische Kreise, die sich langsam nach außen verteilen, bevor sie verebben. Ähnlich verhielt es sich mit dem, was Daphne verspürte, nachdem sie gestürzt war. Sie konnte Stunden später immer noch keine konkrete Erinnerung an die vollständigen Geschehnisse abrufen, wie sie so unverhofft von der Platane auf den Boden zurückgekehrt war. Was die Ursache dafür war, dass sie blutete und nach einer gewissen Phase der Betäubung Schmerz in ihrem linken Bein aufsteigen ließ. Wie durch ein Fenster aus opakem Glas drangen die Eindrücke auf sie ein. Wer auch immer sie berührte, ansprach und mit ihr verhandelte – er drang nicht zu ihr durch. Ein quasi gnädiger Vorhang senkte sich vor ihre Wahrnehmung und ihre Seele. Die rote Blume indes wurde rasch größer ... Irgendjemand drückte die Schlagadern ihres verletzten Beines ab und rief, dass die Blutzirkulation unterbrochen werden müsse. Man hatte aus den Leitern und den Lappen für die Treibjagd eine provisorische Krankentrage gebaut und Daphne darauf gebettet.

Der Kurfürst, wohl aus einer Ratssitzung abberufen, erschien eiligen Schrittes. Daphne erkannte ihn sofort, obwohl er sich sonst selten im Park zeigte. Für sie hatte Karl I. Ludwig, Pfalzgraf zu Rhein, keinen Blick übrig. Ohne Rücksicht auf das, was ihn sonst umgab, bahnte er sich seinen Weg zu seiner kleinen Tochter und riss sie in seine Arme. Irgendeine geistesgegenwärtige Seele hatte Elisabeth Charlotte mittlerweile die Feenflügel abgenommen. „Mein Bärenkatzenaffengesichtchen!", rief er inbrünstig aus, während er das zarte kleine Mädchen an sich drückte und schluchzte: „Mach das nie, niemals wieder!!" „Herr Vater, schaut einmal! Sie hat mir ein Eichhörnchen gemalt!" Daphne verlor die Besinnung, aber es war mehr ein sanftes Entgleiten als ein jäher Sturz ins Schwarze.

*

Doktor Thornbusch warf Daphne einen aufmunternden Blick zu, während er seine *valise* zuschnappen ließ. „Mein kleines Fräulein", meinte er aufgeräumt, während er schon lüstern auf den mit frischem Bier gefüllten Zinnkrug sah, der so einladend auf dem Tisch stand, „ich bin erfreut, welches Fortschreiten Eure Genesung macht! Keinerlei Anzeichen von Wundbrand. Eure Haut schließt sich beinahe von selbst. Andererseits wird Euch eine Narbe am Oberschenkel bleiben, aber besser als im Gesicht." Und zu ihrer Mutter gewandt: „Allenfalls könnte ich das Fräulein noch einmal zur Ader lassen, um die bösen Säfte aus ihrem Blut zu entfernen." „Untersteht Euch!", fuhr Johanna Elisabeth ihn an, die unbemerkt hinzugetreten war. „Meine Tochter hat viel Blut verloren – genug, um für die kommenden Wochen geschwächt zu sein. Wozu wollt Ihr noch eine zusätzliche halbe Gallone ihres Lebenssaftes? Könnt Ihr Meister *curationium mirabilium* nichts weiter als punktieren, purgieren, klistieren? Mithilfe unseres Herrn Jesus Christus ist Daphne fast vollständig genesen – nun tut das spärliche Eure dazu, dass sich wenigstens keine Komplikationen einstellen!“ Die Freifrau stand wie üblich als *chaperon* neben Daphnes Krankenbett und bewachte jeden Handgriff des kurfürstlichen Hofmedicus mit Argusaugen. Dr. Thornbusch spitzte seine blassen dünnen Lippen; diese Grimasse verlieh der ohnehin sehr faltigen Region um seinen Mund starke Ähnlichkeit mit einem Tabakbeutel. Normalerweise widersprachen seine Patienten nicht – oder nur selten, wie zum Beispiel Seine Hoheit, der gnädige Kurfürst. Und mit Weibspersonen über Heilkunst zu diskutieren, war ein ohnehin müßiges bis lästerliches Unterfangen. Reichte es nicht, dass den *studiosi medicinae* an der wiedereröffneten Universität fast häretische Vorlesungen abgehalten wurden? Vergleichende Anatomie! Dass er nicht lachte ... Wobei er zugeben musste, dass sein jüngster Assistent Dr. Jacobi, den er anfänglich zu den Visiten im Hause von Owen mitgenommen hatte, bei der gemeinsamen Untersuchung und Behandlung von Daphnes Fleischwunde zu konstatieren wusste, dass wohl keine Nerven verletzt und das Bein bestens durchblutet war. Daphne hatte von all dem nichts mitbekommen – sie war geschwächt vom leichten Fieber, und man hatte ihr anfänglich auch reichlich Laudanum verabreicht. Doch war der Verlauf erfreulich geblieben, die Wunde blieb frisch, musste nicht ausgebrannt werden, und das Mädchen fing nach zwei Wochen an, wieder zu Kräften zu kommen. Freilich musste sie immer noch das Bett hüten, um das Bein nicht zu belasten, und fing an sich zu langweilen – wenn sie nicht gerade zeichnete. „Sehr wohl, gnädige Frau!“, entgegnete der Hofphysicus mit zusammengebissenen Zähnen. Er war sich durchaus bewusst, dass er vom Kurfürsten in die Pflicht genommen worden war, alles in seiner Macht und seinem Vermögen Stehende für die Genesung der Retterin der kleinen Prinzessin zu tun. Dazu gehörten auch tägliche Bulletins an die Hofkanzlei. Wehe, hatte Seine Durchlaucht in seiner üblichen polternden Art noch nachgesetzt, ihm kämen Klagen aus der Zehntgasse zu Ohren ... Er geruhte, dort bereits am Tag nach dem Unfall persönlich zu erscheinen und sich bei Daphne zu bedanken, die freilich nicht allzu viel mitbekommen hatte vom kurfürstlichen Wohlwollen. Ihren Eltern hatte der Landesherr auch gedankt und ihnen versichert, dass die Behandlung ihrer heldenmütigen Tochter aus dem Staatssäckel honoriert werden würde. Seitens eines Souveräns, der als ausgesprochen knauserig bekannt war, war dies ein äußerst großzügiges *douceur*.

Beides hatte sich in Heidelberg wie ein Lauffeuer verbreitet – das mutige Einschreiten des jungen Freifräuleins und der kurfürstliche Besuch in der Zehntgasse am Tag danach. Und so wollten weitere Honoratioren der Stadt in den Tagen darauf ebenfalls ihre Honneurs machen; so der Bürgermeister, der Pfarrer der Lutherischen Gemeinde, der die Familie von Owen angehörte, der kurfürstliche Haushofmeister von Rödern, der Jägermeister von Schadenberg, den ein sichtbar schlechtes Gewissen plagte, weil er nicht versucht hatte, Daphne aufzufangen, Monseur Tillieux in Begleitung der jungen Gärtnerin (er brachte ihr ein kleines Bukett von den ersten Veilchen mit) und natürlich Prinzessin Elisabeth Charlotte in Begleitung ihrer Erzieherin und einiger Hofdamen. Daphne erinnerte sich nicht besonders deutlich daran. Und dann, nach etwa zwei Wochen, versiegte der Strom der Besucher, wie auch die anfängliche Besorgnis ihres Vaters wieder seinem üblichen zerstreut distanzierten Verhalten seiner Tochter gegenüber wich. Jetzt, als es mit ihr bergauf ging und sie der menschlichen Gesellschaft so dringend bedurfte, war ihr Zimmer wieder still und menschenleer. Einmal am Tag machte Dr. Thornbusch Visite und wechselte ihren Verband. Nach zehn Tagen zog er die Fäden. Ihr Schenkel begann abzuschwellen, und die Haut schillerte in allen Farben des Regenbogens – erst rot, dann blau, dann grünlich, zum Schluss gelb wie Galle. Dr. Thornbusch war schon ein arger Griesgram, der mit seiner jungen Patientin nur die allernötigsten Worte wechselte und sich eigentlich nur auf die Kanne Bier freute, die Barbara stets im Anschluss an die Visite für ihn zapfte. Zweimal in der Woche jedoch musste er Kolleg und im Spital Visite halten. Dann vertrat ihn der junge Dr. Jacobi, auf dessen Besuche Daphne sich jedes Mal freute.

Nicht nur, dass es bedeutend schmerzärmer war, wenn er den Verband wechselte und ihr Bein untersuchte, er erklärte ihr auch, was er warum tat. Gelegentlich erzählte er von der Medizinischen Fakultät, an der er bis vor zwei Jahren ausgebildet worden war, von den Professoren, den Inhalten der Vorlesungen und den Kollegien. Und natürlich von den Studentenstreichen. Besonders eindrucksvoll schilderte er die Sektionen am Anatomischen Institut. Eines Tages nahm er einfach, nachdem seine Konsultation eigentlich schon beendet war, ein leeres Blatt Papier und Daphnes Rötelstift vom Tisch und zeichnete ihr ein menschliches Herz auf. Er konnte nicht einmal schlecht zeichnen, und Daphne war von ihm noch mehr beeindruckt. Danach versuchte er sich an einer Muskelzeichnung von einem linken Bein, anhand dessen er Daphne demonstrierte, welcher Art ihre Verletzung gewesen war. Daphne fasste sich ein Herz und wandte sich an ihn: „Herr Physikus, mir geht seit Tagen eine Beobachtung im Kopf herum: Mein verletzter Schenkel war da, wo der Bluterguss gesessen hat, erst so dunkelrot wie Blut – und jetzt ist er gelb. Das Gelb gleicht der Galle, aber man weiß doch, dass diese nicht unter die Haut treten kann. Kann es sein, dass sich das Rot des Bluts in Galle wandeln kann?" Dr. Jacobi sah Daphne erstaunt an. „Es könnte einiges dafür sprechen, mein Kind. Aber dann hätte zumindest ich keine Erklärung dafür, wie das geschehen kann. Im Übrigen ist dieser Farbwechsel bei Blutergüssen ein normaler Vorgang. Nichts Krankhaftes. Ich werde es aber gerne mit dem Lehrstuhlinhaber für Humoralpathologie diskutieren."

Drei Tage später schaute Dr. Jacobi erneut nach seiner kleinen Patientin – der Verlauf war wie erwartet – erfreulich. Das Mädchen war vernünftig, die Pflege durch Mutter und Magd geradezu vorbildlich. „Es ist mir gelungen", erzählte er, während der die alte Bandage abnahm, sie kurz beroch, was zu seiner Zufriedenheit ausfiel, „in einem Fakultätskolleg deine interessante Frage bezüglich des Wandels von Blut nach Galle zu adressieren. Keine der disputierenden Kapazitäten wusste eine befriedigende Antwort darauf." Er rieb sich kurz das Kinn, das einer Rasur bedurfte. „Ich selbst neige zu der Annahme, dass es sich um rein farbliches Phänomen handeln dürfte, nicht um ein stoffliches." Daphne runzelte ihre Stirne. „Wie kann sich rot je zu gelb wandeln? Wenn man die Farben mischt, erhält man Orange. Aber Orange war mein Bluterguss zu keinem Zeitpunkt!" Sie seufzte: „Wenn nicht einmal die Herren Universitätsprofessoren eine Erklärung haben ..." Dr. Jacobi lächelte, während er seine Instrumente wieder in seinen Lederbeutel packte. „Es gibt noch unendlich viel zu forschen an der menschlichen Physis!" Sodann wollte er sich verabschieden, doch Daphne hielt ihn auf. „Wartet einen Moment, Dr. Jacobi!" Sie richtete sich auf und holte zwei Blätter aus ihrem Nachtkasten. „Das habe ich für Euch gezeichnet!" Mit freudiger Erwartung im Blick streckte sie ihm die Zeichnungen hin, die er mit Faszination betrachtete. Daphne hatte einen feinen Bleigriffel verwendet – und nach den Vorlagen des Arztes ein menschliches Herz und ein präpariertes linkes Bein gezeichnet. Seine Augen weiteten sich vor lauter Begeisterung. „Aber ... Freifräulein ... das ist ja überragend! Überaus detailliert, kein Makel daran!" Er ließ die Blätter sinken und blickte Daphne durchdringend an. Seine Wangen hatten sich gerötet. „Hattet Ihr dazu meine Zeichnungen verwendet?" Daphne lächelte verlegen. „Doch, ja, sie haben mich inspiriert. Dann habe ich allerdings Thomasine gebeten, mir vom Schlachter ein Schweineherz zu besorgen", gab sie zu. „Ich werde diese Zeichnungen in größten Ehren halten, Freifräulein. Sie übertreffen wirklich alles, was unsere Anatomiezeichner anfertigen."

Daphne wurde aufmerksam. „Ich dachte, nur Mediziner gehen in ein Anatomisches Kolleg?" „Oh nein – für Lehrbücher werden doch Abbildungen benötigt. Bei jeder Sektion sind mindestens drei, oft sogar mehr Zeichner dabei. Die Zeichnungen werden dann in Kupfer gestochen, damit sie vervielfältigt werden können." „Ich wollte, ich könnte das sehen!", rief Daphne aus. Dr. Jacobi lachte, bevor er sich wie stets zum Abschied verneigte. „Halten zu Gnaden, junges Fräulein – aber Frauenpersonen ist der Zutritt zur Universität nicht gestattet." – „Auch nicht als Zeichnerin?" – „Auch nicht als Zeichnerin." Schade!, dachte Daphne, nachdem Dr. Jacobi gegangen war. Es hatte ihr bedeutend mehr Vergnügen gemacht, das Schweineherz zu zeichnen als ein Eichhörnchen, das auf einem Platanenast Männchen machte.

*

Zu Beginn der folgenden Woche erlaubte Dr. Thornbusch Daphne endlich, das Bett zu verlassen und langsam im Zimmer herumzugehen. Dr. Thornbusch empfahl zur Kräftigung fette Brühe und ein Elixier aus Sonnentau, genannt Rosolio. Er war zuversichtlich, dass ihre Genesung bald abgeschlossen sein würde (und er die ihm zunehmend lästigen Visiten im Hause von Owen einstellen konnte). Eben leerte er die für ihn bereitstehende Bierkanne in fast einem Zug – das von Barbara, der von Owenschen Köchin, selbst gebraute Bier war köstlich und wahrlich das Einzige, was er in diesem Haus vermissen würde. Als er den Zinnkrug eben abgesetzt hatte, erhob sich vor dem von Owenschen Stadthaus ein ziemlicher Tumult – eine mehrspännige Kutsche fuhr vor. Dr. Thornbusch spähte aus dem Fenster – und erkannte auf dem Wagenschlag das Gräflich von Degenfeldsche Wappen. Die Dame hatte ihm gerade noch gefehlt ... Er fluchte leise, griff nach seinem Instrumentenkoffer – und empfahl sich durch den Hintereingang, dessen Lage er sich bereits während seiner ersten Hausvisite gut eingeprägt hatte. Dem Kebsweib des Landesherrn mochte er nämlich als Allerletztes über den Weg laufen. Hatten sich doch bei der jüngsten Traktation der von Degenfeldschen Hämorrhoiden ein paar zwar lästige, aber unzweifelhaft harmlose Misslichkeiten eingestellt ... Er war keine zehn Sekunden durch die Hintertüre entwischt, als der Hausdiener Christoph die Gräfin ins Haus und sofort in den Salon geleitete, während er Thomasine eilig um die gnädige Frau und angemessene Erfrischungen schickte. Die Degenfeld, die ein wunderschönes Kleid aus dunkelrotem Ausbrennersamt trug, lächelte huldvoll und nahm auf einem der Armsessel im von Owenschen Repräsentationszimmer Platz. Ihre Kammerfrau, ein hageres, graues Weibsstück, gewandet in ebenso graues Tuch, allerdings aufpoliert mit reichlich Occhispitze, stellte sich hinter sie.

Johanna Elisabeth erschien umgehend, Thomasine mit einem großen, üppig beladenen Tablett im Schlepptau. Die Freifrau knickste, Marie Luise von Degenfeld nickte ihr freundlich zu. Sie war eine hübsche, nicht zu groß gewachsene Frau mit einem ausgeprägt runden Gesicht, schwarzen Locken und einem unmodisch dunklen Teint, von dem sich ihr prachtvolles Perlengeschmeide jedoch wundervoll abhob. „Welche Ehre, Gräfin!", murmelte die Freifrau von Owen. Die Gräfin war die Frau, mit der sich Karl I. Ludwig vermählt hatte, nachdem er seiner ersten Frau, Charlotte von Hessen-Kassel, vor einem Jahr den Scheidebrief gegeben hatte. Dass die von Degenfeld Ursache dafür gewesen war, hatte sich in der gesamten Kurpfalz herumgesprochen. Johanna Elisabeth wies Thomasine an, die Erfrischungen zu erreichen. Unter dem Busen der Gräfin zeichnete sich unter dem weichen Samtstoff eine noch kleine Wölbung ab – sie erwartete also das erste Kind vom Kurfürsten. Sie nippte an der ihr angebotenen Schokolade und forderte die Freifrau auf, sich gleichfalls zu setzen. „Ihr wollt gewiss erfahren, was Euch diese Ehre verschafft?", meinte sie freundlich. Ihr Lächeln war ohne Zweifel etwas, was überaus einnehmend war. Im Gegensatz zur meist grämlichen Miene der von Natur aus übellaunigen Kurfürstin. Fast konnte sie Seine Durchlaucht verstehen, was ihn an dieser Frau so gefangen genommen hatte – es war nicht nur ihr Liebreiz, es war die Güte, die sie unzweifelhaft ausstrahlte.

Die Gräfin legte ihren sorgsam frisierten dunklen Lockenkopf ein wenig schief und hob an: „Ich bin hier, weil sich ein kleines Wunder ereignet hat." Sie legte eine kurze Pause an. „Ihre Hoheit, Prinzessin Elisabeth Charlotte, hat vorgestern zum ersten Mal mit mir gesprochen, seit die Kurfürstin Heidelberg verlassen hat ..." Sie drehte ihr Gesicht kurz zur Seite, atmete leise durch und Johanna Elisabeth bildete sich ein, Tränen in die Augen der Gräfin treten zu sehen. Sofort reichte die graue Kammerfrau ein kleines Tüchlein an. „Sie brachte mir etwas, was Eure Tochter ihr wohl geschenkt hatte." Sie brauchte nur kurz ihre Hand zu heben, schon legte ihre Bedienstete ihr Daphnes Skizzenbuch hinein. „Sie hat mir das gezeigt", erklärte sie und schlug die Zeichnung des Eichhörnchens auf. „Eure Tochter hat es angefertigt, während sie oben im Baum neben der Prinzessin saß – und sie wohl ablenken wollte vom Fliegen, bis Hilfe da war." Marie Luise von Degenfeld ließ das Buch sinken. „Über ein Jahr lang hat die Prinzessin sich geweigert mit mir zu sprechen – und stattdessen ihrer Mutter nachgetrauert. Eure Tochter scheint wohl den Schlüssel zum Gemüt dieses Kindes gefunden zu." Beide Frauen schwiegen eine Weile und sahen sich verstehend an. Die Gräfin räusperte sich. „Falls Eure Tochter wieder soweit restituiert ist, würde ich sie gerne sprechen und ihr danken."

Johanna Elisabeth wandte sich an Thomasine. „Lauf Sie und hole Sie Daphne!" Dann warteten die beiden Damen eine Weile schweigend. Die Gräfin hob an: „Wie hat Seine Durchlaucht Euch die Rettung seiner Tochter vergolten?" Die Freifrau wehrte ab. „Seine Durchlaucht war so gnädig, sie Kosten der doch langwierigen ärztlichen Behandlung zu übernehmen." Marie Luise von Degenfeld schnaubte leise und neigte sich der Freifrau entgegen. „Weil ich es ihm aufgetragen habe. Weitere Vergütungen?" „Nun ..., keine ... Das Kind hat nur seine Pflicht getan." Die Gräfin lachte auf. „Seine – wie belieben? – Pflicht? Ein zehnjähriges Mädchen hat planvoll agiert wie ein Feldherr. Es hat in einer bedrohlichen Situation seine Befähigungen in der einzig richtigen Weise eingesetzt. Es hat sein eigenes Leben aufs Spiel gesetzt. Glaubt mir, die Übernahme des ärztlichen Honorars ist mehr als billig."

In diesem Moment öffnete sich die Türe, und Daphne trat ein. Sie hatte sich eben die Haare gerichtet und war in ein Kleid geschlüpft, vor das Thomasine ihr noch eine weiße Schürze gebunden hatte. Sie knickste vor der Gräfin, die sich erhob und auf das Mädchen zuging. „Bitte erhebt Euch!", sprach sie. „Ich hoffe, Ihr befindet Euch wohl, Freifräulein!" – „Danke der gnädigen Nachfrage, Gräfin", antwortete die Eingetretene. „Wie ist Euer Name?" – „Daphne Sophia, Gräfin." – „Daphne Sophia, ich bin hier, um mich im Namen Ihrer Hoheit Prinzessin Elisabeth Charlotte bei Euch zu bedanken. Ihr habt Großes getan!" Daphnes Wangen wurden ein wenig rot. „Wie geht es der kleinen Prinzessin?" –„Besser denn je, liebe Daphne. Übrigens will sie nicht mehr fliegen, seither jedenfalls. Dafür hat sie mir Eure Zeichnungen gezeigt." Daphnes Blick fiel kurz auf das aufgeschlagene Skizzenbuch. Dann breitete sich ein Strahlen auf ihrem rundwangigen Gesicht aus, sie winkte Thomasine zu sich her und flüsterte ihr etwas ins Ohr, worauf die Dienerin sich entfernte. „Nun", meinte Marie Luise von Degenfeld, „weshalb ich mich hierher begeben habe – ich möchte Euch ersuchen und anbieten, Prinzessin Elisabeth Charlotte von Zeit zu Zeit Gesellschaft zu leisten. Ihr habt einen mehr als günstigen Einfluss auf sie. Und mir bietet das eine Möglichkeit, Euch Richtigkeit widerfahren zu lassen und eine Schuld an Euch abzutragen." Daphne schlug sich vor Verblüffung die Hand vor den Mund. „Das ist zu gütig!", murmelte sie. Gräfin von Degenfeld machte eine wegwischende Handbewegung.

Thomasine kehrte zurück mit einem Zeichenblatt, das sie Daphne übergab. Die reichte es an Marie Luise von Degenfeld weiter. „Bitte seid so gütig, dies der Prinzessin auszuhändigen. Ich hatte genügend Muße, es für Ihre Hoheit anzufertigen." Sie knickste nochmals, als sie der Gräfin eine eher großformatige Zeichnung in die Hand legte. Die zuförderst eine detailgetreue Ansicht des Schlossparks wiedergab – über den eine zarte Elisabeth Charlotte flog, mit Feenflügeln auf dem Rücken, einem kleinen Elf und menschlichen Vogel gleich ... Die Gräfin ließ die Zeichnung sinken und schluckte heftig. „Hat Euch die Prinzessin davon erzählt?", fragte sie leise. Daphne nickte verlegen. „Dass sie fliegen wollte? Das hat sie." „Und von ihrem Traum? Hat sie Euch von ihrem immer wiederkehrenden Traum erzählt?", fragte die Gräfin atemlos. Daphne schüttelte verwirrt ihren Kopf. „Keinesfalls." Die Gräfin erhob sich abrupt, ging auf Daphne zu und küsste das etwas kleinere Mädchen innig auf die Stirne. „Mein Kind, Ihr verfügt über die göttliche Gabe, anderen in die Tiefe des Herzens blicken zu können – und dies nach außen zu transportieren. Ihr könnt Euch glücklich schätzen – und der, mit dem Ihr umgeht, sollte dies auch tun." Sie blickte tief in Daphnes leicht engstehende Augen. „Ihr solltet auch Eure Gabe zum Zeichnen und Malen unbedingt weiter kultivieren. Tätet Ihr es nicht, käme dies Gotteslästerung gleich. Sobald sich eine

Gelegenheit bieten wird, werde ich persönlich dafür Sorge tragen, dass Ihr eine angemessene Ausbildung erhalten werdet. Ihr besitzt mehr als eine Begabung – Ihr habt eine Berufung!“

Kapitel zwei

Das zeigt, dass eine junge Künstlerin ihren Weg Widrigkeiten zum Trotz fortsetzt und dass verwegen wirkende Künstler beim weiblichen Geschlecht großes Interesse wecken können

Heidelberg, a.D. 1664

Johanna Elisabeth von Owen zog den Umhang fester um ihre Schultern – dabei war es Anfang September und lieblich warm. Erst nachdem sie sich mehrmals nach allen Richtungen umgesehen und dabei vergewissert hatte, dass niemand Bekanntes im Moment Zeuge war, bediente sie den großen eisernen Türklopfer an der Pforte des Hauses Nummer 15 in der Haspelgasse. Es war ein lichtes Stadthaus, gerade einmal vor zehn Jahren und damit nach dem Ende des verheerenden *Großen Krieges* errichtet – mit einem breiten Giebel und hohen Fenstern. Es verfügte über einen Innenhof und eine große Einfahrt, die man auch mit einer Kutsche durchqueren konnte. Der Sockel des Hauses bestand aus roten Sandsteinquadern, wie man sie im nahen Odenwald abbaute.

Die Schläge des Eisenklopfers dröhnten im Innenhof, sofort bellten zwei Hunde. Die Freifrau blickte an der geweißten Vormauer hoch; ein Blauregen bildete hier den einzigen Schmuck. Holzpantinen klapperten über den Innenhof – der war offenbar gepflastert, was vom Wohlstand des Hausbesitzers zeugte. Jemand rief den Hunden etwas zu, worauf sie sofort ruhig wurden, und eine Luke im Hoftor tat sich auf. „Ihr wünscht?“, fragte ein alter Mann, dessen restliche weiße Haare, möglicherweise in einem Akt der Verzweiflung, auf Schulterlänge gezüchtet waren. Sie trat einen Schritt zurück, damit der Haushofmeister an ihrem zwar geflickten, aber nicht unmodischen dunkelroten Samtkleid mit den Spitzenmanschetten erkennen konnte, dass er es mit einer Dame von Stand zu tun hatte. „Gott zum Gruße!“, sprach sie. „Melde Er Seinem Herrn, dass Freifrau Johanna Elisabeth von Owen, Gemahlin des kurfürstlichen Syndicus, ihn zu sprechen wünsche.“ Die Blicke des Majordomus’ glitten kurz über die Gestalt der kleinen brünetten Frau, die statt einer bürgerlichen Haube einen breitkrempigen Hut mit einer Messingschnalle trug. „In welcher Angelegenheit, Euer Gnaden?“ Johanna Elisabeth spitzte ihren Mund. „Das werde ich Seinem Herrn und Meister schon selbst sagen. Oder ist er nicht zu Hause?“ Da drehte sich ein Schlüssel im Schloss, und eine Pforte innerhalb des Torflügels öffnete sich. Dahinter verneigte sich der sichtlich verunsicherte Majordomus, der Freifrau den Weg in den

Innenhof freigebend. Er ging voran. Der lichte Innenhof war zwar voll von unterschiedlichsten Gegenständen – eine frisch gewienerte Kalesche bescheidenen Ausmaßes, ein vierrädriger Leiterwagen, aber auch Stangen, Streben und Bretter aller Abmessungen waren ordentlich unter den Arkaden abgestellt, die um das Erdgeschoss des u-förmigen Wohnhauses gebaut waren – nachträglich, wie es schien. In einer Ecke befand sich ein Hundezwinger, in dem zwei Rottweiler untergebracht waren. Ansonsten war der Hof peinlich sauber gefegt und roch nicht weiter bemerkenswert. Was man vom Inneren des Wohnhauses, das die Freifrau durch ein schön geschnitztes Portal unter einem gemeißelten Sturz in Eselsrückenform betrat, nicht behaupten konnte. Nicht, dass es der Nase unangenehm war – es war vielmehr die Mischung aus Aromen, die die Freifrau irritierte. Aus der Küche wehte der Geruch frisch gerösteter arabischer Bohnen herüber; das als „Kaffee" bezeichnete, dunkelbraune und gallebittere Gebräu war in vornehmen Kreisen *en vogue* gekommen. Johanna Elisabeth hatte es einmal probiert – und fand seine Bitterkeit in einem Grad unangenehm, dass auch dessen unzweifelhaft belebende Wirkung sie nicht mehr zum Genuss einer ihr angebotenen zweiten Tasse bewegen konnte. Sie trank, wie sie es in der württembergischen Heimat ihres Mannes schätzen gelernt hatte, zum Frühstück selbst gebrautes Bier aus Gerstenmalz. Neben dem Eingang zur Küche stand eine Türe offen, die zum Kräutergarten führte, in dem offenbar Hühner gehalten wurden. Sie bemerkte, dass der Stall an diesem Morgen offenbar noch nicht ausgemistet worden war. Und diese Duftmischung wurde noch um eine harzig-ölige Komponente bereichert, die der Malerwerkstätte des Meisters Roos entströmte.

In diesem Moment entwichen mit einem Kichern zwei Kinder der Küche – ein etwa sieben Jahre alter Junge und ein Mädchen, das zwei Jahre jünger sein mochte. Die Kinder trugen schlicht geschnittene Kleider aus gutem dunklem Tuch, beide mit einem breiten Leinenkragen mit feinem Häkelspitzenbesatz versehen, der sich am Häubchen des Mädchens wiederholte. Der Junge trug sein dunkelblondes glattes Haar offen bis auf die Schultern. Beide schienen sich über einen gelungenen Streich zu freuen, prusteten, was das Zeug hielt – und klammerten sich an ihre Beute: Jedes hatte eine gelbe, rotbackige Birne in der Hand. Auf dem Fuße folgte ihnen eine Magd in einem sauber geplätteten Leinenkleid mit weißer Vorschürze. „Philipp! Ester!", zeterte sie. „Dass ihr euch nicht schämt! Die Birnen wollten wir einkochen!" Die beiden diebischen Geister jedoch entwichen ungestraft, denn der Roossche Majordomus befahl der Magd, dass sie die Freifrau in den Salon führen und ihr dort eine Erfrischung anbieten solle ...

Die Freifrau von Owen folgte der Dienerin, froh, der Geruchsmischung auf dem Korridor entkommen zu können. Der Salon war nicht groß, aber durchaus repräsentativ eingerichtet mit einer großen Standuhr aus

Birnenholz mit vergoldetem Schnitzwerk, einer wuchtigen Tafel, umgeben von zwölf samtbezogenen Stühlen, zwei ehernen Kandelabern, die von der stuckverzierten Decke hingen – und vor allem den Gemälden an den Wänden, die unzweifelhaft Werke von Johann Heinrich Roos waren und dem potenziellen Auftraggeber sowohl das Talent des Künstlers als auch dessen Bandbreite möglichst überzeugend vor Augen führen sollten. Man fand niederländisch geprägte Szenarien am Wasser, zwei Landschaften, die fast toskanisch anmuteten (Ruinen, Pinien und Zypressen fehlten nicht auf den Bildern), Darstellungen aus dem Alten Testament *(Der Tanz um das Goldene Kalb, Dalilah schneidet dem schlafenden Samson das wallende Haupthaar)*, zwei *natures mortes* und überaus lebendig wirkende Tierdarstellungen in bukolischer Umgebung. Ein Gemälde fiel besonders ins Auge: Um eine schön gedeckte Tafel saß eine etwas streng dreinblickende Frau mit weißer, fein plissierter Haube und drei Kindern, unter denen die Freifrau zumindest den gerade eben gescholtenen Philipp identifizieren konnte. Augenscheinlich handelte es sich hierbei um die Roosin. Alles war sauber und geschmackvoll ausgeführt, schön gerahmt und dem Blick gefällig aufgehängt.

Die Dienerin bot ihr eine Erfrischung an und eilte davon, den gewünschten Kräutertee zu besorgen, während Johanna Elisabeth die Kunstwerke etwas eingehender betrachtete. Freilich ließ der Künstler und Herr des Hauses nicht unziemlich lange auf sich warten. Er betrat seinen Salon mit Schwung – und Johanna Elisabeth sah sich zu ihrem Verblüffen dem halb geschorenen Samson gegenüber. Sie stutzte nur einen Moment, bewahrte aber Haltung, während sich Johann Roos vor ihr verneigte. Er mochte etwa dreißig Jahre alt sein, war mittelgroß und drahtig und trug über seinem weiten Hemd einen grausamtenen Hausrock, den er sich wohl eilig übergezogen hatte. Sein Haar, das dieselbe Farbe hatte wie das seines Sohnes, nur welliger, wallte auf seine Brust herab – nur sein *moustache* war im Gegensatz zu denen der feinen Kavaliere und Stutzer nicht klein und zierlich, sondern buschig wie der eines Räuberhauptmanns. Zusammen mit seinen ausgesprochen kräftigen Augenbrauen verlieh ihm seine Gesichtsbehaarung etwas Kühnes, das aber weniger bedrohlich als schlichtweg kraftvoll auf sie wirkte.

„Euer Gnaden, womit kann ich ergebenst dienen?“, wollte Roos wissen und stellte als geschäftstüchtiger Maler sofort seine Überlegungen an, ob er es mit einer potenziellen Auftraggeberin zu tun haben könnte. Die Dame machte einen vornehmen Eindruck. Vornehm, aber nicht wohlhabend genug, um ein wirklich einträgliches Gemälde in Auftrag geben zu können. „Ihr seid der kurfürstliche Hofmaler Johann Heinrich Roos?“, fragte die Freifrau in sachlichem Ton. „Eben der. Nun, gnädige Frau ...“, setzte Roos nach. Johanna Elisabeth vollführte eine abweisende Geste. „Ich bin hier, weil ich mit Euch über einen gewissen Auftrag des kurfürstlichen Hofs zu verhandeln habe", antwortete sie kühl. Tief in ihrem Inneren erhob sich eine Stimme, die ihr zuflüsterte, dass dieser Mann möglicherweise nicht unbedenklich sein könnte. Auch Johann Roos blickte seine unangekündigte Besucherin eher skeptisch an, obwohl es sich um eine Dame von Stand handelte. Normalerweise verhandelte Ezechiel Spanheim, der kurfürstliche Majordomus und Kulturbeauftragte direkt mit ihm. Was aber wollte diese ziemlich kleine und ebenso dralle Frauensperson, deren Alter er nicht recht einschätzen konnte? Gut, den weiblichen Zenit, also den 35. Geburtstag, hatte sie überschritten. Aber um wie viele Jahre? Ihre Haut war faltenlos, ihre Stimme noch nicht rau und brüchig, ihre Bewegungen behände, ihr Duft durchaus noch lieblich. Vierzig Lenze? Fünfundvierzig? Ihr Haar war füllig, glänzend und mittelbraun. Und in ihrer Stimme schwang etwas mit, was gute Erinnerungen anrührte. Diesem Räuberhauptmann soll ich meine Daphne Sophia anvertrauen?, schoss es Johanna Elisabeth durch den Kopf. Herr Jesus Christus soll sie – und mich – bewahren. Herr Spanheim hatte ihr erzählt, dass Johann Roos mit einer lutherischen Pfarrerstochter verheiratet war, dass er selbst auch Lutheraner war. Das beruhigte sie wiederum. Außerdem war sein Haushalt ordentlich geführt. So belauerten sich diese beiden ungleichen Menschen einige Augenblicke lang. „Ihr werdet mich gewiss aufklären, meine Dame", brach Roos das Schweigen. Vor einem Jahr war er zum Hofmaler der Kurfürsten Karl I. Ludwig von der Pfalz zu Rhein bestellt worden – ein Posten, den er zunächst mit Begeisterung angetreten hatte. Mittlerweile war die Knauserigkeit Seiner Durchlaucht ihm ein bedeutendes Ärgernis. Zumindest war sie ein Hemmnis für die Musen, ihn zu küssen, wenn er geküsst werden wollte. Ein Auftrag vom kurfürstlichen Hof bedeute mehr Mühen als Honorar ...

„Doch verzeiht, ich bin unhöflich und habe vergessen, Euch einen Platz anzubieten!" Mit einladender Geste wies er auf einen der samtbezogenen Stühle, den er zurechtrückte und ihr unterschob. Dann setzte er sich ihr gegenüber an den Tisch, nachdem er heißen Kräutertee und etwas Gebäck kredenzt hatte. „Gewiss werdet Ihr mir nun nicht vorenthalten, mit wem ich hier die Ehre und das Vergnügen habe." Ja, ich wüsste nun schon ganz gerne, wer Euer Überheblichkeit ist!, dachte er bei sich. Keine Hofdame – dafür war ihre Garderobe nicht fein genug. Aber auch keine der Honoratiorinnen. Ihre Rede war viel zu wohlgesetzt und frei, ihre Stimme, in der der Hauch eines fast verdrängten Akzents mitschwang, zu melodisch. „Ich bin Freifrau Johanna Elisabeth von Owen, mein Gatte ist der kurfürstliche Hofsyndicus und Außerordentliche Professor der Jurisprudenz, Freiherr Theodor Alexander von Owen", erklärte Johanna Elisabeth. „Ich bin hier erschienen wegen unserer Tochter Daphne." Johann Roos richtete sich abrupt auf. Darum also ging es. „Das Freifräulein Daphne von Owen? Ich habe über Herrn Spanheim gleich zwei Empfehlungen erhalten – eines aus der Feder

Seiner Durchlaucht des Kurfürsten, den anderen von der Raugräfin Marie Luise. Man bewilligt höchstderoselbst, den Staatssäckel zu öffnen für die künstlerische Ausbildung Eurer Tochter durch meine Wenigkeit ..." Wenn die Raugräfin von Degenfeld mit dahinter steckte, bestand wenigsten eine gewisse Ansicht auf eine sowohl angemessene als auch pünktliche Honorierung, wie er wusste. „Das ist auch mein Kenntnisstand. Nun bin ich als Mutter aber dafür verantwortlich, mich zu überzeugen, dass erstens alles in einem gesitteten Rahmen ablaufen wird und dass zweitens", sie blickte den Hofmaler an mit einer Mischung aus Skepsis und Neugierde, „ ... dass auch Ihr die Begabung meiner Tochter für ausbildungswürdig genug haltet, damit nicht kostbare Zeit verschwendet wird." Roos zog seine Stirne in Falten. „Pardon, Euer Gnaden, aber Mal- und Zeichenunterricht halte ich in den allerseltensten Fällen für Zeitverschwendung. Von der Verschwendung der kurfürstlichen Taler einmal abgesehen." Er war etwas ratlos ob der zweitgeäußerten Bedenken der Freifrau. „Mein Gatte hat tiefste Bedenken. Unsere Tochter ist jetzt siebzehn Jahre alt – es ist höchste Zeit, einen standesgemäßen Bräutigam für sie zu finden. Die Fähigkeit zu zeichnen und zu malen ist allerdings bei jungen Herren nicht sonderlich beliebt, um eine Jungfer gefällig zu machen. Daher ersuche ich Euch, einen Blick auf Daphnes Zeichnungen zu werfen. Wenn Ihr sie für gut genug haltet, dann werde ich meinen Ehemann davon zu überzeugen wissen. Wenn nicht, muss sie eben mehr Näharbeiten machen." Mit diesen Worten reichte Johanna Elisabeth dem Maler eines von Daphnes Skizzenbüchern.

Roos schlug es auf und versank in einer gezeichneten Welt voller Zauber. Tiere, die sich in Fabelwesen verwandelten – anmutige wie bedrohliche. Elfen, die in einer Mondnacht auf einer Waldlichtung tanzten, ihre zierlichen Füße mit den Zehenspitzen in die Nebeldecke auf der Wiese getaucht. Ritter in blitzender Rüstung, sich im Schwertkampf oder mit dem Morgenstern übend. Edle Fräulein mit spitzen, hohen Burgunderhauben auf dem Kopf und gerafften Schleppkleidern auf dem Weg in eine gotische Kathedrale. Eine alte Zauberin in ihrer fast pechschwarzen Hexenküche, aus der sich außer dem Gesicht des alten Weibs nur der Feuerschein und blitzende alchimistische Kolben hoben. Das Erkerzimmer eines Schlosses in Stil des lombardischen Quattrocento, aus dessen Fenster sich ein neugieriges junges Mädchen neigte, denn unten stand ein schlanker Jüngling, der zu ihr heraufblickte und etwas mit weit ausgebreiteten Armen deklamierte. „*Romeo e Giulietta*", kommentierte sie. „Allerdings nicht zu Verona, sondern im Fürstenschloss zu Mantua – meine Tochter hat das Gebäude nach meinen Schilderungen recht gut eingefangen." „Ihr wart also dort?", wollte Roos wissen. Die Freifrau nickte. „Meine Geburtsstätte ..."

Roos blickte sie versonnen an. Das also hatte vorhin bei ihm dieses unbestimmte Gefühl der Vertrautheit ausgelöst: ihr noch rudimentär vorhandener lombardischer Akzent. *„Siete una italiana nobile?"*, wollte er direkt wissen. Johanna Elisabeth lächelte – und antwortete ebenso auf Italienisch: „Ja. Ich bin eine Tochter von Herzog Federico von Mantua". Der Hofmaler erhob sich – und ging vor ihr in die Knie, als erwartete er seinen Ritterschlag. „... und von seiner Gemahlin Camilla di Bruno, genannt *La bella Ardizzina*!", fügte er hinzu. Johanna Elisabeth schluckte. Dann fuhr sie auf Deutsch fort, denn ihr missfiel das Gehabe des Hofmalers eher, als dass es ihr schmeichelte. „So ist es, Meister Roos! Und nun erhebt Euch bitte. Und sagt mir bitte, was Ihr von Daphnes Zeichnungen haltet." „Sie sind wunderschön! Eure Tochter handhabt den Bleigriffel wirklich meisterlich. Hat sie irgendwelche Vorlagen benutzt?" „Nicht, dass ich wüsste. Was meint Ihr nun: Lohnt sich das Wagnis?" Roos schlug das Skizzenbuch zu und reichte es der Freifrau. „Soweit ich es zu beurteilen wage: ja. Doch würde ich gerne noch einige Worte mit der Jungfer selbst wechseln. Schließlich verraten mir ihre Bilder nicht, wie zugänglich sie für Belehrungen ist." Die Freifrau nickte zustimmend. „Ihr habt einen sehr bemerkenswerten Skrupel geäußert. Gerne werde ich mit Daphne noch einmal zu Euch kommen, damit Ihr Euch ein persönliches Urteil bilden könnt. Und nun habt Dank für Eure Gastfreundschaft und Euer geneigtes Ohr!" Sie erhob sich zusammen mit dem Hofmaler, der sich tief vor ihr verneigte, und verließ das Haus in der Haspelgasse.

*

Mittlerweile hatte Johann Heinrich Roos die Geschichte der wundersamen Rettung von Prinzessin Elisabeth Charlotte in Erfahrung gebracht – und eine eher unerquickliche Diskussion mit Anna Roosin über sich ergehen lassen müssen, die es sittlich für kaum vertretbar hielt, dass eine Jungfer von Stand in einem Maleratelier alleine ein- und ausgehen sollte. Es müsse sie eine Anstandsperson begleiten. Roos kannte das – sein Eheweib konnte etwas bissig sein und tendierte zur Eifersucht. Dabei behandelte er sie doch voller Respekt und Zuneigung ...

Nun, nach einer Woche, saßen ihm die Freifrau Johanna Elisabeth und das Freifräulein Daphne Sophia gegenüber. Erstere trug ein altmodisch geschnittenes Kleid mit hoher Taille aus neapelgelber Jacquardseide – unzweifelhaft lombardisches Tuch. Dazu reichlich Spitzen, aber kein Geschmeide. Jungfer Daphne war wesentlich schlichter gekleidet in hellbraunes Tuch mit breitem weißen Leinenkragen und einem schief sitzenden Häubchen aus gleichem Stoff. Eine etwa fünfeinhalb Fuß große junge Frau von geradem Wuchs – mit einer, wie ihm sei Kennerblick, geschult durch Aktmalerei, auch trotz der strengen Kleidung verriet, prachtvollen Figur, heller Haut, einer römischen Nase (die ihr die Mutter vererbt hatte) und ausdruckvollen Augen, die ihr einen wachen, verschmitzten Ausdruck verliehen. Ihr Haar war von hellem Braun, leicht gewellt und glänzend, und ihr nicht zu breiter Mund entblößte gesunde, gerade stehende und gleichmäßig gefärbte Zähne. Wie artig hatte sie ihre Hände (sie hatte eher kräftige als schmale und feingliedrige Finger) vor sich auf der Tischplatte gefaltet! Sie machte auf ihn den Eindruck einer gesitteten und fügsamen Professorentochter. Dies tat sie für etwa fünf Minuten. Dann schweifte ihr Blick umher – zu seinen zur Schau gestellten Bildern. Und der züchtig gesenkte Blick der Jungfer weitete sich und spiegelte blanke Neugierde. Zarte kreisrunde Flecken zeigten sich auf ihren rundlichen Wangen. „Sind dies wirklich italienische Landschaften?", platzte es aus ihr heraus. Die Freifrau blickte ihre Tochter kurz missbilligend an. Roos, der zu Ehren seiner Gäste einen Rock mit Weste angezogen hatte, lächelte stolz. „Mehr Ideallandschaften, gnädiges Fräulein. Ich hatte vor zehn Jahren die Gelegenheit, bis nach Rom zu reisen und in den italienischen Ländern Studien zu treiben. Die diversen Eindrücke, die ich von den Landschaften dort gewonnen habe, haben sich dann dergestalt verdichtet ..."

Daphne ging auf seine Äußerung nicht weiter ein – sie erhob sich und betrachtete eingehend das Gemälde, auf dem Dalilah dem schlafenden Samson (ein Selbstporträt Roosens) das Haupt schor. „Ihr habt Euch da an Cavaraggio geschult?" Sie hielt einen Moment inne. „Oder doch eher an Orazio Gentileschi?" Scheinbar zerstreut ließ sie ihre Blicke über das eher großformatige Gemälde schweifen, das im Gegensatz zu den anderen Roosschen Werken scharfe Hell-Dunkel-Kontraste zeigte. Ihre Überlegungen und Empfindungen schienen Daphne in diesem Moment so wichtig zu sein, dass sie jegliche Höflichkeit und Etikette missen ließ. Johanna Elisabeth und Roos ließen sie gewähren. Daphne wandte sich von dem Gemälde ab und wurde sich offenbar schlagartig bewusst, dass sie sich eben nicht sonderlich höflich benommen hatte. Ihre Wangen wurden leicht rosig, sie knickste und murmelte: „Entschuldigt bitte, Meister Roos! Und auch Ihr, liebe Mutter!" Dennoch blickte die Freifrau etwas verlegen. Von ihrer beinahe erwachsenen Tochter, die bis vor vier Jahren regelmäßig mit Prinzessin Elisabeth Charlotte Umgang gehabt und teilweise an deren Unterrichtsstunden teilgenommen hatte, hätte sie ein wohlgefälligeres Verhalten erwartet.

Doch Johann Heinrich Roos lächelte nachsichtig. „Ich sehe wohl, dass Ihr rasch vor Begeisterung brennen könnt, ehrwürdige Jungfer! Und dass Ihr Kenntnis habt von bedeutenden Malern. Darf ich fragen, wo Ihr diese gewonnen habt?" Und dachte bei sich, etwas verwirrt von dem ersten Auftritt der jungen Frau, dass es wohl weniger ihr Talent als ihre recht altkluge Art wäre, die potenzielle Freier abschrecken konnte. Andererseits: Hatte auch er wie so viele andere Jünglinge in jenem Alter nicht versucht, die eigene Angst abgelehnt zu werden, hinter großspurigem Verhalten zu verstecken? Und er beschloss, möglichst unvoreingenommen auf sich zukommen zu lassen, was für ein Kern hinter dieser neunmalklugen

Schale wohl stecken mochte. Ein neugieriger? Ein abenteuerlustiger? Oder ein eitler und herablassender? Daphne blickte ihn direkt an. „Seine Durchlaucht hatte mir die Gnade gewährt, die kurfürstliche Kunstsammlung besichtigen zu dürfen. Und immer, wenn in den letzten Jahren neue Gemälde oder Skulpturen hinzugekauft wurden, hat mich der Majordomus Herr Spanheim benachrichtigt, damit ich sie ansehen konnte."

*

Wie sehr sie es genossen hatte, von Ezechiel Spanheim ein halbes Jahr nach ihrem Unfall durch die Räume der kurfürstlichen Sammlung geführt zu werden. Mehr als drei Stunden hatte er ihr Gemälde – deren es dort mehr als vierhundert gab – gezeigt, Plastiken, Reliefs, Schaustücke, Gemmen und Gobelins. Der zwar bürgerliche, aber überaus feinsinnige und gebildete Mann wusste Daphne zu jedem Künstler mehr zu sagen als den bloßen Namen, dessen Herkunft und Hauptstätte seines Wirkens. Sie lernte, wie ein Kunstwerk aus der Sicht des Sammlers zu schätzen war, welcher Preis gezahlt wurde, wie man Kunstwerke transportierte und möglichst wirkungsvoll präsentieren konnte: Rahmen, Podeste, Plinthen und Vitrinen, und welche Lichtquellen zu bevorzugen waren. Worüber ihr Spanheim begreiflicherweise wenig erzählen konnte, war die Technik, die für die Schaffung solcher Kunstwerke notwendig war. Lediglich wusste er ihr zu berichten, dass man die Farbe entweder mit Pastellkreiden oder mit Tempera oder öliger Anmischung auf die Leinwand auftragen konnte. Gut konnte sie sich noch an jenen Tag vor vier Jahren erinnern, als sie aufs Schloss hinaufzitiert wurde – und so war sie zugegen, als in Anwesenheit des außergewöhnlich aufgewühlten Kurfürsten dessen neueste Erwerbung ausgepackt und aufgehängt wurde: „Moses aus den Wassern gerettet" von Orazio Gentileschi. Noch weit weniger würde sie je vergessen, dass sich Karl I. Ludwig, nachdem das großformatige Bild glücklich an vier Eisenstiften befestigt an der Wand hing, noch vor anderen anwesenden Höflingen an sie gewandt hatte mit der Frage: „Wie findet Sie es, Fräulein von Owen?" Dabei hatte sein sonst etwas grämliches Gesicht fast fröhlich gewirkt.

*

„Das ist vortrefflich, denn es schult", entgegnete Roos, eher er sich ihr leicht entgegenneigte. „Nun verratet mir doch bitte eines, Jungfer von Owen: Warum zeichnet Ihr?" Daphne überlegte nicht lange. Ihren Eltern hatte sie auf eine ähnlich lautende Frage vor längerer Zeit geantwortet: „Weil es in mir ist und weil es Freude macht." Doch in diesem Moment ahnte sie, dass ein Künstler wie Roos sich mit einer so wenig reflektierten Aussage nicht sonderlich zufriedengeben würde. So entgegnete sie: „Weil ich über das hinaus, was ich an Sichtbarem abbilde, auch das zeichnen möchte, was das Auge nicht erkennt." „Und was kann das sein, nach

Eurer Auffassung?" „Ein Kunstwerk braucht zwei Typi: den Künstler, der es entstehen lässt, und den Betrachter, auf den es wirken kann. Das, was im Schaffen verborgen ist und was ich abbilden möchte, ist der Plan, den ich mir zurechtgelegt hatte, und die Kondition, in der ich mich beim Zeichnen befinde. Das, was im Betrachter verborgen ist, sind seine Reflexionen, sein Charakter und seine Wünsche und Aversionen", erklärte Daphne ohne zu stocken. Roos hatte seine Augen geschlossen und seine Finger aneinanderlegt. So ließ er Daphnes Worte auf sich einwirken. Das junge Mädchen hatte ihm soeben mit eigenen – und durchaus klugen und präzisen – Worten dargelegt, was das *concetto* in den Bildenden Künsten bedeutete. Er öffnete seine Augen und blickte direkt in die Daphnes. „Ich bin zu gerne bereit, Freifräulein, Euch den gewünschten Unterricht zu erteilen." Wobei ich die Befürchtung hegen muss, dass Ihr mich in Bälde überflügeln werdet!, dachte er für sich. Und eines ist mir klar geworden: Sie schätzt sich und ihre unzweifelhaft verblüffenden Fähigkeiten ziemlich falsch ein. Bis aus einem dermaßen sperrigen Rohdiamenten eine geschliffene Künstlerpersönlichkeit werden kann, bedarf es nicht nur des Studiums und eines geduldigen Lehrers. Es bedarf vor allem etlicher Krisen. In denen Fräulein Neumalklug entweder verbrennen wird – oder daraus hervorgeht wie bester Solinger Stahl.

*

Freiherr Theodor Alexander von Owen saß hinter seinem Schreibtisch, der sich schier unter der Last von Schriftsätzen und Akten bog, und arbeitete im Licht von drei Kerzen und zwei Schusterkugeln an einer Relation. Er war ein mittelgroßer, fast magerer Mann von knapp fünfzig Jahren, dessen früher dunkelblonde Haare frühzeitig ergraut waren. Weshalb ihm das von Hof und Universität protokollarisch vorgeschriebene Tragen einer Allongeperücke nicht unlieb war. Sein Wesen war sehr still und in sich gekehrt; dass er als junger Edelmann von ganz anderem, fast feurigem Temperament gewesen war, war nur noch seiner Ehefrau bekannt. Das, was dem Freiherrn und seiner Familie im *Großen Krieg* begegnet und widerfahren war, hatte ihn so werden lassen. Es klopfte, und auf sein zerstreutes „Herein!" betrat seine Tochter sein Arbeitszimmer. Dann brummelte er, wieder gebeugt über einen Schriftsatz, vor sich hin: „Ah, Daphne! Gut, dass du da bist, mein Kind. Wie würdest du es denn ausdrücken: *Interdum heritationis non est deductibile de lorem ipso*" oder vielmehr *„Interdum heritationis non deductendum de lorem ipso*?" Daphne überlegte kurz: „Was wollt Ihr damit ausdrücken, Vater – dass man eine Erbpacht nicht vom Selbstbehalt abziehen kann oder soll?" „Soll." „Dann *non deductendum*." Der Freiherr tauchte seinen Gänsekiel in die Tintenflasche, blickte Daphne mit einem Stirnrunzeln an und führte ihn über das Papier. „Ich danke dir. So sollte es korrekt sein." „Es ist korrekt, Herr Vater."

Von Owen seufzte. Was seine Tochter sagte, hatte seine Richtigkeit. Gott hatte sie mit dem falschen Geschlecht ausgestattet hinsichtlich ihres Verstandes. *Non doctissima conjux sit* ... Es ziemt sich für ein Eheweib nicht, zu gebildet zu sein. Er seufzte. „Hättest du später die Güte, Korrektur zu lesen bei meiner Relation? Ich muss sie morgen dem Gerichtspräsidenten vorlegen." Daphne knickste kurz. „Jederzeit, Herr Vater ... Herr Vater?" „Ja, mein Kind?" „Herr Roos, der Hofmaler, ist bereit, mich ab sofort zu unterrichten ... und die Frau Mutter würde mich während der Lektionen chaperonieren", erklärte Daphne schüchtern. Der Herr Hofsyndicus seufzte erneut – diesmal noch lauter. „Dann soll es wohl geschehen ..." Er richtete sich auf und blickte seine Tochter an mit einer Mischung aus Tadel und Resignation. „Es ist der Wille unseres allergnädigsten Landesherren. Doch sobald sich ein Ehemann für dich findet, wird Schluss sein mit den Mal- und Zeichenlektionen!", setzte er für seine Verhältnisse ungewohnt harsch hinzu. „Dessen bleibe bitte eingedenk!" Daphne knickste erneut. „Jawohl, Herr Vater."

*

Johann Roos verfügte über zwei Werkstätten – eine große im kurfürstlichen Schloss und eine wesentlich kleinere in seinem Haus, in der er an kleinen, privaten Aufträgen arbeitete, für die er keine Gehilfen benötigte. Hier würde er mit Daphne zuerst arbeiten. Dann erläuterte er ihr sein Konzept: zum einen zuerst das übliche Procedere eines Malergehilfen: Materialkunde, Anmischen von Farbe, Pigmentlehre, das Vorbereiten von Leinwänden und das Firnissen zum Abschluss. Zum anderen die Theorie: die Geschichte der Malerei, nationale Strömungen und Besonderheiten, Ikonologie und Ikonografie, Komposition eines Bildes, Sujets und Genres. Sodann sollte sie sich an Studien machen – und an Kopien – erst von Bildausschnitten, anschließend von ganzen Gemälden. Dazu wie auch zum Zweck des Anschauungsunterrichts würden sie sich hinauf ins Schloss begeben. Daphne würde zunächst dreimal zwei Stunden Unterweisung pro Woche erhalten.

Dem Ganzen sah er nun mit weitaus mehr Zuversicht, ja sogar Interesse und Neugierde entgegen als mit moralischer Skepsis – Daphne würde von keiner Geringeren begleitet werden als von ihrer Mutter – einer Fürstentochter aus Mantua. Auch wenn Daphnes Talent und Verstand offensichtlich waren – würde es ein langer und dorniger Weg werden. Denn er erkannte ihre Ungeduld – und ihre Neigung, ausgesprochen eigenwillige Wege zu gehen. Und Weisheit war etwas, was der Tatkraft erst mit den späteren Jahren erwuchs – seine Wenigkeit mit eingeschlossen. Einstweilen aber waren die fünf Taler, die Seine Durchlaucht für jede Lektion zu bezahlen bereit war, ein schönes, wenn auch ganz gewiss nicht leicht verdientes Zubrot. Das dringend nötig war – die Roosin trug nun schon das fünfte Kind unter ihrem Herzen.

Kapitel drei

Das von der Schwierigkeit des Aktzeichnens handelt, aber auch von Ehrgeiz und davon, dass sich allzu strenge Vorschriften umgehen lassen

Heidelberg, a.D. 1666

Daphne wartete einen Augenblick, bis sie sich der Aufmerksamkeit ihrer Eltern sicher war, die auf Armstühlen im Salon Platz genommen hatten. Zwei Jahre erhielt sie nun schon bei Johann Roos Lektionen in Malerei – und er hatte sie nicht geschont mit Anforderungen, Lehrstoff und Übungen. Darüber hinaus hatte er ihr eine Fülle an Rüstzeug mitgegeben, was den Umgang mit Gemälden betraf: wie man ein Bild rahmte, welches Material und welche Verzierung man für einen passenden Rahmen wählte, wo und wie man ein Bild aufhängte, dass es seine Vorzüge am besten offenbarte. Er hatte ihr auch beigebracht, wie man ein eben fertiggestelltes Gemälde dem Porträtierten möglichst effektvoll präsentieren konnte. „Denn", so hatte Roos Daphne erklärt, „nicht selten ist der Abgebildete enttäuscht, wenn er sein fertig gerahmtes Konterfei zum ersten Mal gezeigt bekommt – aus nicht nachvollziehbaren Gründen. Diesen Umstand gilt es natürlich zu vermeiden." Man schaffe, hatte er ihr erklärt, einen würdigen und gesetzten Rahmen, mit dem man dem Abgebildeten so etwas wie Ehrerbietung erwiese. Einige bedeutungsvolle einführende Worte vor der Enthüllung täten sodann ein Übriges.

Nun war Daphne bereit, ihr erstes offizielles Porträt zu enthüllen, das sie nach knapp zwei Jahren bei ihrem Lehrherrn hatte anfertigen dürfen. Um denen Ehre zu erweisen, denen der Mensch stets die erste und größte Verehrung schuldete, hatte sie ihre Eltern gebeten, sich von ihr porträtieren zu lassen. Zwölf Wochen lang war Johanna Elisabeth wie immer gerne und willig mitgegangen in das Roossche Haus in der Zehntgasse und saß dort ein bis zwei Stunden lang mit bewundernswerter Geduld, ohne dass ihre gute Laune nachgelassen hätte. Wesentlich widerwilliger war der Herr Hofsyndicus und mittlerweile Ordentliche Professor der Rechtswissenschaften dort angetreten; und nach lediglich fünf Sitzungen hatte er bekundet, dafür weder Zeit noch Sinn zu haben. Daphne war irritiert von der Ablehnung durch ihren Vater, die aber letztendlich der Schroffheit entsprach, die er während der beiden vergangenen Jahre entwickelt hatte. Sorge um Ansehen und Auskommen konnte allerdings nicht die Ursache dafür sein. Ihr Vater hatte sich innerhalb dieser Zeit eine blendende Reputation als Vertragsrechtler erarbeitet, er wurde oft bemüht und noch öfter zitiert. Er hatte zwei Lehrbücher zu diesem Thema verfasst, deren Lektüre für die Studenten der Jurisprudenz Pflicht war – was ihm zusätzliche Taler in sein anwachsendes Vermögen spülte. Da Ehre stets Ehre nach sich zu ziehen pflegte, wurde er ins Konsistorium der rasch wachsenden Lutherischen Gemeinde berufen und war verantwortlich für die Rechtsbelange der Providenzkirche. Sein Leben als Ehrenmann schien sich für ihn erst in seiner sechsten Lebensdekade auszuzahlen.

Daphne blickte ihre Eltern an. Der Vater schien durch sie hindurchzusehen, die Mutter lächelte ihr ermunternd zu. Sie griff nach dem großen Leintuch, das das auf einer Staffelei stehende Gemälde bedeckte, und wollte es wegziehen – doch Johann Roos, der als Lehrer und Mentor ebenfalls geladen war und im Hintergrund des Raumes stand, schüttelte leicht den Kopf und bewegte stumm seine Lippen. Daphne begriff, sie behielt den Zipfel des Tuchs in der Hand, räusperte sich und hob zu sprechen an: „Werter Herr Vater, liebe Frau Mutter, ich schulde Euch nach Seiner Durchlaucht, dem Kurfürsten, größten Dank, dass Ihr mir die Lehre der Malerei gestattet und ermöglicht habt. Ich danke Euch auch für Eure Bereitschaft und Langmut, mir für das Porträt Modell zu sitzen, das ich Euch gewidmet habe in der Hoffnung, Euch würdig genug abzubilden ..." „Willst du es uns denn nicht endlich zeigen, Daphne? Dass du eine gehorsame Tochter bist, die Vater und Mutter ehrt, wissen wir doch alle", forderte die Freifrau von Owen ihre Tochter auf. Der Herr Hofsyndicus sagte nichts weiter, doch bei den Worten, die seine Frau an die Tochter richtete, kniff er seine Lippen zusammen – als sollte diesen nur nichts entfleuchen. Daphne gab sich selbst, nachdem Roos nun endlich zustimmend genickt hatte, einen Stoß und zog das weiße Tuch mit feierlicher Langsamkeit fort.

Während der beiden vergangenen Jahre hatte sie regelmäßig in Begleitung von Roos – und Thomasine als Anstandsperson die Gemäldesammlung des Kurfürsten aufgesucht. Sie hatte die Viten, die Ikonografie und vor allem Technik und Ausdrucksmittel der dort versammelten Maler kennengelernt, studiert und vor allem in – allerdings nicht immer – geduldiger Mühsal kopiert: Cranach, Saraceni, Bassano, Michelangelo, Poelenburgh. Rubens, der wie kein anderer Haut hatte abbilden können. Gentileschi. Und vor allem den dramatischen Lombarden Cavaraggio, dessen theatralische Hell-dunkel-Kontraste nachfolgende Künstler dergestalt begeisterte, dass er bis zu diesem Tag einen ganzen Kometenschweif an Nachahmern nach sich zog, auch über seinen Tod hinaus. So abstoßend sittenlos und gewalttätig sein Leben auch gewesen sein mochte – an ihm hatte sich Daphne am intensivsten geschult. Was sich nun deutlich im Porträt ihrer Eltern niedergeschlagen hatte und ihrer italienischen Mutter unfehlbar schmeicheln musste. Die Farbigkeit des Gemäldes war, was die neutralen Töne betraf, weitaus kühler als erdig (Daphne empfand ein Zuviel erdiger Farben bedrückend). Was die Primärfarben anging, so waren diese klar und leuchtend. Keine undefinierbaren Mischtöne, kaum Pastell. Schatten und Licht waren fast scharf voneinander abgesetzt, als wäre eine Theaterleuchte auf Darsteller und Kulissen gerichtet worden. Der Freiherr war in seiner professoralen

Amtstracht abgebildet – mit mittelblonder Allongeperücke, breiter weißer Halskrause über seinem schwarzsamtenen Talar mit der Verbrämung aus Maulwurfpelz, die rechte Hand auf einen umfangreichen Rechtskodex gelegt. Vor dem großen Lehrbuch lag ein kleineres, aufgeschlagenes Buch, auf dem Teile des Heidelberger Katechismus erkennbar waren – ein Symbol für sein kirchliches Amt. Sein schmales Gesicht zeigte wenige Falten, und den typischen durchdringenden Blick aus den blaugrauen von Owenschen Augen hatte sie vorzüglich eingefangen. Lediglich um den Mund hatte Daphne ihm ein wenig weichere und freundlichere Züge verliehen.

Seine Frau wirkte auf den ersten Blick, als entstammte sie einem Theaterstück – sie war in mantuesischer Hoftracht abgebildet, einem rotseidenen Kleid, in dessen Stoff ein Granatapfelmuster eingewebt war und das einen breiten, viereckigen Ausschnitt hatte. Wie in Norditalien üblich, war der Besatz aus Spitze nur dezent. Als letztes Relikt, das die Gonzagafrauen aus der Zeit der steifen spanischen Mode, quasi als Reminiszenz ans 16. Jahrhundert, mitgenommen hatten, trug die Freifrau eine rote Toque, die allerdings kokett mit weißen Reiherfedern bestückt war und schräg auf ihren glänzenden dunkelbraunen Locken saß. Um den Hals trug sie eine Perlenkette mit einem feinen Kreuz und mit ihrer Linken hielt sie eine Laute auf ihrem Schoß. Ihr liebliches Gesicht mit der typischen kurzen und höckerigen Gonzaganase wies einen feinen Schmelz auf, denn die Freifrau hatte, ihrem Alter von nunmehr fünfzig Jahren spottend, so gut wie keine Falten und kaum weiße Haare. Besonders schön waren ihre großen und trotz ihres Grautons klar leuchtenden Augen eingefangen – das musste auch Meister Roos konstatieren.

Die einzige Verbindung zwischen den beiden so ungleich wirkenden Ehegatten bestand darin, dass der Freiherr mit seiner Linken, die auf dem Tisch liegende rechte Hand seiner Frau ergriffen hatte. Jeder von ihnen trug einen Goldring gleicher Machart am rechten Ringfinger. Freiherr Theodor Alexander räusperte sich, stand auf und trat auf das Gemälde zu, das er aus kürzerer Distanz eingehend betrachtete. Dann wandte er sich seiner stumm und zugleich erwartungsvoll stehenden Tochter zu. „Das hast du trefflich angefertigt. Ich will es in meinem Amtszimmer an der Universität aufhängen." Der hochgewachsene, aber sehr schmalgliedrige Mann beugte sich zu seiner Tochter hinab und küsste sie flüchtig auf die Stirne, bevor er sich an seine Frau und an Roos wandte: „Ihr mögt mich nun entschuldigen – aber in einer halben Stunde muss ich Kolleg halten." Er nickte noch einmal in die Runde und empfahl sich. Frau Johanna Elisabeth, nachdem der Herr Hofsyndicus gegangen war, nahm ihre Tochter herzlich in die Arme. „Welch wundervolles Präsent! Welch schöne Arbeit! Nur möchte ich wissen, warum du mich als Mantueser Hofdame abgebildet hast?" Sie lachte leise. „Weil Ihr das seid, Mutter, denn ich sehe es in Euch!" Johanna Elisabeth seufzte kurz. „Ah, vergangene Zeiten ..." „Ich habe übrigens noch zwei Silbergriffelzeichnungen von Euch gemacht, Mutter, aber nur vom Kopf. Einmal mit aufgesetzter Toque. Soll ich sie holen?" „Ja, lauf nur!" Daphne verließ den Salon.

Dann wandte sich die Freifrau an Johann Roos. „Auf ein Wort – Meister Roos! Mir gefallen Eure Resultate, und auch, wie anständig Ihr mit Daphne umgeht. Schließlich kann ich mich davon ja laufend selbst überzeugen. Doch mein Gatte scheint ein wenig die Geduld zu verlieren. Er weiß wohl, dass Daphnes Ausbildung zur Malerin für drei Jahre angesetzt und auch bewilligt ist – aber wenn es nach ihm ginge, dann wäre wohl eher heute als morgen Schluss damit." Sie setzte sich wieder und bot auch dem Hofmaler einen Stuhl an. „Wie ist Eure Einschätzung und Eure Empfehlung? Ich bin nach wie vor geneigt, Eurem Urteil mehr zu vertrauen als mich der Gewalt meines in künstlerischen Dingen nicht allzu sehr bewanderten Gatten zu unterwerfen!" Was für eine unerhört freie und auch stolze Rede aus dem Mund eines Weibes!, dachte Johann Heinrich Roos voller Respekt. Nun kann ich es nachvollziehen, warum Daphne ihre Mutter als höfische Dame und Enkeltochter eines Musikers abgebildet hat – und den Vater in schwarzer Amtstracht – einer magenkranken Krähe nicht unähnlich ... „Die Ausbildung Eurer Tochter ist aus einem ganz bestimmten Grund noch nicht beendet – sie besitzt allergrößtes Potenzial, eine begnadete Porträtmalerin zu werden. Nur muss sie dazu noch einige wenige Grenzen überschreiten ...", begann Roos. „Und die da wären?"

Roos erhob sich und ging etwas im Raum herum. Er wusste eben seinen Gedanken noch keine angemessenen Worte zu verleihen. Schließlich blieb er stehen – und blickte frei in das offene Gesicht der Freifrau. „Der menschliche Körper endet nicht am Kinn, Euer Gnaden ..." „Das weiß ich selbst – aber was bezweckt Ihr mit dieser Äußerung?" Roos räusperte sich. „Damit aus Daphne die große Porträtistin werden kann, die ohne Abstriche in ihr steckt, muss sie sich auch mit der Aktzeichnung befassen." Die Freifrau schlug ihre Hände vor den Mund. „Das ist ... ungeheuerlich! Der Freiherr wird das niemals erlauben! Seid froh, dass er es nicht gehört hat. Undenkbar!!" Ihre Wangen hatten sich rot gefärbt. Roos hielt ihrer Empörung stand. „Es ist unumgänglich ... Sie ist auf einem Weg, auf dem sie weder umkehren noch stehen bleiben noch eine Abzweigung nehmen kann." „Habt Ihr schon mit ihr darüber gesprochen?" Roos setzte sich wieder. „Ich wollte es zuerst mit Euch bereden, Euer Gnaden!" Er schwieg eine Weile. „Ich habe mir einen *modus vivendi* überlegt, wie Daphne sich im Aktzeichnen üben kann – und der Anstand trotzdem gewahrt bleibt. Bitte gestattet, dass ich Euch diesen Vorschlag im Anschluss an Daphnes nächste Lektion unterbreite. Und ferner bitte ich Euch, dies bis dahin in Eurem Herzen zu bewegen!"

In diesem Moment betrat Daphne mit einem Portefeuille unter dem

Arm den Salon. Sie legte die große Mappe auf den Tisch und schlug sie schwungvoll auf. „Hier, Frau Mutter!“ Sie reichte der Freifrau zwei etwa eine Elle lange hochformatige Blätter, auf denen sie mit dem Silberstift den Kopf ihrer Mutter gezeichnet hatte. Einmal mit und einmal ohne Toque. „Das ist sehr hübsch!“, meinte die Mutter. „Ich will beide Zeichnungen rahmen lassen.“

Während die Freifrau ihre Konterfeis eingehend – und überaus geschmeichelt – betrachtete, zupfte Roos ein paar Blätter aus der Mappe. Seit Daphne Malunterricht bekam, zeichnete sie zu Hause längst nicht mehr so viel wie früher. Und das, was sie dort zeichnete, bekam der Lehrer nicht zu Gesicht. Nun, sie war ein junges Mädchen, dem anscheinend noch kein Mann den Hof machte. Doch gerade in ihrem Alter wurde man von Sehnsüchten und Träumen geradezu überschwemmt – und seine Schülerin hatte geradezu das Rüstzeug dazu, sich solcher Sentimentalitäten zu entäußern. Verrieten doch flüchtige, scheinbar planlose Skizzen und Kritzeleien mehr über den Zeichner als eine sorgfältig durchkomponierte *nature morte* ... Doch was er da in seinen Händen hielt, waren keine Turteltäubchen in ihrem Nest oder tanzende Brautpaare. Es waren anatomisch exakte Zeichnungen von einem Herzen und einem Muskelbein. Sie wird es tun!, dachte er voller Erleichterung – und dem Stolz eines enthusiastischen Lehrers. Sie wird Aktstudien betreiben. Und es sollte mir doch gelingen, die Mutter zu überzeugen, ... die Freifrau von Owen, in der ein mächtiger Freigeist steckt ... Zufrieden legte er die beiden Blätter zurück zu den übrigen Zeichnungen.

*

Zum ersten Mal, seit Daphnes Besuche im kurfürstlichen Schloss vor sechs Jahren ein Ende gefunden hatten, fühlte sie sich trotzig und unglücklich zugleich. Damals hatte Prinzessin Elisabeth Charlotte Heidelberg verlassen, um ihre Erziehung am Hof ihrer Tante Sophie in Hannover zu vollenden. Mit einem Aufschrei warf sie ihren Rötelstift in die Ecke, in welcher der Hausknecht und Kutscher Christoph auf seinem Hocker vor sich hindöste, nun aber dank des Ausbruchs des Freifräuleins aus seinem Halbschlaf aufschreckte. „Ah!!“, zeterte Daphne. „Ich kann das nicht! Ich werde das nie schaffen – und wenn ich es hundert Mal noch übe!“ Schluchzend verbarg sie ihr Gesicht in den Händen. Roos seufzte – derartige Szenen hatte er während der vergangenen Wochen leider wiederholt erlebt. Er erhob sich von seinem Hocker, ging zu Daphne und legte ihr die Hand auf die Schulter. Diesen Moment musste wohl jeder Lehrling während seiner Ausbildung durchmachen, gleich, in welchem Metier er nach Meisterschaft strebte. Der Musiker wie der Handschuhmacher, der Maler wie der Buchdrucker: Ein jeder schien an eine Grenze zu stoßen, deren Existenz er nur zu gerne geleugnet hätte. „Lasst einmal sehen, gnädiges Fräulein!“, forderte er sie auf. In der Tat, irgendwie schienen die Extremitäten nicht korrekt in ihrer Haltung, seltsam verdreht, verkürzt, entweder zu groß geraten oder zu schmächtig. Daphne, der es nicht schwerfiel, ein menschliches Antlitz überaus ansprechend und authentisch wiederzugeben, selbst aus dem Gedächtnis, tat sich auf einmal schwer mit dem Zeichnen der menschlichen Körperteile. Roos schüttelte leicht seinen Kopf mit den langen, wilden Haaren. Ratlos kratzte er sich am Genick. „Ruft Euch doch einmal die beiden Zeichnungen ins Gedächtnis, die Ihr vor ein paar Jahren angefertigt habt – das Herz und das Bein!" „Ich kann nicht immer nur Herzen malen!", maulte Daphne. „Das sollt Ihr ja auch nicht. Ihr sollt nur an die Struktur und die Komposition der Muskeln denken ..." „ ... die bei einem Menschen unter der Haut verborgen sind!", hielt Daphne dagegen. Ross schüttelte ungläubig den Kopf: „Habt Ihr mir nicht vor zwei Jahren gesagt, dass Ihr zeichnet, um offenzulegen, was verborgen ist?! *Voilà*! Oder kann es sein, dass Euer Abstraktionsvermögen da enden sollte?" Daphne blickte ihren Lehrer müde und traurig an.

Roos erhob sich. „Gut, ich werde Euch einige Lehrbücher der Vergleichenden Anatomie besorgen. Die mögt Ihr studieren, dann werden wir sehen, wie weit wir mit diese Methode kommen." Er ergriff ein nicht ganz sauberes Leinenhemd, das über einem Schemel lag, und warf es dem jungen Mann zu, der nahezu nackt und von allem scheinbar unbehelligt auf einem Schemel saß und sich ausgiebig am Kopf kratzte. „Balthasar, für heute ist es gut. Zieh dich an, lass dir von Walburg deine zehn Kreuzer geben. Wir schicken wieder nach dir, wenn wir dich brauchen!"

Freifrau Johanna Elisabeth blickte irritiert von ihrem Stickzeug auf. Sie widmete sich allerdings nicht sofort wieder ihrer Arbeit, sondern betrachtete den gut zwanzig Jahre alten Rollknecht, der sonst unten am Neckarhafen arbeitete, mit verschämtem Interesse, während er sich mit der ihm zu eigenen Trägheit ankleidete. Er hat eine ansprechende Figur, dachte Johanna Elisabeth, und breite Schultern ... wie auch Meister Roos einen ziemlich stattlichen Körperbau hat ... Sie nahm ihre Brille ab, die sie zerstreut putzte, und schalt sich für ihre einer Frau ihres Alters und Zivilstandes unziemlicher Gedanken, die sich ihr allerdings immer wieder bei dieser Gelegenheit aufdrängten. Dahingegen schienen die Reize eines muskulösen Jungmännerkörpers von Daphne weitgehend abzuprallen – aber die gab sich ohnehin der Verzweiflung ihres momentanen Scheiterns hin. Balthasar, nachdem er sein Hemd übergestreift hatte, schlüpfte in seine vielfach geflickte Kniebundhose, stieg barfüßig in seine Holzpantinen und zog sich seine Joppe über, bevor er sich seine speckige Filzmütze auf seine rotblonden Locken stülpte. Dann lächelte er amüsiert, machte einen ungelenken Diener und verschwand.

Daphne verschränkte mit finsterer Miene ihre Arme vor der Brust. „Ich kann den Kerl nicht ausstehen!", rief sie aus. „Er ist widerlich!" Roos warf ihr einen strengen Blick zu. „Ein geduldigeres und vom Körperbau besser geeignetes Aktmodell werden wir nicht so schnell finden", setzte er hinzu. Seine Schülerin gab sich schnell geschlagen: „Meister, danke für Eure Geduld. Aber findet Ihr nicht, wir sollten mit den Aktstudien pausieren, bis ich mit meinen anatomischen Studien etwas weiter fortgeschritten bin?" „Das scheint mir konsequent", pflichtete Roos ihr bei. Bei all der Mühe und den Umständen, die ihn das Aktstudium des Freifräuleins bisher gekostet hatten, wollte er andererseits immer weniger kleinbeigeben. Man hatte sich vor einem Vierteljahr auf das geeinigt, was Roos einen *modus vivendi* genannt hatte: Die ohnehin ihre Tochter chaperonierende Freifrau würde hinter einem Paravent sitzen und als weitere Begleitperson würde der Hausknecht und Kutscher Christoph dazustoßen, nachdem er zu allerstrengstem Stillschweigen verpflichtet worden war. Die Aktmodelle rekrutierte Roos bei den Rollknechten und Tagelöhnern unten am Neckarhafen, denn das waren meist gesunde, gut gebaute Kerle, die sich gerne einmal ein paar Kreuzer dazu verdienten. Es bedurfte etlicher Versuche, das geeignetste Modell herauszufiltern – einige hatten wohl falsche Vorstellungen, insbesondere sobald sie die malende Daphne sahen, und wurden schlichtweg lüstern ... Andere waren zu behaart, zu vernarbt oder zu übelriechend. Andere erschienen betrunken. Irgendwann fischte Roos Balthasar heraus, einen schön proportionierten Dreiundzwanzigjährigen, der aufgrund seines keltischen Typus nicht allzu behaart war – und durch seine angeborene Schwerhörigkeit friedfertig genug, alles mitzumachen, was man von ihm verlangte. Gut, sein Gesichtsausdruck war stupide, aber seine Rumpfmuskulatur einfach prachtvoll ausgebildet ... Vor jeder Sitzung musste man ihn allerdings in den Waschzuber stecken – was jedes Mal von der Roosschen Hausmagd Walburg, einer kräftigen und äußerst resoluten Frau Anfang vierzig, besorgt wurde. Was die unverheiratete Frau dabei im Einzelnen mit dem Mann anstellen mochte, verdrängte Roos freilich. Hauptsache, der Bursche blieb bei den Sitzungen keusch und friedlich.

Nur die Freifrau schlug nach einem Monat vor, den Paravent zu entfernen, der sie abschirmte. Dies erbat sie mit der Begründung, dass nun im Herbst das Licht spärlicher werden würde – und sie wolle nicht, dass ihre Tochter sich die Augen verderbe ... Roos ließ den Paravent abschlagen – und der Dame Gonzaga ihr spätes Vergnügen. „Christoph, Er kann gehen!", gebot die Freifrau ihrem Hausdiener. Der schlich sich nach einer knappen Verbeugung von dannen – froh, diesem „Affentheater", wie er es im Stillen bezeichnete, entkommen zu sein. Allerdings, wenn er sich nicht verhört hatte, dann sollte dies heute vorläufig das letzte „Affentheater" gewesen sein. Worüber er nicht unfroh war. Was für eine blödsinnige Mode, unbekleidete Menschen abzuzeichnen. Wo sich der Mensch doch seit dem Sündenfall und der Vertreibung aus dem Paradies zu bedecken trachtete ...

Johann Heinrich Roos rieb sich seine Schläfen. „Gnädiges Fräulein Daphne, würde es Euch etwas ausmachen, wenn ich eben mit Eurer Frau Mutter etwas unter vier Augen besprechen würde?“ „Durchaus nicht. Sicher kann ich Christoph noch einholen.“ Sie knickste kurz und meinte etwas verlegen: „Meister Roos – ich muss Euch um Verzeihung bitten für meine Ungeduld und meinen Zorn. Es ist nur ...“ Roos hob die Hand. „Es ist gut, mein Fräulein! Wenn es so partout nicht klappen will, müssen wir eben einen anderen Weg gehen. Ich bin kein strikter Verfechter starrer dogmatischer und akademischer Lehren. Und nun geht nach Hause und zerstreut Euch mit angenehmen Dingen. Macht einen Spaziergang, musiziert ein wenig oder lest ein gutes Buch ...“ Daphne knickste noch einmal und verschwand eiligst von dieser Stätte wiederholter Blamage.

Die Freifrau legte ihr Stickzeug weg und ihre Hände sittsam über ihrem Schoß zusammen. „Auch ich möchte um Entschuldigung bitten. Ich werde Daphne wohl ins Gebet nehmen müssen, damit so ein Ausbruch nicht wieder vorkommt.“ Johann Roos nahm Johanna Elisabeth gegenüber Platz. „Euer Gnaden, so etwas muss ein Lehrherr aushalten können. Daphne ist an einem Wendepunkt angelangt – aber mein Gefühl sollte mich nicht trügen, dass sie ihre Krise überwinden wird. Höchstwahrscheinlich aus eigener Kraft – und von der besitzt sie eine Menge – das Privileg der Jugend. Sie weiß es nur noch nicht ... Und nun könnte ich einen guten Schluck Branntwein vertragen. Ihr auch?“ Johanna Elisabeth von Owen nickte bedächtig. Ja, ein Becher Branntwein würde ihr guttun – und dabei helfen, was sie Meister Roos gleich sagen wollte.

Der Maler stand auf, ging zu einer Kredenz und kehrte mit einer Steinzeugkruke und zwei kleinen Zinnbechern zurück, die er mit dem goldbraunen Branntwein füllte. Von denen schob er einen der Freifrau hin, die ihm zuprostete und die scharfe Flüssigkeit mit einem Zug leerte. Wärmegefühl breitete sich in ihrem Oberbauch aus. Sie setzte den Becher ab und blickte Roos unverwandt an – während er abwartete, was sie ihm zu sagen hatte. „Ich habe über Eure Frage nachgedacht, Meister Roos. Zuerst war ich, wie ich zugeben muss, ausgesprochen empört über Euer Ansinnen. Doch je länger ich darüber räsoniert habe ...“ Sie knetete verlegen ihre Hände. „Ich bin bereit, Meister Roos, für Euren Auftrag als büßende Magdalena Modell zu sitzen. Es soll doch für die Providenzkirche sein, nicht wahr?!“ Roos straffte sich – insgeheim hatte er mit einer Absage gerechnet. Es war von ihm eine Kühnheit sondergleichen, dieser Dame von Geblüt die Frage anzutragen, ob er sie abbilden dürfe. Auch wenn es ein Gemälde neutestamentlichen Sujets sein würde – und bestimmt war für das Seitenschiff der neuen lutherischen Kirche. Doch die Freifrau hatte genau das Haar, das ihm für seine Magdalena vorschwebte: glänzend, voll und gewellt. „Ja, es wird in die Kirche gehängt.“ Die Freifrau blickte ihn mit einem letzten Rest Skepsis an. „Und man wird mich nicht erkennen?

Denn mein Gemahl gehört seit einem Jahr dem Konsistorium an." Roos nickte, immer noch fassungslos. „Man wird Euch gewiss nicht erkennen, ich werde der Magdalena deutlich abgewandelte Gesichtszüge verleihen." Er erhob sich. „Wollt Ihr eben mitkommen – und Euch das begonnene Bild anschauen?" „Gerne." Roos führte die Freifrau in den Nebenraum, in dem das besagte Gemälde auf einer großen Staffelei stand. Es war groß, etwa eineinviertel mal dreiviertel Klafter, der Hintergrund, bestehend aus Gemäuer mit Fensterdurchbrüchen, durch die eine südliche Ideallandschaft erkennbar war, war bereits fertiggestellt. Auch der Heiland, klassisch gewandet in eine lange Tunika mit einem roten Mantel, war bis auf Haupt und Haar gemalt. Die vor ihm auf dem Boden kauernde Frau, gekleidet in ein schlichtes weißes Gewand und eine braune Stola, war auf ähnliche Weise unvollkommen. Mit einer Hand unterstützte sie über einer silbernen, mit Wasser gefüllten Schale die blanken Füße Jesu. Die andere Hand fehlte, wie auch der Unterarm.

Johanna Elisabeth blieb davor stehen. Sie betrachtete das unfertige Gemälde eine Weile. „Es ist sehr schön", meinte sie. „Und überaus ... erbaulich. Wie lange werdet Ihr mich benötigen?" „Nicht länger als vier Sitzungen – und wenn Ihr darüber hinaus die Güte hättet, mir jetzt schon eine Strähne Eures Haars zu überlassen", antwortete Roos. „Eine – Strähne meines Haars?", fragte die Freifrau irritiert. „Wozu das?" „Damit ich in Ruhe den richtigen Farbton anmischen kann. Und damit ich die Intensität der Glanzlichter studieren kann", entgegnete Roos. „Je nun." Die Freifrau räusperte sich. Der Hofmaler reichte ihr eine kleine Schere, Johanna Elisabeth trat vor einen Spiegel und schnitt sich eine Haarlocke ab, die sie Roos überreichte. Er nahm sie behutsam in die Hand – sie fühlte sich an wie Seide. Er bildete sich ein, dass ihr ein feiner Duft entströmte. Wenn er genau hinblickte, dann entdeckte er ganz vereinzelte weiße Haare darunter – wie feinstes Silbergespinst über dunkelbraunem Bernstein ...

*

Daphne war es nicht gelungen, Christoph einzuholen – was ihr ganz recht war. Wahrscheinlich war der Hausknecht in irgendeine Schänke abgebogen, in der er sich auf die Kürze einen Becher billigen Weins genehmigte. Für die junge Künstlerin war das Alleinsein im Moment auch gut. All die Mühen in den vergangenen Jahren, die Studien, die Übungen im Mischen und Auftragen von Farben, fett, mager, pastos, laviert ... die langen Sitzungen im Schloss, um Kopien anzufertigen ... und immer noch fehlte ihr der zündende göttliche Funke ... Daphne biss sich auf die Unterlippe, konnte aber nicht verhindern, dass ihr die Tränen erneut in die Augen traten. Zwei Waschfrauen, die mit ihren Körben vom Neckar heraufgekommen waren, starrten ihr irritiert hinterher. Sie schlich durch die Gesindepforte ins elterliche Haus, die Treppe hinauf und schloss sich in ihrem Zimmer ein. Dort warf sie sich rücklings aufs Bett, auf dem

Heloïse eingerollt schlief. Ihre Katze öffnete träge nur ein einzelnes Auge, mit dem sie Daphne schläfrig anblickte; doch ließ sie es sich gefallen, dass Daphne ihr gedankenverloren über den Nacken streichelte, bis sie ein leises Schnurren vernehmen ließ. Eine andere Gesellschaft wollte das Freifräulein in diesem Moment auch nicht um sich haben. „Ach, Heloïse ...", seufzte sie, „was soll nur aus mir werden? Sie drückte ihre Wange an das warme, seidige Fell ihrer Katze. „Zum Aktmalen bin ich zu dumm – und für einen Bräutigam zu schlau, und wie der Herr Vater sagt, wohl auch zu vorlaut!" Heloïse blinzelte, erhob sich und machte einen Buckel, ehe sie vom Bett sprang, sich vor die Türe setzte und leise maunzend Auslass begehrte. Daphne schwang sich seufzend auf und gab dem Freiheitsdrang ihres Tieres nach, das sich sofort und ohne sie noch einmal anzusehen aus dem Zimmer entfernte.

Gut. Johann Roos wollte ihr noch eine Chance geben, einen anderen Weg zu gehen. Er war ein geduldiger Lehrer, der sie allerdings immer wieder hart und unnachgiebig gefordert hatte. Er glaubte weiterhin an sie – nicht nur, weil der Kurfürst und seine morganatische Gattin für die Lektionen zahlten. Auch ihre Mutter glaubte an sie. Sie ging zum Regal, in den ihre Malutensilien lagerten, und zog ihr Portefeuille hervor, das sie auf ihren Sekretär legte. Sie sah sich zum wiederholten Male die beiden Zeichnungen an, die sie vor neun Jahren angefertigt hatte: ein Herz und ein Bein. „Ich wollte das Unsichtbare sichtbar machen ...", murmelte Daphne. Sie dachte an die anatomischen Zeichnungen von Leonardo da Vinci, die sie im Schloss gesehen und studiert hatte. Der Toskaner war dessen fähig gewesen, er hatte erfassen und zeichnen können, was unterhalb und innerhalb der menschlichen Hülle war. Woher nur? Fand sich hier die definitive Grenze zwischen seinem Genie und ihrem schlichten Talent ...? Oder hatte er es doch gesehen – und zwar in der Realität?

Daphne richtete sich auf. Mit einem Mal fiel ihr Dr. Jacobi ein, der junge Physicus, der damals Dr. Thornbusch vertreten hatte, als ihr verletztes Bein kuriert werden musste. Er hatte von anatomischen Vorlesungen der Medizinischen Fakultät erzählt, die auch für Interessierte frei zugänglich waren. Sofern es sich um Männer handelte ... Sie blickte in ihren Spiegel, straffte sich und löste ihre am Hinterkopf hochgesteckten Haare, bis sie frei über ihre Schultern fielen, wie es bei Männern Mode war. Ein weiter schwarzer Umhang, ebenso weite Kniebundhosen, ein lockeres Wams über einem bauschigen Hemd, um ihre Brüste zu verbergen, die sie mit Leinenbinden schnüren würde. Es könnte gehen ...

In diesem Moment hörte sie, dass ihre Mutter zurückgekommen war. Die leise vor sich hin sang – was sie in den letzten Jahren nicht mehr oft getan hatte. Zuallererst wollte sie sich bei ihr entschuldigen für ihr jähzorniges Verhalten im Roosschen Hause. Sie verließ ihr Zimmer und ging in die Küche, wo sich ihre Mutter nachmittags meistens aufhielt.

„Frau Mutter?", sprach sie die Freifrau an, die gerade den Inhalt eines Butterfasses inspizierte. Johanna Elisabeth blickte auf – sie wirkte nicht im Mindesten verärgert. „Ja, Daphne?" Daphne ging auf ihre Mutter zu. „Frau Mutter ... es tut mir leid ... wegen vorhin", sagte Daphne leise. Johanna Elisabeth klappte die Buttertonne wieder zu und bemühte sich um einen betont ernsten Gesichtsausdruck. „Das sollte es auch, Daphne! Das war nicht angemessen." Und setzte hinzu: „Ich will hoffen, dass es deinem Vater nicht hinterbracht wird – von Christoph." Doch dann brach sich in ihrem Gesicht wieder eine Heiterkeit Bahn, die sie wohl mitgebracht hatte, und die Daphne sehr irritierte. Und die das junge Mädchen intuitiv ausnutzte. „Ich will es nie wieder tun, mich so ... hinreißen lassen!" Sie legte ihren hübschen Kopf schief und blickte die Freifrau innig mit ihren aparten Augen an. „Frau Mutter, könnt Ihr mir nicht einen oder besser zwei Taler erübrigen? Ich benötige neue Silbergriffel." Johanna Elisabeth lachte leise – Daphne meinte sogar, dass sie leicht rotwangig geworden sei – zog ihren Beutel aus der Rocktasche und zählte ihrer Tochter ein paar Münzen auf die Hand. „Nun geh schon – und kauf dir dein Werkzeug!" Daphne trat zu ihrer Mutter und drückte ihr einen Kuss auf die Wange. Die Freifrau streichelte ihrer Tochter über das Gesicht.

*

Ihre Füße trugen sie in den Stadtteil, in dem sich seit zwanzig Jahren wieder Juden niedergelassen hatten und in dem sich die alte Synagoge befand. Die Große Mantelgasse und die angrenzenden Gassen waren dicht besiedelt, untertags übersät mit Buden und Verkaufsständen – und trotz des Gedränges blitzsauber. Dort konnte man wohlfeil einkaufen – auch Malereibedarf wie gut gewebte Leinwände, die lediglich ein wenig stockfleckig waren, Pinsel und sogar Pigmente. Am liebsten kaufte sie bei Baruch Ben Isaak. Dessen Familie war aus S'Hertogenbosch zugezogen, er hatte in den Niederlanden Künstler beliefert und wusste genau, was ein Maler benötigte. Das Glöckchen an seiner Ladentüre läutete, als Daphne eintrat. Aus dem Kontor hinter dem Ladenlokal trat Recha, Baruchs Frau. Als sie Daphne erblickte, lächelte sie. „Ah, das Freifräulein von Owen – einen schönen Tag! Was benötigt Ihr? Wir haben flandrische Leinwand bekommen, ägyptisches Malachitpulver und ..." Daphne trat auf die grauhaarige Recha zu, blickte sich rasch nach links und rechts um und flüsterte ihr zu. „Ich benötige Kleidung!" Recha sah irritiert zurück. Dann fasste sie sich, ganz Geschäftsfrau. „Gewiss, Kleider haben wir auch. Kommt mit!" Recha ging Daphne in einen Nebenraum voraus und wies auf mehrere Stangen und Truhen. „Schaut Euch um, so lange Ihr wollt ... Wenn ich Euch helfen kann, lasst es mich wissen." Daphne wühlte eine Weile hilflos in Joppen, Umhängen, Wämsern und altmodischen Lederkollern. Recha stand mit unergründlicher Miene daneben. Daphne seufzte und blickte die Frau schließlich resigniert an. „Recha – ich benötige ... Männerkleidung." Recha nickte. „Ich nehme an für Euch selbst." Daphne nickte verschämt. Ohne Kommentar ging Recha an einen Kleiderständer und kehrte mit einer weiten schwarzen Kniebundhose, einem Hemd, Weste und einem schwarzen Umhang, dessen Aussehen nicht unbedingt *en vogue* war, zurück. Wortlos stellte sie flache schwarze Lederschuhe dazu. „Dann benötigt Ihr wohl auch eine Kopfbedeckung", meinte sie. Sie ging zu einer Truhe und kehrte mit Kappen, Schlapphüten und einem veritablen Plumagenhut zurück. Daphne entschied sich für ein kleines, weiches Barett aus schwarzem Samt. „Was bin ich Euch schuldig, Recha?" – „Zwei Taler und dreißig Heller, mein Fräulein." Recha packte die Einkäufe in ein Stoffbündel, kassierte und hielt der jungen Frau, die nach wie vor nervös war, die Ladentüre auf. „Beehrt uns bitte bald wieder, Fräulein von Owen. Und geht mit Gott!" Daphne seufzte leicht: „Und verratet es bitte keinem Menschen – auch nicht Vater Baruch!" So schnell es ging, verließ Daphne den Laden; Recha sah ihr mit einem Lächeln nach. Sie war nicht das erste weibliche Wesen, das sich bei ihr mit Männerkleidung versehen hatte. Mochte es zwar nicht der göttlichen Ordnung entsprechen, aber auch das Weib empfand gelegentlich den Drang nach Bewegungsfreiheit.

*

Was für ein Gedränge!, dachte Daphne, drückte ihr Samtbarett auf ihr offenes Haar und raffte mit der anderen Hand ihr cape um sich. Dieses Kleidungsstück roch trotz heimlichen Lüftens immer noch nach Mottenpapier und durfte gut und gerne fünfzig Jahre alt sein, also aus der Zeit vor dem *Großen Krieg* stammen. Die Traube von unterschiedlichsten Männern, die sich allmählich der Pforte des *Nosocomiums* in der Sandgasse zu drängte, erlaubte es Daphne fast nicht sich zu bewegen. Das Gebäude war ein ehemaliges Spital, das die Universität aufgekauft hatte und in dem Kollegien und Vorlesungen in Anatomie abgehalten wurden. Hier und heute galt es sich einzuschreiben für die freie Vorlesung in Vergleichender Anatomie, welche die ersten zehn Male von keinem Geringeren als Professor Vulpius gehalten werden sollte. Der Mutter hatte sie erzählt, dass sie wieder im Schlosspark zeichnen wollte, wofür sie keine Begleitperson benötigte, und die Freifrau hatte dann nicht weiter nachgefragt – unergründlich gut gelaunt, wie sie seit Kurzem ohnehin war.

Der Mann, der sich von rechts gegen sie quetschte, war gut und gerne anderthalb Köpfe größer als sie und ziemlich korpulent. Entsprechend stark schwitzte und roch er. Dazu noch hatte er am Mittag offenbar irgendetwas verzehrt, was rohe Zwiebeln enthalten hatte. Links von ihr versuchte ein junger Mann, sich permanent an ihr vorbeizuschieben. Er war zwar schlank und roch deutlich besser als ihr Nachbar zur Rechten, aber sein Verhalten empfand sie als ausgesprochen impertinent. Die Menschentraube bewegte sich ruckartig nach vorne und verdichtete sich, denn die Pforten des *Nosocomiums* wurden geöffnet. Dies gab dem Zwiebelbauch zu ihrer Rechten das vermeintliche Recht, Daphne einen Ellbogenstüber in die Rippen zu verpassen, der ihr schier die Luft nahm und sie gegen den jungen Mann links von ihr schleuderte. Als ob es Daphnes Schuld gewesen wäre, fuhr der Grauhaarige sie auch noch an. „Kann Er nicht aufpassen, Kerl?!" „Er soll selber aufpassen!", meinte der Jüngling links von ihr und wandte sich freundlich an sie: „Er sieht etwas blass aus, mein Freund! Man hat Ihm doch wohl keine Rippe gebrochen?" Daphne biss sich auf die Lippen und schüttelte den Kopf ... Endlich war die Reihe an ihr, sich zu registrieren und ihren Obolus für das Semester zu entrichten. Mit in die Stirne gezogenem Barett beugte sie sich über die Liste, um ja dem Pedell nicht in die Augen schauen zu müssen. „Ist Euer Name nur Daniel?" Daphne nickte nervös. „Jude, wie, wenn Ihr keinen christlichen Nachnamen habt?" Erneut nickte Daphne nervös. Der Pedell blickte sie so durchdringend an. „Ist Er jetzt fertig?", fragte da der hilfsbereite Mann von vorhin den Universitätsdiener. Er befand in der Reihe hinter ihr. „Sonst geht die Sonne bald unter ..." „Euer werter Name, Euer Gnaden?", fragte der Pedell ihren Hintermann spöttisch. Daphne sah zu, dass sie rasch in den Sektionssaal kam, der schon brechend voll war. Vorne in der ersten Reihe gab es noch freie Plätze. Ausgerechnet! Allerdings würde ihr niemand die Sicht versperren. Doch wer nahm keck neben ihr Platz? Ihr Hintermann von vorhin. Er nickte ihr lächelnd zu und nahm seinen Hut ab. Dann streckte er ihr die Hand hin – einfach, freundlich und ganz von sich aus. „So sieht man sich wieder ... Daniel!" Daphne ergriff die ihr dargebotene Hand ohne nachzudenken und ließ ihren Arm durchschütteln. „Es freut mich sehr, Gevatter! Mein Name ist Maximilian." Dann nahm er mit weitausholender Geste Platz, legte seine Kopfbedeckung unter die Bank – und zückte zugleich mit Daphne eine Zeichenkladde. Eben wollte Herr Maximilian erneut seinen Mund aufmachen, doch da fuhren zwei Knechte einen mit einem Leinentuch abgedeckten Leichnam herein, den sie mitten im Halbrund des Hörsaals abstellten. Gleichzeitig wurden mehr Lampen im Saal angezündet. Maximilian stupste Daphne sanft gegen die Schulter. „Jetzt wird's wohl ernst ...", meinte er. Daphne nickte und konzentrierte sich auf die Umrisse, die sich durch das Leintuch abzeichneten. Ihr Herz schlug vor lauter Nervosität bis unter ihre Schädeldecke. Was auch nicht besser wurde, als Professor Vulpius eintrat, eine kurze Ansprache hielt und den Toten – einen klapperdürren alten Mann mit eingefallenem Bauch – bis zur Hüfte aufdeckte. „Wir beginnen", sprach der Vortragende, „heute mit der Muskulatur des Halses und des Kehlkopfs. Wer Fragen hat, möge sie gerne im Anschluss an das Kolleg stellen. Ansonsten ist anstößiges Lärmen, Essen und Trinken strengstens untersagt!" – „Dazu sind wir ja wohl auch nicht hier ...", flüsterte Maximilian Daphne zu. Die blickte fast starr geradeaus, klappte ihr Zeichenbuch auf und hielt ihren Bleigriffel bereit. Ein Gehilfe rollte einen Wagen mit blitzenden Instrumenten – diverse Messer, Haken und Scheren – heran, aus denen der Professor eines wählte und hinter den Körper trat. „Ich werde den ersten Schnitt entlang des Unterkiefers setzen, weitere Schnitte entlang des Randes des Trapezmuskels und der Schlüsselbeine, um diese Region frei zu präparieren", erklärte er.

Das Fettgewebe unter der Haut war gelb wie helles Wachs und schien von körniger Struktur – auch wenn der alte Kerl nicht viel davon besaß. Was sich darunter an Muskeln befand, legte der Professor sorgfältig und mit ruhiger, kundiger Hand dar – einen zarten, aber zugleich wie einen Fächer ausgebreiteten Muskel, der Platysma hieß. Dann an beiden Seiten des Halses einen dicken, schrägen Strang, den Kopfnicker. Maximilian zu ihrer Linken stöhnte leicht, allerdings nichts wegen des Geruchs: „Wie heißt der Kerl auf Lateinisch ..." Daphnes Bleigriffel flog mit einer Geschwindigkeit über das Papier, die sie von sich selbst nicht kannte. „Er heißt *Sternocleidomastoideus* ...", murmelte sie. „Verbindlichsten Dank!", raunte Maximilian zurück. Sie blickte verstohlen auf seine Zeichnung und musste dann doch lächeln. Das war schon ein Gekritzel, wenn Maximilian auch alles ordentlich beschriftete und bezeichnete. Er hatte schmale, sehr gepflegte Hände, also war er kein Handwerker. Am rechten Ringfinger trug er einen schlichten Weißgoldring mit einem Cabochon aus Karneol. Über dem Grundglied seines Mittelfingers war die Haut in einem Streifen heller als in der Umgebung; vermutlich saß dort normalerweise ein Siegelring. Den er an diesem Tag abgezogen hatte, wohl um sich nicht zu verraten. Ein Kaufmannssohn also – oder ein Adelsspross. Max blickte verstohlen auf Daphnes Zeichnungen – machte große Augen: „Donnerwetter ...", rief er aus. Mehr sagte er nicht, denn Professor Vulpius blickte ihn lange und streng an.

Nach Beendigung der Vorlesung wollte Daphne so schnell wie möglich nach Hause, doch ihr Sitznachbar legte ihr fast brüderlich die Hand auf die Schulter. „So schnell kommt Ihr mir nicht davon, Gevatter Daniel! Lasst uns einen Becher Wein trinken gehen"- er klimperte mit ein paar Münzen, die er im Säckel seiner Kniebundhose trug–„um die Ecke auf dem Plöck ist der Rote Ochse, da ist der Wein ehrlich – und die Mägde sind nicht zu aufdringlich!" Daphne schüttelte jedoch hastig den Kopf, drückte ihr Skizzenbuch an sich und verließ rasch das Nosocomium. Sie lief von der Sandgasse zurück in die Zehntgasse, wobei sie die Hauptstraße mied. Zu Hause angekommen, schlüpfte sie durch die Mauerpforte, huschte durch den Kräutergarten und kletterte über den noch dicht belaubten Nussbaum hoch bis zum Fenster der Wäschekammer, das sie angelehnt gelassen hatte. Dort kleidete sie sich rasch um, steckte ihre Männerkleidung in einen Sack, den sie später unter ihr Bett schob, schlich sich nach unten in den Salon und setzte sich ans Virginal. Im Haus war es still, also waren nur die Dienstboten da. Daphne saß einen Moment ganz ruhig. Sie war wie berauscht – und spürte dem in ihrem Inneren nach, was sie so sehr bewegte. Der Schleier des für sie bisher unfassbaren Verborgenen schien endlich gelüftet zu werden. Was immer sie dafür riskierte – es war für sie der erste Schritt in eine entscheidende Richtung.

*

September und Oktober vergingen, der November war freundlich und mild – und Daphne kletterte zweimal pro Woche nach dem Mittagsmahl in ihrer Verkleidung über den Walnussbaum ins Freie. Im Hörsaal pflegte sie eine der Ersten zu sein. Professor Vulpius hielt bereits nach einem Monat immer wieder eine ihrer detaillierten Zeichnungen vor dem Auditorium in die Höhe und lobte sie als mustergültig. Denn es fanden sich unter der Zuhörerschaft einige, die sich später einmal als Anatomiezeichner verdingen wollten. Einmal sprach der Dozent sie sogar darauf an und machte ihr so etwas wie ein Angebot, doch sie lehnte ohne Begründung ab.

Maximilian war beileibe nicht mit derselben eifrigen Regelmäßigkeit wie sie im Nosocomium, aber dann saß er selbstredend neben ihr. Und endlich, Mitte November, gelang es ihm, den Gevatter Daniel im Anschluss an die Vorlesung auf einen Becher Wein in den Roten Ochsen zu locken. „Nun kommt schon, mein Freund! Wein dürft Ihr ja wohl trinken – der ist doch nur den Muselmännern verboten!", scherzte er – und legte Daphne freundschaftlich einen Arm um die Schulter. Der Student war um einen guten Kopf größer als sie. „Nun gut, weil Ihr es seid – mein Freund Maximilian!", gab sie nach. Der Rote Ochse war ein sauberes Gasthaus, in dem viele Kaufleute verkehrten – und wenig Rauf- und Trunkenbolde. Maximilian orderte einen Krug mit Rotem aus Württemberg und legte schwungvoll seinen Filzhut auf den blank polierten Tisch. „Und bring Sie uns noch Brot und Käse!", rief er der Schankmagd hinterher. Daphne nahm ihr Samtbarrett auf.

Ihr Kommilitone – so konnte sie ihn getrost bezeichnen, war nicht viel älter als sie, schlank und hatte ein feines Gesicht mit hellgrünen Augen. Ganz nach der Mode trug er seine lichtbraunen Haare lang bis über die Schultern, dazu einen feinen gestutzten Schnurrbart. Die Spitzensäume am Hals und den Hemdsärmeln waren frisch gestärkt und blütenweiß. Die Schankmagd brachte Wein, Käse und Brot, Maximilian entlohnte sie mit einem Viertel Batzen – und blickte ihr kurz und voller Wohlgefallen nach. „Daniel, wie alt seid Ihr?", wollte er dann wissen. „Fünfzehn und ein halbes Jahr", antwortete Daphne – sie hatte es sich angewöhnt, mit Maximilian in einer Art heiserer Flüsterstimme zu sprechen – was einem Fünfzehnjährigen wohl angemessen sein mochte. „Ja", meinte er, „ich habe fast angenommen, dass Ihr noch so jung seid – Eure Stimme ... aber keine Sorge, in einem Jahr habt auch Ihr einen Tenor. Und müsst Euch ab und zu den Bart schaben." Er goss ein und hielt Daphne seinen Becher hin, um auf das gemeinsame Wohl anzustoßen. „Auf die Anatomie! Und auf Euer Talent!", rief er aus. Daphne errötete und verschluckte sich etwas, worauf ihr Maximilian freundlich auf den Rücken klapste. „Doch, im Ernst, lieber Daniel – an Euch ist ein richtiger Maler verloren gegangen!" Er blickte sie eine Weile an, und Daphne verkniff sich fast das Atmen, so durchdringend war sein Blick. Leise setzte Maximilian hinzu. „Ihr riskiert einiges, mein Freund, denn ich weiß, dass Euer Glaube Euch sowohl das Sezieren verbietet als Störung der Totenruhe, als auch das Abbilden von Menschen. Was also treibt Euch dazu, über solche Grenzen zu schreiten?" Daphne schlug kurz ihre Augen nieder. „Ihr habt Recht, Maximilian – ich möchte zu gerne ein Maler werden. Alle großen italienischen Meister haben seit dem Cinquecento anatomische Studien betrieben." Maximilian pfiff leise. „Also steckt unter Eurem altmodischen Samtbarett ein großer Geist – der richtig hinausdrängt ins Weite!" Daphne lachte leise. „Ihr seid zu gütig; ob mein Geist groß ist, kann ich nicht beurteilen. Aber ob er nun groß ist oder klein – hinaus möchte er in der Tat. Doch sind die Grenzen, die unsereinem gesteckt sind, bei Weitem enger als die, die wohl für Euch gelten. Oder wollt auch Ihr Euch nicht mit dem bescheiden, was Euch vorgegeben ist? Nun also – was treibt Euch an? Ich weiß nur eines: Maler solltet Ihr bestimmt nicht werden!"

Maximilian lachte lauter – und schenkte nach. „Gut pariert, mein Freund! Nein, mich zieht's nicht zu den Musen hin. Ich würde gerne Arzt werden, aber ..." – er zuckte mit den Achseln – „mein Vater, dessen einziger Sohn ich bin, hat selbstredend anderes mit mir vor." Er seufzte. „So gesehen habt Ihr Recht: Ich bin um keinen Deut freier als Ihr – auch wenn meine Kleidung modischer ist." Er schwieg einen Moment. „Was meint Ihr, Daniel – könntet Ihr von mir ein Konterfei anfertigen, jetzt, so wie ich hier sitze? Ich habe ja mit angesehen, wie verteufelt flink Ihr mit dem Griffel seid!" „Nun", meinte Daphne, zückte Skizzenbuch und Bleigriffel und bemühte sich um einen männlich-entschlossenen Gesichtsausdruck, „das lässt sich hier und jetzt einrichten." Sie betrachtete ihn eingehend. „Dreht mir ein wenig die linke Seite zu, ja, im Halbprofil ist es am besten! Ihr habt eine schöne kühne Nase und ein kräftiges Kinn, das sollte abgebildet werden. Und setzt doch Euren Hut auf, der umrahmt Euren Kopf auf ideale Weise." „Ist es so recht?" „Hm – nehmt die linke Schulter etwas zurück. So ist es gut. Und nun haltet still – in Namen Eures Messias."

Daphne benötigte für ihre detailliert ausgeführte Zeichnung etwa zwanzig Minuten – während dieser Zeit schauten ihr immer wieder Gäste über die Schulter, dann sogar der Wirt. Sie alle waren voll des Lobes. „So, ich denke, besser bekomme ich Euch nicht hin", meinte sie und schob Maximilian die Kladde hinüber. Der staunte nicht schlecht. „Alle Wetter!", rief er aus. „Wie fein Ihr das ausgeführt habt!" Der Ochsenwirt, der sich immer noch in der Nähe aufhielt, setzte hinzu: „ … und der Herr Künstler hat Euch obendrein recht geschmeichelt! Das wird Eindruck machen bei den Weibern!“ Daphne riss das Blatt aus dem Buch und schob es Maximilian hin. „Bitte nehmt es an“, sprach sie. Der strahlte und zeigte seine prachtvollen gesunden Zähne. „Wie kann ich es Euch honorieren?“, wollte er wissen. Daphne machte eine abwehrende Handbewegung. „Habt Ihr mich nicht eingeladen? Das ist mir Honorar genug!“ Maximilian zuckte die Achseln. „Das erscheint mir zu billig, mein lieber Freund! Wartet!“ Maximilian zog eine Straußenfeder aus seinem Hutputz und steckte sie an Daphnes Kopfbedeckung. „So – nun kann jeder erkennen, dass wir Freunde sind!“, rief er aus, „Formidabel!“

Hastig leerte Daphne ihren Becher – der Wein, den sie nicht gewohnt war, drohte ihr ohnehin zu Kopf zu steigen. Glühend rote Wangen hatte er ihr ohnehin schon längst beschert. Zumindest schob sie es auf den Wein. „Ich muss gehen … mein Freund! Sehe ich Euch am kommenden Donnerstag?“ Maximilian stand auf und reichte ihr die Hand. „Wenn Ihr es so wollt! Obwohl Professor Vulpius da … das männliche Geschlechtsteil sezieren wird. Allein die Vorstellung …“ Er schüttelte sich leicht. „Nun, dann lebt wohl – und vielleicht auf ein anderes Mal!“, erwiderte Daphne und verließ eiligst das Gasthaus zum Roten Ochsen.

*

Geraume Zeit hatte er sie betrachtet, wie sie regungslos auf dem Boden kniete. Ihr großzügig gelocktes Haar fiel offen und frei um ihr hübsches Gesicht. Er ließ ab von seinem Tun und ging lautlos und unbemerkt zu ihr hinüber, seine Blicke nicht von ihr lassend. Schon längst war er nicht mehr Herr seiner Gedanken noch seiner Willenskraft. Erst als er eine Weile vor ihr stand, gewahrte sie ihn und blickte zu ihm auf. Ihre schönen grauen Augen blickten ihn unverwandt an – da hob er sie plötzlich hoch und trug sie hinüber zu einer Kommode, auf die er sie setzte. Als ob sie noch nie etwas anderes getan hätte im Umgang mit ihm, legte sie ihre Hände um seinen Nacken – und als ob es seit jeher sein Recht gewesen wäre, fasste er sie mit zugleich beherztem und zartfühlendem Druck bei den Hüften, um sie an sich zu ziehen. Sein Gesicht kam ihrem nahe. *„Lasciati amare …, tesoro!“*, raunte er an ihrem Hals, auf dem seine Lippen sofort danach ihren Zauber zu weben begannen. *„Si … si …“*, flüsterte sie, „… mein Starker …“ Weich wie Seide fühlte sich sein Bärtchen an, als es ihre empfindliche Kehle kitzelte. „Gib mir einen Kuss …“, bat er sie und fasste sie zart unter dem Kinn, ehe sich ihre Lippen mit einer Behutsamkeit einander nahten, die nichts anderes war als die süße Qual des Zögerns. Erst als sie aus diesem Kuss wieder auftauchten, antwortete sie ihm: „Ich gebe dir alles!“

*

Sie verfluchte sich, dass sie Maximilians Einladung nachgegeben hatte, auch wenn sie es seiner angetragenen Freundschaft schon lange geschuldet hatte. Nun nahm sie ihre Beine unter die Arme, war einmal mehr froh darum, bequeme Hosen zu tragen statt der langen Röcke samt Unterkleidern, und rannte in die Zehntgasse. Eigentlich konnte sie sogar die Abkürzung über die Augustinergasse nehmen, die sie eigentlich wegen der vielen hinderlichen Buden und Händler nicht mochte – zu groß war die Gefahr, dass sie jemanden in die Arme lief, der sie erkennen konnte. Doch nun war sie viel zu spät und musste das Risiko auf sich nehmen. Sie klemmte ihre Zeichenkladde fest unter den Arm und sprang wendig wie eine Gazelle um Straßenhändler, Spaziergänger und Lasten tragende Dienstboten herum. Gleich würde sie, am Ende der Augustinergasse, das Pufendorfsche Haus erreichen, das dem bedeutenden Universitätsprofessor gleichen Namens gehörte, einem Fakultätskollegen ihres Vaters. Auf Höhe des Portals wurde sie umgerannt von einem eiligen Lakaien, der in diesem Moment das Haus des großen Völkerrechtlers in gleicher Hast wie sie verlassen hatte. Ihr Buch flog in den Straßendreck – und zahllose handbeschriebene Blätter. „Hols der Teufel!", knurrte sie vor sich hin, war aber behilflich, die herumfliegenden Blätter einzusammeln.

Als sie sie dem noch recht verdutzten Diener in die Hand drücken wollte, blickte sie zu ihrem Entsetzen in Christophs Gesicht. Sie schnellte auf, ergriff ihr Zeichenbuch und rannte weiter, ohne ein Dankeschön abzuwarten, wobei sie ihre Mütze tief ins Gesicht zog. Hoffentlich nicht zu spät ... Zu Hause schlüpfte sie durch die Mauerpforte und erklomm behände wie ein Marder den Nussbaum. Doch das Fenster der Wäschekammer war inzwischen geschlossen worden. Ein Blick auf die Galerie verriet ihr, dass Thomasine dort Laken zum Trocken aufgehängt hatte – die Chancen standen gut, dass sie ausnahmsweise über die Galerie ins Haus gelangen konnte. Was sie wegen des relativ langen Weges in ihr Zimmer früher verworfen hatte. Daphne wechselte den Ast, rutschte hinüber zur Brüstung und schwang sich auf den überdachten Gang. Sie hatte Glück, die Türe war nicht abgeschlossen, und so schnell und leise es ging, schlich sie nur auf Strümpfen und mit angehaltenem Atem zurück auf ihr Zimmer.

Dort warf sie Umhang, Hose und Wams achtlos in eine Truhe und zog sich das Hemd über den Kopf – als auch schon energisch geklopft wurde. Ohne auf ihre Antwort zu warten, betrat ihr Vater den Raum. Ein Blick auf ihre noch bandagierten Brüste und ein weiterer in die noch offen stehende Truhe genügten ihm vollkommen. „Also hatte Christoph doch Recht! Meine Tochter spaziert am helllichten Tage durch die Stadt – in Männerkleidung!" Er baute sich drohend vor ihr auf. „Zieh dir etwas Gesittetes über! Dann verlässt du dein Zimmer nicht mehr, bis ich dich zu sprechen wünsche!", sprach er mit scharfem Ton. Daphne senkte den Kopf. „Jawohl, Herr Vater!", antwortete sie leise. „Ich werde mir überlegen, wie mit dir zu verfahren ist", setzte der Freiherr von Owen hinzu und verließ den Raum. Daphne versteckte ihr Skizzenbuch unter ihrer Matratze, dann zog sie sich, wie von einem Mechanismus angetrieben, ihre Alltagskleidung an. Zuletzt nahm sie das schwarze Samtbarett wieder aus der Truhe. Die weiße Straußenfeder war mittlerweile geknickt – Daphne zog sie ab und steckte sie an den Spiegel über ihrem Toilettentisch. Dann nahm sie seit drei Jahren zum ersten Mal wieder ihr Stickzeug in die Hand, rückte einen Stuhl ans Fenster – und begann mit den stupiden Näharbeiten.

*

So mochte sie gesessen haben, bis es dämmerte und das Licht zum Sticken nicht mehr ausreichte. Daphne legte sich auf ihr Bett und lauschte ihren eigenen Atemzügen. Keine Seele verlangte nach ihr, selbst Heloïse begehrte keinen Einlass. Fast wäre sie eingeschlummert – als eine Serie von unterdrückten Schreien sie aus ihrem Halbschlaf riss. Es war eine Frau, die sie durch Mauern und Türen hindurch schreien hörte, immer wieder, nur wenige Augenblicke lang. Die ihr endlos vorkamen – denn sie erkannte die Stimme ihrer Mutter. Daphne konnte sich beim besten Willen nicht daran erinnern, dass ihr Vater ihre Mutter je gezüchtigt hatte. Nun aber ... Daphne brach selbst in Tränen aus. Welches Strafgericht brach hier über sie herein? Sie wollte ihrer Mutter zu Hilfe eilen und rüttelte am Knauf der verschlossenen Türe – und als das nichts brachte, hämmerte sie mit beiden Fäusten darauf ein, bis sie zu Boden sank und von haltlosem Schluchzen geschüttelt wurde. Was mochte ihre Mutter denn in den Augen des Vaters verbrochen haben, was ihre Züchtigung erforderte? War sie ihm nicht immer eine gute Ehefrau gewesen? Oder hatte er etwa ...? Diesen Gedanken vermochte sie nicht weiterzudenken.

Es mochte eine weitere Stunde vergangen sein, bis Thomasine Daphne aus dem dunklen Zimmer befreite und sie hinuntergeleitete in das Studierzimmer ihres Vaters. Dieser saß, wie sie es nicht anders erwartet hatte, hinter seinem Schreibtisch und war ebenfalls wie gewöhnlich in einen Schriftsatz vertieft. Hinter seinem Lehnstuhl stand ihre Mutter – in einem bejammernswerten Zustand: mit rot geweinten Augen und einem Handabdruck auf ihrer linken Wange. Als Daphne ihr einen stummen und entsetzten Blick zuwarf, schüttelte Johanna Elisabeth kurz den Kopf und blickte betreten zur Seite. Freiherr Theodor Alexander legte sein Papier zur Seite und sah Daphne an, als wäre nichts gewesen. „Was hast du mir zu sagen, Daphne?“, begehrte er zu wissen. „Zu deinen ganzen ... Eskapaden?“ Daphne blickte ihren Vater verständnislos an. „Welche Eskapaden, Herr Vater?“ Der Freiherr erhob sich abrupt, drehte sich zu seiner Frau um und packte sie unsanft am Arm, um sie neben Daphne zu zerren. „Ich dulde es keinesfalls länger, dass das Weibsvolk in meinem Haus weiter auf verwerflichen Abwegen wandelt – und mich, den Hausherrn, zum Narren macht! Christoph hat mir alles erzählt – von dem sittenlosen Treiben im Haus dieses Malers unter der Schirmherrschaft meines Weibes. Die ihre

Strafe dafür erhalten hat ..." Er funkelte Johanna Elisabeth an. „Und dann", fuhr er fort, „muss ich noch erfahren, dass du dich in männlicher Kleidung in Heidelberg herumtreibst." Johanna Elisabeth sah Daphne fassungslos an. „Du wirst mich jetzt aufklären zu welchem Zweck!"

Daphne spürte Zorn in sich aufsteigen. „Ich besuche freie Vorlesungen über Vergleichende Anatomie!" – „Der Teufel reitet dich wohl seit geraumer Zeit!", die Stimme des Vaters wurde lauter. „Genügt denn dieser nutzlose Malunterricht nicht, um deine Eitelkeit und Vermessenheit zu füttern?" – „Herr Vater – alle großen Künstler seit Leonardo haben anatomische Studien getrieben – und menschliche Akte gemalt. Vielleicht versteht Ihr das nicht ganz ..." Ihr Vater trat vor sie hin. Er schrie nun: „Alle großen Künstler ... ha! Die allesamt männlichen Geschlechts waren! Zu deiner Eitelkeit kommt noch reichliche Unverschämtheit hinzu. Du bildest dir ein, eine Menge zu können – dabei kannst du das, was einer Weibsperson ansteht, beschämenderweise nicht. Nämlich Nähen, Sticken, Kochen und einen Haushalt führen! Deine Mutter war viel zu nachlässig mit dir!" Er versuchte seine Fassung wiederzugewinnen und setzte sich wieder, seine Tochter nicht aus den Augen lassend. „Doch damit wird es ab sofort ein Ende haben – und du wirst den dir zustehenden Platz einnehmen: den eines gehorsamen Eheweibes!" Daphne hielt die Luft an – und spürte, dass ihre Mutter dies ebenfalls tat.

Der Freiherr blickte die beiden durchdringend an – sein Zorn wich dem Ausdruck der Überlegenheit. Er selbst schien sogar im Sitzen vor Stolz zu wachsen. „Seit einem halben Jahr berate ich den Grafen von Waldeck in einer komplexen Vertragssache und habe mir wohl sein Vertrauen und seinen Respekt erworben. Graf von Waldeck wünscht seinen einzigen Sohn, der ihm wohl wegen etlicher Flausen Kummer zu bereiten scheint, so schnell es geht, standesgemäß zu verheiraten – und zeigt sich deshalb an Daphne interessiert." „Verzeiht, Herr Vater – wo liegen denn seine Ländereien?" „Hinter Zwingenberg." Also im tiefsten Odenwald!, dachte Daphne. Oh mein gütiger Gott!

Ihr Vater fuhr fort. „Dem Grafen von Waldeck gehört fast ein Viertel des Odenwalds. Die Familie ist sehr vermögend, wenngleich nicht von ältestem Adel. Letztendlich verdankst du, Daphne, das Interesse des Grafen der Abstammung deiner Mutter – die endlich einmal zu etwas nutze ist. Graf von Waldeck besitzt selbstverständlich auch ein Stadthaus hier in Heidelberg, das er mit seinem Sohn in drei Monaten wieder aufsuchen wird. Bis dahin wirst du die notwendigen Kenntnisse in Handarbeiten und Haushaltsführung nachholen. Ferner ersuche ich dich, ein möglichst vorteilhaftes Brustbild von dir anzufertigen, das ich bis in vier Wochen dem Grafen zukommen lassen soll." Er blickte Daphne lange an. „Ansonsten ist Schluss mit der Malerei! Ich werde gleich morgen ein Gesuch an Seine Durchlaucht schicken." Wieder sah er sie streng an. „Du kannst jetzt auf dein Zimmer zurückgehen, Daphne. Du auch, Johanna."

Mutter und Tochter verließen schweigend das Studierzimmer des Freiherrn. Daphne schüttelte den Kopf. „Ehefrau eines Landadligen – der sich gewiss nur für die Jagd, das Würfelspiel und den Trunk interessiert …", murmelte sie verzweifelt und wandte sich an ihre Mutter. „Frau Mutter, kennt Ihr den Grafen?" Johanna Elisabeth schüttelte den Kopf. „Es tut mir leid, Daphne. Ich wünschte so sehr, dir helfen zu können. Stattdessen musste ich miterleben, wie das Gespräch mit deinem Vater einem Verhör gleichkam. Und auch ich habe meinen Teil abbekommen – als bliebe keine Verfehlung ungesühnt." Sie griff zu einer Blendlaterne, die auf einer Konsole stand, und reichte sie Daphne. „Du hast kein Licht auf dem Zimmer …", meinte sie zerstreut.

Daphne griff nach der Hand ihrer Mutter, die eiskalt war. „Frau Mutter – gibt es denn keine Chance, dass ich weitermalen darf? Ich wünsche es mir so sehr!" Johanna Elisabeth schüttelte den Kopf. „Nicht hier in diesem Haus. Was dein Ehemann – so der Sohn des Grafen um dich freien wird – dir gestattet, ist eine andere Sache. Auch wenn ich lange genug denselben Wunsch verspürt habe wie du: dass eine große Malerin aus dir werden soll. Auch wenn der Weg dornig ist und du vielleicht einen Werdegang zu gehen hast wie La Gentileschi? Du weißt, welchen Preis sie gezahlt hat!" Daphne wusste es wohl – Artemisia, die Tochter des großen Orazio Gentileschi, wurde von ihrem eigenen Lehrer missbraucht – und obwohl sie das Opfer und er der Täter war, gelang es ihr und ihrem Vater nicht, in ihrer Heimatstadt Florenz ihre Ehre je wieder herzustellen. Sie ging nach Rom, wo sie zwar großen Erfolg hatte, jedoch völlig einsam verstarb. „Ich hoffe für dich, dass du einen verständnisvollen Gatten finden mögest, einen verständnisvolleren als …" Die Freifrau unterbrach sich selbst abrupt. „Ich bin der Überzeugung, dass du dich trotz deines Malverbots von Meister Roos verabschieden solltest. Du verdankst ihm sehr viel – du musst nicht im Unfrieden von ihm scheiden", meinte sie. Die Freifrau nahm das Gesicht ihrer Tochter in ihre Hände. „Du wirst deinen Weg gehen, und Gott wird dir helfen. Dafür werde ich weiterbeten!" Sie küsste Daphne auf die Wangen, bevor sie ihre Tochter in einer heftigen Gefühlsaufwallung an sich drückte. „Mein Kind, ich liebe dich mehr als mein Leben!"

*

Der Schlaf floh Daphne mit der befürchteten Beharrlichkeit. Schließlich schwang sie sich – von der nahen reformierten Kirche hatte es ein Uhr nachts geschlagen – voller Unruhe aus dem Bett. Es war aus. Aus mit den Vorlesungen, aus mit dem harmlosen Schabernack, den sie mit Maximilian getrieben hatte – und mit der Malerei. Sie zündete die Laterne erneut an und zog ihr Zeichenbuch unter der Matratze hervor. Planlos blätterte sie sich durch die vielen anatomischen Zeichnungen, die sie während der vergangenen Wochen angefertigt hatte. Gleich am anderen Tag würde sie zu Johann Roos gehen, ihm die Situation aus ihrer Sicht erklären und sich für all das bedanken, was er an ihr getan hatte in den letzten Jahren. Ein unzufriedenes und gleichzeitig getriebenes Gefühl stieg in ihr hoch. Sie war knapp vor dem gesteckten Ziel gewesen – so knapp. Eigentlich schuldete sie ihrem Lehrer, es erreicht zu haben. Ohne allzu viel nachzudenken, rückte sie ihr Notenpult vor ihren Toilettentisch, breitete ihr Zeichenbuch darauf aus und suchte nach einem vollen Silbergriffel. Halb seitlich stellte sie sich vor den Spiegel und hob rücklings ihr weites Nachthemd bis zur Schulter hoch, um ihre gesamte Rückseite zu entblößen. Sie begann ihren eigenen Rückenakt zu zeichnen, der *Kallipygischen Aphrodite* nicht unähnlich. Alles entsprach diesmal dem Kanon – Proportionen, Muskeln, Haltung. Sie war am Ziel …

*

Am folgenden Nachmittag begab sich Daphne in Begleitung von Thomasine zum Haus des kurfürstlichen Hofmalers. Bei sich hatte sie sowohl das Buch mit ihren anatomischen Studien als auch das Einzelblatt mit ihrem Rückenakt. Sie überquerten den Innenhof, auf dem sich mittlerweile fünf Kinder tummelten, und betraten das Haupthaus, aus dem kein Laut drang. Daphne traf Walburg in der Küche an und erhielt Bescheid, dass die Frau Roosin gerade Krankenbesuche mache, der Herr wohl in seiner Werkstätte bei der Arbeit sei – es müsse ein biblisches Gemälde für die Lutherische Kirche fertiggestellt werden. Das Freifräulein kenne den Weg ja … was bedeutete, dass Walburg und Thomasine gerne in der Küche ein wenig Tratsch austauschen wollten und Daphne sich getrost alleine weiterbehelfen durfte.

Die Werkstatt lag im Seitenflügel im ersten Geschoss und hatte, da sie längsseitig an einem Wandelgang lag, über viele Fenster genügend Tageslicht. Um vor den früher wohl permanenten Störungen durch seine wachsende Kinderschar gefeit zu sein, pflegte Roos die Vordertür zur Werkstätte beim Arbeiten abzusperren – man konnte also nur über die Galerie durch den Hintereingang zu ihm gelangen. Daphne spähte eben hinein, ob er überhaupt dort war – und sah ihn gleich hinter seiner Staffelei mit einem großformatigen Bild stehen. Weiter der Fensterfront zu kauerte ein weibliches Modell auf dem Boden – allein die Haltung sah unbequem aus, obwohl der Frau ein dickes Kissen unter die Knie geschoben worden war. Sie war über einen Gegenstand auf einem Postament gebeugt, der wie ein Fußleisten aussah. Ihre welligen Haare waren gelöst und hingen zumindest aus ihrer Sicht wie ein Vorhang vor dem Gesicht der Frau. Roos sprach etwas zu ihr, legte Pinsel und Palette ab, kam hinter seiner Staffelei hervor und gesellte sich zu seinem Modell, das immer noch kniete. Sein Gesichtsausdruck war unbeschreiblich – es lagen Wehmut und Zärtlichkeit zugleich darin. Als er vor die Frau, die ein langärmeliges, helles Gewand und eine dunkelbraune Stola trug, trat, kniete sie sich nur ein wenig auf und umschlang die Hüften des Malers. Daphne konnte ihr Gesicht nicht erkennen ...

*

„*Siamo finiti ..., carissima*!", sagte Roos leise und legte Palette und Pinsel auf seinen Utensilientisch. Seine büßende Magdalena, die dem Heiland die eben gewaschenen Füße mit dem eigenen Haar abtrocknet, würdigte er in diesem Moment keines Blickes. Er hatte nur Augen für sie, die ihm heute zum letzten Mal Modell gesessen hatte. Zumindest für diese neutestamentliche Szene. „Wirklich?" – „Ja." Er ging zu ihr hinüber – sie wollte ihn zuerst nicht ansehen, dabei wusste er, dass sie einen frischen Bluterguss auf ihrer linken Wange hatte. „Was ist geschehen?", fragte er sie voller Entsetzen. „Wir werden uns nicht mehr sehen können, mein Liebster", antwortete sie auf Deutsch. Roos schwieg eine Weile. „Dann werden wir heute die Magdalena vollenden. Wie auch das andere ..." Nun stand er vor ihr. „*Giannuzza mia*!", sagte er zärtlich – und meinte in diesem Moment draußen auf dem Wandelgang einen Schatten gesehen zu haben. Er spähte aus den Augenwinkeln, konnte aber niemanden dort draußen entdecken. Johanna Elisabeth richtete sich ein wenig auf und umschlang die reizvoll schmalen Hüften des Malers. „Glaube nicht, dass ich dich je vergessen kann ...", sagte sie leise und machte sich daran, seine Hose aufzunesteln.

*

Daphne drückte sich eng an den Fensterrahmen – was dort drinnen vorging, übte eine unerklärliche Faszination auf sie aus. Was tut sie da nur?, fragte sie sich. Warum bleibt sie am Boden knien? Das ist doch gewiss unbequem ... Der Meister schien ein unerhörtes Vergnügen daran zu haben, so selig war sein Lächeln. Er fuhr langsam durch die Haare der Frau ...

*

„*Vieni, dolcezza*!", flüsterte Roos, entzog sich ihren Lippen und zog sie hoch, bevor er sie von diesem kittelartigen Gewand befreite. Er hob die kleine Frau hoch genug an, um stehend in sie eindringen zu können. Johanna blickte ihm voller Entzücken in die Augen und legte dann ihren Kopf an seine Schulter. Als schiene sie zu ahnen, dass sie für den Rest ihres Lebens solche Liebesfreuden nicht mehr genießen würde.

*

Noch nie in ihrem Leben hatte sie ein Paar beim Geschlechtsakt beobachtet. Dass es Maler gelegentlich mit ihren weiblichen Modellen taten, darüber kursierten wilde Gerüchte – weshalb sich keine anständige Frau für solche Szenen hergab. Es sei denn, es wurde ein offizielles Porträt einer Dame angefertigt. Die Frau hier, klein, ein bisschen rundlich, war darüber hinaus nicht mehr ganz jung, wenngleich ihr Körper nicht unschön war, die Haut glatt, noch recht straff und sehr gepflegt. Und sie kam Daphne auf eine erschreckende Weise vertraut vor. Die Frau dreht ihren Kopf zur Seite, um ihn auf die Schulter des Malers zu legen. Niemals, durchfuhr es Daphne, würde sie diesen Ausdruck vergessen – voller Hingabe, Weichheit und Glück – im Gesicht ihrer Mutter …

*

„Der Meister hat im Moment zu tun", verkündete Daphne unten in der Küche. Dort saßen Walburg und Thomasine – jede hatte einen Krug hausgebrautes Bier vor sich. „Ich werde morgen wiederkommen, wenn's recht ist." „Soll ich dem Herrn etwas ausrichten?", fragte Walburg. „Danke, das ist nicht nötig, er weiß Bescheid. Thomasine!" Ihre Magd trank hastig ihr Bier aus, stieß dezent auf und folgte dem Freifräulein nach Hause. Der gemeinsame Rückweg fiel ungewohnt schweigsam aus.

Am folgenden Nachmittag – die Freifrau war zu Hause und saß – ebenfalls sehr, sehr schweigsam – über Flickarbeiten – begab sie sich erneut zu Johann Heinrich Roos – der dieses Mal seine Schülerin für den Abschiedsbesuch empfangen konnte. Selbstredend wusste er mittlerweile, dass sie nicht mehr zu ihm kommen würde nach diesem Tag; Daphne konnte sich ohne Abstriche vorstellen, wer diese Quelle gewesen war. „Meister Roos, ich bin gekommen, um mich bei Euch für alles zu bedanken", meinte sie. „Nun, gnädiges Fräulein – auch ein Lehrer muss sich beim Schüler bedanken, denn wie sagt man: *Discendo discere!* Der Lehrer benötigt ebenso viel Disziplin wie der Schüler – und ein Quäntchen mehr Geduld." Er lächelte etwas wehmütig. „Wisst Ihr schon, was nun wird?" – „So Gott es will und ich dem Grafen von Waldeck gefalle, werde ich in den nächsten Monaten seinen Sohn ehelichen. Das übliche Los einer jungen Frau von Stand", antwortete Daphne. „Kennt Ihr ihn?" Daphne schüttelte den Kopf. „Das wird sich noch einige Wochen hinziehen. Im Moment verhandeln lediglich die Herren Väter."

Wie reserviert sie ist. Wie kühl, dachte Roos. Was auch immer vorgefallen ist, irgendetwas hat sie zuerst in ihren Grundfesten erschüttert – und nun wirkt sie umso gefasster und entschlossener.

Daphne zog ihr Zeichenbuch aus ihrer Rocktasche. Sie räusperte sich. „Wie Ihr mir empfohlen habt, habe ich anatomische Studien betrieben. Freilich nicht anhand von Lehrbüchern – sondern am menschlichen Objekt." Daphne blätterte das Buch auf und schob es über den Tisch; Roos blätterte mit zunehmendem Interesse darin. Die Abbildungen wären es allemal wert, in ein Lehrbuch aufgenommen zu werden, fand er. „Wie habt Ihr das denn angestellt?", wollte er wissen. „Ich habe Vorlesungen in Vergleichender Anatomie besucht, als Mann verkleidet. Anders hätte ich keinen Zugang bekommen." Roos blickte fasziniert auf eine Zeichnung der oberen Rückenmuskulatur. „Mit Verlaub, Ihr seid ein Teufelsweib!", rief er voller Anerkennung aus. „Ich wusste doch, dass Ihr einen Weg aus Eurer Krise finden würdet!" – „Ob ich wirklich herausgefunden habe, Meister, das mögt Ihr selbst beurteilen!"

Mit diesen Worten überreichte sie ihm den gezeichneten Rückenakt ihrer selbst. Roos strich fassungslos über das Papier. Fasziniert betrachtete er ihn geraume Zeit lang, dann gab er Daphne ihre Zeichnung zurück. „Ja", antwortete er endlich. „Ihr seid nun auf dem richtigen Weg." Daphne erhob sich. „Ich danke Euch, Meister", entgegnete sie ohne große Umschweife. Denn es war ihrerseits alles gesagt. Roos verneigte sich vor ihr. „Geht mit Gott, mein Fräulein. Ich bin mir sicher, dass er immer noch Großes für Euch vorgesehen hat." Sie neigte noch einmal leicht ihren Kopf, knickste und verließ den Raum.

Roos sah ihr durch das Fenster des Salons nach, während sie den Innenhof überquerte. In diesem Moment betrat seine Frau den Raum. Sie stutzte aufgrund der grüblerischen Haltung ihres Gatten. „Johann?", fragte sie. Er drehte sich zu ihr um. „Anna, ich bin zu dem Schluss gekommen, dass unsere Zeit hier in Heidelberg zu Ende gehen sollte. Ich muss neue Wege beschreiten." Die Roosin sagte zunächst nichts, trat aber zu ihrem Mann und legte ihm ihre Hand auf die Schulter. „Glaubst du, ich hätte nicht bemerkt, wie unzufrieden und getrieben du in der letzten Zeit gewesen bist? Nun hat der Herr dir nach der Weisheit deiner Gedanken endlich auch die Zunge gelöst."

Kapitel vier

Das ein freudiges Wiedersehen und eine tragische Überraschung beinhaltet

Grafschaft Waldeck, September 1667

„Wenn du mir versprichst, dass ich ein lammfrommes Pferd bekomme und niemals im Damensitz reiten muss", lachte Daphne, „will ich gerne versuchen, mich auf einem Gaul zu halten. Aber erst, wenn wir verheiratet sind!" Ruprecht von Waldeck ritt auf einem großen braunen Hengst neben dem Jagdwagen her, in dem Daphne und Johanna Elisabeth saßen. Er beugte sich hinunter, um mit seiner Braut und seiner Schwiegermutter in spe besser sprechen zu können. „Du wirst es lernen, meine Liebste! So wie du schießen kannst ..."

Daphne erinnerte sich an die Zeit vor zehn Jahren, als sie immer wieder im kurfürstlichen Schloss zu Gast gewesen war, um Prinzessin Elisabeth Charlotte Gesellschaft zu leisten. So kam sie in den Genuss einer quasi höfischen Erziehung, lernte Genealogie und Etikette, zierliches Benehmen bei Tisch und bei Empfängen. Daphne fand es nicht im Mindesten herausfordernd oder wenigstens anregend, sie fand es öde, geziert und unnatürlich. Am schlimmsten war der Unterricht in höfischem Tanz. Obwohl sie selbst eine gute Musikerin war und sowohl das Virginal angemessen bedienen als auch klar und angenehm singen konnte – Takt und Melodie wollten einfach nicht in ihre Beine hinein. Es war – und übrigens auch der bedauernswerten Prinzessin – wohl bis heute nicht möglich, eine Sarabande von einer Passacaglia und eine Bourrée von einer Gigue zu unterscheiden. Geschweige denn, diese Tänze mit Grazie und Anmut vorzuführen, ohne ihrem Partner auf die Füße zu treten.

Um Reitunterricht waren sowohl Elisabeth Charlotte als auch Daphne herumgekommen, denn eigene Reitpferde für die Mädchen gab die kurfürstliche Schatulle nicht her. Gelegentlich hatte sie die Prinzessin zu den Stallungen begleitet – aber selbst machte sie sich nichts aus diesen augenscheinlich dummen Tieren, deren Ausdünstungen ihr manchmal Übelkeit verursachten.

Hingegen war für die beiden Mädchen ein Besuch in der kurfürstlichen Waffenkammer bei Herrn von Schadenberg jedes Mal von freudiger Aufregung begleitet. Der gutmütige und frohsinnige kurfürstliche Jagdmeister rümpfte mitnichten über die Begeisterung der beiden jungen Damen die Nase, die sie für glänzende Harnische, Schwerter, Degen und Büchsen an den Tag legten. Als Wiedergutmachung für Daphnes ungebremsten Sturz von der Platane hatte er ihr eine Pistole geschenkt und war mit ihr regelmäßig zum Schießstand gegangen. Daphne bewies, dass sie ein scharfes Auge und eine ruhige Hand besaß, und mit zwölf Jahren konnte sie mit ihrer Pistole einhändig sowohl auf fixe als auch auf bewegliche Ziele schießen. Von Schadenberg versprach ihr, sie in Bälde das Schießen mit der Büchse zu lehren. Wozu es nicht kam, denn Elisabeth Charlotte wurde bald darauf zur Vervollkommnung ihrer Erziehung an den Hof ihrer Tante Sophie nach Hannover geschickt, an dem sie die nächsten Jahre verbringen sollte. Damit war für Daphne Schluss mit den interessanten Besuchen im kurfürstlichen Schloss …

Ruprecht von Waldeck lachte laut. „Der Tag, an dem du dich ernstlich auf ein Pferd setzen wirst, wird nicht mehr allzu lange auf sich warten lassen. Schließlich wird unsere Hochzeit in drei Tagen sein!“ Er tippte sich an seinen Plumagenhut, gab seinem Hengst die Sporen und preschte davon. Daphne ergriff die Hand ihrer Mutter und sah sie mit glücklich leuchtenden Augen an. Johanna Elisabeth lachte ebenso glücklich zurück. Vor einem gutem halben Jahr hätte sich keine der beiden Frauen nur im Ansatz träumen lassen, welche Wendung die Dinge nehmen würden.

Nun stand Daphnes Vermählung kurz bevor, die auf Schloss Waldeck stattfinden sollte. Die Festivitäten waren für eine ganze Woche angesetzt, und den bereits zuvor eingetroffenen vornehmen Gästen wurden schon jetzt allerhand Zerstreuungen geboten wie eben diese Treibjagd. Die Wälder der Grafschaft Waldeck waren ausgedehnt und voll hohem und niederem Wild – und nun, im September, hatte das Rotwild kurz vor der Brunftzeit ordentlich Fett angesetzt und würde reichhaltige Braten für die Hochzeitstafel abgeben.

Der Laubwald breitete sich über ihnen aus wie ein Schirm aus lichtgrüner Seide, immer wieder blitzten die Strahlen der frühherbstlichen Sonne durch das filigrane Blätterdach, immer noch tanzten Mücken und Waldschmetterlinge in deren Strahlen. Farn, Moos und die vom Tageslicht aufgewärmte Baumrinde umgaben sie mit einem frischen, leicht herben Geruch – unter den sich manchmal der wesentlich strengere von Wildschweinen mischte, die sich in Dickungen verborgen hielten.

Der Blick der glücklichen Braut fiel auf die schön gearbeitete längliche Lederschatulle, die auf der Sitzbank gegenüberlag – ein vorgezogenes Brautgeschenk ihres künftigen Schwiegervaters: eine doppelläufige Büchse mit Steinschloss, mit drehbarem, zweifach gedrehtem Lauf, aus der man in rascher Folge gleich zwei Schuss hintereinander abgeben konnte. Graf Waldeck war begeistert, dass die Braut seines Sohnes zumindest eine gute Schützin war – das Haushalten musste sie noch etwas besser lernen. Denn dafür gab es auf Schloss Waldeck sowohl einen loyalen Majordomus als auch eine energische Hauptbeschließerin.

„Liebste Mutter, was glaubt Ihr, wie viele Hirsche ich heute vor die Büchse bekommen werde?“, fragte Daphne aufgeregt. Die Freifrau, die durch das Ruckeln des Jagdwagens auf dem schmalen Waldweg etwas enerviert war, zuckte die Achseln. Sie machte sich aus der Jagd seit jeher nicht besonders viel. Was ihr jedoch bedenklich erschien: Ihre Tochter hatte seit der erfolgreichen Werbung kein einziges Mal ihre Malutensilien angefasst. Dies mochte für den Freiherrn beruhigend sein, sie beunruhigte es. Dass Daphne in ihren Bräutigam überaus verliebt war – und er umgekehrt auch in sie –, war schön und rührte ihr Mutterherz. Doch Leidenschaft pflegt zu verfliegen. Eine Berufung jedoch niemals …

*

Der vorangegangene strenge und schneereiche Winter hatte in diesem Jahr nicht recht weichen wollen. Kaum hatte sich die Sonne im Februar kurz und schüchtern gezeigt, als auch bereits wieder von Nordwesten dicke und blauschwarze Wolken neue Schneemassen heranbrachten. Fast drei Monate lang war der Neckar zugefroren gewesen, was für die Binnenschiffer, Schauerleute und Tagelöhner im Hafen eine lange Zeit des Darbens bedeutete. Daphne hatte während dieser Zeit ein Porträt von sich angefertigt, das ihr Vater, kaum dass es einigermaßen getrocknet war, sofort dem Grafen von Waldeck gesandt hatte. Wie es schien, war der, der es übrigens nicht für erforderlich gehalten hatte, das Porträt der Braut seinem Sohn zu präsentieren, davon wohl angetan gewesen, jedenfalls erhielt der Freiherr für Ende Februar eine Einladung mitsamt Frau und Tochter ins von Waldecksche Stadtpalais, kurz nachdem der

Herr des Hauses mit Familie und Dienerschaft dorthin zurückgekehrt war. Dem vorausgegangen war der übliche Tross mit Mobiliar und Haushaltsgegenständen, damit es die hochwohlgeborenen Herrschaften auch ja bequem hatten. Dann erst hielt der Herr Graf Einzug – mit den drei Töchtern, die noch unverheiratet waren, und seinem Sohn, dem Daphne in Bälde vorgestellt werden sollte.

Die Wochen vorher waren in ruhiger, gleichmäßiger Langeweile dahingegangen. Daphne vollführte unter Anleitung ihrer Mutter Näh- und Stickarbeiten, was sie überaus langweilte, ging Haushalts- und Bestandslisten durch, lernte, wie man Domestiken anhält und überwacht, wie man welche Festivität ausrichtete bis hin zu Sitzordnung, Tischschmuck und passender Tafelmusik. Sie wurde angehalten, wieder vermehrt zu musizieren und zu singen – was ihr schon wesentlich mehr Freude bereitete. Abends, bevor sie ihr Nachtgebet sprach, zeichnete sie heimlich in ihr Buch – doch dann erlahmte ihr Drang bald darauf auf unerklärliche Weise. An manchen Tagen, vor allem den wolkenverhangenen, hatte sie das Gefühl, als hätte eine große kalte Hand von ihrem Herzen und ihrem Gemüt Besitz ergriffen – und hielte ein Fenster in ihrer Seele verschlossen, durch das früher alle Tage die Sonne geschienen hatte. Daran änderte auch die Tatsache nichts, dass ihr Vater seit Jahren zum allerersten Mal in der Adventzeit eine Schneiderin in Haus kommen ließ, um sowohl Johanna Elisabeth als auch Daphne angemessen und nach der neuesten Mode einzukleiden – dies selbstredend im Vorgriff auf die bevorstehende Einladung zum Grafen Waldeck. Daphne durfte Farben, Stoffe und Besätze selbst auswählen und erhielt sogar zwei Untergewänder mit reichlichen Spitzensäumen. Dazu noch dezenten falschen Perlenschmuck für die Haare.

Dennoch blickte sie diesem Treffen mit keinerlei Eifer und Erregung entgegen – obwohl ihr der Vater zum Christfest eine Miniatur des Grafensohns gezeigt hatte. Sie fand das Bild weder gelungen noch überhaupt aussagekräftig – ein junger Mann mit schmalem Gesicht, undefinierbarer Augen- und mausartiger Haarfarbe. Wäre ihr der leibhafte junge Herr auf der Straße begegnet, erklärte Daphne ihrem Vater, sie würde ihn anhand dieses Bildes nicht erkennen. Man könne überhaupt nur mit Sicherheit sagen, dass er weder schwarz- noch rothaarig wäre. Im Übrigen schien es fast so, als hätte sie sich in ihr Schicksal gefügt. Denn schließlich waren die wenigen Freundinnen aus ihren Kindertagen schon längst verheiratet.

*

Der Tag, an dem Daphne und ihr Ehekandidat einander endlich kennenlernen sollten, nahte unausweichlich mit dem Ende des Monats Februar. Graf Waldeck würde ein kleines Bankett geben, das ihm als Rahmen dafür angemessen schien. Thomasine sprang zwischen den

Zimmern der Freifrau und von Daphne hin und her, war mit dem Befestigen von Einsteckern und Annesteln von Überkleidern ebenso beschäftigt wie mit dem Drehen von Korkenzieherlocken à la Sevigné und dem Einflechten von Perlen in die Haare von Mutter und Tochter. Dabei war die Magd noch dreimal nervöser als die beiden Damen zusammen, versengte Johannas Haut hinter dem linken Ohr mit der Brennschere, zerbrach einen Duftflakon und stach sich mit der Nadel einer Gemme zum Raffen eines Überrocks so tief in den Finger, dass sie heftig blutete und die Kleiderstoffe damit zu verderben drohte. Jedenfalls wartete Freiherr Theodor Alexander fast eine halbe Stunde im Vestibül, ehe seine mächtig aufgeputzten Damen erschienen. Johanna Elisabeth in der von ihr bevorzugten Farbe rot, Daphne in Fliederfarbe. Thomasine half den beiden Damen in ihre Überschuhe und Kaninchenpelzumhänge, reichte jeder ihren Muff – und war froh, dass diese für sie harte und ungewohnte Arbeit nun endlich getan war. Christoph legte dem Freiherrn einen schwarzen Umhang über sein ebenfalls schwarzes *justaucorps* aus Samt, das mit Silberlitze elegant verziert war. Sodann setzte er ihm einen breiten Hut auf die Perücke. Danach erst lächelte er Daphne zwar schwach, aber anerkennend zu. Sie war bereits fast zwanzig und hatte sich zu einer mehr als ansehnlichen jungen Frau entwickelt. Wenn sie an diesem Abend zwar charmant, doch nicht allzu klug daherredete, würde sie den Grafen Waldeck ganz gewiss geneigt machen, sie als Ehefrau für seinen Sohn zu wählen.

Draußen, auf der verschneiten Zehntgasse, warteten bereits drei gemietete Tragestühle, um sie zum Waldeckschen Stadtpalais zu bringen, das sich unterhalb des Schlosses im neueren und darum großzügigeren Stadtviertel an der Schlierbacher Straße befand und sogar, dem Vernehmen des Vaters nach, über einen kleinen Park mit einem Irrgarten verfügte. Die Sänftenträger brachten sie über die breit geschwungene Auffahrt vor das Portal, der Weg war freigeräumt von Schnee, mit Asche gestreut und mit Fackeln beleuchtet. In der Dunkelheit hoben sich die exakt geschnittenen Eiben und Taxusbäume des Gartens wie überdimensionale Schachfiguren ab. Anders als beeindruckend konnte man die breite Front des Palais Waldeck mit ihren Pilastern, Säulen und Fensterstürzen aus behauenem roten Sandstein nicht bezeichnen. Die meisten Fenster waren hell erleuchtet, als hätte man nicht nur drei Herrschaften, sondern den gesamten kurfürstlichen Hofstaat erwartet. Kaum dass die Tragstühle abgestellt worden waren, eilten auch schon Diener in Waldeckschen *livrés* heran und waren beim Aussteigen behilflich. So schritten sie zu dritt ins Palais – Freiherr Theodor Alexander in der Mitte, Johanna Elisabeth an seinem rechten und Daphne an seinem linken Arm.

Auch das Vestibül mit seiner marmornen Doppeltreppe und der Deckenmalerei war mehr als großzügig. Nachdem man den Besuchern ihre Überkleidung und ihre -schuhe abgenommen hatte, geleitete man sie in den Salon, in dem bereits ein zehnköpfiges Orchester seine Instrumente stimmte und weitere Diener mit heißen parfümierten Tüchern und dem Willkommenstrunk warteten. Eine reich geschnitzte Doppeltüre wurde aufgetan – und Daphne erblickte zum ersten Mal Graf Friedrich Georg von Waldeck, dicht gefolgt von seinen Töchtern, allesamt gekleidet in lichtblauen Pannesamt und ausladend frisiert mit langen Korkenzieherlocken, in die allerhand Juwelen eingeflochten waren. Graf Waldeck war ein hochgewachsener Mann – mit ausgesprochen dürren Beinen und einem weit vorstehenden kugeligen Bauch, über den sich ein reich mit Bändern verziertes Seidenwams spannte. Darüber trug er einen breiten weißen Spitzenkragen, auf den seine mittelblonde Langhaarperücke hinabwallte. Er hatte eine lange, knochige Nase und trug zum *moustache* noch ein altmodisches Knebelbärtchen – ganz wie der Herr Kurfürst. Daphne knickste und wartete höflich darauf, aufgefordert zu werden, sich wieder zu erheben. So hatte sie es im Schloss gelernt vor einigen Jahren. Die dünnen gräflichen Stelzbeine tauchten in ihrem Blickfeld auf – sie ragten aus bänderbesetzten Rheingrafenhosen heraus und steckten in roten Seidenstrümpfen. Wie ein Storch im Salat!, dachte Daphne amüsiert. Ob der junge Herr Ruprecht auch über solche Stelzen verfügt? Ein weiteres Beinpaar trat hinzu – auch lang, aber kräftiger und nur dezent hellgrau bestrumpft. Dafür staken die Füße in neumodischen sabots mit hohen roten Absätzen, wie sie derzeit am Französischen Hof in Mode waren. Endlich bat Graf Waldeck Daphne sich zu erheben, nachdem er ihre Eltern begrüßt hatte; sie hielt den Blick sittsam gesenkt.

„Nun, Jungfer von Owen, mögt Ihr nicht den jungen Herrn Ruprecht begrüßen?!", fragte der Graf jovial. Doch, natürlich wollte Daphne sehen, was es oberhalb der roten Absätze und der grauen Strümpfe zu sehen gäbe. Eine Kniebundhose aus perlgrauem Samt, mit roten *galants* am Bund besetzt, ein modisch kurzes Wams aus geschlitzter dunkelblauer Moiréseide, ebenfalls mit roten Bandschluppen behangen. Darüber ein weißer Kragen mit Occhispitze. Und darüber ... Daphnes Herz drohte stehen zu bleiben. Der Junker Ruprecht von Waldeck war kein anderer als ... Sie erkannte den Karneolring an seiner rechten Hand, wo nun auch der Ring mit dem Waldeckschen Siegel saß. Sein lichtbraunes Haar schien frisch gebürstet und glänzte im Schein der zahlreichen Kerzen, sein *moustache* war frisch gestutzt ... Konnte das sein? Daphne wurde erst heiß und dann eiskalt. Wie um Himmelswillen sollte sie sich verhalten? Und wofür war dieses Zusammentreffen die Strafe? Auch Ruprecht blickte Daphne kurz fassungslos an. Dann vollführte er eine vollendete Verneigung. „Mein Fräu...lein", – er dehnte dieses Wort ein wenig, was nur die junge Künstlerin verstand – „ich bin entzückt, Eure Bekanntschaft zu machen. Ihr seid noch viel anmutiger und hübscher als auf Eurem entzückenden Porträt – welches mir mein Vater bis heute vorenthalten hat! Ich nehme an vor Neid! Stimmt es denn, dass Ihr es selbst angefertigt habt?“ Daphne nickte verlegen und suchte ihm Gesicht des Junkers nach einem Hinweis ... wusste er, dass ... „Wie formidabel! Und vielleicht ergibt sich ja die Gelegenheit, dass Ihr auch von mir ein Brustbild schafft!“ Galant bot er ihr den Arm und führte sie zu ihrem Stuhl. Aus den Augenwinkeln sah Daphne, dass ihre Mutter amüsiert und zugleich verträumt lächelte. Sie senkte den Kopf–es war Maximilian, ihr Freund und Kommilitone. Wie würde er darauf reagieren, dass sie ihm im Nosocomium nicht die Wahrheit offenbart hatte? Ihre Augen suchten die seinen und ernteten ein einvernehmliches Zwinkern ...

Nach dem üppigen Bankett, zu dem die Musiker zur großen Freude von Johanna Elisabeth hauptsächlich Italienisches aufspielten, zog sich die Gesellschaft in einen der weiteren Prunkräume zurück, um Schokolade, Likör und Naschwerk zu genießen – und den diversen musikalischen Darbietungen der Waldeckschen Töchter zu lauschen, die sich bisher eher durch Kichern hervorgetan hatten. Nun versuchten sie sich an Laute und Clavecin–mit sehr unterschiedlichem Erfolg. Daphne, die brav zwischen ihren Eltern saß, wurde als Nächste gebeten, etwas zum Besten zu geben. Nach leichtem Zieren schritt sie zum Clavecin, setzte sich eine Weile ruhig hin und strich die fliederfarbene Seide ihres Überrocks glatt. Sie hatte einige Tanzsätze auswendig gelernt, das Instrument war leichtgängig und gut gestimmt – und ihre Stimmung ohnehin beschwingt genug, um ohne Hemmnisse drauflos musizieren zu können. Junker Ruprecht, der am lautesten applaudiert hatte, stand auf und trat zu ihr. „Mögt Ihr mich zu einem Lied begleiten, mein Fräulein?“ Graf Waldeck lachte: „Eines der nutzlosen Talente meines Sohnes – sein Gesang! Nun, für die Kirche mag es ja taugen ...“ Ruprecht schenkte diesem Einwand keine nennenswerte Beachtung, er suchte in einem Stapel nach bestimmten Noten, die er vor Daphne auf dem Pult des Clavecins ausbreitete. „Orlando di Lasso, wenn Ihr mögt“, meinte er freundlich. Ein Lied von verschmähter Liebe. Daphne mochte.

*

Sie zog, zum ersten Mal seit vielen Wochen, wieder ihr Zeichenbuch unter der Matratze hervor. Anstelle ihres Nachtgebets umriss sie eine kleine Studie – sie am Clavecin im Waldeckschen Salon sitzend. Neben ihr der inbrünstig singende Junker Ruprecht. Genauer Ruprecht Maximilian von Waldeck. Ihr Maximilian. War das möglich? Möglich nach all der Bitternis, dem Abschiednehmen, dem Verzicht, die sie hatte leisten müssen? Dass sie im Sohn eines Grafen, mit dem sie möglicherweise verheiratet werden sollte, ihren Kommilitonen wiedergefunden hatte, ihren einzigen männlichen Freund? Den leicht dreisten, aber gutherzigen und lustigen Maximilian, der nur lausig zeichnen konnte? Und der so gerne Arzt werden wollte? Sie hatte ihn wiedergefunden – als jungen Mann von Stand, modisch fein herausgeputzt, mit vollendeten Manieren. Und so gefiel er ihr nicht minder. Wie mochte er nur von ihr denken? Wo es doch undenkbar für eine ehrenwerte Jungfer war, in Männerkleidung herumzulaufen ... Sie zog die Feder, die ihr Maximilian – vielmehr Ruprecht – vor einem guten Vierteljahr geschenkt hatte, aus dem Rahmen ihres Spiegels und legte sie in ihre Zeichenkladde. Voll wirrer und zugleich seliger Gedanken schlief sie ein.

Am anderen Morgen drängte es sie geradezu, ihrer Mutter beim Nähen zu helfen. Allerdings gab sie sich eine qualvolle Zeit lang betont gleichgültig; lediglich der silberne Fingerhut sprang ihr einige Male von der Hand. Freifrau Johanna Elisabeth verbreitete sich zunächst über das Waldecksche Palais, dessen Ausstattung und die Arrangements des gestrigen Empfangs. Endlich legte sie den Spitzenkragen, dem sie ein Paar neue Bändsel verpasst hatte, beiseite und sah ihre Tochter mit einem verschmitzten Lächeln an. „Und ... wie gefällt dir Junker Ruprecht?“ Der Fingerhut fiel Daphne erneut herunter, sie bückte sich und suchte ihn umständlich unter dem Tisch. Mit leicht gerötetem Gesicht tauchte sie wieder auf. „Er hat eine schöne Baritonstimme“, meinte sie beiläufig. „Ich möchte nicht wissen, wie dir sein Gesang gefallen hat, sondern er selbst“, blieb Johanna Elisabeth beharrlich. „Ach ... Recht gut, recht proper.“ Die Freifrau rückte ihre Brille zurecht, bevor sie einfädelte. „Und – wie denkst du von ihm als Ehekandidaten?“ – „Dazu kenne ich ihn nicht gut genug, Mutter. Aber vielleicht ergeben sich dazu noch Gelegenheiten – sofern ich im Hause Waldeck willkommen bin und gefalle.“ Johanna Elisabeth machte einen Knoten ins Ende des Garns. „Du hast sehr gefallen, mein Kind. Zuerst dem Grafen, der heute Morgen bereits eine kurze Nachricht gesendet hat, als auch dem Sohn“ Sie stach ihre Nadel durch den Saum eines Unterkleids. „Ist dir denn gar nicht aufgefallen, dass dich der Junker keine Sekunde aus den Augen gelassen hat?“ – „Meint Ihr?“ – „So sicher wie das Amen am Ende eines Gebets!“ Die Freifrau rändelte flink den Saum ein. „Mir zumindest gefällt er, der junge Herr Ruprecht. Und allemal besser als der alte Graf ...“ Sie lachte leise. „Der sieht doch aus wie ein Fass auf zwei Stelzen!“ Daphne kicherte ebenfalls: „Ja, und zwar auf roten ...“ Es vergingen keine fünf Sekunden, bis Mutter und Tochter die Lachtränen über die Wangen rannen. Johanna Elisabeth ergriff die Hand ihrer Tochter. „Kind“, rief sie aus, „wie glücklich es mich macht, dich endlich wieder froh zu sehen!“ Daphne wischte sich eine dicke Träne von der Wange. „Ist es nicht so, dass auch der längste Winter zu Ende gehen muss?!“

*

Schrill klang das erste Signal der Parforcehörner durch den Wald, in der Nähe krächzte ein Eichelhäher warnend auf. „Die Hunde laufen jetzt“, rief Daphne aus, die das Signal sofort erkannt hatte. Noch konnte man die Meute nicht hören. Voll freudiger Erwartung sah sie das Etui mit ihrer Büchse an. Sie würde es allerdings erst dann öffnen und die Waffe laden, wenn sie auf festem Boden stand. Damals hatte ihr der kurfürstliche Jägermeister Herr von Schadenberg eingebläut, eine Waffe niemals dann zu laden, wenn man sich in einem Jagdwagen befand. Zu rasch konnte sich ein Schuss allein durch das Schlingern und Ruckeln der Karosse lösen. Sie würde von einem Ansitz, von wo aus Wild immer besser ansprechbar war, schießen und nicht hinter einem Versteckpferd hervor. „Mutter, ich schenke Euch eine Trophäe, sollte ich einen Hirsch zur Strecke bringen!", versprach sie. Johanna Elisabeth schüttelte sich leicht. „Das ist sehr schmeichelhaft – aber du weißt, dass ich mir daraus nichts mache. Schenke mir lieber so bald wie möglich ein Enkelkind", entgegnete die Freifrau.

*

Einladungen und Gegeneinladungen hatten sich im März und April in rascher Folge abgewechselt, denen Daphne mit immer größerer Freude entgegensah. Und es war mehr als offensichtlich, dass sich Junker Ruprecht bis über beide Ohren in sie verliebt hatte. Doch zu ihrer Enttäuschung waren die beiden in keinem Moment und in keiner Situation alleine, um endlich ehrlich miteinander reden zu können, anstatt lediglich charmante Nichtigkeiten auszutauschen, die allein der Etikette und den guten Sitten geschuldet waren. Traute er sich etwa nicht, der schmucke Junker? Fast begann sie an seinem Schneid zu zweifeln, als sie eines Abends im Palais Waldeck ein Stück Papier unter ihrem vergoldeten Platzteller hervorlugen sah. Hastig zog sie es hervor, strich es auf ihrem Schoss glatt, ehe sie es überflog. „Liebste Daphne, bitte ziehe dich nach dem Dessert kurz zurück. Ich möchte endlich mit dir vertraulich sprechen. R." Verstohlen – soweit es ihr mit glühenden Wangen möglich war – faltete sie das *billet* zusammen und steckte es in ihre Rocktasche.

Nachdem sie später ein wenig lustlos in ihrem Kuchen herumgestochert hatte, bat sie ihre Mutter diskret, sich ein wenig hinlegen zu dürfen, sie hätte ihr monatliches Übel bekommen und darum sei ihr schwindlig. Kurz darauf begleitete sie eine Dienerin zu einem Kabinett, das eine kleine Bibliothek beherbergte – und eine bequeme Chaiselongue.

Ruprecht von Waldeck ließ ungefähr zehn Minuten verstreichen, ehe er sich zu ihr gesellte. Daphne sprang fast von ihrer Ruhestätte auf, blieb dann aber etwas beklommen vor dem hübschen Mann stehen. Auch Ruprecht wirkte auf einmal seltsam gehemmt. Schließlich verneigte er sich vor ihr und küsste ihre Hand. „Ich kann nicht allzu lange bleiben, liebste Daphne, aber ... wie gerne würde ich mehr und vertraulicher mit Euch reden! Ich weiß nicht, ob Ihr ermessen könnt, wie sehr Ihr mir ans Herz gewachsen seid ..." Rote Flecken zeigten sich auf seinen Wangen. „Nun", schlug Daphne vor, die ihre Sprache erst jetzt wiedergefunden hatte, „wir könnten uns doch gemeinsam zur Kirche begeben. In der Karwoche kann uns das kein Mensch verwehren." Der Junker stutzte ein wenig, dann glitt ein Lächeln über sein Gesicht. Es war jene Art von Lächeln, die ihr so vertraut war – und die sie so sehr vermisst hatte. „Doch, es könnte Bedenken geben: Dürfen Juden denn eine Kirche betreten, wenn dort Gottesdienst gehalten wird?" Mehr hatte Ruprecht von Waldeck nicht entgegnen müssen: Welch herrliches, befreiendes Lachen sich dieser Äußerung anschloss! Daphne hielt sich ausgesprochen undamenhaft ihren Bauch. Dann zwinkerte sie ihm zu: „Wenn er sich scharf rasiert – und Frauenkleider anlegt, der Jude ..." Der Junker schüttelte sich noch einmal, dann erwiderte er etwas ernster: „Ich sollte in den Salon zurückkehren – sonst würde ich mich verdächtig machen!" „Nun, dann gehabt Euch wohl und bis bald, mein Freund Maximilian!", rief Daphne ihm zu. Kurz darauf erschien eine weitere Dienerin, erkundigte sich nach ihrem Befinden und bat sie, da Daphne angab, sich wieder wohlzufühlen, ihr zurück in den Salon zu folgen.

Die Stimmung dort war feierlich. Ihr Vater stand, die Freifrau an seiner rechten Seite, neben dem Grafen, der sich links von ihm hielt. Freiherr von Owen ging auf Daphne zu – zum ersten Mal seit Monaten wirkte seine sonst so angespannte Miene gelöst und heiter. Er küsste seine Tochter auf die Stirne. „Mein Kind, wir sind glücklich, dir mitteilen zu können, dass deine Heirat mit Junker Ruprecht nun beschlossene Sache ist!" Daphne knickste, dabei hatte sie das drohende Gefühl, dass ihre Knie sie nicht halten konnten. Da erschienen auch schon die gräflichen Storchenbeine in ihrem Blickfeld – Graf von Waldeck half ihr auf und küsste ebenfalls ihre Stirn. Sein dicker Kugelbauch, der sich auf Höhe ihrer Brust befand, war ihm dabei fast im Wege. „Seid willkommen in meinem Hause, mein Kind! Es ist ferner besprochen, dass die Hochzeitsfeierlichkeiten im September stattfinden werden!" Er winkte Ruprecht herbei, ergriff seine Hand und legte die von Daphne hinein. „Aber ich erbitte jetzt schon Gottes Segen für Eure Verbindung!"

*

„Ein Enkelkind?" fragte Daphne zerstreut. „Nun", meinte die Freifrau etwas verdutzt, „normalerweise stellen sich Kinder gerade zu Beginn einer Ehe rasch ein. Das ist der Plan der Natur ..." Da Daphne immer noch scheinbar überrumpelt dreinblickte, setzte sie hinzu. „Ich werde mit dir heute Abend reden ... über diese Sache ..."

Über „diese Sache" ... Daphne lächelte vor sich hin. Darüber wusste sie dank ihrer unwissenden Mutter Bescheid. Außerdem war sie genügend in Anatomie bewandert. Freifrau Johanna Elisabeth streckte ihren Kopf zum Fenster des Jagdwagens hinaus. „Gleich sind wir da!", meinte sie.

*

Der Mai brachte laue Abende, geschwängert mit Blütendüften. Jetzt, da Daphne und Ruprecht Maximilian als verlobt galten, durften sie unter Aufsicht eine gewisse Zeit miteinander verbringen. Es war ihnen ferner erlaubt, bis zum Einbruch der Dunkelheit zusammenzubleiben. Am liebsten gingen die beiden Verlobten untergehakt miteinander spazieren – entweder im kleinen, aber hübschen Park des Palais Waldeck oder im Daphne wohlvertrauten Schlossgarten. Am liebsten war Daphne, wenn sie von der Zofe von Ruprechts nächst jüngster Schwester Friederike begleitet wurden. Margot war der Name der robusten Dienerin, die aus Gersprenz im Odenwald stammte und nur wenig älter war als sie. Margot war gleichmütig – und hielt stets mindestens zehn Schritte Abstand zu ihnen, sodass sie ihre Gespräche nicht belauschen konnte. Im Schlosspark waren Vorbereitungen getroffen worden – es würde ein Feuerwerk geben zu Ehren des Herzogs von Württemberg, der mit seinem Gefolge in einer Woche in Heidelberg eintreffen würde. Zwar war Seine Durchlaucht, der Kurfürst, in Belangen seiner eigenen Haushaltung knauserig wie eh, aber bedeutender Besuch wurde stets in allen Ehren und mit entsprechendem Aufwand empfangen und unterhalten. Daphne traf den mittlerweile stark ergrauten Oberhofgärtner Tillieux beim Zentralbassin an, wo er die Pyrotechniker beim Aufbau des Gerüsts beobachtete, von dem der größte Teil des Feuerwerks gezündet werden sollte. Der schlanke Franzose hatte sich eben aufregen müssen, weil man einen Teil der Streben in ein Beet rammen wollte, in dem seine wie der eigene Augapfel gehüteten Strauchpäonien wuchsen. Gerade noch konnte er das größte Unheil von seinen liebsten Schützlingen fernhalten, deren einzelne Blüten so groß wie Suppenteller waren. *„Ah, bon soir, chère* Baronesse!", rief der Gärtner erfreut aus, als er sie erblickte, und verneigte sich vor ihr. „Darf ich Euch zu Eurem Verlöbnis gratulieren?" „Gerne, lieber Tillieux! Dies ist übrigens Junker von Waldeck, mein Bräutigam", antwortete Daphne und präsentierte Ruprecht, der seinen Plumagenhut zog. Die beiden Herren erwiesen sich ihre Referenz. „Ich nehme an, Ihr seid zu den Festivitäten zu Ehren Seiner Hoheit des Herzogs von Württemberg eingeladen?" Daphne nickte. „Das wird sicher sehr schön!", pflichtete sie ihm bei. „Gewiss, gewiss, hoffen wir das Beste. Zumindest scheint das Wetter zu halten – allemal wie Ende Mai." Er strahlte sie an. „Aber wenn Ihr gestattet, dann zeige ich Euch die Stelle, von der aus Ihr nach meiner Überzeugung das Feuerwerk am besten betrachten könnt, ohne dass Euch andere Gäste auf den Füßen stehen und der Pulvergestank Eure feine Nase kränkt. Wenn Ihr mir folgen wollt?" Tillieux ging ihnen voraus – natürlich mit Margot im diskreten Schlepptau – hinüber zum Irrgarten. Den kannte Daphne aus ihren Kindertagen noch gut. Im Zentrum des Labyrinths befand sich ein steinernes Podest mit einer Plinthe, die bis zur Zerstörung im *Großen Krieg* eine Marmorplastik getragen hatte, *Theseus im Kampf gegen den*

Minotaurus darstellend. „Wenn Ihr Euch auf die Plinthe stellt, habt Ihr den besten Blick!", rief Tillieux triumphierend aus.

*

Wie viele Besucher, allesamt festlich herausgeputzt, mochten das kurfürstliche Schloss und der Park an jenem vorletzten Abend im Mai im Jahre des Herrn 1667 gesehen haben? Daphne glaubte, dass es an die vierhundert sein mussten, Lakaien und das große Orchester nicht eingerechnet. Mindestens sechzig Musiker, die auf einer eigens gebauten Plattform Platz genommen hatten, rahmten die Feuerwerksdarbietung musikalisch ein. Sogar ein Positiv hatte man aufgestellt, dessen Blasebälge einer der Küchenjungen treten musste, den man in eine viel zu kleine *livré* gesteckt hatte. Die breitesten Wege und Laubengänge des Parks waren mit Lampions und Fackeln beleuchtet. Gegenüber dem Zentralbassin befand sich die Ehrentribüne für den Kurfürsten und den herzoglichen Ehrengast mit engsten Begleitern. Diener eilten mit Tabletts herum, um gekühlten Wein, Bowle und Limonaden zu kredenzen. Andere schleppten Étagèren mit Süßigkeiten wie kandierten Früchten und Nougat.

Ein Paukenwirbel kündigte den Beginn des Feuerwerks an. „Kommt!", rief Daphne Ruprecht zu, ergriff seine Hand und zog ihn in Richtung Labyrinth. Margot folgte ihnen auf dem Fuß. Ein wenig atemlos erreichten sie die Plinthe und erklommen diese, Margot blieb am Boden, etwa fünfzehn Schritte entfernt hinter ihnen stehen. Ruprecht legte einen Arm um Daphnes Schulter, während seine freie Hand ihre suchte und sanft drückte. So ergötzten sie sich an der lebhaften majestätischen Musik mit Pauken und Trompeten – und an den hochsteigenden gleißenden Fontänen, Blüten und Spiralen in Gold-, Silber, Rot- und Grüntönen. Ruprecht drückte verstohlen Daphnes Hand auf seine Brust – in der sein Herz so rasend wirbelte wie die Kesselpauke. Musik und Feuerwerk waren so laut, dass Margot die Worte, die er an Daphne richtete, sicher nicht verstehen konnte. „Meine Daphne", sprach er voller Zärtlichkeit; „ich liebe dich – und gelobe dir hier, dass du mit der Malerei fortfahren darfst, ja sollst, sobald du meine Frau sein wirst! Ich liebe dich so sehr, dass ich diesen Tag kaum mehr erwarten kann, ohne dass es mich mehr und mehr vor Ungeduld schmerzt!" Rasch drückte er einen Kuss auf die Wange.

Margot spähte angestrengt hin, wie es ihre Aufgabe als *chaperon* war. Was ging da oben vor? Nur ein Kuss auf die Wange. Das war den beiden gestattet. Dessen war sie sich sicher – einigermaßen jedenfalls. Immerhin, das Feuerwerk war wirklich fantastisch. So etwas Schönes hatte sie noch nie gesehen, auch nicht auf Schloss Waldeck. Außerdem mochte sie die künftige junge Gräfin. Ob sie Seine Gnaden, den Grafen, wohl überreden konnte, sie der gnädigen Frau Daphne in Dienst zu stellen und nicht mehr bei Comtesse Friederike, deren manchmal üble Laune recht schlecht zu ertragen war? Die beiden da oben waren so ein hübsches, schmuckes Paar …

Sie seufzte leise. Ach, ihr als Dienerin blieben wahre Liebesfreuden verwehrt!

Mittlerweile war es dunkel geworden – bis auf das Gefunkel der Sterne in dieser Neumondnacht. Das Feuerwerk erlosch, die Musik verstummte und Ruprecht half Daphne vom Sockel. Erneut bot er ihr seinen Arm. „Lass uns zurückkehren!", meinte er und schlug sich in den nächsten Gang. Sie gingen ein paar Schritte. „Herr!", hörten sie da Margots klägliches Rufen. „Herr, wo seid Ihr?" Offenbar traute sich die Dienerin nicht, ihnen in der Dunkelheit auf den verschlungenen Pfaden zu folgen. „Wo steckt Sie denn?", rief Ruprecht zurück. „Immer noch bei diesem Sockel ..." „Dann bleibe Sie dort, wir holen Sie ab!", antwortete Daphne, und leiser zu Ruprecht gewandt: „Ich kenne den Irrgarten, seit ich ein Kind war." „Das sind gute Nachrichten", meinte Ruprecht. In seiner Stimme schwang etwas mit, das Daphne nicht so recht einordnen konnte. „Das gibt uns ein wenig Zeit!", fügte er hinzu, zog Daphne an sich, dass ihr ecrufarbenes Seidentaftkleid leise raschelte, und brachte sein Gesicht sehr, sehr nahe an ihres. Sie war angenehm überrascht, als sie seine Lippen plötzlich auf ihren spürte, weich und bereits leicht geöffnet. Küsse auf Wange und Hand waren ihnen gestattet worden, aber auf den Mund? Wie aufregend sich das anfühlte, auch wenn Ruprechts Kinn ein wenig kratzig war. Etwas Weiches, Glattes strich über die Innenseite ihrer Unterlippe, die sachte eingesogen wurde. Konnte das ... seine Zungenspitze sein? Ruprecht hatte ihr Gesicht in seine weichen, schmalen Hände genommen und ließ seine Zunge weiter in ihren widerstandslosen Mund gleiten, immer entschlossener, immer gieriger. Endlich, endlich schlang sie ihre Hände um seinen Nacken und kam ihm auf allen Wegen entgegen. Was für ein natürliches Feuer!, dachte Ruprecht voller Entzücken. Sie schmiegt sich ja richtiggehend an mich! Das sind ja wundervolle Aussichten!

Das, dachte Daphne, kann unmöglich so sündig wie das, wobei ich die Mutter im Herbst gesehen habe! Aber ein wundervolles Vergnügen ist es allemal ... Ihr war, als hätte sich ihr ein Türlein zu einem unbekannten Paradies aufgetan.

„Herr! Gnädiges Fräulein!", hörten sie Margot kläglich rufen. „Ihr habt Euch doch wohl nicht verlaufen?" Ruprecht ließ ab von Daphnes Lippen. „Sie soll unbesorgt sein! Wir sind gleich bei Ihr!" Er legte wie zu einem letzten Gruß einen Finger auf Daphnes Lippen und zog sie mit sich in die Richtung, aus der Margots Rufe gedrungen waren. Wenige Augenblicke tauchten sie neben Margot auf, die tatsächlich vor Angst am ganzen Körper zitterte. „Halte Sie sich am besten ganz dicht bei uns!", sprach Ruprecht beruhigend auf sie ein. „Es kann nichts passieren!" „Ha, das meint Ihr!", mokierte sich da die Dienerin. „Aber ich sage Euch eines – ich setze meiner Lebtag keinen Fuß mehr in so einen Moloch!"

*

Daphne wurde durch etwas zunächst Unbestimmtes, Störendes aus ihren angenehmen Gedanken gerissen. Was war dies für ein Jagdsignal? Sie hatte es noch nie gehört, jedoch ... Noch etwa zwei Steinwürfe waren sie vom Sammelpunkt entfernt; sie registrierte jetzt eine allgemeine Unruhe, die nicht derjenigen entsprach, wenn Treiber und Meute das Wild in Richtung der Lappen zu hetzen begannen. Ein Aufruhr hatte von der Jagdgesellschaft Besitz ergriffen, der Daphne bedrohlich vorkam. Auch der Freifrau sträubten sich aus einem Grund, den sie nicht fassen konnte, die Nackenhaare, sie ergriff die Hand ihrer Tochter. Kaum war der Jagdwagen zum Stehen gekommen, riss auch schon ein Jagdgehilfe den Schlag auf. Er wirkte blass und aufgewühlt, als er Daphne zurief: „Kommt bitte sofort mit!“ Er zerrte Daphne fast aus dem Wageninneren. Die Freifrau folgte ihr auf dem Fuß. Der Jagdgehilfe legte Laufschritt vor, sodass die beiden Frauen mit ihren langen Röcken Mühe hatten, ihm zu folgen. Die Meute kläffte ohrenbetäubend, wie es schien, hatte man sie wieder zusammengetrieben, und der Jagdtrieb wühlte jetzt ohne Entsprechung in der nervösen Hundemasse.

„Was ist geschehen?“, fragte Daphne außer Atem. „Seine Gnaden, Junker Ruprecht, ist vom Pferd gestürzt!“ „Oh mein Gott!“, rief Daphne aus. „Hoffentlich hat er sich nicht verletzt!“ In diesem Moment ertönte ein Schuss, ein Pferd wieherte einmalig auf. Die Hunde kläfften weiter, während der Jagdgehilfe den beiden Damen durchs Unterholz voraneilte. An der Gabelung eines Forstwegs hatte sich eine größere Menge an Jägern, Treibern und Hundeführern versammelt. Sie umringten etwas, das Daphne nicht erkennen konnte. Etwas weiter bergan lag ein totes Pferd auf dem Weg. Ein großer brauner Hengst, mit einem Loch auf der Stirne, aus dem reichlich Blut rann.

Der Jagdgehilfe bahnte sich und seinen Begleiterinnen einen Weg durch die Menge, die sofort zur Seite wich. Wie ein Wirbelsturm ein windstilles Auge besitzt, so lag Junker Ruprecht mitten in diesem Ring aus Menschen. Seine Gliedmaßen hatte er von sich gestreckt, sein Brustkorb hob und senkte sich in unregelmäßiger Atmung – und sein Kopf war auf beinahe groteske Weise verdreht. „Er hat sich das Genick gebrochen ...“, fuhr es ihr durch den Kopf. Sie kniete sich neben ihn, seine verängstigt weiten Augen folgten ihr. Als sie nach seiner Hand griff, waren seine Finger zwar warm, aber schlaff. Etwas würgte ihn wohl im Hals, er versuchte zu husten, bekam aber nur ein flaches Röcheln zustande. Sie beugte sich über ihn und strich ihm die kaltschweißigen Haare aus der Stirne. „Mein Hut ...“, stammelte er; irgendjemand brachte seinen Plumagenhut, den Daphne entgegennahm. „Eine Feder ... meine Daphne ... nimm dir eine Feder ... mein kleiner Jude ... mein Freund ...“ – „Er fantasiert!“, rief jemand aus. Weitere Unruhe entstand: Graf Waldeck war am Unfallort eingetroffen und trat hinter Daphne. Sie hörte ihn schwer atmen.

„Wer zum Teufel hat dem Junker diesen verdammten Gaul gesattelt? Wer??“, schrie der Graf. Daphne achtete nicht darauf, sie streichelte die Wangen ihres sterbenden Bräutigams und hielt seine reg- und wohl auch fühllose Hand. „Ich gehe ... dahin, wo man nicht ... nach der Herkunft fragt ...“, flüsterte Ruprecht „... sondern nach ... der Berufung ...“ Immer flacher wurden seine Atemzüge, Daphne gelang es nun nicht mehr, so etwas wie Zuversicht auszustrahlen, sondern ließ ihren Tränen freien Lauf. „Mein kleiner Jude ...“, Ruprechts Stimme war nun so leise geworden, dass sogar sie Mühe hatte, ihn zu verstehen, „... folge du nicht ... dem Diktat, ... sondern ... deiner Berufung...“ Dann hörte seine Atmung auf, und sein Blick schweifte zu einer Ferne, die nur er erreichen und erblicken konnte. Daphne drückte ihm einen letzten Kuss auf seine reglosen Lippen, richtete sich im Knien auf und zog eine weiße Straußenfeder aus seinem Hutband, die sie durch ein Knopfloch ihres Jagdrocks zog. In diesem Moment spürte sie eine Hand auf ihrer Schulter – ihre Mutter hatte sich hinter sie gestellt.

Drei Schritte entfernt stand Graf von Waldeck, mittlerweile stumm und mit zusammengepressten Lippen. Zum Henker, dachte er, mein einziger Sohn ... und das alles hier fällt zurück an den Kurfürsten, wenn ich einmal nicht mehr bin ... Erst dann begannen auch seine Augen, sich mit Tränen zu füllen, und ratlos sah er auf die vor ihm kauernde Daphne, die halb von ihrer Mutter umfangen wurde und nun hemmungslos und bitter schluchzte. Auch wenn ihm Junker Ruprecht mit seinen Flausen und Spinnereien manchmal viel zu weltfremd vorgekommen war, um die Grafschaft erfolgreich führen zu können, so war er doch immerhin sein einziger Sohn gewesen, der das Erwachsenenalter erreicht hatte. Und trotz seiner Tagträumereien – im Gegensatz zu seinen zänkischen Schwestern – mochte er ihn, wenn er ihm auch fremdgeblieben war. Der sein junges Leben durch ein viel zu temperamentvolles Pferd hatte verlieren müssen, bevor er für Enkelsöhne sorgen konnte, die den Fortbestand der Familie sichern würden. Er, der nicht mehr ganz junge Graf von Waldeck, würde wieder ganz von vorne anfangen müssen mit seiner Familienpolitik. Aber, dachte er weiter, ich kann immer noch Söhne zeugen ... Sein Blick heftete sich auf das vor ihm kauernde Freifräulein ... Sie hat eine schmale Taille und runde Hüften – und ein älterer Mann und eine junge Frau, das gibt bekanntlich Knaben ...

In diesem Moment drehte sich Freifrau Johanna Elisabeth zum Grafen um – und erfasste sofort, auf welche Weise der Graf von Waldeck die Figur ihrer Tochter taxierte ... Jener hätte schwören mögen, dass der Blick, den die Freifrau von Owen ihm in diesem Moment zuwarf, einen zweiten Toten an diesem Tag hätte erzeugen können, wäre er aus Stahl gewesen. Als ob sie meine Gedanken lesen könnte, dachte Graf von Waldeck erschaudernd.

Kapitel fünf

In dem Daphnes Mutter ihre Tochter vor einem wahrlich unpassenden Ehemann rettet. Außerdem ein folgenreiches Zusammentreffen dreier adliger Französinnen

Paris, Hôtel de Nevers, Oktober 1667

Die verwitwete Herzogin von Pfalz-Simmern, Anne de Gonzague et Nevers, hielt ihr Kinn unnatürlich weit vorgereckt, und dies schon seit beinahe einer Stunde. Denn der Mann, der sich gerade intensiv mit ihr befasste, verlangte von ihr, diese angespannte Haltung strikt beizubehalten. Gonzague, die für eine Dame von hohem Stand eher sparsam veranlagt war, hätte in diesem Moment einen Louis d'Or dafür gegeben, wäre eine ihrer Zofen zugegen gewesen, um ihr mit einem ebenhölzernen Kratzhändchen den Juckreiz im Genick und zwischen den Schulterblättern zu lindern. Und mit Geschick auch den, welchen ihr die zahlreichen Haarnadeln verursachten, mit denen mindestens zehn künstliche flachsblonde Flechten auf ihrem edlen Haupt verankert waren. Wenigstens, so tröstete sie sich und übte sich in stoischer Geisteshaltung, wenigstens tummelte sich unter ihrer antik anmutenden Atlasrobe kein Floh ... Denn der mattrote Stoff mit in Jacquardtechnik eingewobenen Pflanzenranken war nicht nur schwer, er war bedauerlicherweise auch unzureichend gelüftet worden, bevor sie sich – zum wiederholten Mal – in diese Lage begeben hatte.

Im Hintergrund ihres Salons im Hôtel Nevers spielten drei weitere Damen Karten – Lansquenet – und eine weitere, die sich zu den Kartenspielerinnen gesellt hatte, vollführte mit ihrem elfenbeinernen Schiffchen Occhiarbeit aus feinstem Zwirn. Vor einem der drei breiten, zur Rue Garancière hinabführenden Fenster saß ein halbwüchsiger Junge, gekleidet in die Neverssche *livré*, und zupfte auf seiner Theorbe, um die Gesellschaft zu unterhalten. Eine ebenfalls noch sehr junge Dienerin, bis auf eine neumodische, mit Spitzen besetzte Vorschürze ganz in gestärktes dunkelgraues Tuch gewandet, ging herum und bediente die Damen mit heißer Schokolade oder Eisenkrauttee.

Wie lange muss ich noch ...?, zweifelte die Gräfin an dieser Geduldsprobe; freilich nur in Gedanken. Ihre Blicke schweiften gelegentlich hinüber zu ihrem männlichen Gegenüber, einem untersetzten Herren ungefähr gleichen Alters, dessen gelichtetes und grau durchsetztes dunkles Haar in auffälligem Kontrast zu ihrem Kopfschmuck standen. Dessen Üppigkeit verdankte Anne de Gonzague teils den erwähnten Echthaarsträhnen und teils einem speziellen Kräutersud. Was tat sie nicht alles, um sich den wohlwollenden Blicke der Chévaliers zu erhalten, nachdem ihr Gatte vor fünf Jahren verstorben war! Der war – zum Neid und Entzücken ihrer

Freundinnen – nicht nur ein feuriger und stattlicher dunkelhaariger Herr, er war obendrein noch zehn Jahre jünger gewesen als sie. Ein schwarzer Diamant, den es zu hätscheln und zu halten gegolten hatte – obwohl der Pfalzgraf Édouard vollkommen mittellos in diese Ehe gegangen war. Sie war damals mit knapp dreißig Jahren mehr als zufrieden gewesen, nachdem die skandalöse Verbindung mit ihrem Cousin, dem Herzog von Lothringen, nicht mehr tragbar gewesen und darum vom Papst zwangsgeschieden worden war. Ach, vergangene Zeiten! Die Zeiten jetzt – je nun, die waren eben anders ... Anne de Gonzague blickte ihrem Gegenüber direkt und sehr frei in die Augen, die von undefinierbarem hellem Blaugrau waren. Und deren Aufmerksamkeit nichts entging – vor allem nicht der kleinste körperliche Makel. Die Gräfin reckte ihren Unterkiefer beflissen noch pointierter vor. Damen von eben fünfzig Jahren (und ein paar mehr, wie sie sich unumwunden eingestehen musste), neigten nun einmal zu einem mehr oder weniger ausgeprägten Doppelkinn.

*

Jean Nocret, der *Premièr Peintre du Duc d'Orléans* nahm etwas Mauve mit seinem feinsten Marderhaarpinsel auf, das er mit Beige abgemischt hatte. Sachte fuhr er damit über die Augenringe der Herzogin von Pfalz-Simmern, die ihm eine Spur zu dunkel geraten waren, blickte kurz über den Oberrand der Leinwand und war zufrieden mit seiner Korrektur. Die Herzogin war eine überaus kultivierte und einflussreiche Frau – von ihrem Vermögen ganz zu schweigen. Vor zehn Jahren hätte er Himmel, Erde und womöglich noch die Hölle in Bewegung gesetzt, um von ihr mit dem Malen eines Konterfeis beauftragt zu werden. Mittlerweile war er neben seiner Tätigkeit für Monsieur Philippe, den Duc d'Orléans, auch noch Gründungsmitglied der *Académie royale de Peinture et Sculpture* und zu einem der bevorzugten Porträtisten Seiner Majestät Louis XIV. avanciert. Der Auftrag, Anne de Gonzague zu porträtieren, förderte nicht mehr in entscheidendem Maß seine Karriere. Sein Verdienst freilich schon: 7000 Livres hatte er ihr abverlangt, dass sie ihm Modell saß. Nun gut – er hatte sie die Inszenierung ihres Konterfeis wählen lassen – und die Gräfin hatte so etwas wie eine subtile Rache für seine Gage verübt, indem sie quasi als Verneigung vor ihren italienischen Vorfahren wünschte, als Dantes Beatrice im Stil von Botticelli abgebildet zu werden. Was Maître Nocret zwar ziemlich abgeschmackt fand – eine Fünfzigjährige, die sich ausgerechnet Signorina Simonetta Vespucci als Kanon erwählt hatte – aber letztendlich doch als durchführbar erachtete.

„Durchlaucht", sprach er halblaut in seinem harten Lothringer Akzent, „ich danke verbindlichst; Ihr mögt nun Kinn und Wangen wieder entspannen. Ich erlaube mir, noch etwas an Eurer Nase zu arbeiten – falls Ihr nicht ermüdet seid ..." Anne de Gonzague vollführte daraufhin diskrete Grimassen mit ihrem Mund – und verlangte nach Kräutertee.

Nocret, der im selben Alter wie sie war, hielt sie insgeheim für eine nicht unattraktive Frau, die sich durch ihre geistige Wendigkeit und ihr lebhaftes Temperament weitaus besser gehalten hatte als manche zum Teil erheblich jüngere Adelsdamen, die sich nur noch ihrem Seelenheil und dem Genuss von Süßigkeiten widmeten. Die Gonzague war ein geduldiges Modell – ruhig und diszipliniert, und verfügte über eine angenehme Größe, eine angenehme Körperfülle – und dank derer über eine immer noch glatte Haut. Eben wies sie die eingetretene Dienerin an, auch dem Porträtisten Tee einzuschenken.

„Noch zwei Sitzungen ...", dachte der *Premièr Peintre*, „dann ist der Kopf fertig, und ich kann mit der Leinwand zurück in meine Werkstatt in die St. Honoré-Vorstadt." Mittlerweile schätzte Nocret es mehr denn je, seine Utensilien nicht mehr einpacken zu müssen, seine Leinwände dort aufstellen zu können, wo ihm die Lichtverhältnisse vertraut waren (geschuldet der nachlassenden Akkommodationsfähigkeit seiner alternden Augen), und vor allem seine Arbeit unterbrechen zu können, wann es ihm behagte. Er war nicht mehr so flink wie vor fünfzehn Jahren am noch jungen Königshof von Lissabon – allerdings musste er nun auch bei Weitem nicht mehr so viele Korrekturen anbringen wie zu jener Zeit. Wie hatte Lucrez so treffend bemerkte: „Was ohne Pausen geschaffen wird, ist nicht von Bestand." Er bearbeitete die – wirklich ebenmäßige kleine herzogliche Nase noch mit ein paar feinen Pinselstrichen – und trat zurück, um das heute Geschaffene mit kritischem Wohlwollen zu betrachten. Das Licht, dachte er. Es war dieser Tage günstig, obwohl schon Mitte Oktober. Immerhin hatte es ihm dazu verholfen, Ihrer Durchlaucht einen zarten Schmelz auf die Wangen zu zaubern, durch den sie auf dem Porträt glatt zehn Jahre jünger wirken mochte.

Die Zofe, die ihm den gesüßten Verveinentee reichte, war nicht dieselbe, die zu seiner persönlichen Betreuung und Bedienung abgestellt war. Nocret wischte seine Pinsel aus. „Durchlaucht, bitte lasst es für heute gut sein. Der Stand der Sonne ist zu tief und das verursacht einem Maler Probleme mit dem Inkarnat der Haut!", meinte er. Die Gräfin blinzelte. „Nun, Maître Nocret, ich will ja nicht gelbsüchtig wirken. Ich danke Euch für Euer Zartgefühl!", erwiderte sie freundlich. Nocret legte Palette und Pinsel beiseite und trat an das Podest, auf dem sich die herzogliche Sitzgelegenheit befand. Galant reichte er seiner Auftraggeberin die Hand, um ihr aufzuhelfen. Was wollte er mehr: Sie war humorvoll, nicht launenhaft und geduldig – obwohl sie genau wusste, was sie wollte. Und noch eines: Sie war gastfreundlich. Was man von anderen hohen, sogar höchsten Mäzenen nicht unbedingt behaupten konnte. Alleine die Tatsache, dass man ihm nicht etwa eine Kammer unter dem Dach, sondern eine Suite im ersten Stock bereitet hatte ... Dass er, solange er im Hôtel Nevers logierte, auch an der Tafel der Herrschaften speisen durfte.

Die Hospitalität der Dame Anne hatte sich sogar auf die besagte Zofe erstreckt, die so ganz seinem Geschmack entsprach: drall, hellbrünett und vollbusig. Und überaus bereitwillig, wenn es darum ging, ihm zur Nacht das Himmelbett aufzuschütteln ... Nocret schmunzelte leise, als er sich daran machte, seine Pinsel auszuwaschen ...

*

Innerlich bebend vor Wut, strebte die Comtesse de Soubris auf den Empfangssalon im Hôtel Nevers zu. Der Lakai straffte sich, als er die alte Gräfin erkannte, und riss vor ihr gleich beide Türflügel auf. Drinnen fand die Comtesse eine fast bukolische Szenerie vor: Eben half der Hofmaler von *Monsieur* ihrer Freundin Anne, die noch altertümlicher gewandet war als zu Zeiten des Ritterkönigs François II., von ihrer Sitzerhöhung, um gemeinsam das zu begutachten, was er an diesem Tag auf die Leinwand gebracht hatte. In einer Fensternische saß ein noch junger Bediensteter und zupfte die Basslaute. Marie-Madéleine de La Fayette war ebenfalls hinter die Leinwand getreten, ihr Klöppelzeug immer noch in Händen. Und völlig unberührt von alledem saßen drei der Hofdamen um den Kartentisch. Eine wundervolle, nein, merkwürdige Mischung unterschiedlichster Gerüche erfüllte den Raum, fand die Comtesse. Es waren nicht nur menschliche Ausdünstungen und Blumenparfüms, es roch viel stärker nach Schokolade, Terpentin und Leinöl.

Eine der jungen Hofdamen bemerkte die Comtesse sofort, erhob sich und knickste; ihre beiden Freundinnen taten es ihr umgehend gleich. Die neu eingetretene Unruhe im Raum entging der Herzogin selbstredend nicht – sie trat sofort hinter der Leinwand hervor und knickste vor Soubris. „Liebste Freundin! Wie ehrt und freut es mich, dass Ihr den Weg von St. Germain hierher auf Euch genommen habt – wisst Ihr doch, wie großen Wert ich auf Euer kritisches Urteil lege!", rief Anne de Gonzague aus. Die Comtesse ließ ihre Schultern sinken und atmete kurz durch. Keinesfalls hatte ihre Freundin Anne ihren Unmut verdient. „Liebste Anne, es ehrt mich immer wieder, bei Euch Gast zu sein. Und nun verzeiht mir mein unschickliches Zuspätkommen – und gestattet, dass ich Euch die Gründe später darlege." Beide Damen nickten einander freundlich zu – dann trat die Soubris zu Jean Nocret hinter die Leinwand und wurde nochmals höflich gebeten, ihr Urteil abzugeben.

*

Antoinette de Soubris und Madame de la Fayette leisteten der Herzogin kurz darauf in ihrem Boudoir Gesellschaft. Letztere, nur getrennt durch einen Paravent, war in eine Badewanne gestiegen und plauderte eine Weile eher Belangloses mit den beiden Freundinnen. Tratsch aus Paris – man hatte in einem der Ballhäuser ein illegales Freudenhaus ausgehoben, nachdem die Polizei schon länger Verdacht gehegt hatte bezüglich des allzu regen Publikumsverkehrs. Klatsch aus St. Germain-en-Laye, wo sich momentan der königliche Hofstaat aufhielt – gewidmet vor allem dem misslichen Verhältnis der „*Trois Reines*" zueinander. Da endlich fiel die Maske der Contenance, die die Gräfin so lange und vollendet vor sich getragen hatte. „Meine Damen", rief sie betrübt aus, „gestattet mir die Freiheit zu bemerken, dass mir die zunehmende Impertinenz der Mortemart-Sippe allmählich meine Fassung nimmt! Was sich die Partei der Marquise mittlerweile herausnimmt, ist *sub omni canone*!" Auf den zarten Wangen der Comtesse hatten sich hektische rote Flecken gebildet. Marie-Madéleine de La Fayette stutzte. „Was hat Euch dergestalt echauffiert, Comtesse?"

Das Plätschern hinter dem Paravent wurde ebenfalls leiser. Antoinette de Soubris räusperte sich. „Ich hatte rechtzeitig angeordnet, meine Kutsche anspannen zu lassen. Und musste fast eine halbe Stunde darauf warten, dass sie vorfuhr. Weil ein Cousin der Marquise Montespan mit seiner Kalesche die Auffahrt versperrte – und denkt Euch nur: Sein Kutscher kam meinem unverschämt und mit den Worten, dass die Vorfahrt auf alle Fälle ihm gebühre, weil sein Herr ein de Mortemart sei", seufzte sie. „Ich musste lange warten, bis dieser reichlich impertinente junge Herr endlich mit seinem fahrbaren Untersatz verschwunden war. Und denkt Euch nur: Er wurde sechsspännig kutschiert!" – „Du meine Güte!", rief die Herzogin hinter dem Paravent hervor. „Ich würde sagen: Das ist größenwahnsinnig!" Madame de la Fayette blickte die Comtesse ebenfalls empört an, wobei sie ihre Occhiarbeit nicht aus der Hand legte.

Kurz darauf trat die Gonzague hinter dem Paravent hervor; sie trug eines der neumodischen und legeren Hauskleider aus bedrucktem Kattun, das weder Schnürmieder noch Korsett erforderte. „Ah, was für eine Wohltat!" bekundete sie, als ihr eine Zofe einen Kelch mit verdünntem und eisgekühltem Weißwein hinterhertrug. Die Comtesse de Soubris schüttelte ihren Kopf – den sie immer noch mit der aufgetürmten Frisur schmückte, die zu Zeiten von Henri IV. Mode gewesen war. Sie selbst war tadellos geschnürt und trug ein altmodisches langärmeliges Kleid mit Reifrock.

Zwei weitere Zofen eilten herbei und servierten Trauben, Birnen, Feigen und Nüsse – sowie Pralinen und Zuckerplätzchen. Eine dritte wartete mit Schaumwein auf. „Nun", meinte Anne de Gonzague, „greift zu, meine Lieben! Wir müssen heute nämlich noch einen Entschluss fällen!" Dann griff sie zart nach dem Unterarm der Soubris. „Verzeiht, meine Werteste – aber was Ihr soeben berichtet habt – das ist mit Verlaub Wasser auf meine Mühlen!" Während die beiden anderen Damen sich Früchte und Konfekt schmecken ließen, trat Anne de Gonzague an ihren Sekretär, öffnete ein besonderes Fach und zog einen Brief hervor. Bevor sie diesen aushändigte, trank sie erst einmal einen großen Pokal Schaumwein leer. „Meine liebsten Freundinnen!", hob sie an. „Ihr wisst, wie sehr ich die

Geistesgaben, Kritikfähigkeit und Lebenserfahrung schätze, die eine jede von Euch mitbringt, wohl wissend, wie sehr diese sich ergänzen können. Daher bitte ich Euch, mir Euer Urteil und Eure Empfehlung zuteil werden zu lassen, was eine dringende Bitte angeht, die an mich herangetragen wurde."

Mit diesen Worten überreichte sie den Brief, den sie ihrem Sekretär entnommen hatte.

*

Marie-Madéleine de la Fayette war ohne Abstriche feinfühlig genug, um rasch zu erfassen, dass die Gräfin etwas auf dem Herzen hatte, was sie alleine mit der Comtesse de Soubris zu besprechen wünschte. Sie schützte Pflichten in ihrem Haushalt vor und zog sich nach angemessener Frist zurück. Sogleich wurde Anne de Gonzague etwas offener. „Wie schätzt Ihr die Situation ein, liebe Antoinette?" Die Comtesse drehte den Brief in ihren Händen. „Die Situation Eurer Verwandten – oder die am Hof?" – „Beide, *chère* Comtesse. Ich denke sogar, beide könnten zusammenhängen." „Meine Einschätzung der Parteien am Hof kennt Ihr. Es gibt zunehmende Ambitionen einer gewissen Partei, die ich nicht besonders hoch schätze. Es wäre begrüßenswert, wenn man dieser, wie soll ich sagen, gewisse Manschetten anlegen würde. Ja, ich denke, das wäre angemessen und lohnenswert."

Da die Zofen fortgeschickt worden waren, bediente Anne de Gonzague ihre Besucherin persönlich. Sodann erhob sie sich – und brachte ein flaches, in Ölpapier gewickeltes Päckchen herbei, das sie vor der alten Comtesse auswickelte. „Und was haltet Ihr von der Bitte meiner kurpfälzischen Cousine? Und – vor allem – was haltet Ihr von deren Tochter selbst?" Mit diesen Worten schlug die Herzogin von Pfalz-Simmern das Papier vom Inhalt des Päckchens zurück. Es enthielt ein in Öl gefasstes Porträt, etwa eineinhalb Mal eine Elle lang, dass das Brustbild einer jungen Frau darstellte. „Ein Selbstporträt", meinte die Gräfin. „Im Ernst?", wollte die Comtesse wissen. Ihre Freundin nickte. „Das ist das Freifräulein Daphne Sophie von Owen. Zwanzig Jahre alt. Nicht nur eine hoch talentierte Malerin, sondern auch ein Genius in Sprachen und Musik. Außer Deutsch und Französisch spricht sie noch die humanistischen Sprachen, Spanisch, Italienisch und Englisch ...", führte die Gräfin aus.

Die Soubris betrachtete das Brustbild mit Innigkeit. Wie sehr hatte sie sich all die vergangenen Jahrzehnte gewünscht, dass eine Tochter aus ihrem Schoß geboren worden wäre. Umsonst ... Daphne de Owen war hübsch und anmutig, ohne durch allzu glatte Schönheit blendend und damit entweder bedrohlich oder langweilig zu wirken. Ihre Augen waren von rätselhafter, schimmernder Farbe. Alles zwischen Grau und Grün konnte in der Farbe ihrer Augen erhalten sein. Ihr Gesicht war lieblich rund, mit glatten hellen Wangen und gesunder Röte. Ihr Mund hielt sich die Waage zwischen sinnlicher Fülle und zierlicher Feinheit. Allein, der Schmelz ihres Teints; unglaublich, dass sie ihn angeblich selbst gemalt hatte. Bisher hatte die Comtesse geglaubt, dass es kein Künstler dieser Welt je mit Meister Rubens würde aufnehmen können, was die Wiedergabe makelloser weiblicher Haut betraf ...

„Es wäre eine Schande, wenn das Freifräulein die Chance nicht erhielte, um die ihre Mutter so herzlich bittet. Überaus interessant finde ich allein die Tatsache, dass sie malen kann ..., doch rate ich Euch, dieses Porträt Maître Nocret zur Begutachtung vorzulegen. Wenn es ihm ebenso zusagen sollte, dann solltet Ihr ernsthaft erwägen, sie bei Euch in Eurem Stadtpalais aufzunehmen." Sie dachte eine Weile nach. „Ihr sagtet, sie sei die Tochter einer Verwandten?" Pfalzgräfin Anne nickte. „Ihre Mutter ist die einzige Tochter von Ferdinando I. Gonzaga und der Camilla Faá di Bruno." Die Gräfin hob ihre Augenbrauen. „Wer aus der älteren Generation kennt nicht die traurige Geschichte der *Bella Ardizzina*? So stammt Mademoiselle – wie sagtet Ihr, ist doch ihr Name ..?" „Daphne Sophie von Owen." „... also Mademoiselle Daphne aus einem der ältesten und vornehmsten Geschlechter Norditaliens. Und ist nicht niederer Abkunft ..." Sie lehnte sich zufrieden zurück. „Was zweifelsohne zu ihrem Vorteil gereichen könnte. Und zu unserem ..." Sie schwieg eine Weile nachdenklich. „Ihre Mutter, Eure Cousine, will sie zum Zweck der Ausbildung herschicken? Oder doch eher, um hier eine vorteilhafte Partie zu machen?" – „Beides, liebste Freundin. Die Dauer ihres Aufenthalts in meinem Haushalt ist zunächst für zwei Jahre gewünscht." Die Gonzague schenkte der Comtesse noch Schaumwein nach. „Und genau das ist es *au fond*, weshalb ich erwäge, sie zu protegieren. Ihr könnt Euch sicher vorstellen, meine Liebe, wie oft mir junge Damen, die gerade der Klosterschule entwachsen sind, empfohlen werden. Alle wohlanständige und gottesfürchtige junge Weibspersonen – formbar wie Wachs, ohne Esprit und ohne wegweisende Ambitionen außer der einen: eine gute Partie zu machen. Dafür habe ich keine Verwendung." Antoinette de Soubris erhob sich. „Das lässt uns die erforderliche Zeit – und sie ist darüber hinaus alt und gebildet genug. Ich würde Euch empfehlen, sie persönlich in Augenschein zu nehmen."

Anne de Gonzague ging hinüber zu ihrem Sekretär und holte einen Briefbogen aus ihrem écritoire. „Ich werde ihr eine meiner Kaleschen zur Verfügung stellen samt Geleitschutz. Schließlich fängt man Mäuse am besten mit Speck ..."

Die Comtesse de Soubris beäugte mittlerweile das Brustbild – wobei sie aus ihrem Ridikül eine Brille zu Hilfe genommen hatte. Ihr Blick glitt wiederum zur Gräfin, deren Antlitz nach dem warmen Bad sanft gerötet war. „Ich beginne zu verstehen, liebste Freundin ... *Quel plan de bataille!*" Ein Lächeln glitt um ihre Mundwinkel. „Meine liebe Anne, Ihr als Katholikin seid unserem Herrn gewiss noch näher als ich, die ich nur der Bastard einer calvinistischen Mätresse bin. Darum möchte ich Euch ersuchen, dass Ihr für das deutsche Fräulein betet." – „Sicher will ich das. Habt Ihr etwa spezielle Gebetsanliegen?" – „Nun, dass sie noch unberührt sein möge. Und nicht allzu üppig gebaut." Anne de Gonzague lachte leise. „Das, *ma chère*, steht schon längst auf der Agenda meiner Fürbitten."

*

Man hatte Junker Ruprecht Maximilian am Tage der geplanten Hochzeit zu Grabe getragen. Keiner der geladenen Gäste war nach seinem Jagdunfall vorzeitig abgereist, alle waren geblieben, um ihm die letzte Ehre zu erweisen und mit seiner Familie zu trauern. In der Schlosskapelle fand man keinen Platz mehr, denn neben den geladenen hundert Gästen drängten sich auch die Bediensteten. Wie ergreifend war die Leichenpredigt des calvinistischen Pfarrers, und wie schön und rein sang die Kurrende des Kirchsprengels drei Motetten von Schütz. Daphne saß neben ihren Eltern in der ersten Kirchenbank, blass, aber aufrecht, und an ihren kleinen schwarzen Hut hatte sie die beiden weißen Straußenfedern gesteckt. Man zollte ihr Bewunderung für ihre Haltung – nur ihre Mutter befürchtete, dass sich, sobald sie nach Heidelberg zurückgekehrt sein würden, erst wahre und tiefe Verzweiflung Bahn brechen würden. Sie betete nicht nur für die Seele des Verstorbenen, sie betete auch für die ihrer Tochter – und bat den Herrn um ein besonderes Quantum an Stärke und Mut für sich, um ihrem Kind beistehen zu können in der nächsten Zeit. Wohl ahnend, dass ihr Ehemann dieser Aufgabe niemals gewachsen sein würde.

Daheim in der Heidelberger Zehntgasse schlug sie ihr Nachtlager im Zimmer Daphnes auf und trachtete danach, ihrer Tochter, so gut es ging und so weit es gewünscht war, nahe zu sein. Und ging mit ihr durch ein Meer von Tränen, das erst nach einem Monat abebben wollte. Nun eröffnete Daphne ihrer Mutter auch, dass und wie sie Junker Ruprecht bereits früher kennengelernt hatte. Dass es ein Geschenk gewesen war, einander auf diese ungewöhnliche Weise derart in Seele und Herz blicken zu können, wie es bei einer normalen Brautwerbung unmöglich hätte geschehen können. Johanna Elisabeth fing an zu begreifen, was ihre Tochter verloren hatte, bevor sie es fest in ihren Händen hielt. Und nun verstand sie auch den Sinn der rätselhaften letzten Worte, die der sterbende Junker an seine Braut gerichtet hatte. Sie begriff, dass ihre Tochter eine Zeit benötigte, deren Dauer ihr niemand diktieren konnte. Und hegte zugleich Befürchtung, dass man der verstörten jungen Frau mit unangemessener Hast und Drängen etwas aufoktroyieren würde, was der Heilung ihres Schmerzes ohne Abstriche entgegenstünde.

Freiherr Theodor Alexander begegnete seiner Tochter mit jener hilflosen Distanz, die seine Frau ihm zu Recht unterstellt hatte. Dass ihn Kummer umtrieb, erkannte sie allein daran, dass er sowohl ihre als auch

Daphnes Gesellschaft mied; sie wusste, dass sie auf ihn zugehen und ihn direkt danach befragen musste, auf eine Antwort bestehend. Damit ging sie kein geringes Risiko ein, schroff und unnachgiebig, wie er sich in den letzten Monaten den Frauen seines Hauses gegenüber benommen hatte. Vielleicht würde ihr dieser Vorstoß eine weitere Tracht Prügel einbringen – aber sie schuldete dies Daphne.

Am Abend des Buß- und Bettags war Daphne mit Thomasine zu einer Abendandacht in die Kirche gegangen; der Freiherr saß hingegen wie so oft über Schriftstücken. Seine Frau war auf dem Weg zur Kirche mit der Begründung, sie hätte ihr Liederbuch zu Hause liegen gelassen, wieder umgekehrt. Vor dem Studierzimmer des Freiherrn schüttelte sie ihren Rock zurecht, straffte ihre Schultern und atmete durch, ehe sie eintrat, ohne zu klopfen. Ihr Mann siegelte eben eine Abschrift und blickte irritiert zu Johanna Elisabeth auf. „Ich dachte, du wolltest die Abendandacht hören?" Seine Frau schüttelte ihren Kopf und zog sich einen Stuhl heran. „Ich bitte dich um einige Augenblicke Gehör, Theodor! Es geht um Daphne", begann sie vorsichtig. Er seufzte und rang die Hände. „Um wen sonst ...", murmelte er.

Johanna Elisabeth blickte ihren Mann lange und durchdringend an. Dann schöpfte sie Luft. „Theodor, könnte es sein, dass Graf Waldeck um Daphnes Hand angehalten hat?" Der Freiherr ließ sein Petschaft sinken, blickte erst lange zum Fenster hinaus und starrte dann auf das immer noch ungesiegelte Dokument vor ihm. „Woher weißt du das, Johanna?" – „Das sollte jetzt keine Rolle spielen. Aber ich finde es überaus zartfühlend von dir, das arme Kind damit bisher nicht konfrontiert zu haben ..." Der Freiherr erhob sich – Johanna Elisabeth wusste in diesem Moment, dass kein Strafgericht über sie hereinbrechen würde. „Was sollte ich denn tun?", fragte er. „Außer dem Grafen verstehen zu geben, dass wir das Moratorium der Trauerzeit gewahrt wissen möchten. Das arme Kind ...", setzte er hinzu. Johanna Elisabeth schluckte ihre Rührung hinunter. „Daran hast du klug getan, Theodor!" Und nach einer Weile: „Würdest du ... die Werbung ... des Grafen ... denn akzeptieren?"

Jetzt war die Reihe an ihm nachzudenken. „Weitaus mehr nolens ... als volens ..." Er räusperte sich. „Er hat keinen guten Ruf ... als Gemahl. Wenn du verstehst, was ich meine ..." Sie nickte. „Ist denn, Theodor, die Not für dich so groß, dass Daphne endlich unter die Haube kommt?" Er schwieg wiederum – und sie ergriff die nun gebotene Chance nachzusetzen: „Was wäre, wenn sie ein besseres Angebot hätte ...?" Er stutzte: „Ist dir denn eines unterbreitet worden?" Johanna Elisabeth schüttelte ihren Kopf. „Aber", fügte sie hinzu, „ich habe einen Plan, eine Strategie, wie sie an ein besseres Angebot kommen könnte. Eine überaus ehrenwerte und möglicherweise sogar so glanzvolle Strategie, dass Graf Waldeck nicht umhin könnte zurückzustecken ...", ergänzte sie geheimnisvoll.

Der Herr Hofsyndicus wanderte immer noch in der Stube herum. „So lass hören in Gottes Namen, Weib!“ – „Es ist dir doch sicher meine Cousine bekannt, Anne de Gonzague et Nevers?“ – „Ist sie nicht die Witwe eines Bruders unseres Kurfürsten – Eduard von Pfalz-Simmern?“

Ein leichtes Lächeln glitt über Johanna Elisabeths Gesicht. Sie fühlte auf dem richtigen Weg zu sein, wenngleich sie nicht offene Türen einrannte. „Sie ist eine überaus einflussreiche und weltgewandte Edelfrau. Sie genießt das höchste Vertrauen des Königs von Frankreich und weiterer Mitglieder des Hochadels. Darüber hinaus wird sie regelmäßig für sensible diplomatische Missionen eingesetzt, sowohl in den Niederlanden als auch in Deutschland und Norditalien. Sie gilt in Paris als die vornehmste Heiratsvermittlerin schlechthin. Und hat, da sie ein großes und glanzvolles Haus führt, immer Bedarf an Hofdamen ...“, führte sie aus.

Der Freiherr runzelte die Stirne. „Ich soll unsere Tochter nach Paris schicken für ungewisse Chancen – und den Grafen von Waldeck verprellen?“, zweifelte er. Johanna Elisabeth seufzte. Dann erwiderte sie. „Daphne besitzt, wie wir beide nur zu gut wissen, gewisse Talente und Charaktereigenschaften, die sie einem deutschen Landedelmann als Ehefrau nicht eben anempfehlen. Doch in Frankreich verhält es sich anders. Eine junge Dame von Stand, die weder Bildung noch Esprit besitzt, langweilt und findet keinen interessanten Ehemann.“

Theodor Alexander schnaubte. „Dies einmal alles als Faktum vorausgesetzt – wer garantiert uns denn, dass die Schwägerin unseres Landesherrn denn überhaupt Verwendung für unsere Tochter hat?“ Johanna Elisabeth machte eine nonchalante Handbewegung. „Die Herzogin und ich sind Verwandte. Und Blutsbande gelten in Italien noch weitaus mehr als hierzulande.“ Der Freiherr setzte sich wieder an den Schreibtisch. „Ich werde darüber nachdenken, Johanna!“, versprach er und klang zum ersten Mal seit Wochen wieder ruhig. „Und ich werde jetzt endgültig in die Kirche gehen“, verkündete seine Frau.

*

Graf Waldeck tranchierte die Birkhühner selbst, die er am Tag zuvor erlegt hatte, überließ es dann aber einem Diener, die Stücke vorzulegen. Freiherr von Owen dankte für einen Schlegel und ein Bruststück, wogegen der Teller des Grafen gut gefüllt wurde. Dazu nahm er reichlich Brot und winkte einem weiteren Lakaien, damit sein zinnener Bierseidel rasch nachgefüllt wurde. Den er innerhalb einer halben Stunde bereits zum zweiten Mal geleert hatte. Kein Wunder, dachte der Freiherr, dass er so einen kugelrunden, prallen Wanst hat und so ein rotes Gesicht. Er schüttelte sich diskret – und mochte es zwar niemals offen gestehen, doch Johanna Elisabeth hatte ihm gewisse Bedenken gegen den Grafen als Ehekandidaten sozusagen auf den Kopf zugesagt. Zwar hasste er es, wenn

Weibspersonen Recht behielten – seine Frau aber war so klug und taktvoll, ihm Derartiges durch die Blume kundzutun. Anders als andere Frauen, egal ob hoch oder niedrig, ob klug oder töricht, hatte sie ihn niemals vor anderen bloßgestellt.

Er konnte allerdings nur hoffen, dass Johanna Elisabeths Plan aufging. Er fand ihn nicht ohne Risiken, und Risiken abzuwägen gehörte zu seinem Metier als Rechtsgelehrtem.

Der Graf zerpflückte sein Geflügel und verschlang es laut schmatzend. Ein fettiges Rinnsal lief ihm über Kinn und Unterkiefer, er ignorierte es zunächst und versuchte dann, das Fleisch mit Bier herunterzuspülen. Freiherr von Owen betrachtete ihn misstrauisch. Er hatte wieder Kopfschmerzen – allein der Dunst des Essens und der Geruch von Bier ... Von Waldeck stieß kräftig auf und stellte seinen Seidel geräuschvoll ab. Er gab sich, da in reiner Männergesellschaft, zwanglos. So zwanglos, wie er auch sonst zu sein pflegte.

„Nun", begehrte er zu wissen, „ist wohl schon ein Monat vergangen, seit ich Ruprecht beerdigen musste" – um den er nicht gerade auffällig trauerte, wie der Hofsyndicus zum wiederholten Male feststellte. „Seid Ihr denn nun zu einem Schluss gekommen bezüglich Eurer reizenden Tochter?" Der Freiherr tupfte sich den Mund ab. „Nach wie vor – Euer Angebot und Antrag sind überaus schmeichelhaft. Indes ..." Graf von Waldeck hob seine buschigen Augenbrauen. „Indes – was?" „Zum einen ist Daphne eine überaus gottesfürchtige Jungfer ...", hob Theodor Alexander an. „Was ja löblich ist, aber man sollte den Pfaffen den Arsch nicht allzu sehr hinterhertragen!" Waldeck lachte schallend, und sein Fassbauch hüpfte auf und ab wie ein Diabolo.

Der Freiherr fuhr unbeirrt und mit kühler Höflichkeit fort. „... daher erscheint es ohne Abstriche unumgänglich, die von der Kirche gesetzte Trauerfrist, die für Brautleute neunzig Tage beträgt, auch beizubehalten. Ich bitte Euch, Euer Liebden, in diesem Kontext auch zu bedenken, dass ich immerhin ein Mitglied des Lutherischen Kirchenkonsistoriums bin – und daher auch meine Familie ein beispielhaftes Leben zu führen hat." Der Graf wischte den Fleischsaft mit einem Stück Brot auf. „Verzeiht, Herr Hofsyndicus – ich vergaß! Also neunzig Tage – für alles. So lange will ich Euch zugestehen, um mir eine Antwort zu überbringen. Aber", er packte einen Unterschenkel um den Knochen und zeigte damit auf den Freiherrn, „... fragen oder zumindest meine Absicht ankündigen, das könnt Ihr doch wohl?!"

Freiherr von Owen wand sich, wie sich nur Advokaten winden können. „Ihr als Vater einiger Töchter ..." „Von sechsen, Gott sei's geklagt!", fiel ihm Graf Waldeck ins Wort. „Ihr als Vater von sechs Töchtern wisst doch wohl, wie labil die Gemütslage des schwachen Geschlechts sogar bei banalen Erschütterungen zu sein pflegt ..." Der Graf verdrehte nur seine Augen; das regelmäßige Heulen, Keifen und Kichern seiner Töchter war ihm schlichtweg ein Graus. „Was ich damit zum Ausdruck bringen will, ist, dass meine Tochter immer noch unter einer Nervenkrise leidet – obwohl wir namhafte Ärzte bemüht haben. Diese befürchten, dass sie einen Rückfall erleiden würde, wenn ..."

Graf Waldeck warf den abgenagten Knochen hinter sich, um den sich sofort seine Jagdhunde balgten. „Schaut zu, dass sie rasch wieder gesund wird. Wenn ich etwas nicht brauchen kann, dann ist es eine nervöse Ehefrau ... Bedenkt, dass auch andere Eltern ihre hübschen Töchter unter die Haube bringen müssen!" Er blickte den Freiherrn durchdringend an. „Neunzig Tage – für alles. Euch verbleiben damit seit Ruprechts Dahinscheiden noch fünfundfünfzig ..."

*

„Wie schnell hast du ein Schreiben an Anne aufgesetzt, Johanna?", wollte der Freiherr noch am selben Abend wissen. „Und wie viel Zeit benötigt ein schneller Kurier nach Paris?" Die Freifrau ließ sich nicht anmerken, wie erleichtert sie aufgrund dieser besonderen Fragen ihres Mannes war. „Den Brief kann ich gleich morgen in der Früh aufsetzen. Ein schneller Reiter sollte Paris in zehn Tagen erreicht haben." Der Freiherr legte Daphnes Selbstporträt vor sie auf den Tisch. „Dann füge bitte dies bei!"

Johanna Elisabeth lächelte ihren Mann anerkennend an. „Du bedenkst wie immer alle Imponderabilien, mein lieber Theodor! Wie hast du es geschafft, das Bild dem Grafen wieder abzuschmeicheln?" Stolz räusperte sich der Freiherr. „Nun, Daphne möchte es doch sicher etwas überarbeiten und ... glanzvoller gestalten, damit es gegebenenfalls zum offiziellen Brautporträt für den Grafen taugt." Er wurde wieder leiser. „Uns bleiben noch fünfundfünfzig Tage ab heute."

Kapitel sechs

In dem Daphne auf die Herzogin de Gonzague trifft, die anderes vorgibt, als sie im Schilde führt

Paris, November 1667

Daphne lehnte sich so weit aus dem Fenster der Kutsche, dass sie beinahe jedes Mal, wenn das *chassis* über eine Unebenheit fuhr, herausgefallen wäre. Auch die Tatsache, dass es mittlerweile Ende November und relativ kalt war, hinderte sie nicht daran, ihren Kopf in die frische Luft zu halten. Zumindest seit sie die Porte de Reims passiert hatten und sich damit innerhalb der Pariser Stadtmauern befanden. Ihre Zofe Margot, die aus den von Waldeckschen Diensten ausgeschieden war, nachdem der Freiherr zu seinem größten Bedauern den Heiratsantrag des Grafen zurückgewiesen hatte mit der Begründung, seine Tochter sei an den

Hof der Herzogin Anne nach Paris berufen worden, hatte sich fest in ihr schwarzes Wolltuch gewickelt – und eine rote Nase vor Kälte bekommen. Sie war eine großgewachsene und breitschultrige junge Frau, die für Daphnes Bedienung in Paris geradezu ideal schien, da sie durch ihre Mutter leidlich Französisch sprach. Auf ihrem Schoß hielt Margot eine aus Weidenzweigen geflochtene Kassette mit einem vergitterten Fenster. Darin befand sich Héloïse. Die Katze war seit Beginn der Reise vor zwei Wochen recht mürrisch – und die Bedienstete wunderte sich, warum sie mit auf Reisen gehen musste. Die Herzogin de Gonzague hatte ihrem Schützling das Halten des Haustiers ausdrücklich erlaubt; Margots gesunder Menschenverstand verbot ihr, mit dem ansonsten freundlichen Fräulein darüber zu diskutieren. Ihrer Ansicht nach waren diese Tiere nichts weiter als nützliche Mausefänger – und als solche ersetz- und austauschbar.

„Oh, schau nur, Margot, wie zauberhaft!“, rief Daphne von Owen aus und wies auf ein in der Dämmerung einsetzendes Schauspiel hin, wie sie es in Heidelberg noch nicht erlebt hatte: Alle zwanzig Schritte wurden brennende Kerzen in eiserne Laternen gesetzt, die dann mit einer langen Stange an Haken gehängt wurden, die an den Häusermauern auf Höhe des ersten Geschosses angebracht waren. Diese Beleuchtung spendete ein mildes Licht – und das überall in der Stadt. „Was für eine grandiose Errungenschaft!“, entfuhr es Daphne. Wie viele Kerzen mochten es wohl sein, die jeden Abend in der französischen Hauptstadt entzündet wurden? Paris war so groß ...

Da klatschte unversehens etwas, das wohl hauptsächlich flüssig war, auf das Dach der herzoglich Neversschen Kutsche, die ihr freundlichst von Anne de Gonzague für die Reise zur Verfügung gestellt worden war nebst Kutscher und Fuhrknecht. Ersterer stieß einen Fluch aus, der freilich alles andere als nobel war. Margot grinste – nicht weil sie sie etwa den Kraftausdruck verstanden hätte, sondern weil das Geräusch vertraut war. „So fein geht es hier aber wohl nicht immer zu, gnädiges Fräulein“, meinte sie. „Man leert auch hierzulande nicht anders als in Heidelberg die Nachtgeschirre auf die Straße aus ...“ Wie zur Bekräftigung ertönte aus dem Weidenkorb ein höchst indigniertes Maunzen. „Nun schau dir dieses Gedränge an!“, rief Daphne aus. „Es ist schon dunkel, aber wie viele Menschen sind noch auf den Straßen!“

Die Straßen waren in diesem Teil der Stadt so breit, dass zwei große Kutschen einander passieren konnten – denn sie verliefen entlang der alten Befestigungen und Bollwerke, die auf Befehl des Königs vor etwa zwei Jahren geschleift worden waren, um den breiten und repräsentativen Boulevards Platz zu machen. Dies wusste Daphne aus einem Reisebericht, dem auch ein neuer Stadtplan von Paris anhing.

Die Straßen waren auch frei von Unrat – wobei Daphne sich nicht vorstellen mochte, wie es in den Vierteln der ärmeren Bevölkerung aussah. Eben begegnete ihnen bereits der dritte Trupp Stadtwachen, jedes Mal aus vier Männern bestehend, von denen drei eine Hellbarde und der vierte eine große Sturmlaterne trugen. Die Patrouillen waren einheitlich in dunkelblaue Waffenröcke gekleidet.

Ohne weitere Störungen rollte die Kutsche am Palais de Luxembourg vorbei, das von der Cousine des Königs, der sogenannten *Grande Mademoiselle* bewohnt wurde, und dessen großzügige Fensterfront hell erleuchtet wurde. Nach wie vor war Daphne beeindruckt von der Menge an Kaleschen, Karren, Tragstühlen und Flaneuren. Dies war nicht mehr die Tageszeit der Lieferanten und beschäftigten Dienstboten, dies war vielmehr die Stunde der müßig gehenden Herrschaften. „Diese Stadt hat", sagte sie zur mittlerweile wie erschlagen wirkenden Margot, „mittlerweile fast eine halbe Million Einwohner. Ohne Umland ..." „Was für ein Moloch!", seufzte Margot. „Eine halbe Million. Das ist wohl zehnmal Straßburg. Oder zwanzigmal Heidelberg ..."

Mittlerweile war man in der Rue Garancière eingetroffen, das Hôtel Nevers befand sich mit all seinem Prunk direkt neben der Kirche Saint-Sulpice. Der Fuhrknecht stieß in sein Signalhorn, und langsam öffnete sich das große Tor eines stattlichen Stadtpalais, das, wie Daphne schätzte, doppelt so groß sein mochte wie das der Familie von Waldeck. Und für die beiden nächsten Jahre ihre neue Heimat. Vielleicht auch der Beginn einer glänzenden Zukunft. Ein Abenteuer, das war es allemal.

*

Langsam rollte die Kutsche in den riesigen Innenhof des Hôtel Nevers direkt auf die doppelte geschwungene Steintreppe zu, die zum Herrschaftsgebäude führte. Mittlerweile war es Nacht geworden, weshalb die Aufgänge von großen Korbfackeln beleuchtet waren, die zugleich etwas Wärme spendeten. Ein Lakai öffnete den Wagenschlag und half Daphne heraus, gefolgt von Margot mitsamt Heloïses Käfig. Am oberen Ende der Treppe wartete eine in elegantes Dunkelblau gewandete Dame, die zwar keinen großartigen Schmuck trug, aber dafür so verschwenderische Spitzen an Ausschnitt und Ärmelmanschetten, wie Daphne es noch nie erblickt hatte. Sie stieg die Treppe hinauf, währenddessen wurde bereits die Kutsche entladen. Oben angekommen, knickste Daphne, wie auch die vornehm gekleidete Dame. Die Herzogin konnte dies unmöglich sein. „*Bienvenu à Paris, noble* Demoiselle!", wurde sie willkommen geheißen. „Ich danke!", antwortete Daphne ohne Umschweife auf Französisch. Die Dame in Blau nickte. „Mein Name ist Aurélie d'Arcachon, *Première Dame d'Honneur* der Herzogin Anne de Gonzague. Ich hoffe, dass Ihr eine sichere und komfortable Reise hattet!" Sie machte eine einladende Handbewegung und geleitete Daphne und Margot ins Haus.

Welche Pracht!, durchfuhr es Daphne. Porphyrsäulen mit vergoldeten Kapitellen und Marmorsockeln, mehrfach beschliffene venezianische Spiegel, die das Licht der Kristalllüster zigfach zurückwarfen, Tapisserien aus Aubusson an den Wänden ... Madame d'Arcachon durchquerte die Halle mit dem bunten Marmorfußboden, in der zwei Dienstmädchen warteten, die ihnen und Margot (die immer noch den Käfig mit Heloïse trug) folgten. „Folgt mir bitte zu Eurem Zimmer, in dem Ihr Euch ein wenig arrangieren könnt. In einer Stunde werdet Ihr zu einem kleinen Abendimbiss abgeholt", erklärte die *Première Dame d'Honneur*. „Alles Weitere von Wichtigkeit wird dann erklärt."

Daphnes Zimmer lag im zweiten Geschoss. Es hatte gleich zwei Fenster, die auf einen kleinen Garten hinausgingen, und war bestimmt doppelt so groß wie ihr Mädchenzimmer in der Heidelberger Zehntgasse. Es verfügte über ein Himmelbett, einen Toilettentisch mit Spiegel, einen Sekretär mit zwei Stühlen und einen bequemen Armstuhl. Obwohl die Möbel weitaus schlichter waren als das Interieur der Halle, waren sie aus schönem Material und tadellos gewachst. Der Raum roch angenehm nach frischem Weißzeug und getrockneten Orangenschalen. Eines der Dienstmädchen öffnete eine Tapetentüre und wies auf den dahinter liegenden Raum. „Hier wären dann Eure Notwendigkeiten, Demoisselle: Ankleidezimmer, Waschgelegenheit und *retirade*." Daphne warf einen kurzen Blick hinein. Währenddessen brachten zwei Diener ihre Truhen und Plattenkoffer. „Und wo schläft meine Zofe? Hier, bei mir?" Madame d'Arcachon schüttelte den Kopf. „Nein, in der Mansarde. Ninette", sie wies auf die kleinere der beiden Dienerinnen, ein fast weißblondes Mädchen mit einer leichten Hasenscharte, „wird mit ihr gehen, sofern Ihr Eure Zofe nicht mehr braucht!" Daphne nickte Margot zu. „Es ist gut, Margot, du kannst dich jetzt ausruhen. Wann ist es hier üblich aufzustehen?" „Die Hofdamen Ihrer Durchlaucht werden um halb neun Uhr zum *lever* erwartet. Das heißt gerichtet und angemessen gekleidet. Ninette wird Euch vorher ein Frühstück bringen und Euch begleiten. Habt Ihr noch Fragen?"

Daphne nahm Margot Heloïses Korb ab. „Ja. Ihre Durchlaucht war so freundlich mir zu erlauben, meine Katze mitzubringen. Das Tier sollte mein Zimmer zwei Wochen lang nicht verlassen – ich brauche also eine flache Kiste mit etwas Sand. Und einen Napf für Wasser und Futter." Ninette knickste. „Sehr wohl, Demoiselle!" Sie blickte in den Käfig hinein. „Was für eine hübsche Miezekatze!" Das so bezeichnete Tier indes kauerte hinten im Korb und fauchte.

„Ich möchte mich jetzt empfehlen", ließ Madame d'Arcachon verlauten. Die Dienstmädchen und Margot folgten ihr. Daphne befreite zuerst Heloïse aus ihrem Karzer und sah sich dann in den vier Wänden um, die für die nächsten Monate ihr Heim sein sollten. Der Raum war groß und dank der beiden Fenster sicher auch hell. Sie würde Platz und Licht zum

Malen haben. „Nun, Heloïse, ich glaube, wir haben es hier nicht schlecht getroffen. Und allemal besser als bei dem gräflichen Fass auf zwei Stelzen!“ Die Katze kommentierte dies nicht. Sie hockte lediglich da und putzte sich besonders intensiv – wie stets, wenn sie beleidigt war.

Daphne entledigte sich ihrer Reisekleidung, wusch sich, legte ein frisches Unterkleid an und fing an, ihre wichtigsten persönlichen Dinge auszupacken – Zeichenbücher, die Büchse mit Griffeln und Stiften, ihre kleine Schmuckschatulle, Noten und Liederbuch. Dann zog sie sich ein bequemes, vorne zu schnürendes Kleid an, legte darüber eine weiße Vorschürze, die ihre Mutter erst kürzlich mit reichlich Spitze versehen hatte, schaffte es, ihre Haare ordentlich hochzubinden und suchte aus ihrer Schmuckschatulle eine Kette aus falschen Perlen mit einem kleinen Kreuz aus. Sie fand sogar, ohne lange stöbern zu müssen, ein Paar Samtschuhe. Voller Neugierde und Unruhe wartete sie, bis sie von Madame d'Arcachon abgeholt wurde, die pünktlich auf den Glockenschlag eine Stunde später bei ihr anklopfte. Als sie Daphnes Zimmer verließen, öffnete sich die benachbarte Türe einen Spalt, und ein junges Mädchen steckte neugierig ihre Nase hinaus auf den Korridor. Ihr Gesicht war ausgesprochen rund und sommersprossig, und auf ihrem Köpfchen wuchsen die herrlichsten dunkelroten Locken, die Daphne je erblickt hatte. Das Mädchen lächelte überaus freundlich und nickte ihr zu, während sie vorüberging. Madame d'Arcacon tat, als hätte sie es übersehen.

„Ihre Durchlaucht möchte Euch, bevor sie sich mit ihrer Gesellschaft zu Tisch begibt, begrüßen“, erklärte die Erste Ehrendame. „Euer Dienst wird erst morgen beginnen. Eure Dienerin kann Euch mit Frühstück aus der Küche versorgen, um halb neun Uhr finden sich die anderen Ehrendamen und Ihr im Boudoir der Durchlaucht zum *lever* ein. Von elf Uhr bis zwölf Uhr wird Anstandsunterricht erteilt, danach gibt es einen Imbiss. Nach der Mittagsruhe habt Ihr Euch Ihrer Durchlaucht zur Verfügung zu halten oder erhaltet freie Zeit für Zerstreuung und Bildung. Abends wartet Ihr Ihrer Durchlaucht bei Tisch auf; im Anschluss gibt es Theater- oder Konzertbesuche, sofern man nicht zu einer Festivität eingeladen ist.“ Madame d'Arcachon blieb am untersten Treppenabsatz stehen. „Ihre Durchlaucht ist eine überaus kultivierte und weltgewandte Edelfrau. Sie ist freidenkend – aber glaubt nicht, dass sie nachlässig ist hinsichtlich Verfehlungen, schlechtem Benehmen und vor allem Gemeinheiten und Ränkespielen. Seid loyal, aufrichtig und bleibt stets aufmerksam. Dann werdet Ihr im Hôtel Nevers eine ersprießliche Zeit verbringen.“ Ein Lakai öffnete eine hohe Türe mit herrlichen Einlegearbeiten, und Madame d'Arcachon führte Daphne in das Arbeitszimmer der Pfalzgräfin.

Die thronte hinter einem großflächigen Schreibtisch und saß nicht nach Damenart an einem zierlichen Sekretär. Die Tischplatte war übersät mit Manuskripten, Briefen und Plänen. Anne de Gonzague schrieb gerade etwas, auf ihrer zierlichen Nase saß eine Brille. Ihr leicht weiß durchsetztes Haar war voll und zu einem schlichten Knoten am Hinterkopf hochgesteckt, sie trug ein einfaches, vorne zu schließendes Hauskleid aus grünem Kattun über ihrem spitzenbesetzten Unterkleid, Ohrgehänge aus schwarzen Perlen und einen Siegelring. „Euer Durchlaucht, die Baronesse de Owen ..." Gonzague blickte auf, Daphne knickste und wartete auf die Aufforderung, sich wieder zu erheben. Die Herzogin stieß ihren Gänsekiel in die Tintenflasche zurück, nahm ihre Brille ab und lächelte Daphne ermunternd zu. Ihre Augen waren mehr grau als blau und wirkten erstaunlich sanft. Vermutlich vermutete niemand hinter dieser bereits alternden Dame mit ihrem milden Blick eine der gefragtesten, raffiniertesten und vor allem hartnäckigsten Sonderdiplomatinnen des Französischen Hofs. Sie hat doch eine entfernte Ähnlichkeit mit der Mutter!, dachte Daphne, schalt sich aber sofort eine Törin, denn nichts barg mehr Täuschung als Erwartung. „Ah, meine liebe Nichte! Seid gegrüßt – und erhebt Euch! Ich hoffe, dass Eure Reise ungestört war und dass Ihr komfortabel untergebracht seid!" Daphne richtete sich auf – und das Wort an die Hausherrin. „Zu gütigst, Euer Durchlaucht, ja!" Madame d'Arcachon setzte hinzu: „Wie Ihr angeordnet habt in der großen Mansarde!" Täuschte sich Daphne – oder schwang leichte Missbilligung in den Worten der *Première Dame d'Honneur* mit? Anne de Gonzague jedenfalls überhörte es geflissentlich. „Nun seid Ihr gewiss hungrig – also werdet Ihr mir beim Abendessen Gesellschaft leisten." „Danke der Ehre!" murmelte Daphne – die sich dessen sehr wohl bewusst war, dass dies eine Prüfung war sowohl für ihre Manieren als auch für ihre Fähigkeiten in der Konversation. Die Herzogin lächelte und wandte sich wieder an Madame d'Arcachon. „Welche der anderen Ehrendamen wird für die Einführung der Baronesse abgestellt?" – „Ich dachte an Fleur de La Grange." – Die Gonzague schüttelte den Kopf. – „Ich würde Nicolette du Boismortier den Vorzug geben." – „Sehr wohl, Euer Durchlaucht!"

Anne de Gonzague erhob sich. Daphnes Mutter war ein ähnlicher, eher kleiner und sanft gerundeter Wuchs zu eigen, ohne dass sie beleibt oder gar plump wirkte. „Nun sollten wir uns aber zu Tisch begeben, mein Kind! Ich bin sehr gespannt, was Ihr mir von der Reise zu berichten habt. Und natürlich über Eure Malstudien ..."

*

Es begann gerade hell zu werden, als Margot Daphne – die wie ein Stein geschlafen hatte (auch ein Glas Rotwein trug dazu bei) – aufweckte. Der Duft von heißer Schokolade und frischem Weißbrot zog dem Freifräulein angenehm in die Nase. Die Zofe öffnete eines der Fenster, wobei sie darauf achtete, dass Heloïse nicht entwischen konnte. Aber die Katze war ohnehin abgelenkt von einem Schüsselchen Milch und einem Hühnerbein vom Vorabend. Daphne schlüpfte in den Schlafpelz, den ihr ihre Dienerin hinhielt, bevor sie sich an ihren kleinen Tisch setzte und sich ihre Morgenmahlzeit schmecken ließ. Im Übrigen hatte Margot gestern bereits ihre gesamten Kleidertruhen ausgepackt, solange Daphne der Pfalzgräfin beim Abendessen Gesellschaft geleistet hatte. „Habt Ihr gut geschlafen, gnädiges Fräulein?" – „Danke, ganz ausgezeichnet." Margot verschwand im Baderaum und kehrte gleich wieder zurück. „Ich habe Euch heißes Wasser besorgt – und drei Kleider herausgehängt, die nicht allzu zerdrückt sind. Die übrigen werde ich heute aufbügeln müssen." Daphne sah zerstreut Heloïse zu, die ihre Milch aufschlabberte. „Hast du an die Katzenkiste gedacht, Margot?" – „Selbstverständlich, gnädiges Fräulein. Die steht in der *retirade* – und Heloïse hat sie auch schon fleißig benutzt." – „Braves Tier! Und du, Margot, bist du gut untergebracht?"

Margot schenkte ihrer Herrin etwas Schokolade aus einem Silberkännchen nach. „Ich kann nicht klagen. Ich teile mein Zimmer nur mit zwei anderen Dienerinnen. Die eine ist die kleine Blonde von gestern Abend, die mit der Hasenscharte. Die heißt Ninette und macht einen freundlichen Eindruck.. Die andere heißt Claude – und spricht im Schlaf. Ich werde mir wohl Wachspfropfen für die Ohren besorgen müssen. Dafür hat jede ihre eigene Bettlade, und das gefällt mir." Daphne lauschte ihrer Zofe belustigt, während sie ihr Brötchen in die Schokolade tunkte. Daphne musste schmunzeln; sie war froh, dass Margot ihren Dienst im Hause Waldeck quittiert hatte und ihre Dienerin geworden war. In der Fremde einen Menschen um sich zu haben, der das Herz auf dem rechten Fleck hatte, war von unschätzbarem Wert. Sie beendete ihre Morgenmahlzeit und machte sich an ihre Toilette. Für das anschließende *lever* der Herzogin wählte sie ein hellgraues Kleid mit dunkelgrünem *manteau*.

Es klopfte, als Margot gerade Daphnes Frisur gerichtet hatte, und das Mädchen mit den dunkelroten Haaren trat ein, das am Vorabend so neugierig aus ihrem Zimmer geschaut und Daphne zugelächelt hatte. „Guten Morgen, Baronesse! Ich bin Nicolette. Nicolette du Boismortier", setzte sie eilig hinzu, „und ich soll Euch mitnehmen zum herzoglichen *lever*." Daphne erhob sich und steckte sich noch ein Spitzentaschentuch in den Ärmel – sie hatte gehört, dass dies besonders vornehm sein sollte. Sie wollte schließlich nicht als provinziell gelten ... Nicolette ging neben ihr her. „Wenn wir fertig sind mit dem *lever*, führe ich Euch im Stadtpalais herum. Wir haben dann noch eine gute Stunde Zeit bis zu unseren Lektionen. Wenn Ihr irgendetwas wissen wollt, dann fragt gerne immer mich!" Nicolette war augenscheinlich jünger als Daphne und etwas kleiner. Sie sprach und bewegte sich lebhaft und schnell, sodass Daphne zunächst Mühe hatte, ihr zu folgen. „Wie viele Hofdamen sind wir denn?", wollte Daphne fast im Laufschritt wissen. „Wir sind vier. Außer Eurer und meiner Wenigkeit gibt es noch Fleur de La Grange – die ist erst seit einem

Jahr hier. Und Diane de Perrêtre. Die war schon hier, als der Pfalzgraf zu Rhein noch gelebt hat ... So, und nun müssen wir uns leider sputen!"

*

Alles war so anders. Alles war so neu. Daphne war zum ersten Mal von ihrem Elternhaus getrennt. Hatte sie als Kind und als junges Mädchen ihren Willen entweder durchgesetzt oder heimlich erschlichen, so war sie sich doch des Schutzes und der Fürsorge ihrer Eltern sicher. Entweder der Milde und Nachsicht ihrer Mutter oder des Korrektivs ihres Vaters. Nicht so im Hôtel Nevers – hier galten nicht nur Pflichterfüllung und Repräsentation – hier galt es vor allem, sich von Anfang an in ein Geflecht von Beziehungen zu schicken, das an der Oberfläche zart und blumig wirkte, in seinem Inneren jedoch Dornen barg. Ihr freundliches und tatkräftiges Wesen machte zwar, dass sie gerne angenommen wurde. Doch hatte Daphne in ihrer Jugend kaum enge Freundinnen gehabt, sah man von den beiden kurzen Jahren ab, während der sie der deutlich jüngeren Prinzessin Elisabeth Charlotte so etwas wie eine große Schwester geworden war. Zu sehr waren ihr Geist und ihr Trachten in Sphären geschwebt, die Heranwachsende für gewöhnlich nicht anziehen oder beschäftigen, und anstatt sich mit anderen Mädchen über das Verliebtsein oder Bänderputz an Hüten zu unterhalten, hatte sie mit ihrem Lehrer über Zentralperspektive und Bildkomposition diskutiert.

Nun aber drehten sich die Unterhaltungen der anderen Hofdamen, vor allem die Nicolettes und Fleurs, vorwiegend um solche Themen. Daphne fand dies nur zum Teil amüsant – und schalt sich bald überheblich. Und obwohl zweimal in der Woche so etwas wie Zeichenunterricht erteilt wurde – von einem Abbé, der sichtbar unter grauem Star und noch dazu unter geistiger Enge litt –, interessierte sich zunächst kein Mensch für ihr Maltalent und ihre Kenntnisse. Die *Seconde Dame d'Honneur*, Madame Martine du Plessis de Chaulnes, fertigte Pastellbilder an, meistens Blumenarrangements in ausgesprochen süßlichen Farben, zu denen sie sich Daphnes wohlmeinende Kommentare schmallippig verbat. Obwohl sie eine ansonsten freundliche, fast mütterliche mittelalte Person war, zeigte sie damit dem Neuzugang im Hôtel Nevers überaus deutlich, wo sie rangierte und wo sie sich einzufügen hatte. Oft lag Daphne während der ersten Wochen in Paris nachts lange wach – und dachte an Ruprecht – und das Versprechen, das sie ihm gegeben hatte: ihrer Berufung nachzustreben. Sie hielt diese Zusage an einen Menschen, dem sie so tief in die Seele hatte blicken dürfen, für heilig. Dessen Verwirklichung nicht im Ansatz nachkommen zu können, schmerzte sie. Wenigstens Heloïse hatte sich hier eingewöhnt; Daphne hatte ihr endlich wieder die Freiheit gegeben, nachdem das gelangweilte Tier angefangen hatte, das Mobiliar zu zerkratzen. Nun durfte ihre Katze frei im Palais herumstromern – und hatte sich zur Freude des Küchenpersonals als überaus talentierte Jägerin von Mäusen und sogar von Ratten entpuppt. Auch die robuste Margot hatte bereits Freundschaften geschlossen. Nur sie selbst ... Daphne warf sich hin und her. War sie zu überheblich? Zu kalt? Oder etwa ein anderes Wesen? Sie schätzte die verschmitzte Nicolette, sie mochte auch die ein wenig dümmliche, aber herzensgute Fleur – über Diane, die mit den jungen Hofdamen kaum Umgang hatte, mochte sie sich noch kein Urteil erlauben – und sie genoss es durchaus, wenn die anderen miteinander herumalberten und auch sie einbezogen. Sie hörte sich sogar freiwillig die Klatschgeschichten aus hohen und höchsten Adelskreisen an in dem Bewusstsein, dass das Leben in der höfischen Pariser Gesellschaft eine Art komplexes Mosaik war, dessen Kern und Wesen sich dem Betrachter nur erschloss, wenn er geduldig jedes bunte Steinchen aufhob, das sich ihm bot, und versuchte, es an seinen Platz zu setzen. Und sei es das Wissen darum, dass Ihre Majestät, die Königin, an beiden Fußsohlen schmerzende Stechwarzen hatte.

Zu Daphnes nicht geringer Enttäuschung befasste sich Anne de Gonzague kaum mit ihr; außer wenigen höflichen Worten und Fragen, die sie an sie richtete, bediente sie sich weder ihrer Dienste, noch forderte sie ihre Begleitung zu den zahlreichen Festivitäten und Amüsements an, welche die Wintersaison bot. Sie schien abzuwarten, wie Daphne sich machte. Also biss sie die Zähne zusammen – und übte sich zusammen mit den anderen in Konversation, Etikette und der Pflege des modischen Putzes. Immerhin zeigte sich die Herzogin hier überaus nobel und bestellte für Daphne einen Schneider, um ihre Garderobe nach den Geboten der höfischen Mode zu komplettieren. Dies versetzte sowohl Nicolette als auch Fleur in allergrößte Aufregung; die beiden jüngeren Hofdamen wühlten in Stoffmustern, *galants*, Kartons mit Spitze und Litze und schnatterten wie eine ganze Entenschar. „Du musst unbedingt Rot tragen!", rief Fleur aus – vor lauter Aufregung hatte sie hektische Flecken auf ihren sonst sehr bleichen Wangen (die sie selbst als vornehm ansah). „Mit steht das ja leider nicht, es lässt mich so blass erscheinen! Aber Rot ist en vogue!", seufzte Fleur. „Außerdem", setzte Nicolette hinzu, „zieht es die Blicke der Chévaliers automatisch auf sich! Und dazu noch deine prachtvolle Figur ..." Bekümmert sah sie an sich hinunter. „Ich bin jetzt schon siebzehn – und habe immer noch keinen richtigen Busen!" „Hab ich dir nicht gesagt, Nicolette, dass du deine Brust bei Neumond mit Birkenrindenwasser einreiben sollst?", mischte sich Fleur ein, die zwar ansehnliche Brüste hatte – aber darunter gleich ein mehr als dralles Bäuchlein, das das enge Schnüren ihres Korsetts kaum möglich machte. Fleur wirkte stets so, als wäre sie guter Hoffnung – weshalb sie der Deutschen – in aller Güte – die schmale Taille neidete. Daphne wehrte ab, während die Schneidergehilfin bei ihr Maß nahm. „Aber ich bin doch bei Weitem nicht so hübsch wie Diane. Ich kann mir vorstellen, dass sie kein Rot tragen muss, um von allen eleganten Herren bewundert zu werden ...", wandte sie ein. Diese war bereits dreiundzwanzig Jahre alt, hochgewachsen, gertenschlank und hatte schwarze Locken wie das Gefieder eines Staren zur Frühjahrszeit. Nicolette verdrehte ihre Augen. „Und wenn schon – was glaubst du: Demoiselle Diane würde dafür noch nicht einmal einen Pariser Sol geben ...", erwiderte sie. „Ja", setzte Fleur mit ihrer Trompetenstimme hinzu, „denk dir nur, sie geht am anderen Ufer der Seine spazieren!" Die Schneidergehilfin gab sich indes den krampfhaften Anschein wegzuhören. „Was wollt ihr denn damit sagen?", rätselte Daphne. Nicolette neigte sich zu ihrem Ohr und senkte ihre Stimme: „Wir sind uns todsicher, dass Diane das Bett von Madame d'Arcachon wärmt. Und zwar von Anbeginn an ..." Sie richtete sich wieder auf. „Ich meine, ist dir nicht aufgefallen, dass dies hier ein reiner Frauenhaushalt ist, schließlich ist Ihre Durchlaucht seit vier Jahren verwitwet?! Hier gibt es keine schmucken jungen Herren von Stand mehr, die im Dienst eines Hausherrn stehen. Im Hôtel Nevers kannst du suchen, bist du schwarz wirst, wenn du darauf aus bist, eine gute Partie zu machen. Diane scheint das aber nicht anzufechten – dabei ist sie schon dreiundzwanzig. Sie hätte schon längst an einem anderen Adelshof in Dienst treten müssen, wenn sie Braut werden wollte." Daphne drehte sich gemäß einer Anweisung der Schneidergehilfin um. „Ist das nicht Dianes Entscheidung – wie auch ihre Überzeugung?", erwiderte sie. „Ah, das ist wider Gott und die Natur!", rief Nicolette aus. „Und was ist mit dir, Daphne? Bist du nicht auch aus demselben Grund hier wie wir? Um einen Ehemann zu finden?" Fleur, die gerade eine Musterkarte mit diversen *galants* besah, pflichtete ihrer rothaarigen Freundin bei: „Genau! Und wenn du immerzu nur vom Malen redest, wird sich kein Kavalier je für dich erwärmen können! Dabei bist du so hübsch und so charmant!" Daphne ließ ihre Arme sinken. Die etwas beschränkte junge Hofdame hatte ihr eben ein genauso ehrliches Kompliment gemacht wie ihr geliebter Ruprecht über ihr Talent. Sie schluckte. „Doch, das sollte eigentlich der Hauptgrund meines Aufenthalts hier sein", gab sie zu. Zwei Jahre hatte ihr der Vater dafür Zeit gegeben ... Und das im männerlosen Hofstaat einer vornehmen Witwe, die bisher nicht geruhte, sie dort einzuführen, wo dieses anscheinend so seltene Gut wohlfeiler war als in der Rue Garancière.

*

Anne de Gonzague hatte ihre hochrangigen Hausangestellten um den großen Schreibtisch in ihrem Arbeitszimmer versammelt: *Première und Seconde Dame d'Honneur*, die Haushofmeisterin und den *Chef de Cuisine*. Es galt, das Christfest, das in knapp vier Wochen bevorstand, vorzubereiten. Im Anschluss an diese Konferenz blieben ihre Ehrendamen auf Geheiß der Herzogin zurück. „Wie macht sich unser Neuzugang?", wollte sie wissen. „Oh", erwiderte Madame du Plessis, „zuerst einmal ist sie wie alle Deutschen sehr ordentlich, reinlich und hat ihre Zofe bestens im Griff. Über ihre Katze mag man sich streiten ..." „Ja", setzte Madame d'Arcachon hinzu, die einmalige Chance einer Spitze sofort ausnutzend, „nachdem sie gleich zweien Eurer Zebrafinken die Hälse langgezogen hat ..." Anne de Gonzague räusperte sich. Manchmal war der seit nunmehr zwölf Jahren schwelende Privatkrieg zwischen ihren beiden Ehrendamen so etwas von enervierend! „Ist das relevant, Mesdames? Nein. Also seid bitte so gütig, mit Eurem Rapport fortzufahren!" Madame d'Arcachon setzte kurz eine leicht säuerliche Miene auf. „Ansonsten ist sie manierlich. Ihr Französisch ist passabel für die Konversation, sie beherrscht die Etikette ohne grobe Schnitzer, sie ist gewinnend, aber ein wenig stolz", fuhr sie fort. „Allerdings", setzte Madame du Plessis entgegen, „scheint sie mir hier alle belehren zu wollen, unsere Demoiselle Oberschlau. Und hat wohl die fixe Idee malen zu wollen. Richtige, große Gemälde ..." Wiederum fing Madame d'Arcachon geschickt den zugeworfenen Brocken auf. „Wo doch Eure *natures mortes* so unvergleichlich sind. Und unerreichbar!"

Die Herzogin stand wortlos auf, ging zu einem Schrank und kehrte mit Daphnes Selbstporträt zurück. „Erkennt Ihr sie?", fragte sie ihre beiden Ehrendamen. „Ohne Zweifel. Ein ganz entzückendes Brustbild!" Die Gonzague nickte. „Daphne hat es selbst gemalt." Die Ehrendamen sahen einander überaus erstaunt an. Madame d'Arcachon räusperte sich. „Mit Verlaub, liebste Martine, dies braucht einen Vergleich mit Euren zauberhaften Blumenstilleben nun wirklich nicht zu scheuen!" Madame du Plessis biss sich auf die Unterlippe. Und sie hatte die Baronesse noch für ihre Zeichnungen getadelt! Wie peinlich ...

„Ich denke doch, dass man diese Gabe nicht brachliegen lassen sollte. Wann kommt Maître Nocret zur nächsten Sitzung?", wollte Anne de Gonzague wissen. Die Arcachon zückte ihr Vademecum. „Am Freitag vor dem dritten Advent", beschied sie. „Gut. Madame du Plessis, Ihr werdet Daphne in den nächsten Tagen durch meine private Gemäldesammlung führen. Sie kennt sie doch noch nicht?" „Nicht dass ich wüsste. Wo diese Räumlichkeiten doch stets verschlossen sind." – „Und Ihr, Madame d'Arcachon, tragt dann Sorge, dass Daphne, falls sie es wünscht, die nötigen Utensilien zum Malen erhält. Und noch etwas: Ich würde Daphne gerne am Altjahrsabend zum Ball in St. Cloud mitnehmen. Bis dahin muss sie ohne Abstriche präsentabel sein. Und nun mögt Ihr Euch zurückziehen, meine Damen!" Die Ehrendamen erhoben sich, knicksten – und verschwanden durch verschiedene Türen. Anne de Gonzague blickte den beiden kurz nach. Ein reiner Frauenhaushalt war kein Zuckerschlecken! Dann fiel ihr Blick erneut auf Daphnes Selbstbildnis. Kein Zweifel, ihre Verwandte war wie gewollt in jenem Stadium angelangt, in dem ein intelligenter und fähiger Mensch nach Entzug seines gewohnten geistigen Stimulus anfing, innerlich zu gären. Jetzt galt es, diesen Trieb geschickt auszunutzen. Die junge Frau war überdies charmanter, hübscher und vor allem lebhafter, als sie angenommen hatte. Dass sie ihren Intellekt und ihre Bildung vor sich hertrug wie ein Banner, mochte auf den einen oder anderen ein wenig arrogant wirken angesichts von Daphnes Jugend. Doch alles in allem waren es Eigenschaften, die ihrem Vorhaben ohne Abstriche zuarbeiten würden.

*

„Ich wusste gar nicht, dass Ihre Durchlaucht eine Kunstsammlung unterhält!", rief Daphne begeistert aus, während sie neben Madame du Plessis zum ersten Geschoss des Südflügels her ging. „Dass sie einen Salon unterhält, in dem Gelehrte und Geistesgrößen verkehren und diskutieren, das habe ich mitbekommen ..." Die Plessis gähnte diskret mit geschlossenem Mund. Sie hatte am Abend zuvor zu lange Karten gespielt. „Nun, erstens sind Kunstwerke bekanntermaßen still. Zweitens war dies eher die Leidenschaft des leider verschiedenen Pfalzgrafen Édouard." „Ich verstehe", murmelte Daphne, während Madame du Plessis einen großen Schlüsselbund aus ihrer Rocktasche zog und aufsperrte. Die Gonzague-Neverssche Kunstsammlung war in drei hohen und hellen Räumen untergebracht, aber leider nicht sehr geschmackvoll präsentiert. „Und Ihr wollt mir nun freundlicherweise etwas zur Sammlung erklären?", setzte Daphne nach. Erstmals seit langen Wochen glomm ihr Gesicht wieder vor Freude und Erwartung. Madame Martine du Plessis fing tatsächlich an sich zu schämen. „Nun", meinte sie vorsichtig, „meine Erklärungen dürften sich bedauerlicherweise in Grenzen halten. Ich kenne nicht einmal alle Künstler, wie ich gestehen muss ..." Daphne lächelte. „Aber ich habe Euch zu danken, dass ich all das hier zu Gesicht bekomme."

Wie Daphne unschwer erkennen konnte, hatte Édouard Graf von Pfalz-Simmern einen Großteil der Sammlung aus dem niederländischen Exil mitgebracht, allen voran Adriaen van den Tempel, Terbroch, Ruisdael, van Goyen und van Delft. Dazu noch einige wenige brillante Kopien von van Dycks; unter anderem eine Darstellung King Charles I. auf der Jagd, darauf der englische König mit keck in die Seite eingestemmtem Arm und rotseidenen Wams abgebildet war. Ganz ohne Krone und Reichinsignien – und allein aufgrund der Attitude ein Souverän vom Scheitel bis zur Sohle ... Ferner drei unvermeidliche, im wahrsten Sinne des Wortes großformatige Frauenakte von Rubens, zweimal religiöse Bilder von Raffaello Santi und immerhin einen Cavaraggio. Ein Nachtbild von de La Tour. Einmal Philippe de Champaigne. Drei Landschaften von Poussin. Einmal Giotto – eine Verkündigung Mariens. Daphne beschloss, die exquisiten Plastiken und Schaustücke erst später zu betrachten. „Das alles ist wunderschön ...", hauchte sie ergriffen. „Wie schade nur, dass es so ungeordnet gehängt ist ..."

„Würdet Ihr es denn anders machen?", erklang plötzlich die Stimme von Anne de Gonzague hinter ihr. Die Herzogin, von Neugierde getrieben, hatte sich dieser intimen Betrachtung angeschlossen. Ein rascher Blick auf Daphnes blühende Wangen und glänzende Augen hatte ihr Recht gegeben ...

Daphne fuhr herum. „Durchlaucht ... bitte vergebt, ich wollte keine mir nicht zustehende Kritik äußern!" Anne de Gonzague lächelte – man durfte von Zeit zu Zeit jugendlichem Feuer Freiheit zugestehen. Vor allem, wenn es sich – was in jenem Alter zudem selten vorkam – mit Kenntnis paarte. „Sie steht Euch zu – ohne Abstriche. Ich denke, es ist ohnehin an der Zeit, hier alles neu zu gestalten. Und endlich allen, die hier im Haus leben und verkehren, zugänglich zu machen. Also fühlt Euch frei in dieser Hinsicht!", entgegnete die Herzogin. Daphne schnappte nach Luft und versank pflichtschuldigst in einen Knicks. „Welche Ehre, Durchlaucht! Ich danke Euch über die Maßen!" Endlich! Endlich hatte die Zeit der Ödnis und der sinnentleerten Tändeleien ein Ende gefunden. Sie würde alles das nutzen können, was sie von Ezechiel Spanheim und von Johann Heinrich Roos über das Sammeln und Präsentieren von Kunst gelernt hatte. Zuallererst würde sie eine Inventarliste benötigen. Dann die Lichtverhältnisse über den Tag in den Räumen beobachten. Auf alle Fälle war es hier trocken und nicht zu warm ...

Anne de Gonzague riss sie aus ihren süßen Träumen. „Nur um eines muss ich Euch bitten: Jean Nocret, der *Premièr Peintre* des Duc d'Orléans, wird hier in Bälde einen Auftrag vollenden. Von ihm gibt es hier auch Gemälde. Ihr solltet auf alle Fälle zu einer Übereinstimmung mit ihm kommen, was seine Werke hier betrifft. Was Ihr sicher verstehen werdet!" Daphne nickte. Sie wusste genug über die Empfindsamkeit und die Eitelkeit von Malern. Dann sah sie sich um. „Verzeiht, aber ich habe hier kein Gemälde von ihm gefunden ..." „Nun, dann kommt doch mit." Anne de Gonzague durchquerte die Galerie und schloss an deren Ende einen weiteren Raum auf, der klein war und schlechter beleuchtet. Hier hingen nur wenige Gemälde.

Die Herzogin deutete auf ein querformatiges Bild, das drei junge Frauen – augenscheinlich Schwestern – in höfischer Tracht darstellte. Und das ausgesprochen farbenfroh war. „Voilà – hier hätten wir einen Original Nocret. Meine Töchter, im Übrigen", präsentierte Anne de Gonzague das Familienporträt. Meine Güte, ist das ... bunt!, dachte Daphne. Ob dieser Nocret vorher Laudanum eingenommen hatte? Ihr Blick fiel auf ein wesentlich ruhiger gehaltenes Bild daneben. Dunkle leicht gewellte Haare, große, etwas verträumt wirkende Augen und die spitze Nase wiesen den im Feldherrenharnisch mitsamt Kriegsmantel Porträtierten als einen Sohn des Winterkönigs aus. Einen der jüngsten Brüder des Kurfürsten, und fraglos den vor wenigen Jahren noch recht jung verschiedenen

Gatten ihrer Gönnerin: Édouard von Pfalz-Simmern. „Das Prinzchen" – wie ihn Madame du Plessis einmal ziemlich unvorsichtig genannt hatte. Der Pfalzgraf war wie alle Söhne des Winterkönigs Friedrichs V. ein hübscher Mann gewesen, jedoch im Gegensatz zu seinen tatkräftigen und talentierten älteren Brüdern ein wahrer Leichtfuß ohne allzu üppige Geistesgaben. Immerhin hatte ihm diese politische Heirat zu einem angenehmen Leben verholfen und der einflussreichen Anne de Gonzague zu drei gesunden Töchtern – und unvergleichlichen Wonnen im Bett. Kein Wunder, dass ihr der Witwenstand ganz *au fond* so sauer ankam, denn die Chancen, erneut einen properen Gemahl aufzutun, standen nicht mehr allzu gut für sie, die ihren Zenit längst überschritten hatte.

„Und noch ein Nocret – allerdings eine Kopie aus seiner Werkstatt", wies Anne de Gonzague auf ein Gemälde an der Stirnseite hin. „Ist das Seine Majestät?", fragte Daphne. Überflüssigerweise, denn Louis XIV. war in stehender Positur im königlichen Ornat abgebildet – mit Hermelin gefüttertem, blausamtenem und mit goldenen Lilien bestickten Krönungsmantel. Er hatte lange dunkelbraune Locken – und ein Gesicht, das Daphne seltsamerweise an eine Mischung aus Feldhamster und Eichhörnchen erinnerte. Unwillkürlich musste sie kichern. Was nicht der königlichen Physiognomie geschuldet war, sondern seinen seltsamen Beinkleidern: Eine Art weißseidene Pumphöschen mit großen Schleifen um die Mitte der Schenkel. Wie weiße Zwiebeln ..., dachte Daphne belustigt. Wahrscheinlich läuft der König nicht immer so herum, aber trotzdem! Wenigstens hat er schöne lange und muskulöse Beine ... Auch wenn er wirklich klein sein muss, alles in allem, was Fleur über ihn erzählt.

Die Gonzague seufzte. „Nun könnt Ihr vielleicht verstehen, warum ich dieses Gemälde nicht in den vorderen Räumen präsentiere. Damals mussten es einfach alle Herrschaften von Rang haben, als Kopie." Sie blickte Daphne von der Seite an. „Gut getroffen ist Seine Majestät darauf nicht ... Dreht Euch einmal um!", forderte sie ihre Nichte auf. „Das hier ist von Charles Le Brun. Gefällt mir wesentlich besser!"

Der König war auf diesem Bild sehr jung – wie Pfalzgraf Édouard. Und ebenso in Rüstung abgebildet. Sein Gesicht besaß noch den Schmelz der Jugend, rosige Haut über den ausgeprägten breiten und hohen Wangenknochen und eine ziemlich lange und spitze Nase. Seine seidigen, hellbraunen Augenbrauen waren perfekt gewölbt über seinen etwas verhangen wirkenden Augen, deren Farbe undefinierbar war. Daphne wusste nicht, was beeindruckender war an seiner Erscheinung: die wohl natürliche Flut seiner lichtbraunen Locken, die weit über seine Brust hinabwallte oder sein voller, sinnlich geschnittener Mund. „So hat Seine Majestät vor sieben Jahren ausgesehen", erklärte die Gonzague. „Jetzt sieht er natürlich älter aus. Viriler, möchte ich behaupten. Und nun kommt!", unterbrach sie Daphnes Betrachtung. „Übrigens ist mir eben die Idee gekommen, dass Ihr eine Kopie des Gemäldes anfertigt, das den Pfalzgrafen darstellt. Traut Ihr Euch das zu?“ Daphne, aus ihren Gedanken an zwiebelförmige Pumphosen aus weißem Seidenatlas und die wahre Augenfarbe des französischen Königs gerissen, schreckte beinahe auf. „Mit Vergnügen, Euer Durchlaucht!“ Da neigte die Herzogin den Kopf und lächelte Daphne an. Huldvoll, wie diese meinte.

*

Etwas heißes Siegelwachs tropfte auf den Briefbogen, auf den Anne de Gonzague ihr Petschaft drückte, bevor sie den Klingelzug betätigte. Dem herbeieilenden Lakaien trug sie auf, das Schreiben umgehend der Comtesse de Soubris in St. Germain-en-Laye zuzustellen, der sie kurz und bündig mitgeteilt hatte, dass alles nach Plan verliefe – und sie ihren Schützling beim Silvesterball zunächst Monsieur und dessen Hofstaat präsentieren wolle. Die Baronesse von Owen würde sich manierlich anlassen – sah man einmal von ihrer Aversion dem Tanzunterricht gegenüber ab – was in Frankreich allerdings ein unverzeihliches Manko darstellte.

Kapitel sieben

Handelt von der Anerkennung Daphnes‘ Talent, einer wichtigen Bekanntschaft und dem Beginn einer ebenso wichtigen Freundschaft

Paris, Hôtel Nevers, Dezember 1667

„Er sieht aus wie ein Engel!“, dachte Daphne, während ihre Blicke immer wieder zwischen dem Original und der Leinwand, auf der die Kopie gerade entstand, hin- und her glitten.

Der Pfalzgraf Édouard von Simmern war gerade einmal 39 Jahre alt geworden … Das Originalporträt war handwerklich gut gemacht, aber eindeutig eine Auftragsarbeit: steif, korrekt und ohne Leidenschaft gemalt. Dabei war das Modell alles andere als uninspirierend. Vor allem sein hübscher korallenroter Mund! Daphnes Rechte streckte sich nach dem Originalbildnis aus; fast zaghaft fuhr die Spitze ihres Zeigefingers die gemalten Lippen des früh verstorbenen Pfalzgrafen nach. „Wie ein Engel …“, murmelte sie wieder. Sie fuhr sich mit dem Unterarm über die Stirne, auf die Schweißperlen getreten waren. Ihr drängten sich Gedanken an ihren tödlich verunglückten Bräutigam auf. Ruprecht wäre nun im selben Alter gewesen. Er war deutlich hellhaariger als der anmutige Pfalzgraf, sein Gesicht und seine Lippen waren schmaler, doch seine Augen waren ebenso groß und liebevoll gewesen wie die des Pfalzgrafen.

Die Erinnerung kam mit einem Schlag zurück: Wie sie abends im Park des Heidelberger Schlosses spazieren gegangen waren und Ruprecht sie küsste – zuerst keusch und züchtig auf Stirn und Wangen, beim nächsten Mal auf die Lippen, und dann … während des Feuerwerks tief und innig, ihr Mund gab unwillkürlich nach und die feine Zunge des Junkers von Waldeck strich einige Male zart über ihre Unterlippe. Ehe sie sich mit sanfter Geschmeidigkeit ganz zu ihr hinüberschlich. Ihr wurde es heiß und kalt. Anfänglich mit Scham erfüllt, gefiel ihr diese gewiss unzüchtige Spielerei mehr und mehr. Ein süßes Ziehen in ihrer Brust, dann in der Tiefe ihres Beckens ... Daphne versuchte, die Erinnerungen beiseitezuschieben, warum nur brachte ihr das Betrachten des pfalzgräflichen Konterfeis ausgerechnet diese Erinnerung zurück? War es der Jugendlichkeit des bildhübschen Édouard von Pfalz-Simmern geschuldet? Vermutlich ... Erneut wischte sie sich den leichten Schweißfilm von der Stirne – und fuhr mit einer Fingerspitze über die lieblichen Lippen. Und bemerkte nicht, dass sie Gesellschaft bekommen hatte.

Anne de Gonzague hatte lautlos hinter Daphne die Galerie betreten; eigentlich wollte sie nichts weiter als ihren Schützling fragen, ob sie zusammen mit ihr den Nachmittagskaffee einnehmen wollte. Doch nun blieb sie stehen, fasziniert von dem Tableau, das die junge Künstlerin vor dem Konterfei ihres verstorbenen Gemahls bot. Mit einem irritierten, aber nicht empörten Schaudern nahm sie wahr, wie sich Daphne von ihrem Hocker leicht aufrichtete – um mit ihren Fingerspitzen über die gemalten Lippen ihres Édouard zu fahren. Was für ein seltsames Verhalten!, fuhr es ihr durch den Kopf. Wo doch die Malerei eine Kunst war, die sich allein auf das Visuelle zu beschränken hatte. Da hörte sie Daphne flüstern: „Wie ein Engel ..." Die Herzogin näherte sich langsam. Die Kopie, so viel erkannte sie, war sehr weit fortgeschritten – aber Daphne hatte untypischerweise mit der Figur begonnen – welchen Grund auch immer sie für diese nicht eben akademische Vorgehensweise gehabt haben mochte.

Erst als sie nur noch wenige Schritte von Daphne entfernt war, bemerkte sie, in welche Hitze die junge Frau geraten war. Anne de Gonzague räusperte sich leise – Daphne fuhr herum. „Durchlaucht!", stammelte sie. Daphnes graugrüne Augen wirkten fast grafitfarben, so groß waren ihre Pupillen geworden. Feinste Schweißperlen saßen auf ihrer Oberlippe und auf ihrer Stirne. Und ihre lieblichen runden Wangen waren sanft gerötet. Die Herzogin überging zunächst geflissentlich die augenfällige Erregung, in die Daphne geraten war – die sie im Grunde nicht überraschte. Mit demonstrativer Gelassenheit zog sie ihre Brille aus ihrem Beutel, setzte sie auf und neigte sich dem Gemälde zu. Und war einigermaßen verblüfft.

Daphne erhob sich rasch von ihrem Schemel und knickste. „Durchlaucht, ich bitte um Verzeihung, aber ich habe mir erlaubt, eine weitere Kopie anzufertigen!", rief sie hastig aus. Die Herzogin runzelte verständnislos ihre edle Stirne. Eine – weitere Kopie? Daphne wies auf eine zweite Staffelei, die sie vor eines der Fenster gerückt hatte. Sie schien sich wieder gefasst zu haben. „Wenn Ihr erlaubt!" Sie führte Anne de Gonzague hinüber zum Fenster. Auch auf diesem Bildnis war lediglich die Figur des Pfalzgrafen nur zum Teil vollendet, der Hintergrund und die unteren Teile des Harnischs waren erst umrissen. Wieder neigte sich die Herzogin vor und inspizierte das Gemälde genauestens. „Verblüffend!", rief sie aus. Gesicht, Lockenfrisur, der rote, elegant in Falten geworfene Kriegsmantel, der matte stählerne Schimmer des Harnischs – alles war derart eingefangen, dass es dem Vorbild bis ins Detail glich. „Ich bin überaus angetan, Mademoiselle! Aber nun verratet mir, warum Ihr eine zweite Version begonnen habt!"

Der Glanz kehrte in Daphnes Augen zurück. „Ihr gestattet, Durchlaucht!", rief sie aus und kehrte zu ihrer ersten Arbeitsstätte zurück. „Durchlaucht, bitte vergebt mir, ich kannte Euren werten Gatten nicht – aber ich erlaube mir zu behaupten, dass der Maler Seiner Durchlaucht, dem Pfalzgrafen, nicht in jenem Maße gerecht geworden ist, wie es angebracht gewesen wäre ..." Jetzt sah Anne de Gonzague es auch: Der Stahl der Rüstung schimmerte härter. Brillanter. Der Faltenwurf des Umhangs war identisch geformt – und doch schattenreicher. Das Rot leuchtete satter. Auf den Locken ihres Gemahls lag ein Glanz, der seinem wundervollen Haar Leichtigkeit und Seidenglätte verlieh – dass auch sie beim Betrachten fast den Impuls verdrängen musste, darüberzustreichen. Seine dunklen Augen glänzten und sprühten vor Lebendigkeit. Und als Krönung ihrer Interpretation hatte Daphne den pfalzgräflichen Lippen nicht nur zusätzliche Glanzlichter und ein verblüffend naturalistisches Korallenrot angedeihen lassen – sie hatte diesen blühenden Mund um einen hauchfeinen Spalt geöffnet. Dieses Bildnis ihres Gatten strahlte für sie jenes Leben und jenes Feuer aus, das sie ihm während ihrer achtzehn Jahre währenden Ehe so gewogen– und ihn so begehrenswert gemacht hatte. So, wie Édouard auf Daphnes Zweitversion gemalt war, wirkte er nicht wie der Kriegsherr, als der er zu repräsentativen Zwecken abgebildet worden war. Er wirkte wie ein junger Abenteurer: mutwillig, keck und verführerisch. Die Gonzague schluckte. So sehr überwältigten sie die zurückgebrachten Empfindungen, die sie stets für ihren jungen Pfalzgrafen gehegt hatte. Für einige wenige Sekunden hatte sie diese Darstellung sogar etwas lüstern gemacht – wie sie sich eingestehen musste. Und in dieser Erregung musste sich die junge Malerin wohl die ganze Zeit über befunden haben ... Nur gut, dass Édouard und sie einander nie begegnet waren. Aber – was ihre momentanen Absichten anging – eine perfekte Vorgabe. „Gefällt es Euch, Euer Durchlaucht?", wollte Daphne wissen.

Die Herzogin legte ihr die Hand auf den Unterarm. „Es hat mich überrascht – und gefällt mir über die Maßen, meine Gute! Ich denke, ich werde diese Kopie in mein Boudoir hängen – und Euch aus meiner Schatulle ein kleines Honorar zukommen lassen. Fünfhundert Livres, finde ich, sind angemessen." Daphne knickste. „Durchlaucht sind zu gütig!" Anne de Gonzague warf einen erneuten Blick auf dieses überraschende

Bildnis ihres dahingegangenen Gatten. Über welche Göttergabe verfügte ihr Schützling nur! Diese war sich deren momentan alles andere als bewusst – also war es an ihr, dafür die Verantwortung zu übernehmen und als Ausgleich dafür die ersten Meriten zu ernten. Sie nickte. „Ich werde so bald wie möglich mit Monsieur Nocret sprechen. Es wäre eine Sünde, Euch an den Stickrahmen zu setzen – Ihr seid zu Größerem, Schönerem geboren!"

Unsicher glitt ihr Blick noch einmal über die glänzenden, leicht geöffneten Lippen des Pfalzgrafen Édouard. Wie sehr hatte sie seine Küsse genossen – bis zuletzt – und auch seine Umarmungen. Und dieses Bildnis brachte – im Gegensatz zu allen anderen, die von ihm gemalt worden waren – einen Abglanz der Freuden zu ihr zurück, die sie in den Armen des engelsgleichen Pfalzgrafen hatte genießen dürfen. Sie nickte Daphne beifällig zu. „Und nun macht weiter so, meine Liebe!" Mit einem Lächeln auf den Lippen verließ sie die Galerie.

*

In der herzoglichen Galerie wurde gehämmert, gefräst und gesägt. Dazwischen versuchten die Glaser, Schaden von ihren neuen Vitrinen fernzuhalten. Daphne stand inmitten von dieser Geschäftigkeit, klopfte sich von Zeit zu Zeit Sägemehl oder Gipsstaub von ihrem Kleid, und erteilte Handwerkern und Lieferanten ihre Anweisung, die präzise und unmissverständlich waren – und stets freundlich. Nachdem es während der vergangenen Tage immer kälter geworden war, fiel nun endlich der erste Schnee in diesem Winter und verlieh der immer grauer und düsterer werdenden Stadt Paris reinlichen Glanz. Daphne achtete nicht darauf, außer, dass sie sich der Kälte wegen einen Schal aus Kaninchenpelz um Hals und Schultern legte. Nicolette und Fleur schlüpften mit kindlicher Freude nachmittags in ihre fellgefütterten Überschuhe und genossen den ersten Schnee, Daphne begleitete sie jedoch nur für kurze Zeit, weil sie befürchtete, die Arbeiten an der Gemäldesammlung nicht unbeaufsichtigt lassen zu können. Außerdem setzte sie sich gerne mittags an die Vollendung der beiden pfalzgräflichen Feldherrenporträts, die gute Fortschritte machten. Mittlerweile wusste sie, dass das Original von Prinz Édouards älterer Schwester Luise Hollandine gemalt worden war, die mit ihm von Haag nach Paris gegangen und dort zum großen Verdruss ihrer Mutter Elisabeth Stuart zum Katholizismus konvertiert war. Mittlerweile hatte sie mit Unterstützung der Krone die Zisterzienserinnenabtei in Maubuisson unter sich bekommen – wo sie wohl ein verblüffend freizügiges Leben führte. Mit ihrer Schwägerin stand sie nach wie vor in lebhaftem Kontakt. Eben kehrten Nicolette und Fleur von ihrem nachmittäglichen Spaziergang zurück und stürmten mit roten Gesichtern und die winterliche Kälte mit sich bringend, in die Galerie. „Daphne, Daphne", rief Fleur dem Freifräulein zu, „ich habe dir heiße Maroni mitgebracht!" Nicolette gab ihrer kleinen drallen Freundin, die noch ganz außer Atem war, einen Renner. „Darum gehts doch nicht, du törichtes Ding!" Die Rotlockige verdrehte ihre Augen. „Eben ist Monsieur Nocret, der Maler, eingetroffen!"

Endlich!, dachte Daphne – gleichzeitig ergriff eine gewisse Nervosität von ihr Besitz. Sie legte ihre Malutensilien beiseite, steckte die Pinsel in den Topf mit Terpentin und band sich ihre farbverschmierte Vorschürze ab. Zugleich wies sie zwei Diener an, das Nocretsche Porträt der drei Prinzessinnen auf die Staffelei mitten im Raum zu stellen. Da erschien auch schon der *Premièr Peintre du Monsieur* und schritt gemächlich auf Daphne zu, zog seinen Hut und verneigte sich. Er war stämmiger, brünetter Mann, Anfang fünfzig, dessen halblanges Haupthaar und ziemlich buschiger *moustache* bereits weidlich grau durchsetzt waren. Seine Miene war undurchdringlich, während er das Freifräulein begrüßte. Doch dann fiel sein Blick auf das große, farbenfrohe Porträt auf der Staffelei – und erhellte sich.

„Maître Nocret", hob Daphne in aller Bescheidenheit an, „ich erbitte mir Euren Rat, wie ich Eurer Werk innerhalb der Sammlung Ihrer Durchlaucht angemessen präsentieren kann!" Nocret erwiderte zunächst einmal gar nichts, sondern reichte einem Diener Hut und Umhang. Was für eine kuriose Weibsperson!, dachte er bei sich. Organisiert tatsächlich dieses entsetzliche Sammelsurium des Prinzchens ... Er sah sich diskret um. Noch nicht einmal ohne Kompetenz ..., setzte er in Gedanken hinzu. Sein Blick schweifte hinüber zu den Kopierarbeiten. Fleißig ist sie auch noch, gleich zwei Kopien auf einmal ... aber die will ich mir später anschauen. Jetzt kümmere ich mich natürlich um mein eigenes Gemälde! Es könnte in der Tat eine angemessenere Position als bisher vertragen ... „Zu gerne, werte Baronesse! Vielleicht habt Ihr ja schon eine Idee, die ich mit Vergnügen mit Euch diskutieren werde."

Daphne trat vor eine frisch geweißte, breite Wand, die genau der Fensterfront gegenüberlag. „Hier, Meister, genau in der Mitte. Dort ist die Ausleuchtung optimal, um Eure brillante Farbwahl zur angemessenen Geltung zu bringen!", führte Daphne aus und dachte: Die Farben werden jeden erschlagen, der nicht am Grauen Star leidet! Dann fuhr sie fort. „Zur Linken dann das Feldherrenporträt des Pfalzgrafen zu Rhein von Prinzessin Luise Hollandine." Sie schwieg. „Dann sagt mir bitte, Maître Nocret, wie viel Platz das noch in Arbeit befindliche Porträt Ihrer Durchlaucht in etwa benötigen wird. Ich würde es rechts vom Porträt ihrer Töchter aufhängen. Und auf der anderen Seite wäre noch trefflich Platz für die beiden Gemälde von Raffaello Santi." Nocret schloss kurz versonnen die Augen. Es schmeichelte ihm ungemein, dass eines seiner Gemälde neben Werken von Raffael hängen würde. Noch weitaus mehr schmeichelte ihm, dass seine Bilder in der Mitte der Wand präsentiert werden würden – Raffaels hingegen fast in der Ecke. Dieses junge deutsche Fräulein besaß Kunstverstand. Ganz ohne Frage! „Doch, darüber ließe sich reden ...", meinte er vage. „Und wenn Ihr nun die Güte hättet, mich einen kurzen Blick auf Eure Kopierarbeiten werfen zu lassen?!" „Fühlt Euch frei, Maître Nocret", erwiderte Daphne und führte den Maler hinüber zu ihren Arbeiten. Diesmal verschlug es Nocret wirklich die Sprache.

*

Herzogin Anne hatte sich bei dieser letzten Sitzung geweigert, noch einmal in das schlecht gelüftete Renaissancegewand zu schlüpfen und begnügte sich der Farbigkeit wegen mit einem roten Umschlagtuch um ihre Schultern. Nocret hatte nichts dagegen einzuwenden, da er sich ohnehin nur noch mit dem Gonzagueschen Gesicht zu befassen hatte. Daphne saß neben ihm, ihr Skizzenbuch auf dem Schoß, und fertigte Studien mit einem Fettkreidestift an. Besonders angetan hatte es ihr die komplizierte Flechtfrisur der Herzogin auf dem Porträt. Weiter hinten saßen Nicolette und Fleur und spielten miteinander *cul bas*, Fleur versuchte augenscheinlich – wie immer – zu schummeln. Auch Diane war zur Unterhaltung Ihrer Durchlaucht abgestellt worden – aber sie bediente das Clavecin und sang mit ihrer angenehmen Altstimme leichte Arien dazu. Irgendwann hörte die Musik auf, die Sängerin galt als zwar talentierte, aber launische Musikerin, die manchmal mitten im Spiel aufhörte, wenn sie sich uninspiriert fühlte. Daphne drehte sich um – da stand Diane schräg hinter ihr und betrachtete eingehend ihre Zeichnungen. „Das ist wirklich sehr schön, wie Ihr malt! Wenn Ihr im Anschluss Zeit habt, möchte ich Euch gerne um etwas bitten", erklärte sie. Daphne nickte. Diane war wirklich wunderschön ... ihre Gesellschaft hatte sie jedoch bisher nicht gesucht. Irgendetwas Geheimnisumwittertes war zweifelsohne an ihr, Nicolette hatte mit ihren Anspielungen vielleicht Recht. Auch Nocret warf mehr als einen Blick auf Mademoiselle de Perrêtre. Er mochte dunkelhaarige junge Frauen – und diese hier verfügte über die exakt richtige Mischung aus Liebreiz und Stolz. Freilich waren die Hofdamen Ihrer Durchlaucht unantastbar. Er konnte froh sein, dass sie ihm diese Dienerin zur Verfügung stellte ... „Ihr könnt getrost gehen, Euer Gnaden! Ich bin ohnehin fertig. Das Gemälde sollte in einer Woche so weit getrocknet sein, das man es firnissen kann. Im Übrigen wäre es mir eine übergroße Ehre, Euch dazu in meinem Atelier begrüßen zu dürfen ..."

Daphne und er warfen der Herzogin einen fragenden Blick zu, den sie mit freundlichem Nicken quittierte. „Nun geht schon!", rief sie Daphne und Diane zu. Oben in der Galerie wurden eben die letzten Vitrinen aufgestellt, und der Glasermeister wedelte profitlich mit seiner Rechnung, die Daphne ihm aus der Hand nahm und überflog. „Wieso hat Er die Doppelverglasung gleich zweimal abgerechnet?", fragte sie mit einem Stirnrunzeln. „Weil eine Vitrine auf dem Transport hierher beschädigt worden ist." „Weiß Er denn nicht, dass Ihre Durchlaucht nicht für Transportschäden zeichnet?", entgegnete sie. „Das ist allein Sein Risiko. Wir bezahlen nicht für unsachgemäßen Transport!" Der Glaser drehte sein Lederkäppchen in der Hand. „Wie Euer Liebden befehlen – ich werde die Rechnung bis morgen neu kontieren lassen!" „Tue Er das und tummle Er sich!" Daphne winkte den Mann mit einer Handbewegung weg und ging hinüber zu ihren Kopierarbeiten. Sie durfte nicht vergessen, ihre Palette und ihre Pinsel zu reinigen. Diane folgte ihr auf den Fuß. „Respektabel, wie Ihr mit den Schranzen umgeht!", bekundete sie. Daphne zuckte ihre Achseln. „Dies habe ich mir beim Kurfürsten Karl Ludwig abgeschaut. Es ist wirklich unabdingbar, dass man ihnen auf die Finger schaut, zumal sie meinen, dass wir Weiber nicht zwei mal zwei multiplizieren können." Sie wies mit dem Kopf auf einen Schemel. „Mögt Ihr Euch denn nicht setzen?", meinte sie, während sie ihre Utensilien reinigte. „Ich bin gespannt, was Ihr mir vorzuschlagen habt."

Die Hofdame sah sich um und wartete ab, bis der letzte Handwerker die Galerie verlassen hatte. „Ich habe etwas Geld gespart, Baronesse – und würde gerne ein Porträt von mir fertigen lassen. Als Geschenk an einen Menschen, der mir ... viel bedeutet. Zuerst wollte ich Nocret bitten, aber ich mag seine Malweise nicht. Aber was ich bisher von Euch gesehen habe, finde ich ansprechend", hob sie an. Daphne hob erstaunt ihren Blick. Die stets etwas distanzierte, fast hochmütige Diane wollte von ihr abgebildet werden?

„Seid Ihr überzeugt? So viel gibt es von mir bis jetzt nicht zu sehen", zweifelte sie. Diane lächelte verhalten. „Deshalb wollte ich Euch bitten, mir noch mehr Beispielhaftes zu zeigen." Daphne ging wortlos zu einer Truhe und legte ihr das neueste ihrer Heidelberger Skizzenbücher auf den Schoß. Diane blätterte zuerst in den anatomischen Zeichnungen, die sie doch etwas verstörten, dann in den Zeichnungen, die Daphne während ihrer Brautzeit mit Ruprecht von Waldeck angefertigt hatte. „War dies Euer Verlobter?", wollte sie wissen. Die Malerin biss kurz ihre Zähne zusammen, ehe sie verhalten nickte. Es war das erste Mal, dass jemand sie in Paris darauf ansprach. Diane registrierte die Irritation in ihrem Blick und Haltung. „Bitte verzeiht!", flüsterte. „Ich wollte Euch keinen Schmerz zufügen ..." Daphne straffte ihren Körper. „Ich sollte darüber hinwegkommen!", erwiderte sie.

Diane blickte ihr in die Augen.. Ihr Wort in Gottes Ohr!, dachte sie bei sich, denn sie kannte die im Hôtel Nevers kursierenden Gerüchte um den tragischen Tod des jungen deutschen Edelmanns. Sie blätterte zerstreut in Daphnes Kladde – und stieß weiter hinten auf ein loses Blatt – der Rückenakt eines jungen Mädchens. Offenbar ein Selbstbildnis vor einem Spiegel stehend und ihre Rückansicht eingehend betrachtend. Wie entzückend!, dachte Diane. Wie gerne würde ich mit den Fingern über die Furche hinabfahren, die ihre Wirbelsäule beherbergte, bis hinab zu ... Sie schüttele sich leicht und schämte sich ein wenig. Zumal es sich offensichtlich um Daphne selbst handelte. Der dahingegangene Junker war auf jeden Fall ein Glückspilz gewesen, schoss es Diane durch den Kopf. Daphne schwieg betreten, sie hätte ihren Rückenakt schon längst aus ihrem Zeichenbuch nehmen sollen. Und dass ausgerechnet die Edelfrau ihn zu sehen bekam, der man unnatürliche Neigungen nachsagte, war ihr gar nicht recht!

Diane schlug die Kladde behutsam zu und reichte sie Daphne zurück. „Mir gefallen Eure Kunstwerke ausnehmend gut – und es wäre mir eine Ehre, von Euch porträtiert werden. Bevor Eure Honorare in schwindelerregende Höhen klettern werden ...", meinte sie. Daphne lachte leise. „Ihr beliebt zu scherzen! Bitte nennt mir Eure Wünsche und was Ihr dafür zu bezahlen bereit seid." Diane erhob sich und seufzte leise. „Mehr als dreihundert Livres habe ich nicht, leider." Daphne blickte sie erstaunt an. Mit so viel Geld aus der Börse einer jungen Edelfrau hätte sie nie gerechnet. „Nun, womöglich wollt Ihr ja auch keinen so enormen Schinken wie diesen da!", entgegnete sie und wies auf das Prinzessinnengemälde. Diane schüttelte sich. „Beileibe nein! Außerdem gefällt mir Nocrets Buntmalerei nicht wirklich. Die zielt doch nur auf Effekt ab, wo er nichts zu sagen hat!"

Daphne blickte Diane erstaunt an. Welch sichere Urteilskraft!, schoss ihr durch den Kopf. Ach, wäre nur die gute Madame du Plessis mit einem Quäntchen davon gesegnet! Ihre Blumenarrangements hätten schon längst alles Süßliche abgelegt ... Sie blickte sich ein wenig misstrauisch um. „Ich will kein unnötiges und vor allem respektloses Wort über den Maître verlieren, Mademoiselle, denn es könnte sein, dass ich auf ihn angewiesen sein werde. Aber was Euer Urteil über seine – hervorstechenden – Farben angeht: Ihre Durchlaucht hat hier noch ein Gemälde von ihm, respektive eine Kopie. Kennt Ihr es?" Diane schüttelte den Kopf. „Wollt Ihr es sehen?", fragte die Deutsche listig. „Kommt nur, das wird ein Spaß!" Sie führte Diane zum hintersten Zimmer, das zum Archiv und zur Asservatenkammer umgebaut worden war. Dort zog sie aus einer Art Gerüst ein hochformatiges Gemälde heraus, das mit einem Leintuch abgedeckt und wie die übrigen Bestände des Archivs auf einer Schiene angebracht war. Mit einer feierlichen Miene – und kaum unterdrücktem Lächeln – enthüllte sie es. „*Voilà*!" – „Oh!!", rief Diane aus und versank in einen anmutigen tiefen Knicks. „Sire!" Dann rannen ihr Lachtränen über die Wangen. „Man sollte den, der das verbrochen hat, der Majestätsbeleidigung anklagen!" Daphne schloss sich Dianes Gelächter an. „Und beachtet doch die eleganten königlichen Beinkleider!!" Sie spähte flüchtig hin. „Heiliger Strohsack! Niemals im Leben würde der König solche geschmacklosen Pumphöschen tragen – und wenn sie seine Beine noch so fantastisch zur Geltung brächten!"

Daphne gesellte sich zu Diane. „Bestimmt klingeln Seiner Majestät jetzt die Ohren“, vermutete sie. „Oh, die müssten ihm ohnehin den ganzen Tag klingeln, läuten und dröhnen – wie die Glocken von Nôtre Dame ...“, japste Diane – und zwang sich kurz zur Ernsthaftigkeit. „Habt Ihr den König denn schon einmal gesehen, seit Ihr hier in Paris lebt?“ Daphne schüttelte den Kopf. „Fleur hat ihn schon gesehen – und gesagt, dass er ziemlich klein sei.“ Sie warf das Leintuch zurück über das ihr blamabel vorkommende Porträt. Diane half ihr beim Zurechtziehen des Überwurfs. „Ihr werdet ihn ganz gewiss auch zu sehen bekommen. Und wenn nicht im Schloss von St. Germain-en-Laye, dann drüben in St. Cloud bei Monsieur, seinem Bruder.“ Sie schob das Gemälde zusammen mit Daphne ins Gerüst zurück. „Außerdem ist Fleurs Schilderungen von Menschen nicht zu trauen, kurzsichtig, wie sie ist. Wahrscheinlich hat sie Lauzun für den König gehalten. Was nun aber Seine Majestät angeht – der ist recht groß und hellbrünett. Und sehr, sehr männlich.“

*

Ein kleiner Page in der Soubrisschen *livré* – schwarz und dunkelrot – schenkte den Damen noch einmal Mokka ein, während ein anderer eine weitere Ètagère mit Kleingebäck anbrachte. Herzogin Anne unterdrückte gerade noch rechtzeitig ein Seufzen. Sie befand sich in jenem gefährlichen Alter, in dem die Damen bereits durch den Duft von Gebäck und Naschwerk ihre Anmut zu verlieren schienen. Die Comtesse de Soubris freilich mit ihren etwas mehr als siebzig Jahren hatte diese gefährlichen Klippen bereits umschifft. Sie bot ihrer Besucherin Mandelhörnchen, *macarons aux anis* und mit Orangenlikör gefüllte Pralinen an, bevor sie selbst zugriff. Ein kleines *macaron*, fand Anne de Gonzague, konnte keineswegs schaden. Schließlich befand man sich nicht in der Fastenzeit. Das Gebäck war köstlich, doch leider machte dessen feine Anisnote Appetit auf mehr.

„Nun“, meinte die Comtesse Antoinette, die zwar nonchalant wie stets wirkte, unter deren in Jahrzehnten getrimmter höfischer Contenance heftigste Neugierde brodelte „wie geht es Eurem vielversprechenden Schützling?“

Die Gonzague goss etwas Mokka in ihre Untertasse, die sie zierlich leernippte. „Die kleine Daphne macht sich prächtig. Und sie übertrifft darüber hinaus etliche meiner Erwartungen. Ihre Manieren lassen fast nichts mehr zu wünschen übrig, ihr Französisch auch nicht. Allein für den Tanz scheint sie mir keine sonderliche Neigung zu hegen.“ „Oh“, meinte Comtesse Antoinette, „dies ist bedauerlich im Hinblick auf einen Hofstaat, in dem der Tanz neben der Diplomatie rangiert.“ Sie tupfte sich mit einem Spitzen besetzten Tüchlein ihre Oberlippe ab. „Aber“, setzte sie nach kurzem Überlegen hinzu, „daran sollte es nicht scheitern müssen. Ich werde auf Abhilfe sinnen. Und sonst?“ Die Herzogin schielte verstohlen nach den Mandelhörnchen. Diese ließen sich vorzüglich in den Mokka stippen ...

„Nocret ist bereit – selbstredend gegen ein gewisses *douceur*", nicht nur die Herzogin, sondern auch Comtesse Antoinette vollführte bei dieser Umschreibung eine kleine, wissende Handbewegung, „Mademoiselle Daphne Zugang zu seiner Werkstätte und Einblicke in seine Arbeit zu gewähren. Wir haben Glück – Nocret hat keine sittlichen oder künstlerischen Bedenken dagegen, dass sich eine Weibsperson als Malerin betätigt. Anders als Monsieur Le Brun, übrigens. Denn er ist außerordentlich verblüfft und mehr noch überzeugt, dass unsere Daphne über ein herausragendes Talent als Porträtmalerin verfügt." Das *douceur* bestand, und darüber schwieg sich die Herzogin selbstverständlich aus, nicht nur aus einer Gebühr von jeweils 20 Livres für jeden Atelierbesuch durch Daphne, es beinhaltete auch, dass Daphne nicht nur von ihrer eigenen Zofe Margot chaperonisiert wurde, wie es sich nun einmal gehörte, sondern auch von jener Gonzagueschen Dienerin, die dem Meister jedes Mal, wenn er über Nacht im Palais Nevers blieb, aufzuwarten hatte. Do ut des – geben, um zu erhalten, dachte die Herzogin bei sich, und fuhr fort: „Darüber hinaus, meine liebste Freundin, will ich Euch nicht verschweigen, dass ich Daphne zuvor einer Probe unterzogen habe, die sie nicht nur mit Glanz und Gloria bestanden hat, sondern bei der ich verblüffende Einblicke in ihren Charakter gewonnen habe." Sie fixierte ein Mandelhörnchen, das den ungleichen Kampf verlor ...

„Nun aber spannt mich doch nicht allzu sehr auf die Folter!", rief die Ältere aus. Herzogin Anne verspeiste zuerst ihr Mandelhörnchen, tupfte ihren Mund ab: „Nun, meine Probe war zuallererst rein künstlerischer Natur: Ich ließ Daphne ein Porträt meines dahingegangenen Édouard kopieren ..." „Doch nicht jenes, das ihn im Harnisch zeigt?" „Eben das. Nun, Daphne ist, – wie soll ich sagen – mit Bravour und typisch jugendlichem Enthusiasmus über das gesteckte Ziel hinausgeschossen: Sie hat gleich zwei Versionen geschaffen. Eine streng nach der Vorgabe. Und eine sozusagen veredelte Variante ..."

Die Comtesse hob ihre zu dünnen Strichen gezupften Augenbrauen. „Wie darf ich das verstehen?" „Sie hat seinem Abbild wesentlich mehr Glanz versehen. Und, wenn ich mir zu bemerken gestatten darf, auch jenen Schmelz, den das Original vermissen lässt. Und der mich sehr berührt hat", antwortete die Herzogin. Die Comtesse de Soubris begriff sofort, worum es Anne de Gonzague zu tun war. Sie hatte am Pfalzgrafen Édouard gehangen wie an einem kostbaren Schatz. „Ihr wollt damit wohl sagen, dass Daphne anscheinend die seltene Künstlergabe besitzt, nicht nur das Wesen des Porträtierten auch in seinem Innersten zu erfassen, sondern es für den Betrachter nach außen zu transportieren, dass es ihn gefangen nimmt?"

Anne de Gonzague nickte versonnen. „Das habt Ihr fein mit Worten umschrieben. Daphne verfügt über eine seltene Göttergabe. Und es ist nicht die Einzige neben ihrem bemerkenswerten Gedächtnis und ihrem scharfen Verstand."

Antoinette de Soubris klappte ihren schönen Elfenbeinfächer auf – ein Geschenk ihrer ersten Gönnerin, der Regentin Maria de Medici. „Und nun bitte ich Euch, so liebenswürdig zu sein – und mir diese weitere Gabe Daphnes zu enthüllen. Denn diese scheint mir bedeutsam ... im Hinblick auf ihre Bestimmung!" Die grauhaarige Comtesse winkte erneut ihren Pagen heran und verlangte Kräuterlikör auf gestoßenem Eis, welchen sie auch der Herzogin anbot. Die dankend ablehnte – während sie sichtbar nach den richtigen Worten rang. „Sie verfügt über ... ein feuriges Temperament ..." Erst nachdem sie ein wenig an ihrem Likör genippt hatte, blickte die Comtesse ihre Besucherin fragend an. „Verzeiht mir meinen Einwand – aber ist das, was Ihr soeben mit Feuer umrissen habt, nicht allen jungen Menschen zueigen? Mehr oder weniger?" Die Herzogin schwieg eine Weile, die Comtesse fuhr fort: „Vielleicht würde Euch jetzt ein Schlückchen *Bénédictine* zuträglich sein ..." Erneut winkte sie ihrem Pagen. Und geduldig wartete sie, bis die Herzogin ein Quantum Kräuterlikör genommen hatte. „Wenn Ihr es so genau wissen wollt ..." Antoinette de Soubris berührte die Gonzague sanft an der Schulter. „Euer in mich gesetztes Vertrauen ist wie stets der gnädigste Freundschaftsbeweis. Das bei mir stets sicher verwahrt sein wird."

Der Likörkelch wurde geleert. „Daphne von Owen ist beim Malen der beiden Kopien ... sichtlich in Hitze geraten. Sie ...", setzte sie stockend hinzu, „scheint mir ein leicht entflammbares sinnliches Temperament zu haben. Dessen sie sich möglicherweise noch nicht recht bewusst ist." Sie ließ ihre Schultern sinken und sah die grauhaarige Comtesse an wie eine Klosterschülerin die Schwester Instruktorin, von der sie beim Lesen eines Schäferromans ertappt worden war.

Die Comtesse de Soubris räusperte sich: „Das ist, in der Tat, außergewöhnlich bei einem so jungen Ding. Und, wie Ihr vor einigen Wochen erwähnt hattet, nicht das, was man bei den übrigen jungen Hofdamen antrifft." Ein leises Lächeln glitt um ihren leicht gefältelten Mund. „Und – ganz *au fond* – doch genau das, was wünschenswert ist. Man muss es nur kanalisieren." Sie lächelte der Herzogin milde zu. „Falls Euch dies wider Eure Natur und Eure Reputation geht – ich bin gerne bereit, hier meinen Beitrag zum Gelingen zu leisten. Wir sollten uns allerdings tummeln – *Il faut battre le fer quand il est chaud*!" Sie erhob sich und ging hinüber zu ihrem Sekretär, dem sie ein *billet* entnahm. „Ich erhielt eine Einladung Ihrer Majestät zu einer Abendgesellschaft in der Woche nach Ostern – ein seltenes Ereignis, die Königin gibt kaum eigene Gesellschaften. Es dürfte mir ein Leichtes sein, der *Surintendante* und dem

Zeremonienmeister zwei weitere Einladungen abzugewinnen. Das Spiel kann beginnen – und wir sollten uns tummeln." Die Herzogin nickte: „Ich bin ganz bei Euch, liebste Freundin. Schließlich müssen gleich zwei Festungen sturmreif geschossen werden. Und jungfräuliche Bollwerke sind dabei stets die stabileren."

*

Gemeinsam standen Daphne und Diane vor der etwa eine Armlänge breiten Leinwand, auf der die junge Malerin bereits die Komposition des Bildes umrissen hatte. Diane, die von sich zunächst ein konventionelles Brustbild in höfischer Robe haben wollte, war rasch und mit zunehmender Begeisterung auf Daphnes Vorschlag eingegangen: Diese wollte sie als *Diana im Bade* abbilden – *nomen est omen*. Ohne umgebende Nymphen, Gefährtinnen und Hundemeute. Und ohne den sie belauschenden Aktäon. Die Figur sollte fast die gesamte Mitte des Bildes einnehmen – und Diane hatte mit erstaunlicher Konsequenz darauf bestanden, mit entblößten Brüsten dargestellt zu werden. Dazu allerdings wollten sie sich in Daphnes Zimmer zurückziehen.

Das Modell war vom Geschick ihrer Porträtistin ebenso begeistert wie von ihrer natürlichen Diskretion: Kein einziges Mal hatte sie sich erkundigt, für wen das Gemälde denn bestimmt sei.

Das Christfest nahte, Daphne verfasste pflichtschuldigst ihren monatlichen Brief an die Eltern, wobei sie ihre neuerliche Maltätigkeit nur am Rande erwähnte, sondern sich ausführlich darüber ausließ, nun endlich zu einem höfischen Ball eingeladen worden zu sein: zu einer *medianoche* bei des Königs Bruder im Schloss zu St. Cloud ... In Wirklichkeit fand sie es weitaus interessanter, das Atelier von Maître Nocret besuchen zu können. Dabei hatte sie sich derart geschickt und höflich angestellt, dass der *Premièr Peintre du Monsieur* ihr endlich zusagte, sie bei nächster Gelegenheit an einer größeren Auftragsarbeit mitwirken zu lassen. Vermutlich an irgendwelchen Faltenwürfen, Säulen oder Marmorvasen, wie sie insgeheim befürchtete. Aber Rom wurde schließlich auch nicht an einem Tag erbaut. Und dies war immer noch besser als Haarbänder besticken. Oder Tanzunterricht zu nehmen ... Ja, wenn das neue Jahr gekommen war, dann würde Nocret sie zusammen mit den drei anderen auszubildenden Malern Anne-Pierre Bosquet, Adam Frans Lieuwen und François Dieulafoie in den Tuilerienpalast mitnehmen, um mit der Ausgestaltung der Gemächer der Königin fortzufahren. Die Königin ..., fuhr es Daphne durch den Kopf. Die erste und wichtigste Frau Frankreichs. Wenn sie auf ihr Talent aufmerksam werden würde ... Adam Frans schüttelte nur seinen viereckigen Kopf und schalt Daphne eine arge Träumerin. „Abgesehen davon, dass die Königin sowieso nicht anwesend sein wird", meinte er, „es wird Euch nichts nützen ..." Daphne sah ihn, den baumlangen Niederländer mit dem typisch nuschelnden Akzent, nur böse an. „Ihr seid gehässig!", meinte sie, während sie die Bestandslisten von Nocrets Blaupigmenten kontrollierte – der Meister liebte leuchtendes Blau in allen Nuancen: *la couleur royal*, wie er zu sagen pflegte. Nocret hatte an ihrer Ordnungsliebe und ihrem Hang sich Überblick verschaffen zu wollen, rasch Gefallen gefunden. Was ihr Aufräum- und Sortierarbeiten eintrug – die den drei Jungmalern nur noch lästig waren. „Ich mag gehässig sein, *meid Daphne*, und es wird Euch trotzdem nichts nützen, für die Königin zu malen. Es nützt übrigens auch keinem von uns!" Er senkte seine Stimme. „Davon profitiert überhaupt nur Nocret ... aber Ihr werdet es sehen und begreifen." Daphne mochte den Alkmarer gerne leiden, nachdem er seine Vorbehalte gegen „Malweiber" rasch abgelegt hatte, die seine beiden französischen Kollegen immer noch gerne zu kultivieren schienen. „Malt Ihr drüben auch, im Hôtel Nevers?", wollte er wissen. Sie saßen einander während ihrer Mittagspause auf Schemeln gegenüber und verzehrten das Brot, das Daphne aus der Palastküche mitgebracht hatte, sowie ein ordentliches und überaus köstliches Stück Alkmarer Käse. Daphne wischte sich den Mund ab. „Ja – ich habe einen Auftrag einer anderen Hofdame. Sie wünscht ein Porträt als *Diana im Bade*." „Habt Ihr Studien dabei?"

Daphne nickte. Ohne ihr Zeichenbuch verließ sie das Haus ohnehin nicht mehr, sie reichte es ihrem Kollegen. Er besah sich die Entwürfe. „Wie alt ist Eure Auftraggeberin?" „Dreiundzwanzig." – „Hm", meinte er. „Dann solltet Ihr die Brüste aber nicht so hoch ansetzen wie bei einer Vierzehnjährigen. Das sieht sonst unnatürlich aus! Wartet – damit Ihr versteht, wie ich es meine ..." Adam Frans zauberte einen seiner Rötelstifte oben aus dem Band seiner Kappe und begann zu skizzieren. Er verfügte über einen wunderbar leichten Strich. „Seht Ihr – etwa so!"

In diesem Moment ging Anne-Pierre hinter ihm vorbei und spähte auf die Skizze. „François, ratet mal, was die beiden Teutonen da zeichnen!" rief er seinem Kumpan zu. „Ihr werdet es nicht glauben – Titten!" Adam Frans wandte sein gefährlich ruhig wirkendes Gesicht zu dem wesentlich kleineren Tourainer hinauf. „Ach! *Houd de mond, klootzak!*"

*

Diane legte zuletzt ihr feines weißes Unterkleid ab, besah sich kurz im Spiegel und ging hinüber zum Lavoir, um sich zu waschen und zu parfümieren. Alle Bewegungen, die sie zu diesem Zweck vollführte, waren langsam, fast träge und zugleich bedachtsam gewählt und ausgeführt. Denn Aurélie d'Archacon, die bereits nackt auf ihrem schönen breiten Himmelbett wartete, liebte diese kleine, aber sinnliche Inszenierung über alles. Die *Première Dame d'Honneur* hatte ihrer Protegée einmal zu verstehen gegeben, dass es sie sogar in Entzücken versetzte, wenn Diane sich dabei kratzen würde.

Diane legte das feine Leinentuch ab und glitt zu der Arcachon auf die seidenen Laken (ein Luxus, der der Edelfrau eigentlich nicht zustand, den sie sich aber zu ihrer Gespielin und ihrem eigenen Gefallen vom Munde abgespart hatte). Sie nahm die Rechte ihrer Liebhaberin und führte sie an die Lippen, um sie erst sachte zu küssen und danach an ihren Fingerspitzen zu knabbern. Sie streckte ihre andere Hand nach Diane aus und begann mit den Strähnen ihres glänzenden Haars zu spielen, das gelöst bis zu ihrer schmalen Taille hinabfiel, einem maronenfarbenen Vorhang nicht unähnlich. Dieses zauberhafte Wesen war ein Geschenk das Himmels, ein einmaliges Geschenk, das sie hegen und in Dankbarkeit kultivieren musste. Nichts Besseres erhoffte sie sich mehr von ihrem Leben. Sie dankte zugleich immer wieder im Stillen Ihrer Durchlaucht, der Herzogin, die eine derartige Liaison unter ihrem Dach durch Dulden erst möglich machte. Was würde nur aus ihnen beiden werden, wenn Gonzague nicht mehr wäre? Sie fuhr mit einer Fingerspitze über eine von Dianes blühenden Wangen. Wie zart ihre Haut war! Rasch beugte sie sich vor und drückte einen Kuss auf ihren Mund.

Dann jedoch hielt sie ihr Kinn mit der Hand fest. „Diane, *mon cœur!* Man sagt, du bist in letzter Zeit viel mit Daphne zusammen! Gibt es einen Grund, den ich vielleicht wissen sollte?", fragte sie mit kaum verhohlenem Zweifel in der Stimme. Ihre Geliebte lachte leise; gelegentlich neigte ihre Gönnerin zu Eifersüchteleien – wenn neue, junge Hofdamen auftauchten. Bis sich diese „kleinen Unsicherheiten" wieder legten, verstrich keine allzu lange Zeit – aber Diane konnte manchmal nicht umhin, ein wenig damit zu tändeln. Es erhöhte den Reiz ... Sie blickte der Arcachon keck in die Augen. „Ach, Daphne! Sie hilft mir nur bei einer ... wichtigen Arbeit. Allerdings", setzte sie hinzu, „hat sie mehr Esprit und Charme als alle ihre Vorgängerinnen zusammengenommen! Für der Weiber Lust gerüstet, wie Shakespeare so treffend gesagt hatte, scheint sie mir jedoch nicht zu sein." Wie zur Bekräftigung bohrte sie eine Fingerspitze in Aurélies hübschen Nabel. „Du weißt doch, dass ich nur dich liebe – und keine andere Frau begehre!" *„Ma puce"*, murmelte Madame d'Arcachon, und ihre Hand wanderte über den seidig glatten Körper der jungen Hofdame, „... *je voudrai faire l'amour avec toi!*" Und ließ ihren zärtlichen Worten alsbald Taten folgen.

Dabei dachte sie kurz – und verwirrt – an das deutsche Edelfräulein. Definitiv keine Rivalin, dessen war sie sich ebenfalls sicher. Aber dennoch wurde sie das Gefühl nicht los, als ob um jene ein Mysterium wäre, als ob mit jener etwas Großes, Unerhörtes geschehen müsste. Ein einziges Mal hatte Ihre Durchlaucht, sonst als Diplomatin die absolute Diskretion in Person, eine seltsame Bemerkung über Daphne fallen lassen.

Kapitel acht

In dem ein rauschendes Fest zelebriert und Daphne mit Verwicklungen und Verhältnissen an den französischen Höfen vertraut gemacht wird und erstmals Ludwig XIV begegnet

Palais de St. Cloud, Jahreswechsel 1667

„Nun beeilt Euch doch endlich, um Jesu Christi Willen, Mesdemoiselles!", rief Madame d'Archachon in zunehmender Verzweiflung aus und klatschte energisch in die Hände. Eigentlich wollte sie schon längst in der Kutsche sitzen – und die würde mithilfe einer Kohlepfanne im Inneren kuschelig warm sein. Stattdessen stand sie im beißenden Frost im Innenhof des Hôtel Nevers, der von Fackeln hell erleuchtet war, und in dem gleich zwei prächtige sechsspännige Karossen mit dem pfalzgräflichen Wappen auf ihre Fahrgäste warteten. „Nun kommt endlich! Hattet Ihr nicht den ganzen Nachmittag Zeit für Eure Toilette und Eure Roben? Wenn Ihr weiterhin so trödelt, bekommt Ihr nur ganz, ganz schlechte Plätze hinten, von denen aus ihr überhaupt nichts erkennen könnt!", schimpfte sie in die Halle hinein.

Ihre Warnung, keine gute Sicht mehr zu haben, wirkte zumindest auf die kleine Fleur. Kurz darauf erschien Madame Martine du Plessis, wie immer im Winter mit ihrem riesigen Muff aus Bärenfell, dem stets ein unangenehmer Hauch nach Mottenkugeln entströmte. Die Arcachon hielt kurz den Atem an, als der Muff an ihr vorbeigetragen wurde, und nickte der *Seconde Dame d'Honneur* zu. „Ihr fahrt mit Fleur und Nicolette in der zweiten Kutsche!", beschied sie. Bei Ausfahrten war schließlich sie die Federführende ... und in einer Kalesche neben der Herzogin und ihren Edelfrauen konnte es nur Platz für eine geben: für sie. Oder für den Bären. Madame du Plessis lächelte säuerlich und enterte zusammen mit Fleur die etwas kleinere Kutsche. Dann erschienen hintereinander die Herzogin in einem schneeweißen Pelzumhang, Daphne de Owen und zuletzt Diane de Perrêtre. Wie umwerfend die beiden jungen Damen aussahen! Fehlte nur noch Nicolette. Die benötigte immer am längsten. Die drei eben Erschienenen bestiegen die große Kutsche, Madame d'Arcachon zögerte noch einen Moment, doch da kam Nicolette schon in schnellem Lauf herbei. Aurélie d'Arcachon schüttelte leicht ihren Kopf. Wie immer hatte Nicolette ihr hübsches rundliches Gesichtchen unter einer dicken Schicht Bleiweiß begraben, weil sie ihre Sommersprossen einfach hasste. „Beeilt Euch gefälligst!", herrschte sie die rothaarige Hofdame an. Die knickste nervös und hastete in die hintere Kutsche. Madame d'Arcachon konnte endlich selbst einsteigen und gab das Zeichen zur Abfahrt. Vor ihnen lagen nun Stunden erlesensten und erstaunlichsten Amüsements, denn die Gesellschaften von Monsieur Le Duc waren schlicht und ergreifend legendär. Und stets überraschend.

*

Der Palais St. Cloud lag in einer Flussschleife am linken Seine-Ufer auf dem Kamm der Böschung. Sein zauberhafter Park mit der viel bestaunten Wassertreppe war berühmt – an einem Abend im tiefsten Winter jedoch nicht der Hauptort der Zerstreuung.

Der König hatte seinem Bruder St. Cloud als Ersatz für den Palais Luxembourg geschenkt – in dem seither *La Grande Mademoiselle*, die königliche Cousine lebte – zu dessen Vermählung im Jahre 1661 mit seiner Cousine Henriette Anna, der Schwester des englischen Königs Charles II. Monsieur Philippe, der zwei Jahre jüngere Bruder Seiner Majestät, hatte das leicht baufällige, aber elegant gelegene Palais mit viel Geschmack und noch größerem Aufwand in erstaunlich kurzer Zeit renovieren und im Inneren grundlegend umgestalten lassen. Man munkelte von einer Gesamtsumme von fünfhunderttausend Livres – und dies ohne Mobiliar, Kunstwerke und Tapisserien.

Philippe I., Herzog von Anjou und Orléans, galt als wahrer Förderer der Musen und der Schönen Künste in Frankreich, dessen Rat und Empfehlung sich sogar sein königlicher Bruder anschloss, ohne ihn infrage zu stellen. Nun gut, er war ausgesprochen verschwenderisch, Haushalten war niemals seine Stärke gewesen, aber von ihm bewirtet und unterhalten zu werden zählte zum Besten, was einem in der eleganten Welt in Frankreich widerfahren konnte. Dass Monsieur zusätzlich zu seiner Großzügigkeit, zu seinem Stilgefühl, seiner Lebenslust und seinem Humor ein wenig ... exzentrisch war, musste ihm einfach nachgesehen werden. Sogar sein älterer Bruder verzieh es ihm. Nur Madame hatte ab und an ihre Probleme damit, aber sie war eben eine Stuart, rotblond, launisch und meist ein wenig unzufrieden.

Madame d'Arcachon hatte es sich nicht nehmen lassen, Daphne im Rahmen der Vorbereitung zur herzoglichen *medianoche* mit Ball selbst eine Lektion in Sachen „Duc d'Orléans" zu erteilen. Zum Beispiel, dass Monsieur zur Unterhaltung seiner Gäste gelegentlich in erlesen schönen Frauengewändern auftrat – was ein durchaus anmutiger Anblick sein musste, da der Herzog ziemlich klein war. Dass er, was seinen Umgang anging, dem eigenen Geschlecht ganz offen und unverstellt den Vorzug vor dem weiblichen gab – und gleichzeitig mit Damen wunderbar plaudern, schäkern und köstlichen Klatsch austauschen konnte. Daphne war durchaus gespannt auf den Mann, der nach dem Dauphin an zweiter Stelle der Thronfolge Frankreichs stand. Eine derartige Persönlichkeit hätte sich, dessen war sie sich sicher, an keinem Hof in deutschen Landen halten können. Und hier gab er augenscheinlich den Ton an.

„Noch einmal, *chére* Baronesse d'Owen", hob die Arcachon an, sobald sich die Kutsche in Bewegung gesetzt hatte, „wenn Ihr Monsieur vorgestellt werdet, dann nehmt ausschließlich ihn wahr. Außer Madame.

So schreibt es die Etikette vor ...", wandte sie sich an Daphne. Die Herzogin legte ihr ihre behandschuhte Rechte auf den Unterarm. „Lasst es gut sein! Ich habe keinerlei Zweifel daran, dass Daphne Ehre einlegen wird. Ich bin mir sogar sicher, dass Monsieur entzückt sein wird von ihr!", meinte die Herzogin. Die Arcachon seufzte: „Und wenn sie patzt? Dann fällt es auf mich zurück!" – „Nun entspannt Euch um Gottes willen!" Die Herzogin blickte enerviert zum Fenster hinaus.

Diane, die rechts von Daphne mit dem Rücken zur Fahrtrichtung saß, zupfte dem Freifräulein eine Locke zurecht, die sich an ihrem Pelzumhang verheddert hatte. Sehr selten nahm sie sich – und zwar nur in Anwesenheit von der Arcachon, solche vertraulichen Gesten gegenüber der Jüngeren heraus. Das war, wie sie meinte, das Salz in der Suppe, um ihre etwas ältere Liebhaberin immer etwas „in Wettkampfspannung" zu halten. Ihre Freundschaft zu Daphne, die sich während der vergangenen Wochen entwickelt hatte, war auf einer rein geistig-platonischen Ebene verharrt. Diane war Daphne dankbar für deren künstlerisches Wirken und die Frische ihres Intellekts, diese wiederum der etwas Älteren dafür, ihr wirklich die Augen zu öffnen über die Pariser Hofgesellschaft und deren als pure Höflichkeit daherkommenden Intrigen.

Madame Aurélie d'Arcachon registrierte es mit einem kurzen Stirnrunzeln, dann wandte sie sich wieder dem bevorstehenden Ball zu. „Sofern sich unsere liebe Daphne vom Tanzen zurückhält ..." – „Nichts lieber und nichts vordringlicher als das!", erwiderte die Angesprochene. „Obwohl ich jetzt eine *branle* ganz manierlich hinbekomme ... – freilich ohne Taktwechsel!", setzte sie schnell hinzu. Diane griff nach der Hand ihrer Freundin, um ihr Mut zu machen.

Die Herzogin seufzte. Die Aufgeregtheiten junger Damen fingen über die Jahre an, sie zu enuieren. Angefangen bei den eigenen Töchtern – die aber alle gottlob außer Hauses waren. „Wir sollten bald in St. Cloud sein!", konstatierte sie.

Was für eine gigantische Auffahrt – und die Kutschen und Kaleschen reihten sich darin auf wie Perlen auf der Schnur! Vom Tor bis zum Vestibül war in einer Distanz von etwa einem fünftel *Lieue* der Weg dicht mit Fackeln in Eisenkörben bestückt. Vor dem *entré* stand eine Gruppe mit Hornbläsern, die trotz der schneidenden Kälte die Eintreffenden mit kurzen Märschen und Divertissements willkommen hieß. Langsam bewegte sich ihre Kutsche auf das Portal zu und die Hörnerklänge wurden immer lauter. Schließlich wurde angehalten, der Wagenschlag geöffnet, und zwei Lakaien halfen der Herzogin hinaus. Daphne als Jüngste verließ die Kutsche zuletzt. Die Entourage wartete noch einen Moment, bis Madame du Plessis mit Nicolette und Fleur Anschluss gefunden hatte; dann bewegte sich die Herzogin mit ihrem Gefolge von sechs Damen hinein in die vor Pracht strotzende Eingangshalle von St. Cloud. Mit einem Mal kam Daphne das Hôtel Nevers, ja sogar das kurfürstliche Schloss zu Heidelberg klein, düster und fast schäbig vor. Diese reiche, ja fast verschwenderische Ausstattung mit Marmor, Prophyr, vergoldetem Schmiedeeisen, silbernen Kandelabern, mit Vasen auf Podesten, die Blumenarrangements enthielten, die mehr als mannshoch waren und betörend dufteten. Und das mitten im Winter – Lilien, Rosen, Tuberosen, Solanum, Heliothrop ... Tausende Kerzen spendeten ihren milden Schein – und starke Hitze.

Daphne konnte nur schwer schätzen, wie viele hundert Menschen sich hier tummelten. Fünfhundert, sechshundert? Dazwischen Lakaien, Dienerinnen, Boten, die ihnen die Umhänge abnahmen, die sie weiterführten in die *Salle de Réjouissance*. Daphne hörte mindestens drei Orchester spielen, man drückte ihnen heiße parfümierte Tücher und gegen die Kälte mit Spezereien gefüllte Bisamkugeln in die Hände. Das Raunen und Gelächter des Publikums mischte sich mit dem Wedeln von Fächern, mit dem Knistern von Seide, dem Rauschen von Brokat, dem Klicken der silberbeschlagenen Spazierstöcke und der hohen Absätze der Herrschaften auf den Marmorböden. Perlen, in steife Frisuren á la Sevigné gewunden, schimmerten um die Wette mit den brillantbesetzten Knöpfen an den *justaucorps* der Chevaliers. Eine schwere Geruchswelle brandete über allem – Parfüms, Puder, heißes Wachs, Blüten, Schweiß, Wein ... ein Ort des Gelächters, der Zurschaustellung, von Üppigkeit – und des Vergessens, auch was die Kälte und die winterliche Dunkelheit der französischen Hauptstadt betraf.

Ein Assistent des Zeremonienmeisters nahm die Visitenkarte aus der behandschuhten Hand von Madame d'Arcachon entgegen, leitete sie weiter und ging den Damen voran, die Herzogin an der Spitze. Die trug eine aufgetürmte Lockenfrisur à l'Hurluberlu, was wohl der neueste Schrei war, und ein ihrem hochadeligen Rang entsprechenden Gewand aus rotgrundigem Brokatstoff. Auch die Damen ihres Hofstaats waren in Rot gehalten. Sehr zum Kummer der blassen Fleur ... An der Stirne der mit erlesensten Malereien und mehr als drei Klaftern hohen Spiegeln ausgestatteten *Salle de Réjouissance* hielten Madame und Monsieur Hof. Der weihnachtlichen Zeit entsprechend wurden sie von zwölf Pagen flankiert, die allesamt als Putten verkleidet und deren Flügel und Perücken mit Goldstaub überpudert waren. Ein zauberhafter Anblick, wie Daphne fand.

Madame la Duchesse d'Orléans, Henriette Anne, war eine hochgewachsene Frau, die nur wenig älter als Diane sein durfte. Ihr zu steifen Locken gedrehtes rotblondes Haar schimmerte wie Honig – und überstrahlte die Juwelen, mit denen ihr feuerfarbenes Gewand geradezu überkrustet war. Doch was Daphne in diesem Zusammenhang so erschreckte, als sich ihre kleine Gruppe allmählich dem Gastgeberpaar näherte, war nicht der zur Schau gestellte, unvorstellbare Prunk der Herzogin und Zweiten Dame Frankreichs. Es war ihre Magerkeit. Vermutlich, dachte Daphne ernüchtert, könnte sie deren Oberarme mit den Fingern einer Hand umspannen. Diane neigte sich unmerklich zu ihr. „Sie wird immer dürrer seit ihrer letzten Geburt und seit Monsieur nicht mehr ..." Weiter kam sie nicht, denn man war vor dem herzoglichen Paar angelangt.

Endlich war es Daphne möglich, einen lang ersehnten Blick auf des Königs Bruder werfen zu können. Denn von Weitem war dies wegen seiner geringen Körpergröße nicht möglich gewesen. Wie Madame Arcachon angedeutet hatte, trug er eine extravagante Robe: Er war als Quellnymphe ganz in blassgrün schimmernde Seide und cremeweißen Organza gewandet, mit schmal geschnürtem Mieder, weitem Decolleté und einer drei Ellen langen Schleppe. Statt einem Plumagenhut auf seinen schwarzen Locken, die sehr schön und natürlich sein mussten, wie man sich erzählte – trug er eine platinblonde Frauenperücke mit einem grünen Schleier auf dem Scheitel. Daphne wusste zunächst nicht, was sie dazu sagen sollte. Er wirkte wirklich wie ein weibliches Wesen, wozu seine geringe Körpergröße auch ihren Beitrag leistete, nicht nur Kostüm und Schminke. Sein Gesicht war nicht wirklich schön: Er hatte von väterlicher Seite die lange, schmale, höckerige und spitze Bourbonennase geerbt, der Habsburger Teil von der Mutter zeigte sich in einer hängenden Unterlippe. Nur seine großen und brombeerfarbenen Augen funkelten voller Esprit und Freude.

Anne de Gonzague knickste, ihre Damen taten es ihnen gleich. Dafür wurden sie von Madames kleiner Spanielhündin angekläfft, die diese auf dem Arm hielt. „*Ah, chère cousine*! Erhebt Euch!", rief der Bruder des Königs mit seiner eigentümlich hellen Stimme aus. „Wie freut es mich, Euch und Eure charmanten Damen hier begrüßen zu dürfen! Nicht wahr, Madame?", fragte er mit Seitenblick auf seine aus der Nähe reichlich schmallippige Herzogin. Statt einer Antwort kläffte ihr Hündchen, das eine rote Schleife hinterm Ohr trug, erneut. „Ganz meinerseits, Monsieur!", meinte sie. Erst jetzt erwies ihr die Herzogin auch ihre Referenz.

„Ist dies Eure Neuerwerbung, *chère* Cousine? Eure Nichte mit den württembergischen Wurzeln?", fuhr Monsieur mit einem interessierten Blick auf Daphne fort, die erneut knickste. „Formidabel! Man erzählt grandiose Dinge von Euren künstlerischen Fähigkeiten – doch dazu später. Bei Gelegenheit! Und nun geht – und amüsiert Euch, meine Lieben! Es ist der letzte Abend des alten, dahinscheidenden Jahres!" Hinter ihnen warteten bereits die nächsten Ankömmlinge darauf, den Hausherrn begrüßen zu dürfen. Die Gonzague, kaum dass sie sich entfernt hatten, winkte Daphne heran. „Ihr hattet ein günstiges *entré*, meine Liebe. Wobei Monsieur immer neugierig ist auf Menschen mit künstlerischem Talent", sagte sie zu ihr. „Jawohl", setzte Madame d'Arcachon hinzu, „Monsieur hält es ganz mit dem von ihm zuerst geförderten Molière, der da sagte: ‚Lieber ein amüsantes Laster kultivieren als eine langweilige Tugend'!" Anne de Gonzague warf ihrer *Première Dame d'Honneur* einen vielsagenden Blick zu ... Dann bot sie Daphne ihren Arm – zum ersten Mal, seit sie in Paris an ihrem Hof lebte. „Das also", hob sie an, „ist der Duc d'Orléans. Und zwar, wie er leibt und lebt. Und seine bedauernswerte Gemahlin verachtet. Hütet Euch, je von ihm geringschätzig zu sprechen. Er mag kein Amt bekleiden, nicht regieren oder Schlachten lenken – aber sein Einfluss sowohl auf den König als auch auf die Mode ist immens. Er mag dem Italienischen Laster frönen ohne Furcht vor kirchlicher und weltlicher Buße. Doch das sollte niemals Euer Augenmerk davon ablenken, dass er näher bei Seiner Majestät steht als jeder andere Mensch. Denn sein Bruder, dessen einziger Bruder er übrigens ist, liebt ihn von Herzen!" – „Jawohl, Durchlaucht!", meinte Daphne fügsam. Anne de Gonzague lächelte und klapste Daphne leicht mit ihrem Fächer auf den Unterarm. „Und nun seid dessen eingedenk, geht hin und amüsiert Euch! Monsieur hat wie stets für alles bestens und im Übermaß gesorgt. Ich lasse nach Euch schicken, wenn ich Eurer Dienste bedarf!" Daphne knickste verwirrt. Was sollte sie hier alleine? Sich dem Strom der Gäste anschließen? Eindrücke sammeln? Studien treiben? Sich der prallen Sinnenlust und allenthalben herrschenden Verschwendung hingeben?

Die Herzogin winkte Diane zu sich. „Gebt ihr eine Stunde – und lasst sie so lange nicht aus den Augen! Wir erwarten Euch dann wieder pünktlich zur Theateraufführung zurück." – „Sehr wohl, Durchlaucht!", Sie schlängelte sich durch das Gedränge Daphne hinterher. Nicolette und Fleur, die sich nichts sehnlicher gewünscht hatten, als einmal bei einer solchen Gelegenheit von der Leine gelassen zu werden, zogen einen Flunsch. Auch die Arcachon schien zu hadern. „Ich dachte, dies sei meine Aufgabe!" Die Herzogin drehte sich mit leicht ungehaltener Miene zu ihr um. „Ihr bekommt noch genügend Aufgaben im Kontext mit der Owen. Diese hier ist definitiv nicht die Eure!" Die so Gescholtene grollte noch etwas vor sich hin. Es ärgerte sie nicht wenig, wie eng Diane und Daphne mittlerweile zusammensteckten.

„Daphne–wartet!", rief Diane und versuchte sich durch die Besuchermassen zu schlängeln. Erst ganz am Ende des Prunksaals hatte sie das Freifräulein eingeholt. „Ah, nun wartet doch bitte auf mich!", rief sie ganz außer Atem. Einige ältere Edelleute blickten sich missbilligend um, doch als sie entdeckten, dass es eine hübsche Dame war, die sich mit dergestalt unstandesgemäßer Hast bewegte, machten sie galant den Weg frei. Daphne blieb stehen, Diane hakte sich bei ihr unter. „Ihr denkt doch wohl nicht, dass ich Euch hier ganz alleine Eurem ungewissen Schicksal überlasse!" Daphne blickte die Hofdame dankbar an. In der

Tat hatte sie sich eben nicht ganz wohlgefühlt in ihrer Haut. „Bevor die Theatervorführung losgeht, möchte ich Euch gerne noch so viele wichtige Leute zeigen wie möglich. Schließlich seid Ihr lange genug im Schneckenhaus mit dem Namen Hôtel Nevers versteckt gewesen. Außerdem habe ich schrecklichen Durst! Ihr etwa nicht?" Flugs griff sich Diane vom Tablett eines bereitstehenden Lakaien zwei Pokale mit Schaumwein. Sie hielt das geschliffene Bleikristall gegen das Licht, dass es nur so funkelte. „Ist das nicht wunderschön?! Und es schmeckt auch noch köstlich!" Sie hob Daphne ihr Glas entgegen. Die hatte die Hofdame noch nie eine derartige Lebenslust versprühen sehen wie in diesem Moment. „So sollte ich Euch malen: Blühend vor Freude, in einer prachtvollen Robe und mit erhobenem Weinglas!", rief Daphne aus. Ihre Freundin zuckte die Achseln: „Nun malt Ihr aber schon die badende Diana! *Tant pis*!" Daphne nippte an ihrem Wein. Er war ziemlich süß, prickelnd und erfrischend kalt. „Ich werde dieses Szenario festhalten, als Entwurf. Vielleicht zu einem anderen Zeitpunkt ..." Sie nippte weiter an ihrem Wein, der zu verführerisch schmeckte. Daran nicht gewöhnt, spürte sie bald ein zarte Wärme in ihre Wangen steigen. „Kommt mit!", rief Diane aus, „Hier gibt es zwei große Springbrunnen – der eine für weißen, der andere für roten Schaumwein! So etwas habt Ihr noch nie gesehen!"

Der Geruch im übernächsten Salon war überwältigend: Nicht nur die Hitze der Wachskerzen und Ausdünstungen und Parfüms der Gäste schwängerten die Luft, sondern auch das Aroma der Weinfontänen, die sich aus den beiden eigens aufgebauten Brunnen in Kaskaden in die silbernen Bassins ergossen. Die Lichtreflexe von Wein auf Silber und umgekehrt blendeten beinahe ihre Augen – und waren ihr zugleich eine Freude. Solches *trompe-l'œil* sollte man malen können!, dachte sie voll wehmütigen Verlangens. Sie blickte nach oben unter die mindestens vier Klafter hohe Decke, auf der der Triumph der Morgenröte über die Nacht abgebildet war. Unterhalb der Decke war ein Banner angebracht, auf dem das Motto dieses Saals geschrieben war: *„Hommage à Bacchus"*. Treffender hätte es nicht gewählt und umgesetzt sein können: Höchstens zehn Jahre alte Jungen, verkleidet als Bacchusknaben mit seidenem Weinlaub und Trauben aus mundgeblasenem Zucker in den Locken flitzten immer wieder zu den Weinfontänen und füllten zierliche Weinschalen oder Pokale nach, mit denen sie die Gäste bedienten. Ein Bläserorchester, bestehend aus jungen Mädchen als Mänaden mit Efeugrün bekleidet, spielte Divertissements und Capricen. Daphne, die dergleichen noch nie erblickt, ja noch nicht einmal erträumt hatte, stand eine Weile vollkommen hingerissen still. Welche Pracht, welche Üppigkeit!

Die Gruppe nur wenig älterer Chevaliers, die ganz in ihrer Nähe stand, schien dieses Szenario bei Weitem nicht so beeindrucken. Einer trug vielmehr stolz eine Art langärmliges und weites Wams und ließ sich von seinen Freunden bewundern. „Nun habt Ihr es endlich geschafft, La Vallière, von Sire die Genehmigung zu erhalten, Euch ein *justaucorps à brevet* schneidern zu lassen! Ist es nicht so, dass Ihr damit jederzeit unangemeldet Zugang zu Seiner Majestät erhalten werdet?“, rief ein anderer aus. Das Grüppchen Männer, deren Jugend sich dem Ende zuneigte, war herausgeputzt wie eine Mischung aus dem Bauchladen einer venezianischen Putzmacherin und einem Blumenbeet im Mai. Borten in leuchtenden Farben, flirrende Spitzen, unzählige *galants* und *volants* überzogen und überwucherten ihre Kleidung. Ihre glänzenden toupierten Perücken wallten weit über die Hälfte ihres Rückens hinab. Kleidung und Hände waren bedeckt mit einer Unzahl von Juwelen – und ihre zweifellos ebenmäßigen Gesichter starr von Bleiweiß, Kohlestift und Rouge. Selbstredend hatten sie auch *mouches* aufgeklebt. Der eben Beglückwünschte spreizte sein ehrendes Kleidungsstück, es war aus royalblauer Seide, rot gefüttert und mit Goldspitze dekoriert. „Nun ja, Messieurs, Sire hat dann doch seine Zeit benötigt es zu verwinden, dass er mir vor fünf Jahren im Finale des Caroussels unterlegen war. Das königliche Gedächtnis ist eben phänomenal – so oder so. Nicht wahr, mein lieber d'Effiat? Aber vielleicht wisst Ihr ja, wie es unserem lieben, bedauernswerten Lorraine im abscheulichen kirchenfrommen Rom geht?“ La Vallière war allenfalls Ende zwanzig, ein gut aussehender drahtiger, nicht zu kleiner Mann, brach aber schier unter dem Gewölle seiner mittelblonden Perücke *à fenêtre* zusammen.

Diane nippte gedankenverloren an ihrem roten Schaumwein, Daphne konnte genau erkennen, wie angestrengt sie lauschte. Dabei spielte ein mokantes Lächeln um ihren schönen Mund. Der mit d'Effiat Angesprochene zuckte nur mit den Achseln. Er roch überaus penetrant nach Bibergeil. „Zu viele Pfaffen. Und trotzdem steht zu befürchten, dass er einen Weg zurück in die Gnade finden wird. Und zu Monsieur ...“ – „Bedrückt Euch das nicht, Coiffier?“, wollte ein Dritter wissen. D'Effiat schnappte sich ein Gebäck von einem vorbeigetragenen Tablett. „Kommt Lorraine, kommt vorher Rat! Warum sich deshalb diese brillante *fête* verderben lassen? Es wird ein neues Stück von Molière geben. Und genau aus diesem Grund ist mittlerweile schon längst eine Kutsche aus St. Germain hierher unterwegs. Eine achtspännige ...“, sprach d'Effiat um sein Gebäck herum.

Diane zupfte Daphne leise am Ärmel und zog sie von den geputzten Herren weg. „Wer ist Molière?“, wollte Daphne wissen, doch Diane zog sie mit sich fort. „Später, chère Daphne. Wisst ihr denn nicht, wer diese drei da waren?“ „Nun, einer heißt La Vallière, der zweite D'Effiat, der Dritte ist anonym geblieben ...“ „Ah, das waren die drei bedeutendsten Günstlinge von Monsieur. D'Effiat, dieser aalglatte Geselle, ist der herzogliche Oberstallmeister – und hat von der Verbannung von Philippe de

Lorraine nach Rom hauptsächlich profitiert. Sein Onkel war übrigens der wichtigste Favorit von Louis XIII. – und hat darüber im wahrsten Sinne des Wortes den Kopf verloren. Und Jean de La Vallière ist der Bruder von …" „Oh bitte, hört auf – mir brummt der Schädel!" Diane legte Daphne die Hand auf die Schulter und streichelte ihr wie von ungefähr über den Oberarm. „Verzeiht, ich wollte Euch nicht verwirren. Außerdem ist das jetzt untergeordnet, denn es wird in Kürze etwas Sensationelles geschehen. Kommt rasch mit in den Spiegelsaal! Noch können wir Plätze ergattern, von denen wir gut sehen können!"

Daphne folgte ihr zügig. „Ihr mögt mir nicht verraten, warum plötzlich diese Hast?" Die Freundin sah sich verschwörerisch um. „Habt Ihr es nicht mitbekommen? Der König ist unterwegs. Hierher, nach St. Cloud! Ich hätte es mir denken können, Sire verpasst keine Uraufführung von Molière!"

*

Zu ihrem Glück eroberten die beiden jungen Frauen Stehplätze auf der Plinthe eines Pilasters, vor denen ihnen niemand die Sicht nehmen konnte. Dort harrten sie eine Viertelstunde aus, während der eine zunehmende Aufregung von der Festgesellschaft Besitz ergriff. Allmählich drängten sich die Besucher an den Wänden der *Salle de Rejuissance*, eine breite Gasse in der Mitte freilassend. Nur noch ein aufgeregtes Raunen ging durch die Menge, keiner wagte sich mehr, sich zu entfernen oder jemandem anderen etwas zuzurufen. Daphne erblickte schräg gegenüber die Herzogin, die sie ebenfalls entdeckte und ihr aufmunternd zulächelte. Der Blick der danebenstehenden Madame d'Arcachon war bei Weitem nicht so charmant. „Die Majestäten sind eingetroffen …", tuschelte es irgendwo links von ihr. Das riesige Doppelportal schwang auf, Herolde, Fahnenträger und der Fanfarenzug mitsamt Pauken marschierte ein, einen festlichen Marsch intonierend. Und direkt nach dem Blech schritt das Königspaar. Je weiter sich die gesamte *entcourage* vorwärts bewegte, desto mehr Höflinge versanken in tiefer Referenz. Wie die Ähren eines Weizenfelds, dachte Daphne, über das der Wind streicht … und ich muss jetzt hoffentlich nicht an Zwiebelhosen denken … Rasch und ohne groß zu überlegen, griff sie nach Dianes Hand. Die hatte offenbar verstanden und drückte Daphnes Finger warnend. Dann versank auch sie in einen tiefen Knicks, als das Herrscherpaar auch an ihnen vorüberschritt. Daphne erhob sich erst wieder, als auch ihre Umgebung das tat. Dabei fiel ihr kleines Notizbuch in einem silbernen Etui aus der Rocktasche, das sie anstatt ihres Zeichenbuchs eingesteckt hatte. Sie würde es erst nachher aufheben können, dachte sie, verärgert über ihre Ungeschicklichkeit. Gottlob war ihr dieses Malheur nicht widerfahren, als sich die Majestäten direkt vor ihr befanden!

Diane zupfte Daphne, die noch ganz in Gedanken versunken diesem prunkvollen Aufzug hinterherblickte, am Ärmel. „Daphne – das gehört doch Euch?“, fragte sie. Daphne blickte auf – und in das Gesicht eines jungen Chevaliers, der offenbar dem königlichen Gefolge angehörte und nun die Aufmerksamkeit besaß, Daphne ihr Etui mit einem galanten Diener zurückzugeben. Unter einem vollen mittelblonden Lockenschopf saß ein feines, leicht herzförmiges und glatt rasiertes Gesicht mit einer zierlichen Nase und einem ebenso zarten roten Mund. Beherrscht wurde dieses ebenmäßige Antlitz fraglos von einem Paar Augen, wie Daphne noch kein größeres und blaueres je im Gesicht eines erwachsenes Mannes erblickt hatte. Er mochte kaum älter sein als sie selbst. „Madame, um Vergebung!“, meinte er und verneigte sich noch tiefer. Daphne nahm das Etui aus seiner feingliedrigen Hand – er hatte richtige Musikerfinger, wie sie fand – knickste und dankte artig. Da schloss sich der Mann auch schon wieder dem königlichen Gefolge an.

„*Oh lá lá*!“, flüsterte Diane. „Welch vielversprechendes Kornblumenauge! Soll ich für Euch seinen Namen herausfinden?“ Daphne blickte gedankenverloren dem Gefolge nach. Den König hatte sie nur von hinten gesehen. Sie schüttelte den Kopf. „Untersteht Euch!!“ Diane hob spöttisch eine Augenbraue. „Nanu – seid Ihr nicht in Paris, um eine vorteilhafte Partie zu machen – und darüber hinaus noch eine ansehnliche?“ Daphne drehte ihr Etui unschlüssig in ihren Fingern. „Ja. Nein ... meine Zeit ist noch nicht gekommen. Er ist wesentlich größer, als ich dachte ...“, murmelte sie. „Wer, Daphne? Chevalier Bleuet?“, wollte Diane wissen. Daphne verstaute die silberne Hülle. „Seine Majestät.“ „Sagte ich doch, dass Fleur kurzsichtig ist. Der König ist sechs Fuß groß. Und die Königin ist winzig. Wie ein Kind. Darum sammelt sie Zwerge – damit sie ein paar erwachsene Menschen um sich hat, die noch kleiner sind als sie. Und noch hässlicher“, bemerkte Diane. Daphne spähte nach vorne, wo Monsieur eben seinen Bruder mit allen ihm zustehenden Ehren begrüßte. Es stimmte, Ihre Majestät wurde vom Cordon, der sie umgab, vollständig verdeckt. Den König konnte man gut erkennen – sowohl an seinem üppig aufgeputzten Plumagenhut als auch an seinem gleißenden, mit Gold- und Silberfäden bestickten *justaucorps*. Er hatte wundervoll glänzende mittelbraune Locken, die weit über seinen Rücken hinabfielen – kein Wunder, dass er sich weigerte, eine Perücke aufzusetzen. Diane hatte Recht gehabt vor ein paar Wochen – er wirkte sogar von hinten dank seiner straffen Haltung und seiner breiten Schultern sehr männlich. Und er trug elegante Hosen ...

Mit einem Mal tauchte die Arcachon neben ihnen auf. „*Félicitations, ma chère!*“, beglückwünschte sie Daphne. „Der galante Chevalier eben war der Comte de Rossignac. Uralter und vermögender Feudaladel aus dem Süden. Und einer der vier *Premièr Valets de Chambre du Roi* ...“ Sie lächelte Daphne aufmunternd zu – und Diane ein wenig überlegen. Sie reichte ihr den Arm. „Wir sollten ein paar Häppchen essen, meine Liebe! Daphne, mögt Ihr Euch uns anschließen?“ „Oh, Madame d’Arcachon, die Ärmste ist noch ganz geblendet!“

„Das wird sich alles geben“, drang die Stimme von Anne de Gonzague an Daphnes Ohr. „Noch ist alles neu für Euch, mein Kind!“ Sie reichte dem Freifräulein ihren Arm, mit der anderen Hand öffnete sie ihren Fächer. „Lasst uns ein wenig promenieren. Hier soll es zwei superbe Weinbrunnen geben – Hommage à Bacchus? Mögt Ihr mir die zeigen?“ – „Gewiss, Durchlaucht!“ Die Gonzague begrüßte links und rechts weitere Besucher, stellte sie Daphne – die die meisten Namen sofort wieder vergaß – vor und meinte beiläufig: „Dies scheint ja für Euch nicht nur ein amüsanter, sondern ein erfolgreicher Abend zu werden.“ Daphne bekam leicht rote Wangen. Bestimmt nur von der Hitze, bildete sie sich ein. „Wie meint Ihr das, Durchlaucht?“ – „Nun, erst bekommt Ihr Seine Majestät zu Gesicht. Und dann darf ich Euch noch verraten, dass es mir gelungen ist, Euch gleich nach der Vorstellung nochmals mit Monsieur zusammenzubringen. Denn – und nun freut Euch! – er als Kunstliebhaber und -sammler ist mehr als interessiert, wie Ihr die Pfalzgräfliche Galerie umgestaltet habt. Und er wünscht auch etwas von Euch zu sehen. Das heißt ab dem neuen Jahr: Malt so fleißig Ihr könnt. Von mir aus seien Euch die ohnehin ungeliebten Tanzstunden erlassen.“ Anne de Gonzague sah sich bei den Weinbrunnen um – dort sah es mittlerweile schon ein wenig derangierter aus. „Zauberhaft! Solche Inszenierungen fallen doch wirklich nur dem Duc d’Orléans ein!“ Erneut sah sie Daphne an. „Ich weiß nicht, ob Ihr es irgendwie ermessen könnt – aber wenn Monsieur Gefallen an Euren Arbeiten gefunden hat, dann öffnet sich für Euch auch der Hof in St. Germain-en-Laye. Und damit: *toute la France!* Sire ist zweifelsohne die Sonne in diesem Staat – aber Monsieur ist die wahre Morgenröte der Zivilisation und Kultur.“

Kapitel neun

Erzählt von ersten großen Aufträgen als Malerin am französischen Hof und einem gefährlichen Widersacher und von allerhand Prohezeiungen

Saint Cloud, Februar 1668

Über dem Haupt des Königs sollte sich keinerlei rohe und unzivilisierte Natur befinden – auch nicht in seinem persönlichen Olymp. Weder Kreaturen noch Menschen. Sein von Gottes Gnaden eingesetzter und erklärter Wille durfte nach oben keine Begrenzung erfahren.

Nichts, was herabsetzend wirken konnte, ... einschließlich belaubter Zweige. Denn auf diesen konnte sich jederzeit ein Vogel niederlassen – und das königliche Haupt mitsamt apollinischem Lorbeerkranz beschmutzen ...

Also musste ein rotes Banner zwischen zwei Sandsteinpilastern drapiert werden.

So hatte Jean Nocret das Konzept und die Komposition jenes gigantischen Auftragswerks erklärt, dass der Duc d'Orléans bei ihm in Auftrag gegeben hatte: eine Apotheose der Königsfamilie wahrhaft olympischen Ausmaßes. Dreimal zwei Klafter. Die einzelnen Personen in bukolischer Landschaft und ebensolcher Haltung, versehen mit den allegorischen Attributen jeweiliger Göttlichkeit, sollte er teilhaben können am Werden. Und vielleicht die Gelegenheit haben, einige Details zu hinterfragen, die einfach fragwürdig waren. Sie blickte Monsieur direkt in seine lebhaften Augen. Der Herzog von Orléans war ein viel zu kleiner, zum Dicklichen tendierender Mann mit markanten Hässlichkeiten im Gesicht – aber Daphne liebte seinen Witz, seinen Geschmack und seinen selbstironischen Humor über alles. Seine Großzügigkeit war ohnehin legendär. Anne de Gonzague hatte ihr gleich nach der Altjahrnacht anvertraut, dass Monsieur in seiner Kindheit unter der Englischen Krankheit gelitten hätte und deshalb im Gegensatz zu den übrigen Mitgliedern der königlichen Familie so klein geblieben wäre: Keine fünfeinhalb Fuß war er groß. Madame überragte ihn fast um einen Kopf. Da nützten freilich auch hohe Absätze und mächtige Plumagenhüte nicht viel – aber Monsieur nahm es wie so vieles mit Humor.

Und da der Duc d'Orleans nicht nur ein Mann von tonangebend gutem Geschmack, sondern auch von guter Bildung und Kultur war und zudem der Auftraggeber (Adam Frans sprach hinter vorgehaltener Hand von zwanzigtausend Livres), war es ihm ein Leichtes, gewisse Abwandlungen bei Nocrets ursprünglichem Konzept durchzusetzen. Vor allem, was seine eigene abgebildete Familie betraf. Nocret sollte Monsieur ursprünglich als Poseidon, Gott der Ozeane, abbilden – doch Monsieur, der alles verabscheute, was mit Seefahrt und überhaupt mit Wasser zu tun hatte, fand dies indiskutabel. Lieber seiner streitbaren Stuartschen Schwiegermutter und zugleich Tante zu seiner Rechten den Dreizack und die Meeresgetiere in die Hand drücken. Madame als liebliche *Persephone* mit Blumengirlanden zierlich daherschwebend ... ein Witz, fand Monsieur. Aber Madame hatte sich ein gewisses Mitspracherecht ausbedungen, was ihr Konterfei betraf: kein Rotstich im Haupthaar. Und keine niedere Gottheit. Also die Frühlingsgöttin. Mochte sie regelmäßig zum Hades fahren ... Der ältesten Tochter Marie Louise hatte Nocret Schmetterlingsflügel verpasst wie der Nymphe *Psyche*. Sehr hübsch – obwohl Monsieur dieses Kind wie alle anderen seiner Kinder ziemlich gleichgültig war. Blieb noch seine Wenigkeit.

Und da sein königlicher Bruder wie so oft als Personalunion von Zeus und Apoll dargestellt zu werden beliebte – was lag da näher, als dass er als kleine Schwester der Sonnengottheit abgebildet würde? Eos, Göttin der Morgenröte, der Verheißung ... mit der aufgehenden Sonne, die einem Füllhorn entschwebt. Nocret hatte sich gewunden, er, Monsieur, hatte es genossen. Auch wenn dieser engstirnige Lothringer ihm da nicht ganz folgen konnte. Manchmal, fürchtete er, hatte er für seine Umgebung zu weitreichende Visionen ...

Jean Nocret, Anne-Pierre Bosquet, François Dieulafoie, Adam Frans Lieuwen und Daphne standen nebeneinander vor der in der *Salle de Rejuissance* zu St. Cloud aufgespannten Leinwand nebeneinander. Ehrfürchtig wie Pilger vor dem Grab *St. Jacobi zu Compostela*. Es fehlten noch die Figuren und Köpfe von Madame, Monsieur, Mademoiselle Marie Louise und Monsieurs Schwiegermutter. Und von Seiner Majestät. „Vor Ostern müssen wir fertig sein", verkündete Nocret. „Ich werde jetzt die Aufgaben verteilen. Die Köpfe von Monsieur und Seiner Majestät werde ich übernehmen. Adam Frans – Ihr malt Gewänder und Schmuck." Der lange Alkmarer nickte – er hatte ein seltenes Geschick, Stoffe und Juwelen darzustellen. „Dieulafoie, Ihr zeichnet für die englische Königinwitwe zuständig. Und untersteht Euch, ihr Tränensäcke zu malen." Dieulafoie räusperte sich. „Aber ich soll Ihre Hoheit doch nach der Mode darstellen?" „Wie sonst, Ihr Esel? Mit einem Stuarthäubchen vielleicht?", seufzte Nocret. Dieser Schüler war ein Einfaltspinsel, der zwar gut malen konnte, aber in einem Kloster besser aufgehoben gewesen wäre. „Bosquet", fuhr er fort, „Madame wäre die Eure. Hat sie sich mit Euch schon verständigt?" Der geschmeidige Bosquet verneigte sich leicht. *„Biensûr*, Maître! Ich bin sicher, dass ich mit Ihrer Hoheit La Duchesse zur vollkommenen Zufriedenheit zusammenarbeiten werde." Nocret atmete kurz durch. „Ich weiß, Bosquet, dass Ihr diesbezüglich mein bestes Pferd im Stall seid. Tut, was Ihr könnt und was immer von Euch verlangt wird." Bosquet, der dunkle, elegante Picarde, lächelte und nickte kurz. „Nun zu Euch, Mademoiselle Daphne!" Nocret behandelte Daphne mittlerweile längst nicht mehr wie eine Standesperson, sondern wie eine Malerin. „Man hat mir gesagt, dass Ihr ein glückliches Händchen für Kinder habt. Daher vertraue ich Euch Mademoiselle Marie Louise an. Verleiht Monsieurs Tochter Flügel!" Daphne nickte. Stolz, beglückt – und verstört zugleich. Ein kleines Mädchen mit Flügeln. Schmetterlingsflügel. Elfenflügel. Auf denen es niemals seiner Sehnsucht entgegenfliegen konnte. Immer, wenn Daphne Farbe auf die Fläche der Flügel auftrug, fühlte sie sich an die kleine Prinzessin Elisabeth Charlotte erinnert. Dies war die einzige Gelegenheit, zu der sie schwaches Heimweh nach Heidelberg ergriff.

*

„Oh! Schaut nur! Fleur hat die Bohne gefunden!", rief Nicolette aus. Es war der Neujahrstag 1668. Mère Chantal, die Pastetenköchin, hatte allen Hofdamen im Namen des Küchenpersonals einen Neujahrskuchen übergeben. In den in traditioneller Weise folgende drei Gegenstände eingebacken waren: eine kleine Krone aus Blei gegossen – auf die hatte Diane gebissen, und nun würde sie Königin für einen Tag sein. Die Bohne, die Fleur gefunden hatte, versprach Eheglück und Kindersegen. Sie strahlte – auch wenn ihr immer noch der passende Bewerber dazu fehlte. Es fehlte noch die Kupfermünze, Ruhm und Reichtum verheißend.

Daphne stand auf, sie war etwas unruhig; weil es für das gleichmäßige Trocknen des Firnisses in der Galerie zu kalt war, hatte sie die *Diana im Bade* in ihrem Zimmer aufgestellt. Zwar diskret abgewandt in einer Ecke, aber immer dem Risiko ausgesetzt, dass Margot nicht nur einen neugierigen Blick darauf werfen, sondern dies an die anderen Dienerinnen im Hôtel Nevers weitertragen könnte … Sie griff nach ihrem Kuchenstück und meinte: „Demoiselles, es tut mir leid, aber mich ruft die Arbeit! Sollte ich je auf den *Denier* stoßen, so lasse ich es Euch wissen!“ Schon hastete sie davon. Nicolette schüttelte den Kopf. „Ich möchte wissen, was ihr gestern Nacht in St. Cloud begegnet ist! Doch nicht etwa dieser junge Chevalier, der ihr etwas vom Boden aufgehoben hat?! Und überhaupt tut sie jetzt noch wichtiger als sonst – was eigentlich schwer möglich ist!“ Diane lachte leise. „Mehr. Und etwas anderes. Sie weiß es nur noch nicht.“ „Ach du – und deine Spökenkiekerei!“, tadelte Nicolette. „Mir wärs lieber, du hättest Visionen von meinem Bräutigam!“ – „Oder von meinem!“, krähte Fleur, ihren Bohnenkern schwenkend. „Wie wäre es, wenn ihr mich jetzt in Ruhe ließet?!“, fand Diane, raffte ihre Röcke und verschwand.

Daphne begutachtete die Firnisschicht auf der *Badenden Diana* und war zufrieden. Nicht einmal nachlegen musste sie. Erst jetzt verspürte sie, dass sie sehr hungrig war, und biss in ihr Kuchenstück. Ein kleiner, harter Widerstand stellte sich ihren Zähnen entgegen. Der Denier … Ehre. Verdienst. Gloire. Genau das, was ihre Eltern nicht von ihr erwarteten in Paris. Warum nicht die Bohne? Sie spie die Münze aus, ihr rötlicher Glanz war milde, keine strenge Pflicht. Gloire … Vor nicht einmal zwölf Stunden hatte *Le Duc d Orléans* geruht, ihr inmitten seiner rauschenden *fête* eine Privataudienz zu gewähren … Sie steckte die Kupfermünze in ihre Rocktasche. Kupfer, war das nicht das Metall der Venus?

Ein leises Klopfen ließ sie aufschrecken. Ein trat Diane, die sich ungefragt zu ihr gesellte, um ihr Bildnis zu betrachten. „Es ist wundervoll!“ sagte sie leise. „Ich werde damit eine große Freude machen können.“ „Dann nehmt es an Euch! Es ist trocken“, sprach Daphne und trat von der Staffelei zurück. Es war ein erhebender und zugleich schmerzhafter Moment, ein eigenes Werk loslassen und freigeben zu können. Doch Diane rührte sich nicht. Sie atmete tief durch und sprach: „Ich wünschte so sehr, dass ich Eure Freundin sein könnte. Aber …“ Daphne nahm das Gemälde von der Staffelei und hielt es ihrer Auftraggeberin hin. „Ich würde dies mit Freuden akzeptieren. Doch wenn Ihr Bedenken habt …“ Diane nahm das Gemälde, um es auf die Staffelei zurückzustellen – und um Daphne leidenschaftlich zu umarmen. „Bitte verzeih!“, sagte sie leise. „Und bitte verrate keinem ein Sterbenswörtchen!“ Dann legte sie ihren Kopf auf Daphnes Schulter. Die ihr über ihre schimmernden Locken und ihren Rücken streichelte.

„Es gibt nichts zu verzeihen“, sagte Daphne. „Zu verstehen wohl, aber nicht zu verzeihen. Wir sind beide *ens sui generis*. Etwas Besonderes, wie es der Herr ab und zu vorgesehen hat. Dies als besonderen Akt der göttlichen Gnade zu akzeptieren ist eine Prüfung. Ich habe den Drang zu malen. Du hast ...“, Daphne rang sichtlich nach Worten, „du hast den Drang zu sehen, zu erkennen und vielleicht auch zu wissen, wo es nichts Greifbares gibt. Darum hatte ich gezögert, dich als Diana abzubilden. Doch eine dunklere Gottheit zu malen, habe ich nicht gewagt.“ Erneut nahm Daphne das Bild von der Staffelei. „Du stammst aus Carcasonne, Diane, wie ich weiß. Einem Landstrich, in dem vor mehr als fünfhundert Jahren die Katharer ihre Heilslehre verbreitet hatten. Die immer noch im Volk verankert ist – trotz Feuer und Schwert des Papstes. Und wo das Weib dem Manne ebenbürtig ist.“ Sie streichelte über Dianes Gesicht, das nun nass von Tränen war. „Du musst dich nicht erklären, meine Freundin, aber ich will dir immer geneigt sein!“

Diane hob ihr Gesicht zu Daphne. „Daphne – du hättest gestern in der Heiligen Altjahrsnacht, wie man in Carcasonne gemeinhin Jungfrauen weissagt, vier besonderen Männern begegnen können. Einem, der dich lieben wird. Einem, der dich erhöht. Einem, der dich erniedrigt. Und einem, der auf immer der Freund deiner Seele sein und dich beschützen wird. Du hast alle getroffen – bis auf deinen Seelenfreund“, sagte sie leise. Dann löste sie sich von Daphne und drückte ihr Bild an sich.

*

Es war kurz nach Mitternacht am Tag zuvor, als Anne de Gonzague und Daphne inmitten der rauschenden und mittlerweile auch entglittenen *fête* ihre Privataudienz bei Monsieur Le Duc hatten. Der sich mittlerweile wohl auch zur eigenen Bequemlichkeit umgezogen hatte und sich den Damen nun in einem *justaucorps* aus dunkelviolettem Samt mit eher dezenter Silberstickerei präsentierte. Wie üblich in St. Cloud, schwirrten auch in der Abgeschiedenheit des *Cabinet de Sélène* einige Diener herum und kredenzten erlesene Erfrischungen: weißen Schaumwein mit Quittenlikör auf zerstoßenem Eis, Pralinen, die mit Rosenessenz gefüllt waren, Liebesknochen und zypriotisches Pistazienloccum.

Anne de Gonzague und Daphne hatten Monsieur ihre tiefe Referenz erwiesen, doch er hatte beiden Damen rasch und ohne Worte die Hand gereicht, damit sie sich erheben sollten. Und galant geküsst. „*Chère cousine*!“, rief er mit seiner hohen Stimme nochmals aus. „Wie immer bringen Eure hoch geheimen diplomatischen Missionen entweder erstaunliche Resultate und Lösungen – oder Menschen nach Frankreich, die unseren Gefallen erregen können – wenn ich mich nur an Eure

Mission in die Toskana erinnere. Und dass der liebe Jean-Baptiste Euch ohne zu zögern aus Florenz nach Paris gefolgt ist!" Monsieur schloss seine ausdrucksvollen Augen und lächelte kurz und beglückt. Dann blickte er unverwandt auf Daphne. „Baronesse, Madame La Princesse hat mir erzählt, dass Ihr bereits eine profunde malerische Ausbildung genossen habt. Quasi am Kurpfälzischen Hof zu Heidelberg. Was könnt Ihr mir darüber berichten?"

Daphne räusperte sich nur kurz – und erzählte in knapp umrissenen Worten von ihrem Werdegang –, wobei sie auch den Besuch der anatomischen Vorlesungen nicht ausließ.

Monsieur Le Duc lauschte ihr, ohne sie zu unterbrechen. Dann stellte er ihr jene Frage, die ihr bisher nur Johann Heinrich Roos gestellt hatte. „Warum malt Ihr?" „Weil es mein Drang und meine Aufgabe ist, das verborgene, innere Konzept des Gemalten nach außen zu transportieren – ebenso wie Gedanken, Empfindungen und Reflexionen und Streben dem Betrachter greifbar zu machen", antwortete Daphne ohne Umschweife. „Und was ist mit Ruhm und Ehre, die Ihr Euch als Maler erwerben könnt? Bitte sagt mir nun nicht, dass Frauen nicht von Ruhm und Ehre angetrieben seien ..." Philippe d'Orléans lächelte sie nonchalant an. „Oder verhält es sich anders? *Soli deo gloria*?" Er hielt mit seinen dunkelbraunen Augen ihren Blick fest. „Wer selbst nicht brennt, kann auch niemals das Feuer der Begeisterung weitertragen!", setzte er hinzu. „Thomas von Aquin ..." ergänzte Daphne. Monsieur nickte lächelnd. „Und Ihr, Ihr brennt wie trockenes Schilf!" Er nahm seine *savonette* aus der Innentasche seines *justaucorps*. „Ah, das *Divertissement à medianoche* wird gleich beginnen! Mögt Ihr Madame und mir Gesellschaft leisten? Sofern Ihr mir versprecht, mir bis Mariae Lichtmess ein Gemälde fertiggestellt zu haben, dessen *sujet* Euch überlassen ist?" Daphne und Anne de Gonzague hielten zugleich die Luft an, blickten einander kurz in die Augen – und knicksten. „So ist es also beschlossen, die Damen! Und nun erweist mir die Ehre Eurer Begleitung!"

*

„Bis Lichtmess sind es gerade fünf Wochen!", seufzte Daphne. „Das bedeutet, dass ich spätestens an Epiphanias anfangen muss zu malen ..." Diane stellte ihr Porträt ab. „Du hast einen neuen Auftrag? Von wem? Irgendwem hier im Hôtel Nevers?" Daphne schüttelte den Kopf; nun sichtlich geschwollen vor Stolz. „Nein – von Monsieur!" Zu ihrer Verwirrung entgegnete Diane zunächst nichts. Dann sagte sie ruhig: „Das ist richtig so – denn er ist einer der drei vorbestimmten Männer, die dir gestern begegnet sind." Daphne blickte ihre Freundin etwas skeptisch an. „Sag nur nicht, dass er der sein wird, der mich liebt!" Beide lachten von Herzen. „Dann doch wohl eher der, der dich erhöhen wird ...", meinte Diane. Daphne zuckte die Achseln. „Nach meinem Peiniger sah er mir nicht aus!“ – „Oh, unterschätze ihn nicht, Daphne! Er kann sehr rasch dafür sorgen, dass jemand in Ungnade fällt. Monsieur mag exzentrisch sein – ein harmloser Harlekin, der nur herumfackelt, ist er beileibe nicht. Und wenn man seine Großmut überstrapaziert, dann hat man seine Gnade verspielt. Wie Madame.“ – „Madame ist bei ihm in Ungnade? Ich meine, ich habe Andeutungen gehört, dass Monsieur ihr Bett nicht mehr teilen mag seit der Geburt der zweiten Tochter“, hakte Daphne nach. Diane legte den Kopf schief. „Die älteste Tochter – Marie Louise – ist ganz gewiss eine de Bourbon. Doch die Gerüchte, dass sie keine d'Anjou et d'Orléans ist, sind bis heute nicht verstummt.“

Daphne schlug die Hand vor ihren Mund. „Mein Gott!“, rief sie aus. „Ja“, setzte Diane hinzu, „ob es nun wahr ist oder nicht – kein Mann schätzt es, ausgerechnet vom Bruder Hörner aufgesetzt zu bekommen. Vor allem vom großen Bruder, in dessen Schatten man permanent ausharren muss.“ Was für ein Babel!, dachte Daphne für sich. „Und – was denkst du, sollte ich für Monsieur malen?“ Diane zog ihre Stirne kraus. „Auf keinen Fall etwas Biblisches oder Religiöses – so etwas langweilt jeden *libertin* zweifellos. Er hat Freude an eleganten Frivolitäten, zum Beispiel Mythologischem ...“, grübelte Diane. Daphne blickte die dunkelhaarige Carcassonnerin fasziniert an – ihre Gabe, sich in andere hineinzuversetzen, war fabelhaft. „Ich habe es!“, rief sie aus. „Ein wirklich pikantes Thema aus der Ilias – wie für Monsieur ersonnen!“ Daphne neigte sich zu ihr und lauschte. Ihre Idee war verwegen, elegant und perfekt.

*

Die Tage wurden wieder länger, lichter und etwas glänzender. Daphne hatte es sich angewöhnt, am Nachmittag in den Straßen von Paris spazieren zu gehen, entweder in Begleitung der anderen Hofdamen oder von Margot. Vormittags wurde sie entweder in einem Tragstuhl zu den Ateliers von Nocret nahe dem Louvre gebracht, wo sie Unterweisungen bekam, oder sie saß hinter ihrer Staffelei in der Neversschen Galerie.

Ihre Auftragsarbeit für den Duc d'Orléans hatte sie wie im Rausch in nur drei Wochen vollendet – und der gesamte Haushalt von Anne de Gonzague sprach von nichts anderem mehr als von diesem Werk. Es sei wie die Göttliche Komödie – so die Hausherrin. Es sei Gotteslästerung – so Martine du Plessis. Es sei widernatürlich – so Nicolette. Es sei nicht zur Erbauung der Seele – so die calvinistische Fleur. Es sei koketter und sinnlicher als alles, was Monsieur bis dahin wahrscheinlich zu Gesicht bekommen habe. So Diane – und sie war zufrieden. Daphne hatte das mittelgroße Gemälde gefirnisst und in der Galerie auf die Präsentationsstaffelei gestellt, wo es nun seiner Enthüllung harrte, und sich keine halbe Stunde später an ihren nächsten Auftrag gesetzt. Madame d'Arcachon war kürzlich mit der Bitte um ein Porträt an sie herangetreten. In kurzen, für sie typisch etwas dürren Worten, und wie erwartet ohne aparte Vorstellungen. Dafür mit einer Aussicht auf fünfhundert Livres Honorar. Und so bildete Daphne die Première Dame d'Honneur der Pfalzgräfin in Grande Toilette und stehend ab, mit einer idealen Landschaft im Hintergrund und ohne jeglichen Witz – was sie freilich in ihrer doch etwas fiebrigen Verfassung erstaunlich beruhigend fand. Denn Anne de Gonzague hatte ihren Teil der in der Altjahrnacht mit Monsieur getroffenen Abmachung eingehalten – und eingeladen für die zweite Woche im Februar anlässlich der Neueröffnung der Pfalzgräflichen Galerie und Gemäldeenthüllung. Etwa einhundertfünfzig Personen standen auf der Liste, die Madame d'Arcachon erklärend mit Daphne durchging. Standespersonen, einige geistliche Würdenträger, Literaten, Wissenschaftler sowie Maler von Rang und Bedeutung. Daphne wurde zusehends nervöser. Le Brun, der Rektor der *Académie royale de Peinture et Sculpture*, stand auch darauf ... Ehrengast war selbstredend Monsieur. „Kommt der König auch?", wollte Fleur wissen. Madame d'Arcachon schüttelte den Kopf. „Nein, gewiss nicht, er ist nicht auf die Malerei fokussiert. Aber seine Cousine, *La Grande Mademoiselle*, die Herzogin de Montpensier, die wird uns beehren!" Diese besaß einen guten Ruf als wahrhaft kultivierte Dame und als Kunstsammlerin.

*

„Bitte, Euer Gnaden, haltet doch still!", rief Margot verzweifelt aus. „Sonst steche ich Euch mit den Haarnadeln!" Und dachte im Stillen bei sich: Zuletzt war sie vor fast einem halben Jahr so nervös – kurz vor der Hochzeit mit Junker Ruprecht. Nur, dass es jetzt nicht um einen feinen Bräutigam geht, sondern um eine Nachmittagsgesellschaft. Es ist ein Jammer, dass in diesem Haushalt so wenig junge Herren von Stand verkehren! Und ob es heute so viel besser sein wird? Junge Herren interessieren sich doch nicht für Bilder, wie das Freifräulein sie malt. Die interessieren sich für die Jagd oder für Tanzvergnügen ... und für mein Fräulein ist immer noch kein vornehmer Freier weit und breit in Sicht! „Wenn Ihr jetzt nicht still sitzt", setzte Margot voller Entschlossenheit hinzu, „dann trichtere ich Euch persönlich ein ganzes Weinglas Laudanum ein!" Sie striegelte Daphne glänzende hellbraune Haare – die ruhigen und fließenden Bewegungen waren es, die Daphne sichtlich abkühlen ließen. „Außerdem", setzte Margot hinzu, „hat die liebe Madame d'Arcachon wie gewohnt und gekonnt die Organisation in die Hand genommen. Es kann nichts misslingen. Eher gefriert mir der Harn in der Blase!" Daphne musste kichern. Was wäre sie ohne Margots drastische Sprüche und ohne deren praktische Art geblieben am Ende des Tages? Margot, die ihre persönlichen Dinge arrangierte, die sie bediente und ihr einen gewissen Komfort erst ermöglichte – für drei Livres pro Woche? „Gut, Margot, du hast Recht! Dann wollen wir also dem Feind begegnen!" – „Dem Feind, Euer Gnaden?" – „Dem Feind, Margot! Nichts anderes ist der Pariser dem Pariser."

Daphne hatte es – wie durch einen gnädigen Filter – nicht mitbekommen, wie eine Kalesche nach der anderen angerollt gekommen war, wie die Gäste in die Eingangshalle strömten, wo sie von einem Orchester willkommen geheißen wurden, und sich dann hinaufbegaben in die Räume der Galerie. Man hatte sie der Grande Mademoiselle vorgestellt, einem großen, breitschultrigen, blonden Weib mit enormer Nase und lauter, bellender Stimme sowie deren einflussreicher, gar feinsinnig daherkommender Busenfreundin, der Comtesse de Sévigné. Sie durfte noch bei zahllosen weiteren Edelleuten und einflussreichen Höflinge knicksen, bis endlich Madame und Monsieur eintrafen. Anne de Gonzague ließ es sich als Dame von Geist und Bildung nicht nehmen, einige wohl gesetzte Worte zur Sammlung ihres dahingegangenen Gatten fallen zu lassen sowie zur Bedeutung der zeitgenössischen Malerei in Frankreich.

„Ihr meint diese hübsche braunhaarige, junge Frau dort?" Charles Le Brun sah sein Protegé etwas ärgerlich an. „Jugend und Schönheit sind kein Garant für Abwesenheit von Verschlagenheit und von Bosheit, mein lieber Houasse!", meinte er. „Nocret mag ein Tölpel sein, der kitschige und geschönte Adelsporträts malt – aber er weiß genau, wenn er auf eine Welle aufreiten und jemanden fördern kann, dessen Ruhm auf ihn zurückstrahlen wird. Denkt an Mignard!" Le Brun schnipste ein Stäubchen von seinem dunkelgrünen *justaucorps*. Er, der Leiter der *Académie royale de Peinture et Sculpture*, war von Louis XIV. vor sieben Jahren zusammen mit Le Vau und Le Notre abgezogen worden von Vaux-le-Vicomte, nachdem der prunkliebende Finanzminister Nicolas Fouquet wegen – vorgeschobener – Korruption und Bereicherung ausgebootet und verhaftet worden war. Der König war jung gewesen damals, energisch und voller Bestreben, der französischen Nation seinen eigenen Stempel aufzudrücken. Gut – energisch, strebsam und ehrversessen, das war er immer noch, und zwar in ungebrochenem Maße ... Doch hörte der vielbeschäftigte König, zu dessen unstrittigen Vorzügen es gehörte, auch seine eigenen Grenzen zu kennen und sich daher dort klug beraten zu lassen, wo es ihm an Kenntnis oder Talent gebrach, gerade in malerisch-künstlerischen Belangen auf seinen jüngeren Bruder. Der – Gott sei es geklagt – diesen Kitschmaler Nocret nach wie vor hochhielt ...

Und nun, Gott sei es noch dringlicher geklagt, wurde eine junge Weibsperson lanciert. Eine Deutsche noch dazu ... wo deutsche Maler in seinen Augen fast noch penetranter waren als die italienischen. Le Brun war beunruhigt, und was noch schlimmer war: René-Antoine sah die Gefahr nicht. Er sah nur eine junge Frau mit lieblichem Gesicht, vollen Brüsten und schmaler Taille. Houasse zuckte die Achseln. „Was können Weibsbilder schon malen außer Blumensträußen und Votivbildern?", meinte Houasse unaufgeregt. „Habt Ihr nicht gesehen, wie sie die Sammlung organisiert und präsentiert hat?", stichelte Le Brun. „Wenn

Ihr Euch weiter mit müßigen Gedanken an Votivbilder abgebt, hat dieses Weibsstück dreimal Seine Majestät gemalt, ehe Ihr auch nur den königlichen Umriss gezeichnet habt!" Den König malen!, dachte Houasse voller Widerwillen. Einmal im Harnisch von vorne, einmal im Harnisch im Halbprofil, einmal im Harnisch zu Pferde. Wie langweilig! Man könnte so wundervolle *sujets* auf die Leinwand bringen – etwa ein Jüngstes Gericht, ein Urteil des Paris – oder eine der Mätressen Seiner Majestät als Rückenakt ...

Le Brun stupste Houasse an. „Passt auf – jetzt enthüllt sie ihr Bild!" Gebannt folgte er der Bewegung von Daphnes Hand, die langsam das große weiße Tuch von der Leinwand zog. Zehn Sekunden lang war es stiller als nach dem Läuten eines Totenglöckleins. Dann applaudierte ein einzelner Gast, der seine sattsam bekannte hohe Stimme ertönen ließ: „*Formidable, chère* Baronesse – was für ein amüsanter und brillant bebilderter Geniestreich!" Monsieur konnte sich nicht lassen vor Begeisterung. Über ein Machwerk, das *summa summarum* nichts weniger war als skandalös und wider die guten Sitten ... Houasse reckte seinen Kopf. „Was für ein *théatre grècque*!", rief er aus. Täuschte sich Le Brun – oder spielte ein fast frivoles Lächeln um die Mundwinkel des Mannes, den er als seinen Schwiegersohn auserkoren hatte? „Es ist widerwärtig!", befand Le Brun. Houasse sah ihn erstaunt von der Seite an. „Warum denn? Weil es sich stilistisch stark an La Gentileschi anlehnt?" Le Brun schnaubte. „Nein, handwerklich ist es ... nun ja, sauber ausgeführt – aber ein Held eines klassischen Epos, derart dargestellt ... das ist nicht anständig!"

Monsieur stellte sich vor das Gemälde, besah es sich nochmals eingehender und applaudierte ostentativ. „Bravo – Mademoiselle! Welch dramatischen Witz Ihr da hineingelegt habt! *Achill unter den Mägden* – kein übliches Motiv! Doch Ihr habt es gewagt – und, wie ich meine, auf ganzer Linie auch gewonnen!" Eine weitere Person applaudierte: *La Grande Mademoiselle*. Gefolgt von der Comtesse de Sévigné. Dann erst brandete wahrer Beifall auf. Le Brun stöhnte angewidert.

Daphne hatte ihre Kupfermünze die ganze Zeit über in ihrer linken Faust gehalten. Nun konnte sie sie loslassen. Ansehen. Erfolg. *Gloire* ... Sie hatte es gewagt, sich auf den Rat ihrer Freundin Diane einzulassen. Der dunklen Göttin. Ihr Plan war nach einigem Abwägen aufgegangen. Achill, der strahlende Führer der Myrmidonen, erst zuletzt bezwungen vom listigen Prinzen Paris mit einem Pfeil durch seine empfindliche Ferse, hatte sich geweigert, mit König Menelaos und den übrigen Griechen in den Krieg gegen Troia zu ziehen, eingedenk des Orakels, dass dies den sicheren Tod bedeutete. Um sein Versteck zu vervollkommnen, hatte er sich in Frauenkleidern unter die Mägde seiner Mutter gemischt. Wo er zunächst unerkannt geblieben war. Erst dem gerissenen Odysseus, dem Rothaarigen, war es gelungen, Achill zu enttarnen, indem er unter den

Damenflor Schmuck und Waffen geworfen hatte. Hatten die echten Frauen das Geschmeide gewählt, so hatte der Kämpfer Achill ohne zu zögern zu Schwert und Schild gegriffen.

Diesen Moment hatte Daphne von Owen eingefangen – rechts im Vordergrund die Abordnung griechischer Krieger, allen voran der leicht spöttisch lächelnde Odysseus. Im Hintergrund ein halbes Dutzend anmutiger und leicht gewandeter Hofdamen, die sich Diademe auf die Locken setzen oder sich nach auf dem Boden liegenden Perlenketten bücken. Davor, leicht abgesetzt – und bereits mit beschämtem, aber durchaus charmantem Lächeln auf den König von Ithaka blickend, der jugendliche Achill. Groß, breitschultrig und bekleidet mit einem Mädchenhemd, mit allerhand Bändern und Blütengirlanden in den langen schwarzen Locken, hält er bereits ein Schild in der Linken vor die Brust, während er mit der Rechten nach einem Schwert greift. Helle, kalte und klare Farben, harte Kontraste. Und ein übertölpelter jugendlicher Held, der ebenso Jüngling wie Mädchen hätte sein können.

Daphnes Kopf rauschte. So fühlte sich also Triumph an. Möglicherweise besser als ein in Liebe empfangener Kuss.

Nocret blickte über die Menge hinweg zielsicher zu Le Brun hinüber – und traf den Blick seines Akademiekollegen und Konkurrenten sofort. Er entblößte kurz seine gesunden gelblichen Zähne – wie ein Hengst, der Witterung aufnimmt.

*

Fünftausend Livres. So viel hatte der Duc d'Orléans Daphne für Achill unter den Mägden bezahlt. Dafür hätte Margot 32 Jahre arbeiten müssen … Die Vernissage hatte ihr acht weitere Aufträge für Porträts und mythologische Szenen eingebracht, keinen unter tausend Livres Honorar. Monsieur hatte ihr zugesagt, ihr eine Werkstätte in St. Cloud einzurichten, sollten die Kapazitäten im Hôtel Nevers nicht mehr ausreichen. Außerdem wünschte er ihre Mitarbeit an einem großen allegorischen Gemälde, die königliche Familie darstellend, an dem Nocret bereits arbeitete. Daphne war zufrieden. Zum ersten Mal in ihrem Leben verfügte sie über eigenes Geld – und davon nicht zu knapp. Sie bestellte sich einen Pelzumhang – und für Margot eine *livré* aus besserem Wollstoff sowie lederne Schuhe. Margot war seltsam betreten. „Euer Gnaden – das tut nicht Not!", meinte die Zofe. „Aber warum denn nicht? Sollst du als einzige Dienerin hier weiter in Pantoffeln oder Holzschuhen herumlaufen?", wunderte sich Daphne. „Außerdem sind deine Holzschuhe zu laut!"

Margot räusperte sich. „Euer Gnaden – auf ein Wort! Ihr habt seit Wochen nicht mehr an Eure Eltern geschrieben! Sie werden umkommen vor Sorge. Zweitens: Was ist aus dem Ziel, Euch einen vornehmen Bräutigam zu suchen, geworden? Hier ist weit und breit keiner, der Euch ernstlich den Hof macht! Nur lauter Lackaffen, die von Euch *à la mode allemande* gemalt sein wollen!" Sie blickte Daphne ernst an, und als es weder eine Maulschelle noch einen Tadel setzte, fuhr sie fort: „Ihr seid Protestantin wie ich und wisst darum, dass Ihr wie alle anderen Menschen mit keinem Eurer irdischen Mittel der göttlichen Gnade und des Heils gewiss sein könnt. So bleibt Euch nur die Schuld, die Ihr Euren Eltern gegenüber zu erfüllen habt: den kindlichen Gehorsam ..."

Daphne verdrehte ihre Augen. „Margot! Reicht es denn nicht, dass ich brav sonntags meine Psalmenlieder singe? Ich habe zwei Jahre Zeit, mich freien zu lassen – und jetzt ist noch nicht einmal der erste Frühling in Paris gekommen!" „Und es wird auch der zweite kommen und gehen, Euer Gnaden, und Ihr jagt eitlem Ruhm hinterher, falschen Freunden und glitzerndem Vergnügen. Und vielleicht sogar Eurem Verderben", entgegnete Margot. Daphne seufzte gelangweilt. „Margot – halte Sie Ihren Mund!"

*

Maître Nocret hatte seine Aufträge präzise verteilt. Alles in allem sollte, sofern die hochwohlgeborenen Modelle disponibel und kooperativ waren, das Opus Ende März vollendet sein. Daphne wohnte seit drei Wochen in St. Cloud, da die Pfalzgräfin wegen einer diplomatischen Mission für die nächsten Monate auf Reisen war, auf die sie zumindest Daphne nicht hatte mitnehmen können. Der Herzog von Orléans war so gütig und großzügig gewesen, Daphne vorübergehend aufzunehmen; er hatte ihr sogar ein kleines Atelier eingerichtet. Auch Margot hatte eine Kammer gefunden. Heloïse stolzierte nun durch Gänge und Kammern eines richtigen Palais.

Doch der sie in St. Cloud umgebende Luxus und die prachtvolle Eleganz konnten Daphne nicht über die zeitweilige Langeweile und Einsamkeit hinwegtäuschen. Sie schrieb ihren Eltern wieder regelmäßiger und freute sich sogar über deren Antworten trotz der enthaltenen Ermahnungen. Freude bereitete ihr die Arbeit mit Monsieurs ältester Tochter Marie Louise, die für ihre sieben Jahre schon recht verständig und vor allem diszipliniert im Stillsitzen war. Daphne erzählte ihr viel von einer kleinen Prinzessin, die vor zehn Jahren in Heidelberg mit Schmetterlingsflügeln auf einem Baum gesessen hatte, beseelt vom Wunsch zu ihrer Mutter zu fliegen, und gestaltete Mademoiselles Flügel aus dem Gedächtnis. Ihr Modell kam darüber ins kindliche Grübeln. „Was ich wohl machen will, wenn meine Mutter nicht mehr bei mir ist?" – „Das, Hoheit, liegt in Gottes Hand!" Da reckte Mademoiselle trotzig ihr rundliches Kinn nach vorn. „Meine Mutter wird nie von mir gehen! Und ich gehe auch nicht weg von hier ..." Dann besann sie sich eines Besseren: „Baronesse – ob ich nachher wohl mit Eurem Kätzchen spielen kann?" Daphne lachte. „Hoheit – Katzen sind äußerst impertinente Tiere, so schön sie auch sind, entscheiden sie immer wieder von Fall zu Fall, ob sie selbst spielen möchten. Anders als Hunde!"

– „Ah, bah! So wie die beiden von *maman*? Die schnappen dauernd nach meinen Fingern! Und Papa haben sie auch schon in die Wade gebissen. Die sind böse und gemein!" Marie Louise neigte sich zu Daphne: „Aber wisst Ihr was? Eure Heloïse hat die zwei neulich angefaucht und gekratzt! Jetzt hauen sie vor ihr ab. Ha!" – „Jawohl, Hoheit, Heloïse ist so mutig wie ein Tiger!" Daphne musste schmunzeln. Zum ersten Mal in ihrem Leben hegte sie bewusst einen Gedanken darüber, wie es wohl wäre, selbst eine kleine Tochter zu haben, mit der man sich über kratzende Katzen und die Disziplinierung kapriziöser Schoßhunde unterhalten konnte. Wie um sich von diesen irritierenden Überlegungen abzulenken, trat sie von der Leinwand zurück und betrachtete das gesamte Kunstwerk, das keine weißen Flecken mehr aufwies. Sämtliche Köpfe waren in Bearbeitung. Sogar der Seiner Majestät – für den Nocret momentan jedoch lediglich auf alte Porträts zurückgreifen konnte. „Ich denke, wir sind fertig für heute, Hoheit!", meinte Daphne. Länger als eine halbe Stunde sollte man Kinder nicht stillsitzen lassen müssen, fand sie. „Nun kommt und schaut!" – „Oh, was für hübsche Flügel!", rief Mademoiselle de Blois aus. „Ich habe sie aus dem Gedächtnis gemalt", erklärte ihr die Künstlerin. „Einfach so? So etwas könnte Ihr Euch so lange merken?", zweifelte Marie Louise. Daphne putzte ihre Pinsel aus und zuckte die Achseln. „Bei Bildern geht das. Bei Gedichten auch ... Ach was, ich glaube, dass jeder Mensch etwas Bestimmtes ganz besonders gut kann. Und etwas anderes dafür überhaupt nicht. Wie steht es bei Euch, Hoheit?"

Die kleine Hoheit strahlte, hob elegant ihr Kinderkleid an und vollführte einige graziöse Schritte. „Unser Tanzmeister sagt, dass ich wohl sehr begabt bin!" Sie drehte eine formvollendete halbe Pirouette. Daphne lachte leise: „Und schon könnt Ihr die Kehrseite der Medaille sehen, Hoheit – ich zum Beispiel bin fürs Tanzen überhaupt nicht begabt!" Marie Louise kicherte: „*Maman* auch nicht. Papa schon mehr – aber bei Weitem nicht so wie mein Onkel!" Die Malerin steckte ihre Pinsel in die Rolltasche. „Ja, dass Seine Majestät ein überaus formidabler und anmutiger Tänzer sein soll, davon habe ich auch schon gehört", entgegnete sie. Unwillkürlich glitt ihr Blick hin und her zwischen der kleinen Mademoiselle und den gemalten Köpfen von Sire und Monsieur. „An ihren Früchten sollt ihr sie erkennen ...", murmelte sie. Doch was ging sie die wahre Vaterschaft von Mademoiselle an?

„Übrigens", setzte Marie Louise hinzu, „weiß ich, dass auch mein Onkel in einer Woche kommen wird, um Modell zu sitzen." Daphne versuchte, ihren Ärger vor der kleinen Prinzessin zu verbergen. Warum hatte man sie nicht informiert? Wollte man sie etwa bewusst ausschließen von dem, was am Hof des Herzogs von Orléans geschah? Auf einmal fühlte sie eine unerklärliche Müdigkeit und Traurigkeit. „Nun geht ruhig, Hoheit, und spielt mit Heloïse – wenn sie denn möchte!" Marie Louise strahlte Daphne an und hüpfte aus dem Spiegelsaal.

Kapitel zehn

In dem von allerhand Missgeschicken die Rede ist

Saint Cloud, März 1668

Vier Tage darauf machte Daphne einen recht beschwerlichen Umweg zu den Tuilerien, die Wege waren vierzehn Tage nach der Schneeschmelze voller Morast. Sogar die vier starken Gäule vor der Kalesche, die ihr von Monsieur freundlicherweise zur Verfügung gestellt hatte, konnten ihr sonst übliches Tempo nicht vorlegen – und so benötigte sie von St. Cloud bis zum Hôtel Nevers fast zwei Stunden. Dort wollte sie eigentlich nur nach dem Trocknungszustand von einigen Gemälden schauen und Margot einige leichtere Kleider einpacken lassen.

Doch kaum war sie auf ihrem Zimmer, steckte die kleine Fleur ihr Näschen durch die Türe. „Ah, wie schön, wieder eine freundliche Seele zu sehen!", rief die Hofdame aus. „Hier ist es seit Wochen so sterbenslangweilig, das kannst du dir nicht vorstellen!" Daphne hielt zwei ihrer Kleider prüfend gegen das Tageslicht. „Das kann ich nachvollziehen! Du alleine mit Martine du Plessis. Womit vertreibt ihr euch denn überhaupt die Zeit?" Fleur seufzte – die Beschränktheit der Zerstreuungen missbehagte sogar ihrem bescheidenen Wesen. „Sticken, Spitzen häkeln, Kranken-, Armen- und Waisenhausbesuche. Das Spannendste ist, dass die Katze von Mère Chantal rollig geworden ist – und dass Madame du Plessis jetzt Cherubine zeichnet!" Daphne legte die beiden Gewänder aufs Bett, Margot schleppte ihr zwei neue aus dem Ankleidezimmer heran. „Das klingt ja überaus verwegen!" Fleur hätte die Herzogin Anne zu gerne auf ihrer Mission begleitet, aber wie immer hatte sich die resolutere Nicolette durchsetzen können. Und da Madame d'Arcachon ohnehin mit von der Partie war, war es unausweichlich, dass auch Diane nicht in Paris zurückbleiben konnte. Daphne vermisste ihre manchmal etwas rätselhafte und so seltsam attraktive Freundin ohne Abstriche. Dass sie beide keine besonders emsigen Briefeschreiberinnen waren, erschwerte ihr die Trennung zusätzlich.

Margot hielt die beiden Kleider hoch. „Ich nehme das hellrote auch noch mit", meinte Daphne. „Sieh zu, dass du alles gepackt hast, wenn ich von den Tuilerien zurück bin!" „Was hast du denn dort zu schaffen?", fragte Fleur mit unverstellter Neugierde. „Wir schließen heute die Arbeiten in den Gemächern Ihrer Majestät ab." Sie zuckte die Achseln. „Das muss ordnungsgemäß geschehen – auch wenn sich die Königin dort seit zwei Jahren nicht mehr aufgehalten hat und wohl auch nie mehr aufhalten wird." Sie blickte Fleur unverwandt an. „Komm doch mit. Etwas Abwechslung und etwas repräsentative Kunst können nie schaden!" Fleur klatschte begeistert in die Hände.

Zehn Minuten später saßen sie in der herzoglichen Kalesche, fuhren die Rive Gauche entlang und über den Pont Neuf hinüber, zuerst am Châtelet vorbei, dann am Louvre und rollten in den Hof der ebenso verwaisten Tuilerien, nachdem Daphne ihren Passierschein am Tor vorgezeigt hatte.

Der Tuilerienpalast war verlassen und unbeheizt, die dicken Mauern strahlten immer noch die Kälte des Winters ab, obwohl draußen über Paris bereits eine keck wärmende Vorfrühlingssonne strahlte. Fleur wickelte sich in ihre Pelerine und schauderte. „Kein Wunder, dass der König hier nicht mehr wohnen möchte!", meinte sie. „Oh, Fleur, man kann diesen Palast wunderbar heizen, er ist schön angelegt – aber der König hegt wohl so unangenehme Erinnerungen daran, dass er sowohl die Tuilerien als auch den Louvre meidet wie der Teufel ein Kirchenportal!" Daphne eilte der kurzbeinigen Fleur voraus in die erste Etage, wo sie von ferne schon die Rufe und Geräusche der Zimmerleute hörte, die die Gerüste abschlugen. Männliches Gelächter verriet ihr, dass ihre drei Malerkollegen Bosquet, Dieulafoie und Lieuwen schon längst vor Ort waren.

Tatsächlich hockten die Nachwuchskünstler auf umgestürzten Kisten und schienen sich über irgendwelche Respektlosigkeiten diebisch zu amüsieren – offensichtlich war Maître Nocret abwesend. Als sich Daphne und Fleur näherten, hatte es offenbar nur Lieuwen nötig, sich vor den Damen zu erheben. Die beiden Franzosen blickten nur kurz auf, nickten flüchtig und wandten sich wieder unter Gelächter ihren Zeichnungen zu, auf die Daphne einen Blick erhaschen konnte. Die beiden fertigten Karikaturen an – und zwar, wenn Daphne nicht alles täuschte, vom König mit seinen Mätressen. Daphne konnte sich schwer festlegen, ob diese Zeichnungen majestätsbeleidigend oder pornografisch waren. Fakt war, dass besonders auf den Zeichnungen des talentierten Anne-Pierre Bosquet die ohnehin äußerst charakteristische Nase Louis'XIV. gewisse Ähnlichkeit mit einem männlichen Geschlechtsteil besaß. Als Bosquet des Blicks, den Daphne riskiert hatte, gewahr wurde, ließ er seine Sudeleien rasch in seinem Portefeuille verschwinden. Daphne gab sich den Anschein, nichts weiter gesehen zu haben.

Stattdessen zeigte sie Fleur die fertigen Gemälde, die zum Teil die Königin in repräsentativer Pose darstellten, wobei sich Adam Frans zu ihnen gesellte. Die kurzsichtige Hofdame kniff die Augen leicht zusammen. „Das ist ja alles sehr schön!", rief sie aus. „Und was hast du daran gemalt, Daphne?" „Ich? Ich habe nur ein wenig ausgebessert", wehrte Daphne ab. Aus irgendeinem Grund gefielen ihr die Gemälde hier nicht. „Ein wenig ausgebessert?!", fiel ihr Adam Frans erneut ins Wort. „Gnädiges Fräulein, unsere hoch talentierte Daphne hat gleich zweimal den Kopf Ihrer Majestät ausgeführt! Seht – hier, auf diesem Bild!" Fleur kniff ihre Augen weiter zusammen. Dann kicherte sie verschämt: „Ich fürchte, ich bin doch etwas kurzsichtig ..." Adam Frans nickte bedächtig. „Das sollte kein Problem sein – noch haben wir hier ein fahrbares Gerüst. Wenn ihr Euch bequemen wollt, darauf zu steigen?" Er zog eine fahrbare Treppe herbei und reichte Fleur de La Grange die Hand. Daphne musste schmunzeln: Der Größenunterschied zwischen den beiden war noch eklatanter als der zwischen König und Königin!

Als Fleur die Leiter erklimmen wollte, fiel ihr ein kleines Buch aus der Rocktasche. Adam Frans hob es auf, besah es kurz und reichte es ihr. „Wolltet Ihr heute noch die Andacht besuchen, gnädiges Fräulein?", fragte er mit ehrlichem Interesse. Fleur steckte ihr Liederbuch hastig ein. „Doch, ja ..." „Und welche reformierte Kirche sucht Ihr bevorzugt auf?", fragte der Niederländer freundlich. „Die unweit der Place de Grève." Adam Frans hüstelte leicht. „Da ging ich früher auch gerne hin – aber jetzt besuche ich lieber die bei der Porte Touraine. Der Prediger ist unterhaltsamer." „Dann werde ich Eurer Empfehlung gerne einmal folgen!", meinte die Kleine.

„Eh, hier halten sich doch arg viele Hugenotten auf!", rief Dieulafoie spöttisch hinterher. Adam Frans schnitt ihm ein Gesicht. „Noch gilt hier das Edikt von Nantes!" „Noch ...", meinte Bosquet. „Und passt auf, dass Eure reformierte Freundin die Leiter nicht umreißt!"

Daphne setzte sich auf eine der frei gewordenen Kisten und griff reflexartig nach einem Blatt und einem Fettkreidestift. Diesen beiden französischen Eseln würde sie zeigen, wie man eine rechte Karikatur zeichnete, die sich nicht genitaler Anspielungen bedienen musste, sondern der Fabel und Satire näher war als der Zotenposse! Sie schloss kurz ihre Augen – und ihre Vision stand vor ihrem Inneren wie der brennende Dornbusch. Mit den für sie typischen kurzen und präzisen Strichen flog die Fettkreide über das Papier ...

„Ah, so sieht die Königin also wirklich aus?", drang Fleurs Stimme durch Daphnes Konzentration. „Ja, *mijn prinses!* So hellblond wie Ihr ... *en so schattig en kleen!*"

Zuerst malte sie das Wesen, das ihr ungleich näher stand als der Franzosenkönig.

„Ja, ich habe sie auch schon aus der Nähe gesehen, die Königin! Sie ist wirklich winzig! Man sagt, dass sie schlechte Zähne hat – malt man sie deshalb immer mit geschlossenem Mund?", plapperte Fleur. „Man malt Porträtierte immer mit geschlossenem Mund – sogar wenn sie lächeln. Der Mensch ist doch die Krone der Schöpfung – und kein Raubtier, das die Zähne bleckt."

Daphne zauderte kurz. Einmal bisher hatte sie Seine Majestät gesehen – für einen kurzen Moment. Reichte dieser Eindruck aus, ihn so zu Papier zu bringen, wie es sie eben unerklärlicherweise drängte? Sie musste es versuchen. Viele wilde und üppige Locken. Durch eine ausgeprägte Oberlidfalte leicht verhangen wirkende, etwas spöttische Augen. Die scharf gemeißelte Nase mit der länglichen Furche an der Spitze. Die breiten und hohen Wangenknochen. Das rundliche Kinn mit dem angedeuteten Grübchen. Beim Mund zögerte sie ...

„Aber eine wirkliche Schönheit ist die Königin ja nun nicht!" „Ich kann Euch nicht widersprechen, *jonge dame!*" „Aber Seine Majestät, der König, der ist ein schöner Mann!" „Ich kann das nicht beurteilen. Ich erkenne nur weibliche Schönheit."

Der Mund ... Daphne ärgerte sich. Sie hatte keine Erinnerung an den Mund des Königs. Breit oder klein, schmal, gerade, voll, wulstig wie bei der *Grande Mademoiselle* oder mit überhängender Unterlippe wie bei Monsieur ... Sie zeichnete einfach weiter ...

„Ah, sieh an! Da oben liegt er ja – mein Kasten! *Spijt, jonge dame!* Ich klettere eben auf das Hochgerüst – ich suche meine Griffel schon lange. *Door dezelfde!*"

Ein wunderschöner Mund ... nicht zu breit, aber voll und weich wirkend. Mit pikanter Kerbe in der Mitte der Unterlippe. Und wundervoll gezeichnetem Amorbogen. Daphne seufzte. Welche Frau würde nicht Mordgedanken hegen dafür, selbst über solche Lippen zu verfügen ... In diesem Moment beugte sich jemand über ihre Schulter und griff nach ihrem Blatt. „Sieh an, Baronesse!", rief Maître Nocret mit gewissem Entsetzen aus. „Man fertigt ... satirische Zeichnungen Seiner Majestät an!" Er nahm das Blatt an sich; Daphne wäre in diesem Moment am liebsten gestorben. Sie biss sich auf die Zunge; Bosquet und Dieulafoie in einem Atemzug des Anfertigens wesentlich schamloserer Karikaturen des Königs zu beschuldigen hätte ihr weder geholfen, noch wäre es glaubhaft gewesen. Nocret sagte eine Weile gar nichts. „Nun ja", meinte er, „Seine Majestät ist ja gut getroffen, vor allem die Mundpartie – und durchaus schmeichelhaft. Keineswegs herabwürdigend oder verzerrend. Aber warum habt Ihr den Kopf einer Katze dazu gezeichnet? Lieuwen!! Kommt sofort da herunter! Habt Ihr denn nicht gesehen, dass die Schrägstreben schon abgeschlagen sind?"

Krachen. Splittern. Ein Schrei.

Daphne schloss die Augen. Sie spürte wieder das geborstene Holz des Platanenasts in das Fleisch ihres Schenkels dringen. Schmerz flutete durch ihre Erinnerung, stechend und dunkelrot. Das nachfolgende Poltern hörte sie schon nicht mehr richtig. Nur den gellenden, schockierten Schrei ihrer Freundin Fleur.

Der Dunst von Gipsstaub legte sich rasch. Alle Anwesenden neigten sich über den auf dem Rücken am Boden liegenden Maler. Der hatte alle Extremitäten von sich gestreckt. Und seinen Kopf übermäßig zur Seite gedreht. „Bitte nicht schon wieder!", flehte Daphne still für sich.

„Stront!", hustete er. „Wir Niederländer sollten nicht höher klettern ... als eine Deichkrone ist." „Dem Herrn sei gedankt! Er lebt!" Die es ausrief, war Fleur. Lieuwen versuchte sich aufzurichten, verzog aber sofort sein Gesicht. *„Verdomme! Mijn been!"* Fleur bückte sich in einem unbewachten Moment – und steckte ein einzeln herumfahrendes Blatt in ihre Rocktasche, nachdem sie es rasch zusammengefaltet hatte.

*

Daphne hatte die Kutsche des Duc d'Orléans ohne lange zu überlegen zur Verfügung gestellt, um den gehunfähigen Adam Frans Lieuwen zu Nocrets Werkstätten hinüberzubringen, wo er ein kleines Zimmer hatte. Dort kümmerte sich ein Arzt um sein Bein, das glücklicherweise nicht kompliziert gebrochen war. Und wer sich auch noch kümmerte, war Fleur. Sie hatte Daphne beim Abschied diskret ein zusammengefaltetes Blatt in die Hand gedrückt. Erst auf der Rückfahrt zum Hôtel Nevers faltete sie es auseinander – ihre Zeichnung von König Louis XIV. zusammen mit dem Kopf ihrer Katze Heloïse. Erst jetzt fiel ihr das Gemeinsame auf, das sie wohl instinktiv angetrieben hatte: die breiten, hohen Wangenknochen, die schönen, leicht schräg stehenden Augen. Der König aller Franzosen besaß – zumindest vom Antlitz her – etwas Katzenhaftes. Obwohl sein Gesicht auf irritierende Weise unausgeglichen war.

*

Sire und Monsieur saßen im Spiegelsaal des Chateau St. Cloud Modell. Und wie stets bei solchen Gelegenheiten drängten sich Monsieurs Höflinge sowohl um den Monarchen als auch um dessen Bruder, um von den beiden hohen Herren gnädig angesprochen zu werden; vielleicht konnte sich aus der zunächst belanglosen Plauderei ja eine Chance auf eine Gunst oder die Erledigung einer dringlichen Angelegenheit entwickeln.

Da dieser Morgen, Mitte März im Jahre des Herrn 1668, dauerhaft klar und sonnig zu werden versprach, hatte der König verfügt, dass er geruhe, für das *Große Pantheon*, das Monsieur bei Maître Nocret in Auftrag gegeben, Modell zu sitzen. Monsieur, dessen Konterfei noch nicht gänzlich zu seiner Zufriedenheit geraten war – er war in künstlerischen Dingen weitaus kritischer als sein älterer Bruder, der sich seinerseits oft genug auf dessen Rat einließ – Monsieur hatte sich dieser Sitzung praktischerweise angeschlossen. Da er ein brillanter und überaus großzügiger Gastgeber war, wurde selbstredend alles an Naschwerk und Erfrischungen aufgefahren, was jegliches Herz begehren mochte. Vier Musiker kämpften vergeblich gegen den Geräuschpegel an, der in der *Salle de Rejuissance* auf- und abschwoll wie das Summen eines Bienenvolks vor dem Ausschwärmen der Königin.

Man hatte den König und den Duc d'Orléans auf ein Podest vor der Rückwand des Saals platziert, sodass ihre Gesichter gut von der spätvormittäglichen Sonne beleuchtet wurden. Beide saßen in bequemen

Lehnstühlen – dem kleinen Duc hatte man sogar ein Polster unter die Füße geschoben, auf dass er es bequem hätte. Um seine Schultern lag ein silberdurchwirktes Seidentuch, das zusätzliche Helligkeit spendete – und um die Seiner Majestät eines aus dezentem Goldbrokat.

Die immense Leinwand – dreimal zwei Klafter – befand sich im rechten Winkel zu den beiden Modellen an der Stirnseite des Raums. Maître Nocret hatte eine Bockleiter erklommen, da er am königlichen Haupt arbeitete. Wie immer war er dabei absolut schweigsam und kaum anzusprechen. Anne-Antoine und François reichten ihm auf kurze Winke hin an, was er benötigte – einen anderen Pinsel, neuen Besatz für die Palette, Sämischleder zum Wischen. Daphne, der von Nocret nach dem Unfall von Frans Adam die Aufgabe des Anmischens der Pigmente übertragen worden war, hielt sich hinter dem Arbeitstisch auf. Überhaupt war sie bemüht, nicht aufzufallen. Denn das Auftreten der beiden königlichen Brüder inklusive des gewaltigen Gefolges, die sich in das *Salle de Rejuissance* gewälzt hatte, hatte sie ein wenig eingeschüchtert. All die schimmernden Atlasroben, verschwenderisch besetzt mit Spitzen, Brokatlitze und seidenen *galants*. Das Gewoge von Fächern und Plumagenhüten. Die überwältigende Mischung von schweren Blütenparfüms und menschlichen Ausdünstungen. Sie war froh, wie ein Mäuslein in dunkelgrauen Kattun gekleidet zu sein, mit einer großen weißen Vorschürze und einem Leinenhäubchen auf dem Kopf, um ihre Haare vor der Ölfarbe zu schützen. Der ihr vertraute Geruch von Leinöl und reinem Terpentin, so beißend er den anderen vorkommen mochte – eine in mindestens zehn Fuß Entfernung befindliche Hofdame von Madame presste demonstrativ ihr parfümiertes Taschentuch gegen ihr gepudertes Näschen – so beruhigend wirkte er auf sie.

Der Duc d'Orléans, der momentan nicht porträtiert wurde und deshalb sofort eine legerere Haltung eingenommen hatte, winkte den Marquis Jean de La Vallière herbei – und ließ sich von dem jungen Edelmann mit Rauchmandeln und hellem Nougat füttern. Daphne glaubte sogar beobachtet zu haben, wie Monsieur einmal kurz und verstohlen einen Finger des Marquis'mit der Zungenspitze berührt hatte ...

„Oh mein liebster Bruder", sprach er, der das Recht dazu besaß, den König an. „Was haltet Ihr davon, eine kleine Festivität zum Zweck der Präsentation dieses Meisterwerks zu veranstalten? Maître Lully könnte doch so etwas wie ein olympisches Ballett dazu verfassen." Die Antwort Louis XIV. kam etwas gedämpft – vermutlich, weil er sich nicht bewegen durfte. „*Mon frère,* bedenkt, dass im Prinzip Unsere Anwesenheit an der flandrischen Front erforderlich ist. Aber Eure Vorschläge zu Unserer Unterhaltung sind wie stets brillant! *Je verais ...*"

François stieß Daphne leicht an der Schulter an. „Der Meister benötigt etwas Korallenrot", meinte er. Daphne spähte an der Leinwand hinauf.

Die Landschaft, die Staffage, die Körper mit den Gewändern und all dem Schmuck waren bereits vollendet, respektive warteten noch auf Glanzlichter. Es fehlte noch die Fertigstellung des Kopfs von Madame … Alles in allem, fand Daphne, hatte Nocret hier den ihr bekannten Abgebildeten ohne Abstriche stark geschmeichelt. Eine gewisse, stark ins Ideale gewendete Ähnlichkeit war vorhanden – doch so, wie sie Jean Nocret kennengelernt hatte, entsprach eine solche Praxis nicht seiner eigenen Intention, sondern der stets allzu weit geöffneten Börse von Monsieur. Daphne hatte bereits nach kurzem Aufenthalt im Hôtel de Nevers vernommen, dass Monsieur in St. Cloud über vier Ankleidezimmer verfügte. Drei davon waren ausgestattet mit seinen Herrenroben, eines war bestückt mit erlesenen Damenkostümen. Die ihm samt und sonders auf den Leib geschneidert waren.

Und nun hatte ihn Nocret als Eos abgebildet – Eos hatte glatte, elfenbeinfarbene Haut, präsentierte ein nacktes rechtes Bein und einen zum Teil entblößten, unbehaarten Oberkörper. Dies alles war grazil und anmutig, ebenso das kokett gedrehte Haupt der männlichen Göttin mit den üppigen Locken. Schön waren Monsieurs brombeerfarbene Augen abgebildet. Was seine lange und obendrein höckerige Nase sowie den viel zu fleischigen Mund mit der hängenden Unterlippe anging – nun, da war die Leinwand fast noch geduldiger als Schreibpapier. So viele Schönheitskorrekturen waren wohl zwanzigtausend Livres wert …

Und was Seine Majestät den König anging, der selbstredend der personifizierte Apoll war; zumindest trug er keine schwarze Allongeperücke wie sein jüngerer Bruder. Seine bis über die Brust reichenden vollen Locken waren mit Sicherheit natürlich. Im Licht der Morgensonne glänzten sie wie frisch aufgesprungene Kastanien. Über die Konstitution Seiner Majestät konnte sich Daphne kein allzu dezidiertes Urteil erlauben, außer dass er deutlich größer war als sein Bruder–und auch kräftiger und wesentlich beweglicher; Anne de Gonzague hatte ihr verraten, dass er viel Wert auf körperliche Ertüchtigung an der frischen Luft lege und ein exzessiv trainierender Balletttänzer sei. Doch auch seiner Physiognomie hatte Nocret etwas geschmeichelt. Vor allem, was die lange, spitzige und höckerige Bourbonennase anging.

„Der Meister benötigt Sienarot …“, flüsterte François Daphne zu. Sie nahm etwas Farbe mit einem Spatel auf und strich sie auf die hingestreckte Palette.

In diesem Moment stolzierte Héloïse in den Saal. Die Katze durfte sich in St. Cloud bewegen, wo sie wollte, Monsieur erlaubte ihr nahezu alles. Denn dort, wo sie sich aufzuhalten geruhte, waren die beiden Monsieur so verhassten King Charles-Spaniels von Madame außer Reichweite. Héloïse verstand es, dem Schlossherrn diese ihm so lästigen Kläffer alleine durch ihre Präsenz vom Leib zu halten. Dafür genoss sie nicht nur

Bewegungsfreiheit und absolute Toleranz seitens Monsieur, sie genoss auch so manch köstliches Häppchen.

Héloïse schritt langsam und lautlos die Parade der Höflinge ab, als wäre sie die *Dauphine*. Als sie an Daphne vorbeistolzierte, erhob sie kurz und elegant ihren Schweif, sie knapp und huldvollst grüßend.

Sodann setzte sie sich exakt mitten in die freie Fläche, die zwischen der Leinwand und den royalen Modellen lag. Sie spitzte ihre Ohren und legte langsam und überaus elegant ihren Schweif über ihre Vorderpfoten. Ihr rein graues Fell hatte in der Sonne einen leicht bläulichen Glanz. Da saß sie eine geraume Weile, die Ohren immer noch gespitzt, und wartete ... „Héloïse!", zwitscherte Monsieur prompt. „Komm doch her zu mir! Der gute Duc hat etwas für dich!" Er schnalzte mit den Fingern, und Héloïse, die sofort zu wissen schien, welcher Art die Belohnung war, erhob sich würdevoll und stolzierte langsam hinüber zum Podest. Sie erklomm es mit einem geschmeidigen Satz – und von dort sprang sie Monsieur, der leise auflachte, auf den Schoß. Er hielt natürlich schon längst einen Leckerbissen bereit, den Héloïse ihm zügig aus den Fingern fraß.

„Wir wussten gar nicht, dass Ihr eine Katze haltet, *mon frère*!", meinte Louis XIV. ein wenig verwundert. „Oh, Sire", entgegnete der Duc d'Orléans, „ich würde es nie wagen, mir so ein Tier anzuschaffen, wo Madame so eine Abneigung gegen die Samtpfoten hegt. Dieses anmutige Tier gehört einer der Damen im Staat der Herzogin de Gonzague ..." – „Ach so, und warum befindet sich das Tier dann an Eurem Hof – und nicht im Hôtel Nevers?", entgegnete der König leicht erstaunt. Monsieur wies mit dem Kopf auf Daphne: „Weil die Besitzerin momentan an unseren Porträts arbeitet."

„Olivgrün ...", verlangte François. Daphne hielt kurz die Luft an, Heloïse sprang leichtfüßig von Monsieurs Schoß herunter und schien sich auf den Rückweg zu machen. Bis sie es sich anders überlegte, sich hinlegte und sich zu putzen begann. Zu Füßen Seiner Majestät, keinen Klafter von ihm entfernt. Graziös streckte sie ein Hinterbein weit von sich – und schickte ihre kleine raue Zunge dorthin, wo es ohne Abstriche unschicklich war. Um die Mundwinkel von Louis Le Grand zuckte es kurz ... Und Daphne hegte den brennenden Wunsch, dieses schamlose Tier auf direktem Wege nach Heidelberg zurückzuschicken. Wenigstens war Heloïses Rolligkeit für dieses Frühjahr schon lange vorbei. Hektisch begann sie, etwas Lapislazuli-Pigment anzumischen – das Nocret überhaupt nicht verlangt hatte.

„Wie spät ist es denn, Chamarande?", fragte Seine Majestät einen seiner Kammerherren. „Sire, es ist beinahe elf Uhr." „Gut, dann lasst vorfahren, damit ich noch rechtzeitig zurück bin zur Messe." Der König erhob sich; sofort war jemand zur Stelle, der ihm den Brokatstoff von den Schultern nahm, bevor er das Podest verließ und auf die Leinwand zuging. Höchst indigniert verließ Héloïse ihren Platz und trollte sich aus dem Saal. Seine Majestät ging hinüber zu Nocret, der eiligst von seiner Bockleiter herabstieg und einen tiefen Diener vollführte. Auch Daphne machte ihre Referenz, so wie es ihr im Hôtel de Nevers beigebracht worden war.

Vor ihren Augen erschienen die königlichen Beine, die aus spitzenbesetzten Rheingrafenhosen herausragten und von mattgoldenen Seidenstrümpfen mit roter Naht und roter Ferse bedeckt waren. An den Füßen trug seine Majestät *sabots* aus schwarzem Corduanleder mit hohen roten Absätzen und breiten, mit Draht verstärkten roten Ripsschleifen auf dem Rist. Diese Beine waren lang, gerade, muskulös und wohlgeformt, und die Position, die sie zuletzt in ihrem beschränkten Blickfeld einnahmen, war von vollendeter Grazie. Dies also waren „Die schönsten Beine Frankreichs" …

Ein weiteres Beinpaar kam hinzu – Monsieur. Kürzer, krummer, dürrer, in blassblauer Seide, die Schuhe mit noch höheren Absätzen und plattfüßig leicht nach außen gedreht.

„Trefflich, trefflich wie stets, Maître Nocret!", meinte Louis XIV. „Wir sind überaus angetan!" „Sire", murmelte Nocret, „zu viel der Güte!" „Ah, nein! Wir lassen es Ihn wissen, wann Wir wieder zur Verfügung stehen. Es war Uns ein Vergnügen!" Dann wandten sich die anmutig gesetzten königlichen Fußspitzen Daphne zu. „Mademoiselle, Sie möge sich erheben!" Langsam richtete sie sich auf – wobei sie ihren Blick nicht weiter als bis zum Mund des Königs hob. Der übrigens wirklich wundervoll geschnitten war. „Unsere liebe Freundin Anne de Gonzague hat Uns berichtet, was für ein großartiges Talent sie da in ihrem Stadtpalais beherbergt", geruhte Seine Majestät Daphne anzusprechen. Er hielt kurz inne. „Außerdem scheint Sie Uns die Besitzerin dieses charmanten Kätzchens zu sein – das Uns eben sehr amüsiert hat." Sprach es, drehte sich auf dem Absatz um und entfernte sich.

Die Malerin blickte Seiner Majestät verstohlen hinterher. Sein Schritt war federnd und graziös – ganz wie man es von einem trainierten Tänzer zu erwarten hatte. Dann wandte sie sich erneut ihrer Arbeit zu. Monsieur war schließlich immer noch nicht zufrieden mit seiner Wiedergabe. Ganz im Gegensatz zu Seiner Majestät. Den durfte man anscheinend in Zwiebelhosen malen – und so in zahlreichen Amtsstuben aufhängen. Ohne dass er dagegen protestierte! Wie konnte ein Souverän, der offensichtlich so weitblickend und sicher regierte und zudem nicht ohne Eitelkeit war, so blind sein dafür, wie man ihn darstellte? Kein Mensch kann von allem eine Ahnung haben, dieser Gedanke schoss ihr eben durch den Kopf. Er scheint kein Empfinden und keine Idee von Malerei zu haben – was sie kann und vermag über simple Repräsentation hinaus. Sonst fördert er doch Kultur und Wissenschaft nach Kräften. Doch zeichnet es einen weisen Fürsten aus, sich ebenso weise beraten lassen zu können. So ähnlich hat es Niccoló Macchiavelli auch bezeichnet. Wer aber berät Seine Majestät, König Louis XIV.?

*

Antoinette strich sich mit dem Gänsekiel über die Hand, bevor sie mit dem Brief an ihre Freundin fortfuhr: „... und noch etwas Erfreuliches darf ich Euch in die Fremde melden, liebste Anne: Seine Majestät hat unsere Daphne angesprochen, als er Modell zu sitzen geruhte bei Monsieur in St. Cloud. Er schien außerordentlich wohlwollend ... *Il faut battre le fer quand il est chaud.* Habe ich denn nach wie vor *carte blanche*, was die Abendgesellschaft bei Ihrer Majestät angeht? Ich bitte freundlichst um Euer *aviso*! Mit freundlichster Affektion – Eure Antoinette de Soubris"

Kapitel elf
Handelt von einem tanzenden König und dessen Verehrerinnen

Château St. Germain-en-Laye, April 1668

Madame d'Arcachon befand sich nicht in derselben Kutsche. Trotzdem griff Diane nach Daphnes Hand. Das Fahrzeug bewegte sich eher gemächlich an der Seine entlang in Richtung Westen, wo sich das von der königlichen Familie bevorzugt bewohnte Schloss St. Germain-en-Laye befand. Zum ersten Mal würde Daphne an einer Festivität der königlichen Familie teilnehmen. Dass Ihre Majestät die Gastgeberin war, besaß ohnehin Seltenheitswert. Es war die Woche nach der Osterzeit, und die überaus fromme Königin hatte einmal keine katholischen Bedenken gegen das Abhalten von Amüsements: Sie hatte zum jährlichen *Grand Appartement de la Reine* eingeladen.

Für Mitte April war es bereits sehr warm, obwohl der Himmel bedeckt war. Daphne genoss das Frühjahrsgrün der vorbeiziehenden Landschaft – vor allem die zarten Pastelltöne der blühenden Bäume in den Obstgärten. Diane zupfte eine Schleife an Daphnes Einstecker zurecht; sie hatte ihrer Freundin eine ihrer Balltoiletten in Dunkelrosé geliehen. „Das Kleid steht dir eigentlich besser als mir!", stellte sie fest. „Ach, Unsinn! Es mag der Farbton sein, der mir mehr schmeichelt!", erwiderte Daphne. „Jetzt bist du diejenige, die Unsinn redet! Vor allem der Schnitt des Decolletés schmeichelt dir viel mehr als mir. Jetzt solltest du es nur noch mit echten Perlen schmücken statt mit falschen", wandte Diane ein. Die junge Malerin lachte leise. „Oh, ich habe fast genug verdient mit meinen Porträts, dass ich mir bald eine echte Kette und Ohrgehänge kaufen vermochte!" – „Daphne!", rief die Hofdame empört aus. „Keine Dame von Stand kauft sich echten Schmuck selbst! Den lässt sie sich schenken – von ihrem Verlobten oder ihrem Gatten. Oder ihrem Galan. Oder von beiden ... Wir sind bald da." Sie ließ sich zurücksinken. „Hoffentlich müssen wir uns nicht allzu sehr langweilen", setzte sie hinzu. Daphne runzelte ihre Stirne: „Aber dies ist doch eine *fête de la Reine* …?" „Eben, meine Liebe! Bitte erwarte noch nicht einmal ansatzweise dasselbe wie bei Monsieur! Die Galas der Königin sind noch langweiliger und flachsinniger als die Gastgeberin selbst. Sie sieht es als Höhepunkt der Unterhaltung an, wenn ihre Zwergentruppe eine Pantomime oder einen Reigen aufführt. Ihre Majestät sitzt dabei die ganze Zeit in ihrem Sessel auf einem Podest, nimmt Huldigungen entgegen, stopft sich mit Süßigkeiten voll und unterhält sich mit niemandem", führte Diane aus. Wie deprimierend!, dachte Daphne. All die Witze und spöttischen Bemerkungen, die ganz Paris über die spanische Königin machte, waren wohl doch nicht gänzlich aus der Luft gegriffen.

„Aber es könnte immerhin sein", setzte ihre Freundin hinzu, „dass wir etwas wirklich Besonderes zu sehen bekommen. Einiges spricht dafür, zumal sich mehr Damen bei der *Surintendante* um eine Einladung bemüht haben als gemeinhin." – „Und das wäre?" Diane lächelte versonnen. „Das wäre ein tanzender König. Den sogar ich hinreißend finde … und den man leider nur noch selten zu sehen bekommt." Auf Daphnes fragenden Blick hin fügte sie hinzu: „Dass er immer noch der beste Tänzer Frankreichs sei, ist sicher keine schmeichelhafte Lüge, aber im Gegensatz zu früher, als Louis noch ein ganz junger Mann war, tritt er kaum mehr auf. Er wird dieses Jahr dreißig und findet es für einen Monarchen seines Alters nicht mehr angemessen, bei jedem Fest zu tanzen. Zwar weise – aber auch überaus bedauerlich!"

Langsam rollte die Kutsche die Auffahrt des Vieille Palais in St. Germain hinauf, bis angehalten wurde und zwei Lakaien in königlicher *livré* Anne und Daphne aus dem Wagenschlag halfen. Die Schlossanlage war größer als St. Cloud – aber die Fassade und der Eingang waren bei Weitem nicht so elegant. Im Vestibül, das noch ganz vom bombastischen Stil der Regentschaft Maria de Medicis geprägt war, tummelte sich das für höfische Feste übliche elegante Publikum in meist mit Juwelen besetzten Toiletten. Diane hatte, so war Daphnes erster Eindruck, Recht behalten mit ihrer Einschätzung, dass sich auffallend viele Damen hier eingefunden hatten. Die beiden schlossen sich dem Strom in die erste Etage an, wo sich die Räumlichkeiten der Königin befanden. „Nun lass uns zusehen, dass wir Anne de Gonzague ausfindig machen, Daphne. Es ist ja wirklich ein Gedränge hier. Schön für Ihre Majestät …" – „Da hinten ist sie ja!" Daphne hatte Anne de Gonzague ausfindig gemacht, die sich bereits seit dem frühen Nachmittag hier im Schloss aufhielt. Sie schlängelten sich zu ihrer Herrin durch und knicksten artig. Auch die Herzogin hatte sich in eine *grande toilette* geworfen, da die Königin gemäß Etikette den allergrößten Wert auf repräsentative Kleidung legte.

„Ah, meine Lieben, es freut mich, dass Ihr den Weg durch dieses

Gedränge gefunden habt!", rief sie aus. „Und Euch, liebe Daphne, möchte ich hiermit der Gräfin de Soubris vorstellen!" Daphne knickste erneut vor der weißhaarigen, mindestens siebzig Jahre alten, aber immer noch gertenschlanken Dame, die neben der Herzogin in ausnehmend würdiger Haltung stand. Ihre Frisur und auch ihre Festrobe mit den wattierten langen Ärmeln und dem besonders langen und spitzigen Blankscheit waren etwas altmodisch, aber von erlesenem Stoff und ordentlich mit Perlen bestückt. Die Gräfin de Soubris nickte mit einem netten Lächeln, sie hatte ein feines dreieckiges Gesicht mit zarten Fältchen – das von einer ziemlich langen und spitzen Nase beherrscht wurde. „Die liebe Anne de Gonzague war so freundlich, Euren Esprit und Euer herausragendes Talent immer wieder lobend zu erwähnen ...", meinte sie mit ihrer leisen Stimme. „Zu gütig ...", murmelte Daphne, die geradezu verspürte, welche Macht von dieser Edeldame ausgehen konnte. Die Gräfin de Soubris musterte sie eingehend.

„Sehr charmant, Euer Neuzugang, liebe Anne!", meinte sie anschließend zur Herzogin, nachdem sich Daphne und Diane wieder entfernt hatten. „Und vielversprechender als ich angenommen habe." Die Gonzague hob eine ihrer sorgsam gezupften Brauen. „Wie darf ich das verstehen?" „Nun, es ist die Figur der jungen Dame: schlanke Gliedmaßen, eine schmale Taille und volle Brüste. Genau das, was er will ... Aber das dürfte Euch ja bekannt sein."

Mittlerweile hatten Daphne und Diane durch einen glücklichen Zufall Fleur und Nicolette gefunden. Die beiden begutachteten eine Tafel, die prunkvoll geschmückt – und über und über beladen war mit Naschwerk. „Immer nur Süßes!", stöhnte Diane. „Bei Königin Marie Thérèse gibt es kaum etwas anderes – dragierte Mandeln, Marzipan, kandiertes Obst und den süßesten Malvasier! Ich jedenfalls will meine Zähne noch eine Weile behalten und würde lieber eine Käseplatte ...", stöhnte sie, doch Nicolette packte sie am Arm. „Stell dir vor: Fleur hat heute ihren Bohnenkern eingegraben!" – „Gräbt man Bohnenkerne nicht immer im April ein, wenn der Boden bestimmt nicht mehr gefroren ist?", wandte Daphne ein. „Freilich, Demoiselle ...! Doch es ist *der* Bohnenkern!", protestierte Nicolette. „Unsere gute Fleur hat einen Verehrer – und ich habe ihn noch nicht einmal zu Gesicht bekommen!" Diane kniff die Rothaarige leicht in die Wange: „Braucht sie etwa deine Genehmigung, Colette? Oder gönnst du ihr am Ende nicht, dass sie einem anständigen Mann gefällt?" Nicolette zog ihre Mundwinkel gekränkt nach unten – Diane war es ein Leichtes gewesen, sie zu durchschauen. Das Schönste freilich war, dass Fleur anders als noch vor wenigen Wochen bei ähnlichen Gelegenheiten jetzt lächelnd danebenstand. Darauf zog sie ein Lorgnon aus ihrem Beutel und sah sich um. „Ah, das *defilé* hat begonnen!", stellte sie fest – die Gäste begannen nämlich, gruppenweise vor der Türe des Festsaals Aufstellung zu nehmen. Diane winkte ab. „Ich beziehe erst Aufstellung, wenn unsere gnädige Herrin hier zu erscheinen geruht. Sie weiß nämlich am besten, wenn der geeignetste Zeitpunkt gekommen ist." „Seit wann hast du eine Brille, Fleur?", fragte Nicolette fassungslos. „Oh, seit Ostern, um genau zu sein. Damit es mir nie wieder passiert, Seine Majestät und Lauzun zu verwechseln – und Gerüchte in die Welt zu setzen, der König sei von kleinem Wuchs ...", Fleur zwinkerte ihr zu.

Die irgendwie nicht mehr so ganz die Fleur war, die Daphne vor einem knappen halben Jahr kennengelernt hatte. Sie konnte sich allerdings vage vorstellen, aus welcher Richtung dieser neue Wind wehte. Schließlich besuchte Fleur nicht mehr die reformierte Kirche an der Plâce de Grève, sondern seit Neuestem die in der Nähe der Porte Touraine.

Es nahte sich die Herzogin, Madame d'Arcachon und Madame du Plessis im Schlepptau. Diane seufzte: *„Alors, Mesdemoiselles: prendez garde*!" In diesem Moment wurden die Türen zum Festsaal geöffnet, und der Zeremonienmeister kündigte die ersten Gäste an. Träge setzte sich die Besucherschlange in Bewegung.

Ihre Majestät thronte auf einer Bühne an der Stirnseite des Saales, umgeben von ihren Ehrendamen, auf einem umfänglichen Armsessel unter einem blauseidenen Baldachin, der mit goldenen Lilien bestickt war. Auf der Gegenseite bemühte sich ein zwanzigköpfiges Orchester um festliche Musik. Die meisten Gäste erwiesen der Königin ihre Referenz zu ebener Erde, nur wenige besaßen das Privileg, die Stufen zu ihr emporzugehen und sich direkt vor ihr zu verneigen. Daphne hatte Muße, sich alles genau anzusehen und einzuprägen. Die Königin, die dort in etwa fünfzehn Klafter die Honneurs entgegennahm, ähnelte der Frau, die sie anhand eines vorhandenen Porträts in den Tuilerien gemalt hatte, nur sehr entfernt. Sie war hellblond, blass und hatte ein ausgesprochen formloses, fast aufgedunsenes Gesicht mit mindestens zwei Doppelkinnen, in dem auch nicht der allerkleinste Muskel zuckte und nur eine Anwandlung von Mimik erzeugte. Dazu trug sie Schwarz, was sie noch bleicher erscheinen ließ, und zwar auf eine ungesunde anstatt auf eine vornehme Weise. Daran konnten auch die zahllosen Edelsteine nichts ändern, mit denen ihre Robe benäht war. Daphne schauderte. Die Königin von Frankreich besaß in ihren Augen den Charme und die Ausstrahlung einer – Wasserleiche. Eben stieg ein hoher geistlicher Würdenträger die Stufen zu Marie Thérèse hinauf; die Königin erhob sich, knickste schwerfällig und küsste den Ring des Prälaten. „Das ist Bischof Bossuet!", flüsterte Diane ihr ins Ohr. „Ein brillanter Rhetoriker und Literat übrigens. Man zahlt ihm schon zu Lebzeiten mittlerweile zweitausend Livres, dass er einem die Leichenpredigt verfasst."

Mein Gott!, dachte Daphne. Sie ist winzig. Bei Weitem keine fünf Fuß. Sie sieht aus wie ein dickliches Kind, das einen Kürbis verschluckt hat.

Einfach grotesk! Sie wäre wirklich der erste Mensch, bei dem es mich Überwindung kosten würde, ihn zu porträtieren ...

„Glaubst du, dass Seine Majestät heute Abend auftreten wird?", wollte Fleur von Nicolette wissen. „Oh, er *muss* es einfach tun – anders würde ich es heute Abend hier nicht aushalten. Erst Sodbrennen von den Zuckermandeln, dann eine Posse mit diesen ekelerregenden Zwergen!" Sie klappte ihren Fächer auf und wedelte sich leicht enerviert Luft zu.

Mittlerweile war Anne de Gonzague mit ihrem Staat vor die Königin getreten – ihr alleine widerfuhr die Gnade, sich zur Monarchin hinaufzubegeben für ihre Referenz. Dann wurden sie mit einer müden Handbewegung und ohne die geringste Gemütsbewegung entlassen.

„Sie ist schrecklich!", flüsterte Diane Daphne ins Ohr, als sie außer Hörweite waren. „Schrecklich – und machtlos und über die Maßen bedauernswert. Und dumm wie ein Reitstock. Und das Schlimmste ist: Sie himmelt den König in eben demselben Maß an, wie er sie verachtet!" „Mein Gott!", stöhnte Madame d'Arcachon unvermittelt, „ist das hier sterbensfad!"

*

Es gab eine Lotterie – auf der es zumeist Erbauliches und Devotionalien zu gewinnen gab. Ein Dichterling von der Akademie für Inschriften gab eine Ode zur Verherrlichung der Gloire Seiner Majestät zum Besten – das Ganze brandneu und wie üblich übertrieben schmeichelhaft. Daphne gähnte – gemäß der Etikette mit geschlossenem Mund. Fehlten noch die Zwerge Ihrer Majestät ...

Und da purzelten sie schon mitten durch den Saal, alle sechs allerliebst verkleidet als Schäferinnen mit ihren Lämmchen. Daphne verspürte bei dieser Darbietung ein leichtes Unwohlsein. Wenn es nicht eine große Ehre dargestellt hätte, von Ihrer Majestät eingeladen zu werden ... und nun war es eindeutig zu spät, so etwas wie eine Nervenkrise vorzuschützen, um sich dieser maßlosen Langeweile zu entziehen.

Eine geschlagene Stunde weiterer Ödnis wurde ihnen als Prüfung auferlegt. Madame du Plessis kam heran und winkte Daphne und Diane zu sich. „Ihr sollt mitkommen, Mesdemoiselles – auf spezielles Verlangen der Comtesse de Soubris!" Die Gräfin de Soubris saß vor der Fensterfront auf einem Schemel, neben ihr die Herzogin. Diese schlichte Sitzgelegenheit zugewiesen zu bekommen, war bei Hof ein großes Privileg, das die beiden hochrangigen Damen zu ihrer Erleichterung besaßen. „Stellt Euch einfach hinter uns – dann werdet Ihr die beste Sicht haben!", forderte Anne de Gonzague ihr Gefolge auf. „Was gibt es denn?", wollte Nicolette voll sichtlich wachsender Erregung wissen. Anne de Gonzague drehte ihr Haupt zu den hinter ihr stehenden Damen um. „Seine Majestät wird geruhen, einen Tanz darzubieten." „Ah!", raunten Diane, Nicolette und Fleur wie aus einem Mund. „Jawohl – und er wird sein Zigeunerkostüm tragen!", fügte die Comtesse de Soubris hinzu. „Er trug es zuletzt vor fünf Jahren und es passt ihm immer noch!" Der Blick der Herzogin traf den Daphnes: „Nun seid gefasst auf etwas wirklich Außergewöhnliches, mein Kind!"

Eine doppelflügelige Türe wurde geöffnet, und der *Maître de Plaisir* verkündete: „Mesdames, Messieurs – Le Roi danse!" Die in diesem Moment schlagartig eintretende Stille hatte nichts mit der gemein, die sich ausgebreitet hatte sofort nach der Enthüllung von *Achill unter den Mägden*. Diese Stille hatte etwas Magnetisches, Brennendes, Begehrliches. Louis XIV. erschien unter dem Türsturz, wo er einen Moment verharrte, die Schultern zurückgenommen, die Arme gespannt mit zu Boden gerichteten Handflächen, die Beine leicht schräg versetzt, wie zum Ausschreiten begriffen. Zügig schritt er zur Mitte des Saales, nahm erneut Position ein und nickte dem Konzertmeister zu. Erst als die Musik einsetzte, streckte er einen Arm zu Decke, den anderen quasi als Kontrapunkt zur Erde, hob sein Haupt und schüttelte seine langen, leicht kastanienfarben glänzenden Locken, in die zahlreiche bunte Bänder eingeflochten waren.

Nicolette seufzte leise.

Das mysteriöse „Zigeunerkostüm" war bei Weitem schlichter, als Daphne angenommen hatte, aber sie begriff rasch, dass es dabei um zwei Dinge ging: die Dynamik und das Tempo der königlichen Bewegungsabläufe erstens nicht einzuschränken durch sperrige Applikationen oder zu voluminösen Schnitte. Zweitens durch lose Bestandteile schnellen Bewegungen Nachdruck zu verleihen. Wie es für die Rheingrafenmode charakteristisch war, trug seine Majestät über seinen Hosen eine Art überfangenden Rock, der allerdings nur aus einem Gurtband mit langen, leuchtend bunten *galants* bestand. Die bunten Bänder wiederholten sich auf seinem kurzen, überall geschlitzten *pourpoint* – doch das darunter getragene weiße Hemd war nicht lang und bauschig, sondern saß kurz und angeschmiegt wie ein Leibchen und ließ sogar ein wenig seine blanke Brust durchblitzen. An den Füßen trug er statt der üblichen vornehmen *sabots* weiche Opanken aus Rauleder, deren Schnürbänder gekreuzt hinaufliefen zu seinen Knien. Darunter: Keine Strümpfe, sondern nichts als leicht gepuderte, sanft gebräunte Haut und ein Paar Kniehosen aus naturfarbenem sämischem Leder, die nicht anders imponierten als eine zweite Haut.

Fleur hatte ihr Lorgnon krampfhaft vor ihr Näschen gepresst. Sie seufzte etwas lauter als Nicolette.

Der König eroberte die gesamte ihm zur Verfügung stehende Fläche mit schnellen, kreisenden Bewegungen. Daphne schien es, als berührte er den Boden kaum, als flöge, schwebte und katapultierte er sich durch den Raum in eine andere Dimension – und die Bänder in seinen Haaren und auf seinem Kostüm woben den wilden Rhythmus des Zaubers weiter, den er, getragen von der Musik, wirkte.

Ein dumpfes Geräusch links von ihr lenkte Daphne kurz ab – eine junge Hofdame war eben in Ohnmacht gefallen. „Meine Güte", stammelte Fleur, „was für Beine!" „Ja, jetzt siehst du es auch, wo du endlich eine Brille benutzt!", zischelte Nicolette. „Aber ich finde seine Hinterbacken noch viel interessanter!"

Jetté – nach hinten auskreuzen in die vierte Position, von den waagrecht ausgebreiteten Armen den Gegenspieler des vorderen Beines zuerst angewinkelt, *lever* der hinteren Fußspitze zum linken Knie, rechten Arm ebenfalls angewinkelt, linken Fuß *sur pointe*, Abstoß – Seine Majestät drehte eine Pirouette.

„Zweifache Drehung!", kommentierte die Gonzague und applaudierte wie andere auch. Eine weitere Dame sank um. Jetté. Pirouette. Capriole. Das Ganze achtmal hintereinander. Aus den Locken des Königs spritzten die ersten Schweißtropfen, und seine breite Brust hob und senkte sich in heftiger Atemfrequenz. Zwei weitere Fälle von Ohnmachten unter den anwesenden Damen. Daphne selbst fühlte sich beileibe keiner solchen nahe – aber sie war irritiert von einem Gedanken, der sich ihr aufgedrängte: Wie würde sie das abbilden können? Sie griff nach dem kleinen Zeichenbuch, das sie sich in die Rocktasche gesteckt hatte. Nachher ... nachher würde sie sich ein ungestörtes Plätzchen suchen ... aber es war so schwer, ein bewegtes Objekt angemessen darzustellen. Hier mochte die Bildende Kunst versagen und hinter Auge und Fantasie zurückbleiben.

„Nur vier Ohnmachten...", kommentierte die Comtesse de Soubris mit mildem Spott. „Sire wird doch allmählich älter!" Das Musikstück war zu Ende, Seine Majestät stand da, mit leuchtenden Augen, stürmischem Atem, im Ausfallschritt in der vierten Position, einen Am elegant nach oben gehoben, den anderen leicht nach unten von sich gestreckt – und in diesem Moment fiel noch eine Zuschauerin in Ohnmacht.

„Madame de Bouillon gilt nicht!", meinte die Herzogin. „Sie ist schwanger ..."

Der nun einsetzende Beifall glich einem Orkan.

*

Daphne saß auf einer *bergère* auf dem Korridor vor dem Festsaal und zeichnete. Egal, wie lange sie dort schon sitzen mochte, egal, wer da alles vorüberging – sie saß und zeichnete.

Nur die Weichheit des Rötelstifts vermochte den Impetus der königlichen Bewegungen einigermaßen einzufangen. Jedes andere Zeichenmaterial kam ihr zu starr, zu unflexibel vor. Ihr war, als verspürte sie den Drang, ein Feuerwerk abzubilden. Die Quadratur des Kreises – eine bisher unlösbare Aufgabe, die seit jeher durch geometrische Lehrbücher und Diskussionen geisterte, kam dem wohl gleich.

Seine Majestät stand nur auf der linken Fußspitze, das rechte Bein gegen das linke Knie gewinkelt, die Arme nach oben gestreckt, als wolle er nach den Sternen greifen. Seine langen, herrlichen Locken zur Seite fliegend. Hier war sie, seine Schönheit – ein greifbares Streben nach der Perfektion von Anmut und Bewegung. Daphne traten Tränen in die Augen – vor Erschöpfung, von der Erkenntnis ihrer Grenzen und ihrem momentan unerfüllbaren Verlangen nach umfassender Vollendung.

Seine Majestät ging in diesem Moment an ihr vorbei, erfrischt und in höfischer Robe, seine Kammerherren im Gefolge. Er nahm sie nicht wahr, sie ihn ebenfalls nicht. Nur einer aus des Königs Gefolge hielt einen Moment vor der hingebungsvollen Zeichnerin inne und spähte erstaunt auf ihre Studien. Daphne blickte hoch und – erneut in das hübsche herzförmige Gesicht mit den beeindruckend kornblumenblauen Augen. Der junge Kammerherr nickte ihr voller Bewunderung zu, schwenkte kurz seinen Hut vor ihr und beeilte sich, wieder zügig zu seinem Monarchen aufzuschießen. Der Daphne in diesem Moment vorkam, als wäre er ein anderer.

*

Es klopfte, und Diane trat ein, ohne um Erlaubnis gefragt zu haben. Margot hatte Daphne zur Nacht zurechtgemacht, nun blätterte sie ziellos in ihrem Gesangbuch auf der Suche nach einem Lied oder einem Spruch zur Nacht. Doch weder Martin Luther noch Paul Gerhardt mochten sie jetzt in der nötigen Weise auffangen, so wort- und glaubensgewaltig sie auch gewesen waren. Diane trat zu Daphne an deren Toilettentisch – und nahm ihr das Liederbuch aus der Hand. „Der Trost, den du jetzt brauchst, liegt nicht bei Gott!", sagte sie sanft, kniete neben Daphne nieder und schloss sie in ihre Arme. Sie drückte Daphnes Kopf an ihren Hals. „Er wird dich wieder peinigen. Und wieder ..." Daphne spürte, wie etwas ihre Kehle zuschnürte. „Dabei", fuhr Diane fort, „ist er der einzige Mann, der deiner wirklich würdig ist."

Sie nahm Daphnes Gesicht in ihre Hände. „Wenn du es irgendwie bewerkstelligen kannst, dann verlasse Frankreich so schnell wie möglich ..."

Daphne schüttelte ihren Kopf. „Ich kann nicht! Ich muss hier sein! Ich muss malen! Ich muss ..."

Diane blickte ihre Freundin eindringlich an: „Du musst den anderen so schnell wie möglich finden!" „Den, der mich liebt?" „Nein, den der dich beschützen wird. Wenn du tatsächlich hier bleiben willst, dann wirst du ihn nötiger brauchen als einen, der vor Liebe glüht und blind ist!"

Daphne streichelte der Freundin über die Wange. „Meine dunkle Göttin! Bitte bleibe heute Nacht bei mir!"

*

„Wir sind zu dritt – also nehmen wir die Kutsche!", beschloss Daphne und blickte Fleur und Margot fast grimmig an. „Was, denkt ihr, kosten drei Tragstühle bis zur Porte Touraine? Ich stehe gerade für die Kutsche!" Sie nickte dem Stallburschen zu, der sofort losflitzte. Eine Viertelstunde später fuhr eine der herzoglichen Kaleschen vor mit vier Pferden im Gespann. Fleur seufzte. „Es ist mir nicht recht!“ Daphne seufze ebenfalls: „Du bist eine junge Dame von Stand. So wie ich. Du darfst deinen Glauben frei ausüben. Also zeige Rückgrat – und Standesbewusstsein!“ „Und wenn Ihre Durchlaucht davon erfährt …?“ „Stehen uns nun die Kaleschen tagsüber zur Verfügung oder nicht? Fahren wir vielleicht zu einer Schwarzen Messe? Also steigt ein, um Christi willen!“ „Irgendwann, Daphne d’Owen, wird es dich den Kopf kosten – weil du immer und sofort mit dem deinen durch die Wand willst!“

Vor der Église du Bon Pasteur wartete ein baumlanger, junger blonder Mann, der sich recht behände an zwei Krücken vorwärtsbewegte. Als er das herzogliche Wappen auf der Kutsche erkannte, begann er zu strahlen – und Fleur flog nachgerade auf ihn zu. Freilich bremste sie kurz vor ihm ab, anstatt ihm ausgerechnet vor dem Kirchenportal um den Hals zu fallen. Immerhin gestattete sie ihm einen Kuss auf die Wange, wozu er sich ordentlich hinabbücken musste.

„Nun, Adam Frans, wie geht es deinem Bein?“, schmunzelte Daphne. Ihr Malerkollege setzte das gebrochene Bein vorsichtig auf den Boden und hielt dafür eine seiner Stützen in die Luft. „Der Arzt ist zufrieden, ich bins dann auch. Nächsten Monat werde ich schon wieder tanzen können!“ „Das kommt sicher davon, dass ich fleißig für dich gebetet habe!“, meinte Fleur. „Sicher, sicher – aber mir war‘s dann doch wichtiger, dass du mich so fleißig besucht hast, *mijn favoriete*!“, erwiderte er. „Doch nun lasst uns hineingehen!“ Drinnen im Kirchenschiff trennten sie sich – Adam Frans setzte sich zu den Männern nach rechts, die Damen nahmen links Platz. Es war das erste Mal, seit Daphne in Frankreich war, dass sie wieder einen Gottesdienst besuchte – wenn auch einen reformierten statt eines Lutherischen.

Während sich die Bankreihen füllten, blickte Margot ihre Herrin von der Seite an. „Fleur scheint ja nun einen rechtschaffenen Mann gefunden zu haben – wenngleich er wohl unter ihrem Stand ist“, meinte sie und sah verstohlen zu Adam Frans hinüber. „Das mag sein – aber Adam Frans stammt aus der reichsten Kaufmannsfamilie in Alkmar – während das Schloss der de La Granges in einem zugigen Seitental der Pyrenäen vor sich hin rottet. Und Fleur hat drei Schwestern, die allesamt auch unter die Haube wollen. Wäre ich ihre Mutter – ich würde sie weitaus lieber einem warmherzigen und talentierten Kaufmannssohn geben als einem alten adeligen Witwer, der auf seine zahnlosen Tage noch einmal ein kleines Spielzeug haben möchte. Vor allem, wenn der Kaufmannssohn über viel Geld verfügt …“, flüsterte Daphne. „Und was ist mit Euch, gnädiges Fräulein? Euch macht anscheinend immer noch kein interessanter Mann von Stand und Ehre den Hof!“, entgegnete Margot. In diesem Moment begann erfreulicherweise das Orgelvorspiel.

*

Als Daphne erwachte, lachte ein sonniger Frühlingsmorgen zum Fenster hinein – das Grau des gestrigen Tages war verschwunden. Sie räkelte sich genüsslich – und stutzte: Sie war nicht alleine in ihrem Bett. Schlimmes befürchtend drehte sie ihren Kopf zur Seite. Neben ihr lag, noch friedlich schlummernd, Diane. „Oh Himmel – was habe ich getan? Was haben wir – möglicherweise – getan?", dachte Daphne entsetzt und spähte hastig unter die Decke. Gottlob trug sie ihr Nachthemd immer noch. Auch die gerade erwachende Freundin war noch immer züchtig mit ihrem Unterkleid bekleidet. Sogar im Schlaf war diese junge Frau wunderschön, ihre langen schwarz-braunen Haare waren wie ein Schleier um ihren Kopf ausgebreitet. Eben öffnete sie langsam ihr Augen und blinzelte Daphne verschlafen und liebevoll an. „Guten Morgen, meine Schöne!" murmelte sie und rieb sich dezent ihre grünen Augen. „Was ist dir – du schaust mich so entsetzt an. Habe ich mich etwa bei Tagesanbruch in einen Oger verwandelt?" Daphne fühlte, wie flammende Röte in ihre Wangen kroch. „Diane ... ist gestern Nacht etwa ... haben wir vielleicht ...?", fragte sie völlig verunsichert.

Diane kratzte sich am Nacken. Dann lächelte sie. „Wir haben nichts getan, wessen du dich schämen müsstest – aber lass dir hiermit gesagt sein, dass ich das außerordentlich bedauere!" „Aber warum ...?" – „Warum ich in deinem Bett liege? Erinnerst du dich denn nicht mehr? Zumal du gestern nichts getrunken hast, was dir das Gedächtnis hätte stutzen können."

Daphne hob ihren Kopf und spähte zu ihrem Sekretär hinüber, auf dem ihr kleines Zeichenbuch lag. „Seine Majestät hat getanzt ...", sagte sie langsam. „Hm. Und du hast ihn im Anschluss als Tänzer gezeichnet wie eine Besessene. Es war gar nicht so einfach, dich zur Kutsche zurückzubringen!" Diane schwang sich aus dem Bett, ging zum Sekretär und brachte das Zeichenbuch mit, das sie aufgeschlagen aufs Bett legte. „Du hast zwölf Studien vom tanzenden König angefertigt – ach was, perfekte Zeichnungen. Alleine diese hier!", rief sie aus und zeigte auf eine, die Louis XIV. bei einer perfekten Capriole in der Luft mit weit ausgebreiteten Armen und fliegenden Locken und Bändern darstellte. Sie fasste Daphne an der Schulter. „Daphne, du warst wie in einem Rausch! Du taumelst auf einen Abgrund zu – und es ist keiner da, der dir Schutz und Halt geben und dich vielleicht von etwas abhalten könnte, was nicht gut ist für dich!" „Seit wann sind Zeichnen und Malen nicht gut für mich?", protestierte Daphne. „Den König zeichnen und malen ist nicht gut für dich ...", seufzte Diane.

Daphne blickte auf ihre Zeichnung. „Ich weiß nicht, worauf du hinauswillst, Diane. Den König zu malen bedeutet Ruhm!" „Daphne – warum bist du hier in Paris? Weil du insgesamt zwei Jahre Zeit hast, eine Partie zu machen, die vielversprechender ist als dieser ältliche, brutale

Graf mit seinem Paukenbauch und seinen Stelzenbeinen. Und – macht dir etwa ein hübscher *gentilhomme* den Hof? Mehr noch: Hat dir die Gonzague bisher irgendwelche Gelegenheiten verschafft, dass dir ein ansprechender Kandidat vorgestellt wurde?"

Ärgerlich klappte Daphne ihr Buch zu. „Und wenn schon – mir soll es recht sein! Umso mehr kann ich mich dem Malen widmen. Das ist es, was ich will. Ein Eheweib werden kann jede! Aber die größte Malerin Frankreichs zu werden ... Nocret hat angeregt, dass ich an der Akademie Unterricht in Perspektive, Geometrie und Anatomie nehmen solle!"

Mit einem Seufzer ließ sich Diane in die Kissen zurückfallen. „Das ist mit Sicherheit nicht dass, was deine Tante deiner Mutter versprochen hat, um für dich eine Reiseerlaubnis zu erwirken. Sie hält dich – und das ist mehr denn je mein Eindruck – hier verschlossen, wobei sie dich nur zu ganz besonderen Gelegenheiten vorführt und präsentiert. Gleichzeitig fehlt es dir hier an nichts." Sie haschte nach einer langen Haarsträhne von Daphne, an der sie leicht zupfte. „Ich kann mich des üblen Gefühls nicht erwehren, dass La Duchesse Anne ganz eigenwillige Pläne hat, was dich angeht!"

„Nun siehst du wirklich Gespenster!", meinte Daphne ärgerlich. „Die Herzogin ist eine durchweg ehrenwerte Frau!" Diane breitete ihre Arme aus und lachte. „Oh ja, selbstredend! Vor allem aber ist sie eine mit allen Wassern gewaschene Diplomatin, die genau weiß, was ihre Auftraggeber erwarten – und wie sie bei all dem ihren eigenen Vorteil wahren kann. Diese Frau plant und macht nichts für Gottes Lohn und um Christi Liebe willen, glaube mir. Diese Frau macht hohe Politik, wenn auch nicht mit Schwert und Harnisch!" Jäh richtete sie sich auf, fasste Daphne bei den Wangen und küsste sie rasch auf die Stirne. „Sei auf der Hut! Und finde deinen Beschützer, bevor es zu spät ist!" Sie schwang sich aus dem Bett und verließ Daphne grußlos.

Als sie leise das Zimmer verlassen hatte, kam ihr auf dem Korridor eine trotz der frühen Morgenstunde bereits korrekt bekleidete Frau entgegen. „Können wir uns eben kurz unterhalten, Diane de Perrêtre?", fragte sie die junge Hofdame direkt und ohne Umschweife. Die wäre geradezu froh gewesen, wenn es Madame d'Arcachon gewesen wäre, die sie beim Verlassen des Schlafzimmers der vermeintlichen Nebenbuhlerin erwischt hatte. Doch leider war diejenige, die sie gerade gestellt hatte, die Herzogin höchstpersönlich.

Kapitel zwölf

Zeigt die starren Grenzen des Reglements der Akademie für Bildhauerei und Malerei und einen badenden König, der unwissend zum Modell wird

Paris, September 1668

Der Assistent des Professors für Geometrie und Perspektivisches Zeichnen, Étienne Migon, rang die Hände: „Nun drängeln Sie nicht so, Herrschaften!" Die jeweils zweistündigen Lektionen, die für die *jeunesse* genannten Schüler der *Académie royale de Peinture et Sculpture* an den Werktagen abgehalten wurden, verzeichneten am Anmeldetag einen derartigen Andrang, dass man kurz erwog, die Schweizer Garde zu rufen, um für Ordnung zu sorgen. Mindestens einhundertfünfzig junge Pariser drängten sich vor dem Portal des Palais de Brion, um sich in die freien Kurse, die auch noch in den Disziplinen Anatomie und Aktzeichnen angeboten wurden, an diesem ersten Septembertag einzuschreiben. Darunter mindestens ein Fünftel junge Frauen – wobei diesen die Belegung der Kurse für Aktzeichnen aus sittlichen Gründen verwehrt blieb. Eben drängelte sich ein zierlicher junger Mann fast mit Erfolg an Daphne vorbei. Er war kleiner als sie, schmalschultrig und hatte trotz der spätsommerlichen Wärme seinen Wollumhang eng um sich geschlungen und seinen breiten schwarzen Filzhut weit in seine Stirne gezogen. „Pardon, Mademoiselle!", murmelte er heiser. „Ihr wollt bestimmt den Aktkurs belegen?!", fragte Daphne neugierig. Der zierliche Jüngling – der seltsamerweise keinen prägnanten Adamsapfel besaß – hüstelte nervös und rückte von Daphne ab. Die schmunzelte in sich hinein. Ihr Gegenüber dürfte beileibe nicht der einzige Bewerber um einen Platz im Aktzeichenkursus sein, der eine Hosenrolle spielte.

Kurz blitzte in ihrem Gedächtnis die Erinnerung an ihre Eskapade an der Heidelberger Universität; war es wirklich erst vor fast zwei Jahren gewesen, als sie im Nosocomium die Bank gedrückt und Sektionen gezeichnet hatte? Verkleidet als der Jude Daniel? Und Junker Ruprecht – er war ihr dort begegnet, ebenfalls unter einer falschen Identität. Die Erinnerung war für sie weder bitter noch verklärend. Es war eine Station auf einem Weg gewesen, der sie weiterbringen musste. Es war traurig, aber sie fühlte, dass sie darüber hinwegkommen würde – auch wenn sie Ruprecht immer noch vermisste.

Jetzt aber blickte sie an der Fassade des Palais Brion hinauf, einem kleinen, aber eleganten Anbau des königlichen Palastes. Dort residierte seit drei Jahren der *Corps académique*, fasste Beschlüsse über Statuten, Besetzung von Posten und vor allem über Lehrinhalte, Aufnahmeanträge und Preisvergaben an die *jeunesse*. Dieser Ausschuss tagte jeweils am ersten Samstag jedes Monats.

Neben ihr stand Diane. Sie hatte beschlossen, ebenfalls Lektionen zu nehmen – erstens, weil ihr im Hôtel Nevers allmählich langweilig wurde, zweitens, um Daphne anstelle ihrer Zofe Margot zu chaperonieren.

„Bist du sicher, dass du das willst?", raunte Daphne ihrer Freundin zu, als das Gedränge immer tumulthafter wurde. Die zuckte mit den Schultern. „Versuchen werde ich es auf alle Fälle. Wer weiß, womit ich mir einmal die Zeit vertreiben muss, wenn ich eine einsame alte Jungfer sein werde. Dann lieber mit Malen und Kartenspielen als mit Brevierlektüre und Andachtsübungen. *Je mieux un vice commode qu'une fatigante vertu!*" „Wie? Ein angenehmes Laster ist einer langweiligen Tugend vorzuziehen?", kicherte Daphne. „Das passt vollkommen zu dir, meine Liebe!" Diane schüttelte ihre Locken: „Gesagt hat es aber Molière."

Mittlerweile hatten es die beiden jungen Frauen geschafft, das Portal des Palais Brion zu passieren. Praktischerweise befanden sich Registrier- und Zahlstelle gleich im Erdgeschoss an einem langen Tisch. Daphne sah sich um – die Ausstattung des Palais war vergleichsweise schlicht, aber geschmackvoll. Polierte Travertinsäulen, schmiedeeiserne Ziergitter mit den Emblemen Louis XIII., eine fast zierlich wirkende Marmorbalustrade an der Treppe. „Weißt du, wer hier noch bis vor einem guten Jahr gewohnt hat?", flüsterte Diane ihrer Freundin ins Ohr. „Die Duchesse de Vaujours!" „Wer ist das?", fragte Daphne ebenso leise zurück. „Du weißt das ernsthaft nicht? Das ist keine andere als Louise de La Vallière – immer noch dem Papier nach *Maitresse Royale en titre*. Seine Majestät hatte sie hier vor fünf Jahren einquartiert, nachdem sein Verhältnis mit ihr durch ein Ränkespiel publik gemacht wurde – und sie Madame als Hofdame nicht mehr tragbar schien. Hier hatte sie ihre glücklichste Zeit, bevor sie auf Geheiß des Königs letztes Jahr nach St. Germain umziehen musste in das Vorzimmer des Appartements, das die Montespan bewohnt. Wie demütigend!!" Daphne sah sie fragend an. Die Freundin fuhr fort: „Der König kann sich nicht öffentlich zur Marquise de Montespan bekennen, obwohl sie ihm bereits mehrere Kinder geboren hat. Denn das wäre doppelter Ehebruch. Er zwingt daher die Duchesse de Vaujours, dieses devote Geschöpf, weiterhin in der Öffentlichkeit als offizielles Königsliebchen zu fungieren, bezahlt für die Versorgung der beiden gemeinsamen Kinder – und durchquert jedes Mal ihr Kämmerchen, wenn er in Wirklichkeit bei der drallen Athenaïs liegen will. Oh ja – offiziell sucht er natürlich die amtliche königliche Mätresse auf. Mit der er seit Jahr und Tag nicht mehr im Bett war."

„Wie verlogen!" Diese Worte entschlüpften nicht Daphne. Sondern einem in strenges bürgerliches Schwarz gewandeten jungen Mann, der mittlerweile vor ihnen in der Warteschlange vor der Meldestelle stand. „Seid vorsichtig, Monsieur, mit dem, was Ihr kommentiert!", rief Diane ihm zu. „Immerhin ist Seine Majestät der oberste Schirmherr dieser Institution ..." Der blasse junge Mann schüttelte seinen Kopf. „Ohne

Zweifel, dies ist Seine allerchristlichste Majestät! Er täte allerdings besser daran, sein eigenes Seelenheil im Auge zu behalten." Diane knuffte Daphne in die Seite und rollte kurz die Augen. Dann erwiderte sie in sehr ernstem Ton: „Weise, wie Seine Majestät nun einmal ist, wird er dies wohl bedenken und im rechten Moment auch umsetzen!" Der Blassschnabel nickte beifällig. Diane flüsterte Daphne ins Ohr: „Er wäre freilich auch nicht der Erste, der in der Jugend ein Hurenbock war und sich im Alter zum Betbruder gewandelt hätte."

Daphne biss sich auf die Lippen. Seine Majestät ... ein Hurenbock. Sie hatte in einem Jahr genug über ihn gehört, um ein Zusammentreffen mit ihm unter intimen Umständen nicht für erstrebenswert zu erachten – und ebenfalls genug gesehen, um ihn unwiderstehlich und attraktiv zu finden.

„Euer Name, Mademoiselle?", wollte der Pedell wissen, der die Registrierung der *jeunesses* vornahm. „Baronesse D'Owen. Daphne Sophie." „Euer Alter?" Der Pedell war extrem kurz angebunden und ließ es gegenüber Daphne, die eine Standesperson war, eindeutig an Etikette mangeln. Sie überging diese Impertinenz, denn der enorme Andrang brachte den Pedell ohne Zweifel in so große Bedrängnis, als dass er hätte aufstehen und vor ihr dienern können. „Einundzwanzig Jahre, Monsieur." – „Also seid Ihr mündig und müsst keine Ermächtigung durch Euren Vater vorlegen", meinte er. „Seid Ihr Französin?" „Kurpfälzerin, Sieur." Seine Stimme klang misstrauisch. „Wo habt Ihr hier in Paris Quartier genommen?" Daphne blieb höflich. „Hôtel de Nevers, Rue Garancière, Rive Gauche. Ich gehöre zum Hofstaat Ihrer Durchlaucht der Herzogin Anne de Gonzague zu Rhein." „Tragt Euch hier in diese Liste ein, Baronesse! Bei meinem Kollegen nebenan entrichtet Ihr die Aufnahmegebühr, er wird Euch eine Einweisung und einen Raumplan aushändigen." Daphne trug sich in die umfangreiche Liste ein und wandte sich danach an den nächsten Pedell, der für Kasse und Horarien zuständig war.

Und der wesentlich freundlicher wirkte, ihr sogar kokett zulächelte. „Euer Gnaden, herzlich willkommen an der *Académie royale de Peinture et Sculpture*. Wenn Ihr bitte freundlicherweise die Aufnahmegebühr von einem *Écu d'Or* bei mir entrichten wollt. Die wöchentliche Gebühr beträgt dann jeweils zehn Sols und wird jeweils am Montag vom Assistenten *des Professors* im Zeichensaal eingesammelt. Anschreiben lassen kann man nicht. Für welche Kurse wollt Ihr Euch anmelden?" Der noch recht junge Pedell hatte nur noch erstaunlich wenige Haare auf dem Kopf – trug aber entgegen der Mode keine Perücke. Wahrscheinlich war eine *peruque à cheveux vifs* für ihn schlichtweg unerschwinglich. „Geometrie-Perspektive und Anatomie", gab Daphne Auskunft. „Ihr meldet Euch zum ersten Mal in der Zeichenschule der Akademie an, Baronesse?" Daphne nickte. „Gut, dann seid bitte so freundlich, Euch wegen weiterer Instruktionen an Tisch sechs und sieben zu begeben. Basiskurs." Er zählte die Münzen ab, die Daphne aus ihrem Beutel entnommen hatte, und stellte ihr eine Quittung aus. „Gott befohlen und besten Dank, Euer Gnaden!" Der Pedell deutete sitzend eine Verbeugung an.

Daphne wartete, bis Diane ebenfalls bezahlt hatte. An Tisch sechs erwartete sie ein weiterer Pedell – weder Daphne noch Diane hatten je einen runderen Mann gesehen. Kopf und Rumpf, aber auch Arme und Hände erschienen ihnen wie aus reinen Kugelformen geschaffen. „Die Damen, Gott zum Gruße!", rief er aus – und hob sein kugeliges Gesäß mit einiger Mühsal von seinem arg strapazierten Stuhl. „Ihr wünscht den Basiskurs in Geometrie und Perspektive bei Professor Migon zu belegen? Ihr habt Glück, es sind noch wenige Plätze frei!" Er trug die Namen der beiden in die Liste ein und reichte ihnen je einen Ausdruck der Hausregeln und des Raumplans. „Die Benutzung sämtlicher Anschauungsmaterialien und Fachbücher in der Bibliothek steht Euch an den Nachmittagen, wenn Ihr das Kolleg besucht, offen. Wenn Ihr etwas ausleihen wollt, so müsst ihr dies anmelden und registrieren lassen. Die Ausleihe vor Ort ist kostenfrei für alle Studenten." Dann setzte der Kugelmann einen bekümmerten Blick auf. „Essen und Getränke sind in den Räumen der Akademie übrigens strengstens untersagt, lautes Musizieren und das Mitbringen von Hunden ebenfalls." – „Ich verstehe voll und ganz, Monsieur!", erwiderte Daphne nonchalant. Wie wollte dieser Mann einen ganzen Arbeitstag im Palais Brion ohne Nahrungszufuhr überleben? Es gab immer wieder Wunder der Natur ...

Am Nachbartisch empfing sie ein Pedell, der wahrscheinlich irgendwann in den Räumen der Akademie geboren und von Kardinal Mazarin dort persönlich notgetauft worden war. Er sah aus wie ein wandelnder Klumpen Staub. Zumindest hustete er so. Er stellte sich als Bourdin, der höchstpersönliche Assistent von Professor François Qualtroux, vor. „Die Anatomielektionen werden anhand von menschlichen Skeletten, *moulagen* und offiziellen Lehrbüchern erteilt. Der *Corps de l'académie* hat übrigens bei der letzten Hauptversammlung befunden, dass dies die Sittlichkeit des weiblichen Geschlecht nicht tangiert – sofern Eure Herren Väter eine entsprechende Stellungnahme wünschen, wird Euch diese ausgestellt ..." „Verbundenen Dank, Monsieur Bourdin, doch wir beide sind volljährig!", antwortete Diane. Bourdin lächelte unter Husten etwas säuerlich. Zwei gelangweilte Adelsdämchen ..., dachte er bei sich. Daphne und Diane mussten sich auch bei ihm in die Teilnehmerliste eintragen. „Die Basiskurse in Anatomie werden werktäglich im Sommer von sechs bis acht Uhr nachmittags abgehalten, im Winterhalbjahr, also ab Oktober, von drei Uhr bis um fünf. Ihr könnt bei Kursbeginn von mir Kopien der neuesten anatomischen Tafeln von Monsieur Tortebat erwerben." Bourdin schob den beiden Freundinnen einen Raumplan und die Verhaltensregeln für den Anatomiekurs hin. „Wenn Ihr mir nun bitte noch den Erhalt bestätigen wollt ..."

Daphne und Diane verließen das Palais Brion und kehrten etwas erschöpft in die Spätsommersonne zurück. Ganz Paris war geschäftig, man schmückte öffentliche wie private Gebäude, Brückengeländer und Stadttore, Denkmäler und sogar Straßenschilder – eine neue Errungenschaft der Lichterstadt, um Lieferanten wie Fremden die Orientierung in der Hauptstadt zu erleichtern. Denn in vier Tagen würde der dreißigste Geburtstag des Königs begangen werden. Schon längst hatten sich fliegende Händler erbitterte Kämpfe um möglichst lukrative Standorte geliefert. Am beliebtesten waren ohne Zweifel der Pont Neuf, der Cours-La-Reine und das Quartier um Louvre und Palais royal. Und dabei war es noch nicht einmal gewiss, ob Seine Majestät überhaupt einen Fuß in seine ihm durchaus verhasste Hauptstadt setzen würde. Immerhin hatte der Jubeltag bereits zahlreiches Publikum nach Paris gelockt, dem Händler gewinnbringend spezielle Waren anzudienen versuchten: wundertätige Gedenkmünzen mit des Königs Haupt, Votivtafeln, Kräutermischungen in kleinen Kissen, Amulette mit Tierknochen und Reptilienhaut, Büchlein mit Sprüchen für Zauber und Segen. Astrologen hatten ihre Zelte aufgebaut neben denen von Wechslern, Kräuterweiber hatten ihre Stände neben denen von Devotionalienhändlern. Dazwischen drängelten sich Männer mit Bauchladen ebenso wie solche mit dressierten Äffchen an der Kette, die aus einem Brett mit Loszetteln gegen zehn Deniers einen treffenden Sinn- und Orakelspruch zogen.

Denn immerhin konnte es sein, dass Seine Majestät geruhen würde zu erscheinen, um durch Handauflegen die Skrofulosekranken zu behandeln: „Der König berührt dich, Gott heilt dich!" Wer an einem hässlichen Hautausschlag litt und sich weder ärztliche Behandlung noch Drugware leisten konnte, ergriff eben diese Gelegenheit, die sich aber meist nur zu Mariae Lichtmess oder Christi Himmelfahrt bot. Der königliche Auftritt dabei sollte, so hatte Daphne gehört, von volksnaher Schlichtheit sein.

Die beiden Freundinnen hatten einander untergehakt und schöpften nach drangvoller Enge im Palais de Brion erst einmal Luft. Die Straßen waren angesichts des bevorstehenden Jubelfestes besonders gründlich gereinigt worden und durch die anhaltend trockene Witterung der letzten drei Wochen war auch der berüchtigte Pariser Schlamm trocken und fest. Dafür stanken die Festungsgräben ziemlich erbärmlich. „Einen Tod muss man erleiden hier in Paris!", meinte Diane, als Daphne ihr Gesicht verzog. „Entweder Schlamm, den du nicht von Schuhen und Rocksäumen bekommst – oder der fatalen Geruch der Drainagen. Aber seit wir einen Polizeipräfekten haben, der sich auf umsichtige und vorausschauende Weise auch um die öffentliche Sauberkeit kümmert, ist es viel besser geworden. Allerdings – in die Viertel der wirklich armen Leute sollte man seine Nase nach wie vor immer noch nicht stecken. Die stinken immer noch zum Himmel!"

„Oh sieh mal, Diane, der Stand mit den bunten Steinen!", rief Daphne aus und wies auf einen mit sauberem Leinen bedeckten Klapptisch, auf dem ein Händler Steine, versteinerte Muscheln und Schnecken und Kristalle ausgebreitet hatte. Fasziniert blieb sie davor stehen und konnte sich an den leuchtenden Farben kaum sattsehen. Diane trat hinzu und nickte dem Händler, einem hageren, fast dunkelbraunen Mann, Ende vierzig, eher beiläufig zu. Dieser jedoch erstarrte – und verneigte sich knietief vor ihr, ehe er sie mit sichtlicher Freude auf okzitanisch ansprach. Diane lächelte wesentlich verbindlicher zurück und antwortete in seiner Muttersprache.

„So etwas!", meinte sie zu Daphne. „Der Mann kommt aus dem Landou! Das ist die Herrschaft der Perrêtres." „Also bist du seine Herrin – und er hat dich erkannt?", entgegnete Daphne. Diane nickte – und setzte ihre Unterhaltung mit dem Landouais fort. Der wies nach einem weiteren Wortwechsel auf Daphne und nahm einen besonders schönen dunkelvioletten Kristall in die Hand. „Er möchte dir diesen Amethyst schenken, Daphne – er bringt denen Glück, die im Zeichen der Fische geboren sind ..." Fasziniert sah Daphne noch einige Augenblicke auf das satte Violett des dargebotenen Kristalls. „Aber woher weiß er denn, dass ich ein Fisch bin?", fragte sie irritiert. Diane lachte. „Was denkst du? Glaubst du etwa an das Zweite Gesicht? Ich habe es ihm verraten. Und nun nimm sein Geschenk an – sonst blamierst du mich als künftige Herrin von Landou!" Daphne nahm den Amethyst aus der ledrigen Hand des Händlers, bedankte sich und steckte den Stein in ihren Beutel, während er ihr mit seinem breiten südlichen Akzent Glück und Segen wünschte. Erst dann verabschiedete er sich mit tiefster Referenz von Diane.

„Der König ist übrigens alles andere ein Freund von Aberglauben", meinte Diane, als sie weiterbummelten zum Hôtel Nevers. „Er ist unser erster Herrscher seit Generationen, der es abgelehnt hat, einen Hofastrologen zu beschäftigen. Er trägt weder Amulette gegen den Bösen Blick, noch duldet er irgendwelchen magischen Tand in seiner Umgebung. Er hält es mit den Wissenschaften, der Vernunft und den Gesetzen der Natur." – „Das", meinte Daphne, „macht ihn mir recht sympathisch ..." Sie blickte nachdenklich in die Seine, deren Wasserstand recht niedrig war. Die größte Hitze des Sommers war nun vorbei. „Und welchen Eindruck hast du von der Akademie gewonnen?"

„*Je verais* ...", meinte Diane kryptisch. „Es kommt in meinem Fall wohl eher darauf an, wie talentiert ich überhaupt bin. Was mich ein wenig aufbringt, ist die Tatsache, dass Frauen von den Aktstudien ausgeschlossen sind. Als ob unsereins unsittlicher und lüsterner wäre als ausgerechnet die

Kerle …", ereiferte sie sich. „*Mulier vas est peccati* …", entgegnete Daphne. „Dies hat schon der Heilige Thomas von Aquin behauptet: Das Weib ist das Gefäß der Sünde. *Natum pariensque inter urinam et faeces* … geboren und gebärend zwischen Harn und Kot." Diane lächelte Daphne nonchalant an. „Pfui Teufel über unsereinen!" Sie streichelte Daphne über die Schulter. „Wie trefflich, dass du schon Akte zeichnen kannst – wenngleich wohl ausschließlich weibliche." Sie schlenderten auf das Hôtel Nevers zu, das nun in Sicht gekommen war. „Du", fragte Daphne fast unsicher, „ich würde dir gerne etwas zeigen …" Diane hob neugierig ihren Blick. „Etwas Geheimes?" Daphne nickte. „Nur zu, meine Liebe! Du weißt, dass ich mich eher in Stücke hauen lasse, als irgendetwas preiszugeben!"

Daphne führt im Hôtel Nevers ihre Freundin nicht in die Galerie, wo sich ihr Arbeitsplatz befand, sondern in ihr Zimmer. Aus einem verborgenen Fach ihres Sekretärs zog sie eines ihrer Zeichenbücher, schlug es auf und präsentierte es Diane. Diese blickte auf den Rückenakt eines stehenden jungen Mannes, der einen Arm in die Hüfte gestemmt hatte. Offenbar hatte er eben gebadet, denn seine langen dunklen Locken schienen nass. Diane betrachtete die etwa eine Spanne hohe Zeichnung eingehend. Das Modell war wirklich gut gebaut, schlank und muskulös, aber nicht zu wuchtig; er war breitschultrig und schmalhüftig. Seine Beine waren lang, gerade und ebenso kräftig wie seine Oberarme. „Der ist wirklich stattlich!", meinte Diane. „Und du weißt, dass ich mir aus Männern nicht viel mache." Daphne nickte. Diane fuhr fort. „Wo und wann hast du ihn denn aufgegabelt?"

Daphne räusperte sich. „Das ist jetzt einen Monat her – ich bin abends an der Seine spazieren gegangen. Er muss ein Treidelknecht oder ähnliches gewesen sein, jedenfalls hatte er sich im Fluss gereinigt und von der Abendsonne trocknen lassen …", erzählte sie. „Hm", machte Diane. „Ganz ungeniert, wie es dieses Schiffsvolk wohl ist. Und du hast dir diese einmalige Gelegenheit nicht entgehen lassen, wie?!" Sie kniff Daphne in die Wange. „Hast du von ihm wenigstens auch die Vorderseite gesehen?" Daphne schüttelte den Kopf. Diane fuhr fort. „Das ärgert dich wahrscheinlich, was?" Daphne schüttelte erneut ihren Kopf – diesmal viel energischer. Diane schnaubte leise. „Dein Wort in Gottes Ohr! Du bist seit einem Jahr ungeküsst – und immer noch Jungfrau! Bei dir würde der kleinste Funke genügen … und wenn der von einem Treidelknecht geflogen kommt, dann ist es dein grandioses Pech! Pass nur auf, dass dich der Hafer nicht zu toll sticht!"

Alleine gelassen drückte Daphne ihr Zeichenbuch an sich und legte sich auf ihr Bett. Sie hatte eben Diane ihren größten und geheimsten Schatz gezeigt – und sich trotzdem nicht getraut, ihrer Freundin die ganze Wahrheit zu sagen. Die einfach ungeheuerlich war.

*

Die Comtesse de Soubris trug die brütende Augusthitze mit weitaus größerer Fassung und Gleichmut als Daphne, die für sich und die Gräfin verzweifelt die stehende Luft mit ihrem Fächer in ein wenig kühlende Bewegung umzuwandeln versuchte. Antoinette de Soubris war im Gegensatz zu ihrer Protegée von tadelloser Haltung, transpirierte nicht sichtbar und war tadellos geschnürt. Gut, sie hatte auf das Tragen von Handschuhen verzichtet. Daphne hatte es wie ebenfalls einige jüngere Damen, die der Jagdgesellschaft angehörten, gewagt, eine von diesen neumodischen zweiteiligen *robes battantes* aus Kattun anzulegen und darüber nur ein kurzes Mieder zu tragen, das sich unauffällig auch lockerer schnüren ließ – eine durchaus sinnvolle und bequeme Mode, welche die Marquise de Montespan schon vor zwei Jahren mit Erfolg eingeführt hatte – wohl um ihre erste Schwangerschaft, die unzweifelhaft dem König zuzuschreiben war, so lange es ging zu kaschieren. Was rasch und dankend auch von jenen jüngeren Frauen kopiert wurde, auch wenn die sich nicht in gesegneten Umständen befanden.

Außerdem pflegte sich Ihre Majestät, die stets auf einen gewissen Aplomb hielt, niemals zur Jagd zu begeben. Ein Freiheitsgrad mehr, den es an einem Sommertag wie diesem unbedingt auszuschöpfen galt.

Daphne d'Owen bewunderte, ja fürchtete beinahe die eiserne Contenance, die die über siebzig Jahre alte, immer noch gertenschlanke Comtesse des Soubris trotz sommerlicher Hitze bewahrte. Umso erstaunlicher als dass ausgerechnet ihr leiblicher Vater, Henri IV., gerade dann auf jegliche Etikette gepfiffen hatte, wenn diese dazu angetan war, ihn und auch seine nähere Umgebung zu inkommodieren. Der beliebte Monarch war im Gegensatz zu seinem überaus disziplinierten Enkelsohn in vielerlei Hinsicht ein *libertin de moeurs* gewesen – der auch in Gegenwart von hochadligen Edelleuten oder gar geistlichen Würdeträgern jungen hübschen Hofdamen durchaus auf den Allerwertesten klapste, wenn ihm danach war. Unvorstellbar, dass sich Seine Majestät so oder ähnlich verhielte. Jedenfalls in der Öffentlichkeit, die er gerne und oft aufsuchte.

Daphne lauschte nach draußen. Kein Vögelchen sang im brütend heißen Sommerwald, sie hörte von fern die Klappern und Luren der Treiber – und kurz zuvor ein Hörnersignal. „Sie haben erst das Halali geblasen ...", seufzte sie. „Das bedeutet für uns, Geduld zu haben." Sie fächelte energischer. Sogar zum Zeichnen war es ihr zu heiß. Die Comtesse klopfte an die Rückwand des Jagdwagens und hob ihre Stimme: „Kutscher, ist hier in der Nähe nicht der Étang des Biches?" – „Ja, Euer Gnaden, noch etwa einen viertel *lieue*." – „Dann bringe Er uns in die Nähe." – „Sehr wohl!" – „Ein Waldsee?", fragte Daphne neugierig – und hoffnungsvoll. Die Comtesse nickte und lächelte in der ihr eigenen verschmitzten Art. „Er liegt sehr verborgen – und dort ist es immer ein wenig kühler. Wenn ich früher die Regentin zur Jagd begleitet hatte, haben wir uns dort bei ähnlichen Gelegenheiten gerne aufgehalten. Man ist dort ausgesprochen ungestört." Wieder lächelte sie.

„Steigt ruhig aus und kühlt Euch ein wenig ab", meinte die Comtesse aufmunternd, sobald sie angelangt waren. „Nach meiner Einschätzung wird die Treibjagd noch mindestens zwei Stunden dauern – das Wild ist bei diesem Wetter viel zu träge, um sich aus den Dickungen aufscheuchen zu lassen. Könnt Ihr schwimmen, Daphne?" Daphne nickte verunsichert. „Ist das nicht unziemlich?" Die Soubris lachte kurz auf. „Ihr sollt Euch ja nicht im Bassin der Garde des Suisses in Versailles erfrischen. Nur hier, in der Einsamkeit des Waldes." Der Jagdwagen kam zum Stehen, und die Comtesse reichte Daphne ein großes weißes Leinentuch, mit dem der mitgeführte Proviantkorb bedeckt war. Daphne knickste höflich, bevor sie ihren Weg durch das Buschwerk suchte. „Aber bleibt nicht zu lange, Baronesse!", rief ihr die Gräfin de Soubris nach. Dann lehnte sie sich zufrieden gegen die Rückenlehne der Kalesche und legte, da sie nunmehr alleine war, ihre doch leicht geschwollenen Füße auf der Bank gegenüber hoch. Und harrte der Dinge, die sich möglicherweise ereignen würden ... Allerdings warf sie einen missbilligenden Blick auf Daphnes prachtvolles Gewehr, das auf der rückseitigen Bank lag. Eine Edelfrau, die eine Feuerwaffe zu führen verstand – welche Geschmacklosigkeit in ihren Augen. Doch schließlich hatte sie Daphne eingeladen zur königlichen Jagd im Bois de Boulogne – und ihre Entrüstung durfte sie in keinem Moment über das Erreichen des eigentlichen Ziels stellen.

*

Der Étang des Biches lag wirklich verborgen im Dickicht und war nicht größer als viereinhalb Juchards. An seinem Ufer wuchs kaum Röhricht, nur ein schmaler Grassaum, der zahllose Trittsiegel des heimischen Wilds aufwies, umgab ihn. Daphne ging ein wenig am Ufersaum entlang, bis sie eine geeignete Stelle ausmachte, und begann sich zu entkleiden. Leider hatte sie keine Wechselkleidung mitgenommen – so würde sie wohl oder übel nackt schwimmen müssen – wie als Kind zuhause im Neckar. Außer den Haubentauchern, Tafelenten und Libellen würde sie hier keine christliche Seele belauschen. Ihren Rock, ihr kurzes Mieder, ihre Strümpfe und ihre Schoßtaille legte sie auf den Stumpf einer Kopfweide und wollte eben auch ihr leichtes weißes Leinenunterkleid über den Kopf ziehen, als ihr stets aufmerksamer Blick eine Bewegung auf der Wasseroberfläche entdeckte.

Ein einzelner Schwimmer nährte sich der Stelle, an der sie sich befand ... Noch war er etwa in der Mitte des Weihers, doch er war allem Anschein nach geübt in der Fortbewegung im Wasser, denn seine kraftvollen Züge brachten ihn sehr schnell vorwärts. Sie kniff ihre Augen zusammen und entdeckte am anderen Ufer ein angebundenes Reitpferd mit roter Schabracke.

„Von wegen, dass man hier ungestört ist!", dachte Daphne grimmig. Da hatte sich noch jemand von der Jagdgesellschaft entfernt, weil er einer Erfrischung bedurfte. Die brokatbestickte Satteldecke wies auf eine Standesperson hin. Womöglich einer der Höflinge, die jedoch weder körperliche Betätigung noch den Kontakt mit Wasser suchten. Aber dieser hier schwamm wie ein Bisam, und es schien ihm Vergnügen zu bereiten. Nun war er nur noch einen Steinwurf entfernt von ihr; Daphne duckte sich hinter einen niedrigen, dicht belaubten Erlenstrauch und hoffte inständigst, dass der Wassersportler umdrehen und sofort zu seinem Pferd zurückkehren möge.

Zu wem auch immer sie eben gebetet hatte – er hatte ihre Bitten nicht nur überhört, sondern schien ihrer obendrein zu spotten: Der Schwimmer war kein Geringerer als König Louis XIV. Daphne hielt den Atem an und hegte den Wunsch, dass die Erde sich auf der Stelle lautlos auftun möge, um sie diskret zu verschlingen. Er war viel zu nahe, als dass er sie nicht schon entdeckt hätte – zumal er sich ausgerechnet anschickte, das Wasser zu verlassen. Sie konnte sich nur weiter ducken und versuchen, jegliches Geräusch zu vermeiden. Am besten wäre es gewesen, sie hätte noch nicht einmal geatmet.

Louis Le Grand stieg ans Ufer – nackt, wie er von seiner Königinmutter geboren worden war. Daphne schlug kurz die Augen nieder – bis ihre Neugierde, für die nicht nur sie sich schon früher des Öfteren verflucht hatte, die Oberhand gewann. Der König stand auf dem Grasstreifen und kehrte Daphne mittlerweile die Rückseite zu. Er streckte sich leicht, und die Wassertropfen glitzerten in der tief stehenden Sonne auf seiner Haut wie Perlen. Langsam rannen sie an ihm herab – vor allem aus seinen im nassen Zustand fast schwarz wirkenden Locken, die ihm bis zum Ende seiner Schulterblätter reichten und sich großzügig ringelten. Nun, fand Daphne, hatte sie wirklich allen Grund, ihren Atem anzuhalten. Was sie vor einigen Monaten vermutet hatte, als sie Seine Majestät hatte so formidabel tanzen sehen, bestätigte sich hier unzweifelhaft: Der König war ein überaus stattlicher Mann und verfügte über einen Körper, dessen Ebenmaß dem antiken Kanon entsprach. Er war groß gewachsen und gerade, breitschultrig, schmalhüftig und mit überaus schön proportionierten Tänzerbeinen ausgestattet. Seine Muskulatur war kräftig und in jenem Maß ausgeprägt, das keinen Vergleich mit des Königs olympischem Alter Ego Apollo zu scheuen brauchte. Allein die Linien und die anatomische Ausprägung seiner herrlichen Schultern, seiner Flanken – und des unteren Endes seines Rückens, wo ein Paar entzückender Grübchen über seinem Kreuzbein nistete ... Seine kleinen, hochgewölbten Hinterbacken hätten sogar ein altes Weib verträumt machen können. Seine Haut war im Gesicht leicht gebräunt und auch am

Körper nicht blass, sondern wies einen schönen cremefarbenen Ton auf. Seine Behaarung war ausgesprochen dezent.

War ihr Mund deshalb so trocken geworden, weil sie, so weit es ging, die Luft anhielt? Der König war ein schöner Mann – auch und obwohl sein Gesicht, wie sie es im Stillen schon gedacht hatte, etwas „unausgeglichen" war. Was ihm seine Schönheit verlieh, waren seine Anmut und das, was man als „körperliche Präsenz" bezeichnete. „Was für ein Aktmodell!", schoss es ihr durch den Kopf. Sie schielte nach ihrem Rock, wo sie wie stets ihre Zeichenkladde und ihren Stylus in einer Tasche mit sich führte. Undenkbar! Impertinent! Viel zu riskant! Sie würde aus dem Gedächtnis zeichnen müssen. Sie wusste, dass sie es tun musste. Später.

An der anderen Seite kam Tumult auf, weitere Reiter erschienen. Vermutlich hatten seine Jagdgenossen den König gesucht. Daphne hörte Louis XIV. verärgert seufzen. Er sah sich noch einmal kurz um – wobei sie sich einbildete, dass sein Blick auch auf ihr Kleiderbündel gefallen war – und stieg wieder zurück ins Wasser. Wo er sich ebenso zügig wieder entfernte, wie er hergeschwommen war. Daphne wartete, bis er fast angelangt war, dann kroch sie zu ihren Kleidern und zog sie sich im Schutz des Erlenbuschs über. Sie hoffte sehr, dass Seine Majestät den lebhaft rotblau gemusterten Stoff später nicht wiedererkennen würde. Einerseits war Louis Le Grands Gedächtnis phänomenal gut. Andererseits war er die Diskretion und Höflichkeit in Person. So sehr er es fürchtete, selbst bloßgestellt werden zu können, so sehr vermied er es seinerseits, andere zu blamieren. Sie kehrte zurück zum Jagdwagen, unverrichteter Dinge und aufgewühlt. Die Comtesse überging Letzteres. „Ihr wart dann doch nicht im Wasser, liebe Daphne?" „Da war ein anderer schneller als ich", entgegnete sie nur. „Ich verstehe", entgegnete Antoinette de Soubris und lächelte Daphne mit einem unbestimmten Blick zu.

Diese zückte, kaum dass sie sich wieder in die Kalesche gesetzt hatte, Zeichenbuch und Stylus und begann mit einer Studie – dem Torso eines männlichen Akts in Rückenansicht. Ohne Kopf. Die Comtesse registrierte es aus ihren Augenwinkeln und lächelte still vor sich hin, die verdächtig rotwangige Daphne nicht aus den Augen lassend. Manchmal, dachte sie bei sich selbst, zahlte es sich doch aus, die Gewohnheiten und Neigungen seiner lieben Mitmenschen gründlich zu studieren und in entscheidenden Moment auch parat zu haben, um sie gezielt auszuspielen.

*

Zwei Stunden später erlegte Daphne von einem Anstand aus einen Rehbock mit einem Blattschuss, nachdem sie ihre innere Ruhe wiedergefunden hatte. Die sie allerdings ebenso rasch wieder zu verlieren drohte, als sie beim Abblasen der Strecke namentlich vor Seine Majestät zitiert wurde. Schwach- und steifbeinig zugleich trat sie vor die königliche

Kavalkade und erwies Seiner Majestät ihre Referenz. Louis XIV. zog seinen Hut vor ihr und verneigte sich im Sattel. „Demoiselle d'Owen, Wir sind angetan! Ihr seid nicht nur eine überaus begabte Malerin, sondern auch noch eine treffsichere Schützin! Ihr mögt Euch als Zeichen Unserer Anerkennung einen Huf des Bocks als Trophäe abtrennen!"

Warum hat er immer so einen leicht spöttischen Blick, wenn ich ihn sehe?, fragte sich Daphne irritiert. Dabei hat er so einen wunderschönen Mund ...

Der König nickte einem der Kammerherren zu, der neben ihm ritt – der reichte Daphne seinen Hirschfänger. Nun war sie noch weitaus mehr irritiert – das Jagdmesser wurde ihr gereicht vom Comte de Rossignac. Chevalier Bleuet, wie Diane ihn genannt hatte. Sein Lächeln war fast scheu. Daphne trennte einen Vorderlauf ihres Beutetiers am Sprunggelenk durch, wischte die blutverschmierte Klinge an der Grasnarbe ab und gab dem Comte sein Jagdmesser zurück. Der nahm es mit einer erneuten Verneigung zurück. Seine Majestät indes hatte sich längst anderen Gesprächspartnern zugewandt. Daphne blickte ihm eine Weile zerstreut nach, ehe sie die leicht blutige Klaue mit einem Lederriemen an ihrem Gürtel befestigte. Dann begab sie sich zurück zu ihrer Gastgeberin. „Ich danke Euch für diese wundervolle Einladung, liebe Comtesse! Welche Abwechslung! Und wenn ich bemerken darf – eine für mich erfolgreiche!"

Antoinette de Soubris nickte mit mildem Lächeln. Nicht nur für Euch, meine kleine Freundin!, dachte sie voller Genugtuung. Jetzt muss nur noch der eleganteste Weg gefunden werden, Hahn und Henne zusammenzubringen.

Kapitel dreizehn

In dem es ein weiteres, diesmal freiwilliges Aktmodell auftritt und ein Strohmann gesucht wird

Paris, November 1668

Bourdin sammelte wie immer am Ende einer Lektion die anatomischen Zeichnungen ein, die die Akademiestudenten angefertigt hatten. Sie landeten unsigniert auf einem Stapel, der in einem Blechkasten beim Pförtner deponiert wurde. Am anderen Morgen würde eine Handvoll offizieller Mitglieder und Akademieräte, darunter mindestens zwei Gründungsmitglieder, die Zeichnungen begutachten, den Lernerfolg kontrollieren und beispielhaft gute und ebenso mangelhafte Ausführungen aussortieren und vor der Zeichenklasse diskutieren. Die besten Zeichnungen aus einer Woche würden einer Jury vorgelegt, die am Ende jedes Monats einen kleinen Preis auslobte. Ermutigt durch

Gewinne, sollten die Studenten dazu angespornt werden, sich um den jährlichen *Grand Prix de la Jeunesse* zu bewerben, der immerhin mit 500 Livres dotiert war.

An diesem Tag hatte Qualtroux Gipsabdrücke von Händen ausgelegt – offene Hände, zu Fäusten geballte Hände, was mindestens die Hälfte der Teilnehmer am Basiskurs Anatomie aufstöhnen ließ. Hände waren knifflig. Selbst für Daphne, die der Versuchung widerstehen musste, Dianes schlanke Hände abzubilden und sich stattdessen den Gipsabdrücken von Leichen zu widmen. Immerhin brachte sie es fertig, die Faust senkrecht zu zeichnen – die sah nun so aus, als drohe ein kräftiger Mann einem Gegner. Sie brachte sogar mit einigen wenigen zarten Strichen Haare auf dem Handrücken an.

„So, Demoiselles!", hüstelte Bourdin – Daphne und Diane hielten ihm ihre Zeichnungen hin. Er warf einen kurzen Blick darauf, die Jahre als Pedell hatten ihn allerdings dahin geprägt, dass er beim Einsammeln längst kaum mehr eine Miene verzog. „Was macht Euer Husten, Sieur Bourdin?", wollte Daphne wissen. „Oh, *chère* Baronesse – sofern er mich nicht ins Grab bringt, werde ich ihn dahin mitnehmen! Aber danke der Nachfrage! Ich bin froh, dass hier geheizt wird – es ist doch wieder schon recht kalt geworden. Wir hatten ja kaum Sommer ..."

Diane blickte ihren Zeichnungen hinterher. „Dafür habe ich kein Talent!", meinte sie bekümmert zu ihrer Freundin. „Du aber hast bereits zweimal hintereinander den *Prix Informel* gewonnen, Daphne. Es sollte mich wundern, wenn Du im Februar nicht auch den *Grand Prix de Jeunesse* gewinnen solltest. Und auch noch ausgerechnet in Anatomie ...", sagte Diane voller Bewunderung.

Daphne überprüfte ihre Griffel und ihre *crayons* – die Akademie stellte den Studenten genügend qualitativ hochwertige Zeichenutensilien zur Verfügung, deren Gegenwert von den Unterrichtsgebühren nicht immer gedeckt werden konnte. Hinzu kamen Fach- und Lehrbücher wie das anatomische Standardwerk von Andreas Vesalius aus Bologna, Tafeln, Abgüsse, Anschauungsmodelle, *moulagen* und natürliche Materialien wie Skelette. Das alles wollte beschafft, sachkundig verstaut und gegebenenfalls auch repariert oder ersetzt werden.

Daphne seufzte. „Das war beileibe nicht immer so! Ich hatte ganz erhebliche Probleme mit diesem Fachgebiet. Und – wenn ich ehrlich bin – ich vertrete die Überzeugung, dass man von Skeletten und Gipsabdrücken nicht die Anatomie lernt, mit der man Menschen aus Fleisch und Blut so abbilden kann, dass sie den Betrachter gefangen nehmen könnten."

Mittlerweile hatte sich der Zeichensaal längst geleert; auch Daphne und Diane strebten nach draußen. Dort wartete zu ihrer Überraschung Professor Qualtroux auf sie. Er verneigte sich vor Daphne. „Baronesse, *pardon*, dass ich Euch hier so dreist anspreche, aber einer der *Anciens* wünscht, sich mit uns zu unterhalten." Die Freundinnen folgten dem Chirurgen hinauf in die zweite Etage, wo sich die Büros der Dozenten und Funktionäre befanden. Erst am Ende eines langen Korridors klopfte er an eine Türe, an der das Schild „*Sécrétariat*" hing.

„Ist es Sieur Testelin, der uns zu sprechen wünscht?" Professor Qualtroux, der nach seinen zweifelsohne anstrengenden Unterrichtsstunden immer äußerst wortkarg war, nickte und klopfte.

Sie wurden von Henri Testelin, einem stämmigen Normannen mit halblangen, grauen Haaren, einem altmodischen Knebelbärtchen und einem noch altmodischeren über die Schultern reichenden Spitzenkragen erwartet. Er ging mit seinem Assistenten eine umfangreiche Liste durch, die auf einem fast zwei Klafter langen Intarsientisch ausgebreitet war. Auch Bourdin befand sich im Raum. Und zu ihrer nicht geringen Überraschung Jean Nocret, den sie nicht mehr gesehen hatte seit Fleurs und Adam Frans' Hochzeit. Testelin verließ seine Arbeit und verneigte sich vor Daphne. Seine graubraunen Augen, die von zahllosen fröhlichen Fältchen umkränzt waren, ruhten voller Freundlichkeit auf ihr. Der Sekretär der Akademie war ohne Abstriche ein angenehmer Zeitgenosse, ruhig, ausgeglichen und seinen Mitmenschen zugetan. Man erzählte sich noch immer in der Akademie, wie er durch seinen persönlichen Einsatz in den bis dato schwierigsten Jahren die Existenz der Institution gerettet hatte, indem er selbst ein Jahr lang kostenlosen Malunterricht erteilt hatte. Damals hatte die konkurrierende Lukasgilde mit unlauteren Wettbewerbsmitteln massenweise Studenten abgeworben. Nur seinem brillanten Unterricht, seinem über die Erschöpfung hinausgehenden Einsatz und seinem freundlichen Auftreten der *jeunesse* gegenüber war es zu verdanken, dass die Lukasgilde wieder „mit Donner in jenem Nichts versank", aus dem sie aufgestiegen war. Man erzählte sich auch, dass Testelin unter den Anciens der Einzige war, der so etwas wie Vertrautheit mit dem „*Homme de marbre*" pflegen durfte, dem arbeitswütigen Minister Colbert.

„Ah, guten Abend, gnädige Baronesse!", rief Testelin erfreut aus. „Wie schön, dass Ihr Zeit für mich erübrigen konntet, fleißig, wie Ihr seid! Sieur Nocret hat ja schon seit Längerem die Ehre, Euch zu kennen!" Auch der verneigte sich. Testelin fuhr fort: „Baronesse, wir haben Euch einen Vorschlag zu unterbreiten, der vielmehr eine Bitte ist. Wenn Ihr die Güte hättet, uns anzuhören!" Er zog einen Scherenstuhl herbei und bot Daphne Platz an. Auch Diane wurde ein Schemel zugewiesen. Testelin nickte seinem Assistenten zu, der aus einem Regal ein Portefeuille nahm und auf den großen Tisch legte. Testelin löste die Schleifen und schlug es auf. „Baronesse d'Owen, es ist ungewöhnlich, besonders im Basiskurs, dass ein Student gleich zu Beginn zweimal hintereinander den Monatspreis zugesprochen bekommt – im Fach Anatomie und ohne Gegenstimme unter den Juroren. Dies sind doch Eure Zeichnungen?", sagte er und wies auf den Inhalt des *portfeuilles*. Daphne erhob sich und blätterte den Stapel durch. „Ohne Ausnahme, Monsieur Testelin. Aber wie war es möglich, die Zeichnungen zuzuordnen? Man muss sie doch unsigniert abgeben, um jedem Studenten die gleichen Chancen einzuräumen."

Testelin lächelte: „Was durchaus seine Berechtigung hat. Auf der anderen Seite haben so erfahrene Pedelle wie unser guter Monsieur Bourdin über die Jahre durchaus so etwas wie ein Gespür für Talent entwickelt. Hinzukommt, dass er ein exzellentes Gedächtnis sowie die Fähigkeit besitzt, richtig zuzuordnen. Bourdin?"

Der alte Pedell hüstelte wie üblich, dann drehte er seine Kappe verlegen in den Händen: „Verzeiht, Baronesse, diese Dreistigkeit – aber bei der Vergabe des *Prix informel* für den Oktober war Maître Nocret der Vorsitzende der Jury. Als er Eure Zeichnungen gesehen hatte ... nun ja, ich hielt es für angemessen, ihn über die Urheberin aufzuklären. Ich wusste freilich nicht, dass Maître Nocret Euch schon kannte und bereits unterrichtete ..."

Nocret war es nun, der den Faden aufnahm – die Freundinnen lauschten perplex und mit angehaltenem Atem. „Ich habe daraufhin Professor Qualtroux auf die Seite genommen und ihn zu Euren Kenntnissen in Anatomie befragt. Desgleichen Professor Migon zu Geometrie und Perspektive – leider ist er im Moment verhindert und kann nicht anwesend sein."

Nun war es an der Reihe für den wortkargen Qualtroux fortzufahren: „Gnädige Baronesse, kann es sein, dass Ihr Euch schon früher mit Vergleichender Anatomie befasst habt? Mir kommt es fast so vor – zusätzlich zu Eurem malerischen Genie, das ich als einfacher Chirurg wohl nicht angemessen beurteilen und würdigen kann?!"

Daphne hielt die Luft an. Welche Töne ihr gegenüber, die zu Beginn des Kurses zusammen mit Diane als einzige Frauen im Basiskurs Anatomie in die hinterste und dunkelste Ecke des Raums platziert worden war, von wo es schwer war, einen guten Blick auf die Anschauungsobjekte zu erhalten! Welche Springflut an akademischen Lobhudeleien! Sie dachte kurz nach und blickte die maßgeblichen Herren nacheinander an. Und beschloss, die Ernsthaftigkeit ihres künstlerischen Bestrebens mit der Wahrheit zu unterstreichen – mochte sie auch sittenwidrig und skandalös sein. „Das habe ich in der Tat, Messieurs! Ich habe vor zwei Jahren an den freien Vorlesungen in Anatomie am Heidelberger Nosocomium teilgenommen."

„Die gewöhnlich Vulpius hält?", fragte Qualtroux voller Respekt. „Aber verhält es sich nicht so, dass Frauen keinen Zutritt erhalten?" Daphne blickte ihn nur stumm an. Testelin wandte sich an den Anatomieprofessor: „Qualtroux – auch an der Akademie kommt es regelmäßig vor, dass sich talentierte und kühne junge Frauen in Männerkleidung in unsere

Aktzeichenkurse einschleichen. Wissensdurst kennt kein Gebot; das solltet Ihr als Medicus doch wissen! Und meine Ansicht kennt Ihr: Ich halte das weibliche Geschlecht für nicht weniger befähigt als das männliche, nach der Natur zu zeichnen und zu malen. Außerdem geht es uns nichts an, was Baronesse d'Owen in der Kurpfalz unternommen hat. Hier zählen nur die Fakten, über die sich alle einig sind!" Seine sanfte Stimme klang fast streng. Qualtroux verneigte sich leicht. „Verzeiht, Monsieur *Le Secrétaire*! Ich hatte außer Acht gelassen, diese Diskussion *sine ira et studio* zu betreiben." Er blickte Daphne fast reuevoll an. „Vulpius ist ein großer Lehrer und bedeutender Anatom. Ich wünschte, ich wäre an Eurer Stelle gewesen!"

Testelin klappte das Portefeuille mit Daphnes Zeichnungen zu. „Baronesse d'Owen, wir – also die hier anwesenden Akademiemitglieder, haben Euch einen Vorschlag zu unterbreiten: Sowohl Professor Qualtroux als auch Professor Migon befürworten Eure sofortige Hochstufung in die Schlusskurse mit folgenden Zielen: dass ihr Euch zum Ende der Wintersaison um den *Grand Prix d'Étudiants* bewerbt. Und um die Aufnahme in die Akademie im Rang einer Porträtmalerin ..."

Daphne war in diesem Moment froh, dass sie bereits saß. Es brauste in ihren Ohren. Es waren gerade einmal zwei Monate, dass sie hier Zeichenkurse belegt hatte. Sie wollte protestieren, doch sie fing rechtzeitig den warnenden Blick Dianes auf. „Das", entgegnete sie langsam, „ist eine große und unerwartete Ehre." Sie schwieg eine Weile. „Ich wusste nicht, dass die Akademie auch Frauen aufnimmt."

„Das ist laut unseren Statuten ohne weiteres möglich, Baronesse. Es gibt bereits eine *académicienne* – Madame Cathérine Duchemin, eine überaus geschätzte Blumenmalerin. Meiner Ansicht nach die Beste in diesem Metier in unseren Reihen", erklärte Nocret. „Ich ersuche sie überaus gerne um Zusammenarbeit. Euer Talent, Baronesse, beschränkt sich allerdings nicht auf Pflanzen, wie ich wohl weiß." Er lächelt Daphne an – stolz darauf, dass dieses frappante Talent zuerst seine Protegée und damit seine Entdeckung war. Förderte man als Akademiemitglied junge Künstler, war dies fürs Renommé fast zuträglicher als ein Großauftrag Seiner Majestät – der diese manchmal Schrotgarben gleich unter den *académiciens* verteilte: breit streuend und ohne recht gezielt zu haben. Und schließlich erregte es noch zusätzliches Aufsehen, dass sie weiblich war. Das sorgte immer für Furore.

„Allerdings ist den weiblichen *Officiels* verwehrt, ihre Stimme bei Beschlüssen der Generalversammlung abzugeben. Ansonsten besitzen sie dieselben Rechte und Pflichten und dürfen sich je nach Rang um gleichwertige Aufgaben und Posten bewerben", schloss Testelin. „Was meint Ihr dazu, gnädiges Fräulein?"

Daphne schluckte. „Darf ich um Bedenkzeit bitten, Monsieur Testelin?"

Testelin blickte auf einen großen Wandkalender. „In drei Tagen wird die nächste Generalversammlung stattfinden. Dort würde ich gerne den Vorschlag vorbereiten, wenn Ihr bereit seid, diesen, wie ich zugebe, nicht einfachen Weg zu beschreiten." Dann sah er ihr fest in die Augen. „Darf ich Euch ersuchen, mir bis übermorgen Euren Entschluss mitzuteilen?"

„Gerne", ließ sich Daphne auf die Bedenkfrist ein.

Der Sekretär warf einen Blick in die Runde, der wesentlich strenger war als der, mit dem er eben Daphne bedacht hatte. „Sieurs, was hier diskutiert und beschlossen wurde, ist absolut vertraulich zu behandeln. Ich bin mir sicher, dass keiner von Euch an seiner Loyalität zweifeln lassen wird. Und nun sollten wir wieder unserer Arbeit nachgehen und die Zeit der Baronesse nicht überbeanspruchen!" Erneut verneigte er sich von Daphne, die übrigen Herren taten es ihm gleich. Daphne erhob sich, knickste und blickte in die Runde. „Sieurs, ich danke Euch für diese Offerte und die damit verbundene Ehre. In zwei Tagen werde ich Euch meinen Entschluss mitteilen. Und nun gehabt Euch wohl!" Sie verließ mit Diane das Büro des Sekretärs.

Die bot ihrer Freundin fürsorglich den Arm, als sie die Treppe hinunter gingen. Wie es ihre Art war, sagte Daphne während der ersten Minuten, wenn sie Ungeheuerliches erfahren hatte, erst einmal nichts. Diane bemerkte nur ihr Zittern und ihre feuchten Handflächen. Draußen vor dem Palais Brion half sie ihr in den bereitstehenden Tragstuhl, der sie durch die vom Novemberregen matschigen Pariser Straßen zurückbringen sollte zum Hôtel Nevers. Dann stieg sie selbst zu. „Lass uns noch eine Kanne heiße Schokolade im Café Procope trinken!", schlug Diane vor. „Etwas normaler Trubel und das Betrachten von Stutzern *à la mode* wäre jetzt genau das Richtige, um dich davon abzuhalten, dir eine verdrehte Grille anzugrübeln!" Keine Widerrede duldend, rief sie den Trägern die Änderung ihres Ziels zu. So ging es die Seine aufwärts an der Rive Gauche entlang bis in die Rue de la Comédie Ancienne im Quartier Latin.

In dem erst vor wenigen Jahren von einem Florentiner Freund von Sieur Lully eröffneten Kaffeehaus tummelten sich Studenten wie Professoren und Wissenschaftler der nahen Sorbonne, Literaten, Maler, Schauspieler, Spekulanten, Spione, maskierte wie unmaskierte Damen, Glücksritter und Freidenker. Es lagen die neuesten Journale aus – und wer gute Beziehungen zum Wirt und *Chéf du Jour* hatte, bekam auch das bevorzugte *journal à la main* diskret unter seinen Teller gelegt. Razzien wegen Auslage zersetzender Schriften brauchte das Procope nicht zu befürchten; schließlich ließ sich auch der Pariser Polizeipräfekt hier gerne von Zeit zu Zeit als Gast sehen, um Karten oder Billard zu spielen.

Eine resolute Kellnerin mit lose zusammengebundenen rabenschwarzen Locken verschaffte den beiden Fräuleins einen kleinen Zweiertisch, lieferte eine große Kanne heißer Schokolade mit Zimtpulver und stellte ungefragt einen kleinen Teller *beignets* dazu. Die sich hervorragend zum Einstippen in die dickflüssige Schokolade eigneten.

„Daphne", hob Diane an, „ich bin stolz auf dich! Bist du dir darüber im Klaren, dass dir nach gerade einmal zwei Monaten Teilnahme an Zeichengrundkursen nahegelegt wurde, ein *académicien* werden zu können? Einer Frau, die keine Französin ist? Die auch nicht Ehefrau eines Akademiemitglieds ist wie Madame Duchemin? Schneller kann keine Rakete, kein Komet aufsteigen!" Sie atmete tief durch.

„Diane", antwortete Daphne in einem ziemlich kläglichen Ton, „und genau das ängstigt mich! Es geht zu schnell! Es könnten Pferdefüße dabei sein ..." „Ah, ja? Die gibt es überall!", antwortete Diane ungehalten – und deutete auf die beiden weißen Straußenfedern, die Daphnes Hut schmückten. „Erinnere dich an das Versprechen, das du deinem Bräutigam gegeben hast, als er starb! Deiner Berufung zu folgen! Du hast Angst? Die verspürt jeder, der ein kuscheliges Nest verlässt, um Neuem zu begegnen! Du kannst nicht ewig im Hôtel Nevers sitzen, ein paar kleine Porträtaufträge annehmen und die Herzogin zu öffentlichen Auftritten begleiten. Du weißt genau, dass deine Zeit im Hause Gonzague et Nevers befristet ist."

Mit leicht ungehaltener Miene leerte Daphne ihre Tasse. „Und was ist mit dir? Du kannst im ‚Nest Hôtel Nevers' sitzen bleiben, aber willst du das? Oder ist dir nur das wichtig, was Madame d'Arcachon will?"

Diane blickte ihre Freundin fast verletzt an. „Es geht hier und jetzt um dich, Daphne. Du hast wie fast alle Frauen Angst vor der eigenen Courage!"

Da zog Daphne ihren Beutel hervor und wühlte kurz in ihm herum, ohne auf Dianes Äußerung einzugehen. Erst als sie einen zusammengefalteten Brief herauszog, um ihn erst glattzustreichen und dann offen auf den Tisch zu legen, erst dann sah sie die Freundin eindringlich an. „Es ist nicht nur die weibliche Feigheit. Es ist auch die weibliche Demut, die auch unsereinem immer wieder dadurch einholt, indem sie uns gelegentlich an den Platz erinnert, den uns die Gesellschaftsordnung zugedacht hat." Dann blickte sie auf den Brief. „Mein Vater hat mir geschrieben ... verzeih, du sprichst kein Deutsch, Diane. Er verlangt – das ist die Quintessenz –, dass ihm bis Jahreswechsel wenigstens ein Ehekandidat für mich benannt wird. Andernfalls behält er sich vor, meinen Aufenthalt hier in Paris vorzeitig zu beenden." Sie seufzte voller Wut und Ärger. „Was ist eine mögliche Zustimmung der *Assemblée deliberative* gegen die väterliche Gewalt?"

Diane de Perrêtre sah sie fassungslos an: „Einen einzigen Mann von Stand, der dir ernsthaft den Hof macht, bis Januar zu finden, sollte doch nicht schwer sein. Du musst die Herzogin unbedingt ins Vertrauen ziehen – sowohl was diesen Brief angeht als auch deine Aussichten an der Akademie. Ihr als Diplomatin wird etwas einfallen, was sowohl deine

Eltern beschwichtigen als auch dir weiterhin deinen Weg ebnen dürfte. Und wenn sie zum Beispiel einen Edelmann benennt, der dich nur zum Schein hofiert …"

In diesem Moment wandte sich einer der beiden jungen Stutzer, die am Nachbartisch *tric trac* gespielt hatten, an Daphne. Er trug eine übertrieben toupierte blonde Allongeperücke und eine Krawatte, die so voluminös war, dass man fast eine spanische Halskrause hätte daraus machen können. „Wie wäre es denn mit mir, Mademoiselle? Chevalier Auguste d'Indrez-Luisset, stets zu Diensten!" – „Hört nicht auf ihn, Mademoiselle – er ist spielsüchtig!", warf sein Partner ein. Wählt mich – Bruno de Fontenay!" Der andere Jüngling war, so fand Daphne, ein fast noch schlimmerer Lackaffe. Allein sein roséfarbenes *justaucorps* …

Ihre Freundin winkte nach der Kellnerin. In ihren Augen blitzte es. „Ah, Sieurs, Eure Angebote sind wahrhaft großherzig, ja fast ritterlich. Doch wir wollen nicht unbescheiden sein und uns vorderhand damit begnügen, dass Ihr unsere Zeche bezahlt!" Sie nickte der Kellnerin zu, die in seltenem weiblichem Einvernehmen zurücknickte, ehe sie für die Bedienung einen Sol Trinkgeld zurückließ und sich zugleich mit Daphne erhob. „Es war uns ein – wenn auch kurzes und wohl kaum wiederholbares – Vergnügen, Sieurs! Und nun gehabt Euch wohl und geht mit Gott!"

Dieser nette und dreiste Coup hatte Daphnes Laune schlagartig gebessert; sie hakte sich bei Diane unter und kicherte ausgelassen. „Was für zwei Gecken! Deppen!", meinte sie nur. „Jawohl – und genau diese Art wirst du vorübergehend um dich tolerieren müssen!"

Am Abend bat Daphne Anne de Gonzague um ein Gespräch, in dem sie ihre Optionen und ihren Konflikt darlegte.

*

Le Brun verschränkte seine Arme vor der Brust und blickte Daphne mehr als siegessicher an. „Selbstredend steht der *Corps de académie* auch Frauen offen. Unter momentan vierundsechzig Mitgliedern befindet sich eine Frau – Madame Duchemin. Allerdings ist sie ausgewiesen als *Peintre décoratif*." Er schwieg eine Weile und sah Daphne eindringlich an. Seine übrigen Kollegen, die ihn umringt hatten, blickten ebenso abschätzig. Manche auch besorgt. Wenige mitleidig.

„Ihr aber, gnädige Baronesse, beabsichtigt, Eure Aufnahme im Rang eines Porträtmalers zu beantragen. Dazu, solltet Ihr wissen, müsst Ihr nicht nur Eure Qualifikation in Geometrie und Zentralperspektive nachgewiesen haben – ich weiß, dass Ihr derzeit diese Hauptkurse belegt –, sondern auch im Aktzeichnen." Le Brun schwieg bedeutungsschwanger. „Weiblichen *jeunesses* ist es aus sittlichen Gründen jedoch offiziell untersagt, Kurse in Aktzeichnen zu belegen. Es mag ja hin und wieder vorkommen, dass sich ein naseweises Weibsstück in Männerkleidung hineinschmuggelt – ein

Testat unter falschen Namen taugt nicht mehr als eine Zeitung, in die auf dem Markt ein Karpfen gewickelt wird."

„Aber", wandte Daphne ein, „ich kann Akte zeichnen!" – „Wenn Ihr Euch um Aufnahme als Porträtistin bewerben wollt, dann seid Ihr den Nachweis schuldig!", beharrte Beaubrun, der eigentlich als Schatzmeister fungierte. „Den kann ich führen! Wartet bitte, Messieurs!", erwiderte Daphne siegessicher, zog aus ihrem Portefeuille ihr Selbstporträt als Rückenakt, das sie vor drei Jahren in Heidelberg angefertigt hatte, und hielt es triumphierend in die Höhe. Le Brun nahm es ihr aus der Hand, setzte seinen Kneifer auf und musterte es eingehend. „Zweifellos – ein technisch gut ausgeführter Rückenakt, sehr schön gezeichnet ..." Er reichte die Zeichnung weiter an Testelin, der sie ebenfalls eingehend musterte und seinerseits an Migon weitergab, wobei er Daphne anerkennend zulächelte.

„Wer aber garantiert dem *Corps officiel*, dass Ihr die Urheberin dieser Zeichnung gewesen seid?" Der Rektor schüttelte den Kopf. „Ihr kommt so nicht weiter – und der *Corps* kann Euch auch keine Ausnahmegenehmigung erteilen, am Aktzeichnen teilzunehmen."

„Was ist, wenn Baronesse d'Owen hier und jetzt diesen Nachweis antritt?", drang eine Stimme aus dem Hintergrund. Sie gehörte Diane, die Daphne begleitet hatte und nun aufgestanden war. „Demoiselle ...?", fragte Le Brun die Besucherin irritiert. „Ihr habt richtig gehört, *Monsieur Le Chancellier*! Was ist, wenn Baronesse d'Owen hier und jetzt vor Euren kritischen Augen einen Akt zeichnet?", insistierte Daphnes Freundin. Le Brun schnaubte leise. „Um es kurz zu machen: Es ist der Baronesse nach den Statuten nicht erlaubt, ein männliches Modell unbekleidet abzubilden. Darüber hinaus beschäftigt die Akademie aus sittlichen Gründen keine weiblichen Modelle ..."

Diane schien seinen Einwand nicht weiter zu beachten, sie trat auf den Rektor der Akademie zu. Dann nickte sie Daphne aufmunternd zu: „Du kannst hier und jetzt über mich verfügen!" Und nach einer kurzen Pause. „Hilf mir bitte beim Ausziehen. Ganz." Sie legte das leichte Umschlagtuch ab, das sie bis eben um ihre Schultern gelegt hatte. Daphne wurde fast so rot wie ein Radieschen. „Was ist, liebe Baronesse? Tummelt Euch bitte – hier drin ist es nicht eben warm!" Die wusste nicht, was sie sagen sollte, geschweige denn, wie ihr geschah. „Aber – Demoiselle – Eurer Gnaden ...", stammelte Le Brun. „Das ist doch gänzlich unmöglich ... das kann ich nicht dulden!" Einige andere Mitglieder des *Corps* brummelten beifällig. Daphne machte sich an den Verschnürungen und Nesteln von Dianes *manteau* zu schaffen. „Ihr habt mir, glaube ich, nichts zu untersagen oder zu befehlen, Sieur!", erklärte Diane dem Rektor – ihr spöttisches Lächeln erinnerte Daphne einen Moment lang an das des Königs. „Ferner gibt es meines Wissens auch kein Gesetz, das es einer Frau untersagt, sich zu künstlerischen Zwecken ohne Kleidung abbilden zu lassen!" Daphne half ihr nun aus Unterkleid und *corps de piquet*; Diane stand nur noch in ihren Unterröcken und dem langen spitzenbesetzten Hemd da. Man hätte eine Flaumfeder zu Boden fallen hören können.

Deutlich sah Daphne, wie sowohl Le Brun als auch etlichen anderen Mitgliedern des *Corps officiel* der Schweiß auf die Stirne getreten war. Ihr freilich auch. Diane stieg aus ihren Unterröcken und schleuderte ihre Schuhe von den Füßen. „Wenn Ihr nun die Güte hättet, meine liebe Freundin mit den notwendigen Utensilien auszustatten! Oder sollte es etwa daran scheitern? Das wäre doch zu peinlich ..." „Demoiselle ...", sagte Le Brun mit kaum verhohlenem Ärger – und zugleich rauer Stimme, „ich ersuche Euch dringlichst, mit Eurem unkeuschen Handeln aufzuhören!" Diane lachte laut auf. „Unkeusch? Ich beabsichtige keinesfalls, mich irgendeinem der Herren hier zum Beilager anzudienen! Wenn Ihr es darüber hinaus für angebracht haltet, mich auf meine Ehrbarkeit hin zu überprüfen, so steht es Euch frei, auf Eure Kosten einen Arzt oder eine Hebamme herzuzitieren, um meine Jungfräulichkeit attestieren zu lassen. So viel zu meiner Unkeuschheit ..." Währenddessen ging sie in die Knie und rollte ihre weißen Seidenstrümpfe herunter. Diane trug nurmehr ihr feines leinenes Hemd. „Wie gesagt, Ihr habt mir nichts zu diktieren, Monsieur Le Chancelier! Denn ich bin Diane de Perrêtre, künftige Comtesse de Landou und Alleinerbin der Comtur gleichen Namens, dreier Schlösser und geschätzter dreißigtausend Seelen. Außer Seiner Majestät und dem Obersten Gerichtshof hat mir niemand einen Befehl zu erteilen." Sie nickte Daphne zu, die ihre Fassung wiedergefunden hatte. „Bist du bereit, meine Freundin?"

Daphne nickte. Testelin, der sich eben entfernt hatte, um Zeichenblock und Bleigriffel zu holen, reichte der Aspirantin ihre Materialien – was ihm einen missbilligenden Blick Le Bruns eintrug.

„Gut", meinte Diane. „Dann lasst uns nicht zögern, das Licht hier drinnen ist nicht übel." Sie zog ihr Unterhemd über den Kopf und warf es über eine Bank; sodann schritt sie vollkommen nackt in die Mitte des Raumes, wohin viel Sonne durch ein Oberlicht fiel. So selbstverständlich und gemessen tat sie das, als befände sie sich auf einer der öden Veranstaltungen Ihrer Majestät. „Welche Positur soll ich einnehmen?", wollte sie von Daphne wissen. Die nahm einen Hocker, stellte ihn ab und bat ihre Freundin, mit übergeschlagenen Beinen und einer auf dem oben liegenden Knie aufgestützten Hand Platz zu nehmen – eine weidlich schickliche Pose. Daphne setzte sich auf einen anderen Hocker, der etwa zwei Klafter vor ihrem Modell stand, und definierte einige Ankerpunkte auf dem Zeichenblock.

Dass hier etwas vollkommen Ungeheuerliches, nie Dagewesenes vor sich ging, musste sie sich nicht eigens vor Augen führen. Ihre Freundin hatte sich für sie über allgemeine Grenzen von Sitte und Anstand erhoben – nun war es ihre Aufgabe, diese Nagelprobe zu bestehen und eine Aktzeichnung abzuliefern, die dem Kanon entsprach. Ihr Bleigriffel glitt über die leicht angeraute Oberfläche des Papiers, das nicht sonderlich dafür geeignet war – sie musste kräftiger drücken, um durchgehende Linien zu erhalten, lief dann aber Gefahr, das Blatt zu perforieren. Dass ausgerechnet Testelin ihr Utensilien zur Verfügung gestellt hatte, die nicht recht zusammen gingen, hielt sie nicht für Absicht. Nicht bei diesem aufrichtigen Mann, der zu den konstituierenden Mitgliedern der Akademie gehörte. Wahrscheinlich hatte er in der Eile des Moments das genommen, was am nächsten beieinander gelegen hatte.

Hinter sich hörte sie nur gelegentlich leises Raunen, manchmal Hüsteln und leises Rascheln von Stoff. Manchmal scharrte einer der Herren mit dem Fuß.

Diane, die Übung darin hatte, für Daphne Modell zu sitzen, blieb bewundernswert ruhig und entspannt. Die Zeichnung wuchs, bald konnte man die Struktur von Dianes Haaren erkennen, ihre feinen Halsmuskeln über den Schlüsselbeinen, die Grübchen über ihren Ellenbogen, ihre anatomisch korrekt angesetzten stupsnäsigen Brüste, die weichen Falten ihres in dieser Haltung leicht eingesunkenen Bauchs, den schönen Schwung ihrer Hüften und die sehnigen Muskeln ihrer langen Beine. Besonders gelungen fand Daphne ihre schmalen Füße mit den geraden Zehen. Etwa zwanzig Minuten hatte sie für ihre Zeichnung benötigt – das Gesicht führte sie zuletzt aus und verlieh ihrer Freundin einen leicht sehnsüchtig-träumerischen Ausdruck. Ebenfalls vergaß sie nicht, das Blatt zu signieren. „Ich bin fertig, Sieurs!", verkündete sie – in diesem Moment entspannte sich Diane endlich und streckte dezent Arme und Beine. Der fürsorgliche Testelin trat umgehend zu ihr und legte ihr eine Decke um die Schultern. Daphne erhob sich und reichte Le Brun ihr Zeichenblatt ohne weiteren Kommentar. Beaubrun war der Erste, der anerkennend nickte. „Es genügt dem Kanon", meinte er. „Ich pflichte bei." Auch Migon und Coypel gaben ihr Placet. Testelin und Errard nickten Daphne anerkennend zu. Die fünf Akademieräte blickten nun Le Brun fragend an. Er als *Chancelier* hatte das letzte und ausschlaggebende Wort.

Le Brun ließ sich Zeit, Daphnes Zeichnung zu betrachten; zwischen seinen Brauen stand eine steile Falte eingegraben. „Wenn Ihr es so seht, Messieurs, dann kann ich meine Zustimmung nicht verweigern." Er sah zerstreut auf seine goldene *savonette*. „Die nächste Sitzung der Vollversammlung findet am 5. Dezember statt ... Bis dahin, Baronesse, habt ihr eine Mappe zusammenzustellen sowie Eure *raisons* zu verfassen, die Ihr dem *corps* vorzulegen respektive vorzutragen habt. Ihr habt gemäß den Statuten das Recht, Euch von einem Mentor aus den Reihen des *Corps* diesbezüglich beraten zu lassen und ihn bei der Sitzung für Euch sprechen zu lassen." Daphne nickte mechanisch. Le Brun sah sich um. „Ist einer der anwesenden Herren bereit, sich für dieses ehrenvolle Amt zur Verfügung zu stellen?" Sowohl Coypel als auch Testelin hoben sofort ihre Hände: „Bon, Baronesse! An Fürsprechern herrscht wohl kein Mangel. Ihr habt das Privileg, Eure Wahl zu treffen."

Daphne ließ ihre Blicke zwischen dem schneidigen Coypel und dem väterlichen Testelin hin- und herwandern. „Ich würde Euch gerne meine Entscheidung morgen mitteilen", meinte sie diplomatisch. Le Brun nickte. *„D'accord.* Nachdenken hat noch niemandem geschadet – erst recht keiner Frauenperson."

Währenddessen hatte sich Diane wieder angekleidet und wartete bei der Türe. Daphne verabschiedete sich mit einem Knicks, die anwesenden Herren verneigten sich. Die beiden jungen Frauen verließen den Saal. Auf dem Weg nach draußen sagten beide erst einmal nichts. Daphne räusperte sich. „Ich weiß nicht, wie ich dir danken soll...", meinte sie verlegen. „Du hast es auf dich genommen, dass du einen Skandal lostrittst. Und was hattest du davon?"

Diane lächelte. „Zunächst einmal kalte Hände und kalte Füße. Und wenn du mich fragst, wie du mir danken kannst: Du könntest mir ein Glas Punsch kaufen. Und noch eines: Nimm von den beiden Freiwilligen den Älteren als Mentor. Er macht mir einen ausgesprochen gütigen Eindruck." – „Du meinst Henri Testelin?" – „Ja, den meine ich. Der andere ..." – „Coypel." – „... der ist zu eitel für diese Aufgabe. Es könnte sein, dass er unterwegs das Interesse verliert, wenn sich die Angelegenheit zu lange für seinen Geschmack hinzieht."

*

Diane lag auf dem Bauch auf ihrem Bett und schrieb in ihr Tagebuch, als es leise klopfte. Wer mag das so spät sein?, fragte sie sich. Madam d'Arcachon keinesfalls, zumindest nicht heute: Sie hatte ihren Abführtag gehabt und mied daher enge Gesellschaft. Sie selbst gewann dieser medizinischen Mode überhaupt nichts ab. „Ja?", rief sie. Die Türe wurde einen Spalt geöffnet, und Daphne streckte ihren Kopf hindurch. „Darf ich?"

Diane klappte ihr Buch zu, nachdem sie den Griffel zwischen die Seiten gelegt hatte. „Du darfst immer, meine Liebe!" Daphne glitt in den Raum und schloss behutsam die Türe hinter sich. Sie trug nur ein leichtes Negligé über ihrem Nachthemd und setzte sich ohne Umschweife aufs Bett. Diane sah sie fragend an.

Daphne räusperte sich. „Ich habe mich die ganze Zeit gefragt, Diane, was dich heute Nachmittag angetrieben hat, das für mich zu tun! Alles, was es dir bringen könnte, wäre üble Nachrede!" „Was für einen Unsinn du da redest, Daphne!" Diane sah sie streng an. „Was muss es mich jucken, wenn sich ein paar alte Männer im Palais Brion die Mäuler über mich zerreißen!

Ich bin nicht angetreten, um mir einen von denen als Ehekandidaten zu angeln!“ Wider Willen musste Daphne schmunzeln. „Nun, zumindest wäre es eine originelle Methode, um auf sich aufmerksam zu machen!“ Diane zeichnete mit ihrem Finger ein Muster aufs Laken. „Du willst wissen, warum ich es getan habe? Weil du meine liebste Freundin bist – weil ich zum rechten Zeitpunkt am rechten Ort war, um dir mit einer rechten Tat beizuspringen. Dazu sind Freunde da, Daphne. Ich bin mir sicher, dass du ähnlich gehandelt hättest. Es war dein brennender Wunsch – nicht nur in diesem Moment!“

Plötzlich stand Daphne auf und blickte ihre Freundin mit seltsamer Entschlossenheit an. „Ich weiß, dass auch du einen brennenden Wunsch hast, den nur ich dir erfüllen kann!“, meinte sie mit rauer Stimme – und zog sich Negligé und Nachthemd über den Kopf. Diane erhob sich langsam und ging auf ihre Freundin zu, bis sie nur eine Unterarmlänge vor ihr stehen blieb. Sie hob ihre Hand und streichelte mit den Spitzen ihrer gespreizten Finger hinab über Daphnes Wangen, ihren Hals und ihre Brüste bis zu ihrer Hüfte. Ihre Pupillen waren so weit geworden, dass von ihren grünen Regenbogenhäuten nur noch ein schmaler Saum stand. Ganz leicht öffneten sich ihre Lippen, bevor sie sich vorsichtig auf Daphnes Hals legten.

Doch dann richtete sich Diane abrupt auf und griff nach Daphnes Nachthemd, das sie ihr in den Arm drückte. „Gewiss, *mon ange*, das ist mein brennender Wunsch, ... Du willst dich mir aus einem sehr ehrenwerten Motiv hingeben: aus Dankbarkeit. Ich aber will es nur von dir haben, wenn du es aus Lust tust. Und da du dich von Frauen nun einmal nicht angezogen fühlst, scheidet dieses für mich essenzielle Motiv leider aus!“ Sie küsste Daphne rasch auf die Wange. „Die Gelegenheit dich auf die eine oder andere Weise zu revanchieren, wird bestimmt kommen“, meinte sie freundlich. „Einstweilen kann ich mich daran erfreuen, wenigstens deinen schönen Leib gesehen zu haben!“ – „Diane ...“, flüsterte Daphne, in deren Augen Tränen getreten waren. „Es ist gut, meine Liebe! Ich verachte dein Angebot keinesfalls. Aber du bist nicht für mich bestimmt ...“ Daphne zog sich nach kurzem Zögern ihr Nachthemd wieder über. „... sondern für den Mann, der mich liebt?“

Diane seufzte. „Wenn das so einfach wäre–ich glaube vielmehr, dass du wirklich dafür bestimmt bist, Frankreichs größte Malerin zu werden!“

Daphne blieb noch einen Moment stehen. „Diane ...?“ – „Ja, meine Liebe?“ – „Diane, es tut mir leid, ich hätte vorhin nicht so mit der Türe ins Haus fallen sollen!“ Diane klappte ihr Tagebuch wieder auf. „Ich sagte es schon – es ist gut! Oder hast du noch etwas auf dem Herzen, Daphne?“ „Ja, das habe ich. Ist es ... kann es sein, dass Henri Testelin der Mann ist, der mich als Seeelenfreund beschützen wird?“, wollte Daphne wissen. Diane schloss einen Moment lang die Augen. „Er ist sehr gütig, fast wie ein Vater

…" Trotzdem schüttelte sie ihren Kopf. „Auch wenn er dir gewogen ist, so ist er es doch nicht."

Kapitel vierzehn

Handelt vom besonderen Auftrag des Chevalier Armand de Rossignac und einem Intrigenspiel um Daphne, den Chevalier und König Ludwig XIV.

Paris Anfang Dezember 1668

Wieder hatte eine dichte Hülle aus Schnee Paris zugedeckt. Die Seine war gefroren, die Versorgung der Hauptstadt über den Wasserweg war nicht mehr möglich. Dafür lieferten findige Händler ihre Ware mit Schlitten über die Eisfläche des Flusses an.

Eine neue Hofdame war ins Hôtel Nevers gekommen, denn Fleur hatte geheiratet: Adalaïde de Machy, eine groß gewachsene, schlanke Blondine mit Augen von fast stechendem Hellblau. Sie hielt sich stets aufrecht und sprach auffällig leise. Diane hatte nach wenigen Sätzen, die sie mit der erst siebzehn Jahre alten Adelaïde gewechselt hatte, Daphne gegenüber zugegeben, dass sie die Neue nicht leiden konnte. Die Malerin, die diesbezüglich leidenschaftsloser war, hielt sich mit ihrem Urteil etwas mehr zurück.

Außerdem musste sie ihr repräsentatives Portefeuille und ihre *raisons* für die in Kürze stattfindende *Assemblée deliberative* an der Akademie auf Hochglanz und in Reinform bringen. Etliche Vormittage hatte sie mit Henri Testelin darüber gebrütet, seiner Kritik gelauscht, seine Anregungen aufgenommen, Zeichnungen verworfen, ausgetauscht, ergänzt und überarbeitet. Nur an einem Blatt gab es nichts zu deuteln – an der Aktzeichnung von Diane de Perrêtre. Testelin hatte auch versucht, Daphne ihre Angst vor Le Brun zu nehmen. „Der *Chancelier* steht normalerweise der Bewerbung von Frauen nicht ablehnend gegenüber. Allerdings hat sich bisher noch keine so weit vorgewagt, sich als Porträtmalerin hervorzutun. Ich fürchte, dass er sittliche Bedenken trägt." Er sah zum Fenster hinaus in den Himmel über dem Palais Royal, über den graue und vom Schnee schwere Wolken zogen. „Andererseits kennt er Euch, was Ihr zu leisten vermögt, woher Ihr kommt und Euren reputierlichen Lebenswandel. Dass Ihr eine Standesperson seid, dürfte auch positiv ins Gewicht fallen …" Er blickte sie aufmunternd aus seinen von Lachfältchen umkränzten Augen an. „Nur Mut, Baronesse! Der Herr hat Großes mit Euch vor! Und nun lasst uns noch einmal über Eure *raisons* für die einzelnen Beiträge gehen." Er lächelte ihr aufmunternd zu. „Es sind nur vierzehn *Anciens*, denen Ihr Euch stellen müsst. Davon stehen drei fest: Le Brun in seiner Funktion als *Chancelier*, Beaubrun als Schatzmeister, und meine Wenigkeit als Schriftführer der Akademie. Die übrigen elf werden vor Ort direkt per

Los bestimmt. Um als *agrée* – also zugelassen – zum Aufnahmeverfahren zu gelten, benötigt Ihr eine einfache Mehrheit an Zustimmungen. Und es sollte in Eurem Fall nicht allzu schwierig sein, dieses Gremium zu überzeugen!" Testelin blickte Daphne eindringlich an. „Vorausgesetzt, Ihr wollt es wirklich, Baronesse!" Daphne fixierte eine ihrer Temperaarbeiten in der Auswahlmappe, welche für sie untypisch eine religiöse Szene darstellte: *Die Hochzeit zu Kanaan*. Dabei hatte sie bei der abgebildeten Szene weniger auf das Weinwunder abgezielt, sondern auf die Darstellung der gealterten Maria, die bei diesem Anlass zum ersten Mal seit Jahren ihren Sohn wiedersieht. Beim Malen waren ihre Gedanken immer wieder zu ihrem ersten Lehrer Johann Heinrich Roos gewandert. Obwohl als Lehrherr moralisch ausgesprochen freidenkend (und als Ehemann, wie sie einmal entdeckt hatte, ebenso), waren seine biblischen Darstellungen sowohl kraftvoll als auch bewegend gewesen. Wie es ihm mittlerweile ergangen war? Roos hatte seine sichere Stellung als kurfürstlicher Hofmaler zu Heidelberg vor jenem Jahr aus freien Stücken aufgegeben, als Daphne sich mit Ruprecht von Waldeck verlobt hatte. Die einen sagten, dass er wieder nach Italien gegangen sei. Die anderen hatten behauptet, er hätte sich als freischaffender Künstler in einer der großen und wohlhabenden reichsunmittelbaren Städte niedergelassen. Beides hätte ohne weiteres zu diesem unzweifelhaft mutigen und aufrechten Mann gepasst. Und er wäre sogar stolz gewesen auf seine einstige Schülerin. Ja, er hätte es gewollt, dass sie sich um eine Aufnahme in der Akademie bewerben würde, ebenso wie Junker Ruprecht. Daphne nickte. „Ja, Monsieur Testelin, von Herzen gerne!" Doch er sah sie leicht zweifelnd an: „Ihr schwankt immer noch, Baronesse! Prüft Euer Herz und erforscht Eurer Gewissen!"

*

Anne de Gonzague war keinesfalls überrascht gewesen, als ihr Daphne wenige Tage zuvor den Brief ihres Vaters vorgelegt hatte. Denn schließlich stand sie mit ihrer eigenen Cousine Johanna Elisabeth in wesentlich regerem Briefkontakt, als es ihre eklatant schreibfaule Protegée handhabte. So beschäftigte der Geist der jungen Dame mit der Malerei war, so brillant sie sich auch in einer fremden Sprache auszudrücken und zu verständigen wusste, so gewandt, wie sie mit einer Feuerwaffe umzugehen verstand, so erfreulich, wie sie musizierte: Es war ihr nicht gegeben, ihre Gedanken willig und geduldig zu Papier zu bringen. Irgendwann, so fürchtete die Gonzague, würde sich diese Schwäche rächen, wenn Daphne nicht etwas regeren Schriftwechsel pflegen würde. Vor allem mit ihren Eltern. Doch dies sollte ihr eigenes Problem nicht sein. Dieses Störfeuer aus der Kurpfalz hatte sie nach scheinbar ergebnislosem Ablauf eines Jahres beinahe erwartet und nahm es innerlich gelassen hin. Das war nichts, was sie als Diplomatin ernstlich alarmieren musste. Freilich, auf sich beruhen lassen konnte man die väterliche Abmahnung ebenso wenig wie die regelmäßigen Anfragen der Mutter. Nach ihrer Einschätzung befand sich Daphne von Owen – oder d'Ovène, wie sich mittlerweile mit mehr gallischem Einschlag genannt wurde – exakt auf jenem Weg, auf den die Herzogin sie gebracht hatte. Sie hatte Finesse gewonnen. Sie war ehrgeizig, geistreich und auf einzigartige Weise brillant. Sie wurde von Monsieur gefördert. Und war bereits zweimal von Seiner Majestät lobend angesprochen worden, obwohl sie nicht zum Hofstaat der königlichen Familie gehörte. Die Comtesse de Soubris und sie hatten dafür gesorgt, dass Daphne quasi mit der Nase darauf gestoßen wurde, was für ein überaus attraktiver und begehrenswerter Mann Seine Majestät war. Im Prinzip war es nur noch eine Sache von wenigen Wochen, um, wie die Gräfin es auf für sie ungewöhnlich freimütige Art gesagt hatte, den „Hahn auf die Henne zu jagen". So weit wie ihre Bemühungen nun gediehen waren, würden sich in Bälde die vielfältigsten und elegantesten Gelegenheiten ergeben, Daphne so weit für Louis XIV. zu erwärmen, dass sie es vorziehen würde, eher eine seiner Gespielinnen zu werden, als sich von irgendeinem französischen Edelmann vor den Altar führen zu lassen. Wobei in Frankreich das eine das andere nicht ausschloss. Vorderhand jedoch musste den elterlichen Ermahnungen Genüge getan werden, pro forma und um Zeit zu gewinnen.

Während Daphne also zusammen mit dem Schriftführer der Akademie ihren Aufnahmeantrag vorbereitete, traf sich die Herzogin mit Comtesse Antoinette de Soubris. „Es wird Zeit, dass unserer Daphne der Hof gemacht wird", erklärte sie der älteren Gräfin unverblümt. „Und zwar von einem Herrn, der uns gegenüber loyal ist und keine unüberlegten Schritte unternimmt."

Eine Dienerin schenkte den beiden Edelfrauen eben mit Kardamom gewürzten Kaffee ein, während eine andere mit Rum flambierten Pudding vorlegte. Die Herzogin, die ansonsten sehr auf ihre Figur achtete, liebte während der dunklen Jahreszeiten Süßspeisen über alles. „Ich habe mich schon gewundert", erwähnte die Soubris und nippte an ihrem Kaffee, um seine Temperatur zu prüfen, „warum nicht allmählich kritische Nachfragen kommen. *Voilà*! Hat unsere Daphne denn schon selbst in den letzten Wochen Klage geführt, warum ihr kein vielversprechender Kandidat vorgestellt wurde?" Die Gonzague lächelte feinsinnig. „I wo! Das Freifräulein ist vollauf erfüllt von ihrer Karriereoption an der Akademie. Sie brennt vor Ehrgeiz – und hat durchblicken lassen, dass ihr ein Ehemann dabei wohl mehr als hinderlich wäre. Andererseits würde sie sich grämen, ausgerechnet dann zurückgerufen zu werden, wenn ihr der größte Triumph bevorstünde, nur weil kein Eheaspirant nachweisbar war. Ihr versteht, Comtesse?" „Voll und ganz. Hat Daphne denn gewünscht, dass man sie geeigneten Edelmännern vorstellt?", entgegnete Antoinette de Soubris – die sich, wie die Gonzague mit dem geübten Blick einer

Diplomatin erkannte, seit einigen Wochen endlich *à la mode* zu kleiden und zu frisieren begann. „Nein. Sie bat mich um Vorschläge zur Lösung." „Etwas anderes hätte ich von so einer intelligenten jungen Frau auch niemals erwartet. Und zu welcher Lösung tendiert Ihr, Durchlaucht?" Anne de Gonzague widmete sich kurz ihrem Pudding. Der Geschmack von flambiertem Rum mit karamellisiertem Zucker ließ sich mit nichts vergleichen ... „Ich tendiere zu einem Scheingefecht. So würde es der Große Condé bezeichnen. Ein Herr von Stand und Renommé, dessen Namen man dem Freiherrn von Owen gegenüber als seriös und aussichtsreich ins Feld führen kann, der aber in Wirklichkeit zu ihr die gebotene Distanz hält. Und der vor allem unsere Pläne hinsichtlich Seiner Majestät nicht im Ansatz durchkreuzt", führte die Herzogin aus. Einen Moment genoss die alte Comtesse ihren stillen Triumph – sie wusste genau, welches Ansinnen ihr gleich angetragen werden würde. Die Dinge entwickelten sich geradezu in beängstigender Perfektion ... Doch sie neigte sich mit vorgeblicher Neugier ihrer Gastgeberin entgegen. „Ein Strohmann! *Brillant*! Ich bin gespannt, wen Ihr da ins Auge gefasst habt für diese nicht wenig delikate Aufgabe!" Statt einer Antwort vernahm sie jedoch einen fast ungehaltenen Seufzer. „Nicht dass es an Daphnes Person selbst gescheitert wäre, aber ich kenne momentan einfach keinen Herren von Stand und der erforderlichen Finesse und Loyalität, den man mit dieser Aufgabe betrauen könnte. Bei keinem der von Alter, Status und Verfügbarkeit infrage kommenden *gentilhommes* würde ich die Hand dafür ins Feuer legen, dass es da keine Imponderabilien gäbe. Kurz und knapp: Ich verfüge über keine sichere Bank!" Sie seufzte – und blickte die Soubris lange an. Die Gräfin kannte diesen fixierenden Blick zu Genüge. Und schwieg – bis die Herzogin fortfuhr: „Ihr lebt schließlich am Hof von St. Germain-en-Laye. Ich stehe nur einem männerlosen Haushalt vor. Daher bitte ich Euch innigst, nach geeigneten Herren Ausschau zu halten!" Die Soubris griff spontan nach den Händen der eigentlich ranghöheren Herzogin. „Just in diesem Moment habe ich angefangen, mir Gedanken zu machen, meine Liebe! Lasst Daphne erst einmal ihre Sitzung an der Akademie absolvieren – ich werde mich derweil in St. Germain in aller Diskretion umtun!" Die Herzogin seufzte fast vor Erleichterung. „Was täte ich in dieser komplexen Sache nur ohne Euch, liebste Freundin?" Mit einem lieblichen Neigen ihres Kopfes lächelte die Soubris: „Ziehen wir nicht alle an einem Strang, Durchlaucht?"

*

Am frühen Nachmittag des ersten Samstags im Dezember war alles vorbei, was Daphnes Arbeit und Nervosität anging. Sie hatte dem Gremium von vierzehn *Anciens* an der Akademie Royale ihre Befähigung im anatomischen, perspektivischen und geometrischen Zeichnen durch Testate der Kursleiter und im Aktzeichnen durch Bestätigung ausgesuchter *Anciens* nachgewiesen. Sie hatte ihren Antrag auf Aufnahme gestellt und mit Hilfe von Testelin die Werke in ihrem Portefeuille präsentiert, erklärt und in klaren Worten diskutiert. Zu jedem Bild hatte sie eine *raison* abgegeben, die sich im Wesentlichen an Da Vincis Kanon orientierte. Je länger die Diskussion andauerte, desto ruhiger und sicherer wurde sie, Testelin musste ihr kaum einmal beispringen. Denn rasch hatte sie bemerkt, dass die *Anciens des Corps d'aministration* wie auch die nicht stimm-, wohl aber diskussionsberechtigten Ehrenmitgieder, die lediglich beratend eingreifen durften, weder allwissend noch an Ideen oder Visionen interessiert waren, die über ihre eigene Pflichterfüllung oder ihren Status hinausgingen. Manche glänzten gar durch Abwesenheit, obwohl sie in diesem Fall eine Strafgebühr von dreißig Sols fällig war. Daphne hatte bei dieser Gelegenheit endlich die Blumenmalerin Madame Cathérine Duchemin kennengelernt, die bis dato einzige *académicienne*. Sie hatte Daphne Ausführungen interessiert gelauscht, sie vor allem zu ihren *natures mortes* ausgesprochen klug befragt, freilich aber keinerlei eigene Regung oder Interesse erkennen lassen. Offensichtlich war Madame Duchemin – deren Arbeiten Daphne in der ständigen Ausstellung der Akademie im ersten Geschoss des Palais Brion mehrfach bewundert und ausgesprochen delikat gefunden hatte – nur daran interessiert, bei den Aufträgen des Hofs an ihren Gatten Monsieur Girardon die dekorativen Blumenranken ausführen und dafür ein ordentliches Honorar einstreichen zu dürfen. Was Daphne ausgesprochen enttäuschend fand. Man bat sie hinaus auf den zugigen Korridor – die Temperaturen waren während der vergangenen Tage noch frostiger geworden – und ließ sie dort etwa eine halbe Stunde warten. Testelin hatte ihr aufmunternd zugenickt, als sie den Konferenzraum verlassen hatte. Nun saß sie auf einer Bank und kritzelte gedankenverloren in ihr Notizbuch. Bilder, auch Fetzen von Bildern, die durch ihr gerade überhitztes Gemüt flogen wie Vögel auf der Durchreise nach Süden. Wie etwa den auf seinem hohen Lehnstuhl mit verschränkten Armen reserviert zurückgelehnten Le Brun oder den von Zeit zu Zeit lauernd zu ihm hinüber blickenden Nocret. Aber auch eine Hyazinthenzwiebel, die sie auf ihrer Fensterbank vorkultiviert hatte – und die gestern am Barbara-Tag ihre ersten zartblauen Blüten geöffnet hatte. Wie schade, dass sie den betörenden Duft nicht verbildlichen konnte, dessen Erinnerung in ihr gerade in diesem Moment eine kurze, aber schmerzhafte Sehnsucht nach dem Frühling hatte aufkommen lassen … „Gnädiges Fräulein?" Einer der diensthabenden Pedelle war an sie herangetreten. „Wenn Ihr mir bitte in den Konferenzsaal folgen wollt?"

Daphne trat langsamen Schrittes und beklommenen Herzens in die Mitte der hufeisenförmig angeordneten Tische. Was, wenn sie ihre *raisons* nun vollkommen falsch aufgezogen oder die Sujets ihrer Malereien in ihrem Portefeuille unschlüssig zusammengestellt hatte? Was, wenn die

Aktzeichnung von Diane nicht akzeptiert worden war? „Baronesse d'Owen", hob der *Récteur* Le Brun an. „Ihr seid mit elf gegen drei Stimmen als Kandidatin für die Aufnahme in die *Académie royale de Peinture et Scultpure* akzeptiert!" Stille breitete sich aus – sowohl im Saal als auch in Daphnes Kopf. *Agrée* ... „Vorausgegangene weibliche Kandidaten", fuhr Le Brun fort, „haben der *Assemblée deliberative* kein Probestück vorlegen müssen. Dies war darin begründet, dass sie ihre Qualifikation für ihr jeweiliges Metier bereits hinlänglich unter Beweis gestellt hatten. Da Ihr Euch jedoch um Aufnahme als Portätmalerin beworben habt, sehen es die abstimmenden *Anciens* als unabdingbar, dass Ihr bis zur nächsten *Assemblée générale* an Mariae Lichtmess einen Entwurf Eurer Wahl vorlegt und bereit zu Diskussion seid! Nehmt Ihr dies an?" Daphne schloss für Sekundenbruchteile ihre Augen, dann blickte sie Le Brun an. „Ja, Monsieur Le *Récteur*, ich nehme an!" Ein Ehrenmitglied spendete verhalten Beifall. Dann folgten etliche *Anciens,* wohl diejenigen, die ohnehin für sie gestimmt hatten, darunter Testelin und Beaubrun. Wie verhalten der Beifall doch war im Vergleich zu jenem, der ihr vor zehn Monaten in der Pfalzgräflichen Galerie gespendet worden war. In diesem Moment verstand sie, dass sie nicht etwa am Ziel war, sondern sich erst am Anfang ihres Weges befand, auf dem sie soeben eine Hürde genommen hatte. Hier spendierte man ihr nichts, und genau genommen war vor allem Testelins Wohlwollen ein Geschenk gewesen, welches in diesen Kreisen eher nicht üblich war. Diesmal breitete sich in ihr kein Gefühl des Triumphs aus, sondern das knochentrockene Bewusstsein, dass man sie hier immer wieder auf den Prüfstand stellen würde.

*

Kaum war Daphne ins Hôtel Nevers zurückgekehrt, wurde sie auch schon von allen Ehren- und Hofdamen umringt. „Wie hast du dich geschlagen?", platzte die naseweise Nicolette als Erste heraus. „Ich bin als Kandidatin akzeptiert!", rief Daphne aus. Die Damen klatschten und jubilierten, doch Daphne wiegelte ab. „Allerdings muss ich bis Lichtmess den Entwurf eines Aufnahmestücks vorlegen. Schließlich will ich als Porträtmalerin aufgenommen werden!" Nicolette schnippte mit den Fingern: „Aber das hast du doch *so* längst bis Weihnachten erledigt! Und kannst dann mit uns auf Schlittenfahrten gehen. Oder Eislaufen auf der Seine ..." Diane schüttelte leicht ihren Kopf. „Was du immer für Ideen und Vorstellungen hast, Nicolette! Ein Aufnahmegemälde für die Akademie ist eine andere Klasse als eine pikante Spielerei für Monsieurs Privatsammlung!" „Ja, ja, ich weiß", giftete Nicolette, „ich verstehe nichts davon!" „Demoiselles!", rief Madame du Plessis den aufgeregten Damenflor zur Ordnung. „Dies sind ausgesprochene müßige Diskussionen! Außerdem wünscht Ihre Durchlaucht, Daphne auf der Stelle zu sprechen."

Daphne löste sich aus der Schar der Freundinnen und folgte der *Seconde*

Dame d'Honneur in die erste Etage, auf der sich die Salons der Herzogin befanden. Diese schloss gerade ihre Korrespondenz ab, diesmal an einem Stehpult, wo sie gleich mehrere Schreiben siegelte. Sie nahm ihre Brille ab. Die Herzogin hasste es, mit ihrer Sehhilfe öffentlich gesehen zu werden – und lächelte Daphne zu. „Kommt näher, mein Kind!" Daphne trat erst auf sie zu, nachdem sie geknickst hatte; die Herzogin küsste sie auf die Wange. „Ich gratuliere Euch zu Eurem hart erarbeiteten Erfolg, liebes Kind! Nun seid Ihr gewiss glücklich und stolz!" „Ja, freilich, Durchlaucht! Aber dies ist erst der Anfang – ich bin als Kandidatin angenommen, nicht als Mitglied!" Die Gonzague lächelte vieldeutig. „Wir stehen auf unserer Lebensbahn immer irgendwo am Anfang. Wenn wir wirklich am Ende angelangt sind, dann kommt Gevatter Tod!" Sie ordnete ihre Briefe zu einem Stapel auf dem *cadenas*. „Wollt Ihr mich begleiten? Wir haben Besuch: Die Comtesse de Soubris ist nach längerer Krankheit wieder wohlauf und wollte mir unbedingt noch in der Adventszeit ihre Aufwartung machen. Da sie sich mehrfach nach Euch und Euren Fortschritten erkundigt hatte, denke ich doch, dass es angemessen wäre, wenn Ihr persönlich von Eurem erfolgreichen Auftritt vor der Akademie berichten würdet."

Sie ging Daphne voraus, die seltsamerweise keine besondere Neigung verspürte, sich erneut von dieser steifen alten Gräfin mustern zu lassen, die ihr zwar durchaus wohlgesonnen schien, aber trotzdem eine Kälte verbreitete, die Daphne gewöhnlich nicht mit Greisinnen verknüpfte. Allein, wie korrekt und zugeknöpft sie damals im August gewesen war, auf der königlichen Treibjagd im Bois de Boulogne, als sie selbst durch einen Zufall Seine Majestät im Étang des Biches gesehen hatte. Diese Frau versprühte den Schmelz eines Eiszapfens, fand sie.

Die Gonzague fuhr fort: „Ich weiß diesen Besuch überaus zu schätzen, denn die liebe Gräfin muss doch noch rechtschaffen geschwächt sein – auch wenn sie es niemals zugeben würde. Andererseits bedurfte sie dann doch der Begleitung und Stütze durch ihren Patensohn." Da öffnete auch schon ein Lakai ein Doppelportal vor ihnen, und sie betraten einen der Prunksalons, in dem die Gräfin de Soubris und ihr Patensohn bereits auf sie warteten. Bei dem es sich um keinen anderen handelte als den Comte Armand de Rossignac: Chevalier Bleuet.

*

In nachdenklicher Verfassung verließ Daphne eine knappe Stunde später den Purpurnen Salon – eine Bezeichnung, die der Raum den zum Teil aus Porphyr bestehenden Wandverkleidungen verdankte. Wie stets bei solchen Gelegenheiten hatten die älteren Damen das Wort geführt, Daphne hatte dann und wann geantwortet, wenn das Wort an sie gerichtet wurde. Armand de Rossignac war noch wortkarger gewesen – als einziger und obendrein recht junger Mann in einer Runde von Edelfrauen war er freilich auch zu dieser Zurückhaltung verdammt, wollte er bei seinem ersten offiziellen Zusammentreffen mit der Baronesse d'Owen nicht gegen jegliche Etikette verstoßen. Ab und zu musterte er Daphne verstohlen aus den Augenwinkeln, doch sie verspürte kein Bedürfnis, seinen Blicken standzuhalten oder gar zu antworten. Der Comte mochte nur wenig älter sein als sie selbst, war etwas über mittelgroß und von drahtig schlankem Wuchs. Dieser Besuch bei der Herzogin war ein offizieller Anlass, also trug er eine mittelblonde Allongeperücke, die, wie Daphne nun wusste, mindestens 80 Pistolen gekostet haben musste, da sie weit über seine tadellos straffen Schultern hinabreichte. Auch sonst war er modisch und aufwändig gekleidet; da er zu den königlichen Kammerherren gehörte, wurde von ihm verlangt, stets *grande parure* zu tragen. Blau schien seine bevorzugte Farbe, und die Besätze und *petites oies* auf seinem Wams und seinen Rheingrafenhosen wetteiferten geradezu mit der erstaunlichen Farbe seiner großen Augen. Man könnte ihn durchaus als hübsch bezeichnen, dachte Daphne für sich, aber er wirkt für einen, der mit Überzeugung einen geben soll, der sich um eine Ehefrau bewirbt, doch allzu reserviert. Sie hätte gerne das Wort an ihn gerichtet ... Und nach einer mehr als angespannten Stunde wurde ihr endlich erlaubt, sich zurückzuziehen. Sie knickste vor den beiden älteren Damen, dann vor dem Comte, der sich brav erhoben hatte und sich vor ihr verneigte, seinen Hut leicht schwenkend.

Die große italienische Uhr im Vestibül schlug eben das letzte Viertel der fünften Stunde, also war es Zeit, sich mit den anderen Hofdamen im Kartenzimmer zur Freistunde zu treffen. Missmutig und ungewohnt schweigsam setzte sie sich mit Nicolette und Adelaïde an den Kartentisch. Normalerweise spielte sie *cul bas* für ihr Leben gerne, und auch ein mittelmäßges Blatt konnte ihr den Spaß daran nicht verderben. Sie nahm ihren Kartenstapel auf, spähte hinein, blies kurz ihre Backen auf – und warf die Karten kommentarlos auf das grüne Filztischchen, ehe sie sie wortlos erhob und der Türe zustrebte. So sehr war sie enttäuscht und auch verärgert über dieses allzu offensichtlich arrangierte Zusammentreffen mit dem Comte de Rossignac.

„Wartet doch, Daphne!" Sie drehte sich um – Adélaïde de Machy kam ihr nachgelaufen, ihren langen Rock leicht raffend. „Nun, ich wünschte für Euch, dass der Empfang der Comtesse de Soubris und ihres Neffen für Euch zufriedenstellend war?", fragte sie mit weitaus gedämpfterer Stimme, als sie bei ihr ankam. Daphne kräuselte ihren Mund zu einer Art Lächeln. Diese Hopfenstange hatte in den wenigen Wochen ihres Hierseins eklatant schnell gelernt, wo sie ihre Ohren auszufahren hatte. Ansonsten wusste und verstand sie nicht viel – dies aber mit großem Getöse. Sie konnte weder Noten lesen, noch beherrschte sie ein Instrument oder das korrekte *passé simple* im Französischen – was immerhin ihre Muttersprache war –

konnte einen Zeichenstift noch nicht einmal halten und hielt Descartes für den Verfasser sentimentaler *romans à clés*. Dafür, und dies hatte ihr Margot selbst hinterbracht, prügelte sie mit einer Gerte auf ihre Zofe ein, ein schüchternes zwölfjähriges Ding, das schwitzte und stotterte, und pro Woche gerade fünfzehn Sol Lohn erhielt.

„Ist das nicht ein wundervolles Gefühl, meine Liebe, dass Ihr nun endlich einem akzeptablen Kandidaten vorgestellt werdet, da Ihr doch schon länger als ein Jahr im Hôtel Nevers weilt?", fragte Adelaïde und troff vor Bewunderung. Daphne schluckte die Häme des Edelfräuleins mit einem freundlichen Lächeln hinunter. „Dann kennt Ihr den Comte de Rossignac bereits, meine Liebe, wenn Ihr Euch derartig lobend über ihn äußert?", erwiderte sie. Adelaïde klappte ihren Fächer auf, obwohl es alles andere als warm war auf dem Korridor. „Oh ja, ma chère, das muss ich unbedingt! Ich muss alle Kammerherren Seiner Majestät kennen, denn die werden bestimmt wichtig für mich werden", führte sie aus. Daphne sah ihr etwas ratlos in ihre blassblauen Augen. Wie bei einer Gans, und sie schnattert ebenso laut und angriffslustig in den Tag hinein, dachte sie. Die aufgeschossene Blondine neigte sich in aufdringlicher Freundlichkeit zu Daphne hinab, die mindestens um einen halben Kopf kleiner war als sie. „Ich werde mich, solange ich hier im Hôtel Nevers bin, nicht mit solchen Kinkerlitzchen abgeben wie Malerei oder der Suche nach einem Ehemann. Ich möchte die nächste *Maîtresse royale en titre* werden!"

Daphne glaubte ihren Ohren nicht zu trauen. Trotzdem nickte sie. „Ein ambitionierter Plan, liebe Adelaïde! Dazu wünsche ich Euch viel Glück – und gutes Gelingen!" Adelaïde, die gerade an einem Spiegel vorbeiging, blickte hinein und zupfte ihre gebrannten *serpentes* zurecht. „Nun, ich weiß, dass Seine Majestät Frauen bevorzugt, die schlank und blond sind ..." „Dann seid Ihr besser informiert als ich! Mit mir hat er sich noch nicht über diesbezügliche Vorlieben unterhalten", entgegnete Daphne. Dieses Fräulein war nicht nur himmelsstürmend beschränkt und eitel zugleich, sie war auch noch machtversessen. Sie schüttelte unmerklich ihren Kopf. Wie konnte man es nur als einziges Ziel im Leben definieren, die Favoritin eines Monarchen zu werden?

*

Um nicht weiter ausgefragt oder belauscht zu werden, war es das Beste, sich an das Schachbrett zu setzen. Dies war Daphnes und Dianes bewährte Strategie, wenn sie sich während der gemeinsamen Freistunden für die Hofdamen konzentriert und ungestört unterhalten wollten. Beide waren talentierte Spielerinnen. Ihre Züge führten sie aus, während sie sich unterhielten. „Ritter Bleuet war hier?" Diane schmunzelte. „Oh, offiziell hat er nur seine alte, kranke Patentante begleitet, die Comtesse de Soubris", wiegelte Daphne ab und setzte ihr Pferd auf e5, von wo aus es direkt einen ungedeckten Turm von Diane bedrohte. „Was für ein Zufall, nicht wahr?“, erwiderte die Freundin. „Oh ja – die Wege des Herrn sind ebenso unergründlich wie die Ränke der Herzogin. Wobei ich mir üblere Rankünen vorstellen kann“, fuhr Diane fort, „als sich vorgegebener Maßen vom Comte de Rossignac den Hof machen zu lassen. Er ist ein angenehmer und kultivierter Mensch – und verfügt über keinen geringen Einfluss. Er sieht ganz annehmbar aus. Wenn man auf Männer fixiert ist ...“

Daphne sagte zunächst nichts, sondern bot dem schwarzen König mit ihrer Dame Schach. „Mist, elender!“, fluchte Diane. „Du sollst aufs Brett schauen, nicht an junge Grafen mit blauen Augen denken!“, lästerte Daphne. „Du weißt genau, dass ich niemals an junge Männer denke – die Augenfarbe ist noch irrelevanter als ihr Geschlecht!“ Dann zog sie ihren König zur Seite. Daphne sah kurz auf das Brett und fuhr mit ihrem Bericht fort: „Er hat nicht eben viel gesprochen, der Comte. Und die Herzogin hat mir anvertraut, dass er erst vor einem halben Jahr Witwer geworden ist ...“ Die Hofdame zuckte die Achseln. „Am Hof des Königs müssen es die Herren mit der Trauerzeit nicht allzu ernst nehmen. Und wer weiß – vielleicht ist er ja wirklich nur mitgekommen ins Hôtel Nevers, weil seine Patin immer noch so gebrechlich ist!“ Sie blickte hinunter aufs Brett. Daphne zog ihr Pferd von e5 nach f3 zurück. „Es wird Zeit, dass ich meine Pferde auch einmal bewege!“, meinte Diane. Sie entwickelte es von b8 nach c6.

Daphne besah sich den Zug ihrer Freundin; danach nahm sie Dianes Pferd mit ihrer Dame. „Mist, elender!“ – „Da waren wir heute schon einmal – du wiederholst dich!“, stichelte Daphne. Dann neigte sie sich vor: „Und nun rate, wer mich bereits über den Besuch des Comte de Rossignac *en détail* befragt hat?“ – „Nicolette?“ – „I wo! Es war die liebe Adélaïde!“ – „Unsere verehrte Hopfenstange ...“ – „Ja, und denk dir nur, was die Hopfenstange selbst für ein hehres Ziel hat?“ Daphne blickte dabei etwas ziellos auf dem Schachbrett herum, während Diane Daphnes Dame auf c6 betrachtete. „Ich passe wirklich nicht auf. Ich habe glatt übersehen, dass mein Pferd ungedeckt war ... Hm. Lass mich raten – sie möchte innerhalb eines Jahres lernen, wie man die Zeiten in seiner Muttersprache richtig anwendet, wie man ein Schlachtengemälde mit galoppierenden Rössern malt, wie man schönere Sonette verfasst als Racine und wie man das Clavecin bedient ...“, meinte sie mit leicht hämischer Genugtuung. „Ich denke, allein mit einer dieser Zielsetzungen hat sie für mehr als drei Jahre zu tun!“ Daphne bewegte ihre Dame nach d5. „Oh nein, nicht doch! Die brillante Adelaïde plant ganz entschlossen und siegessicher, die nächste amtliche königliche Mätresse zu werden ...“, flüsterte sie. „Dann ist sie nicht ganz bei Trost!“, pflichtete Diane ihr bei.

„Ich meine“, setzte Daphne hinzu, „wo gibt es denn so etwas? Kommt als frischgebackene Unschuld vom Lande an einen Adelshof und meint, sich auf direktem Weg, ohne links und rechts zu schauen, von Seiner Majestät begatten lassen zu können ..."

Diane blickte ihre Freundin lange an. „Doch. Das gibt es", meinte sie völlig ruhig, als redete sie über die starken Schneefälle der vergangenen Tage. Dann zog sie ihre Dame um vier Felder vor. „Ich lebe jetzt seit viereinhalb Jahren hier im Hofstaat der Herzogin. Es gibt nicht wenige Adelsfamilien, die ihre jungen hübschen Töchter zu genau diesem Zweck in die Nähe des königlichen Hofstaats entsenden: sich dem König um ein Beilager anzudienen und damit Privilegien zu ergattern. Oft stecken diese Familien in gewissen Bredouillen, und um dringend notwendige Vergünstigungen wie Steuererlässe oder Pensionen oder Ämter durch das Verdienst von Söhnen zu erlangen, fehlt die Zeit ... du solltest jetzt ziehen, Daphne!" Während Daphne ihr Pferd vor ihren König schob, fuhr Diane fort. „Das mag dich jetzt schockieren, weil so etwas im Deutschen Reich nicht praktiziert wird, zumindest nicht offen. Hier in Frankreich ist es alles andere als schimpflich. Außerdem schätzt Seine Majestät das weibliche Geschlecht viel zu sehr, und damit meine ich, dass er wirklichen Respekt hat vor uns Frauen, als dass er solche Angebote zurückweisen und nicht angemessen honorieren würde ..." Diane manövrierte ihren Läufer. „Und – ganz *au fond*, meine Liebe: Seine Majestät kann jede haben. Die Damen fallen nicht nur in Ohnmacht, wenn er tanzt ... du hast schon wieder vergessen zu ziehen!" Daphne nahm irgendeinen ihrer Bauern und schob ihn nach vorne. Diane sah ihre Freundin erstaunt an, wie schon lange nicht mehr. Dann legte sich ein Ausdruck des Bedauerns auf ihr Gesicht, als sie ihre Dame um zwei Felder nach vorne zog. „Schach, meine Liebe! Und matt!"

*

„Ich danke Euch, meine Liebe, für diese Nachrichten!", meinte die Herzogin nachdenklich. „Begebt Euch nur wieder schnell zum Abendessen, damit Euch die anderen nicht über Gebühr vermissen!" Diane erhob sich, knickste und eilte aus dem Arbeitszimmer der Gonzague. Diese blieb nachdenklich zurück. Und leicht verärgert. Einmal mehr bewahrheitete sich die Redensart, dass man seinem Nächsten nicht weiter in das Innerste blicken konnte als bis zu den Zähnen. Sie war es Adélaïdes Eltern schuldig gewesen, ihre störrische und nicht sonderlich begabte Tochter als Hofdame aufzunehmen – und genau wie bei Daphne für eine geeignete Partie zu sorgen. Im Gegensatz zu der gonzaga-stämmigen Daphne hatte das lange und wie ein Weberschiffchen dürre junge Edelfräulein allerdings keinerlei Potenzial, sich bei Louis XIV. auch nur länger als eine Nacht zu etablieren. Und ausgerechnet sie hatte Ambitionen, zugleich die Herzogin de Vaujours und die Marquise de Montespan vom Thron respektive aus dem Bett stoßen zu wollen. Wie vermessen, wie töricht! Und wie gefährlich

– denn die junge Blondine machte aus ihren Begehrlichkeiten keinerlei Hehl. Die Herzogin zog eine Klingelschnur. Hier war ein herzogliches Machtwort gefragt ... Und zwar jetzt und sofort. Ein Lakai erschien. „Hol Er mir Mademoiselle de Machy. Und zwar schnell!", befahl sie.

Kapitel fünfzehn

Erzählt von einem geduldigen Modell, das Daphne erfreut, und von einem „Spion", der Daphne weniger Freude macht

Paris, Ende Februar 1669

Seit Minister Jean-Baptiste Colbert mit einem weiteren Auftrag – von höchster Stelle – vor zwei Wochen auf sie zugetreten war, peinigten Daphne immer wieder stechende Kopfschmerzen, die nur nachließen, wenn sie ein wenig an der frischen Luft spazieren ging. Allerdings war es ärgerlich, dass sie eigentlich keine Zeit mehr für solche Mußestunden besaß.

Wenigstens ihre Eltern, besonders ihr Vater, saßen ihr nicht mehr im Nacken mit Ermahnungen bezüglich eines Ehekandidaten – denn sowohl sie als auch Anne de Gonzague im Nachgang hatten noch während der Adventszeit in die Heidelberger Heimat „Vollzug" gemeldet. Daphnes Brief, in dem sie angekündigt hatte, dass der Comte de Rossignac, Erbe der gleichnamigen Comtur im Languedoc, ihr in aller Form den Hof mache, war wie immer kurz und fast dürftig. Daher dürfte das Schreiben der Herzogin wohl weitaus mehr den Ausschlag zum elterlichen Placet gegeben haben, denn Daphnes Schirmherrin hatte sich weitaus ausführlicher über den jungen Grafen, seine Verhältnisse, seinen Status und vor allem seine Genealogie ausgelassen. Armand de Rossignac ließ sich regelmäßig im Hôtel Nevers blicken, während man sich Zeit damit ließ, Daphne in St. Germain einzuführen. Daphne war es mehr als recht – auch noch beim großen Hofstaat des Königs die Runde machen zu müssen, wäre ihr momentan zu viel gewesen, und das ließe sich, so bekundeten der Comte und Pfalzgräfin einhellig, auch noch ohne Gesichtsverlust nachholen, sobald Daphne ihr *pièce de recéption* für die Akademie vollendet hätte.

Immerhin saß ihr der Grund für die Zufriedenheit ihrer Eltern seit Anfang des Jahres regelmäßig einmal pro Woche Modell – und zwar überaus geduldig. Denn zu deren Beruhigung fehlte noch ein Porträt des Comte, in klassisch-repräsentativer Ausführung im Hofgewand *à la mode*.

Armand de Rossignac erzählte von seiner Heimat im Süden – dass dort viel Wein wuchs, aber auch Öl-, Orangen- und Mandelbäume, dass die leuchtend gelben Mimosen noch vor den zartrosa Mandelbäumen blühten, dass es im Winter keinen Schnee und kaum Frost gäbe und das Frühjahr schon Ende Februar Einzug hielte. Er erzählte vom Duft der Zypressen, der Lavendelfelder und dem des Zitronengartens direkt hinter dem *château* Rossignac – seiner Mutter ganzer Stolz noch vor der Rosenzucht und den Jasminstauden. Die Nachtigallen sängen dort bereits im April. Nirgendwo seien die Sonnenauf- und Untergänge farbenprächtiger als an den Ufern des Ariège. Daphne schloss immer häufiger – auch bedingt durch das nicht von Paris weichen wollende Wintergrau – ihre Augen und stellte sich solche idealen Landschaften im Süden Frankreichs vor mit kräftigen Farben und gleißendem Licht. Reine Landschaftsmalerei – etwas, womit sie sich bis dato noch nicht befasst hatte. In Frankreich und auch in Italien pflegte man die freie Natur mit ewigem Sommer als Hintergrund und Staffage für Porträts und Historien zu abzubilden. Sie waren beliebig und austauschbar. Doch hatte sie auch schon andere Landschaften gesehen, sowohl früher in der Sammlung im Heidelberger Schloss als auch in der der Akademie. Es waren Landschaftsbilder niederländischer Künstler mit einem riesigen, bewegten Himmel über flachen, von Wasser geprägten Gegenden und den kleinen Menschen darin, die sich unentwegt tummelten und beschäftigten. Man konnte beim Betrachten dieser Bilder den Donner grollen und den Wind pfeifen hören, den peitschenden Regen und das Zerren von Sturmböen an Hut und Haaren förmlich spüren. Hier wurde das sichtbar gemacht, was die Malerei nicht durch reine Abbildung vermitteln konnte, wenn sie nur das Ideal zeigte: die sinnliche Berührung durch die Natur. Warum sollte dies nicht auch in Frankeich möglich sein?

„Stellt Euch vor, *chèr comte*, Ihr betrachtet eine derartige Landschaft: stürmisch dahineilende Wolkenfetzen in einem winterlichen Abendhimmel. Das Wasser eines Flüsschens, das von der untergehenden Sonne beleuchtet wird, als wäre es flüssiges Feuer. Und darauf tanzen Eisschollen ... Wäre es Euch bei einer solchen Natur nicht völlig gleichgültig, ob auf diesem Gemälde noch ein siegreicher Feldherr mit seinem Gefolge einreitet?" Ihre Augen leuchteten bei ihren Ausführungen. Armand de Rossignac blickte sie erst etwas verunsichert an; dann entgegnete er mit verschmitztem Lächeln: „So glühend, wie Ihr Eure Visionen schildert, würde auch ich Menschen auf einem solchen Bild als bloße Staffage betrachten." Und mit leicht schiefgelegtem Kopf und großen Augen setzte er hinzu: „Und wenn es aus Eurer Hand stammte, dann wäre es mir sogar gleich, wenn Seine Majestät durchs Bild ritte ..."

Erst drei Sitzungen später wagte er, dessen Wangen sich immer schneller röteten, sobald er mit ihr alleine war, sie zu befragen, was sie zum Malen gebracht hätte. „Ich habe diesbezüglich niemals Vorbehalte gehegt, *chère* Baronesse.", hob er fast verlegen an. „Doch es ist schon etwas ungewöhnlich für eine junge Dame von Stand, sich derartig intensiv mit Malerei zu beschäftigen." Daphne blickte etwas irritiert zurück: „Seid Ihr etwa der weitverbreiteten Ansicht, es wäre für mich schicklicher, mich der

Frömmigkeit oder irgendwelchen Handarbeiten zu widmen?" Armand de Rossignac zuckte unter dieser Spitze fast zusammen. „Baronesse", krächzte er und räusperte sich rasch, „ich wollte Euch damit nicht zu nahe treten. Einem Menschen, der über einen derart scharfen Verstand und zugleich ein so rechtschaffenes Wesen wie Ihr verfügt, sollte es selbst überlassen werden, was er als angemessen betrachtet. Mich irritiert nur die Inbrunst, mit der Ihr Euch der Kunst widmet. Als wäre sie Euer Beruf."

Daphne nickte ernst: „Ihr habt es recht erkannt, Comte: Es ist meine Berufung. Und ich habe es einem geliebten Menschen in der Stunde seines Todes geschworen, dass ich niemals nachlassen werde, ihr nachzustreben." Eine Weile blickte Armand de Rossignac nachdenklich aus dem Fenster. „Ihr wart verlobt – in Heidelberg, nicht wahr?! Anne de Gonzague hat es für richtig gehalten, mich darüber ins Bild zu setzen." Heloïse schlich wie so oft in die Galerie und sprang direkt auf Armand de Rossignacs Schoß, wo sie sich einrollte und rasch einschlief. Der Comte ließ das Tier jedes Mal gewähren, es sei denn, die Künstlerin störte es bei ihren Ausführungen. „Er bedeutet Euch wohl noch etwas, Baronesse?", wollte er zögernd wissen. Dabei hüstelte er, gab sich aber den Anschein, als hätte er sich an seiner heißen Schokolade verschluckt.

Daphne ließ ihren Pinsel sinken – sie war eben Rossignacs zierliche gerade Nase angegangen – und blickte dem Comte lange in die Augen. So lange und anhaltend wie noch nie zuvor; sie musste sich gestehen, dass sie sich unter dem Blick, der als Erwiderung zurückkam, nicht unbehaglich fühlte. Sie wies auf ihr schwarzes Hütchen, das auf einem Schemel lag und unter dessen Band die beiden weißen Straußenfedern staken. „Sicher tut er das. Doch auch Liebe kann eines natürlichen Todes sterben. Wenn sie gut und stark war, dann bleibt das Vermächtnis der Dankbarkeit. Eine der beiden Federn hat mir Junker Ruprecht als Dank für eine Porträtzeichnung geschenkt – als er noch Junker Maximilian war und ich der Jude Daniel. Die zweite, als er im Wald im Sterben lag. Er war es, der mir das Versprechen abgenommen hat, meine Berufung niemals zu opfern oder von ihr abzulassen." Sie nahm die Arbeit an Rossignacs Nase wieder auf.

Der Comte schwieg eine Weile. „Das habt Ihr sehr schön gesagt – und bewegend. Ich glaube, dass ich nun verstehe, warum Ihr hier in Paris ein Ziel verfolgt, welches für eine Frau doch sehr ungewöhnlich ist. Zumindest ansatzweise. Ihr bedürft der Freiheit."

Erneut blickte Daphne dem jungen Grafen in die Augen. Solche Worte aus dem Mund eines noch jungen Mannes – er war um ein gutes Jahr älter als sie – fand sie ungewöhnlich. Sie erinnerten sie an Ruprecht. Hastig wischte sie ihren Pinsel aus. „Welcher Mann ist schon bereit, einer Frau solche Freiheit zu gewähren?", meinte sie leichthin. Rossignac lachte leise und kraulte Heloïse zwischen den Ohren. „Es käme auf einen Versuch an,

Baronesse! Aber wir beiden wissen ja zu gut, welche Rolle hier jeder von uns zu spielen hat. So bleibt es bei müßigen Gedankenspielen ..."

Daphne trat einige Schritte von der Staffelei zurück. Das Porträt des Comte machte gute Fortschritte – wie immer, wenn ihr ein Modell sympathisch war. „Freilich, ja. Und Ihr wisst sicher, zu welch großem Dank ich Euch verpflichtet bin." Rossignac setzte Heloïse, die nicht weiter protestierte, sanft auf den Boden. „Das seid Ihr nicht – schließlich lenkt Ihr mich auf wunderbarste Weise von meinem eigenen Kummer ab!" Er blickte kurz auf Heloïse, die sich auf dem Boden zu wälzen begann. „Kann es sein, dass Eure Katze rollig wird?", fragte er unvermittelt. Daphne errötete leicht. „Ja, kann sein", meinte sie mit etwas belegter Stimme, „die Jahreszeit ist danach. Ihr kennt Euch aus mit Tieren? Katzen werden hier an den Pariser Adelshöfen kaum gehalten, zumindest nicht von den Edelleuten. In den Küchentrakten schon eher."

Der Comte stieg über die sich immer noch wälzende Heloïse hinweg und trat vor die Staffelei, um die Fortschritte seines Konterfeis zu begutachten. „Nun, ich wurde nicht im königlichen Palast zu St. Germain-en-Laye geboren, wo die Damen nur Schoßhündchen und Singvögel halten. Ich komme, wenn man es ehrlich und genau betrachtet, vom Lande. Unserem Stallmeister habe ich schon oft geholfen, wenn eine unserer Stuten gefohlt hat ... Ihr habt meiner Nase gehörig geschmeichelt, *chère* Baronesse!" Unwillkürlich musste Daphne lachen. *„Mais non, chèr comte!* Eure Nase ist so ... perfekt!" Jetzt war Rossignac an der Reihe etwas rosigere Wangen zu bekommen. Er räusperte sich leicht. „Dürfte ich Euch um einen unschätzbaren Gefallen bitten, Mademoiselle d'Owen? Dürfte ich wohl einen Blick auf das Gemälde werfen, dass der König bei Euch so eilig in Auftrag gegeben hat?"

„Ihr wisst davon?" „Nun, bin ich einer der königlichen Kammerherren oder nicht? Seine Majestät behandelt diesen Auftrag sehr offen; er hat auch mehrfach betont, wie angetan er von Euren Gemälden ist, die Ihr für Monsieur angefertigt habt. Er hatte sich sogar zwei Tage nach Lichtmess eigens nach St. Cloud zu seinem Bruder begeben, um sie in Augenschein zu nehmen." Daphne führte Rossignac zu einer größeren Staffelei, die vor die Fensterfront gerückt, aber nicht direkt einsehbar war. „Davon wusste ich gar nichts", meinte sie nachdenklich. „Nun seht Ihr, Baronesse, so bin ich auch zu etwas nütze: Ich kann Euch mit Informationen über Seine Majestät versorgen!", meinte er und besah sich das im Entstehen begriffene Bild.

„Sehr freundlich, *chèr comte*, aber ich benötige keine Informationen über Louis Le Grand! Er, respektive Minister Colbert, hat mir einen Auftrag erteilt, den ich best- und schnellstmöglich erledigen werde. Wenn ich in die Akademie aufgenommen und vielleicht einmal den Auftrag erhalten werde, Seine Maejestät zu porträtieren, dann verhält es sich wohl anders!“ Auf eine unbestimmte Weise und aus ihr unverständlichen Gründen mochte Daphne derzeit nicht an den König erinnert werden, dabei hatte sie ihn seit jener merkwürdigen Jagdgesellschaft vor einem halben Jahr nicht wiedergesehen. Ihr persönlich stießen die zahllosen Gerüchte und Anekdoten über diesen Herrscher, seinen überaus komplexen Charakter und sein sehr spezielles „Temperament“ allmählich unliebsam auf ... Gewiss, er war ein überaus anziehender Mann, auf eine ganz und gar einmalige Art sogar, er trug sicherlich nicht umsonst den Spitznamen *„le sourcier“* – der Zauberer. Und dass die Damen angeblich scharenweise hinter ihm her waren; durchaus nicht nur aus Berechnung wie Adelaïde de Machy. Sie blickte auf das in Arbeit befindliche Gemälde – praktischerweise hatte Colbert selbst vorgeschlagen, einfach eine kleinere Version des *pièce de recéption* für Seine Majestät zu schaffen, da er dieses Motiv gewiss reizvoll finden würde.

„Stimmt es eigentlich, dass Seine Majestät sich nicht gerne *en profil* abbilden lässt?“, wollte de Rossignac wissen. „So etwas habe ich nämlich gehört; und mir ist kein königliches Porträt geläufig, das ihn strikt von der Seite zeigt.“ – „Da ist durchaus etwas Wahres dran, Comte. Seine Majestät ist etwas ... eigen, was seine bourbonische Nase angeht. Könnte sein, dass er sie als Makel empfindet ... wo er sonst so makellos ist. Anscheinend“, setzte Daphne hastig hinzu, da sie merkte, sich beinahe verraten zu haben, „und wenn ich ehrlich sein darf, Comte: Eure Nase gefällt mir in der Tat besser!“

Der Comte erwiderte nichts, sondern blickte eindringlich Apoll an, der am rechten Bildrand exponiert stand, den neun Musen den Rücken zudrehend, seine Kithara in der gesenkten Hand und sein Gesicht der Sonne zugewandt, die einen kräftigen breiten Strahl auf den Gott des Lichts und der Künste herabsandte. Einem Theaterlicht nicht unähnlich. Noch hatte das unfertige Gemälde etwas ausgesprochen Künstliches, das sich in Daphnes früheren Bildern nicht fand. Es war so entstanden und hatte Daphne irritiert; doch Testelin, der gelegentlich persönlich nach den Fortschritten sah, beruhigte sie – dies sei eine vollkommen normale Entwicklung bei einem Künstler. Außerdem hätte er bereits Anklänge an das, wie er es nannte, „ironische Moment“ bereits in *Achill unter den Mägden* gefunden, und dieses Werk fände er hinreißend.

Testelin selbst hatte nach langen Diskussionen Daphne erneut zu einem mythologischen Motiv für ihr Aufnahmewerk geraten, und da sie ihr Talent gerade für die Darstellung des weiblichen Körpers unbedingt ins Feld führen sollte, lag ein Thema nahe, das genügend Raum für Halbakte bot. Neun Musen, immerhin. Und natürlich hatte Colbert das Thema für würdig genug befunden, um für den König eine etwas handlichere Version zu ordern, welche den zeitlichen Vorrang vor der *Assemblée générale* Anfang Juli hatte. Außerdem, so Testelin, war es für einen Maler, der noch nicht an große Formate gewöhnt war, immer von Vorteil, dasselbe Thema zuerst in einer Kleinversion zu bearbeiten. Wenn dies zu Seiner Majestät Zufriedenheit fertiggestellt sein würde, blieben ihr immer noch dreieinhalb Monate Zeit für den „großen Apoll".

Rossignac blickte konzentriert auf das fast genießerisch der Sonne entgegenstreckte Gesicht des Musenführers – der noch keine Haare auf dem Kopf hatte. „Wenn ich Euch einen Rat aus einer vollkommen anderen Sichtweise geben darf, Baronesse …?", meinte er zaghaft. „Nur zu!", ermutigte sie den Comte. „Verleiht doch dem Apoll ein klein wenig mehr Ähnlichkeit mit …" Daphne musste lächeln: „Mit dem König, meint Ihr?" Ihrer Meinung nach wies er schon genug davon auf, zumindest was den wohlgeformten Körper anging. Rossignac meinte aber höchstwahrscheinlich dessen Gesicht. „Hm, seid Ihr sicher?" „Es würde Seiner Majestät überaus schmeicheln, glaubt mir. Ich kenne ihn gut genug, um auch noch prophezeien zu können, dass es nicht zu Euerem Schaden sein würde!" „Ich werde es mir überlegen und diesen Vorschlag mit meinem *instructeur* diskutieren", Daphne bemerkte selbst einen wohlwollenden Unterton in ihrer Stimme. „Habt Ihr auch noch Vorschläge, was die Musen angeht?", setzte sie nach. „Diesbezüglich: Zurückhaltung und keinerlei Anspielungen … Ihr wisst schon. Was ich aber äußerst charmant fände, wäre, wenn Ihr Euer liebreizendes Gesicht einer der Musen leihen würdet. Zum Beispiel der Terpsichore."

Daphnes Lachen verärgerte Rossignac einen kurzen Moment lang. Nun hatte er sich als Dilettant in Sachen Malerei wahrscheinlich viel zu weit aus dem Fenster gelehnt. „Ich – als Muse des Tanzes?" Ihre Terpsichore befand sich von allen neun Musen in größter Nähe zu Apoll, sie schien fast auf ihn zu zu tanzen. „Ihr habt mich gewiss noch nie tanzen sehen, Armand Rossignac. Ich bin eher eine Anti-Terpsichore!" Er blickte sie bekümmert an: „Ich wollte Euch gewiss nicht zu nahe treten! Verzeiht!" Er verneigte sich vor ihr. Seine nicht aufgesetzte Höflichkeit war etwas, was Daphne von Anfang an am Comte de Rossignac ebenso geschätzt hatte wie seinen feinsinnigen Humor und sein gütiges Wesen.

Auch wenn es höchstwahrscheinlich niemals zu einer Ehe mit dem Comte kommen würde – eine Freundschaft mit dem jungen Edelmann aus dem Languedoc erschien ihr allemal lohnend. Er war der erste junge Mann seit Junker Ruprechts Tod, dem sie so etwas wie Affinität entgegenbrachte.

Sie blickte auf die Uhr unter einem Glassturz. „Mein lieber Comte, wir müssen Schluss machen für diesmal. Noch ist Winterhalbjahr, da beginnen die Lektionen an der Akademie immer schon um drei Uhr!" Sie band ihre Schürze ab und reinigte ihre Hände mit einem mit Terpentin getränkten Schwamm, woraufhin sich ein angenehm harziges Aroma im Raum verbreitete. „Dann, liebe Baronesse Daphne, gestattet mir doch, Euch in meiner Kutsche hinzubringen!", schlug Rossignac vor. Was angesichts des regnerischen Wetters ausgesprochen verlockend war.

Wenig später verließ Daphne an der Seite des Comte das Hôtel Nevers und stieg mit ihm in Kutsche, die im Innenhof vorgefahren war. Sie sah nicht, dass sich in diesem Moment eine Person im zweiten Geschoss an eine Fensterscheibe drückte und der Kutsche lange nachspähte, um sich das Wappen auf dem Wagenschlag einzuprägen.

*

Am Neujahrstag brachte Mère Chantal den Hofdamen wieder ihren traditionellen Glückskuchen, nachdem Anne de Gonzague den Altjahrsabend in bewährter Weise mitsamt ihrem Hofstaat in St. Cloud verbracht hatte, allerdings ohne königliche Ehrengäste. „Diesmal muss ich die Bohne finden!", zwitscherte Nicolette aufgeregt. „Ihr wisst es vielleicht noch nicht, aber ein ernsthafter und ziemlich wohlhabender Herr interessiert sich in allen Ehren für mich ..." „War dies das Gespräch mit dieser Heiratsvermittlerin?", fragte Adelaïde. „Adelaïde de Machy – wenn du eines Morgens in deinem Bett je tot aufwachen solltest, dann wisse, dass ich dich ermordet habe. Für solche Gemeinheiten wie diese eben!", schmollte Nicolette. Die Getadelte setzte nur ein dünnes Lächeln auf und spähte aus dem Fenster auf die Schneemassen. Zu ärgerlich, dass Seine Majestät gestern nicht anwesend war. Aber sie hatte einen anderen mächtigen Mann gesehen und dank der Herzogin auch kennengelernt: den Prinzen Condé. Der zwar nicht mehr der Jüngste – und erst recht nicht der Allerschönste – war aber dennoch einer der bedeutendsten Männer im Königreich Frankreich. Sein Schloss in Chantilly musste märchenhaft sein ...

Adelaïde biss in ihr Kuchenstück – und auf etwas Hartes. „Autsch!", rief sie theatralisch aus – die übrigen Hofdamen blickten sie erwartungsvoll an, allen voran Nicolette. Sie spie einen metallisch glänzenden kleinen Gegenstand auf ihren Teller. „Ah, die Krone!", rief Diane aus, erhob sich knapp von ihrem Sitz und deutete einen Knicks an. „Hoheit ..." Daphne lächelte; Nicolette, deren Abneigung gegen Adelaïde am unverhohlensten war, gähnte demonstrativ. Was soll ich mit dieser dummen Krone?, dachte Adelaïde ärgerlich. Vielleicht habe ich ja Glück, und die Münze findet sich im Rest meines Stücks. So etwas soll es ja geben. Hastig verschlang sie es, jedoch ohne Resultat. Nicolette tat es ihr natürlich gleich – und wurde ebenfalls enttäuscht. „So werden die Bohne und der *Denier* wohl auf uns entfallen", schloss Diane. „Welche von uns beiden fängt an, Daphne?" – „Du, meine Liebe!"

Ihre Freundin verzehrte ihr Kuchenstück ungleich gesitteter. Erst als sie fast an der Rinde angelangt war, biss sie auf etwas Scharfkantiges, das sie mit der Zunge behutsam auf ihren Handteller schob. „Was ist denn das für eine neue Mode?", fragte sie konsterniert. Nicolette beugte sich darüber. „Das …? Ach, das ist nur ein Stück Mandelschale. So was gerät manchmal in den Teig. Mère Chantal bräuchte eigentlich allmählich eine Brille für die Nähe!“ „Wer weiß“, entgegnete Diane. „Ich werde es aufbewahren, vielleicht ergibt sich ja eine Deutung. Nichts ist zufällig in einem Neujahrskuchen!“

Dann richteten sich aller Augen auf Daphne. „Das bedeutet ja wohl, dass du Münze und Bohne haben musst“, meinte Diane. „In diesem Fall kommt es auf die Reihenfolge an!“

Gleich mit dem ersten Bissen stieß Daphne auf den *Denier* – Ruhm und Ehre würden ihr also bald zuteil. Wo aber war die Bohne, auf die die anderen, sie aber bei Weitem nicht so sehr, erpicht waren? Sie fand sie erst ganz zum Schluss. Nicolette klatschte vor Freude in die Hände: „Dann wirst du also am Ende dieses Jahrs und deines Aufenthalts in Paris wohl eine Comtesse de Rossignac werden!“ „Rossignac?“, fragte Adelaïde verblüfft. „Ja – hast du es denn nicht mitbekommen, dass sich einer der Kammerherren des Königs um Daphne bemüht? Er sitzt ihr doch einmal pro Woche Modell!“, plapperte Nicolette. Daphne stöhnte vor Ärger …

„Ah, nein!“, machte Adelaïde. „Ich habe hier ein paar Mal so einen Hübschen gesehen, mit großen blauen Augen. Ist er das?“ Nicolette nickte heftig. „Und er ist wirklich Kammerherr Seiner Majestät?“ „Wenn ich es doch sage …“, beharrte Nicolette.

Du vermaledeiter Bohnenkern!, dachte Daphne voller Wut. Warum hast du nicht in Nicolettes Kuchen gesteckt – und bist ihr von dort gleich in die Kehle gefahren?!

*

Zwei Tage nach Maria Lichtmess begab sich ein sichtlich verärgerter Charles Le Brun zusammen mit René-Antoine de Houasse ins Café des Éphémères im Quartier Latin. Sein Protegé – und immer noch designierter Schwiegersohn – hatte diesen Treffpunkt vorgeschlagen, weil er weit genug vom Palais Brion entfernt lag und damit das Risiko, anderen *Officiels* zu begegnen, sehr gering war. Leider war das Café des Éphémères voller Studenten, was bereits am frühen Nachmittag einen nicht unerheblichen Lärmpegel verursachte. Le Brun verzog indigniert sein Gesicht. „Haben diese Subjekte untertags nichts Rechtschaffenes zu tun? Zum Beispiel studieren?“, mokierte er sich. Houasse, der gerne hierher kam, vor allem abends, wenn es Bänkelsänge und nicht eben staatskonforme Possen aus dem Stegreif gab, zuckte die Achseln. „Sollen alles rechtschaffene Doctores werden: Theologen, Juristen, Medici, Philosophen. Keine Künstler, zumindest!“ Le Brun sah sich leicht angewidert um – hier also und in drei Teufels Namen pflegte sich der Mann aufzuhalten, dem er seine in aller Sittenstrenge aufgewachsene Tochter zum Weibe geben wollte? Konnte es sein, dass Houasse in Wirklichkeit – und hier schüttelte er sich fast – ein *libertin* war? „Nun“, mäkelte Le Brun, „bei unsereinem ist doch wesentlich mehr Zucht und Disziplin dahinter als bei den Herren Wissenschaftlern. Und nun zu Euch, lieber René-Antoine!"

Der winkte eben nach einer Schankmagd, einem mittelgroßen drallen Ding mit sehr locker geschnürtem Mieder und daher reizvoll enthüllten vollen Brüsten. Houasse sah es mit offensichtlichem, Le Brun nur mit verhohlenem Wohlgefallen. Die Brüste nahmen die Bestellung auf – zwei Kannen Dünnbier – und verschwanden aus dem Blickfeld der beiden.

„Ja, nun zu mir. Gibt es Anlass zur Klage?", seufzte Houasse. Le Brun blickte ihn grimmig an. Dieser junge Bruder Leichtfuß!, dachte er voller Missbilligung. Lebt immer noch und aufs Angenehmste in den Tag hinein. Er trommelte mit den Fingern auf die nicht ganz saubere Tischplatte. „Wann seid Ihr mit Eurem *piéce de recéption* fertig, mein Freund?" Houasse blickte den *Récteur* erstaunt an. „Wenn ich von meiner Reise nach Florenz zurückkomme, werde ich mich daran machen, aber das wisst Ihr doch! Ihr habt mir das Reisestipendium schließlich vor mehr als einem halben Jahr bewilligt. Ihr wisst ebenso, dass ich aufbrechen werde, sobald die Wege wieder trocken sind, also im April ..." Sein Tonfall klang unbekümmert. Eben stellte die Schankmagd die beiden Bierkrüge vor sie auf den Tisch, was Houasse ausnutzte, um tief in ihren Ausschnitt zu linsen. Le Brun knurrte angewidert. „Gefällt sie Euch nicht?", fragte der junge Maler. Le Brun ging nicht darauf ein, das Trommeln seiner Finger wurde lauter und nervöser. „Ihr kennt den Beschluss der *Anciens* von der vorgestrigen *Assemblée deliberative*? Dass der Entwurf für das *piéce recéptionel* von Daphne d'Owen angenommen wurde, womit sie ab sofort als *agrée* gilt? Unter der Prämisse, dass sie die endgültige Version zur *asemblée générale* im Juli vorlegt?" „Ich kenne den Beschluss", meinte Houasse und gähnte verhalten. „Und was hat er mit meiner Studienreise nach Florenz zu tun?" Er nahm einen kräftigen Schluck Dünnbier und versuchte, diese überaus reizende Schankmagd zu erspähen. Wenn dieser alte Griesgram nicht dabei gewesen wäre, dann ...

Der *Récteur* schlug mit der flachen Hand auf den Tisch. „Nach den Statuten darf sie aufgenommen werden – was ich nach wie vor zu verhindern versuche! Erinnert Ihr Euch nicht an dieses Ereignis vor einem Jahr im Hôtel Nevers? Als der Duc d'Orléans so vollkommen enthusiastisch auf dieses geschmacklose Bild reagiert hatte?" – „Doch, vage. Die Malerin war sehr hübsch, das Gemälde, nun ja, ich fand es originell ..." Le Brun neigte sich weit über den Kaffeehaustisch hinüber zu Houasse. „Wir repräsentieren eine französische Akademie – die unter anderem den Ruhm Frankreichs in repräsentativen Gemälden, Skulpturen und Reliefs zu mehren hat. Was wir nicht sind, ist eine Jahrmarktbude, in der bärtige Damen, Schlangenmenschen und Chiromantiker auftreten. Was wir nicht dulden wollen und können ist – gerade in den hochrangigen Disziplinen – die Unterwanderung durch Subjekte, die von Natur aus und auch

Rechts wegen dort keinen Platz haben. Künstler, die nicht frankophoner Abstammung sind. Und Weibspersonen!"

Houasse brach in herzhaftes Gelächter aus. „*Pardon, Monsieur Le Récteur* – aber gerade Ihr seid doch in den letzten Jahren derjenige unter den *Anciens* gewesen, der den Damen zumindest das Antragstellen auf Aufnahme eher erleichtert hat. Kein *pièce recéptionel* ... Und bei einer Künstlerin, die nun wirklich ein herausragendes Talent besitzt, mutiert Ihr zum Kleingeist?"

Le Brun griff nach Houasses Krawatte und zog so fest daran, dass es dem Armen schier den Hals zuschnürte. „Hütet Eure Zunge, *mon ami*! Hier geht es nicht um die Aufnahme einer Blumen- oder Tiermalerin, worin sich die Damen gerne in allen Züchten beweisen mögen. Hier geht es um die ganz große Kunst! Und wenn Daphne d'Owen je als Porträtmalerin aufgenommen werden wird, dann besitzt sie zwar als Frau kein Stimmrecht ..." – „... womit aus Eurer Sicht ja dann das Schlimmste verhindert wäre ..." – „Houasse, Ihr denkt nicht auch nur für einen Sol weiter! Wenn Mademoiselle d'Owen eine *académicienne* wird, auch nur im Range einer *associée,* also ohne Stimmrecht, dann hat sie die Möglichkeit, nicht nur die Königsfamilie zu porträtieren – womit ich leben könnte – sie hat auch das Recht Unterricht zu erteilen, sich in eine Jury wählen zu lassen und bei der Organisation unserer Ausstellungen mitzuwirken. Und sich um den *Grand Prix de la Jeunesse* zu bewerben ..." Le Brun lehnte sich zurück, verschränkte die Arme vor seiner Brust und funkelte den jungen Maler herausfordernd an. „Was also sagt Ihr dazu?" „Ich sage dazu, dass es wohl Euer Missfallen erregt", meinte Houasse. Er konnte immer noch nicht nachvollziehen, was sein Schwiegervater in spe und wohl auch einige andere verknöcherte *Anciens* gegen Daphne d'Owen vorzubringen hatten. Ah pah, gestriges Denken! Er persönlich hätte auch nichts gegen weibliche Aktmodelle einzuwenden gehabt.

„Nicht nur meines, mein Lieber! Nun zu Euch – und Eurer Aufgabe! Euer Florenzstipendium respektive Eure Studienreise gilt bis auf weiteres als verschoben ...", hob Le Brun an.

Scheiße!, dachte Houasse. Vertrocknete Eselsscheiße aus dem Arsch eines alten lahmen Esels!

„Ferner gilt, dass ich Euch die Hand meiner Tochter nicht früher gebe, als Ihr selbst *agrée* seid – und Mademoiselle d'Owen unschädlich gemacht ist!", führte Le Brun aus.

Oh großer Gott im Himmel – das ist mehr als Eselsscheiße!, fiel Houasse dazu ein. „Ihr meint, ich soll dafür sorgen, dass sie ... vom Leben zum Tod kommt?", hauchte er.

„Houasse, manchmal seid Ihr ein Esel! Eure Aufgabe ist es, so viele Informationen über die deutsche Mademoiselle zu liefern, dass sich darunter irgendetwas findet, was ihren Eintritt in die Akademie unmöglich macht. Unsittlicher Lebenswandel, Teilnahme an Konspirationen, Kontakte zu fragwürdigen Subjekten ..." „... Duelle, die strengstens verboten sind ...", frotzelte Houasse. Le Brun überging das geflissentlich. Er hatte den jungen Malerkollegen hiermit an die Kandare genommen.

Houasse verzog das Gesicht. Nicht nur, dass ihm seine hochwillkommene Florenzreise gestrichen worden war, es schmeckte ihm überhaupt nicht, Spitzeldienste zu erledigen. „Und wie, zum Henker, soll ich an diese, wie Ihr zu sagen beliebt, Informationen kommen? Mich der Dame morgen im Palais Brion in den Weg stellen und sie danach fragen, ob sie zufällig an Schwarzen Messen teilnimmt?"

Le Brun seufzte ein weiteres Mal. „In jedem Adelspalast hier in Paris gibt es unzufriedene Bewohner. Eifersüchtige Hofdamen, unterbezahlte und klatschsüchtige Dienstboten. Lasst Euch etwas einfallen, seid kreativ. Und diskret!" Er zog einen prall mit Münzen gefüllten Lederbeutel aus der Tasche seines *justaucorps* und warf sie vor Houasse auf den Tisch. „Käuflich sind die allemal!" Houasse sah die wohlgefüllte Geldkatze voller Widerwillen an. Worauf musste er sich da nur einlassen ...

*

Am selben Tag hatte Minister Colbert endlich wieder Gelegenheit, eine etwas arbeitsintensivere Besprechung mit seinem Monarchen abzuhalten. An Lichtmess, also zwei Tage zuvor, hatte Seine Majestät traditionellerweise das Handauflegen bei den Skrofulosekranken durchgeführt, diesmal vor dem Hôtel Dieu, und wie immer war es ein grandioses Spektakel für das gemeine Volk gewesen. Am Tag darauf pflegte sich der König klistieren zu lassen, etwas, was beim legendären königlichen Appetit aus ärztlicher Sicht dringendst einmal pro Monat durchgeführt werden musste – und Seine allerchristlichste Majestät in jeglicher Hinsicht nicht eben verkehrsfähig machte. Nun, zwei Tage nach Mariae Lichtmess, waren alle Pariser mit einem Hautausschlag berührt und die königlichen Gedärme gründlich geleert – und Colbert breitete wohlgemut seine Unterlagen vor Louis Le Grand auf dessen Schreibtisch in der *Chambre de Conseil* im Schloss zu St. Germain aus. Wie immer gingen der überaus arbeitsame König und sein noch fleißigerer Minister für Finanzen, Wirtschaft, Kultur und Marine stundenlang Listen, Berichte und Entwürfe für Edikte und Gesetze durch. Zwischendrin unterschrieb Seine Majestät noch vier Todesurteile, die ihm seine Sekretäre vorlegten, etwa drei Dutzend Reisegesuche von Höflingen und mindestens ebenso viele Pässe und unbedeutendere Edikte.

Beide Männer waren disziplinierte, geduldige und vollkommen aufeinander eingespielte Arbeiter, und so blieb Colbert gegen Ende noch eine knappe Viertelstunde Muße, um dem König die eine oder andere aus seiner Sicht amüsante Anekdote zu erzählen, bevor sich der Monarch zur Messe zu begeben pflegte. Louis XIV. wusste dies durchaus zu schätzen, da er und sein Minister über dieselbe Art trockenen und eher zurückhaltenden Humor verfügten (Scherzbolde wie Lauzun der Ältere behaupteten, dass es natürlich auch eine grandiose Gemeinsamkeit war, überhaupt keinen Humor zu besitzen, womit man zumindest bei Colbert nicht ganz falsch lag). „Irgendwelche besonderen Begebenheiten, Colbert?", fragte der König leutselig. Erstaunlich, wie frisch und kregel er bereits man nächsten Tag nach seiner Rosskur wirkte. Ihm, der als Junge von elf Jahren die Blattern überlebt hatte, konnte, wie es schien, durch nichts körperliche Pein zugefügt werden. „Nun ja, Sire – es gab einen gewissen Aufruhr an der Akademie – an der für Malerei und Bildhauerei", begann Colbert genüsslich. Es war aber auch zu spektakulär gewesen – und ganz gewiss nach seines Königs Geschmack.

Louis Le Grand hob eine seiner schön gewölbten Augenbrauen. „Die Maler und Bildhauer proben den Aufstand, Colbert? Habe ich nicht unlängst die Zuschüsse für Miete, Material und Heizkosten kräftig erhöhen lassen? Was wollen sie jetzt – und was bieten sie zum Ausgleich dafür, dass sie hauptsächlich Langeweile verbreiten?" „Keine Langeweile, Sire, nicht im Entferntesten. Stellt Euch nur vor, es hat eine Weibsperson einen Aufnahmeantrag gestellt. Als Porträtmalerin! Und die stimmberechtigten *Officiels* haben den Entwurf für ihre Meisterarbeit gebilligt. Mit zehn zu vier Gegenstimmen!" Zumindest zu den *assemblées delibératives* begab sich Minister Colbert, der als Schirmherr der Akademie fungierte. Meist wollten die Mitglieder von ihm dann mehr Geld.

Der König besah die Spitzenschleifen auf dem Rist seiner *sabots* – war da etwa ein fester Staubfleck? Noch war genug Zeit, um vor Beginn der Messe seine Schuhe zu wechseln. „Nun ja, ich kann mir denken, dass so etwas für Furore sorgt. Vielleicht kommt dadurch vorübergehend etwas frischerer Wind in dieses Petrefaktenkabinett!" – „Sire, um die Furore zu komplettieren: Die Kandidatin ist eine Standesperson."

Es war kein fester Staubfleck, nur eine Spinnwebe. Seine Majestät bückte sich und entfernte sie mit spitzen Fingern. „Das klingt interessant, Colbert. Gehört die Dame etwa zu Unserem oder Ihrer Majestät Hofstaat? Oder zu dem von Monsieur oder Madame?" – „Weder noch, Sire. Sie ist eine der Hofdamen von Anne de Gonzague." Louis XIV. dachte kurz nach. „Könnte es sein, dass es sich bei dieser wagemutigen Dame um eine gewisse Baronesse d'Owen handelt, Colbert?"

Der Minister applaudierte lautlos. „Euer Gedächtnis für Personen ist wie stets phänomenal, Sire. In der Tat – es dreht sich um Baronesse d'Owen. Mit Vornamen Daphne. Bei welcher Gelegenheit ist Sie Euch denn vorgestellt worden, Sire?" – „Oh, das erste Mal gegen Ende des vergangenen Winters, als ich bei meinem Bruder Modell gesessen habe für ein unfassbar buntes, olympisches Gemälde. Bei dieser Gelegenheit hat sie Nocret assistiert. Und ein weiteres Mal war sie die Begleitperson der Comtesse de Soubris, das war bei einer Treibjagd im Bois de Boulogne im letzten August. Mir ist erinnerlich, dass sie eine herrliche Jagdwaffe besitzt, mit der sie ausgezeichnet umzugehen versteht ..." Und, so dachte der König im Stillen, dass diese junge Dame höchstwahrscheinlich die Dreistigkeit besessen hatte, mich beim Baden zu beobachten ... Ein hübsches Ding, darüber hinaus mit bemerkenswerten Talenten.

„Mir ist bekannt, dass Monsieur große Stücke auf diese Baronesse hält. Und dass er mittlerweile mindestens drei Gemälde von ihr besitzt", fügte Colbert hinzu.

Der König erhob sich schwungvoll, Colbert tat es ihm umgehend gleich. „Bon!", rief Louis XIV. aus. „Es trifft sich, dass ich meinen lieben Bruder ohnehin in den kommenden Tagen aufsuchen wollte. Vielleicht können wir da ja eine Entdeckung machen. Und jetzt werde ich mich zur Messe begeben ..." Der wie stets ganz in Schwarz gehüllte Colbert erwies seine tiefe Referenz. „Sire ..." -„Sieur Colbert ..." Auch der König deutete ein Kopfnicken an, höflich, wie er nun einmal war.

Vier Tage darauf erteilte Louis Le Grand Jean-Baptiste Colbert die Order, sich baldmöglichst ins Hôtel Nevers zu begeben und der Baronesse d'Owen einen eiligen Auftrag für ein Gemälde zu erteilen, zu liefern spätestens bis *Oculi*. Hinsichtlich *sujet* und Honorar erteilte er seinem Minister *carte blanche*.

Kapitel sechzehn

In dem es um ein unmoralisches Angebot geht

St. Germain – en – Laye, März 1669

„Das können sie nicht mit mir machen!", schrie Daphne aus voller Kehle, bevor sie erneut von heftigem Schluchzen erfasst wurde. Die Ehren- und Hofdamen am Hôtel Nevers hatten sich um sie versammelt. Diane kniete vor ihr und hatte die Arme um sie geschlungen. Daphne hieb mit der rechten Faust auf die Stuhllehne ein, mit der Linken hatte sie ein Schriftstück umklammert, das sie in ihrer Wut zerknüllte, ehe es ihr die umsichtige Madame d'Arcachon sanft aus der Hand wand, es kurz glattstrich und beiseitelegte – mit dem Text nach unten, damit die stets neugierige Adelaïde de Machy es nicht lesen konnte. Nicolette, die erst später zu dieser aufwühlenden Szene dazu gestoßen war, blickte Madame du Plessis verstohlen an und flüsterte ihr zu: „Was ist mit Daphne geschehen? Ein Brief mit einer schlechten Nachricht?" – „Man könnte es durchaus so bezeichnen ...", meinte die *Seconde Dame d'Honneur* leicht ausweichend. „Verweigern ihre Eltern nun doch die Zustimmung zur Heirat mit dem Comte de Rossignac?" Seit Nicolette es endlich auch in den Brautstand geschafft hatte – allerdings nur als Verlobte eines älteren verwitweten Amtsadeligen – drehte sich ihr gesamtes Denken ausschließlich um Verlobung, Mitgift und Ehestand.

„Es ist viel, viel, viel schlimmer!", schluchzte Daphne. Diane drehte sich zu Nicolette um. „Die Akademie ...", erklärte sie kryptisch. „Aber was soll mit der Akademie sein, Daphne? Ich dachte, du bist aufgenommen!", meinte Nicolette in ihrer etwas naiven Art. „Ist sie eben nicht!", zischte Adelaïde. „Sie ist als Kandidatin akzeptiert – und soll im Juli dann den Aufnahmeeid leisten", erklärte Diane. Bevor dieses Mondkalb von Adelaïde wieder irgendwelche Fehlinterpretationen von sich geben kann, dachte sie, die nur dazu angetan sind, Daphne erst recht verzweifeln zu lassen. Gott, wie ich dieses halbhirnige Weibsstück verabscheue – aber immerhin hatte ich es erreicht, dass ihre unsäglichen Ambitionen hinsichtlich des Königs in diesem Haus kein Gegenstand einer Unterhaltung mehr sind. „Was mittlerweile vereitelt wurde", klagte Daphne. „Irgendein verknöchertes Exemplar unter den *Anciens* hat wohl in den Statuten nachgegraben und einen Paragraphen gefunden, wonach es von fremdländischen Kandidaten *unter Umständen* verlangt werden kann, sich einer Befragung durch die Pariser Polizei unterziehen zu müssen – gegebenenfalls sogar durch den Präfekten persönlich." Sie wurde erneut von einem Weinkrampf geschüttelt. „Ich weiß nicht, weshalb ich in den Augen der *Assemblée* so ein fragwürdiges oder bedrohliches Subjekt darstelle ... jedenfalls muss ich bis Ende April eine Leumundsbescheinigung vorlegen, sonst werde ich nicht zugelassen, im Juli meinen Aufnahmeeid zu leisten. Das heißt, ich müsste dann bis nächsten Januar warten – und dann bin ich nicht mehr hier."

„Aber was soll denn daran so schwierig sein, Daphne?", fragte Nicolette. „Du gehst ins Châtelet, fragst nach einem Termin beim Präfekten de La Reynard ..." „De La Reynie!", korrigierte Madame d'Arcachon. „... wie auch immer", fuhr Nicolette fort. „Ich meine, du bist doch ein unbescholtener Mensch, da wird dir dieser La Roignon doch wohl dieses Papier ausstellen können ... und ..."

Daphne schniefte heftig. „Der Pariser Polizeipräfekt ist für die nächsten zehn Wochen nicht in der Stadt. Er ist auf Bildungs- und Inspektionsreise und muss auch noch den Nachlass seiner Eltern in Limoges regeln. Das heißt, ich habe keine Chance, innerhalb der gesetzten Frist an diesen Nachweis zu kommen ... Ich bin verloren!" Diane streichelte ihr über den Rücken. „Hast du diese Auskunft denn überprüft, Daphne?", fragte sie ruhig. Es konnte ja immerhin sein, dass man sie auf der Akademie mit nicht ganz korrekten Antworten gefüttert hatte – bei all dem Gegenwind, der erkennbar aus der Richtung des *Récteurs* wehte. „Natürlich! Gleich am Montag nach der letzten Sitzung bin ich zum Châtelet gegangen und wollte beim Generalleutnant de La Reynie vorsprechen, und man hat mir das alles bestätigt." „Und wenn du deine Eltern bittest, dir zu bewilligen, deinen Aufenthalt hier zu verlängern? Wäre das nicht auch eine Möglichkeit?", überlegte Diane laut. Sie war in dieser Runde hier bei Weitem die Überlegteste. „Ja, tut das!, riet ihr Madame du Plessis. „Und wir würden uns freuen, Euch ein paar Monate länger um uns zu haben!" Sie reichte Daphne eines ihrer mit Occhispitze verzierten Taschentüchlein.

Daphne schnäuzte sich diskret. „Dank Euch allen! So schnell werde ich nicht klein beigeben! Schließlich habe ich die Münze im Kuchen gefunden!"

*

Wenige Tage später übergab sie das frisch signierte und gefirnisste Porträt an Comte de Rossignac, der es mit einer tiefen Verneigung entgegennahm. „Nun ist dieses gemeinsame Stück Weg zu Ende gegangen", meinte er nicht ohne Wehmut. „Wenngleich das Resultat meine Erwartungen deutlich übertroffen hat." Armand de Rossignac stellte das Gemälde zurück auf die Präsentationsstaffelei. Dann ergriff er Daphnes Hand, um sie zu küssen. „Wir müssen uns also eine andere Möglichkeit ausdenken, uns sehen zu können. Wenn Ihr es wollt", setzte er hinzu. Er hielt immer noch ihre Hand – die sie nicht zurückzog. „Ihr wirkt bekümmert, meine Freundin!", sprach er nach kurzem Schweigen. „Kann ich Euch in irgendeiner Weise helfen – oder zerstreuen?" In seinem Blick lag warmherzige Besorgtheit – und in diesem Moment gestand Daphne sich ein, dass sie gerne die Freundschaft des Comte erringen würde.

Sie seufzte leise. „Man macht mir Schwierigkeiten hinsichtlich meiner Aufnahme in die Akademie. Es gibt leider *Officiels*, die mir alles andere als wohlgesonnen sind. Allen voran Le Brun, der Direktor." Rossignac verdrehte leicht die Augen. „Jede kluge und talentierte Frau hat Millionen natürlicher Feinde: alle bornierten Männer", entgegnete er mit einem freundlichen Lächeln, das direkt aus seinem Herzen zu kommen schien. Daphne konnte nicht umhin, das Lächeln zu erwidern. „Wollt Ihr Euch mir anvertrauen, Daphne? Nicht dass ich gleich eine Lösung parat haben würde; manchmal ist es für den Geist schlichtweg erleichternd, einfach über das zu sprechen, was ihn bedrängt, damit man selbst auf Auswege sinnen kann." Er sah sich um. „Doch würde ich Euch vorschlagen, das Lokal zu wechseln. Manchmal kann ich mich des Eindrucks nicht erwehren, dass es in diesem Haus noch mehr Ohren gibt als im königlichen Schloss!"

Daphne nickte. „Was schlagt Ihr vor, Comte?" Er reichte ihr seinen Arm. Rossignac war von angenehmer Statur und Größe, etwa einen knappen Kopf größer als sie, die ihm bis zum Ohrläppchen reichte. „Mir persönlich tut es in einer solchen Verfassung immer gut, wenn ich mich bewege. Dürfte ich Euch bitten, eine bequeme Toilette anzulegen, ohne steifes Mieder und allzu voluminöse Unterkleider?" Neugierig geworden, was der Comte de Rossignac an Zerstreuung vorzuschlagen hatte, willigte Daphne ein.

Wenig später stieg sie, nur mit einem einfarbigen, vorne genestelten Nachmittagskleid und einer warmen Pelerine zu Rossignac in dessen Kutsche, die gemächlich aus dem Hof des Hôtel Nevers rollte. Aus Rücksicht auf die beengten Pariser Straßenverhältnisse hatte der Comte nur ein Paar Pferde anspannen lassen. Denn auch vier- oder sechsspännig kam man in Paris mit einer Kutsche kaum schneller voran als ein Tragstuhl mit vier kräftigen Trägern, die auf einen zügigen Laufschritt trainiert waren. Immerhin: Seit der Polizeipräfekt, von dem Daphne nun wusste, dass er Gabriel-Nicolas de La Reynie hieß, ein einzigartiges Straßenleitsystem eingeführt hatte – man durfte eine enge Straße nur in einer Richtung passieren und die Parallelstraße in der entgegengesetzten – kam es kaum mehr zu den gefürchteten Blockierungen. Womit Daphne auf ihr Anliegen zurückgeworfen war.

„Ihr wollt also wissen, Comte, welche Ränke gegen mich an der Akademie geschmiedet werden? Ich möchte es durchaus als Schikane bezeichnen", hob sie an. „Ich bin ganz Ohr!", antwortete Rossignac und hob seine feinen seidigen Augenbrauen. „Le Brun, der *Récteur*, verlangt, dass ich bis Ende April ein polizeiliches Führungszeugnis aus der Feder des Polizeipräfekten vorlege. Ansonsten werde ich für die Aufnahme im Juli nicht mehr zugelassen und müsste bis nächsten Januar warten", erklärte sie voll Zorn. Der Comte blies kurz seine Backen auf. „Das klingt für mich nach einem Akt der Willkür ..." „... und wir sind noch nicht am Ende angelangt: De La Reynie befindet sich momentan nicht in Paris, und er wird vor Mai auch kaum zurückkehren. Das bedeutet ..."

Der Comte ergriff voller Mitgefühl ihre Hand – seine war schmal und warm. „Nun klingt es für mich erst recht nach Willkür. Und nach einer abgekarteten Sache. Wobei ich sicher bin, dass der Polizeipräfekt bisher in keiner Weise involviert ist. Vielmehr ist da wohl jemand auf den Umstand seiner Abwesenheit gestoßen und hat diese zu seinen Zwecken ausgeschlachtet. Wie perfide!"

„Könnt Ihr ermessen", fragte Daphne vorsichtig, „wie wichtig es für mich ist, in die *Académie royale* aufgenommen zu werden?" Rossignac nickte. „So wichtig, dass ihr Euch darauf eingelassen habt, Euren Eltern eine Eheanbahnung vorzugeben – um hier in aller Ruhe Eure Ziele verfolgen zu können." Diese Aussage traf er ohne jeglichen Sarkasmus. Daphne, die schon längst in der Geschichte der Rossignacs unterrichtet war und auch die Vita des Comte in groben Zügen kannte, konnte sich nunmehr eine entsprechende Gegenfrage nicht mehr verkneifen: „Ich will nicht ablenken, lieber Comte – aber auch Ihr habt Euch auf diesen Theaterstreich eingelassen. Gewiss möchte ich Euch nicht zu nahe treten – aber Eure Motive scheinen weitaus verborgener. Oder ist es nur der Gehorsam, den Ihr Eurer Patin schuldet?" Er lächelte sie mehr als freundlich an. „Ich denke, Ihr versteht mich, wie ich Euch verstehe – auch ich habe im Moment zu kämpfen und bedarf dafür der Ruhe." Daphne hob ihren Blick zu ihm, wie immer verwirrt vom tiefen, klaren Blau seiner Augen. Eine solche Augenfarbe hatte sie immer nur bei Neugeborenen gesehen, die noch rein und unschuldig waren. Und auf gewisse Weise kam ihr der junge Graf aus dem Languedoc ebenso vor. „Man hat mir erzählt, dass Eure Gemahlin im vergangenen Mai verstorben ist, Comte?" Er blickte kurz zum Fenster hinaus, dann nickte er beiläufig. „Es war ein Unfall. Sie ist eine Treppe in St. Germain hinabgestürzt – und hat sich das Genick gebrochen!"

Daphne schlug sich die Hände vor den Mund. Ruprecht!, dachte sie nur. Eine Welle von Übelkeit erfasste sie, bevor ihr Tränen in die Augen schossen. Rossignac ballte seine Fäuste; auch in seinen Augen glänzte es nun feucht, sodass er rasch wieder zum Kutschfenster hinausblickte. „Ich war mindestens fünf Schritte hinter ihr, in einem Pulk von Menschen, doch sie ist so unglücklich und schnell gestürzt, dass keiner sie halten konnte auf dem glatten Marmor ..." Er schwieg einen Moment. „Sie war im sechsten Monat schwanger mit unserem ersten Kind, das dann in ihr und mit ihr am Fuß der Treppe gestorben ist ..." Fest presste er seinen fein geschnittenen Mund zusammen. „Es gab Gerüchte, dass ich sie gestoßen hätte ... Ich meinerseits glaube aber auch nicht an ein reines Unglück." Er schüttelte sich. „So penibel und offiziell die Trauerzeiten eingehalten werden bei Hof, wenn ein Mitglied der königlichen Familie stirbt, so wenig Nachsicht kennt Seine Majestät mit der Trauer seiner Höflinge. Am liebsten hätte der König es gesehen, wenn ich ihm schon zu Weihnachten eine neue Comtesse Rossignac präsentiert hätte. Aber dazu", sagte er mit leiser Stimme, „dazu bin ich wohl noch nicht bereit. Und unser spezielles Arrangement bringt mir ebenso Zeit und Freiheit wie Euch. Was ich sehr zu schätzen weiß – ebenso wie Eure erfreuliche Gesellschaft!" Sie sah ihn lange an. Egal, wie sehr er seine Frau geliebt hatte – der Schmerz würde ihn erst verlassen, wenn er bereit war, das Unabänderliche zu akzeptieren und durch dankbares Erinnern zu ersetzen. Doch hütete sie sich, ihm solche altklugen Ratschläge zu geben – denn ein jeder ging auf seine Art durch das Stahlbad des Lebens, wo jeder aufgezwungene Ratschlag mehr ein Schlag als guter Rat war.

„Wir sind da!", rief Rossignac. „Willkommen im Ballhaus von Mont Parnasse!" „Wie – ich soll tanzen?", fragte Daphne skeptisch. Der Comte lachte laut auf. „Beileibe nein. Übrigens ist mir Eure Abneigung diesbezüglich bekannt, so würde ich es nie wagen! Nein, ich würde gerne eine Partie *jeu de paume* mit Euch spielen oder Tennis, wie die Engländer diese Zerstreuung auch nennen. Kennt Ihr es?"

Daphne verneinte, die Kutsche kam zum Halten und der Comte geleitete Daphne zu einem Gebäude, das in seiner Größe und Schmucklosigkeit einer Manufaktur ähnelte. Es war zwei Geschosse hoch, innen liefen über beide Stockwerke Galerien mit Sitzbänken, wo man sich erfrischen oder anderen Spielern zusehen konnte. Die Mitte des Ballhauses war frei bis auf eine Art Fischernetz, das man auf Mannshöhe quer durch den Raum gespannt hatte, um die Fläche in zwei gleichgroße Hälften zu teilen. Der Comte bezahlte beim *concièrge* die Hallenmiete, wofür jeder von ihnen ein Paar spezieller Schuhe (flach, aus Leinenstoff, mit dicker angerauter Filzsohle und Schnürbändern auf dem Rist) und sein Spielgerät – ein einem Schneeschuh nicht unähnlichen, gebogenen Peddigrohr, dessen löffelartiges Ende kreuz und quer mit Darmsaiten bespannt war. Der Griff war mit Lederbändern umwickelt. Der *concièrge* reichte Daphne noch einen Satz Fibeln. „Rafft Eure Röcke damit eine Handbreit, sonst tretet Ihr auf den Saum und fallt hin." „Keine Angst", meinte der Comte, als Daphne ihn skeptisch ansah, „*jeu de paume* ist weder gefährlich noch unschicklich. Damen sind in den Ballhäusern jederzeit willkommen. Und oft die geschickteren Spieler, glaubt mir!" Er kniete vor ihr nieder und half ihr, ihre Röcke ein wenig zu raffen, bis man ihre Knöchel sah. Dann erklärte er ihr die Regeln. „Dies ist ein Filzball, wir sollten es zuerst mit ihm versuchen, denn er ist weich und durch sein Gewicht etwas träge. Wenn Ihr später mögt und geübter seid, dann werden wir die Korkkugel mit den Gänsekielen nehmen. Das Spiel damit ist wesentlich schneller und präziser – und macht mehr Spaß. Den Schläger hält man so!" Rossignac drückte Daphne das gebogene, saitenbespannte Peddigrohr in die Hand. „Damit schlagt ihr den Ball aus der Luft zurück über das Netz. Ziel ist es, den Schlagball so lange es geht in der Luft zu halten und zu verhindern, dass er auf dem eigenen Spielfeld mehr als einmal den Boden berührt – und natürlich den Ball so zurückzuservieren, dass der Gegner ihn nicht erreicht. Dann erhält man einen Spielpunkt. Es ist üblich, die Punkte mit Deniers abzuzählen: fünfzehn, dreißig, vierzig und fünfundvierzig. Wer als Erster fünfundvierzig erreicht hat, gewinnt ein Einzelspiel. Einen Satz hat man gewonnen, wenn man mindestens sechs Spiele und der Gegner höchstens vier gewonnen hat."

Daphne begriff schnell, wie man ausholen, den kleinen roten Filzball anvisieren und über das Netz zurückspielen musste. Die Bewegung tat ihr gut, sie geriet leicht außer Atem und fing an zu schwitzen. Ein- oder zweimal hatte sie es schon geschafft, dass der Comte den von ihr zurückgeschlagenen Ball nicht mehr erreichen konnte. „Ihr habt Recht!", rief sie, ganz außer Atem, „Das macht Spaß! Auf alle Fälle mehr als Tanzen …" „Und Ihr seid ohne Frage begabt und geschickt darin. Wollen wir es mit der Korkkugel versuchen?" „Gerne, Comte!"

Wie im Flug verging die Zeit. Am Ende erfrischten sie sich mit Zitronenwasser und rieben sich mit feinen Leinenhandtüchern ab. Daphne beroch sich diskret und beschloss, im Anschluss zu baden.

Als hätte er ihre Gedanken gelesen können, erzählte Rossignac: „Denkt

Euch, in Versailles gibt es sogar ein eigenes Ballhaus für den Hofstaat – sogar mit einer Badegelegenheit!" „Und wer spielt da *jeu de paume*?", wollte Daphne wissen, wobei sie es sich fast denken konnte. „Nun, der König. Übrigens bevorzugt mit mir. Seine Majestät ist geradezu versessen auf körperliche Ertüchtigung – und bei allem beweist er nicht nur Geschicklichkeit und Ausdauer, sondern auch Anmut. Was man ihm auch ansieht – andere Herren von Stand haben in seinem Alter schon längst einen Spitzbauch vom Schlemmen und vom Müßiggang. Nicht so Seine Majestät ..." Er trank sein Zitronenwasser in einem Zug leer. Daphne biss sich auf die Lippen. Dass der König eine sehr gute Figur hatte, wusste sie nur zu gut ... Auch sie widmete sich ihrer erfreulicherweise nur schwach gesüßten Limonade. Rossignacs Wangen waren von der Anstrengung gesund gerötet. „Wenn Euch das Spiel ebensolche Freude bereitet hat wie mir, dann wäre es mir eine Ehre, dies bald zu wiederholen. Oder gar zur lieben Gewohnheit zu machen."

In gelöster Stimmung machten sie sich wieder auf den Heimweg. Der Comte sah Daphne auf halbem Weg an, als hätte er eine weitere grandiose Idee gehabt. „Baronesse – dass wir vorhin über den König gesprochen haben, hat mir einen Einfall beschert, was Euren Konflikt mit der Akademie angeht!" – „Nun lasst hören, bevor Ihr platzt, Comte!" – „Sehe ich aus, als wäre diese Gefahr gegeben?", protestierte er. „Wie weit ist das Gemälde, das Colbert bei Euch in Auftrag gegeben hat?" – „Fertig bis auf Rahmen und Firnis." – „Und wie lange braucht das, schätzt Ihr?" – „Eine Woche ..."

Er ergriff ihre Hand. „Hört mir bitte gut zu. Es mag sein, dass es bei der Akademie Statuten mit gewissem Ermessensspielraum gibt, die ein eifernder Vorstand jetzt zu Euren Ungunsten auslegen kann. Aber über dieser Akademie – wie auch der für Inschriften, Musik und Wissenschaften steht immer noch der König. Tragt ihm Euer Problem und Euren dringenden Wunsch vor, wenn Ihr das bestellte Gemälde abliefert." Daphne war skeptisch. „Geht das so ohne Weiteres?" Der Comte blickte sie mit einem Lächeln an: „Seine Majestät hört jedes vorgetragene Anliegen an, sofern der Bittsteller eine Audienz erhalten hat. Wenn Ihr wollt, dann werde ich dafür sorgen. In einer Woche, *d'accord*?"

Daphne wurde es plötzlich mulmig. Auf solche Weise hätte sie sich nie, nicht einmal in Gedanken, erdreistet, den Stier bei den Hörnern zu packen. Sie fürchtete fast, blindlings in ihr Unglück zu rennen, handelte sie ohne Rückversicherung.

„Ich bin Euch zu Dank verpflichtet, Comte, doch würde ich mich vorher gerne mit der Herzogin und Henri Testelin, meinem Mentor, besprechen", erwiderte sie etwas reserviert. „Tut das – ohne Rat zu halten, würde ich so etwas auch nicht wagen. Mein Angebot, Euch in Bälde eine Audienz beim König zu verschaffen, hat Bestand."

*

Testelin riet Daphne weder zu noch ab und konstatierte lediglich, dass ihr selbstredend der Weg über seine Majestät offenstünde, wobei sie sich bei gewissen *Anciens* allerdings keine Freunde machen würde. Die dabei entstehende Aufregung bräuchte auf alle Fälle ihre Zeit, um sich wieder zu legen. Selbstverständlich würde er über diese Idee Stilschweigen bewahren, wie er überhaupt als *instructeur* zur Vertraulichkeit verpflichtet war. Anne de Gonzague zeigte sich wesentlich eingenommer. Ein blendender Schachzug, wie sie befand – er hätte fast von ihr stammen können. Außerdem konnte Daphne Seiner Majestät gleich ihr Gemälde bei der Präsentation erklären – und ihn womöglich für weitere Aufträge gewinnen. Ja, sie riet ihr unbedingt zu und versprach ihr, sie persönlich auf ihre erste Audienz beim König vorzubereiten und, wenn gewünscht, sogar zu begleiten. Dies sei sie ihrer Protegée schuldig.

So kam es, dass Daphne zusammen mit der Gonzague und Madame d'Arcachon an einem wunderschönen, heiteren Sonnentag in der pfalzgräflichen Kalesche saß mit dem Schloss St. Germain-en-Laye als Ziel. Sie trug eines ihrer schönsten Nachmittagskleider in leuchtendem Rot, ihr schwarzes Hütchen mit den beiden weißen Federn und an den Füßen ein Paar nagelneue schwarze Lederschuhe nach der neuesten Mode: vorne spitz und mit ebenso spitz zulaufenden hohen Absätzen. Im Gepäckkasten der Kutsche befand sich die fest verpackte kleine Version des *Apollon musagetes*. Die Luft war mild, die Straßen trocken und die sechsspännige Kalesche legte ein ordentliches Tempo vor. Daphne, die schon seit zwei Tagen sehr aufgeregt war, fächelte sich Luft zu und blickte zerstreut hinaus in die ergrünende Frühlingslandschaft. Sie hatte schon in einigen kritischen Situationen Mut und Ruhe bewiesen – etwa als sie sich in Heidelberg in die Anatomievorlesungen eingeschlichen hatte. Oder als sie vor gerade einmal zwei Monaten ihre Werkschau vor der *Assemblée delibérative* verteidigt und ihre Überlegungen zu jedem Gemälde dargelegt hatte. Und nun? Sie wurde gleich von zwei hochrangigen Edelfrauen begleitet und unterstützt, die darauf achten würden, dass sie jeglichen *faux pas* vermied. Sie würde ihr gutes Recht in Anspruch nehmen, dem Monarchen ihr Werk zu präsentieren und in wohlbedachten Worten ihre Sache zu erklären – dass sie den König, den mächtigsten Mann in diesem Staat, um Protektion bäte, da man sie ungerecht und voller Willkür behandelte. Der Comte de Rossignac hatte ihr geschildert, wie ruhig Seine Majestät jegliches Anliegen bei den Audienzen anhörte, wie höflich und zuvorkommend er sei – auch wenn man nicht immer sofort mit seiner Entscheidung rechnen könne. „*Je verais* – ich werde sehen!", pflegte er dann zu sagen, wenn er Bedenk- und Beratungszeit benötigte. Doch noch nie sei es vorgekommen, dass er eine solche Entscheidung über Gebühr hinauszögere oder überhaupt nicht fälle. Louis XIV. sei die

Pünktlichkeit, Höflichkeit und Zuverlässigkeit in Person – was ihm zum Herrschen geradezu prädestiniere.

Zwei Musketiere geleiteten Anne de Gonzague, Madame d'Arcachon und Daphne hinauf zu den königlichen Arbeitsräumen, während die beiden Neversschen Lakaien sich mit der Transportkiste abschleppten. Armand de Rossignac hatte dafür gesorgt, dass in einem der kleineren Arbeitskabinette eine Präsentationsstaffelei aufgestellt worden war, wohin der *Apollon musagetes* sofort verfrachtet wurde. Daphne spähte den beiden – ihrer Überzeugung nach unsäglich ungeschickten – Dienern nach. „Hoffentlich beschädigen sie es nicht ...", flüsterte sie in fast kläglichem Ton. Die Herzogin griff nach ihrer Hand. „Es wird Euch nicht den Kopf kosten!", versprach sie ihr. „Wenn Ihr Euren Vortrag nur halb so souverän meistert wie den vor der Akademie, von dem man mir begeistert berichtet hat – dann habt Ihr gewonnen!" Der Comte Rossignac erschien, begrüßte die Damen artig und schlug Daphne vor, sich im Arbeitskabinett davon zu überzeugen, ob man auch ordentlich mit ihrem Gemälde verfahren würde. Er trug ein mit Silberlitze besetztes perlgraues *justaucorps* über dezenten *rhinegraves*. Wie Seine Majestät verzichtete er auf das Tragen einer Perücke.

Dankbar ergriff Daphne die Gelegenheit, dem zermürbenden Warten für kurze Zeit entgehen – und einige unbelauschte Worte mit dem Comte zu wechseln. Eben packten die Lakaien die leere Transportkiste hinter einen schweren dunkelblauen Samtvorhang, damit das rohe Holz nicht das Auge des königlichen Betrachters kränken konnte. „Dreht es mehr ins Licht!", ordnete Daphne an, erfreut, dass ihre Stimme wieder Festigkeit gewonnen hatte. „Und nehmt es noch vier Fuß zurück – dann ist mehr Platz davor. So ist es gut." Die Lakaien dienerten und machten, dass sie hinauskamen. Der Comte blickte Daphne lange an, dann verneigte er sich und ergriff ihre Hand, die er galant küsste. „Wie ist der König aufgelegt?", wollte Daphne wissen. „Ausgeglichen wie immer, wenn er Kabinettsitzungen hat und Audienz hält." „Nein, ich meine, ist etwas Besonderes ...?" Der Comte schüttelte den Kopf. „Ganz und gar nicht. Seid einfach unbesorgt! Übrigens: Ihr seht bezaubernd aus!" Er reichte ihr den Arm und geleitete sie wieder hinaus, damit sie nicht unschicklich lange zu zweit in einem Raum blieben. Gerade rechtzeitig, denn ein Herold kam eben auf sie zu. „Seine Majestät geruhen jetzt, die Baronesse d'Ovène und ihre Begleitung zu empfangen!"

*

In der *Grande Chambre de Conseil* summte es wie in einem Bienenstock. Mindestens zwanzig Lakaien, ebenso viele schwarz gewandete Sekretäre und einige weniger bunt gekleidete Besucher bevölkerten den Raum. Eben verabschiedete sich eine Abordnung – der Tracht nach Genueser – vom König, der hinter einem großen, mit filigraner Einlegearbeit versehenen

Schreibtisch voller Akten, Schriftrollen und *codizes* saß. Ein Sekretär reichte ihm eine Urkunde, Siegelwachs und Petschaft. Die Genueser verabschiedeten sich unter tiefen Verbeugungen und zogen sich langsam rückwärts zurück.

An einem weiteren, weiter in der Ecke stehenden Schreibtisch arbeitete Minister Colbert.

Louis XIV. trug einen schwarzen Hut mit leuchtend roter *plumage*, einen bestickten Brokatrock, elegante Kniebundhosen und rote Seidenstrümpfe. Seine wohlgeformten Beine hatte er bequem unter der Tischplatte ausgestreckt, ansonsten leistete er sich keine Lässigkeiten in seiner Haltung. Bis der Herold die Damen aus dem Hôtel Nevers angekündigt hatte, blieben sie in weiter Entfernung zum König stehen – erst dann vollführten sie ihre tiefe Referenz. Louis Le Grand erhob sich, während er vor den Damen seinen Hut zog. Erst nachdem er sich gesetzt hatte, fragte er nach dem Grund ihres Erscheinens – den er höchstwahrscheinlich bereits kannte. Daphne, direkt von ihm angesprochen, ergriff auch die Chance einer direkten Antwort; Rossignac hatte ihr eingetrichtert, dass der König dies weitaus mehr schätzte als weitschweifige, blumige Phrasen. „Sire, meine Wenigkeit ist zu Dank verpflichtet für den Auftrag zu einem Gemälde, welches ich hiermit präsentieren möchte!"

Louis XIV. blickte sie direkt aus seinen changierenden Augen an. „Und wo habt Ihr es aufgestellt?" „Nebenan – im Petit Cabinet de Conseuil. Wenn ich Sire bemühen darf?", entgegnete Daphne. Der König erhob sich – und streckte sich dezent, wie sie registrierte. „Nun, dann wollen Wir Euch gerne Folge leisten! Meine Herren, wer von Euch sich für ein vielversprechendes malerisches Talent interessiert, ist ebenfalls herzlich eingeladen!" Er verließ den Raum, gefolgt von Daphne, der Herzogin und ihrer *Premiére Dame d'Honneur* – und mindestens fünfzehn Herren. Daphne hatte, angespornt von solch freundlichem und geradlinigem Empfang, ihre Souveränität wiedergewonnen und stellte sich direkt neben die Staffelei.

„Sire, es handelt sich hier um eine verkleinerte Version meines *piéce de recéption* für die Akademie, welches ich in vier Monaten abzuliefern habe, um den Aufnahmeeid zu leisten. *Apollon musagetes*." Ein beifälliges, aufgeregtes Raunen erklang von den Betrachtern. Nur Seine Majestät stand mit vor der Brust verschränkten Armen und undurchdringlicher Miene da. Hatte sie etwa etwas Falsches gesagt – unsicher blickte sie zu der Gonzague hinüber, die mit Erlaubnis des Königs auf einem Schemel hatte Platz nehmen dürfen. Die Herzogin nickte ermutigend. „Wir sehen aber nicht, wie Apoll die Musen führt", meinte der König mit leicht spöttischem Ton. Daphne, die von der Akademie weitaus heftigere Kontroversen gewohnt war, entgegnete freundlich: „Sire – der Lichtgott wendet sich dem Göttlichen Gestirn zu, sozusagen im Gebet, dass es auch über die Musen scheinen möge!"

Da nahm Louis Le Grand seine Hände von seiner Brust und applaudierte leise. „Ihr habt wohl gesprochen, Mademoiselle d'Ovène! Weiß Gott – die Musen können derzeit Erleuchtung vertragen!" Er trat näher zum Gemälde und inspizierte es genauestens, wie es seine Art war. Daphne, die dem Sonnen- und Kunstgott in der Tat eine entfernte Ähnlichkeit mit dem König, jedoch, wie es sich gehörte, blonde Haare verliehen hatte, nahm das dezente Jasminparfüm des Königs wahr, der nur noch einen halben Klafter von ihr entfernt war. „Ihr habt die Urania nach Euch gestaltet, nicht wahr?" – „Das seht Ihr richtig, Sire!" – „Hat es eine Bewandtnis damit?", fragte er. Sie war die Einzige der Musen, deren Körper vollständig bis auf Füße und Unterarme verhüllt war. „Lediglich eine Spielerei, wie wir Maler sie gelegentlich gerne einfließen lassen!" Der König lächelte Daphne kurz an, um seinen schönen Mund spielte ein überaus freundliches, ehrlich wirkendes Lächeln. „Eine charmante Spielerei, wie Wir meinen. Das Gemälde findet Unseren Anklang und soll in Versailles in den *Grands Appartements* seinen Platz finden." Wieder beifälliges Murmeln. „Außerdem könnt Ihr beizeiten mit weiteren Aufträgen rechnen, Mademoiselle!" Daphne knickste tief. „Zu gütig, Sire!" – „Ach ja – man hat Uns darüber hinaus hinterbracht, dass Ihr Unseren Rat als Oberster Herr der königlichen Kunstakademie erbittet. Sprecht hier und jetzt!", forderte er sie auf. Daphne, die immer noch knickste und die rotbestrumpften, muskulösen königlichen Beine im Blickfeld hatte, richtete sich langsam auf.

„Sire, ich befinde mich im Status eines *agrée* für die Aufnahme in die Akademie im Rang einer Porträtmalerin seit Januar dieses Jahres. Mein *pièce de recéption* – dessen verkleinerte Ausgabe Ihr hier seht – habe ich im Juli vorzuweisen, der Entwurf wurde bereits angenommen. Nunmehr aber ..." – sie stockte kurz – „...verlangt der *Récteur* von mir ein Leumundszeugnis, ausgestellt durch den Pariser Polizeipräfekten persönlich und vorzulegen bis spätestens am Sonntag nach Ostern. Was ein Ding der Unmöglichkeit darstellt: Der Generalleutnant wird nicht vor Mai nach Paris zurückkehren." Nochmals schöpfte sie Luft. „Sire, um Pardon – ich sehe darin einen reinen Willkürakt, mit dem man trotz Mehrheitsbeschluss meine Aufnahme in die Akademie noch verhindern will. Ich ersuche Euch daher, Sire, dass mir Gerechtigkeit widerfährt. Denn ich will im Rang einer Porträtmalerin dem Ruhm Frankreichs dienen." Der König lauschte ihr mit freundlicher Miene.

„Wir stimmen Euch zu, Mademoiselle, dass dieses Prozedere auf Stichhaltigkeit und Machbarkeit zu überprüfen ist, und werden entsprechende Erkundigungen einholen. Wir werden sehen, was Wir für Euch tun können, und Euch dies in Kürze wissen lassen." Mit einem Kopfnicken und einer Verneigung entließ er sie, bevor er an seinen Schreibtisch zurückkehrte.

„Ihr habt Euch wacker geschlagen und wirklich Euer Bestes gegeben!", meinte die Herzogin im Anschluss. „Dass Seine Majestät Euer Gemälde in seinen Prunkräumen in Versailles aufhängen lassen will, ist eine große Ehre – und dass er Euch ebenso mit weiteren Aufträgen versehen will, könnt Ihr getrost für bare Münze nehmen. Allerdings, was Eure Angelegenheit mit der Akademie angeht ..." Daphne, die vor Stolz und Erregung jetzt rote Apfelbäckchen bekommen hatte, blickte ihre Dienstherrin ratlos an. „Wie darf ich Euch verstehen, Durchlaucht? Meint Ihr, Seine Majestät denkt, dass ich keinen Rechtsanspruch hätte?" – „Ah nein! Ich fürchte einfach, dass ihm die eigene Motivation fehlt – schließlich habt Ihr Euch bis dato noch nicht um König, Krone und Frankreich verdient gemacht. Also seid Ihr auf sein Wohlwollen, auf nichts als sein Wohlwollen, angewiesen. Und ich kann nicht hinter die Stirne des Königs blicken. Am besten, Ihr kehrt jetzt zusammen mit Madame d'Arcachon nach Paris zurück und ruht Euch ein wenig aus. Ich habe hier im Schloss noch einige Gespräche zu führen." Daphne knickste vor der Herzogin: „Durchlaucht, ich habe Euch ergebenst zu danken für Eure Unterstützung ..." „... die jetzt endlich fällig war, meine Liebe! Und noch etwas: Ich bin stolz auf Euch!"

*

„Das hat sie, seit ich in ihren Diensten stehe, noch zu keiner ihrer Hofdamen gesagt!", kommentierte Aurélie d'Arcachon auf dem Rückweg. „Sapperment! Aus Euch wird noch etwas werden!" Sie schlüpfte aus ihren hohen spitzen Schuhen, Madame d'Archachon hatte Probleme mit ihren Großzehenballen und leistete sich, da die Herzogin nicht mit zurückgefahren war, diese Erleichterung. „Ist gerade einmal eineinhalb Jahre, ach was, weniger, hier in Frankreich – und Louis Le Grand verspricht ihr Aufträge. Und auch die Schwierigkeiten, die Ihr momentan mit der Akademie habt, wird er so elegant regeln, wie es seine Art ist!" Es war dies das erste Mal, dass die Arcachon ihr gegenüber einen freundlichen und anerkennenden Ton anschlug. Der natürlich nicht lange vorhalten sollte. „Freilich – da Ihr Euch vor Seiner Majestät bisher noch nicht bewährt habt, müsst Ihr Euch sein Wohlwollen verdienen!" Daphne blickte die *Première Dame d'Honneur* fragend an. „Wie darf ich das verstehen, Madame?" Doch Madame d'Arcachon bleckte nur ihre Zähne – links unten fehlte ihr ein Schneidezahn, ansonsten war ihr Gebiss vollständig und gesund – und nahm ein raubtierhaftes Aussehen an. „Ich fürchte, ich habe bereits zu viel gesagt, meine Liebe! Genießt heute Euren Triumph; Arbeit, Mühen und Tränen werden noch genug auf Euch zukommen!"

*

„Sie kommen zurück!“, rief sie aus, als sie in den Innenhof des Hôtel Nevers hinausspähte. „Es wird Zeit, dass Ihr Euch verdrückt, Monsieur Houasse. Nicht jedoch, ohne mir zuvor meine zwei Écu gegeben zu haben.“ Sie streckte ihm ihre Handfläche entgegen, in die er nur eine Goldmünze legte. „Zwei, Monsieur!“, beharrte sie. Er schüttelte seinen Kopf. „Ihr habt mir lediglich gesagt, dass Daphne heute eine Audienz beim König hatte. Aber ich weiß nicht, was dabei herausgekommen ist – und genau das ist den zweiten Écu wert. Bevor Ihr mir das nicht mitteilen könnt ...“ Houasse zuckte die Achseln. „Außerdem könnte es allmählich auffällig werden, wenn ich mich ohne erkennbaren Grund hier öfter einstelle. Ich denke, ich bringe meine Reisestaffelei mit und fange ein Porträt von Euch an!“ – „Dafür kann ich aber nichts bezahlen!“ Er seufzte. „Das würde Euch in diesem Fall auch nichts kosten, denn es dient nur der Tarnung. Ihr könnt Euch ja bis übermorgen überlegen, wie Ihr dargestellt werden möchtet. Und nun gehabt Euch wohl!“

*

Die Gonzague verabschiedete sich mit warmen Worten des Dankes für Fürsprache und Fürsorge beim Comte de Rossignac – und begab sich direkt zur Comtesse de Soubris. Diese saß, eine dicke Brille auf ihrer Bourbonennase, konzentriert hinter ihrem Klöppelkissen und registrierte ihre Besucherin zunächst nicht. Erst als die Herzogin sich leise räusperte, schreckte die alte Dame auf, erhob sich zügig und knickste. „Ich bitte um Pardon, dass ich mich so unhöflich eingeschlichen habe!“, meinte sie. – „I wo, meine Herzogin, vielmehr muss ich doch zugeben, dass mein Gehör jetzt mit dem Alter etwas nachzulassen scheint!“ Sie winkte einer Dienerin und orderte Kaffee und Limonade in den Großen Salon. Dann ging sie ihrer Besucherin voraus.

„Ihr scheint ja vor Neuigkeiten zu platzen, *chère* Anne! Haben diese zufällig mit der kleinen Daphne zu tun?“, meinte die Comtesse, während sie sich langsam in einem Armsessel niederließ. Seit Neuestem tat ihr die rechte Hüfte bei solchen Bewegungen weh. Man sollte nicht so alt werden!, dachte sie. „Ja, freilich! Denkt Euch doch – sie hat selbst den wichtigsten Schritt auf Seine Majestät zu gemacht. Indem sie ihn ersucht hat, sich für ihre zügige Aufnahme in die Akademie zu verwenden.“ „Und wie hat Sire reagiert?“ „Was denkt Ihr – wie üblich natürlich. Sie ist für ihn ein unbeschriebenes Blatt. Also hat er wie erwartet geantwortet: ‚*Je verais*!‘“

Die Dienerin erschien mit den Erfrischungen und etwas Gebäck.

„Also sind wir, wie es scheint, kurz vor dem Durchbruch – und müssen nur, wie die Fahrensleute es zu nennen pflegen, dem Affen Zucker geben. Wie wollt Ihr vorgehen?“, wollte die Comtesse wissen. „Zügig, *chère* Antoinette. Sire war so gütig, mir anzubieten, ihn heute Nachmittag auf seinem Spaziergang im Park zu begleiten. Ich werde ihn sehr direkt darauf ansprechen, ob er daran interessiert ist, dass Daphne mit ihm ins Bett geht. Woran ich keinerlei Zweifel hege, so wie er sie vorhin angelächelt hat und wie er auf ihr Gemälde eingegangen ist." „Und was ist mit ihr?" Die Gonzague nahm einen Schluck Kaffee, der wie stets bei der Comtesse ziemlich dünn war. „Sie wird von mehreren Seiten bearbeitet. Sie hat genügend Leidensdruck, was ihre Karriere bei der Akademie angeht. Und ...", setzte sie hinzu, „sie findet Seine Majestät attraktiv. Schließlich hat sie ihrem *Apollon musagetes* andeutungsweise königliche Züge verliehen ..." Die Comtesse lachte leise. „Zumindest fürs Schmeicheln scheint sie Talent zu haben." „Sie wird auch im *Lit roya*l ihr Talent entfalten – dessen bin ich mir sicher. Und davon haben wir alle etwas!" „Apropos: Wie seid Ihr mit der Vorstellung meines Patenkindes zufrieden?", wollte die Comtesse wissen. „Überaus zufrieden, *chère* Antoinette. Er spielt seine Rolle sehr überzeugend, außerdem war er von großer Hilfe, was die heutige Audienz angeht. Und ferner dünkt es mich, als ob die beiden so etwas wie Freundschaft miteinander geschlossen haben. In allen Züchtigkeit natürlich – nur sollten wir beide ein Auge darauf haben, dass die Freundschaft nicht zu weit geht." Antoinette de Soubris nickte beflissen. „Ihr könnt Euch wie stets auf mich verlassen."

Die Herzogin blickte nachdenklich in ihre Tasse und betrachtete den Kaffeesatz. Eine ihrer Köchinnen behauptete von sich, aus den Schlieren des Bodensatzes die Zukunft vorhersehen zu können. Was hatten nur all die Seher getan, bevor die Türken den Mokka nach Europa gebracht hatten? „Was mich zum nächsten Punkt bringt: In zwei Wochen muss ich zu einer erneuten diplomatischen Mission aufbrechen. In dieser heiklen Phase möchte ich Daphne nicht ohne besondere Aufsicht lassen." Antoinette de Soubris machte eine einladende Handbewegung: „In diesem Fall darf sich Euer Schützling als mein Gast in St. Germain betrachten; vielleicht kann so diese Sache auch noch schneller vorangetrieben werden." Die Gonzague erhob sich vor der Comtesse: „Was für ein brillanter Vorschlag! Und welch geniale Strategie!" „Schmeichelt mir bloß nicht zu sehr, Durchlaucht! Ich bin nur eine alte Frau, die dringend Gesellschaft braucht, ehe sie mit ihrem Klöppelkissen zu sprechen beginnt. Oder das Kissen mit ihr."

*

Louis XIV. hatte Anne de Gonzague galant seinen rechten Arm angeboten und promenierte mit ihr durch den Parc de St. Germain. Überall zeigten sich dank der anhaltend warmen Witterung bereits die ersten Frühblüher, was dem weichenden Wintergrau entzückende Farbtupfer entgegensetzte. Die Herzogin hatte zum Schutz gegen die Sonne ein seidenes Schirmchen aufgespannt; ihre drei Ellen lange Schleppe wurde von einem Pagen getragen, der immer wieder leise vor sich hinschniefte.

Zuerst besprachen der König und seine erfolgreichste Diplomatin die Ziele und den Ablauf der Mission, auf die sich die Herzogin demnächst begeben würde; beide waren zuversichtlich, dass diese Aufgabe wohl rasch von einem Erfolg gekrönt sein würde. „Verzeiht mir meine Neugier, meine Cousine, aber ein Herrscher muss schließlich über alles informiert sein: Was geschieht denn mit Eurem talentierten Schützling, während Ihr nicht in Frankreich seid? Wollt Ihr sie mitnehmen?"

Die Gonzague lächelte – Seine Majestät war in mancherlei Hinsicht ebenso leicht zu durchschauen und instrumentalisieren wie jeder normal sterbliche Mann. Dennoch wiegelte sie zunächst einmal ab: „Euer Zartgefühl und Eure Fürsorglichkeit sind wie immer zu preisen, Sire. Eine Freundin war so hilfsbereit, Daphne d'Ovène während meiner Reise in ihre Obhut zu nehmen – eine ältere und überaus sittenstrenge Dame. Schließlich ist das Fräulein noch vollkommen unbescholten." „Bemerkenswert!", entgegnete Louis XIV. und blinzelte leicht in die Sonne. Seine Augen wirkten in diesem Licht fast bernsteinfarben. Der König verwendete niemals irgendwelchen Sonnenschutz oder gar Schminke, da er sich gerne im Freien aufhielt und leicht bräunte, wirkte er mit seinem stets etwas dunkleren Teint unter seinen Höflingen wie ein Landjunker. Was ihm zusammen mit seiner straffen Haltung und seinen flinken Bewegungen eine enorm gesunde Ausstrahlung verlieh. Nun lächelte er – und die erfahrene Herzogin wusste, wie dieses Lächeln zu deuten war und dass sie nun gefälligst die Katze aus dem Sack zu lassen hatte. „Sire, Ihr wart so gütig, meiner Protegée gegenüber anklingen zu lassen, ihre Angelegenheit mit der Akademie überprüfen zu wollen. Was könnte man tun, um Euer Wohlwollen zu stärken und Euer Engagement zu beschleunigen?" Sie, die dem König schon früher wiederholt Gespielinnen zugeführt hatte, und zwar zu seiner größten Zufriedenheit, durfte sich eine derart freie Rede in solchen Situationen durchaus herausnehmen. Louis XIV. spitzte seine Lippen und schien nachzudenken. „Ihr sagt, sie sei noch unbescholten?" Jetzt war es an der Herzogin zu lächeln. „Freilich, Sire! Wobei ich mir die Bemerkung erlauben darf, dass es gelegentlich einfacher ist, einen Sack Flöhe zu hüten!" Der König hob seine Augenbrauen. „Wie darf ich das verstehen, *chère* cousine?" – „Daphne d'Ovène verfügt über ein ausgesprochen hitziges Temperament. Genau in jener Art und Ausprägung, wie Ihr es zu schätzen wisst, Sire ..." Der König verlangsamte seinen Schritt, wie immer, wenn er intensiv nachdachte, bis er stehenblieb. Er sagte zunächst nichts, sondern schnalzte nur leise mit der Zunge. „Wo, sagtet Ihr, findet Mademoiselle Daphne Asyl, solange Ihr auf Reisen seid?" – „Hier, in St. Germain, bei Antoinette de Soubris." Er blickte sie an – nun sah er mit seinen leicht schräg stehenden Augen und seinen breiten betonten Wangenknochen aus wie ein kampferfahrener Kater, dem man eine volle Sahneschüssel vor die Nase gestellt hatte. „Bon!", meinte er. „In drei Wochen, also nach Ostern, werde ich erneut nach Flandern aufbrechen. Also tragt in gewohnter Manier Sorge, dass

Ihr das mit Mademoiselle Daphne vorher arrangieren könnt! Es wird wie stets Euer Schaden nicht sein!" Die Herzogin knickste. „Sire, ich bin wie immer Eure Dienerin!" Und dachte für sich: Egal, ob sie nun den Purpur eines Kardinals, den Harnisch eines Feldherren oder den königlichen Lilienornat tragen – Männer ersetzen beim Denken ihr Gehirn viel zu oft durch ihr Gemächt.

Kapitel siebzehn

Erzählt von Daphnes Absturz aus dem Siebten Himmel

Paris, Ende März 1669

Daphne warf ihren Schläger in die Höhe und fing ihn wieder auf. Sie japste vor Freude und Anstrengung. „Spiel, Satz – und Sieg!", rief sie triumphierend aus. Armand de Rossignac schlüpfte unter dem Netz hindurch und lief auf sie zu. Seine Haut glänzte leicht vor Schweiß und war frisch gerötet. „Trefflich, trefflich, meine Liebe!", rief er aus. Eben kam Charles Huppert, der Besitzer des Ballhauses am Mont Parnasse mit kühler Limonade und Salzbrezeln. Er wusste stets genau, was seine Tennisspieler brauchten. „*Félicitations*, Euer Gnaden!", lachte er ihr zu. „Wie wäre es: Hier werden im Mai, wenn es abends lange hell und noch nicht zu heiß ist, Turniere ausgetragen. Außer Euch kenne ich noch einige Damen, die äußerst gewandt mit dem Schläger umgehen können, sodass sich da etwas organisieren ließe!" – „Huppert, setzt ihr keinen Floh ins Ohr! Die Dame ist Malerin!", protestierte Rossignac. „Na und?", entgegnete der Hallenwirt. „Der Mensch ist auf der Welt, um sich zu bewegen – und sich nicht wie die meisten Damen von Stand mit dem Tragstuhl befördern zu lassen. Die können keine zwanzig Schritte gehen, ohne zu schnaufen oder in Schweiß auszubrechen!" Wie zur Bekräftigung wippte der kleine drahtige Angeviner, der sich trotz seiner lichten Haare weigerte, eine Perücke zu tragen, in den Sprunggelenken. „Und nun, meine Herrschaften, genießt Eure Erfrischung!" Er stellte das Tablett ab und verneigte sich.

Daphne verleibte sich einen großen Becher Limonade und gleich drei Brezeln ein. Sie war bester Stimmung; nicht nur die regelmäßigen Partien mit Rossignac machten ihr Freude und vertrieben ihre Grillen, nicht nur die innige Freundschaft, die zwischen ihnen gewachsen war, erfüllte sie mit einem Gefühl aufrichtiger Geborgenheit, sondern auch die Nachricht, die sie nur drei Tage nach ihrer Audienz beim König erhalten hatte: dass man sich ihrer Angelegenheit mit gebührendem Nachdruck annehmen werde. Seine Majestät würde diesem arroganten Le Brun sicherlich rasch zeigen, wer in Wahrheit der Platzhirsch war. Da würde es auch nichts schaden, dass ihre Schirmherrin in Bälde zu einer ihrer üblichen Missionen aufbrechen und sie wie letztes Jahr in Paris zurücklassen würde. Diesmal in der Obhut der Comtesse de Soubris am Schloss in St. Germain. Sie würde also Armand de Rossignac häufiger sehen können. Keine allzu betrüblichen Aussichten ... Sie trocknete sich Gesicht und Hals ab und strahlte den Comte an.

Der verneigte sich erneut. „So also sehen strahlende Siegerinnen aus! Wie Pallas Athene persönlich!“, meinte er. „Was haltet Ihr davon, wenn wir zur Feier des Tages nicht sofort ins Hôtel Nevers zurückkehren, sondern ein wenig auf dem Cours-la-Reine promenierten und eines der eleganten Cafés aufsuchten?“ Er setzte ein besonders charmantes Lächeln auf. „Mir jedenfalls wäre danach!“ Daphne hatte das Gefühl, zumindest in diesem Moment, die Welt umarmen zu können. Außerdem hatte sie vorgesorgt und Wechselkleidung dabei, die sie selbst ohne Hilfe einer Zofe anlegen konnte, um nicht verschwitzt auf der elegantesten Pariser Promenade auflaufen zu müssen.

Dort hatte sich schon längst allerhand feines und herausgeputztes Volk eingestellt, um sich zu zerstreuen und vor allem, um zu sehen und gesehen zu werden; ganz wie es schon Ovid in seiner *Ars amandi* so treffend beschrieben hatte. Ob nun der Circus Maximus zur Zeit der römischen Kaiser oder die Promenade am Seine-Ufer bei den Tuilerien unter der Herrschaft des grandiosen Louis XIV. – es war stets dieselbe *Comédie humaine*. Auch Daphne musste sich ihr Vergnügen eingestehen, die herausgeputzten Stutzer und Modedamen zu betrachten. Hier konnte man vielmehr als bei Hof mit den vorgeschriebenen offiziellen Roben beobachten, wie sich die Mode wandelte. Zum Beispiel hatte sie den Eindruck, dass die weiten, mit Spitze und Bandschluppen besetzten *rhinegraves* der Herren im Verschwinden begriffen waren – man trug zum *justaucorps* schlichte, auf den Stoff von Weste und Rock abgestimmte und eher eng geschnittene Kniehosen. Auch die Herrenschuhe waren dem modischen Wandel unterworfen: Die sperrigen, mit Draht verstärkten Organzaschleifen auf dem Rist waren silbernen und goldenen Schnallen gewichen.

Daphne hakte sich beim Comte de Rossignac unter und genoss das Lustwandeln in der Frühlingssonne. An einem Tag wie diesem schien sogar die Seine weniger übel riechend zu sein. Wenn man die beiden jungen Menschen so sah, dann hätte man sie unweigerlich für ein glückliches Pärchen halten können, das einen erlaubten Bummel machte. Trotz ihrer eher schlichten Kleidung strahlten beide Lebensfreude und Würde zugleich aus.

„Seht, Daphne – da drüben hat ein neues Café aufgemacht! Wollen wir uns noch eine Erfrischung genehmigen?“, schlug der Comte vor. Das Kaffeehaus war eher klein, aber elegant eingerichtet, sauber und von appetitlichen Düften durchweht. Es schien sogar über eine Backstube zu verfügen, denn aus einem der hinteren Räume wurde laufend frisches Gebäck geliefert – und jedes Mal, wenn sich die Türe öffnete, roch es noch besser. Daphne schnupperte andächtig.

Wie so viele gute Kaffeehäuser wurde auch dieses von einem Italiener betrieben; der Padrone stand inmitten der Gaststube, begrüßte seine eleganten Gäste und geleitete sie zu ihren Tischen. An seinem Akzent war klar zu erkennen, dass er noch nicht lange in Frankreich weilte. „Ah, *Signorina, Signor*!", rief er Daphne und dem Comte zu. *„Bienvenuti!* Ihr seid die erste Mal hier? Ich habe für Euch eine besonders schöne Tisch – für besondere hübsche Paar!" Er strahlte über sein breites braunes Gesicht. Dann winkte er einem Kellner, der eben mit einem übervollen Tablett elegant vorbeisegelte. *„Luca – prendersi cura di due amanti*!". Der Kellner mit einem ähnlichen, nur etwas jüngeren Gesicht hielt inne und begrüßte die beiden neuen Gäste mit einer knappen, eleganten Verbeugung. „Was darf ich den Herrschaften bringen?" „Eine Kanne Mokka und einen Krug Pomeranzenwasser", orderte Rossignac ... „Mögt Ihr Süßigkeiten dazu? Oder Kuchen?"

Daphnes Blick war an einer Art Creme auf dem Tablett hängen geblieben, die in schöne Kristallpokale gefüllt und appetitlich mit Krokant und Hippen dekoriert war. „Was ist das denn, *camariere*?" „Oh, das ist eine Florentiner Spezialität. *Gelato* – Gefrorenes." Daphne betrachtete die Pokale nun mit unverhohlener Lüsternheit. „Kann ich so etwas haben?", fragte Daphne voller Sehnsucht. Der Comte und Luca, der Kellner, lächelten. *„Ma certo!* Wir haben die Variationen *torrone, gianduia und panna fiorentina*. Darüber einen Himbeerlikör – *delizioso*!" „Dann die Panna fiorentina", beschloss Daphne. *„Signor*?" Der Kellner blickte den Comte fragend an. Der nickte: „Für mich Gefrorenes mit Nüssen." „Bene!" Der Kellner segelte wieder davon. „Ihr habt mir noch nicht verraten, dass Ihr Italienisch beherrscht", sagte der Comte verblüfft. „Je nun, das ist meine zweite Muttersprache. Meine Mutter ist eine Gonzaga und stammt aus Mantua." „Dann seid Ihr also weitläufig mit der Herzogin verwandt?" Rossignac staunte. „Wusstet Ihr das denn nicht?" Nun wunderte sich Daphne ebenfalls. Ihr Begleiter schüttelte den Kopf. In diesem Moment wurden Mokka und Pomeranzenwasser serviert. „Die *gelati* kommen gleich", versprach der Kellner.

„Ich hoffe, das macht Euch nichts aus ...", setzte Daphne ein wenig unsicher hinzu. „Dass die Eiscreme nicht gleich mitgeliefert wurde?" „Nein, dass ich gonzagastämmig bin." Rossignac lächelt leicht genierlich. „Nein, nein ... das ist eine überaus noble Abstammung ..., was hat denn der Chef vorhin auf Italienisch gesagt?" Daphne spürte, wie Hitze in ihre Wangen stieg, dennoch beschloss sie, ehrlich zu sein. „Er hat dem Kellner befohlen, sich um die beiden Verliebten zu kümmern ..." Nun stellte man zwei Pokale mit Eiscreme vor sie. „Einmal *gianduia*, einmal *panna fiorentina. Buon appetito*!" „*Grazie!*" Andächtig steckte Daphne den kleinen silbernen Löffel in das zu einem eleganten Hügel aufgetürmte Eis, nachdem sie den Himbeerlikör untergerührt hatte. Weiche, süße, köstliche Kühle verbreitete sich auf ihrer Zunge, in der Mundhöhle und zuletzt in ihrer Kehle. Sie seufzte beglückt auf. „So etwas Gutes habe ich in meinem Leben noch nie gegessen!", rief sie aus. „Armand, Ihr müsst das probieren! Zügig! Sonst schmilzt es im Pokal statt auf Eurem Gaumen!" Der Comte seufzte ebenfalls – obwohl er seine Eiscreme noch nicht einmal angerührt hatte. „Daphne", hob er an und seine blauen Augen leuchteten, „ich muss Euch danken und auch etwas gestehen!" Fasziniert beobachtete er Daphne beim Genuss ihrer Süßspeise – gelegentlich sah er sogar ihre rosige Zungenspitze in ihrem Mundwinkel auftauchen. Sie benötigte eine Weile, um auf Rossignacs Ankündigung einzugehen. Immerhin legte sie ihren Löffel kurz ab. „Ich höre Euch gerne zu – aber erst, wenn Ihr endlich probiert habt!" Er sah ein, dass er im Moment am kürzeren Hebel saß, und stippte gehorsam seinen Löffel in die mittlerweile leicht zerfließende Masse. In der Tat – es war köstlich und ohne Gleichen. Und passte in gewisser Weise perfekt zu dem, was er endlich aussprechen wollte.

„Meine liebe Baronesse – zuerst einmal muss ich Euch danken. Ihr wart der erste Mensch, dem ich mich seit dem Tod meiner Frau wirklich anzuvertrauen gewagt habe. Nicht weil Ihr mich gedrängt habt, sondern alleine durch Euer kluges Wesen und die Bereitschaft, dem anderen eben die Freiheit zuzubilligen, die Ihr selbst so sehr benötigt wie die Luft zum Atmen ..." Er konnte nun doch nicht widerstehen und nahm den nächsten Löffel *gianduia*. „Ich habe mittlerweile erkannt, wie sehr ich mich in den absurden Gedanken verrannt habe, meine Frau könnte durch die Schuld eines anderen gestorben sein, statt anzuerkennen, dass meine Haltung nichts weiter war als maskierte Verzweiflung und normaler menschlicher Schmerz über den Verlust einer geliebten Person – den ich in meiner Stellung nicht zeigen durfte. Nun, da ich verstanden habe, besuche ich einmal in der Woche Claudes Grab und danke ihr für die Zeit, die ich mit ihr habe verbringen dürfen. Und auch Euch, weil Ihr mir zu erkennen geholfen habt, was für einen verkrusteten Panzer ich um mein Herz trug!"

Daphne war sichtlich ergriffen. „Das ... habt Ihr wunderschön gesagt, Comte!" Sie widmete sich eben dem Rest ihrer Eiscreme. Dann fragte sie Rossignac unvermittelt: „Ihr habt sie sehr geliebt, nicht wahr?!" Der Comte blickte in seine Mokkatasse. „Dafür, dass wir die in unseren Kreisen übliche arrangierte Ehe geführt haben, hatten wir von Anfang an große Sympathien füreinander. Claude war ein wirklich gütiger Mensch, fröhlich und sanftmütig. Sie war fast zu gut für diese Hofgesellschaft ..." Er seufzte. „Ihr wart es, die mir anhand Eurer Geschichte klargemacht hat, dass auch die Liebe eines natürlichen Todes sterben kann; und wie Eis in Wasser und Wasser in Dampf übergeht, so kann auch Liebe in

Dankbarkeit übergehen. Dies habe ich von Euch gelernt ..." Daphne schluckte – und verstand nicht, warum sie plötzlich den Tränen so nahe war. War dies der unverstellten Aufrichtigkeit und auch Nähe des Comte geschuldet, der ihr eben sein Herz geöffnet hatte? Wie zuletzt Ruprecht? Die meisten Ehen in Adelskreisen wurden arrangiert, und dennoch gab es immer wieder Paare, die von herzlicher Zuneigung zueinander ergriffen waren. Manche von Anfang an, andere erst im Lauf der Jahre, oft auch erst nach gemeinsam gemeisterten Schicksalsschlägen. Rossignac schwieg eine Weile und schien um Worte zu ringen. „Und nun, da mir die Augen geöffnet wurden, finde ich mich wieder in einem Szenario, aus dem Molière sicher eine wundervolle Komödie gemacht hätte – ‚Armand de Rossignac oder der Bräutigam wider Willen'." „Nun, ist es nicht Teil unserer Abmachung, dass jeder von uns sich aus diesem Arrangement zurückziehen kann, wann immer er will?!", entgegnete Daphne. Wo ich so kurz vor dem Ziel stehe!, dachte sie. Doch zu ihrer Überraschung währte ihre Verärgerung nicht länger als zwei Herzschläge. Der Comte griff nach ihrer Hand. „Und genau das möchte ich nicht! Im Gegenteil! Ich wünsche mir nichts sehnlicher, als Euer Ehemann zu werden!"

Sie schlug sich die freie Hand vor den Mund. Mit allem hatte sie gerechnet. Nicht jedoch damit, dass aus einem Theaterstreich ein ernsthafter Heiratsantrag wurde. „Comte", stammelte sie, „ich traue meinen Ohren nicht! Ihr – ein Graf aus ältestem französischem Adel und Kammerherr Seiner Majestät – wollt mich – ein deutsches Freifräulein und darüber hinaus eine ehrgeizige Künstlerin ... heiraten?" Immer noch ruhten seine sanften blauen Augen auf ihr. „Ich kann und darf heiraten, wen ich will, Daphne. Und ich will Euch heiraten. Ernsthaft. Und aus Liebe." Daphne wurde schwindlig. Der Comte fuhr fort. „Und wenn im Juli Eure Aufnahme in der Akademie endlich glücklich über die Bühne gegangen ist, dann werde ich mit Euch zu Euren Eltern nach Heidelberg reisen und mich bei Ihnen einführen und um Euch anhalten, wie es sich geziemt!" Sie waren so in das Gespräch versunken, dass sie den Kaffeehausbesitzer nicht bemerkt hatten: „Haben die Herrschaften noch einen Wunsch?" Daphne schüttelte stumm den Kopf. „Nein, vielen Dank, nur die Zeche. Es hat uns köstlich geschmeckt!", entgegnete Rossignac.

„Luca!", rief der Padrone dem Kellner zu. *„Il conto per gli amanti!"*

*

Normalerweise hätte die Kutschfahrt von den Tuilerien zum Hôtel Nevers höchstens zehn Minuten gedauert. Doch kaum hatten sie die Seine über den Pont Marie überquert, schlug Rossignac zweimal mit der flachen Hand hinter dem Kutscher gegen den Kasten. Die Fahrt verlangsamte sich, bis man zum Halten kam. Daphne blickte den Comte fragend an. Der lachte etwas verschämt. „Ich gebe zu, das war abgemacht!", gestand er, wechselte jedoch auf den freien Platz neben Daphne und hielt erneut ihre Hand. „Ich bitte Euch über das nachzudenken, was ich vorhin gesagt habe …"

Sie schluckte, denn ihr Mund war ziemlich trocken geworden. „Das tue ich schon … die ganze Zeit über …" Wie fremd ihre Stimme klang, fast piepsend und flatterig! Rossignac neigte sich ihr entgegen, nahm ihr Gesicht zwischen seine Hände und kam ihr so nahe es irgend ging. „Ihr lauft jetzt hoffentlich nicht schreiend weg …", murmelte er. „Nur, wenn Ihr mir droht, mich hier und auf der Stelle zu küssen …", entgegnete sie leise. „Das", meinte der Comte de Rossignac, „das würde ich nicht wagen … niemals …" Und neigte seinen Kopf leicht zur Seite, um seine Lippen auf ihre zu legen.

„Wie hieß eigentlich das neue Kaffeehaus von vorhin?", wollte er wissen, nachdem sie einander ausgiebig und zärtlich *nicht* geküsst hatten. Daphne lächelte versonnen. „Ich glaube, es hieß *Au septième ciel*."

*

Eine Viertelstunde später als geplant, kehrten sie in die Rue Garancière zurück. Rossignac verabschiedete Daphne auf dem Hof formvollendet mit einem Handkuss, wobei er ihr zuflüsterte: „Ich komme morgen um die gleiche Zeit wieder – wenn du gestattest!" „Wehe, wenn du mich versetzt!", drohte sie leise.

Denn rings herum im Hôtel Nevers herrschte betriebsame Hektik – man richtete alles für die Abreise der Herzogin in zwei Tagen. Daphne packte ihr Kleiderbündel und rannte ins Haus, sie musste unbedingt mit Diane sprechen. Ihr war zumute, als hätte sie eine ganze Flasche Schaumwein alleine ausgetrunken. Doch sie traf die Freundin nicht an – stattdessen teilte ihr Margot mit, dass die Herzogin sie umgehend zu sprechen wünschte. Sie wusch sich eben die Hände und begab sich eilig ins herzogliche Arbeitszimmer. Dort siegelte Anne de Gonzague eben die letzte Korrespondenz des Tages, während sie mit Madame du Plessis die Haushaltsliste für die Zeit ihrer Abwesenheit durchging und komplettierte. Sie blickte von ihrem Stehpult auf und Daphne über den Rand ihrer Lesebrille an. „Ah, Daphne, gut, dass Ihr da seid! Ich habe wichtige Neuigkeiten für Euch!" Und zu Madame du Plessis: „Danke, Martine, Ihr könnt nun gehen. Falls Ihr noch Fragen habt, können wir darüber nach der Abendmahlzeit sprechen." Daphne knickste, die *Seconde Dame d'Honneur* verabschiedete sich ebenso. „Ich habe auch Neuigkeiten!", platzte Daphne ohne jegliche Wahrung der Etikette heraus. Anne de Gonzague, die Daphnes leuchtende Augen und die kreisrunden roten Flecken auf ihren Wangen bereits registriert hatte, lächelte nachsichtig. „Dann fangt meinetwegen Ihr an, mein Kind!" Daphne näherte sich dem Stehpult. Am liebsten hätte sie die Herzogin vor lauter Freude umarmt … „Durchlaucht, denkt Euch nur: Der Comte de Rossignac, der sich freundlicherweise darauf eingelassen hatte, gegenüber meinen Eltern pro forma um mich zu werben … er hat mir eben einen Heiratsantrag gemacht! Einen echten!!" Sie schwieg eine Weile und wartete auf die Reaktion Gonzagues. Außer, dass die Herzogin ganz leicht ihre Stirn runzelte, weil sie nachzudenken schien, kam keine. Die Herzogin hatte als gewiegte Diplomatin ihre Affekte selbstredend unter Kontrolle – aber derart regungslos …? Passte ihr das etwa nicht? Daphne wurde leicht mulmig. Die Herzogin kratzte sich kurz im Nacken. „Das", meinte sie dann langsam, „könnte die Sache etwas verkomplizieren …" Sie schwieg kurz und blickte Daphne eindringlich an. „Muss es aber nicht zwangsläufig." Sie trat hinter ihrem Schreibpult hervor und ging hinüber zu einer Kredenz, der sie zwei Gläser und eine Karaffe mit hellgelber Flüssigkeit entnahm. Dann wies sie auf ein kleines *Canapé*. „Setzt Euch bitte!", meinte sie freundlich und goss ein, ehe sie Daphne ein Glas reichte. „Birnenlikör." „Comte Armand de Rossignac ist ein rechtschaffener Mann und stammt aus einer alten Familie. Im Grunde wäre er wirklich eine gute Partie für Euch. Indes – die Verhältnisse haben sich geändert. Und Euch hat sich eine ungeahnte Chance aufgetan – jenseits der, die Ehefrau eines südfranzösischen Grafen zu werden." Sie hob ihr Glas und prostete Daphne zu, die sich beeilte, diese Höflichkeitsbezeugung zu erwidern. Der Likör war köstlich, Daphne war mit einem Mal gespannt. Die Gonzague sah ihre Protegée lange und eindringlich an. „Ich meine damit, dass Ihr in den Fokus des königlichen Interesses geraten seid", sagte sie leichthin. „Ja, natürlich, Durchlaucht – Seine Majestät will sich für mich vor der Akademie verwenden. Und mich als Hofmalerin etablieren …", bekundete Daphne. Und was hat das alles mit Armand zu tun?, fragte sie sich im Stillen. Die Herzogin schüttelte den Kopf. „Diese Versprechungen, und im Grunde genommen sind es fast mehr Absichtsbekundungen, des Königs stellen nur den Lohn dar. So ist das bei Hof: keine Leistung des Monarchen ohne Vorleistung des Untertanen." – „Und welche Vorleistung soll ich erbringen – wo ich noch nicht einmal Untertanin Louis Le Grands bin?"

Anne de Gonzague beschloss, dass es an der Zeit war, nicht länger um den heißen Brei herumzureden. „Der König hat den Wunsch, Euch beizuwohnen." Daphne stellte ihr Glas, das sie mit einem Zug geleert hatte, ziemlich geräuschvoll auf das Beistelltischchen zurück. Dann erhob sie sich abrupt. „Also stimmt es doch – eine Frau kann sich in Frankreich Vorteile beim König erkaufen! Mit ihrem Körper …" Sie trat zu einem der großen Fenster, die zum Innenhof hinausgingen, und verschränkte ihre Arme vor der Brust. Die Herzogin ließ sie zunächst unbehelligt. „Im Deutschen Reich würde eine solche Frau mit Schimpf und Schande aus ihrer Stadt vertrieben werden – weil sie kaum besser ist als eine Dirne!"

Die Herzogin war hinter sie getreten und legte Daphne sachte die Hand auf die Schulter. „Wir befinden uns aber in Frankreich – hier herrschen andere Verhältnisse, andere Sitten …" „Ach ja? Das kommt mir auch so vor!", entgegnete Daphne voller Bitterkeit. Die Herzogin überging diese an sich impertinente Replik. „Wie dringend, wie brennend ist Euer Wunsch, in die Akademie aufgenommen zu werden, Daphne?", fragte sie sanft. Daphne spürte, wie Tränen der Verzweiflung in ihre Augen stiegen. „Ihr wisst, dass er fast so mächtig ist wie der normale christliche Wunsch, am Tag des Jüngsten Gerichts zu den Seligen zu zählen ...", erwiderte sie voller Schmerz. Die Hand der Herzogin lag immer noch mit sanftem Druck auf ihrer Schulter. „Keine Frau setzt sich in Frankreich Anklage, Spott oder Benachteiligungen aus, wenn sie das Bett mit Seiner Majestät geteilt hat. Im Gegenteil: Sie erringt Achtung und Einfluss. Denn Seine Majestät schätzt das weibliche Geschlecht fast höher als das männliche. Er würde nie", setzte sie rasch hinzu, „eine Frau zwingen, ihr Gewalt antun, roh zu ihr sein oder sie beschimpfen. Er ist nicht nur die Höflichkeit in Person – er ist ein wunderbarer Liebhaber. Und – er ist überaus diskret." Sie zog ihre Hand von Daphne zurück und hatte für den Moment genug geredet.

Daphne schluckte ihre Tränen hinunter. „Habe ich das Recht abzulehnen?" – „Sicher habt Ihr das – Louis Le Grand ist nicht der englische Henri VIII. Allerdings, was Eure beschleunigte Aufnahme in die Akademie angeht ... da würde Sire dann wohl nicht in Eurem Sinne tätig werden." Daphne starrte weiter in den Innenhof. „Und was wäre, wenn ich Armand de Rossignac Seiner Majestät vorziehen würde?" „Oh", Anne de Gonzague schüttelte den Kopf, „das wäre nun äußerst unklug! Ihr würdet die Karriere des Comte mit einem Schlag zerstören. Denn wenn Seine Majestät etwas überhaupt nicht vertragen kann, dann ist es die Dreistigkeit eines seiner Höflinge, ihm eine begehrenswerte Dame vor der Nase wegzuschnappen. Zuletzt hat dies der Chevalier de Grammont gewagt – und das war 1662. Er musste sieben Jahre im Exil am Englischen Königshof aushalten, ehe Sire vor ein paar Wochen geruhte, sich mit ihm auszusöhnen und ihn an seinen Hof zurückzurufen. Ewig grollt unser König nicht – aber er nimmt sich Zeit, um Gras über die Dinge wachsen zu lassen." Sie nahm Daphnes Gesicht in ihre Hände und nötigte sie auf diese Weise, sie anzusehen. „Wenn Euch irgendetwas an Rossignac gelegen ist – und den Anschein erwirkt Ihr – dann tut ihm das nicht an." Ein Seufzer wand sich aus Daphnes Kehle. „Wie lange habe ich Bedenkzeit?" „Ihr dürft eine Nacht darüber schlafen, meine Liebe. Und nun zieht Ihr Euch wohl besser zurück. Ich habe noch eine ganze Menge zu erledigen ..." Daphne knickste mechanisch und verließ den Raum, um sich spornstreichs auf ihr Zimmer zu begeben.

Währenddessen verfasste die Herzogin einen kurzen *aviso*, versiegelte ihn und betätigte den Klingelzug. Dem erscheinenden Lakaien händigte sie das *billet* mit dem Befehl aus, es zügig zuzustellen. Ferner ordnete sie an, dass sich Diane bei ihr zu melden hätte.

Diese erschien wenige Minuten später. Die Gonzague war erneut mit Packlisten beschäftigt. „Mademoiselle de Perrêtre, Ihr begebt Euch bitte unverzüglich zu Mademoiselle d'Owen. Die Aufgabe, die ich Euch vor einiger Zeit gestellt habe, liegt akut an!" Diane knickste. „Sehr wohl, Durchlaucht!" – „Macht Eure Sache gut – und wenn Ihr das getan habt, soll es Euer Schaden nicht sein!"

*

„Daphne, darf ich eintreten?", rief Diane durch die geschlossene Türe. Bereits zum dritten Mal. Drin war es mucksmäuschenstill. Sie fasste sich ein Herz und drückte die Klinke herunter, das Zimmer war nicht abgeschlossen. Als sie hineinspähte, entdeckte sie, dass Daphne vollständig bekleidet auf dem Bett lag, ihr schwarzes Hütchen mit den beiden weißen Federn – die Freundin wusste um dessen Bedeutung – hatte sie fest an ihre Brust gedrückt. Als sich Diane auf leisen Sohlen dem Bett näherte, erkannte sie, dass das Gesicht von Daphne nass geweint und ihre Lider leicht geschwollen waren. Lautlos kniete sie sich vor ihr Bett und betrachtete eine Weile die schlafende und sichtlich unglückliche Freundin. Der Anblick zerriss ihr fast mehr das Herz als das Wissen um die Pflicht, die sie gleich zu erledigen hatte. Sanft berührte sie Daphnes Wange, die ihr unendlich weich erschien.

Daphne öffnete nur ein Auge, es dauerte einen Moment, bis sie die Freundin erkannte. „Ich habe mir Sorgen um dich gemacht, Daphne. Du hast bei der Abendmahlzeit gefehlt und es konnte mir keiner sagen, wo du steckst!", sagte Diane sanft. Die Angesprochene richtete sich auf und legte ihren etwas zerknautschten Hut auf ihr Nachtkästchen. „Das ist sehr fürsorglich von dir!"

Diane strich ihr eine Strähne aus dem Gesicht. „Was ist geschehen? Hast du wieder schlechte Nachrichten von der Akademie erhalten?"

Daphne schüttelte den Kopf. „Nein, das ist es nicht." Sie zog ihre Knie an und schlang ihre Arme darum. „Der Tag hat so wundervoll angefangen ...", und dann erzählte sie ihrer Freundin von Rossignacs Heiratsantrag.

Das Schlucken, das sich in Diane Kehle aufdrängte, war fast hörbar – so heftig kam es sie an. Das arme Ding!, dachte sie. In welch schrecklichen Konflikt hat man sie da gestürzt. Ausgerechnet! Doch nun musste auch sie ihre Posse durchhalten. „Aber – das ist doch ganz wunderbar!", rief sie betont heiter aus. „Ich gratuliere. So, wie ich ihn kenne, wird er dich niemals daran hindern, mit der Malerei weiterzumachen ..." „... und dann wird er vor Begeisterung in die Luft springen, wenn er erfährt, dass ich durch das königliche Bett getrieben werde und er eine entehrte Braut bekommt!", ergänzte Daphne voller Bitternis. „Ich verstehe dich nicht ganz, Daphne!", gab Diane vor. Daphne zuckte mit ihren Schultern. „Durchlaucht hat mir vorhin mitgeteilt, dass Sire als kleine ‚Vorleistung' für sein Bemühen um meine Sache mit der Akademie mit mir zu schlafen wünscht. So läuft das wohl – hierzulande ..." Diane atmete hörbar ein. „Das habe ich nicht erwartet ... Ich kann allemal verstehen, dass du dich vor den Kopf gestoßen fühlst!" „Tja, wenn ich jetzt Adelaïde de Machy wäre ...", seufzte Daphne. „Bist du aber nicht, und darüber kannst du froh sein. Außerdem würde der König von der nichts wissen wollen." Daphne schwang sich aus dem Bett. „Manchmal sind deine Bemerkungen zwar geschmacklos, aber trotzdem zutreffend!", erwiderte sie und versuchte, ihren Hut zu glätten. Eine der Federn war allerdings derb geknickt. „Auch das noch!", grollte Daphne. Dann wandte sie sich der Freundin zu: „Die Herzogin hat mir Bedenkzeit bis morgen gegeben, keinen Tag länger. Ich darf mich frei entscheiden. Sie hat mir glaubhaft gemacht, dass der König ein Nein akzeptiert – dann darf man allerdings von ihm auf längere Sicht keinerlei Vergünstigungen erhoffen. Ich könnte ablehnen – und würde nicht mehr in diesem Jahr in die Akademie eintreten können. Ich würde sogar unverrichteter Dinge nach Heidelberg zurückkehren müssen – ohne Bräutigam ..." – „Moment! Hast du nicht eben erwähnt, dass Rossignac dich heiraten möchte?!" Daphne lachte laut und sarkastisch auf. „Ja, freilich – ein königlicher Kammerherr schnappt seinem Souverän ein begehrtes Beutestück direkt vor der Nase weg. Und ich müsste mir ein Leben lang Vorwürfe machen, dass der Mann, den ich eben liebzugewinnen anfange, meinetwegen in Ungnade gefallen ist! Denn diesbezüglich versteht der König wohl keinen Spaß."

Sie trat zum Fenster und legte ihre Stirne, hinter der es schmerzhaft pochte und pulsierte, gegen die kühle Glasscheibe. „Ich habe also die Wahl zwischen der Pest, den Blattern und den Marseiller Masern ... und an einer der drei Seuchen werde ich sterben müssen. Entweder ich sage zu beiden Herren nein – dann werde ich in einem halben Jahr unverrichteter Dinge nach Heidelberg zurückkehren müssen, mit nichts in der Hand außer der Gewissheit, dass mein Vater kurzen Prozess machen und mich mit einem Kandidaten seiner, nicht meiner Wahl, verheiraten wird." Sie seufzte. „Das ist das, was ich mir am Allerletzten wünsche." Sie fuhr fort: „Oder ich sage nein zu Seiner Majestät und ja zu Armand. Dann werde ich nicht in die Akademie aufgenommen, Armand muss den Hof verlassen und ich versaure auf einem alten Schloss in der Provinz. Ehrenvoll zwar – aber wenn mir schon mein Gatte keine Vorwürfe deshalb machen wird, dann ich mir selbst, ihm eine mögliche glanzvolle Karriere verdorben zu haben. Kein guter Garant für ein liebevolles Miteinander." Sie lachte säuerlich auf. „Oh ja – und ich vergaß beinahe die dritte Option, die ach so glorreiche: Ich lege mich in des Königs Bett und verschmähe Armand. Ich werde die größte Malerin Frankreichs – und habe nach meinem Verständnis doch meine Ehre verloren ..." Daphne barg ihr Gesicht in ihren Händen und schluchzte. Nun endlich wagte Diane es, zu ihr hin zu treten und sie sanft in die Arme zu nehmen. „Es gibt eine vierte Option...", deutete sie an. „Du erhörst zuerst den König, bis deine Schuld abgetragen ist – und dann Armand." Daphne schüttelte den Kopf. „Du bist vollkommen verrückt! Kein Mann von Stand und Ehre wird eine Frau anrühren, die sich um bloßer Vergünstigungen willen einem angedient hat, der mehr Einfluss hat als er. Da könnte er gleich eine Straßendirne ehelichen ..." Diane streichelte Daphne über den Rücken. „Dies ist Frankreich, liebste Freundin – und Seine Majestät steht nicht nur über den Dingen, sondern auch über allen anderen Männern. Alle Mätressen, die er vor der Duchesse de Vaujours hatte, und das durchaus offiziell, haben danach gute bis blendende Partien gemacht und bekleiden zum Teil sogar einflussreiche Posten wie Olympe de Soissons. Keine musste je das Schandleinen tragen, wenn sie eine Messe besucht hat. Sie alle erfreuen sich eines standesgemäßen Lebens und guten Ansehens. Seine Majestät hat über das Bett hinaus für sie gesorgt. Dafür achtet er Frauen viel zu sehr. Welcher andere Fürst handelt so?", redete sie auf Daphne ein. Und fuhr fort: „Weiß die Herzogin von Rossignacs ernsthaftem Antrag?" Daphne nickte. „Ich habe ihr gleich heute Nachmittag davon erzählt." Diane überlegte kurz. „Anne de Gonzague wäre nicht die beste und erfahrenste Diplomatin der Krone, würde sie deinen Verehrer ins offene Messer laufen lassen. Ich könnte irgendetwas darauf verwetten, dass sie ihm die Augen öffnet und ihn bittet, sich zurückzuziehen, bis ..." – „... bis der König sich zurückgezogen hat, weil ich meine Schuld getan habe?" – „So ungefähr." Daphne knabberte an ihrem Daumennagel. „Und wenn er mich dann nicht mehr will?" – „Das, liebste Freundin, ist leider eine Imponderabilie!" Diane zuckte die Achseln und blickte Daphne etwas ratlos in ihr verweintes Gesicht. „Aber wenn du den Rat einer Freundin hören möchtest, die sich zwar nichts aus dem männlichen Geschlecht macht, wohl aber etwas von der Liebe versteht, der erfüllten ebenso wie der verschmähten?" Daphne wischte sich die Tränen aus den Augenwinkeln und lächelte tapfer. Dianes Anwesenheit und Fürsorge taten ihr gut. „Du bist vor wenigen Tagen zweiundzwanzig geworden – zwar wohl nicht mehr ungeküsst, aber immer noch Jungfrau. Und wer dich mit besonderem Feingefühl beobachtet, der kann nicht umhin festzustellen, wie dir das ungelöschte Feuer aus allen Poren schlägt. Bei dir würde eine simple Berührung, ein verwegenes Kompliment in einer verlockenden Situation genügen – und du würdest erst den Kopf und dann deinen Körper an einen verlieren, der dich wirklich entehrt und dir auch noch schadet."

Daphne dachte an die vergleichsweise zurückhaltenden Küsse, die sie heute Nachmittag mit Rossigac in dessen Kutsche getauscht hatte. Die ersten Küsse seit fast zwei Jahren – und wie unbändig hatten sie in ihr das Verlangen nach mehr, nach Verbotenem geweckt. Sie hatte sich so sehr beherrschen müssen, vor überbordender Lüsternheit nicht verräterisch zu seufzen. Sie konnte noch nicht einmal beurteilen, ob der Comte nun gut oder eher mittelmäßig küssen konnte; allein das Gefühl seiner feinen, weichen Lippen auf den ihren und das vorsichtige Eindringen seiner zarten Zungenspitze in ihren Mund ... Diane registrierte sorgfältig den flüchtigen, träumerischen Ausdruck im Antlitz ihrer Freundin. Und setzte geschickt nach: „Denke an die Zeichnung, die du im vergangenen Sommer von dem badenden Treidelknecht angefertigt hast ... solche Kerle pflegen nicht lange zu fackeln!"

Jähe Röte schoss Daphne ins Gesicht. Sie verfluchte sich, Diane damals die Aktzeichnungen gezeigt zu haben, die sie von Seiner Majestät angefertigt hatte. Und sie verfluchte sich noch mehr, dass ausgerechnet jetzt, in dieser schmählichen und verzwickten Situation, in ihr die Erinnerung an seinen stattlichen schönen Körper hochstieg. Als höbe ein Dämon sein Haupt ... Sie gab sich einen Ruck, ging zu ihrem Sekretär und öffnete ein Geheimfach an der Unterseite, dem sie eine Lederkladde entnahm. Sie blätterte eine Weile, bis sie auf die bewussten Zeichnungen stieß – und hielt sie der Freundin unter die Nase. „Du meinst gewiss diese?" Diane sah kurz hin. „Wie könnte ich sie vergessen? Das Beste, was du je gezeichnet hast – natürlich nach meinem Porträt!" Daphne ließ das Buch sinken und biss sich kurz auf die Lippen. Diane, die dunkle Göttin, diese Teufelin, hatte Recht behalten. „Das war kein Treidelknecht, und die Zeichnungen sind auch nicht am Seine-Hafen entstanden ..." – „Sondern?" Die junge Malerin seufzte. Nun gab es kein Entrinnen mehr. „An einem Weiher im Bois de Boulogne. Bei einer königlichen Treibjagd ... und dieser hinreißend gebaute Mann, den ich zufällig beobachtet habe, ist ..." Diane fiel ihr ins Wort: „Seine Majestät höchstpersönlich!" Daphne nickte verlegen.

Beide schwiegen eine Weile. „Ich hatte es schon damals fast geahnt, dass es mit diesen Zeichnungen eine ganz pikante Bewandtnis hatte. Du sagtest eben selbst, dass du ihn – zumindest was seine Figur angeht – ‚hinreißend' findest!" Sie streckte ihre Hand nach Daphne aus und streichelte ihre Wange. „Du brennst lichterloh – und zwar seit Langem!" Diane machte eine Pause. „Und du wirst mit ihm schlafen. Du magst es heute nicht wollen, und morgen vielleicht auch nicht – aber wenn du erst einmal in seinen Armen liegst, nackt und in Hitze, dann wirst du ihn versengen wie Lava einen Wald. Und er, er wird *dich* um mehr bitten – und dann hast du ihn wirklich in der Hand!" – „Du bist verrückt, du bist ohne Moral, Diane de Perrêtre! Und jetzt geh!"

*

Es war schon dunkel, als die Kutsche mit dem Wappen derer von Rossignac zum dritten Mal an diesem Tag in den Hof des Hôtel Nevers rollte. Der Comte sprang aus dem Wagenschlag und eilte zur Herzogin, die ihn voller Ungeduld erwartete. Nachdem er ihr seine Referenz erwiesen und sie ihn bewirtet hatte, konnte er seine Neugierde nicht mehr bremsen:

„Ihr hattet mich wegen der Baronesse d'Owen so dringend herbestellt, dass es keinerlei Aufschub geduldet hat?"

Die Herzogin machte eine energische Handbewegung: „Es hat insofern Eile, als dass ich im Verlauf der beiden kommenden Tage auf eine diplomatische Reise gehen werde – und Haus und Hofstaat zu bestellen habe. Nun hat mir meine Protegée heute höchst beglückt erzählt, dass Ihr mittlerweile doch ernsthafte Heiratsabsichten habt, was sie angeht?" Der Comte nickte eifrig. „Ich beglückwünsche Euch zu diesem fast überfälligen Entschluss, wobei ich Euch nicht für einen Hund halte, den man zum Jagen tragen muss. Indes – Ihr wisst, dass dies immer noch ein Spiel ist. Bei dem nun eine weitere Figur auf dem Brett ausgetauscht worden ist ..."

Der Comte blickte die Gonzague erst mit großen Augen an, ehe er seine Stirne runzelte. „Kann es sein, dass ein weiterer Bewerber um Daphne d'Owens Gunst aufgetaucht ist?", fragte er sie nach längerem Nachdenken. „Ja, so könnte man es nennen!", lächelte die Herzogin. „Und um wen handelt es sich – oder mögt Ihr mich nicht aufklären?" Rossignac begann, ungehalten zu werden. War Daphne etwa unaufrichtig gewesen? Oder wusste sie selbst noch nichts?

„Was", erwiderte Anne de Gonzague mit einem nun maliziösen Lächeln, „wäre ein Schachspiel ohne die Figur des Königs?"

*

Sie war noch blass und übernächtigt, als sie sich am nächsten Vormittag bei Anne de Gonzague meldete. Die noch beim Frühstück saß und der abgehärmten Daphne schon allein aus Mitleid ein Hörnchen mit Konfitüre anbot. Daphne verspürte keinen Hunger und lehnte das freundliche Angebot ihrer Schirmherrin ab.

„Zu welchem Entschluss seid Ihr gekommen, meine Liebe?", wollte die Herzogin nach kurzem Schweigen wissen. Denn genau deshalb war Daphne hier.

Daphne spielte mit einer Kordel an ihrem *deshabillé*. „Ich bin zu dem Entschluss gekommen, dass ich mich Seiner Majestät zur Verfügung halten werde", sagte sie leise.

Die Gonzague nickte beifällig. „Eine kluge Entscheidung– und eine, die Euch weiterbringen wird." Sie schob ihren Teller beiseite. „Da Ihr mich nun verständlicherweise nicht begleiten könnt, habe ich Sorge getragen, dass Ihr für die nächsten Wochen bei meiner Freundin, der Comtesse de Soubris, aufgenommen werdet, Ihr kennt sie ja bereits. Sie hat ein wundervolles Appartement im Schloss von St. Germain, womit Ihr näher am Brennpunkt des Geschehens seid." Sie lächelte Daphne ermunternd zu. „Außerdem ist der Comte de Rossignac nicht nur ein loyaler königlicher Kammerherr, er ist obendrein ein vernünftiger Mann. Er ist bereit, sich trotz seiner ehrlichen Liebe vorläufig von Euch zurückzuziehen, bis Sire ..."

Daphne stieß ihre Atemluft geräuschvoll aus: „... bis Sire das Interesse an mir verloren hat?“ „Nennt es, wie es Euch beliebt – der Comte wird Euch auf alle Fälle gewogen bleiben. Dies hat er vor mir gelobt!“

Eine kurze Weile schwieg Daphne, ihr Blick glitt ziellos über die blaugraue Marmoreinfassung des Kamins und die darüber hängenden Kopie des Porträts des Prinzen Édouard, die sie vor eineinhalb Jahren angefertigt hatte. Hatte ihre Gönnerin, die einst selbst eine Liebende gewesen war, vergessen, wie verlorene Liebe schmerzte? Keinen Moment hatte sie an der Aufrichtigkeit von Armand de Rossignacs Liebeserklärung gezweifelt, jetzt sogar erst recht nicht. Und doch steckte er zurück. Sie erschauderte. Wie mächtig musste dieser König wirklich sein, wenn er stets und immer das bekam, wonach es ihm verlangte? So stattlich und so anziehend sie ihn auch fand – in diesem Moment begann sie Louis XIV. zu fürchten. „Euer Wort, Durchlaucht, in Gottes Ohr!“, erwiderte sie mit leiser Stimme. Und setzte in ihren traurigen Gedanken hinzu: Aber deines auch, mein liebster Armand ...

Kapitel achtzehn

In dem es um einen Handel mit ungeahnten Folgen und um einen wahrlich königlichen Liebesgenuss geht

St. Germain-en-Laye, April 1669

Drei Tage später zog Daphne mit Margot und selbstverständlich auch mit Heloïse um ins Châteaux Vieille zu St. Germain-en-Laye. Dies ging an einem Montag vonstatten, und während die Neversschen Lakaien Kisten schleppten und die Kutsche beluden, befand sich Daphne in seltsam ruhiger, ja gelassener Stimmung.

Margot hatte ihre Herrin während der vorausgegangenen Tage so bedrückt, in sich gekehrt und schweigsam gefunden wie zu keinem anderen Zeitpunkt in Paris. Auf ihrer Seele musste Unvorstellbares lasten. Daher unternahmen sie den Anlauf, das Freifräulein zu einem erneuten Kirchgang mit ihr zu überreden; Daphne schien nicht allzu zögerlich darauf einzugehen.

Das schmucklose und helle Innere der Église de Bon Pasteur war angetan dazu, die Flut ihrer bedrohlich wirkenden, kreisenden Gedanken wenigstens im Ansatz zu ordnen, und das Singen der Gemeindelieder – es war noch Passionszeit – drückte ihren Schmerz nach außen. Sie kam sich dennoch recht verloren vor auf dieser Welt. Kein Vater, keine Mutter konnte ihr nun mit Rat zur Seite stehen. Hinzu kam ein unbestimmter Groll auf die Herzogin. Konnte es sein, dass sie es war, die Seiner Majestät diese Absicht erst schmackhaft gemacht hatte? Bei aller Fürsorge, allem Wohlwollen, die sie stets für sie an den Tag legte?

Das Nachspiel auf der Orgel war längst verklungen, Margot hatte sich schon vor die Kirche begeben – vermutlich schnatterte sie da mit anderen Dienstboten – doch Daphne war noch auf der Kirchenbank sitzengeblieben und blickte ohne Absicht auf den Altar.

Da setzte sich jemand neben sie, und als sie aufblickte, erkannte sie, dass es sich um Henri Testelin handelte. Der Sekretär der Akademie neigte leicht seinen Kopf. „Darf ich einen Moment verweilen, Baronesse?", fragte er. „Ich habe Euch schon ein- oder zweimal hier gesehen." Daphne nickte verlegen. Dabei war ihr Testelin fast wie ein zweiter Vater geworden. Ob er wohl derjenige war, von dem Diane meinte, dass er ihr Beschützer und der Freund ihrer Seele sei? Ach – kein Mensch war so schwer zu durchschauen wie ihre Freundin – immer wieder führte sie sich selbst *ad absurdum* und tat und sagte Dinge, die sich nicht mit Vernunft oder mit Moral in Einklang bringen ließen! Es hatte sie herbe verstimmt, dass Diane sie dazu gebracht hatte, den wahren Hintergrund des Aktmodells vom Étang des Biches zu enthüllen. Sie hatte sich ihrer liebsten Freundin gegenüber mit einem derartigen Geständnis viel zu weit vorgewagt. Andererseits – andere hätten sie verraten und zum Gespött gemacht. Diane hingegen fand es nur konsequent, dass sie, Daphne, dann auch den letzten Schritt zu gehen hatte.

„Ihr wirkt sehr bedrückt, Baronesse", sagte Testelin vorsichtig. Er wollte ihr nicht zu nahe treten. Daphne sah ihn unverwandt an. „Ihr wisst um die Sache mit dem polizeilichen Führungszeugnis, nehme ich an?", entgegnete sie. Er nickte. „Ja. Es hat mir – und nicht nur mir – den Anschein gemacht, als wolle Euch Le Brun mit aller Teufelsgewalt aus der Akademie heraushalten." Daphne blätterte müßig in ihrem Liederbuch. „Dabei hatte er Madame Duchemins Aufnahme vor vier Jahren befürwortet. Vielleicht sieht er den guten Ruf dieser Institution gefährdet, gäbe es weibliche *Officiels* in der prestigeträchtigen Sparte der Porträt- und Historienmaler."

Henri Testelin schüttelte den Kopf. „Er fürchtet ausschließlich um – sich selbst, seine Reputation, seinen Status, seinen Einfluss. Er ist bisher der gefragteste Maler am Königshof gewesen. Seine Majestät hat ihn mit unvorstellbaren Ehrungen und Privilegien geradezu überhäuft. Zum Beispiel fließen ihm die Gewinne der Tapisserienmanufaktur in Aubousson zur Hälfte zu. Trotzdem ist er außerhalb der Grenzen Frankreichs wenig bekannt. Und dann kamt Ihr und habt innerhalb weniger Monate nicht nur den Duc d'Orléans, der ja ein wahrer Kunstkenner ist – hingerissen, sondern obendrein Seine Majestät interessiert ...", führte Testelin aus. Daphne lachte bitter. Testelin blickte sie kurz irritiert an. Dann legte er ihr begütigend die Hand auf die Schulter. „Ich bin ohne Einschränkung auf Eurer Seite, Baronesse, und habe die deutliche Vision, dass Ihr es sein werdet, die der Akademie die entscheidenden Impulse verleihen kann und wird. Aber hütet Euch um Himmels willen vor Le Brun. Dies wird, wie nicht nur ich befürchte, nur der Anfang seiner Machenschaften gewesen sein, um Euch zu schaden. Er ist seinem Status nach der *Récteur*, aber in Wirklichkeit benimmt er sich wie ein Diktator, der überall Usurpatoren und Konterbanditen vermutet. Ihr seid ein überaus integrer und stolzer Mensch, Baronesse d'Owen, aber Ihr braucht einflussreichere Verbündete als meine Wenigkeit." Er nickte ihr zu.

Daphne setzte sich aufrecht hin. „Monsieur Testelin, ich bitte Euch dringend, das, was ich Euch jetzt mitteile, unter dem Siegel der Verschwiegenheit zu verwahren …" Er nickte erneut. Daphne fuhr fort: „Ich habe mich in meiner misslichen Lage vor Kurzem an Seine Majestät gewandt mit dem Ersuchen, sich für meine Sache zu verwenden und mir zu meinem Recht zu verhelfen." Testelin sah sie lange an, dann nickte er beifällig. „Ein kluger Schachzug, liebe Baronesse, und Ihr habt früh genug gezogen. Der König steht immer noch über Le Brun – nur scheint Le Brun das gelegentlich zu vergessen. Darf ich fragen, wie sich der König entschieden hat?"

Daphnes Blick wanderte durch den schlichten, hellen Altarraum. „Seine Majestät ist so überaus gnädig, mich zu unterstützen …" Dann senkte sie ihren Blick. Testelin berührte sie erneut an der Schulter und nötigte sie fast, ihn anzublicken. „Baronesse – die *Académie* braucht Euch! Dringender denn je! Und auf einen groben Klotz wie Le Brun einer ist gehört ein noch gröberer Keil – Louis Le Grand! So lange Gott mir die Kraft gibt, Frankreich und der Akademie zu dienen, solange werde ich niemals an Eurer Integrität zweifeln. Welche Abmachung auch immer Ihr mit seiner Majestät getroffen habt und treffen werdet, so bedenkt, dass dies einer wirklich großen Sache dient. Was den König angeht – es gelten auf Erden andere Maßstäbe für ihn – und vor Gott muss er alleine treten wie jeder andere Mensch auch. Beides ist nicht Euer Problem."

Der Küster näherte sich den beiden. „Herrschaften", meinte er, „ich muss Euch bitten! Wir wollen die Kirche schließen!"

Testelin erhob sich und reichte Daphne galant eine Hand, um ihr aufzuhelfen und ihr Geleit nach draußen zu geben. „Ihr seid eine hochbegabte und tatkräftige Frau", schloss er. „Ihr müsst tun, was Ihr tun müsst, und mit der Hilfe und Gnade des Herrn werdet Ihr das erfolgreich tun!" Dann verabschiedete er sich mit einer galanten Verbeugung.

*

René-Antoine Houasse stand mit dem Rücken an einem Fenster in Le Bruns Büro. Einmal pro Woche hatte er seinem – immer noch designierten – Schwiegervater Bericht über die Fortschritte seiner Ermittlungen zu erstatten. Houasse nannte seine Aktivtäten im Stillen „Schnüffelei", worauf er nicht besonders stolz war. Zwar war es gang und gäbe, dass, je intensiver man sich in höfischen Kreisen bewegte, jeder jeden ausspionierte und bespitzelte, und dass es in St. Germain und St.

Cloud mindestens so viele Spione gab wie Bedienstete. Andererseits war er dringend auf Le Bruns Protektion angewiesen. Er selbst galt zwar als talentierter Porträtist, stammte aber aus einer armen und nicht besonders angesehenen Familie. Wenn Le Brun ihn fallen ließ, konnte er ins Ausland gehen und Jahrmarktbuden bemalen. Oder er konnte in die Provinz zurückgehen – und *dort* Jahrmarktbuden bemalen ... Wenn er erst mit der einzigen Tochter des *Recteurs* verheiratet war so würden ihm wesentlich mehr Möglichkeiten offenstehen. Außerdem liebte er das leichte Leben in Paris mehr denn je ...

Le Brun ging einen Stapel Aktzeichnungen aus dem Oberkurs durch – die wöchentliche Ausbeute zur Lernerfolgskontrolle. „Habt Ihr endlich etwas Neues herausgefunden, Houasse? Ihr wisst doch, dass man nie genug Munition sammeln kann – und Daphne d'Owen ist eine äußerst gerissene Weibsperson!"

Houasse seufzte und warf einen Blick auf die Aktzeichnungen. Es kursierte das hartnäckige Gerücht um die deutsche Baronesse, dass ihr ihre Befähigung zum Aktzeichnen bescheinigt wurde, weil sich eine befreundete Edeldame vor einer Handvoll entscheidungsbefugter *Anciens* spontan entblößt hatte und porträtieren ließ. Le Brun war dabei gewesen – aber er schwieg sich zu diesem Vorfall aus. Außerdem wurden die betreffenden Zeichnungen unter strengstem Verschluss gehalten – obwohl oder vielleicht gerade weil die andere Edeldame wunderschön gewesen sein musste. Vermutlich ergötzte sich Le Brun in stillen Stunden alleine daran. Zuzutrauen wäre es ihm ... Er räusperte sich. „Meine Informantin hat mir endlich den Namen und den Stand des jungen Edelmannes mitgeteilt, der regelmäßig im Hôtel Nevers verkehrt, um sich von der Baronesse porträtieren zu lassen. Es handelt sich um den Comte Armand de Rossignac."

„Sollte mir dieser Name etwas sagen?" Le Brun gähnte verhalten. „Rossignac ist derzeit einer der vier *Premièr Valets de Chambre du Roi*", setzte Houasse hinzu. Le Brun ließ die Zeichnung sinken, die er eben eingehend betrachtet hatte, schloss die Augen und massierte sich die Schläfen. „Um Gottes und Christi willen! Das ist genauso gut – oder schlecht, ganz wie Ihr wollt – als ob dieses Weibsstück Seiner Majestät direkt ins Ohr flüstern würde!" Er sprang auf, trat entschlossen auf den leicht erschrockenen Houasse zu und packte ihn bei den Schultern. „Verschafft mir eine Audienz beim König! So schnell wie möglich!" Houasse gelang es, sich von dem aufgebrachten Le Brun loszumachen. „Wie schnell?", fragte er kühl. „Am besten gestern – ach, was seid Ihr doch begriffsstutzig!"

Houasse hielt Le Bruns Blick stand. „Ich fürchte, das wird nicht ganz billig, Monsieur Le *Récteur*!" Le Brun griff in seine Rocktasche und holte ein schweres Münzsäckchen hervor, das er in Houasses ausgestreckte

Hand fallen ließ. „Hier habt Ihr die erforderliche Handsalbe", meinte er. „Und nun tummelt Euch, Houasse!"

Und Houasse tummelte sich – keine Stunde später im teuersten Bordell auf der Île de St. Louis. Die Audienz konnte er, fand er, auch noch morgen beantragen. Oder übermorgen. Denn die Écus d'Or, die sich in der kleinen Geldkatze befunden hatten, gehörten seiner Ansicht nach weitaus mehr hierher.

*

Gemeinsam besahen sie ihr Werk, das sie mehrere Stunden Arbeit gekostet hatte: Daphne stand wie eine Statue in ihrem Boudoir, das zum Appartement der Comtesse de Soubris im Vieille Palais zu St. Germain gehörte. Sie wagte kaum zu atmen, geschweige denn sich zu rühren, während sie ihr irreales Abbild im Stehspiegel betrachtete. Ihre hellbraunen, wenig gewellten Haare waren am Hinterkopf zusammengefasst, zarte Korkenzieherlöckchen, die Margot sorgfältig mit dem Brenneisen gekräuselt und mit Haarwachs stabilisiert hatte, ringelten sich über ihrer Stirne und an ihren Schläfen. Der Lockentuff, den Margot an Daphnes Hinterkopf formiert hatte, war mit Strängen von falschen schwarzen Perlen durchflochten. Sie hatte Daphnes Augenbrauen gezupft und mit einem Fettkohlestift nachgezogen, ihre Wimpern geschwärzt, ihr Gesicht mit Reispuder gebleicht und zartes Rouge und Lippenpomade aufgelegt.

Daphne trug zum ersten Mal, seit sie sich in St. Germain aufhielt, eine *grande toilette*: Ein dunkelblaues Übergewand, genannt *manteau*, besetzt mit silberner Spitze, über einem Unterkleid aus silbergrauer Jacquardseide. Das schönste Detail ihrer *toilette* war sicher der Einstecker, der vorne über ihrem Schnürmieder angenestelt war. Aus demselben Stoff wie ihr Unterkleid bestehend war er überreich mit den gleichen Spitzen wie ihr manteau verziert, dazu mit schwarzen Perlen und dunkelblauen Taftgalants. Margot hatte ihr Fischbeinkorsett dergestalt eng geschnürt, dass Daphne Mühe hatte, Luft zu schöpfen – diese herbe Prozedur hatte ihr allerdings eine Taille beschert, wie sie sie zuletzt mit dreizehn Jahren hatte. Außerdem drängte die enge Schnürung ihre ohnehin vollen Brüste dergestalt nach oben, dass der breite Ausschnitt, über den der spitzenbesetzte Rand ihres Unterkleids heruntergeklappt war, mehr sehen ließ, als er verbarg.

Margot kehrte mit mehreren Schachteln aus der Kleiderkammer zurück. „Nun lasst sehen, welche Schuhe am besten passen!", rief sie aus, der diese Prozedur weitaus mehr Freude bereitete als Daphne. Und breitete die erlesenen Erzeugnisse talentierter Hofschuhmacher vor ihr aus. Die Schuhe bestanden aus durchbrochenem Sämischleder, aus besticktem Brokat, aus Samt, waren allesamt spitz zulaufend und besaßen einen hohen schmalen Absatz. „Wie um Himmels willen soll ich darin laufen?", rief Daphne verzweifelt aus. „Ihr sollt darin nicht im Park lustwandeln, meine Liebe", wandte die Comtesse lächelnd ein. „Ihr sollt ein paar zierliche Schritte tun. Und vielleicht ..."

Weiter kam sie nicht, denn ihre *Dame d'Honneur* meldete die Comtesse de Soissons, die mächtige *Surintendante* Ihrer Majestät, die den Vorbereitungen zu Daphnes erster Privataudienz bei Seiner Majestät freundlicherweise beiwohnen wollte. Daphne begriff erst allmählich den Umfang des Aufhebens, welches da gemacht wurde. Sie stand gottlob noch mit bestrumpften Beinen auf dem Intarsienboden des Soubrisschen *boudoirs*, als sie ihren Knicks beim Eintreten der Comtesse de Soissons vollführte. Die war eine elegante schlanke Dame, Anfang dreißig, mit vollen dunkelbraunen Haaren und einem wachen spöttischen Blick. Sie blieb vor Daphne stehen, legte ihr die Hand unter das Kinn und zwang sie so, sie anzusehen. Zuerst kritisch, dann wohlwollend. „Sie ist nahezu perfekt!", befand sie, dann wandte sie sich an Margot. „Hat Sie Puder mit feingemahlenen Perlen?" „Ja, Euer Gnaden." – „Dann bringe Sie ihn bei!" Die Gräfin de Soissons wies auf ein Paar zierliche Schuhe aus weißem Satin mit kleinen Spitzenröschen am Rist. „Diese hier!"

Margot brachte den speziellen Puder mit einem großen Pinsel aus Nerzhaar und reichte beides der *Surintendante*. Daphne hielt kurz die Luft an, als ihr Decolleté mit dem schimmernden Pulver eingestäubt wurde. Die Gräfin de Soissons trat einen Schritt zurück und begutachtete ihr Werk; dann fischte sie ein rundes Emailledöschen aus ihrem Beutel, aus dem sie ein kleines schwarzes Satinpflästerchen fischte, eine so genannte *mouche*. „Es fehlt freilich noch ein *touche-moi*!", meinte sie aufgeräumt und fixierte das winzige Pflästerchen unterhalb von Daphnes linkem Schlüsselbein. Währenddessen half Margot Daphne in die ausgewählten Schuhe. Daphne schwankte nur ein kleines bisschen. „Geht ein wenig umher!", ermunterte die *Surintendante* sie. „Ihr müsst ein sicheres Gefühl unter den Sohlen bekommen."

Erst unsicher, dann zunehmend zierlicher trippelte Daphne im Boudoir umher. „Das mag so gehen", meinte die Gräfin de Soissons gnädig. „Ihr müsst das aber für die Zukunft üben!" Und zur Gräfin de Soubris gewandt: „Eure Protegée ist doch gewiss gebadet, mit Mandelkleie traktiert und anschließend rasiert worden?" Die Gräfin de Soubris nickte. *„Comme il faut!"* Ihr Gesicht näherte sich Daphnes Ohr. „Inwieweit seid Ihr darüber im Bilde, was das Weib vom Manne zu erwarten hat? Und natürlich umgekehrt?"

Daphne hatte die ganze Prozedur bisher nahezu wortlos über sich ergehen lassen. Ihr war bisher nicht nach Reden zumute gewesen. Ein unbestimmtes flaues Gefühl hatte sich in ihrer Magengrube eingenistet. Sie blickte der *Surintendante* in die dunklen, listig blitzenden Augen – und nickte mit dem Automatismus einer Spieluhr. Mit einem Mal war ihr Gaumen derart trocken geworden, dass er ihr wie zugeklebt erschien und ihr eine Antwort unmöglich machte. Olympe de Soissons erfasste die mächtige Angst der jungen Malerin mit einem Blick; erneut neigte sie sich Daphnes Ohr zu. „Ihr braucht Seine Majestät, was das Bett angeht, nicht zu fürchten! Er ist überaus einfühlsam Damen gegenüber. Vor allem, wenn es für die das erste Mal ist!“ Daphne nickte erneut mechanisch. Wie ihr immer noch flackernder Blick verriet, war diese Äußerung Olympes noch nicht ganz zu ihr vorgedrungen.

„Gut“, meinte die *Surintendante.* Sie blickte auf eine zierliche Uhr, die unter einem Glassturz auf dem Kaminsims stand. „Und bleibt noch eine knappe halbe Stunde. Lasst uns in den Salon gehen, dort plaudert es sich besser.“ Die Gräfin de Soubris schickte Margot um gekühlten Schaumwein fort und ging als perfekte Gastgeberin voran. Die drei Damen ließen sich auf Sesseln nieder. Die Soissons neigte sich Daphne entgegen: „Was die Konversation betrifft, so wisst Ihr sicher die Etikette zu beachten. Darüber hinaus schätzt es Seine Majestät nicht, wenn man die Themen Religion und Krankheit anschneidet.“ Daphne blickte sie etwas ratlos an. „Der König gibt die Themen vor – aber seid unbesorgt, er ist charmant, gebildet und höflich und weiß stets den richtigen Ton zu treffen. Eure Gönnerin hat mir verraten, dass Ihr Geist und Witz genug besitzt, um keinesfalls zu langweilen. Was Seine Majestät weitaus mehr verabscheut als Unansehnlichkeit oder einen Mangel an Eleganz.“

Währenddessen servierte Margot den wunderbar gekühlten Schaumwein.

Olympe de Soissons blickte Daphne eine Weile schweigend und prüfend an. „Was ist Euer Wunsch, mein Kind?“ Daphne räusperte sich. „Ich möchte gerne eine *académicienne* werden.“ – „Falsch! Ihr möchtet dem König gefallen – das sollte Euer Begehren sein! Wenn Euch das gelingt, müsst Ihr Euch um die Aufnahme in die Akademie keine Sorgen mehr machen. Aber seid unbesorgt – Seine Majestät ist im Grunde sehr leicht zufriedenzustellen. Sofern die Grundvoraussetzungen stimmig sind.“ Sie ließ ihre Blicke nochmals über Daphnes herausgeputzte Gestalt gleiten. „Und sie sind es – nach meiner festen Überzeugung – durchaus und ohne Abstriche.“

Ihre Gönnerin, die Herzogin von Simmern und Gonzaga, hatte sich mit ihr oft genug über die wichtigsten Personen am Hof von Sire und Monsieur unterhalten, sie über Hintergründe, Historie, Histörchen und Gerüchte gründlich aufgeklärt und sie auf das eine oder andere Fettnäpfchen aufgeklärt. So wusste Daphne, welche Pikanterie es war, dass die Gräfin de Soissons ausgerechnet Haushaltsvorsteherin Ihrer Majestät der Königin Marie Thérèse war. Denn vormals war sie nicht nur *Vicedame d'Honneur* von Madame gewesen, sondern hatte bis vor vier Jahren immer wieder in losen Abständen für die Zerstreuung horizontaler Natur bei

Seiner Majestät gesorgt. Es gab auch Gerüchte aus anderen Quellen, die besagten, dass dies nach wie vor vorkäme, wenn auch seltener als zu der Zeit, als die Comtesse noch in St. Cloud lebte. Dies mochte wohl der Grund sein, warum die Soubris die *Surintendante* zu Rat gezogen hatte.

Margot betrat den Salon und meldete, dass der *Valet de Chambre* seiner Majestät, der Comte de Chamarande, eingetroffen sei, um Daphne zum verabredeten Ort zu geleiten. Die Damen erhoben sich. „Nun ist es also an der Zeit!“, meinte die Gräfin de Soissons nicht ohne Wärme zu Daphne. „Ihr seid nun voll und ganz Eures Glückes eigener Schmied *–il faut forge le fer tandis qu'il est chaud!*“ Daphne knickste vor der *Surintendante*, die ihr einen angedeuteten Kuss auf die linke Wange hauchte – ein Zeichen des Wohlwollens. Die Comtesse zog einen elfenbeinernen Fächer aus ihrem Beutel. „Er wurde mir kurz vor meiner Vermählung mit dem Comte de Soubris von meiner alten Gönnerin, der Regentin Maria, geschenkt – nun möge er Euch heute Abend Glück bringen.“ Comte de Chamarande wartete in der *antichambre* „Baronesse, ich habe die Ehre, den Auftrag und das Vergnügen, Euch zum *souper royal* zu begleiten!“, rief er aus. Sodann geleitete er Daphne durch das Schloss von St. Germain. Immer wieder begegneten ihnen Höflinge, die Daphne mit unverhohlener Neugierde musterten, wussten sie doch, was es bedeuten konnte, wenn dieser *Valet de Chambre* des Königs zu abendlicher Stunde mit einer einzelnen Dame auf den Korridoren des Palasts unterwegs war. Und immer wieder blickte Daphne im Vorbeigehen in die zahlreichen Spiegel auf den Korridoren, als wolle sie sich versichern, dass wenigstens ihr Leib noch vorhanden war. Denn sie drohte kurzfristig an der Angst, ihr Verstand könnte davonfliegen, fast zu ersticken. Ihr Spiegelbild schien ihr so unwirklich schön wie das, was sie in Bälde zu tun beabsichtigte, etwas Ungeheuerliches war. Sie würde ihre Unschuld einem mächtigen Mann opfern, die doch eigentlich für den Mann bestimmt war, der sie zum Altar führte. Ein Bräutigam war in weiter Ferne – und es gab keine Garantie, dass Louis XIV. später seinen Teil des Abkommens einhalten würde. Sie hatte für sich entschieden, dass ihre Ziele wichtiger waren als moralische Wertvorstellungen. Und ihr war bewusst, dass sie den Punkt, an dem sie umdrehen und von ihrem ungeheuerlichen Vorhaben wieder zurücktreten konnte, schon längst überschritten hatte.

*

Eigentlich war der Salon d'Artemis fast ein kleines Appartement, das im zweiten Geschoss im ruhigen Südflügel des Vieille Palais lag, der noch unter den Valois angebaut worden war. Natürlich war die Einrichtung dem Geschmack des Königs entsprechend längst prunkvoll erneuert worden. Die Mitte des Salons wurde von einer zwei Klafter langen Tafel beherrscht, die prachtvoll eingedeckt und geschmückt war – für genau zwei Personen. Die *Surintendante* hatte Daphne erklärt, dass Seine

Majestät bei Damen, die er, wie sie es ausdrückte, bis dahin noch nicht beglückt hatte, stets so feinfühlig und höflich sei, mit ihnen zu dinieren, bevor er in ihrer Begleitung sich zu Bett begäbe. Dies diene einerseits dazu, allzu nervöse Aspirantinnen zu beruhigen; andererseits müsse man sich aber auch dessen bewusst sein, dass dies eine Prüfung war. Denn es war durchaus vorgekommen, dass sich Seine Majestät nach dem Diner in aller Höflichkeit zurückgezogen hätte, ohne den Beischlaf zu vollziehen. Nämlich dann, wenn die Dame weder geistreiche Konversation betreiben konnte noch über ein annehmbar lebhaftes Naturell verfügte.

In einer Art Alkoven hatten sechs Musiker ihre Instrumente und Noten ausgepackt – drei Geiger, ein Oboist, ein Gambist und ein Theorbespieler. Im Moment waren sie mit Stimmen beschäftigt, was einen heillosen Klangteppich im Raum ausbreitete. Dazwischen eilten noch Diener herum, um die letzten Arrangements zu treffen. Seine Majestät war noch nicht eingetroffen, Chamarande hatte Daphne aber informiert, dass dies in spätestens fünf Minuten der Fall wäre. Also betrachtete sie die Gemälde an den Wänden – nicht allzu großformatige mythologische Szenen, die dem Salon seinen Namen gegeben hatten. *Diana im Bade* – das kam ihr doch sehr vertraut vor. Diana wird von Aktäon belauscht. Diese verwandelt den Jäger in einen Hirsch. Und kein Gemälde, auf dem Seine Majestät porträtiert war ... Daphne war froh, dass es in diesem Salon keinerlei Spiegel gab. Bestimmt hatten sich rote Flecken auf ihren Wangen breitgemacht, so wie ihr Herz in rasendem Galopp pochte. Was wird sein, dachte sie panisch, wenn ich versage, wenn ich den König langweile? Wenn er mich hässlich findet, weil er die Narbe auf meinem Bein sieht?

Die noch zugedeckten Speisen dufteten verlockend, doch Daphnes Magen zog sich zusammen. Ja, was ist, wenn er mich reizlos findet? Der König ist so ein schöner Mann ... Und was, wenn er mir Schmerzen bereitet?, dachte sie weiter. Ihre Hände fingen leicht an zu zittern, sie nestelte am Fächer der Comtesse de Soubris herum. Es soll doch schmerzen beim ersten Mal und bluten obendrein ...

Beide Flügel der Eingangstür wurden aufgerissen, die Musiker intonierten einen Marsch, Daphne versank aufgeregt in den lange geübten tiefen Knicks und bekam – wie erwartet – nur die königlichen Schuhe und Waden zu sehen. Die Schuhe waren weiß mit den üblichen roten Absätzen, die muskulösen Waden ebenfalls weiß bestrumpft.

„Ihr mögt Euch erheben, Baronesse!" Der Klang der königlichen Stimme – sie war bei Weitem nicht so hoch wie die von Monsieur, aber auch nicht eben das, was man als sonor bezeichnen konnte – versetzte sie in geringeren Aufruhr als befürchtet. Über Louis Le Grands Eitelkeit konnte man denken, was man mochte – aber kein Mann außer Monsieur verstand es sich so elegant anzuziehen wie er. Freilich mochte auch seine stattliche Statur dazu beigetragen haben ... An diesem Abend trug er moirierte Seide in Sienabraun, und als Daphne sich langsam vor ihm erhob, zog er seinen breitkrempigen Hut vor ihr und verneigte sich, ehe er galant ihre Hand küsste und sie zu ihrem Platz geleitete. Er roch gut – was Daphne ein wenig positiver stimmte, die den Gerüchten bisher keinen rechten Glauben geschenkt hatte, dass sich der König morgens nach seinem frühen Spaziergang durch den Park heimlich wusch, sein Nachthemd wieder anzog – und sich für das offizielle höfische *lever* erneut ins Bett legte.

Erst dann ließ er sich selbst auf dem Stuhl gegenüber nieder, den ihm ein eifriger Lakai zurechtrückte. Auf einen königlichen Wink hin wurden Speisen vorgelegt und Getränke serviert. Erst jetzt getraute sich Daphne, dem König ein wenig länger ins Gesicht zu blicken. Es ist wirklich ein … unausgeglichenes Gesicht, dachte sie. Seine Brauen, sein Kinn und vor allem seine Lippen sind wunderschön, seine Augen – vor allem diese changierende Farbe – und seine hohen Wangenknochen sind interessant, und dann mittendrin diese wirklich hässliche Nase … Sie dachte in diesem Augenblick an die ebenmäßige Nase von Armand …

Eben tupfte Louis XIV. seine – immer noch schönen – Lippen an einer Damastserviette ab, ehe er zu seinem Pokal mit dem verwässerten Weißwein griff. „Nun, liebe, Baronesse, berichtet mir doch von den Aktivitäten an der Akademie. Und vor allem: Gäbe es etwas, was Ihr ändern würdet, wenn Ihr könntet? Und wenn ja: Wie würdet Ihr vorgehen?" Daphne war weder darauf vorbereitet gewesen, dass diese Art Frage gleich zu Beginn gestellt werden würde, noch auf die für den König untypisch direkte Art der Rede. Also wollte er sie provozieren. Seine Augen mit der aparten Oberlidfalte schimmerten leicht grünlich.

„Sire, Euer Interesse ist zu gütig! Man plant derzeit wieder eine öffentlich zugängliche Ausstellung mit den *pièces de recéption* und den preisgekrönten Arbeiten der vergangenen zwei Jahre. Die letzte Ausstellung dieser Art hat der Akademie fünftausend Livres eingebracht – allein durch den Verkauf der Ausstellungskataloge. Damals haben etwa fünfzehntausend Menschen die Ausstellung im Palais Brion gesehen; der Eintritt war übrigens frei und der Andrang über die beiden Öffnungsmonate gleichbleibend hoch." – „Gibt es etwas, war Ihr daran verbessern würdet, Baronesse?" – „Ja, Sire. Man könnte für zahlenmäßig beschränkte Gruppen Führungen veranstalten durch besonders geeignete *Officiels*." Der König, der sich bereits den zweiten Teller Spargelcremesuppe schmecken ließ, hob eine Augenbraue. „Und was hat dies mit Malerei zu tun, wie sie Euch vorschwebt?" – „Nun, Sire" – Daphne ließ es bei einem Teller Suppe bewenden, obwohl diese köstlich mundete – „gut, vollendet, inspiriert zu malen ist das Eine. Dem interessierten, aber laienhaften Publikum zu erklären, was Malerei bedeutet und kann, ist die ebenso wichtige Kehrseite der Medaille. Es nützt dem Bestreben, Frankreich auf umfassende Weise als führende Kulturnation zu etablieren, herzlich wenig, die besten Meisterwerke in Schlössern zu sammeln und verborgen zu halten, anstatt sie ihre Geschichte erzählen zu lassen. Und zwar von denen, die wirklich etwas davon verstehen. Wie Testelin, van der Meulen, Santerre, Bonnart als Kupferstecher. Die nicht nur hervorragende Künstler, sondern auch begabte Lehrer sind – mit einprägsamen Worten ebenso talentiert wie mit Pinsel, Griffel und Ahle." Daphne redete viel und schnell, kurz davor zu explodieren – wie ein Kessel, der unter Überdruck stand.

Louis XIV. lauschte ihr aufmerksam, während er geschickt zwei gebratene Wachteln zerpflückte. „Eure Vorschläge sind in der Tat etwas Neues und Ambitioniertes – nicht nur die Maler auszubilden, sondern auch die Betrachter. So wie die erbaulichste Predigt des besten Geistlichen nichts taugt, wenn die Kirche leer ist. Oder Schwerhörige darin sitzen. Habe ich Euch recht verstanden?" In Windeseile knabberte er die Wachtelteile ab.

„Voll und ganz, Sire." Der König ließ sich von dem köstlich duftenden im Brotteig gebackenen Schinken vorlegen. „Und welche Pläne oder Ideen habt Ihr hinsichtlich Eurer Person?" Daphne blickte den König zum ersten Mal an diesem Abend länger an. Wo aß er die nicht eben geringen Mengen an Speisen um Himmels willen denn hin? Besaß er etwa einen zweiten Magen? Daphne versuchte den Schinken ebenfalls – er duftete nicht nur verlockend, sondern war auch köstlich: saftig, nicht zu salzig und butterweich. „Sire, um *pardon*: Ich würde Euch gerne so abbilden, wie Ihr noch nie abgebildet worden seid!" Seine Majestät winkte einem Lakaien, der seinen Teller abtrug und durch einen mit gebratenem Lammrücken mit grünen Bohnen ersetzte. Er versuchte einen Bissen – er aß immer noch mit den Fingern, dies aber mit höchstem Geschick – wischte seine Hände ab und blickte Daphne an. In seinem Blick lag in diesem Moment alles: Stolz, Skepsis, Spottlust, Widerspruch, Neugierde. Und Lüsternheit. „Ein ungeheuerliches Aperçu aus dem Mund einer Dame! Seid Ihr sicher, dass Ihr Eurer fast hochtrabenden Ankündigung angemessene Taten folgen lassen könnt?"

„Sire, Ihr wäret nicht der Souverän, den Ihr darstellt, wenn Ihr Euch nicht schon längst ein Bild von mir gemacht hättet ...", erwiderte Daphne. Da begann Louis XIV. schallend zu lachen: „Madame – Ihr seid es doch, die Bilder macht! Ich habe lediglich Eindrücke ..." Er winkte nach einem Diener. „Welche Desserts gibt es heute?" – „Sire – Nusstörtchen, Birnensorbet, Strudel mit Schokolade und Safran, Biskuitrolle mit Zitronencreme ..." – „Das klingt gut – stellt mir einen Teller davon zusammen!" Er warf einen Blick zu Daphne hinüber. „Was wünscht Ihr, Baronesse?" „Etwas Biskuitrolle. Und Birnensorbet." Louis XIV. nickte einem Diener zu. „Ihr habt eine erstaunliche Fülle von Ideen, Baronesse. Und von Ansichten obendrein", entgegnete der König; dann ruhte sein

Blick, der immer noch emotionslos wirkte, auf Daphne. Die sich leicht auf die Lippen biss und auf die Vorderkante ihres Stuhls rutschte. Einen Heller für seine Gedanken! Diese deutsche Redensart kam ihr in diesem Moment in den Sinn …

Die Desserts wurden serviert; dass das Biskuit mit Zitronensahne fast überirdisch zart war, lenkte Daphne nur für wenige Momente von ihrer Anspannung ab. Der Monarch ließ sich Zeit mit seinen Süßspeisen – tat er das etwa mit Absicht? Er sah von seinem Teller auf – und nun war ein Blitzen in seine Augen getreten, das direkt in Daphnes Magengrube schoss. „Nun, ich denke, dass es genug ist an Köstlichkeiten aus der Schlossküche. Lasst uns nach nebenan gehen …"

*

Unruhig ging Rossignac über den Bestand der königlichen Krägen und Halsbinden. Alle bestanden aus feinstem Leinen oder hauchzarter Seide, mit filigraner Klöppel- oder etwas gemusterter Occhispitze, alle waren fleckenfrei und tadellos gebügelt. An die zweihundert Stück. Sie wurden mit des Königs bevorzugten Duftnoten Orangenblüte oder Jasmin dann frisch parfümiert, wenn Seine Majestät eines von ihnen anlegte. Rossignac schloss den Schrank ab und überlegte, ob er der Einladung des Chevalier Grammont zu einer Partie Billard Folge leisten sollte. Grammont war ein ausgezeichneter Spieler, von ihm konnte er viel lernen, und er überlegte sich, ob er ihn im Gegenzug einmal in die Kunst des *jeu de paume* einführen sollte. Jetzt, wo er die Partien mit Daphne d'Owen würde einstellen müssen.

Der Gedanke an sie, den er den ganzen Tag über hatte erfolgreich verdrängen können, schmerzte ihn mehr als Hunger nach zweitägigem Fasten. Heute war der Abend, wo sie zum *souper royal* antreten sollte. Er wusste genau, was das bedeutete – aber erst im Kontext mit Daphne ließ ihn der Gedanke erschaudern … Gewiss ging Seiner Majestät der Ruf voraus, nicht nur ein *Galan* zu sein, sondern auch ein besonders zartfühlender und einfühlsamer. Aber wie liebend, wie brennend gerne wäre er derjenige gewesen, der Daphne in die Freuden der Liebe eingeweiht hätte anstelle des Königs, der schon mit Hunderten Frauen das Bett geteilt hatte. Rossignac sah auf seine Uhr. Es war kurz nach neun. Irgendwann an diesem Tag hatte Chamarande erwähnt, wo dieses royale *tête à tête* stattfinden sollte. War es der Salon des Anges? Oder der Salon d'Artemis? Kurz entschlossen zog er sich sein *justaucorps* über, schüttelte seine dunkelblonden Locken und überprüfte seinen Atem. Und konnte es immer noch nicht begreifen, was Daphne – seine Daphne – zu tun im Begriff war.

*

Daphne lag auf der breiten Bettstätte; die seidenen Kissen, die sie umgaben, spendeten ihrer leicht erhitzten Haut eine sinnliche Kühle. Sie hatte nur ihr Korsett und ihre Seidenstrümpfe mit den dunkelblauen

Strumpfbändern anbehalten, denn die Gräfin de Soissons hatte ihr verraten, dass Seine Majestät unbestrumpfte Damenbeine nicht sonderlich schätzte. Außerdem ließ sich die große Narbe in ihrer Kniekehle so perfekt verbergen.

Beim Entkleiden hatte ihr der König höchstpersönlich geholfen und zwar mit einer Geschicklichkeit, die jeder erfahrenen Kammerzofe Ehre gemacht hätte ... Längst waren ihre anfängliche Ängstlichkeit und Nervosität auf ein erträgliches Mindestmaß zurückgegangen – spätestens seit der König sie vor wenigen Minuten sehr schmelzend und aufwühlend zugleich geküsst hatte. Seine weichen, vollen und beweglichen Lippen hatten druckvoll und verspielt zugleich mit ihrem Mund geschnäbelt, ehe er zuerst sacht an ihrer Unterlippe geknabbert hatte, die er schließlich sehr zart ansog. Erst dann – nachdem er ihr Gesicht liebevoll in seine Hände genommen hatte – war seine glatte, bewegliche Zungenspitze in ihren Mund eingedrungen, strich über ihre Zähne, über ihren Gaumen (was prickelnd und kitzlig gewesen war) – und wartete einen sehnsüchtigen Moment darauf, dass ihre Zunge ihm entgegenkam. Ihr Pulsschlag stieg fast auf die doppelte Frequenz an – jedoch nicht vor Unruhe, sondern von einem Gefühl des Begehrens und der Sehnsucht – als er ihr, nachdem ihre Münder voneinander abgelassen hatten, die überaus höfliche Frage ins Ohr flüsterte, ob er an diesem Abend bei ihr liegen dürfe.

Wie ein Blitz, der in eine morsche Salweide fährt und sie mit einem Schlag lichterloh zu entzünden vermag, so fuhr ein Schrecken, der nichts anderes war als pure Freude, in Daphnes Eingeweide. „Sire – nichts anderes begehre ich in diesem Augenblick!", stammelte sie. Der König lachte leise.

Nun genoss sie das erlesene Schauspiel, ihrerseits den König beim Entkleiden zu betrachten. Sie wusste, was sie erwartete, eingedenk der Erinnerung des im Étang des Biches badenden Louis XIV. Dass sie ihn heimlich beobachtet hatte im vergangenen Sommer, und er sich dessen nicht bewusst war, erhöhte den Reiz für sie noch mehr. Der König hatte einen schönen Körper. Und sie begriff, dass jene Erregung, die damals am Badesee Besitz von ihr ergriffen hatte, nicht etwa der brennende Wunsch gewesen war, ein einmalig anmutiges und gut gewachsenes Aktmodell zu zeichnen.

Daphne wusste auch – und nicht erst seit Kurzem, wie die alte Gräfin de Soubris von ihr aus weiterhin glauben mochte – was das Weib vom Mann zu erwarten hatte. Und umgekehrt. Und wie das männliche Geschlecht gebaut war, im Allgemeinen wie im Speziellen. Immer wieder, nach dem beobachteten Ehebruch ihrer Mutter, hatte sie seither gehofft, dass der Mann, mit dem sie dereinst zum ersten Mal zusammen sein würde, mit ihr vergleichbar liebevoll umgehen und sie derart berühren und umarmen möge. Niemals würde sie jenen Gesichtsausdruck ihrer Mutter vergessen können – fiebrig und weich zugleich, voll süßer Schwäche ...

Ihre eigenen Wangen brannten mittlerweile wie Feuer; Louis XIV. sah es mit amüsiertem Blick, während er seine Schuhe und seine Seidenstrümpfe abstreifte. Längst schon präsentierte er ihr seinen entblößten Oberkörper, der kräftig und schön gewachsen war. Wenige feine schwarzbraune Haare waren dezent über seine hübsch muskelbepackte Brust verteilt – wie eine feine Garnitur auf einem köstlichen Gericht. Gleich würde er seine Hosen ablegen – und ihr die schönsten Beine Frankreichs enthüllen. Und darüber hinaus auch das schönste Gesäß in diesem Land ...

Eine Gänsehaut kroch über ihren Körper, der sich dennoch so erhitzt anfühlte, dass ihr gleichzeitig feine Schweißperlen auf die Stirne traten. Während er seine Beinkleider aufnestelte und mit aufreizender Langsamkeit abstreifte, warf ihr der König einen amüsierten Blick zu. Dann glitt er zu ihr aufs Bett, nackt, wie sie es gewünscht hatte – und vollständig erregt. Seine ganz leicht gebräunte Haut verströmte einen wunderbar zarten Duft. Eine Weile lag er ausgestreckt neben ihr, während sie sich nicht einmal zu atmen getraute, geschweige denn ihre Blicke über seinen stattlichen Körper schweifen zu lassen. Dieser anziehende Mann, den so viele Frauen so dringend begehrten, würde sie gleich in seine starken Arme schließen ... „Bitte setz dich auf!", verlangte er. „Ich will dir aus deinem Korsett helfen." Er schnürte die Bänder in ihrem Rücken auf und lockerte den mit Satin bezogenen, bestickten Panzer. Dabei atmete er hörbar ein. „Wie gut du riechst ... ah, ich liebe den Duft einer Frau, die in Hitze geraten ist!" Erst dann zog er ihr das Korsett aus und sank mit ihr in die Waagrechte. Bis auf ihre Strümpfe war Daphne nun ebenso nackt wie der König von Frankreich. Sie richtete sich kurz auf, um den Souverän aller Franzosen zu betrachten. Seine schimmernden und üppigen Locken waren um seinen Kopf ausgebreitet, seine Wangen mit den breiten Jochbeinen leuchteten rosig. „Daphne ...", murmelte der König. „Du brauchst dich nicht zu ängstigen!" Louis XIV. ergriff sanft ihre Hand – und legte sie auf seine Brust. „Süße, begehrenswerte Daphne ...", flüsterte der König nahe an ihrem Gesicht, wobei er ihr zahllose zarte, federleichte Küsse gab, „... ich sterbe vor Verlangen nach dir ..." *Le sourcier*. Der Zauberer. So hatte man ihn während des ersten Jahrzehnts seines Regnums genannt. Nicht zuletzt wegen seiner Fähigkeit, die Herzen zu gewinnen und sowohl Begehren als auch Sehnsucht zu wecken. „Daphne– du warst noch nie zuvor mit einem Mann zusammen?", fragte er sie. Sie nickte, ihre Kehle war wie zugeschnürt. Dafür nahm sie alles Übrige wahr: den durch die Erregung nun tiefen, leisen Klang seiner gesenkten Stimme, den Schimmer seiner schönen Augen und seiner sinnlichen Lippen. Er hüllte sie ganz ein mit seiner verlockenden Persönlichkeit. *Le soleil de France* ..., die ihre Eingeweide in diesem Moment zu versengen drohte ...Daphne erwachte aus ihrer Erstarrung – und streckte ihre Hand zum ersten Mal selbst nach Louis Le Grand aus. Ihr Fingerspitzen berührten sein Kinn und seinen schönen vollen Mund – sie dachte einen Moment an das Deckengemälde in der Capella di San Sisto zu Rom, da Michelangelo Buonarotti die Erschaffung des Menschen dargestellt hatte: Gottvater berührt mit der Spitze seines Zeigefingers die des Adams ... Was nur wurde in diesem Moment geschaffen, in einem königlichen Boudoir im Vieille Palais zu St. Germain-en-Laye? Eine Weibsperson mehr, die bei Seiner Majestät gelegen hatte? Ganz nach seinem Belieben und seiner Vorstellung? Der König haschte mit den Lippen nach ihren Fingerspitzen und begann daran zu knabbern und zu saugen, ehe seine Zungenspitze zwischen ihre Finger glitt – und ihre empfindliche Haut dort äußerst raffiniert zu reizen begann ... Was hatte Olympe de Soissons vor wenigen Stunden zu ihr gesagt? „Überrascht ihn! Der König hat einen beweglichen Körper – und einen noch beweglicheren Geist. Eine Herausforderung an jede Liebhaberin. Und Belohnung zugleich." „Sire ..." flüsterte sie – und glitt wie von einem magnetischen Mechanismus angetrieben an seinem prachtvollen und duftenden Körper nach unten. Sein Duft änderte sich, wurde süßlicher, schwerer, intensiver – und sie streckte ihre Finger, die nun nichts mehr fürchteten, nach seinem Geschlechtsteil aus; ein Gefühl ohne Gleichen für sie. „Sire ...", flüsterte Daphne nochmals, „... ich begehre Euch, dass es fast schmerzt!"

*

Comte Maurice de Chamarande hatte es sich auf einem Lehnstuhl in der *antichambre* bequem gemacht und fischte in den Taschen seines *justaucorps* nach seinem Proviantpaket. Drinnen im Salon d'Artémis spielten noch die Musiker auf, Seine Majestät aber durfte sich nach seiner Einschätzung schon längst mit seinem Gast ins angrenzende Boudoir zurückgezogen haben.

Gewiss war die Tafel noch mit köstlichen Speisen gedeckt, von denen genügend übrig war, um mindestens zehn weitere Gäste bewirten zu können. Da es aber das Privileg der königlichen Dienerschaft war, übriggebliebene Speisen von der Tafel des Königs zu verkaufen (und so ihren kargen Lohn aufzubessern), würde es der verträgliche Chamarande niemals wagen, sich daran zu vergreifen. Es war überhaupt unklug, es sich mit den Dienern des Königs zu verscherzen. Nachher würde er sich drinnen einen Teller und ein Messer ausborgen, sobald die Musiker fertig waren. Dies war der ideale Zeitpunkt, ein paar Informationen mit den königlichen Fiedlern auszutauschen und die Lage im Allgemeinen zu überprüfen. Einstweilen legte er sein Wachspapierpäckchen auf eine Konsole – es enthielt frischen Käse und eine geräucherte Hartwurst. Chamarande schätzte es, wenn Sire damit einverstanden war, den Salon d'Artémis für seine intimen Amüsements zu buchen. Er war entlegen genug, um ungestört, nahe genug, um nicht Meilen zurücklegen zu müssen – und überaus komfortabel und elegant ausgestattet. Er verfügte sogar über einen Baderaum mit *retirade*, was im Schloss Seltenheitswert besaß. Der *Premièr Valet du Chambre du Roi* zog seine *savonette* aus dem Uhrentäschlein–jetzt war es kurz nach halb zehn. Die Baronesse war in seiner Begleitung kurz vor acht Uhr eingetroffen, Seine Majestät, *comme il faut,* kurz danach auf den Glockenschlag.

Bei Damen dieser Kategorie, und beim „Erstbesuch" erst recht, pflegte Sire vorher stets mindestens eine halbe Stunde lang zu tafeln und entspannte Konversation zu treiben, ehe er das Boudoir aufsuchte. Die deutsche Baronesse, die er heute Abend im Appartement der Comtesse de Soubris abgeholt hatte, um ihr das Geleit zum *souper royal* zu geben, stufte er in die Klasse „Unbeschriebenes Blatt mit gewissem Entwicklungspotenzial" ein. Denn dagegen, dass sie etwa nur eine „Eintagsfliege" sein könnte, sprach bereits die Tatsache, dass Chamarande die Comtesse de Soissons bei der Comtesse de Soubris angetroffen hatte. Was niemals ein Zufall war. Außerdem war die Laune Seiner Majestät bei dessen Eintreffen im Salon d'Artémis ausgesprochen vorfreudig zu nennen gewesen.

Der dicke Comte versah diesen sehr speziellen Kammerherrenposten seit nunmehr fünf Jahren – seit die offizielle Einführung einer *Maitresse Royale en titre* eine Koordination dringend notwendig gemacht hatte. Anfänglich hatte es ihm seitens der anderen Kammerherren durchaus Häme und Spott eingetragen („Königlicher Zuhälter" war noch vergleichsweise dezent gewesen), über dem Chamarande aber von Anfang an gestanden hatte mit dem ihm eigenen unerschütterlichen Humor. Er war – und das schätzte Louis XIV. in dieser Mission an ihm sehr–der rechte Mann auf dem rechten Posten: von tiefer Ruhe, Diskretion und Zuverlässigkeit, heiterer Gelassenheit (was wiederum nervöse Damen sehr ästimierten), Umsicht und Improvisationstalent. Außerdem hegte er für die von ihm betreuten Damen keinerlei amouröses Interesse, weshalb er seinem Monarchen niemals ins Gehege kommen konnte.

Zunächst einmal bestand seine Hauptaufgabe darin, drei Bälle gleichzeitig jonglierend in der Luft zu halten: die sogenannten „Drei Königinnen". Zuvörderst Ihre Majestät Marie Thérèse, dann die Herzogin Louise de La Vallière und nicht zuletzt die Marquise Françoise Athenaïs de Montespan. Die Königin, obwohl von allen Frauen, die Sire zu beglücken pflegte, am leichtesten zu beeindrucken und zu befriedigen, stellte sich in der Organisation als am komplexesten heraus. Denn als königliche Gemahlin besaß sie als Einzige das verbriefte Recht auf regelmäßigen ehelichen Beischlaf – und die ansonsten ausgesprochen schüchterne Monarchin pochte nachgerade auf diesen Schein. Nämlich einmal pro Woche. Ihr nicht gerade kleines Unglück war nur, dass ihr königlicher Gemahl nicht sonderlich begeistert zu ihr ins Bett stieg. Aus Gründen, die nur allzu bekannt waren: Die Königin war winzig klein, von formloser Leibesfülle und auf fanatisch katholische Weise verklemmt. Also musste er, Chamarande, alle möglichen Register ziehen, um die Beischlaffrequenz Seiner Majestät bei Ihrer Majestät auf ein erträgliches Maß zu reduzieren: Zum Beispiel Sires Kommen auf einen Tag legen, an dem Ihre Majestät höchstwahrscheinlich ihre Regel haben würde. Oder einen Tag nach dem monatlichen Klistieren. Zu diesem Zweck sprach sich Chamarande einmal pro Woche mit der *Surintendante* der Königin ab, der Comtesse de Soissons. Was zu einer ausgesprochen effizienten Zusammenarbeit geführt hatte: Häufiger als zweimal pro Monat musste Louis XIV. seine Gemahlin de facto nicht begatten. Und selbst dann verließ er das Beilager nach längstens zwanzig Minuten – zu viele Regierungsgeschäfte, meine Königin, ja, leider auch nachts um elf Uhr. Die naive Königin, die so gar keine Ahnung hatte, was ihr da vorenthalten wurde, war jedoch jedes Mal zufrieden. Was die Marquise de Montespan anging, so musste Chamarande nur Buch führen – das Übrige regelten Sire und die dralle Athenaïs selbst, wofür er *au fond* sehr dankbar war. Er hielt sich selbst für einen verträglichen und nahezu unerschütterlichen Menschen, aber die lüsterne und zänkische Marquise könnte mit ihrer Herrschsucht, ihren Ansprüchen und ihren Gemeinheiten sogar diesen asiatischen Heiligen, namens Gotama Buddha, aus seinem überirdischen Gleichmut bringen.

Und die Duchesse de Vaujours? Mit der teilte Seine Majestät seit über einem Jahr das Bett nicht mehr. Sie war nur noch auf dem Papier die amtliche Mätresse des Königs. Chamarande fand das bedauerlich; die Herzogin war eine freundliche und bescheidene Frau. Aber gerade an solchen Menschen pflegen andere gerne ihr Mütchen und ihre Willkür auszulassen.

Blieben noch jene Damen, die im königlichen Universum keine Fixsterne darstellten, sondern Ephemeriden. Solche zum Beispiel, mit denen der König nur in größeren und unregelmäßigen Abständen ins Bett ging. Solche, mit denen er nur eine kurze, aber heftige Affäre hatte – für ihn, Chamarande waren sie die wahre Herausforderung. Und dann noch die bereits erwähnten „Eintagsfliegen“, für die kein besonderer Aufwand getrieben werden musste. Und die er, in dessen breiter Brust ein weiches Herz schlug, fast alle für bemitleidenswert hielt. Entweder weil sie – jung, naiv, hochmütig oder alles zusammen – mit dem Anspruch an den Hof kamen, „den König zu erobern und die derzeitigen Mätressen auszustechen“. Egal, wie hübsch, wie charmant oder wie verführerisch diese Damen waren, Seine Majestät schätzte diese Art Ambitionen überhaupt nicht, drehte seine Ehrenrunde auf ihnen und entließ sie mit einem hübschen Schmuckstück. Dann gab es jene „Eintagsfliegen“, die nichts weiter waren als verzweifelte Emissäre verzweifelter Ehemänner oder gar Familien. Es ging um Schulden, um Steuererlässe, um Posten, um die Versorgung von Witwen. Diese Damen besaßen, obwohl elegant zurechtgemacht, die säuerliche Ausstrahlung von Verhärmtheit und zum

Teil von Scham. Nicht selten kam es vor, dass sie ihm direkt von ihrem Ehemann übergeben wurden, der sich noch nicht einmal verabschiedete, sondern sofort auf dem Absatz kehrt machte. Oft waren sie nicht mehr ganz jung; trotzdem behandelte Seine Majestät sie – und dies musste man ihm lassen – mit vollendeter Höflichkeit und Nonchalance und ließ es weder an Zartgefühl noch Aufmerksamkeit in diesen Fällen missen. Wo er, Chamarande, die deutsche Baronesse einzustufen hatte? Ihm war, als hätte sie ein dringliches Anliegen an den König. Andererseits hatte die Comtesse de Soissons sie wohl unter ihre Fittiche genommen; zumindest hatte jene die Baronesse – er kannte ihre modische Handschrift – für diesen Abend ausstaffiert. Sie war angemessen hübsch, hatte eine wirklich prachtvolle Figur – und verfügte über natürlichen Stolz. Möglicherweise würde aus dem Handel um einen Gefallen oder eine Gunst eine kurzfristige heiße Affäre werden.

Mochten andere Höflinge, vor allem Neulinge, immer wieder über ihn, den dicken Kammerherren, spotten und ihre Bemerkungen machen – er liebte diese spezielle Aufgabe und übte sie mit einem geradezu paradox sittlichen Ernst aus. Er musste Terminkalender im Auge behalten ebenso wie Raumpläne, Musiker und Floristen rechtzeitig buchen, sich in der Schlossküche mit dem Chef du Jours und mit dem Sommelier zusammensetzen. Wäschebeschließerinnen mussten wegen der Seidenlaken für den königlichen Beischlaf ebenso angewiesen werden wie Diener und Mundschenke. Die diesbezügliche Korrespondenz fiel auch noch an: *billets doux* (Seine Majestät hatte dafür weder Zeit noch die nötige Ader für verliebt-pikante Zeilen), Order und simple Anfragen. Außerdem erfuhr er oft die unglaublichsten Dinge; Menschen wurden nun einmal redselig, wenn sie kurz zuvor für ein gewisses Vergnügen ihre Hosen heruntergelassen respektive ihre Röcke geschürzt hatten. Auch Seine Majestät bildete da keine Ausnahme. Von den nebenbei fließenden „Zusatzeinnahmen" wie den *douceurs* zufriedener Damen oder den Schmiergeldern der Ehegatten von „Verzweifelten" wollte er lieber nicht reden. Im vergangenen Jahr waren auf diese Weise etwa sechstausend Livres zusammengekommen, die er natürlich nicht bei der Kopfsteuer deklarierte. Außerdem war das Leben bei Hof teuer – und zu seinem eigenen Vergnügen wollte er auch noch kommen. Diesbezüglich begab er sich einmal pro Woche zu Madame Solange, in deren exklusivem Etablissement auf der Île de St. Louis er seit vier Jahren der treueste Kunde der Mulattin Irène war. Heiraten mochte er nicht, der Comte de Chamarande, und ein Tête-à-tête mit einer Hofdame verbat sich für ihn. Zumal er mit seinen etwa 240 Pfund Lebendgewicht nicht eben der gesuchteste *Galan* war. Er schielte auf sein Freßpäckchen und verspürte allmählich gewissen Appetit. Da öffnete sich die Türe zum Korridor – und ein trat Armand de Rossignac. Chamarande sah ihn kurz verblüfft an, doch schätzte er die Gesellschaft Langueviners viel zu sehr, als dass er sie hinterfragt hätte. Rossignac grüßte höflich und fragte, ob er sich zu ihm gesellen dürfte, ihm sei etwas langweilig gewesen. Andere hätten sich die spitze Bemerkung gewiss nicht verkniffen, ob man da nicht besser bei den *Grands Appartements Royales*, beim Billard oder Jeu Zerstreuung finden würde als zufälligerweise im Vorzimmer einer diskreten Suite, in der der Herrscher aller Franzosen soeben dem Bettsport nachging. Nicht so der gutmütige Chamarande. Denn manchmal fand er sein Metier etwas einsam, vor allem das geduldige Warten in Vorzimmern, auch wenn er sich im Gegensatz zu anderen Herren von Stand auch einmal gerne mit Dienern und Musikern unterhielt. Doch die Gesellschaft eines Rossignac war ihm höchst willkommen. Er wies freundlich auf den freien Armstuhl. „Ich wollte mir gerade eine Kleinigkeit zu essen machen – mögt Ihr mithalten?", wollte er wissen. „Gerne, *Valet* Chamarande!" Dabei wirkte der Comte de Rossignac auf seltsame Weise angespannt, als suche er hier etwas ganz Bestimmtes. Was gewiss nicht Chamarande war.

Der besah sich sein Proviantpäckchen und wickelte es feierlich aus. Wurst und Käse stammten beide aus der Landwirtschaft der Grafschaft Chamarande; vor allem den würzigen Käse, der während der Reifung wiederholt mit eigens herbeigebrachtem Meerwasser eingerieben wurde, schätzte er sehr. In den Tiefen seiner Rocktaschen fischte er nach einem Klappmesser, das er neben Wurst und Käse legte. Gierig sog er den Duft der Hartwurst durch seine geweiteten Nasenlöcher ein. „Diese Wurst kommt ganz frisch aus dem Rauchfang!", meinte er, dabei hatte er den seligen Gesichtsausdruck einer alten Betschwester. Rossignac musste denn doch schmunzeln ob dieser Andacht. „Ja, mich deucht sie so frisch, dass man den Esel noch schreien hören kann." Chamarande sah Rossignac ungläubig bis empört an. „Bei uns bereitet man Hartwurst aus Schweinefleisch!" „Und bei uns im Languedoc schon gerne aus Esel oder Pferd. Schmeckt sehr gut – bei Gelegenheit lasse ich etwas für Euch liefern!", versprach Rossignac. Chamarande strahlte ihn über sein breites Gesicht und seine drei Doppelkinne hinweg an. Dann lauschte er nach hinten. „Die haben ja aufgehört zu musizieren!", meinte er und zog wieder seine Taschenuhr. „Es ist noch nicht einmal zehn! Tsss! Wartet, ich wollte sowieso in den Salon, einen Teller holen. Und etwas Rotwein, wenn Ihr welchen zum Käse mögt." „Hm, das klingt verlockend!", konzedierte Rossignac. Der dicke Kammerherr erhob sich ächzend. „So, dann will ich einmal sehen, warum die Musik nicht mehr spielt!" Er öffnete die Türe zum Salon und trat ein, Rossignac, der seine Scheu überwunden hatte, folgte ihm mit einigem Abstand. Die Noten wurden schon zusammengelegt und die Instrumente eingepackt. Chamarande stemmte empört seine Fäuste in seine breiten Hüften und sprach frei von der Leber weg: „Wer hat euch Bumsmusikern denn erlaubt, dass ihr schon Schluss machen könnt für heute Abend?" Der Erste Geiger, ein kleiner Graukopf mit Rotnase und listigen schwarzen Äuglein, wies auf seinen Notenstapel. „Es war vereinbart, dass wir diese Musikstücke zu spielen haben." „So, und mit wem habt ihr diese Vereinbarung getroffen?" – „Mit dem *Maître de la Musique royal*!", meinte der Primgeiger. „Nun", meinte Chamarande und blickte auf dem Tisch herum, der deutliche Spuren eines fröhlichen Schmauses trug, „der hat Euch zu diktieren, in welcher Besetzung ihr antretet und – in der Tat – welche Stücke ihr spielt. Aber Ort und Dauer des Einsatzes bestimme immer noch ich ..." grollte Chamarande leise; für seine Verhältnisse war dies Haufen genug des Grolls. „Reg dich ab, Maurice!", entgegnete der Kapellmeister, Rossignac zuckte zusammen ob der fast lästerlich vertraulichen Anrede des Kammerherrn durch einen einfachen Geiger. „Das ist nicht gut für deine Gicht – und dazu noch deine Völlerei!"

Der Kammerherr hatte gefunden, was er suchte: Eine fast volle Karaffe mit Rotwein und zwei goldbeschlagene Kristallpokale. „Das sagt mein Leibarzt auch. Drum verlege ich mich jetzt zügig aufs Saufen und eifre deinem Vorbild nach!" Er wies mit dem Kinn auf den leuchtend roten Zinken des Geigers, der mittlerweile sein Instrument in aller Seelenruhe in den Kasten packte. „Oder habt ihr Liederjane etwa keinen Weinschlauch unter Eurem Podium versteckt? Und was ist jetzt: Spielt ihr nun weiter oder nicht?" Der Primgeiger schüttelte nur seinen Kopf. „Wir halten uns nur an die Abmachung!" Chamarande schenkte sich entgegen seiner Gewohnheit ein ganzes Glas Rotwein ein, besann sich anders und bot Rossignac auch etwas an. „Seine Majestät wird äußerst unzufrieden sein – und wer bekommt es zu spüren? *Moi*!" Da lachte der Theorbespieler kurz auf. „Seine Majestät ist beschäftigt, wie mich dünkt. Ich glaube nicht, dass er jetzt gleich hier erscheinen und protestieren wird." Der Gambist, der sich gerade abkämpfte mit dem Lederfutteral seines Instruments, lachte ebenfalls auf, nur wesentlich dreckiger. „Wo du Recht hast, Jerôme, hast du Recht – und wenn der König drin ist, dann bleibt er auch drin ..." Chamarande sah aus den Augenwinkeln, wie Rossignac rot wurde und hastig den Weinpokal fast zur Gänze leerte. „... anders als der Duc de Peripasse!" „Oh ja, Pierre, der wäre heute schon mindestens fünfmal wieder rausgeschossen gekommen, um irgendwelche Häppchen und Austerchen und sonst etwas zu holen, und nackt ist er erst recht kein appetitlicher Anblick ..." Plötzlich hielt Jerôme, der Theorbespieler inne und spitzte sein empfindliches Musikerohr, bevor er mit einem Grinsen ein Notizbuch zückte. „Ich glaube, lieber Pierre, dass ich diese Wette gewinne! Hörst du es nicht?" „Doch, ich höre es!" Der Oboist, ein noch junger blonder Mann, lang und dürr wie eine Zaunlatte, mit hervorspringendem Adamsapfel und lächerlich weit abstehenden und auch noch knallroten Segelohren, pflichtete dem Theorbespieler bei.

Der klopfte ihm auf die Schulter: „Braver Junge, Aristide! Dafür, dass du deine Jungfernfahrt nicht wie erhofft bei einer Ballettkomödie oder einem Hochamt hast feiern dürfen, sondern als Begleitung, wenn der König die Ziegengigue tanzt ..."

Jetzt hörte Chamarande es auch. Rossignac ebenfalls. Eine erst verhalten seufzende, fast klagende Frauenstimme, die sich in einem durchaus wohlklingenden Glissando bis in den Diskant hochschraubte – ohne Atem zu holen. Der Konzertmeister schüttelte den Kopf. „Was für ein Koloratursopran! Sie würde auf die Bühne gehören!" Jerôme, der Theorbespieler, hielt dem Gambisten Pierre die ausgestreckte Handfläche hin. „Ich habe gewonnen! Du schuldest mir zehn Sols!" Der zog grummelnd seine Geldkatze aus dem Hosensack und zählte ihm die Münzen auf. „Ich habs gleich gewusst, dass die temperamentvoll ist. Der haben doch schon beim *souper* die Nüstern gequalmt. Gott bewahre, wie die erst einmal mit vierzig sein wird ...", meinte er fast gelangweilt und schob die Münzen in seinen Hosensack, ehe er etwas in sein Notizbuch schrieb. „Was kritzelst du da eigentlich die ganze Zeit, Jerôme? Komponierst du Lieder mit Theorbenbegleitung?" – „Nein, er führt so etwas wie eine Statistik, Ihr versteht schon: Wie oft der König seinem Bettschatz jeweils zum höchsten Genuss verhilft, wie oft er selbst Venus opfert ..."

Chamarande schüttelte nur noch verständnislos seinen Kopf: „Und was fängt der Witzbold mit diesem staatstragenden Wissen an? Will er es etwa an Wilhelm von Oranien verkaufen?" Er sah, dass Rossignac immer noch rot angelaufen war. „Hört auf der Stelle mit diesen Geschmacklosigkeiten auf!", zischte der junge Comte. „Es handelt sich hierbei immer noch um Seine Majestät. Und um eine Dame von Stand!" Der alte Geiger wenigstens erkannte, dass Rossignac ernstlich kurz vor dem Explodieren war. Er trat auf ihn zu: „Euer Gnaden, verzeiht, wenn diese Torfköpfe der anwesenden Dame zu nahegetreten sein sollten. Steht sie in irgendeinem verwandtschaftlichen Verhältnis zu Euch? Oder ist sie am Ende mit Euch verlobt?" Der Comte atmete hörbar aus und hatte sich wieder im Griff. Er atmete tief ein. „Nichts von alledem, merkt Euch das. Und nun ..." Nun waren auch die befreiten Lustschreie Seiner Majestät zu hören – wie das Gebrüll eines brünstigen Hirschs.

„So", meinte der Konzertmeister und schloss seinen Geigenkasten, „das war's, geneigtes Publikum! Bleibt uns gewogen – und beehrt uns wieder!"

*

Wie Schneebruch in einem jungen Wald die glatte Decke des Winterweiß aufwühlt, so waren die seidenen Laken des breiten Betts derangiert, auf dem sich Louis XIV. mit Daphne von Owen, seiner neuesten Eroberung, eben voller Lust getummelt hatte. Daphne ruhte sich aus und meinte, durch die Hitze, die sie immer noch verströmte, fast zerfließen zu müssen. Sie und der König hatten sich eben lange und leidenschaftlich geliebt, er hatte sie mehrfach über den Rand ihrer Lust hinausgeführt, den die Franzosen so bezeichnend *„Le petit mort"* nennen, und der ein Weib jedes Mal eine Minute ihres Lebens kosten soll, einem Mann aber eine geschlagene Stunde hinzuschenkt. Der König beugte sich zum Abschluss über sie und küsste sie. „Meine süße Daphne...", seufzte er. „Du ahnst ja nicht, wie hingerissen ich von dir bin ..." Dann erhob er sich – und begann sich zu ihrer Überraschung und Enttäuschung zügig anzukleiden. „Du musst dich nicht beeilen, Daphne", meinte der König freundlich, während er in seine Hosen stieg und seine Strümpfe hochrollte. Eben schlüpfte er in sein mit Silberbrokat besticktes Wams, zupfte die blauen *petites oies* auf seiner rechten Schulter zurecht und setzte sich zu Daphne aufs Bett. Sein Blick war liebevoll und ernst zugleich, während er seine Hand nach ihrer immer noch nackten Brust ausstreckte und diese zärtlich zu drücken begann. „Ich wollte, *ma chère,* ich könnte noch bleiben – du bietest genug süße Zerstreuung für den König – und *surprise* obendrein ..." Er beugte sich vor und begann, ihre Brüste zart zu küssen. *„Ma douce peintresse,* ich werde schon morgen das Edikt an Le Brun und das Präsidium der Akademie schicken. Ich möchte dich weiter in meiner Nähe haben. Als meine Porträtistin. Und als Wonne meiner Lenden!" Er sprachs, zog einen Ring von seinem Finger, den er der vor Stolz fast glühenden Daphne ansteckte. „Dies möge Ihr helfen, bis zu Unserer Rückkehr aus Flandern an Uns voll Gewogenheit zu denken!", sagte der König, beugte sich über Daphnes Hand, die er zart küsste, ehe er sich aufrichtete und entfernte.

Kapitel neunzehn

Handelt von einem erfüllten Wunsch und der „Rennaissance" einer Liebesbeziehung

St. Germain-en-Laye – Osterwoche 1669

Die Comtesse de Soubris suchte Daphne in ihrem Boudoir auf, während Margot diese für die Nacht richtete. Die alte Gräfin hatte es sich in einem Lehnstuhl bequem gemacht und beobachtete die Nachttoilette ihrer Protegée. Jedoch war Daphne über die Maßen schweigsam, so lange sich ihre Zofe noch bei ihr aufhielt, und die alte Dame wusste das richtig einzuschätzen.

Nachdem Daphne bereit war und Margot fortgeschickt hatte, erhob sie sich und blieb vor der Gräfin stehen. „Nun?", wollte diese wissen. Mehr brauchte sie nicht zu fragen. „Seine Majestät geruhen, mich bereits morgen der Akademie zu empfehlen", antwortete Daphne. *„Félicitations!"* Damit seid Ihr am Ziel." Ihr Blick fiel auf den Rubinring, den der König Daphne angesteckt hatte. „Und Sire hat Euch Juwelen geschenkt!", meinte sie. „Das übliche *bijoux*, wenn er sich von einer Dame verabschiedet!"

Daphne biss sich auf die Lippen. Dabei wollte ihr Herz bis eben übersprudeln. Wie schön der König war. Wie überaus zärtlich. Wie stark, wie leidenschaftlich ...Doch sie beschloss in diesem Moment, alles in ihrem Innersten verschlossen zu halten als süßes Souvenir. Es ging die Gräfin nichts an, wie sie sich vor einer nur kurzen Zeitspanne nicht hatte lassen können vor Lust in den Armen von Louis XIV. ... Mit einer Zärtlichkeit und Leidenschaft, die ihr schier die Luft genommen hatte ... Daphne nickte. „Ja. Sire hat sich so höflich bedankt und von mir verabschiedet, wie die Comtesse de Soissons und Ihr vorausgesagt habt."

Die Soubris erhob sich und ging auf Daphnes Sekretär zu. Sie füllte eines der Kristallgläser, die obenauf abgestellt waren, zur Hälfte mit Wasser aus der bereitstehenden Karaffe. Dann zog sie eine Phiole aus ihrem Beutel, schraubte sie auf und kippte den blassgelben Inhalt – es mochten etwa zwei Unzen gewesen sein – ins Glas dazu. Das sie Daphne reichte. „Trinkt!", befahl sie. Daphne schnupperte am Inhalt des Glases. „Ich trinke – aber nicht, ohne von Euch erfahren zu haben, um was es sich dabei handelt." Die Comtesse legte ein schwaches Lächeln auf, das nachsichtig wirken sollte. „Eine Mischung der Extrakte aus Immergrün, Farnwurzel, Ysop und der Blüte der Herbstzeitlose, soviel ich weiß. Ich bin kein Apotheker. Aber es dient dazu, dass Euch nicht gleich zu Beginn Eurer glänzenden Karriere am Hof Seiner Majestät der Bauch anschwillt." „Gut", meinte Daphne und trank die bittere Lösung in einem Zug aus. Die Gräfin lächelte. „Ich habe genügend davon auf Vorrat." Sie blickte versonnen in den Wandspiegel. Dann straffte sie sich und fuhr fort: „Wenn der König Euch versprochen hat, das Edikt für Eure Aufnahme in die Akademie gleich morgen verfassen zu wollen, dann könnt Ihr Euch darauf verlassen. Seine Majestät ist die Pünktlichkeit in Person. Bemerkenswert, zumal er gedenkt, in zwei Tagen erneut nach Flandern aufzubrechen. Und nun, meine Liebe, denke ich, dass es für uns beide an der Zeit ist, uns zur Ruhe zu begeben. Für Euch war es ein ereignisreicher Abend."

Die Gräfin de Soubris erhob sich, Daphne knickste vor ihr. „Nun schlaft wohl, mein Kind! Wir werden unsere Unterhaltung morgen fortsetzen. Gute Nacht!" Nachdem sich Antoinette de Soubris entfernt hatte, setzte sich Daphne an ihren Toilettentisch und entfernte Puder und Rouge von ihrem Gesicht. Dann zog sie die *mouche* von ihrem Decolleté ab. Zerstreut löste sie ihre hochgesteckte Frisur–genauer, das, was davon von dem Kunstwerk noch übrig war, und fuhr mit der Bürste durch ihre Haare. Immer noch roch sie den Duft von Louis Le Grand auf ihrer Haut, immer noch glaubte sie, die lüsternen Blicke seiner changierenden Augen verfolgten sie. Und niemand war hier, mit dem sie das, was sie erlebt hatte, und noch mehr das, was sie jetzt so sehr bewegte, hätte teilen können. Stolz, inneres Feuer, zärtliche Gedanken, ein wenig Scham, etwas unbegreifliche Wehmut. Sie hätte platzen können vor Jubel – und zugleich in Tränen ausbrechen. Sie griff nach ihrem Skizzenbuch und ihrem Bleigriffel. Ihre Hand schwebte kurz über einem leeren Blatt. Dann ließ sie sie sinken. Ihre Sinne und ihr Herz waren übervoll mit Bildern. Doch anders als sonst drängte keines heraus und wollte als Gedanke umrissen werden. Daphne blickte in den Spiegel. Obwohl sie ihre Schminke vorhin entfernt hatte, blühten ihre rundlichen Wangen so rosig wie selten, und ihre Augen schienen von einem unwirklichen glänzenden tiefen Grün. Was ist nur mit mir geschehen?, fragte sie sich ratlos. Warum kann ich nicht zeichnen in einem Moment, indem ich mich doch mitteilen möchte? Als wäre ich von der Sonne geblendet ... Gedankenverloren spielte sie mit dem großen Juwelenring und drehte ihn im Schein der Kerzen hin und her, ließ das Feuer der eingeschliffenen Facetten aufblitzen. Als wäre ich von der Sonne geblendet ...

*

„Seid Ihr sicher, alleine nach Paris zurückkehren zu wollen?", fragte die Gonzague ihre Hofdame Diane de Perrêtre. Diese nickte: „Voll und ganz, Durchlaucht. Ich hatte ehrlich gesagt bereits bei der Abreise kein gutes Gefühl, Daphne d'Owen alleine zurückzulassen, jetzt, wo sie in die für Euch entscheidende Phase eingetreten ist." Anne de Gonzague zog eine Augenbraue hoch, solche erneuten Diskussionen waren wahrlich nicht nach ihrem Geschmack. Zumal Mademoiselle de Perrêtre so etwas wie eine ewige Bedenkenträgerin war. Gut, sie war klug, diskret, ansehnlich, man konnte Staat mit ihr machen – und sie hatte keine Liebeshändel mit irgendwelchen lüsternen Junkern. Sie war ihr andererseits manchmal etwas unheimlich, aber das mochte an ihrer geschlechtlichen Präferenz liegen. Die Pfalzgräfin atmete tief ein. „Ich weiß Eure Freundin bei der lieben Comtesse de Soubris in den besten und treuesten Händen, Mademoiselle. Ein Versprechen einer Tochter des Guten Königs Henri IV. ist immer noch Gold wert in dieser Nation ..."

Diane blickte die Pfalzgräfin überaus frei an. „Ich habe kein Recht, die Loyalität der Comtesse de Soubris auch nur ansatzweise anzuzweifeln, Durchlaucht. Wer aber steht meiner Freundin bei, sollte sie Kummer erleiden?"

Die Pfalzgräfin blickte jetzt ausgesprochen reserviert und streng. „Was kümmern Euch solche Grillen? Wie ich mich schon vergewissert habe, wird ihr die Comtesse eine mütterliche Freundin sein und ihren Busen zum Ausweinen anbieten, so nötig. Was ich aber bezweifle – beim Ehrgeiz Eurer Freundin Daphne als auch bei den Liebhaberqualitäten Seiner Majestät!"

Diane blickte sie fast flehentlich an. „Bitte, Euer Durchlaucht – lasst mich zurückreisen!" Die Herzogin seufzte. „Nun gut! Ich bin viel zu weichherzig, aber dafür auch bekannt!" Sie ergriff einen Gänsekiel, öffnete ihre Tintenflasche und zog einen Briefbogen aus ihrem *écritoire*.

„Ihr solltet, sofern die Straßen trocken bleiben, von Dijon nach Paris nicht länger als vier Tage benötigen. Entsprechend werde ich Euch einen Diplomatenpass ausstellen."

*

Gräfin Antoinette de Soubris fühlte sich mitnichten müde und erschöpft, sie dachte auch nicht daran ins Bett zu gehen. Stattdessen schickte sie ein müdes kleines Dienstmädchen mit einer Botschaft hinüber zum Appartement der Gräfin de Soissons. In Erwartung einer Antwort setzte sie sich an ihren Kartentisch und legte Patiencen.

Die Angeschriebene erschien selbst, anstatt nur eine Antwort zu verfassen. Die beiden Damen nahmen zu ihrem Plauderstündchen auf breiten, bequem gepolsterten Armstühlen Platz. „Ihr habt Vollzug gemeldet, liebe Antoinette?", ging die Gräfin de Soissons direkt *in medias res*. Die Ältere nickte mit einem überaus zufriedenen Lächeln. „In der Tat. Die liebe Daphne ist erst vor einer guten halben Stunde zurückgekehrt aus den Armen ihres royalen Liebhabers." „Und welchen Eindruck hat *chère* Daphne denn vorhin auf Euch gemacht?", wollte Olympe de Soissons wissen.

Antoinette de Soubris runzelte ein wenig missbilligend ihre Stirne. „Sie war überaus bewegt. Und aufgewühlt. Glühende Wangen ... Ihr versteht", meinte sie sie beiläufig wie möglich.

Und wie Olympe de Soissons verstand! Die Gräfin de Soissons atmete hörbar durch die Nase ein und lehnte sich in ihrem Stuhl zurück. „Gab es irgendwelche Neuigkeiten außerhalb ... des Betts?"

Nun kommt sie endlich auf den Kern!, dachte die Ältere erleichtert. Es kann ihr ja eigentlich herzlich gleich sein, welche Liebhaberqualitäten der König bei meiner Protegée entfaltet hat. Nur weil er nicht mehr bei ihr liegen will, seit sie vor vier Jahren seine heimliche Liebschaft mit der La Vallière gegenüber der Königin enthüllt hatte–geschieht ihr ganz recht! „Ja, die gibt es freilich", entgegnete sie. „Seine Majestät ist sofort bereit gewesen, schon morgen ein Edikt an Le Brun zu senden, die Empfehlung von Mademoiselle Daphne betreffend an die *Académie royale de Peinture et Sculpture*!" – „Nach einem einzigen Mal Beischlaf?" Die Gräfin de Soissons verzog ihren Mund zu einem wenig damenhaften Grinsen. „*Chapeau!*" „Und", trumpfte Antoinette de Soubris auf, „Seine Majestät hat ihr zum Abschied Schmuck geschenkt." Die Gräfin de Soissons drehte dezent an dem Edelstein, der ihren Ringfinger schmückte. „Das pflegt der König in den meisten Fällen zu tun. Goldene Ohrgehänge mit Barocken." Die Soubris schüttelte den Kopf: „Er hat ihr einen seiner Ringe geschenkt. Einen sehr großen Rubin, Facettenschliff, mindestens zehn Karat schwer, gefasst mit mehreren Brillanten." Nun machte Olympe de Soissons wirklich große Augen. „Dieser Ring ist brandneu! Seine Majestät hat ihn vorgestern Mittag zum ersten Mal zur Messe getragen. Er wurde allgemein sehr bewundert." Sie schüttelte den Kopf. „Ihm scheint wirklich etwas an *chère* Daphne zu liegen. Was wohl nicht allein darin begründet sein kann, dass sie noch Jungfrau war. Von denen kann er so viele haben, wie es Wanzen in den Strohsäcken der Küchenjungen gibt!" Olympe kicherte boshaft, während Antoinette leicht indigniert dreinsah aufgrund des sehr drastischen Vergleiches, den die *Surintendante* da gezogen hatte. Sie waren eben doch nicht von nobler Abkunft, die Gute. Die Enkeltochter eines sizilianischen Fischers aus Palermo ... „Doch gerade das soll uns mehr als recht sein, liebe Antoinette. Der König reist erst in zwei Tagen nach Flandern – mit eher kleinem Gefolge. Das gibt mir genügend Zeit und Gelegenheit, Lauzun um den kleinen Gefallen zu bitten, zwei Namen auf der Liste der Begleitpersonen auszutauschen."

Sie lächelte. Die Soubris ebenfalls. „Ihr habt ohne Abstriche Recht, liebe Antoinette. Und wie verfahren wir mit Daphne, dem lieben Kind?" Die *Surintendante* legte ihren Kopf in aller Unschuld etwas schräg. „Das lasst getrost meine Aufgabe zu sein, dem ‚lieben Kind' ein wenig die Augen darüber zu öffnen, wie Könige zu sein pflegen. Im Allgemeinen wie im Speziellen."

*

Zwei Tage, nachdem Daphne mit dem König geschlafen hatte, bat die *Surintendante* Ihrer Majestät die junge Malerin zu einem gemeinsamen Spaziergang in den Schlosspark von St. Germain. Es war ein prachtvoller Tag in der zweiten Woche nach Ostern, über den sich ein azurblauer Himmel mit federleichten weißen Wölkchen spannte.

Daphne, die neben Olympe de Soissons herging, schaute einem der ersten Schmetterlinge nach, der um einen Busch leuchtend violetter Schwertlinien taumelte. Der Schmetterling war blassgelb – ein interessanter farblicher Kontrast. Die Soissons blickte die junge Malerin fast lauernd von der Seite an. „Verzeiht, sollte ich indiskret wirken, doch möchte ich zu gerne wissen, wie es Euch ergangen ist!", hob sie an. „Und ob ich Euch noch in irgendeiner Form unterstützen kann." Daphne seufzte leise, aber für das im Hören von Zwischentönen geübte Ohr der *Surintendante* klang das nicht unglücklich. „Eure Anteilnahme ist überaus freundlich, Comtesse!", erwiderte sie. „Es geht mir gut – danke der Nachfrage! Zumal für meine Berufung in die Akademie nun gesorgt werden dürfte", setzte sie hinzu. „So schnell?", heuchelte die *Surintendante* Verblüffung. „Meinen Glückwunsch – obwohl Ihr an Talent alle mir derzeit geläufigen Maler überbieten solltet – sogar den guten Nocret! Wie kommt es?" Die Jüngere errötete leicht – allerdings nicht vor Scham, sondern weil die Erinnerung an ihren königlichen Liebhaber ihr Blut in rasche Wallung brachte. „Seine Majestät war so gnädig, mir den Weg zügig ebnen zu wollen ..." Die Gräfin de Soissons drohte Daphne spielerisch mit dem Zeigefinger. „So, so, Seine Majestät ... nun, dann habt Ihr vorgestern Eure Karte bestmöglich gespielt.

Außerdem scheint Ihr mir nicht eben ... bedrückt." Daphne blickte die Gräfin an; jetzt schienen ihre Augen fast Funken zu sprühen. „Er hat gesagt, dass er mir gewogen bleiben wird. Und diesen Ring geschenkt!"

Sie streckte der Gräfin ihre Hand entgegen. Der übermäßig große Edelstein funkelte in der Sonne. *Mon dieu*!, dachte Olympe. Er hat ihr wirklich seinen neuesten Prachtring geschenkt! Perfekt! Es muss ihm sehr an ihr gelegen sein! „Sehr hübsch", bemerkte sie – und hielt sich wieder ihre Maske vors Gesicht, da sie nun direkt in der Sonne gingen. „Gräfin", fragte Daphne zaghaft, „ist der König immer ... so?" – „Was wollt Ihr damit sagen, mein Kind?" – „Ich meine, so aufmerksam?" Die *Surintendante* lachte leise auf. „*Ma chère*, Seine Majestät zieht sogar vor Zofen seinen Hut. Warum sollte er sich ausgerechnet nach dem Beischlaf abweisend und unhöflich verhalten?"

Die beiden Frauen schwiegen eine Weile, während sie ein Stickereibeet umrundeten. Die Gräfin ahnte bereits, welche Frage die Jüngere gleich stellen würde.

Daphne nahm ihren Mut zusammen. „Hat es denn nichts zu bedeuten, wenn Seine Majestät mir so einen wundervollen Ring schenkt und beteuert, dass er solche ... Freuden mit mir zu wiederholen gedenkt?" Olympe schien diese Frage eine Weile in ihrem Herzen zu bewegen. In Wirklichkeit genoss sie den Triumph, dass Louis XIV. ganz ohne Zweifel in die kleine deutsche Malerin verliebt war. Er war ja so berechenbar – wie jeder Mann ... der dadurch zeitweilig zum Narren wurde. Dann sah sie Daphne mit sehr ernstem Blick an: „Wollt Ihr das denn? Ich meine, zur Favoritin des Königs avancieren? *Pardon* – zu *einer der* Favoritinnen des Königs?", entgegnete sie. Daphne schwieg betreten, die Gräfin de Soissons fuhr fort: „Sollte ich mich in Euch getäuscht haben, von der ich annahm, dass ihre glühendste Ambition darauf ausgerichtet war, eine große Künstlerin und ein Mitglied der Akademie zu werden? Hübsche Frauen, die auf nichts anderes brennen, als in der Horizontalen des Königs Amüsement zu sein, davon gibt es so viele ..." Sie hielt inne. Sollte sie es noch einmal sagen? Die Soubris hatte es so schön echauffiert ... „... wie Wanzen in den Strohsäcken der Küchenjungen!" Sie schielte unter ihrer Maske auf ihre Begleiterin, deren hübsches Gesicht tatsächlich einen schockierten Ausdruck angenommen hatte. „Große Malerinnen hingegen hat Frankreich noch keine hervorgebracht," ergänzte sie fröhlich. Sie legte ihre Hand auf die erhitzte Wange Daphnes. „Es mag sein, dass der König in nächster Zeit wieder den Wunsch verspüren wird, bei Euch zu liegen. Doch mit seiner intimen Gunst kann es überaus schnell vorbei sein. Möglicherweise sogar aus Gründen, die Ihr weder zu verantworten habt noch nachvollziehen könnt. Und noch eines solltet Ihr Euch klar vor Augen halten ..."

Sie geleitete Daphne zu einer Heckennische, in der eine Steinbank stand.

Ohne Umschweife zog sie ein kleines, aber dickes Notizbuch aus ihrer Rocktasche, das zur üblichen Ausstattung einer Haushaltsvorsteherin gehörte. Zunächst lag das in blauen Satin gebundene Büchlein auf Olympes Schoss. Die *Surintendante* blickte Daphne sehr ernst an. „Seine Majestät", hob sie in ebenso ernstem Ton an, „pflegt auf der Basis ehelicher Pflichten einmal pro Woche ins Bett Ihrer Majestät zu steigen – was übrigens die Laune der Königin jedes Mal deutlich bis hin zur Begeisterung hebt: Am Morgen danach applaudiert sie beim *lever*. Danach allerdings pflegt sie zusätzlich zur Beichte zu gehen. Aus welchen Gründen auch immer ..." Sie schlug ihr Vademecum auf, das akkurat für jeden Tag geführt war. „Zu meinen Pflichten gehört es auch, mich bezüglich dieser königlichen Besuche mit dem *Valet de Chambre* Seiner Majestät abzustimmen ..." – „... wenn Ihre Majestät beispielsweise indisponiert sein sollte?", wollte Daphne wissen. Die Gräfin de Soissons lachte leise. „Das auch. Aber vielmehr verhält es sich so, dass Seine Majestät es sowohl für sein royales Vorrecht als auch für unabdingbar für seine Gesundheit hält, täglich Geschlechtsverkehr zu haben. Mitunter sogar mehrfach täglich. Wenn er also an den übrigen sechs Wochentagen nicht die Königin aufsucht, dann seine wichtigste Mätresse." „Madame Louis de La Vallière, die Herzogin von Vaujours?" „Eben die seit zwei Jahren nicht mehr. Sie muss nur den Titel der *Maitresse Royale en titre* als Fassade aufrechterhalten, damit sich der König mit der leider verheirateten Marquise de Montespan in den Laken tummeln kann. Eine äußerst rabiate, allerdings auch lüsterne Dame. Und auch diese beehrt er nicht an allen übrigen fünf Wochentagen. Dazwischen bedient er sich nach Lust, Laune, Kalkül und Angebot an seinem Hofstaat." Sie zeigte auf eine Eintragung in ihrem Haushaltsbüchlein. „Gestern zum Beispiel hat er Madame de Boismonier beglückt. Das tut er allerdings nicht mehr sehr oft, seit sie ein wenig an Gewicht zugenommen hat. Am Tag vor Eurem Rendezvous", sie blätterte in ihren Aufzeichnungen, „ja, da war er in den Gemächern der drallen Marquise ..., den Tag zuvor ... eine Mademoiselle de Gringotte – erstmalig übrigens ... abends ist er ins Bett der Königin gestiegen, das weiß ich, aber mittags ..., lasst sehen, wieder mit der Marquise." Sie ließ ihr Büchlein sinken. „Das geht *toujours* so, *ma chère*!"

Daphnes Gesicht war ziemlich blutleer geworden. „Warum erzählt Ihr mir das, Gräfin?" Olympe de Soissons steckte ihr Vademecum wieder in die Rocktasche. „Weil Wissen – möge es noch so bitter und unbequem sein – vor Enttäuschung schützt, die noch bitterer ist." Erneut legte sie ihre Hand auf Daphnes Wange. „Wenn ich Euch aus eigener Erfahrung sage, dass seine Majestät nicht nur vollendet galant und höflich, sondern darüber hinaus ein göttlicher Liebhaber ist, dann bestätige ich nur das, was Ihr ohnehin selbst erfahren habt. Aber hütet Euch anzunehmen, dass er Euch seine Liebe schenken wird. Seine Majestät schenkt keiner Frau

Vertrauen und Liebe. Das weibliche Wesen, das diese Sonnenstrahlen spüren darf, muss wohl erst noch geboren werden." Sie erhob sich und strich ihren moosgrünen *manteau* zurecht. „Konzentriert Euch besser auf Eure Kunst. Und gebt Euer Herz und Eure Seele lieber einem Mann, der Euch alleine liebt – und nicht mindestens zweihundert weitere Frauen in seinem Hofstaat beglücken möchte." Daphne blieb sitzen – und blickte den Rubinring an ihrer ausgestreckten Hand fassungslos an. „Was ist, Daphne, wollen wir unseren Spaziergang nicht fortsetzen?", fragte die Gräfin.

König Louis XIV. war am selben Morgen mit seinem Gefolge nach Flandern aufgebrochen. Seiner Entourage gehörte selbstredend die Marquise Françoise Athenaïs de Montespan an. Und etliche weitere Hofdamen.

„Ich komme!", antwortete Daphne mit vorgegebener Ruhe. Die Comtesse de Soissons bot ihr fürsorglich den Arm. Das Thema „Mit wem schläft der König?" berührte sie allerdings nicht mehr. Sie hatte nämlich den sicheren Eindruck, dass ihre Worte in der jungen Deutschen genug ausgelöst hatten, um sie zu beschäftigen und keinen Gedanken mehr daran vergeuden zu lassen, ob nun Seine Majestät eine Affinität zu ihr haben könnte.

*

Gerade als Daphne in das Appartement der Comtesse de Soubris zurückkehrte, müde, verwirrt und enttäuscht, traf ein königlicher Lakai mit einem Schriftsatz ein. Er bat Daphne, dessen Empfang zu quittieren, ehe er die Urkundenrolle aushändigte. Sie enthielt eine Zweitschrift des königlichen Edikts an die Akademie, adressiert an Charles Le Brun, mit dem Inhalt, Daphne bereits im Rahmen der nächsten Versammlung Anfang Mai den Aufnahmeeid leisten zu lassen – das polizeiliche Führungszeugnis sei nachzureichen. Für die fällige Aufnahmegebühr würde das königliche Schatzamt eintreten. Daphne atmete tief durch – Louis XIV. hatte sein Versprechen ohne Verzug umgesetzt. Ungläubig strich sie über das königliche Siegel mit den drei Lilien. Die Schriftmappe enthielt noch ein kleines *billet*, das mit dem gleichen Siegel verschlossen war. Es enthielt in der Tat einige wenige Zeilen aus der Feder Seiner Majestät persönlich. Die ausgesprochen unpersönlich gehalten waren – und mit denen er ihr für die ersprießliche Diskussion dankte und bekundete, dass er ihrem Wirken für Frankreich an der Akademie hoffnungsvoll entgegensah – als hätte sie von ihm ein Schloss oder ein Amt erworben.

Sie ließ das Brieflein sinken und blickte aus dem Fenster hinunter in den frühlingshaften Park, der von elegant herausgeputzten Höflingen bevölkert war. Gewiss – sie war an einem gewaltigen Ziel angelangt: innerhalb eines Jahres als erste Porträtmalerin in die Akademie aufgenommen zu werden. Sie hatte mit dem König geschlafen und hatte durchaus ihr Vergnügen gehabt – und ihn benutzt. Auch er hatte sich unzweifelhaft prächtig amüsiert – und sie ebenfalls benutzt. Um einmal mehr in den Genuss und die Erfüllung des täglichen königlichen Geschlechtsverkehrs zu kommen.

Wer aber hatte sie auch nur ansatzweise vor dem Katzenjammer gewarnt, der sie überkam, als sie die Abschrift des Edikts in den Händen hielt? Wo war Diane? Und wo war Armand?

*

„Was habt Ihr ausrichten können bezüglich der dringlichen Audienz, Houasse?", wollte Le Brun im selben Augenblick wissen. Er hatte den jungen Maler in sein Büro im Palais Brion bestellt. Diesen Tonfall – glatt wie Honig und gleichzeitig schneidend wie Toledostahl – kannte der junge Maler vom Hörensagen. Le Brun bediente sich dessen, wenn er einem Akademiestudenten mitteilen wollte, dass seine Arbeiten nicht annährend so viel taugten, wie er Schwarzes unter dem Fingernagel hatte. Beim Stichwort „Dringende Audienz beim König" hatte er ansatzweise ein schlechtes Gewissen: Er war erst einen Tag später beim zuständigen Kammerherren darum eingekommen. Und hatte sich widerspruchslos abwimmeln lassen hinsichtlich des extrem dicht gepackten königlichen Terminkalenders und des bevorstehenden Aufbruchs Seiner Majestät nach Flandern.

Houasse steckte seine Hände in die Taschen seiner Kniebundhose. „Sieur, ich habe getan, was ich konnte – aber es waren nicht einmal mehr Audienzen zu erhalten für die Zeit, da der König auf dem Leibstuhl sitzt … Und gestern ist er nach Flandern aufgebrochen!" „Ah ja! Nach Flandern? Und warum seid Ihr zum Beispiel nicht neben der Kutsche des Königs hergeritten, um ihm mein Anliegen vorzutragen?" „Weil ich nicht reiten kann, *mon Récteur*!" „Eure Impertinenz wird wahrlich nur noch von Eurer Dummheit übertroffen, Houasse!", zischte Le Brun. Er erhob sich und zog eine Schriftrolle aus seinem Sekretär, die er vor Houasse auf den Tisch warf. „Wenn ihr so gütig wärt zu lesen, Sieur Houasse!" Der entrollte das Dokument mit leicht angewiderter Miene. Die bald blankem Schreck wich. „Das … das glaube ich nicht!", stammelte er. „Ich zwar auch nicht.", setzte Le Brun hinzu, „… andererseits handelt es sich hier, wie unschwer zu erkennen ist, um Colberts Handschrift. Ich kann das Ding also schlecht in die Ecke legen und ignorieren!" Le Brun biss sich auf die Unterlippe und blickte Houasse verächtlich an. „Ihr habt, so wie es aussieht, im entscheidenden Moment versagt! Punktum! Wie lange befindet sich dieses Weibsstück schon in St. Germain?" Houasse drehte seine Hände nach oben. „Ich weiß es nicht, *mon Récteur*! Ich habe dort leider keinen Informanten." Da hieb Le Brun mit der Faust auf die Tischplatte. „Ich muss mich korrigieren: Eure Inkompetenz übertrifft Eure Impertinenz doch um Längen! Aber ich bin bekanntermaßen ein viel zu gutmütiger Mensch, und so erhaltet Ihr eine weitere und letzte Chance. Findet heraus, was geschehen ist! Wir müssen *alles* über Daphne d'Owen wissen. Wann sie isst. Mit wem sie isst. Was sie isst. Mit wem sie spazieren geht. Wann sie ihr Nachtgebet spricht. Wann sie auf den Nachttopf geht. Wann sie niest. Einfach alles! Versteht Ihr?" Houasse verstand nicht, aber er nickte. Dann streckte er Le Brun in bewährter Manier seine Handfläche entgegen. „Im Schloss zu St. Germain ist es noch kostenintensiver, *mon Récteur*!"

*

Das Vorletzte, was Daphne in ihrer Verfassung jetzt gebrauchen konnte, waren moralische Vorhaltungen durch ihre Zofe Margot. So vertraut ihr die junge Frau auch war, sie hatte manchmal ein zu direktes, zu loses Maul. Andere Damen hätten schon längst Maulschellen verteilt oder ihren Pantoffel sprechen lassen. Daphne war viel zu gelähmt, viel zu apathisch. Eher verhalten verbat sie sich die Kommentare ihrer Zofe und wies darauf hin, dass in Frankreich, vor allem am französischen Königshof, andere Regeln gälten. Und dass eine Dame von Stand ihre Ehre nicht annähernd so schnell verlieren würde wie eine Handwerkertochter. Das Letzte, was ihr dann noch fehlte, war ein Brief ihrer Eltern, in dem sie sich nach dem Comte de Rossignac erkundigen würden. Wann dieser denn offiziell um sie anzuhalten gedenke? Und ob er vielleicht geruhe, sich den Brauteltern persönlich vorzustellen, wie es die guten Sitten nun einmal erforderten? Und nun lag ein solcher Brief vor ihr. Daphne steckte ihn in eine Schublade ihres Sekretärs zu den übrigen Briefen aus Heidelberg.

Dann setzte sie sich an die Großversion des *Apollon musagetes*, die in wenigen Wochen fertig sein musste für die Akademie. Und diesmal war sie fest entschlossen, dem Sonnengott keinesfalls die Züge des Königs zu verleihen. Genug der Schmeicheleien ... Dabei fühlte sie sich immer noch wie ein rohes Ei ohne Schale. Was ihre Befindlichkeit auch nicht verbesserte, war der Umstand, dass sie in den zurückliegenden Nächten ausnahmslos von den Umarmungen durch den König geträumt hatte. Manche Geister, die man in leichtsinnig gerufen hatte, wurde man wohl nicht so einfach los. Entschlossen mischte sie etwas Hautfarbe an. Der Duft des Leinöls beruhigte sie ein wenig. Und Apoll würde seine blonden Haare beibehalten. Sie suchte nach dem Glas, in welchem sie das karmesinrote Pigment aufbewahrte – doch als sie es anhob, war es verdächtig leicht. Also würde sie wegen fehlender Farbe anspannen lassen müssen, um eben in Hôtel Nevers zu fahren. Sogar die bloße Vorstellung schien ihr mühselig.

*

Als die Kutsche in den Hof des Hôtel Nevers rollen wollte, versperrte eine einfache Kalesche den Weg. Die vorgespannten Pferde waren verschwitzt und matt, die Karosse verstaubt und voller Spuren einer langen Reise. Der Soubrissche Kutscher stritt sich kurz mit dem Lenker der schmutzigen Kalesche, der dann den Weg freigab und sein Gefährt erst nach dem herzoglichen einfuhr. Die herbeigeeilten Lakaien rissen gleichzeitig die beiden Wagenschläge auf und halfen den Fahrgästen heraus. Aus der staubigen, augenscheinlich weit gereisten Kutsche stieg eine dunkelhaarige Frau Mitte zwanzig in einem einfachen und bequemen Reisekleid.

„Diane!!", rief Daphne und flog schier über den Hof. De Perrêtre warf ihren Hut von sich, öffnete ihre Arme und fing Daphne in ihnen auf. „Meine Daphne!" Sie hielten einander fest und ließen ihren Tränen freien Lauf. „Warum bist du zurückgekehrt?", schluchzte Daphne. „Deinetwegen! Ich kann dich doch nicht dieser Meute überlassen!" Die Freundin versuchte so etwas wie ein Lachen. „Du bist ganz staubig!" – „Was glaubst du? Die achtzig Meilen von Fontainebleau kann man nicht herfliegen!" Die beiden hakten einander unter und gingen ins Stadtpalais.

Eine halbe Stunde später saßen sie – beide züchtig mit ihren Hemden bekleidet – gemeinsam im größten Badezuber und wuschen, nachdem sie die neugierigen Zofen hinausgeschickt hatten – einander die Haare mit wunderbar duftender Mimosenseife. Sie waren ausgelassen wie zwei Vierzehnjährige. „Nun sprich", meinte Daphne während sie die Haare ihrer Freundin einschäumte, „was hat dich bewogen, dich von der Herzogin zu absentieren?" Diane drehte kurz ihren Kopf. „Du, mein Herz! Ich hätte dich keinen Tag länger alleine am Hof in St. Germain lassen sollen – vor allem nicht bei dieser schrecklichen Comtesse de Soubris!" – „Warum findest du sie schrecklich?" Diane wrang ihr Haar aus. „Sie ist eine Erzintrigantin und ein Schuft! Seit sie ihren Enkelsohn, ihren einzigen Nachfahren, vor zwei Jahren verloren hat, glaubt sie fest daran, dass eine Verschwörung gegen sie im Gange ist. Dabei ist sie völlig bedeutungslos. Sie ist reich, sie ist privilegiert, sie ist einer der letzten von Henri IV. legitimierten Bastarde und damit eine natürliche Tante Seiner Majestät – aber sie ist politisch gesehen unwichtig. Was sie weder begreift noch akzeptiert. Sie spielt immer noch Spielchen wie damals gegen Kardinal Richelieu, aber mehr als Possen sind das nicht", erklärte Diane. „Wobei mich in deinem Fall das ungute Gefühl nie verlassen hat, dass du für sie nur eine Marionette bist." Daphne reichte Diane die Seife und forderte sie auf, ihr das Haar zu waschen. „Ich glaube es nicht so recht. Sie war doch hilfsbereit – hat sie nicht Rossignac vermittelt als meinen vorgeblichen Anbeter? Und mich aufgenommen, als die Herzogin wieder auf diplomatische Reisen fortmusste?" Diane massierte Daphne liebevoll den Kopf. „Ich werde das Gefühl nicht los, dass da irgendetwas nicht stimmt ...", murmelte sie und schämte sich zugleich. „Ja, und denk dir", fuhr Daphne fort, „sie hat sich sogar noch Rat geholt bei der Comtesse de Soissons!" „Olympe de Soissons?? Um Himmels willen, meine Liebe – da hast du den Teufel zur Beichte gehört!", rief Diane aus. „Autsch! Du ziehst mich ja an den Haaren!", rief die junge Künstlerin unter Schmerzen aus. „Weißt du denn nicht, wer Olympe de Soissons ist?“, fragte Diane fassungslos. „Doch – sie ist die Vorsteherin des Haushalts der Königin?!“, erwiderte Daphne. „Oh du Lamm Gottes unschuldig, natürlich ist sie das! Sie ist auch eine der vier Mazarinetten und war eine der ersten königlichen Gespielinnen, lass das fünfzehn Jahre her sein, und der dankbare König hat sie noch lange genug in Ehren gehalten und mit einem der einflussreichsten Posten versehen. Aber nachdem sie es mit ihren Intrigen etwas übertrieben hatte, möchte er mit ihr nichts mehr zu tun haben. Seither schmollt sie mit dem lieben Louis–und hat doch dabei geholfen, ein frisches Lämmchen für ihn zu schmücken.“ Sie ließ etwas Wasser aus einem kleinen Kupfertiegel in sanften Strahl über Daphnes Haar rinnen, um den Seifenschaum auszuwaschen. Daphne prüfte ihr Haar, drückte es aus und erhob sich, um den Zuber zu verlassen. Draußen zog sie ihr triefendes Hemd aus und hüllte sich in eines der großen Badelaken. Diane folgte ihr und rubbelte ihr den Rücken ab. „Ich nehme an, dass du mittlerweile ...?“ „Ich besitze mittlerweile ein königliches Edikt in Zweitschrift, das meine Aufnahme in die Akademie verfügt. Ich habe es erwirkt, indem ich vor einer Woche Seine Majestät habe bei mir liegen lassen“, erklärte Daphne, und es klang fast beiläufig bis teilnahmslos. „Bitte dreh dich um, meine Liebe, dann kann ich dir auch den Rücken frottieren!“ „Eben begeistert klingt das ja wohl nicht ...“, stellte Diane fest und seufzte wohlig auf, weil Daphne ziemlich stark rieb. „Tja – du kannst dir das Wechselbad meiner Gefühle vielleicht im Ansatz vorstellen – aber nur, weil du es bist, Diane. Ich bin alles andere als stolz.“ Sie drehte sich um und nahm Daphne in ihre Arme. „Liebes! Du musst mir nachher alles erzählen! Deshalb bin ich ja zurückgekommen!“, sagte sie sanft. „Meine Diane! Ich habe dich so sehr vermisst, dass es geschmerzt hat. Dich und ...“ – „... Und wen?“ – „Und Armand!“

Wenig später lagen die beiden, mittlerweile getrocknet, gebürstet und mit frischen Hemden bekleidet, in Daphnes Himmelbett. Daphne hatte Diane alles erzählt, auch von jener seltsamen und ernüchternden Unterhaltung, die die Comtesse de Soissons mit ihr kurz nach ihrer Liebesnacht mit dem König geführt hatte. Diane schüttelte den Kopf. „Mir kommt das alles höchst merkwürdig vor. Man lanciert dich in das königliche Bett – und dann, ja, wie soll ich es ausdrücken, sieht es so aus, als solltest du möglichst sofort danach dein Interesse an Louis Le Grand wieder verlieren.“ Diane richtete sich in den Ellenbogen auf und blickte Daphne nachdenklich an. „Wie war es denn für dich, Liebes?“

Dann schwang sich Daphne jäh aus dem Bett, um ihren Beutel aus ihrer Rocktasche zu holen. Dem entnahm sie den Rubinring des Königs. Fast trotzig blickte sie ihre Freundin an. „Wenn du es so genau wissen willst – es hat mir mehr Freude gemacht als alle Küsse, die ich bisher erhalten habe – einschließlich der von Armand. Seiner Majestät möglicherweise auch – hier, diesen Ring hat er mir geschenkt!“ Sie warf den Ring aufs

Bett, Diane betrachtete ihn beeindruckt. „Hat er gesagt, ob er dich wieder bei sich haben möchte?“Daphne barg ihr Gesicht in ihren Händen und nickte gleichzeitig. Trotzdem sah Diane, dass sie weinte. „Er hat gesagt, dass er wünsche, ich möge seine bedeutendste Malerin werden. Und die Freude seiner Lenden bleiben.“ Diane warf sich in die Kissen zurück und starrte den Betthimmel an. Dabei atmete sie heftig aus. „Das ist ... das ist eine enorme Aussage! Hast du damit gerechnet?“ Daphne kroch zu Diane aufs Bett zurück. „Nicht im Mindesten. Ein höfliches Dankeschön – ja, das schon, aber ...“ Diane wickelte eine Strähne Daphnes um ihren Finger und blickte ihrer Freundin prüfend in die Augen. „Was möchtest du denn, Daphne?“ Daphne lachte laut auf. „Danke schön, das ist reizend, dass mich irgendeiner der Beteiligten an diesem Spiel einmal fragt, was denn *ich* will!“, sagte sie bitter. „Ich weiß, was ich zumindest *nicht* will: Louis Le Grands vierte Königin werden. Ich will kein Spielfigürchen sein, das hin und hergeschoben wird und noch nicht einmal die Regeln des Spiels kennt, in dem es eingesetzt wird. Aber genauso komme ich mir vor.“ Wiederum begann sie zu schluchzen.

Die Ältere strich ihr über den Rücken, während sie ihr den Ring Louis XIV. vor die Nase hielt. „Du hast eine Erfahrung gemacht, meine Liebe, die jede Frau erschüttert, bis sie gelernt hat, damit umzugehen: Du kannst Macht haben über mächtige Männer.“ Sie steckte Daphne den Ring über den Mittelfinger, wo er immer noch sehr lose saß. „Und du solltest mit Armand reden. Dringend und heimlich. Ich glaube, dass er vor Sehnsucht und Pein schier umkommt, sich aber nicht traut, in deiner Nähe aufzutauchen. Wenn du willst, arrangiere ich das für dich.“

Kapitel zwanzig

Erzählt von Daphnes Aufnahme in der Akademie, dem Auffliegen eines Handels, von abgefangenen Briefen und einem heimlichen Wiedersehen

Paris, Mai 1669

„Begehrt Ihr ein Mitglied der Akademie zu werden? Das Konsortium hat Euch dessen für würdig befunden; indes bedarf es gemäß der Statuten auch Eurer Zustimmung. Hebt Eure Rechte!“, verlas Henri Testelin den Beginn des Aufnahmeeids. Daphnes behandschuhte Rechte hob sich bis an die Höhe ihres Scheitels. „Wollt Ihr dem König getreulich dienen mit allen Fähigkeiten und mit aller Kraft, die Euch Gott verliehen hat? Wollt Ihr, so lange es geht, danach streben, Ruhm und Ehre der Akademie zu erhalten und zu mehren? Wollt Ihr geloben, so lange Euch Gott dazu die Kraft gibt, die Statuten und Regeln der Akademie gewissenhaft zu beachten und alle Anordnungen zu befolgen?“ „Ja, ich will und gelobe es!“ Daphne trug an diesem windigen ersten Tag im Mai bräutliches Weiß.

Es kam ihr tatsächlich so vor, als wäre sie im Palais Brion vor einen Altar getreten. Wenn auch ohne Bräutigam. „So seid der Akademie als *Officiel* willkommen!“, rief Testelin aus. „Eure Eintrittsgebühr von zehn Livres habt Ihr bis zur nächsten Versammlung zu begleichen.“

Charles Le Brun, der bisher mit verschränkten Armen und finsterer Miene im Zentrum der Tischrunde saß, neigte sich kurz zum neben ihm sitzenden Schatzmeister der Akademie, Henri Beaubrun, hinüber: „Seine Majestät wird zahlen. So besagt es zumindest dieses unsägliche Edikt ...“ Beaubrun zuckte leicht die Achseln.

Testelin blickte hinüber zu dem der Versammlung vorsitzenden Le Brun, der sich betont langsam erhob, seine Perücke glattstrich und die vor ihn getretene Daphne durchdringend musterte. So sehr es an ihm zu nagen schien – in diesem Moment konnte er sich nicht verweigern. „Baronesse Daphne d'Ovène, ich beglückwünsche Euch im Namen aller *Anciens* zu Eurer Aufnahme in der *Académie royale de Peinture et Sculpture* im Range eines Porträtisten! Nehmt aus meinen Händen Eure Aufnahmeurkunde und ein Exemplar der Statuten und Regeln entgegen. Ich möchte auf deren gewissenhafte Beachtung und Einhaltung nochmals dringlich hinweisen!“ Daphne streckte ihm ihre Hände entgegen. Wie ihre Augen leuchten!, dachte Le Brun verächtlich. Wie die eines gierigen Kindes ... Und nun applaudierten zu allem Überfluss auch noch die meisten Anwesenden. Degoutant! Über die Schulter von Daphne hinweg sah er, wie die Türe zum Sitzungssaal geöffnet wurde und René-Antoine Houasse hereinschlüpfte. Der suchte Le Bruns Blick, nickte ihm zu, kritzelte etwas in sein Notizbuch – den herausgerissenen Zettel drückte er dem Türsteher in die Hand. Danach verschwand er wieder so lautlos, wie er gekommen war, während Daphne zierlich knickste und zu ihrem Platz geleitet wurde. Le Brun winkte den Diener zu sich heran und überflog den Zettel. *„Ich habe etwas herausgefunden und warte in Eurem Büro. Houasse“*

Eine geschlagene Stunde später und nach fast unhöflichem Abkürzen der Honneurs eilte Le Brun in seine Diensträume. Dort hatte es Houasse sich längst bequem gemacht auf einem *Canapé* und blätterte in einem Lehrbuch für weibliche Akte nach dem klassischen griechischen Kanon – wobei er befand, dass die alten Griechen keine naturalistischen und hübschen Brüste hinbekommen hatten. Was Wunder, da sie es ja auch bevorzugt mit Männern ... Le Brun knallte fast die Türe, Houasse schlug erschrocken das Lehrbuch zu. Die Laune des *Récteurs* schien so schlecht zu sein wie seit dem Eintreffen des besagten Edikts nicht mehr.

„Also“, schnauzte er Houasse an, „was habt Ihr so Weltbewegendes herausgefunden?“ Alter Dreckskerl!, dachte der junge Maler. Gleich wird dir das Blubbern vergehen! Betont langsam legte er das Buch fort, richtete sich auf und spitzte die Lippen. „Daphne d'Owen“, hob er mit fast gelangweiltem Ton an, „Daphne d'Owen hat zugelassen, dass Seine

Majestät ihr beigewohnt hat." Le Brun machte ein Gesicht, das ungefähr so intelligent war wie das einer Kuh, die in ein Uhrwerk schaut. Houasse seufzte mit der gereizten Geduld einer alten Amme: „Sie hat die Beine breit gemacht. Für den König." Jetzt hatte das Gesicht des *Récteurs* nichts mehr Kuhhaftes an sich, sondern glich zumindest vom Farbeinschlag her dem eines kollernden Puters. Er rupfte sich seine Perücke vom Schädel und pfefferte sie auf seinen Arbeitstisch. „Verdammte Metze!! Wie konnte sie es noch wagen, hier den Heiligen Eid zu leisten?" Houasse entgegnete: „Soweit mir bekannt, widerspricht es nicht den Statuten, dass Louis Le Grand mit einem *Agrée* schläft. Doch gebe ich hiermit unumwunden zu, dass ich die Dame ..." „Dame? Ha!", machte Le Brun. „... dass ich die Dame", fuhr Houasse unbeirrt fort, „etwas unterschätzt habe in ihrem Willen!" Und dachte für sich weiter: Sie hat eben zurückgeschossen. Mit einer Waffe, die nur Frauen führen können.

Le Brun wanderte im Raum umher wie ein hektischer Panther. „Und was soll uns das nützen, Houasse? Außer dass ich sie noch mehr verachte?" Houasse zuckte die Achseln. Wenn Le Brun auch nur im Ansatz geahnt hätte, welche Mühen und welche Bestechungsgelder es ihn gekostet hatte, dieses schlüpfrige Detail herauszufinden! Daphnes Zofe zum Beispiel erwies sich zugeknöpfter als der Schürzenbund einer Jungfrau, sie antwortet nur schnippisch, dass ihre Herrin selbstverständlich jeden Abend höchst anständig im Appartement der Comtesse de Soubris geblieben sei. Houasse begriff sofort, dass er sich höchst verdächtig machte, wenn er die Dienstboten in Daphnes Umfeld direkt befragte. So ging er den mühsamen Weg über Schneidergehilfinnen, Modistinnen, Küchenpersonal, Zimmermädchen, Floristen und was sich sonst noch im Schloss tummelte, um den hohen Herrschaften das Leben so angenehm und luxuriös wie möglich zu gestalten. Es hätte nicht mehr viel gefehlt, und er wäre auch noch zu den Schornsteinfegern in die Kamine gekrochen. Im Großen Marstall wurde er fündig – ein durstiger Geiger, der dringend sein Budget für Branntwein aufstocken musste, wie seine rote Nase unschwer erkennen ließ, verriet Houasse vom *tête à tête* Daphnes mit dem König am Sonntag nach Ostern. Und zwar derart detailliert, dass sogar eine Klosterschülerin begriffen hätte, dass der König und die junge Edelfrau durchaus nicht nur miteinander diniert hatten. Houasse gab dem schnapsnasigen Violinspieler eine Livre. Wobei er das Gefühl hatte, dass seine ihm verhasste Aufgabe als Spion damit nicht erledigt war – sondern im Gegenteil erst in die Gänge gekommen war. Le Brun fuhr sich durch seine kurz geschorenen Haare, die wie Kakteenstacheln von seinem Kopf abstanden. „Je nun – sie hat bewiesen, dass sie eine lose Moral hat – wie die meisten blaustrümpfigen Weibsbilder. Wenn sie mit dem König schläft, dann vielleicht auch mit anderen Herren bei Hof. Es soll ja die merkwürdigsten Wege geben, an Aufträge zu kommen ..." Er bleckte die

Zähne. „Was Seine Majestät dann wohl nicht schätzen dürfte. In diesem Punkt ist Sire eigen – und dann wäre sie nicht die Erste, der er seine Gunst nicht nur jäh entzieht, sondern die auch richtig tief fällt." Er blitzte sein Protegé an. „Also bleibt am Drücker, junger Freund! Findet heraus, mit wem Daphne sonst noch schläft!" Houasse verzog sein Gesicht. So sehr er es liebte, sich selbst mit willigen Frauen mit drallem Körperbau und Sinn für Abwechslung zu amüsieren, so sehr verabscheute er es, sich in die Bettgeschichten anderer einzumischen. *Laissez faire,* war seine Devise. Und nun musste er unter Daphnes Matratze kriechen wie unlängst der Chevalier de Lauzun unter jene, auf der sich Seine Majestät mit der fetten Montespan getummelt hatte. Er fand das schlichtweg geschmacklos. Le Brun sah ihn scharf an. „Ich brauche ja wohl nicht zu betonen, dass Ihr erst aufsteigen werdet, wenn die d'Owen gestrauchelt sein wird!"

*

Einstweilen kehrte Daphne im Triumphzug ins Hôtel Nevers zurück, in dem Anne de Gonzague selbst aus der Ferne zu ihren Ehren ein Festbankett hatte arrangieren lassen. Sogar Monsieur gab ihr die Ehre – und ein weiteres Gemälde in Auftrag. Wie immer war er hinreißend elegant gekleidet – in amethystfarbene, golddurchwirkte Moiréseide. Nur seine schwarze Perücke war etwas zu voluminös; dabei verfügte Monsieur ebenso wie sein Bruder über wundervolles natürliches Haar, schwarz wie der Flügel eines Raben. Daphne dankte allen, die sie unterstützt, gefördert und an sie geglaubt hatten, und gab sich dann wie die übrigen Gäste den Freuden der Tafel, der geistreichen Konversation und der Musik hin. Endlich begann die Anspannung der vergangenen Wochen an ihr abzuperlen wie Wassertropfen am eingefetteten Gefieder einer Ente. Sie hatte eines ihrer wichtigsten Ziele in Frankreich erreicht: eine *académicienne* zu werden, auch wenn ihr Weg dahin alles andere als geradlinig verlaufen war.

Nun vermisste sie zu ihrem Glück nur noch einen: Armand de Rossignac. Der aber hielt sich geflissentlich von ihr fern. Daphne beschloss, sich an diesem Tag davon die Festlaune nicht verderben zu lassen.

*

Im selben Moment brachte ein Lakai die Post im Appartement der Comtesse de Soubris vorbei. Diese hatte eben Besuch von der *Surintendante* Ihrer Majestät, und ihre eigene Kämmererin war unterwegs, um Einkäufe zu erledigen. Also nahm Margot das Bündel Briefe entgegen. „Leg Sie es oben auf meinen Sekretär!", befahl die Comtesse. „Ich werde die Post gleich durchgehen." Margot tat wie ihr geheißen, wobei ihr nicht entging, dass obenauf einer für Daphne lag – die Adresse war mit einer Schrift geschrieben, die ihr nicht vertraut war. Verstohlen drehte sie das Kuvert um, um einen Blick auf das Siegel zu erhaschen: drei Lilien unter einer Krone. Rasch führte sie ihren Befehl aus. Konnte es sein, dass der Brief vom König höchstpersönlich stammte? Dann besaß, so befand Margot, dieser Frauenheld doch mehr Anstand und Zartgefühl, als man ihm nachsagte. Sie zog sich zu ihrer Arbeit zurück.

Derweil ging die Comtesse das auf dem *cadenas* abgelegte Briefbündel durch und stolperte genauso über das Schreiben an Daphne. Sie zeigte es Olympe de Soissons. Die setzte ein verschlagenes Lächeln auf, als sie das Wappen erkannte. „Sieh an, sieh an!", meinte sie. „Es könnte sein, dass sich die Dinge wirklich prächtig entwickeln ..." „Woher wollt Ihr das wissen, Olympe?" „Oh, ich weiß es noch nicht, aber ich vermute es stark. Wir könnten dem wohl nachgehen – was ich sehr befürworte. Ihr auch – als Herrin des Hauses?" Die Soubris nickte. „Schließlich bin ich derzeit verantwortlich für die herzogliche Protegée." Die *Surintendante* holte ein Leinentüchlein und das in einer Scheide steckende zierliche Briefmesser aus ihrem Beutel, dessen Klinge sie über einer Kerzenflamme erhitzte. Mit dem Tuch wischte sie den Ruß ab, bevor sie mit der heißen Klinge das Siegelwachs an der Basis anschmolz. Sie führte diese Handlung mit großer Geduld und Geschicklichkeit aus, damit das Siegel unversehrt blieb und das Papier nicht beschädigt wurde. Dann entfaltete sie den Brief (allerdings strich sie ihn nicht glatt) und überflog ihn. Schließlich ließ sie ihn in ihren Schoß sinken – und begann undamenhaft laut zu lachen. „Was für ein Esel – aber lest selbst!" Sie reichte der Comtesse de Soubris den Brief. Die setzte zuerst ihre Brille auf. Ihr Lächeln während der Lektüre war nicht minder maliziös als das Lachen der *Surintendante* eben herzhaft gewesen war. „In der Tat, liebe Olympe – Seine Majestät wurde heftig von Amors Pfeil getroffen!" „Oh ja, oh ja, und wenn ich ehrlich sein soll: Solche Ergüsse sind zuletzt vor zehn Jahren aus seiner Feder geflossen, als er der Idee verfallen war, meine kleine Schwester Maria zu seiner Königin zu machen! Was hatte er ihr nicht alles zu Füßen legen wollen, zusätzlich zu seinem Königreich! Dagegen ist das Versprechen, die liebe kleine Daphne zur Ersten Malerin Frankreichs und zur Rektorin der Akademie machen zu wollen, direkt realistisch und konkret!", erwiderte die Comtesse de Soissons fröhlich. „Nun, liebe Olympe, auch junge und ungestüme Könige werden reifer mit dem Alter. Wir werden sehen, wie sehr es ihn schmerzen wird, wenn er demnächst aus seinem Wolkenkuckucksheim fallen wird."

Die Soissons nahm einen Schluck Kaffee mit Sahne. „Und welcher schneidige Edelherr sollte Daphne Eurer Meinung nach abspenstig machen?", wollte sie wissen. „Liegt das nicht auf der Hand, dass dies am besten Armand de Rossignac sein sollte? Schließlich hat er schon zum Schein vor ihren Eltern um sie geworben; er ist daher mit ihr vertraut und findet sie, soviel ich weiß, sehr sympathisch", meinte Antoinette de Soubris. „Was für eine perfide Idee – den eigenen Patensohn und Großneffen vorzuschicken!", rief die *Surintendante* beeindruckt aus. „Ihr seid Euch ja wohl dessen bewusst, dass damit seine Karriere als königlicher Kammerherr beendet sein dürfte, sobald Seine Majestät davon Wind bekommen wird!"

„Und wenn schon!", meinte die Soubris. „Armand ist zwar, wie Ihr richtig bemerkt habt, mein Verwandter – dem es aber keineswegs schadet zu erfahren, wie schnell königliche Gnade wanken kann, und wenn er sie sich noch so geschmeidig erschmeichelt hat." Sie neigte sich Olympe de Soissons entgegen. „Armand ist nur seiner Karriere im Dunstkreis des Königs willen zum Katholizismus konvertiert. Ich weiß nicht, ob Ihr ermessen könnt, wie sehr dies seiner armen Mutter – die immerhin eine Turenne ist – das Herz gebrochen hat. Dies mag den lieben Armand ruhig zur Lehre dienen!" Sie reichte der Comtesse de Soissons den Brief zurück, die ihn wieder akkurat faltete, ehe sie das Siegel leicht erwärmte und behutsam an seinen angestammten Platz drückte. Dann blickte sie die alte Gräfin ernst an: „Antoinette, kann es sein, dass der Heldentod Eures Enkelsohns in Flandern Euch verhärtet hat?"

Die Gräfin blickte geradeaus und fixierte ein Muster auf der Seidentapete. „Und wenn schon. Ich bin alt – und habe keine Nachfahren mehr. Meinen Sohn hat mir Gott genommen, meine Enkelin auch. Nur meinen Enkelsohn – den hat der König auf dem Gewissen. Ist es nicht legitim, dass ich Genugtuung will, und nur der Schmerz um den Verlust eines geliebten Menschen einen anderen ähnlichen Schmerz aufwiegen kann?!" Sie erhob sich und nahm der *Surintendante* den restaurierten Brief ab. „Und sieht es in einem Winkel Eurer Herzens nicht ähnlich aus? Eure Liebe, Eure Ergebenheit, die der König immer wieder eingefordert und letztendlich doch verschmäht hat? Ihr wisst zu gut, wie Louis an Liebe, die man ihm vorenthält, leiden kann!"

Olympe de Soissons blickte aus dem Fenster. Sie erinnerte sich an die tränenerstickten Berichte ihrer Schwester Maria, nachdem diese sich mit dem frisch vermählten jungen König an der Atlantikküste getroffen hatte, wohin er einen heimlichen Abstecher von der triumphalen Rückreise mit seiner eben angetrauten Königin gemacht hatte. Louis' Tränen mussten noch heißer und reichlicher geflossen sein als die Marias. Und nun, nach den zurückliegenden Jahren, da er sie, Olympe, die Älteste der Mancini-Schwestern, nur noch gedemütigt hatte, nun würde ihm erneut eine brillante junge Frau entrissen werden, nach der er sich so offensichtlich und flammend verzehrte. Welche Genugtuung! „Ihr habt Recht, Antoinette!", pflichtete sie der Soubris bei.

Nachdem die Comtesse de Soissons ihre Mitstreiterin verlassen hatte, verbrannte diese kurzentschlossen den Liebesbrief, den Louis XIV. an Daphne aus Flandern geschickt hatte. Die junge Frau durfte keinesfalls erfahren, wie viel sie Seiner Majestät in Wirklichkeit bedeutete.

*

„Ah, was für ein Bankett!", schwärmte sogar Margot, als sie Daphne endlich zur Nacht richtete. „Und Ihr glüht ja vor Stolz! Habt Ihr es auch an Eure Eltern berichtet?", setzte sie nach. Daphne versetzte ihr einen spielerischen Klaps mit der Haarbürste. „Jawohl, Frau Oberpolizistin!"

Margot reichte Daphne ein Brieflein. „Hier – das bat mich Mademoiselle de Perrêtre Euch persönlich zu übergeben. Wie immer hat sie sehr, sehr geheimnisvoll getan!" Daphne entfaltete das ungesiegelte Blatt – sie und Diane wussten, dass sie Margot bedingungslos vertrauen konnten. „Oh – meine Freundin hat einen mysteriösen Auftrag für mich. Eine Dame vom Hof in St. Germain möchte sich von mir porträtieren lassen. Und zwar nackt – für ihren *Galan*. Sie wird mich am Montagabend hier aufsuchen, maskiert und verschleiert. Damit der Ehemann nichts erfährt ..." Daphne kicherte.

„Also, mir gefallen die Sitten hier nicht, gnädiges Fräulein, und das wisst Ihr. Was ich bedauerlich finde ist, dass Ihr Euch diesen mittlerweile gerne unterwerft ..." „Margot, ich schätze dein Geschick und deine treuen Dienste – aber wenn du dich nicht endlich mit Kritik, die dir nicht zusteht, zurückhalten lernst, dann darfst du gerne in den Odenwald zurückkehren. Zu Friederike von Waldeck!", meinte Daphne leicht verärgert. Margot errötete und knickste. Ab und zu musste man ihr leider eine Gardinenpredigt halten, um sie wieder ins Glied zu rücken. „Wenn diese geheimnisvolle Dame am späten Nachmittag kommt, dann seid Ihr hoffentlich schon zurück von Eurer Vernehmung durch den Polizeipräfekten", lenkte sie ab. Daphne zuckte die Achseln. „Die sollte nicht zu lange dauern – schließlich bin ich kein Ganove. Außerdem soll der Polizeipräsident ein schrecklich langweiliger Mensch sein. Wie gut, dass Diane mitkommen will!"

*

Zwei Tage später war das Wetter so freundlich, wie es Anfang Mai sein sollte. Die Freundinnen hatten auf eine Kutsche verzichtet, um zum Châtelet am rechten Seineufer zu gelangen. Stattdessen hatten sie einen großen Tragstuhl gemietet. Das Châtelet war ein alter Bau, einer kleinen Burg mit einem Donjon nicht unähnlich, und lag unweit des Pont Neuf. Mit ihm durch Brücken und Übergänge verbunden war die *concièrgerie*, ein ziemlich düsteres Gebäude, das sowohl Gerichtssäle als Verließe besaß und als Untersuchungsgefängnis für die Pariser Polizei diente. Das Châtelet selbst wirkte von innen nicht anders als jede Behörde mit Amtsstuben und Büros, nur dass sich dort zum Teil weitaus seltsamere Gestalten aufhielten. Ein junger Wachtmeister in einem dunkelblauen Waffenrock – die Pariser Polizei hatte erst vor Kurzem einheitliche Uniformen erhalten – führte sie hinauf in den zweiten Stock, wo sich das Büro des Generalleutnants Gabriel-Nicolas de La Reynie befand. Unterwegs beobachteten Daphne und ihre Freundin unter anderem heftig streitende Fischhändlerinnen, die nur mit Mühe von den Polizisten daran gehindert wurden, sich mit den Schuppmessern gegenseitig an die Gurgel zu gehen. Im nächsten

Gang kauerte ein Trupp maurisch aussehender, kunterbunt, aber ärmlich gekleideter Menschen beiderlei Geschlechts und in jeglichem Alter. Sie krakeelten in einer Sprache durcheinander, die Daphne nicht verstand, ein Alter sang sogar. „Zigeuner!“, flüsterte Diane. Und auf dem Treppenabsatz stand ein Mann in Ketten apathisch da, an dem alles aschgrau war – Haut, Haare, seine zerlumpten Kleider –und wiegte mit leerem Blick seinen Oberkörper hin und her, bis ihn ein Wachtmeister mit der Spitze seines Schlagstocks in die nächste Stube beförderte.

Oben im zweiten Stock ging es wesentlich ruhiger zu, hier liefen nur Bedienstete der Polizei mit Akten unter dem Arm und wichtiger Miene auf dem Gesicht über die Flure. Irgendwoher stank es nach kaltem Pfeifentabakrauch. Der Wachtmeister, der sie begleitet hatte, hielt auf eine doppelflügelige Türe zu, zeigte den beiden Wachhabenden Daphnes Passierschein und Vorladung, worauf ihnen aufgetan wurde. De La Reynies Büro war geräumig – und trotzdem vollgestopft mit Schränken, Aktenregalen und -stapeln. Momentan befand sich einer seiner Kommissare bei ihm, wohl für einen Rapport. Es roch nach Aktenstaub. Wahrscheinlich war sogar der Generalleutnant in Wirklichkeit daraus geformt – wie der Golem aus Lehm. Obwohl er nicht in Grau gekleidet war, sondern in Dunkelbraun. Er trug über seinem schön gearbeiteten Spitzenkragen eine sichtlich teuer wirkende, ebenfalls dunkelbraune Allongeperücke. An der Wand hinter dem Polizeipräfekten hing ein offizielles Königsporträt. Daphne und Diane blickten einander an. Zwiebelhosen!! Das konnte heiterer werden, als sie befürchtet hatten. Der berichterstattende Kommissar salutierte vor seinem Vorgesetzten, der ihn verabschiedete. Erst dann hob er seinen Blick auf die beiden und erhob sich, um sich angemessen zu verneigen. De La Reynie war ein wirklich groß gewachsener Mann, sechs Fuß und etwas mehr als eine halbe Spanne, breitschultrig und wuchtig, ohne fettleibig zu sein. Sein großzügig geschnittenes Gesicht passte zu seinem kräftigen Leib, auch die nicht zu kleine Nase, der kantige Kiefer und der volle Mund. Seine fast schwarzen Augen wirkten durch seine angedeuteten Schlupflider ein wenig schwermütig. Er gehörte zu den Männern, die gelegentlich am Tag einer weiteren Rasur bedurften, so kräftig war der Bartschatten in seinem bestimmt am Morgen frisch glatt rasierten Gesicht. „Demoiselles!“, meinte er mit seiner ruhigen und überaus sonoren Stimme. Dann umrundete er seinen mit Akten vollgepackten Schreibtisch und verneigte sich vor seinen Besucherinnen. „Welche von Euch Damen ist die Baronesse d'Owen?“, wollte er wissen. Daphne gab sich zu erkennen. De La Reynie rückte zwei Stühle vor seinem Schreibtisch zurecht und forderte die jungen Frauen auf, Platz zu nehmen. Dann wandte er sich an Diane: „Wer, wenn ich fragen darf, seid Ihr?“ „Mein Name ist Diane de Perrêtre, ich bin Hofdame bei der

Herzogin Anne de Gonzague." „Dann könnt Ihr wohl bezeugen, dass es sich wirklich um Baronesse d'Owen handelt?", setzte der Polizeipräfekt nach. „Gewiss kann ich das."

De La Reynie nickte, und seine etwas schwermütigen Augen ruhten mit undurchdringlichem Blick auf Daphne. „Seine Majestät hat mich über den Vorfall informiert und mich Minister Colbert instruiert, wie zu verfahren sei. Es handelt sich hier um einen rein formalen Akt ohne rechtliche Konsequenzen für Euch, Baronesse, da lediglich einer Anfrage Genüge getan werden soll. Dennoch bin ich gehalten, Euch zu Eurer Herkunft und zu Sinn und Zweck Eures Aufenthalts in Paris zu befragen und einen Fragenkatalog mit mir durchzugehen. Seid Ihr dazu bereit?"

Daphne nickte – und berichtete über ihren Stand und ihre Familie, über Zweck und Dauer ihres Aufenthalts im Hôtel Nevers, und ihre Aufnahme in die Akademie. La Reynie blickte sie fragend an. „Wenn ich Euch recht verstanden habe, Baronesse, dann würdet Ihr gerne über die Euch von Euren Eltern zugebilligte Aufenthaltsdauer von zwei Jahren in Frankreich bleiben und hier als Akademiemalerin tätig werden?" Daphne nickte erneut – diesmal mit freudigem Lächeln. Ihr war, als ob der Polizeipräfekt ebenfalls gelächelt hätte. Für den Bruchteil einer Sekunde ... „Wenn es die Umstände erlauben, Herr Generalleutnant – von Herzen gerne!" – „Ich nehme es hiermit zur Kenntnis, Baronesse." Einem Aktendeckel entnahm er ein mehrseitiges, bedrucktes Formular. „Nun lasst uns beginnen, gnädiges Fräulein. Mademoiselle de Perrêtre wird sicher bestätigen können, dass Ihr Eure Angaben wahrheitsgemäß gemacht und nichts Wesentliches ausgelassen habt." Beide jungen Frauen nickten eifrig.

„Plant Ihr, mit Branntwein, Tabak, Kaffee, Tee und pyrotechnischen Artikeln zu handeln oder diese zu vertreiben?" – „Gewiss nicht!" La Reynie machte ein Kreuzchen auf dem Bogen. „Handelt Ihr mit Drugware, stellt Ihr solche her oder verarbeitet ihr diese weiter?" – „Gleichfalls nein, Herr Generalleutnant." – „Seid Ihr im Besitz einer Lizenz oder eines Meisterbriefs zur Herstellung von Feuerwaffen bis hin zum Kanonengießen?" Daphne blickte La Reynie fast entsetzt an. „Wie sollte ich, Monsieur de La Reynie?!" – „Ja oder nein, gnädiges Fräulein?" Er blieb unbeirrt höflich. „Natürlich nein!" – „Hängt Ihr dem vorgeblich reformierten Glauben calvinistischer Richtung an?" – „Ich bin ... Calvinistin bin ich nun doch nicht ..." „Andere vorgeblich reformierte Glaubensrichtungen oder christlichen Konfessionen werden hier nicht abgefragt. Also: Ja oder nein?" Was für eine Farce!, dachte Daphne mit leichter Verärgerung. Ich bin Lutheranerin. Aber das interessiert diesen Aktenstaubfresser nicht. Calvinistisch getauft bin ich aber auf alle Fälle nicht. „Nein, *Monsieur Le Prefect*!" – „Gehört Ihr einer Glaubensrichtung an, die nicht christlich ist?" – „Gleichfalls nein."

Daphne musste mindestens dreißig weitere, ihr fast lächerlich erscheinende Fragen über sich ergehen lassen und gewissenhaft beantworten. Und damit nicht genug – La Reynie verlas den ganzen Sermon am Ende nochmals – und ließ sich sowohl von Daphne als auch von Diane die Richtigkeit der Wiedergabe und Korrektheit ihrer Angaben bestätigen. Dann erhielten sie von Gabriel-Nicolas de La Reynie wieder „ihre Freiheit" und das Versprechen, dem Sekretär der Akademie das polizeiliche Zeugnis in den nächsten Tagen zuzustellen.

„Oh du mein Gott!", stöhnte Daphne auf dem Korridor, kaum, dass sich die Türe von La Reynies Büro hinter ihnen geschlossen hatte. „Das war ja grässlich! So grässlich, dass ich nicht einmal mehr von den Zwiebelhosen abgelenkt worden bin!" Sie rieb sich die Schläfen. „Gebe Gott, dass ich nie wieder mit der Pariser Polizei zu tun habe!" Die Freundin hakte sich bei ihr unter. „Nun hast du es doch überstanden – und dieser miesepetrige *Récteur* Le Brun kann nicht mehr an dir herumkritteln." Sie verließen so zügig wie möglich das Châtelet und suchten ihre Sänfte auf. „Ach, Diane, jetzt hätte ich Lust, mit dir noch eine Eiscreme im Café au Septième Ciel zu essen. Wenn du das noch nicht kennst – es ist göttlich! Ich bin da zufällig vor ein paar Wochen mit Armand hingeraten!", rief Daphne aus. Ihre Freundin lächelte versonnen und schüttelte den Kopf. „ Ein andermal, meine Liebe! Hast du etwa vergessen, dass du bald noch eine neue Auftraggeberin kennenlernen wirst? Sie wird dich heute am frühen Abend aufsuchen!"

Die Träger brachten sie über den Pont Neuf, und Diane verfiel in jenes Schweigen, das Daphne zu gut kannte. Irgendetwas beschäftigte ihre Freundin. „Er ist es!", rief sie plötzlich aus und griff nach ihrer Hand. „Wer ist – was?" „La Reynie! Er ist es, der dich beschützen wird!" Daphne begann erst verhalten, dann lauter zu kichern. „Dieser Aktenstaubfresser?! *Handelt oder vertreibt Ihr pyrotechnische Artikel, niederländische Tulpenzwiebeln, den Koran oder pornografische Schriften? Nein? Wie schade!* Also– alles, was recht ist!", wandte Daphne ein. Sie hatte sogar den Tonfall des Polizeipräfekten imitiert.

Diane blickte sie fast gekränkt an. „Er wird es tun – zu seiner Zeit. Aber du hast ihn getroffen, und das allein ist wichtig!" Daphne war immer noch zu Spott aufgelegt. „Gut, wenn es dich beruhigt – ich werde ihm eine Depesche oder besser noch: eine Aktennotiz schicken, wenn ich einmal in Bedrängnis geraten sollte." „Ja, Daphne, das wirst du. Und glaube mir: Er wird dir beistehen", sprach Diane überaus ernst. „In Ordnung, ich werde. Und nun zu deiner mysteriösen Dame ..."

*

Wenige Stunden später rollte eine einfache Kutsche ohne Wappen in den Hof des Hôtel Nevers. Ihr entstiegen Diane und eine elegant gekleidete, ziemlich hochgewachsene und tief verschleierte Dame, die mit ihrer Begleiterin rasch im Palais verschwand. Kurz darauf klopfte es bei

Daphne, Margot öffnete und ließ zunächst Diane ein. Die trat beiseite, um der Besucherin Platz zu machen, die einen dichten Schleier, einen breiten Hut und trotz der frühlingshaften Wärme einen Umhang über ihrem *deshabillé* und Handschuhe trug, die bis zum Ellbogen reichten. Daphne erhob sich, um die Dame zu begrüßen, und knickste. Höflich erwiderte die Verschleierte die Referenz, die in seltsamem Gegensatz zu ihrer Aufmachung etwas linkisch ausfiel. Diane nickte und sprach mit einem Lächeln: „Ich lasse Euch jetzt miteinander alleine." Sie nickte und verließ den Raum. Daphne blieb vor ihrer Besucherin stehen und blickte sie voller Erwartung an. „Mögt Ihr es Euch bequem machen – oder momentan noch unerkannt bleiben? Meine Freundin hat mir mitgeteilt, dass Ihr von mir porträtiert zu werden wünscht."

Die Unbekannte schwieg nach wie vor – doch nun legte sie ihren Umhang und ihren breitkrempigen Hut ab, unter dem lange, offen getragene Locken hervorquollen. Daphne wartete ab und drängte nicht auf eine Antwort.

Die Hände der Dame waren, jetzt da sie ihre Handschuhe ausgezogen hatte, hellhäutig und schmalgliedrig – und doch nicht von der Art, wie Daphne sie bei einer jungen Frau mit vollem glänzendem Haar erwartet hatte. Irgendetwas geht da nicht zusammen, kam es Daphne in den Sinn. Währenddessen zog die mysteriöse Edeldame umständlich den Haarreif von ihrem Kopf, mit dem ihr doppellagiger Schleier fixiert gewesen war.

Daphne schlug ihre Hände vor den Mund, um einen Aufschrei zu unterdrücken. „Armand!!", rief sie aus. „Was für eine Maskerade!" „Und was für äußerst unkommode Schuhe!", entgegnete der Comte de Rossignac und lüftete seine Röcke eine Handbreit, um seine eleganten spitzen Schuhe mit den hohen dünnen Absätzen zu zeigen. „Wer hat dich denn so ausstaffiert?", wollte Daphne voll unverhohlener Neugier wissen. „Selbstredend deine liebe Freundin Diane! Ich kann dir sagen – sie ist eine elende Perfektionistin!" Was nicht von der Hand zu weisen war, denn Armands Ausstattung war bis ins Detail stimmig. Diane hatte ihn sogar geschminkt – nicht einmal eine *mouche* hatte sie vergessen. Der Comte de Rossignac hätte mit seinem herzförmigen Gesicht und seinen blauen Augen gut und gerne als Frau durchgehen können. „Und", wollte er voller Ungeduld wissen, „willst du mich nicht begrüßen?" Sie flog geradezu in seine ausgebreiteten Arme, ihrer beider Röcke raschelten, als sie einander umfingen. Armands Kuss war glühender und drängender als diejenigen, die er vor Ostern mit ihr heimlich in der Kutsche getauscht hatte. „Meine Liebste ...", flüsterte er. „Ich konnte die Anordnung, mich von dir fernzuhalten, nicht mehr befolgen ..., ich will bei dir sein, ganz egal, was geschieht, ganz egal, wer etwas dagegen haben könnte ..." Wieder drückte er seine fein geschnittenen Lippen auf ihren Mund, den er mit seiner Zunge eroberte. „Mein Armand! Wie habe ich dich vermisst! Was immer geschehen ist – ich möchte es ungeschehen machen!", beschwor sie ihn. Er lächelte sie an und legte seinen Zeigefinger über ihre Lippen. „Psst!", machte er. „Das ist Vergangenheit. Dass wir beieinander sind, ist die Gegenwart. Und dass wir beieinander sein werden, ist unsere Zukunft!" Er drückte sie erneut an sich, um sie zu küssen. Daphne schlang ihre Arme um seine angenehm breiten Schultern und streichelte seinen schlanken Rücken. Er duftete unbeschreiblich gut. „Was sind diese Frauenkleider doch unbequem ...", seufzte er. Daphne lachte leise: „Du trägst sogar noch eines mit einem ausgesprochen legeren Schnitt – kein Schnürmieder, kein Blankscheit, keine drei Unterröcke, keine Strumpfbänder ..." „Doch, Strumpfbänder trage ich freilich", rief Armand protestierend aus und hob seine Röcke. Seine Beine waren von weißen Seidenstrümpfen bedeckt, und diese wurden von schwarzsamtenen Strumpfbändern gehalten. „Wenigstens meine Unterhose hat sie mir gelassen", fügte er hinzu und ließ sein Kleid wieder sinken. Daphne schwankte zwischen Rührung und Belustigung. „Das alles hast du für mich auf dich genommen?", fragte sie leise. Er lächelte – wobei er versuchte, etwas Koketterie hineinzulegen, indem er seinen Kopf auf Mädchenart schieflegte. „Blieb mir denn etwas anderes übrig?" Daphne trat wieder auf ihn zu und umfing ihn. „Als Mann bist du mir auf alle Fälle lieber, Armand!" Seine Lider senkten sich, während seine Pupillen groß wurden. „Das kannst du haben, meine Liebste!", raunte er an ihrem Ohr. Daphne zupfte am Spitzenbesatz seines Unterkleides. „Nun, dazu bedürfte es einiger kleiner Änderungen ..." Auch ihre Lippen begannen mit ihren Wangen um die Wette zu blühen. „Wenn Ihr so freundlich wärt, diese vorzunehmen, Mademoiselle?", setzte sie mit einem charmanten Augenzwinkern hinzu. „Du bist doch recht impertinent, *ma chère*!" rief Rossignac lachend aus, hob Daphne hoch und trug sie in das angrenzende Boudoir zu ihrem Bett.

*

Beide hatten nur noch ihre weißen Seidenstrümpfe am Leib behalten. Daphne konnte sich nicht sattsehen und sattfühlen am hübschen schlanken Körper ihres Liebhabers, an seiner überaus weichen Haut und dem seidigen Lockenpolster auf seiner Brust. Er war stärker gebaut als der König. Er war leichter. Er war behutsamer. Und er war mit einer Zärtlichkeit bei ihr, die ihr schier die Luft nahm und Tränen des Glücks und des Verlangens in ihre Augen trieb. Sie spürte die Last seines gespannten drahtigen Körpers kaum, sie spürte nur seine sanfte Begierde. Und nach den Wonnen der Lust lernte sie nun auch die Wonnen der Liebe kennen. „Mein Armand", seufzte sie, bereit sich fallen zu lassen in die warme See der Hingabe. „Ich liebe dich!" – „Ich dich doch auch, mein Herz! Ich war ... so ein Tor ... zu gehorchen und mich von dir fernzuhalten!" Diane spähte kurz in Daphnes kleinen Salon – dort war keine Menschenseele zu erblicken. Es war still. Doch als sie die Ohren spitzte, konnte sie deutlich die beglückten Seufzer der beiden Liebenden nebenan hören. Sie lächelte leise und schloss die Türe, vor der sie Posten bezog. Die beiden hatten ein ausgesprochen riskantes Spiel begonnen. Doch es gab keinen anderen Weg für sie – Armand de Rossignac war der Mann, der Daphne lieben sollte.

Kapitel einundzwanzig

In dem es um kurzes Liebesglück und schamlosen Verrat geht

Versailles, Mai und Juni 1669

Dies war einer der beeindruckendsten Orte, die Daphne je betreten hatte – das ehemalige Jagdschloss Louis' XIII. im Tal von Galie war während der vergangenen fünf Jahre zu einer eleganten Schlossanlage umgebaut worden, die fast dem gesamten Hofstaat Platz bot. Der König, der beschlossen hatte, zeit seines Lebens nicht mehr in Paris zu residieren, plante weitere, alles bisher Dagewesene übertreffende Baumaßnahmen, sowohl was das Schloss, die Zerstreuungs- und Wirtschaftsgebäude als auch den Park anging.

Der Park, fand Daphne, stellte alle Gärten, die sie kannte, in den Schatten. Seine Ausmaße waren ebenso phänomenal wie die Komponenten seiner Anlage – und man merkte sehr wohl, dass der König diesem sein besonderes Augenmerk geschenkt hatte. In den letzten fünf Jahren hatte Seine Majestät den Park immer wieder zu einem Schauplatz wundervoller Feste gemacht, ursprünglich wohl, um Louise de La Vallière zu beeindrucken und für sich zu gewinnen, dann mehr und mehr, um auch die Natur um das immer weiter ausgebaute Schloss seinem Geschmack und Gestaltungswillen zu unterwerfen. Wie schön, ja vollkommen war der Anblick: Vom Kernbau des Schlosses schritt man zwischen dem Nördlichen und dem Südlichen Beet hindurch um den Springbrunnen der Göttin Latona herum die Allee Royale hinab auf das große Bassin des Sonnengottes Apollo zu. Statuen und marmorne Vasen säumten in ausgeklügelter Harmonie und Zusammenstellung die Wege, und die ständig neuen Achsen, die sich dem Blick des Spaziergängers öffneten, waren keinesfalls die Produkte zufälliger Eingaben. Dahinter öffnete sich im Tal von Galie der Blick auf den sich fast über einen viertel Lieue erstreckenden Grand Canal, auf dem seit Beginn des Jahres erbeutete und restaurierte Kriegsschiffe lagen. Man hatte sogar den dazu gehörenden italienischen Matrosen an der Stirnseite des Grand Canal eine Siedlung gebaut: *Petite Venise.*

Oft konnte man Seine Majestät, sobald er sich in Versailles aufhielt, im Park beobachten – nicht nur bei der nachmittäglichen Promenade, auf der seine herausgeputzten Höflinge oft Mühe hatten, dem geschwinden und geübten Schritt ihres Monarchen zu folgen, sondern auch beim

Beobachten von Beet- und Pflanzarbeiten und im freundlichen Gespräch mit Gärtnern. Von Gartenarbeiten verstand der König ebenso viel wie vom Regieren, sogar Techniken wie das Aufpfropfen und Veredeln von Bäumen und Rosenstauden, das Vorkultivieren von Blumenzwiebeln und die Zucht von Zitrusgewächsen waren ihm vertraut. Am liebsten schienen ihm die über zweitausend Bäume in der nahe dem Südflügel liegenden Orangerie zu sein.

Wie viel dem König dieser Park bedeutete, konnte man daran ermessen, dass er persönlich eine Einweisung für Besucher verfasst hatte, die mit den Worten begann: „Wenn man durch das Vestibül des Cour de Marbre aus dem Schloss heraustritt, gelangt man auf die Terrasse; hier sollte man stehenbleiben und die Anordnung des Parterres, der Bassins und der Fontänen betrachten." Nicht wenige, die Seiner Majestät seit Beginn seines Regnums näherstanden als andere, behaupteten, dass er lediglich mit einem einzigen Mann eine tiefe Freundschaft eingegangen wäre – mit seinem Obersten Gartenbaumeister André Le Notre, dessen Vater Jean bereits unter Louis XIII. die Aufsicht über den Tuilerienpark innegehabt hatte. Andere, die sich über den König nicht ganz so freundlich äußerten, behaupteten darüber hinaus, dass die königliche Liebe zu Gärten und Parks sich auch darin niedergeschlagen hätte, dass seine erste Liebschaft, die er recht bald heimlich nach der Vermählung mit der Infantin von Spanien eingegangen sei, nicht etwa einer Hofdame, sondern einer Gärtnerin im Parc du Versailles gegolten hätte – welcher angeblich sogar eine gesunde Tochter entsprungen sei.

Nun plante der König für den Beginn des Sommers in diesem Park ein weiteres rauschendes Fest über drei Tage – mit Theater- und Ballettvorführungen, Feuerwerk, Tanzvergnügen und diversen Banketten für mehr als tausend Gäste. Als Anlass wurde das ruhmreiche Ende des Devolutionskrieges gegen die Spanischen Niederlande mit dem Gebietsgewinn Flanderns ebenso gehandelt wie die inoffizielle Einführung der Marquise de Montespan als königlicher Mätresse. Daphne war stolz: Ihr Armand war von seiner Majestät ins Planungskomitee berufen worden, anstelle des Chevaliers du Plessis, welcher nun Rossignacs Kammerherrenstelle während des Aufenthalts Louis XIV. in Flandern versehen musste. Armand konnte nun tagsüber glänzen–und sich im Schutz der Nacht in ihren Armen der Liebe hingeben.

*

Die ersten vorwitzigen und zärtlichen Strahlen der Morgensonne kitzelten Daphnes Nase. Sie räkelte sich sanft und tastete neben sich – das Bett war verlassen, aber noch warm. Als sie ihre Augen öffnete, fiel ihr erster Blick auf ihren Sekretär. Dort saß ihr Ritter Bleuet, ihr den Rücken zuwendend, und schrieb eifrig. Es war still im Raum und sie vernahm das sanfte Kratzen des Gänsekiels auf dem Papier. Leise schwang sie sich aus dem Bett und schlich sich hinüber zu ihm. Als sie sich leise über ihn beugte und über seine Schulter spähte, erkannte sie, dass er im Gegensatz zu ihr nicht gänzlich nackt war, sondern seine leinene Unterhose wieder angezogen hatte. Daphne schmiegte sich von hinten an ihn, ganz betört vom sanften Geruch seiner Haut und seiner leicht zerzausten, messingfarbenen Locken. „Hmm ...", machte der Comte und richtete sich ein wenig auf, um den Hautkontakt mit ihr zu verstärken. „Wenn ihr drei mich weiter ablenkt, bekomme ich wohl keinen gesitteten und überzeugenden Brief an deine Eltern zustande!" Sprach es, wandte seinen Kopf und schmiegte sein Gesicht zwischen Daphnes bettwarme Brüste. Seine seidigen Locken kitzelten sie auf eigene, ausgesprochen erregende Weise. „Du schreibst an meine Eltern?", fragte sie erstaunt. „Ein künftiger Schwiegersohn sollte schon einmal ein paar persönliche Worte des Werbens fallen lassen, meinst du nicht? Für den Baron und die Baronin von Owen bin ich, wenn ich es richtig sehe, immer noch nicht mehr als eine Theaterfigur", erklärte er, und wenn er nicht gleichzeitig versucht hätte, sie zu küssen, hätte seine Erwiderung fast so seriös geklungen wie eine Diskussion bei einem Notar. Daphne lachte, ihr machte dieses Kriegen-Spiel am frühen Morgen Freude, so verspielt, wie ihr Armand als Liebhaber war. „Ich dachte, ich störe deine Kontemplation?" „Aufs Allerempfindlichste!", meinte er voll des gespielten Vorwurfs. „Oh, mein Freund, dann weißt du offenbar nicht wirklich, was Stören bedeutet!", protestierte Daphne und ließ kurz ab von ihm. Freilich nur, um sich zwischen ihn und ihren Sekretär zu schieben und sich rittlings auf seinen Schoß zu setzen. Rossignac warf die Schreibfeder von sich und presste sein Gesicht erneut an seine Geliebte. Gierig sog er ihren Duft ein, der sowohl noch schläfrig als auch bereits wollüstig von ihrem Schoß aufstieg. Nun wurde seine Nase gekitzelt. „Mein süßer kleiner Nimmersatt!", murmelte er ergriffen. „Kannst du denn nie genug bekommen?" Er seufzte lüstern, – seine Wangen kratzten, er hätte eine Rasur durchaus vertragen, wie Daphne fand. Währenddessen war er damit beschäftigt, seine Unterhose aufzunesteln und seine Geliebte vollends über seinen Schoß zu ziehen. „Was wäre Kühnheit ohne Charme, Geliebte?", fragte er. Eine rein rhetorische Frage. „Meine Daphne ...", wisperte er. „Wenn du wüsstest ... wie ich dich liebe." Er packte sie fester, erhob sich vom Stuhl, wobei sie sich mit den Waden an seinen Hüften festklammerte, und trug sie hinüber zum Bett. Daphne ließ sich auf den Rücken sinken; statt einer Erwiderung zog sie ihn zu sich hinunter. „Den Brief kannst du später zu Ende bringen ..., Liebster!" „Oui, Mademoiselle!", sagte er zärtlich und begann sie verlangend zu küssen. Der Brief war freilich erst zwei Stunden später fertig geschrieben. Dann erst half Daphne dem Comte beim Ankleiden und verabschiedete ihn mit einem nicht enden wollenden Kuss. Nachdem er – wie es schien ausgesprochen ungern – gegangen war, streckte sie sich wohlig und spähte aus dem Fenster hinaus in den Park von Versailles, von dem sie allerdings nur das südliche Ende der Orangerie mit den umgebenden Spazierwegen erblickte. Um diese Tageszeit waren nur Gärtner, Bauarbeiter und Lakaien unterwegs, die die Schoßhunde ihrer Herrschaften ausführten. Die feine Gesellschaft hingegen ließ sich zum Lustwandeln nicht vor elf Uhr dort blicken.

Es klopfte. Margot trat ein, um Daphnes Morgentoilette vorzubereiten. Wenn Armand de Rossignac über Nacht bei Daphne blieb – und das tat er mittlerweile mindestens dreimal in der Woche – dann erschien die Zofe frühestens eine halbe Stunde, nachdem er ihre Herrin verlassen hatte. Margot war ein Muster an Diskretion und Loyalität; außerdem mochte sie den Comte gerne leiden. Sie hatte es Daphne schon ungefragt wissen lassen, dass sie sich für das Freifräulein keinen anderen Gatten wünschte; dass die beiden jungen Herrschaften bereits vor der Vermählung miteinander das Bett teilten, ließ sie unkommentiert. Margot öffnete die Fenster von Daphnes Boudoir, brachte warmes Wasser, Seife und feine Leinentücher zum Waschen und stellte eine Kanne heiße Schokolade auf ein *rechaud*. „Guten Morgen, gnädiges Fräulein – ich hoffe, Ihr habt gut geruht!", rief sie aus. Nun einem sehr feinfühligen Beobachter wäre das Zwinkern, das die Zofe dabei im Auge hatte, nicht entgangen. Daphne wickelte sich in ihren Schlafpelz. „Oh ja, danke, Margot! Bitte schenke mir doch gleich eine Tasse Schokolade ein – ich muss derweil noch etwas holen!", ordnete sie an und schlüpfte über die *antichambre* hinüber in den Salon der Comtesse de Soubris. Gestern Abend hatte sie vergessen, die Comtesse rechtzeitig um eine Phiole des Elixiers zu bitten, mit dem sich erfolgreich eine Empfängnis verhüten ließ. Es schmeckte abscheulich, ihr war nach der Einnahme für mehrere Stunden flau im Magen und aufgewühlt im Gedärm – aber es funktionierte: Ihre Regel war pünktlich wie der Mittagsschlag einer Rathausuhr eingetreten.

Die Comtesse war offenbar noch nicht wach, also würde sie sich die Phiole ausnahmsweise selbst aus deren Sekretär nehmen. Sie wusste, in welchem Fach sich das Kästchen befand. Sie fand es sogar unverschlossen. Daphne musste lächeln, als sie das Kästchen öffnete: Hatten sich darin vor wenigen Wochen noch mindestens vierzig Phiolen befunden, so war deren Bestand jetzt bis auf zehn Stück aufgebraucht. Ihr Armand war ein fleißiger *Galan* ... Sie griff nach einer Phiole, doch sie glitt ihr aus den Fingern, fiel auf den Boden des Fachs und rollte in eine daumenbreite Spalte. Erst wollte sie einfach eine andere nehmen, doch dann siegte ihre anerzogene Sparsamkeit – sie tastete in der Ritze nach der schlanken Glasflasche. Sie fand sie neben einen zusammengefalteten Stück Papier. Es war ein Brief, dessen Siegel bereits erbrochen war. Daphne warf, während sie die Phiole öffnete und austrank, einen eher flüchtigen Blick darauf: das Siegel des Königs! Und als sie den Brief umdrehte, sah sie zu ihrem gelinden Schrecken, dass der Brief an sie selbst adressiert war. Und zwar mit Louis Le Grands eigener Handschrift ... Sie steckte das Schreiben in die Tasche ihres Schlafpelzes, schloss das Fach des Sekretärs und begab sich zurück in ihr eigenes Boudoir. Sie würde den Brief erst lesen können, wenn Margot mit ihrer Toilette fertig war – aber ihre Neugierde war bereits in diesem Moment ins schier Unermessliche gewachsen.

*

War es möglich? War es wirklich möglich? Daphne, im höchsten Maße aufgewühlt, verunsichert und auch verängstigt, las den Brief Louis XIV. zweimal. Er datierte gerade einmal vor neun Tagen. Sie legte ihn weg, arbeitete unkonzentriert am Porträt von der Tochter der Gräfin de Sevigné, hielt es nicht mehr innerhalb des Schlosses aus, kehrte zurück, las den Brief ein weiteres Mal. Die Einladung zum gemeinsamen Mittagessen mit der Comtesse de Soubris schlug sie aus, ihr Magen war ohnehin wegen des empfängnisverhütenden Tranks in Aufruhr. Außerdem mochte sie der alten Gräfin in diesem Moment unter keinen Umständen unter die Augen treten; es würde sich allerdings nicht vermeiden lassen, dass sie verabredungsgemäß zusammen mit ihr und Armand am späteren Nachmittag eine gemeinsame Promenade unternehmen musste. Nun, vielleicht würde sich ihre aufgewühlte Verfassung bis dahin wieder einigermaßen arrangiert haben. Auf alle Fälle schickte sie ein kurzes *billet* ins Hôtel Nevers, in dem sie Diane um dringenden Rat bat. Hier schien Ungeheures im Gange – in dessen Zentrum sie sich zu ihrem Schrecken selbst befand.

Aber zunächst kündigte sich der Chevalier Grammont an, der sein für seine Lady Hamilton bestimmtes Porträt abholen wollte. Der Chevalier, ein eleganter und überaus freundlicher Edelmann Ende dreißig, war bekannt für seine angenehmen Umgangsformen. So lobte er das Resultat denn auch in höchsten und überaus glaubhaften Tönen, überließ Daphne ein Säckchen mit dem vereinbarten Honorar von fünfhundert Livres und erkundigte sich natürlich nach dem Befinden der geschätzten Malerin. Daphne wich ein wenig aus und fragte nun ihrerseits nach dem Ergehen seiner englischen Gemahlin. „Oh, meine werteste Baronesse, sie hat sich hier in Versailles so schnell eingelebt, wie es einer Engländerin eben möglich ist!“, lächelte der Chevalier. „So habt Ihr Eure Liebe also fernab des Hofes gefunden“, meinte Daphne und nahm das Porträt von der Präsentationsstaffelei. Grammont schmunzelte. „Ich darf mich wohl dessen rühmen, zugleich der Liebe und der Vernunft gefolgt zu sein. Denn es ist kein Geheimnis, dass ich hier in Frankreich vor Jahren ein wenig Malheur hatte wegen einer Angebeteten, die auch das Wohlgefallen und Interesse Seiner Majestät erregt hatte.“ Daphne errötete und bemühte sich, so gleichmütig wie möglich zu klingen. „Nun, Ihr zumindest habt das königliche Wohlwollen ja zurückgewonnen ... Wie aber ist es jener Dame ergangen, wenn ich so neugierig sein darf?" Sie schlug das Gemälde in ein großes Leintuch ein und begann es zu verschnüren. Der Chevalier gab sich unbedarft, als er antwortete. „Nun, was soll mit ihr schon gewesen sein? Seine Majestät hat sich eine Weile an ihr erfreut, wie sie sich seiner Aufmerksamkeit erfreuen durfte. Aber wenn Ihr damit gemeint habt, ob sie etwa auch der königlichen Ungnade anheimgefallen ist–nein, das war nicht so. Damen behandelt Seine Majestät stets milder. Schließlich ist er nicht Henry Tudor VIII. Und nun danke ich Euch für Eure geschätzten Mühen und das gekonnte Resultat, Baronesse! Ich werde nicht nachlassen, Euch als Porträtistin weiterzuempfehlen!" Grammont verneigte und empfahl sich, nachdem er einen Lakaien angewiesen hatte, das Porträt in sein Appartement zu schaffen. Daphne war danach ein wenig leichter ums Herz. Trotzdem ließ der Inhalt des Briefs Louis XIV. sie aufgewühlt zurück.

Zwei Stunden später promenierte sie mit Antoinette de Soubris und Armand de Rossignac in der wundervollen Nachmittagssonne über den Tapis Vert. Armand hatte seiner Großtante galant den Arm geboten; Daphne selbst ging ohne Körperkontakt neben ihm her. Nun war der Parc de Versailles über und über bevölkert mit elegantem Publikum, das nicht nur aus Höflingen und deren Besuchern, sondern auch aus sorgfältig aufgemachten Bürgern bestand. Jedem Mann und jeder Frau war der königliche Schlosspark frei zugänglich. Nur Bettlern und Ordensleuten war der Zutritt untersagt, wohingegen sich nicht wenige Händler mit Bauchläden, Körben und kleinen Handkarren entlang der Hauptwege aufhielten und den Flaneuren ihre Ware feilboten: Sonnenschirme, kleine Frühlingsbuketts, Früchte aus den Treibhäusern im Umland, Naschwerk und Gebäck, Limonaden oder auch frisches Trinkwasser. Auch um diese bevölkerte Stunde besaß der große Schlosspark einen ganz eigenen Zauber, der mit keinem anderen Ort dieser Welt verglichen werden konnte. Armand hielt inne – und erwarb für die Comtesse und Daphne zwei Maiglöckchensträuße zum Anstecken, die betörend dufteten. Als er Daphne beim Befestigen an ihrem Dekolleté half, sah er ihr tief in die Augen und raunte ihr zu: „Was ist mit dir, Liebste? Du wirkst auf einmal so bedrückt – und angespannt zugleich?" Daphne schüttelte leicht den Kopf. „Ich hatte mich vorhin etwas hingelegt – und bin dabei eingenickt. Dabei hatte ich einen merkwürdigen Traum." Armand sah ihr fragend in die Augen: „Und wovon hat dir geträumt, Geliebte?" Daphne roch an ihren Maiglöckchen und seufzte: „Ich träumte, dass Seine Majestät zurückgekehrt sei." Rossignac neigte sich, so schicklich es eben in der Öffentlichkeit war, zu ihr. „Liebste, davor muss dir doch nicht bange sein! Du weißt, dass ich dich über alles liebe – und dass das Geheimnis unserer Liebe bei der Comtesse besser verwahrt ist als die Reliquien in St. Denis! Ist es nicht so, liebste Patin?" Antoinette de Soubris nickte mit mildem Lächeln. „Von mir wird kein Mensch etwas erfahren. Und was die Dienstboten angeht, so habe ich ihnen mit Prügel gedroht, dass ihnen die Rippen brechen, sollte ihnen auch nur ein Sterbenswörtchen über die Lippen kommen!“ Da neigte sich Armand erst zum Kuss über die Hand seiner Großtante, dann über die von Daphne. „Wem, meine Damen, sollte ich sonst vertrauen können als Euch?“

*

Am selben Abend erhielt Olympe de Soissons ein kurzes *billet*. Es beinhaltete lediglich folgende Worte: „Übernehmt nun Euren letzten Part! A. S.“

*

Auch Diane las den Brief des Königs an Daphne gleich zweimal hintereinander – und war ebenso fassungslos und beunruhigt wie jene am Tag zuvor. „Das ist doch die Handschrift Seiner Majestät, nicht wahr?!“ Vielleicht hatte sich ja jemand einen Scherz mit ihr erlaubt. Daphne klammerte sich an diese Eingebung wie an einen Strohhalm. Diane nickte: „Zweifellos!“ Sie gab der Freundin den Brief zurück und blickte nervös und nachdenklich aus dem Fenster. Dann sah sie Daphne mit einem Kopfschütteln an. „Und streng genommen bin ich es, der du den Kummer zu verdanken hast, der dir möglicherweise ins Haus steht. Denn ich war es doch, die zwischen dir und Armand vermittelt hat!“ Daphne beeilte sich, ihre Freundin herzlich in den Arm zu nehmen. „Du Närrin! Armand und ich, wir lieben uns. Und wenn es du nicht gewesen wärest, der uns wieder zusammengebracht hätte, dann ein anderer Mensch. Oder ein Zufall. Liebe findet immer einen Weg, und sie kommt, wann sie will. Wie ein Vogel“, meinte sie und fügte nach einem kurzen Blick auf die um eine Liebkosung bettelnde Heloïse hinzu: „... oder wie eine Katze! Und was Armand und mich angeht: Solange wir unter dem Schutz der Soubris stehen, wird kein Mensch und kein König etwas erfahren, bis meine Eltern unsere Vermählung erlauben.“ Sie straffte ihre Schultern. „Armand hat heute Morgen in einem Brief bei meinen Eltern um meine Hand angehalten und angekündigt, dass er dies persönlich tun wird, sobald das *Grand Appartement royal* im Juli über die Bühne gegangen sein wird. Dann werden wir gemeinsam nach Heidelberg reisen – und es kann mir egal sein, ob Louis Le Grand mir nun seine Liebe gestanden hat oder nicht!“, setzte sie triumphierend hinzu. „Schließlich bin ich nicht seine Untertanin!“ Diane zog ihre Stirne kraus. „Sicher – du steht nach wie vor unter der Kuratel deiner Eltern. Und du bist keine Französin. Aber“, wandte sie ein und ließ eine Pause folgen, „ der König hat dir dafür, dass du eben keiner seiner Untertanen bist, immense Gunstbeweise und Protektion erteilt. Und sage mir nicht, dass du nicht im Mindesten geahnt hättest, worauf du dich eingelassen hast mit ihm. Wenn er zurückkehrt aus Flandern, wird er mehr von dir wollen. Und dass er etwas gereizt ist, wirst auch du nicht abstreiten können. Ich will dafür beten, dass er nichts von dir und Armand zugesteckt bekommt!" Erneut las Daphne den Brief, dessen Inhalt sie nun fast auswendig kannte und dessen Tonfall sie sich beinahe vorstellen konnte:

„Meine liebste Baronesse Daphne, meine Muse! Nun weile ich schon länger als einen Monat in Flandern und gehe meinen Obliegenheiten nach. Die Kanonen schweigen, es marschieren keine Armeen mehr auf den Schlachtfeldern auf, und es wird in Bälde der Friede werden, den ich um Frankreichs willen errungen habe. Mademoiselle, könnt Ihr ermessen, wie groß meine Sehnsucht nach Euch ist – nicht nur, wenn ich mich des Nachts zur Ruhe begeben habe? Wie sehr es mich irritiert, Euch mein wundes Herz zu Füßen gelegt zu haben – und keinerlei Regung, kein Wort, ich fürchte, noch nicht einmal ein freundlicher Gedanke kommt von Euch zurück. Nun ist dies der dritte Brief, den ich an Euch geschrieben habe, Mademoiselle. Bedenkt, wie groß die königliche Gunst und Liebe war, mit der Euch zu beschenken ich immer noch brennend gewillt bin. Mögen diese noch nicht im Schwinden begriffen sein, so ist doch die Geduld Eures Königs bei Weitem erschöpflich. Euer Euch in tiefster Affektion zugeneigter Louis, Roi de France"

Sie blickte Diane ziemlich verzweifelt an: „*Che miseria!*, hätte meine Mutter jetzt gesagt. Denn: Wo sind die beiden vorangegangenen Briefe des Königs an mich abgeblieben? Ich habe, so gut es ging, den Sekretär der alten Comtesse durchsucht. Mit dem Ergebnis, dass ich nichts gefunden habe. Und was mich noch weitaus mehr beunruhigt: Wer hat die Briefe des Königs an mich abgefangen? Und warum?" Diane kratzte sich nachdenklich im Nacken. „Wo ist Herzogin Anne de Gonzague, wenn man sie wirklich braucht? Ich fürchte, dass du dich, so lange sie noch auf Reisen ist, nur noch mir anvertrauen solltest! Und das meine ich durchaus ernst! Kein Wort zur Comtesse de Soubris, auch nicht zu Armand!" „Die Comtesse hat mir und Armand heute Nachmittag hoch und heilig versprochen, die Hand über uns zu halten." Diane fasste Daphne fast schmerzhaft an der Schulter. „Du Lämmchen! Musst du erst den denkbar größten Kummer bekommen, bevor du begreifst, dass du hier kaum jemandem vertrauen kannst – weder in Versailles noch in St. Germain noch in St. Cloud? Und noch nicht einmal im Hôtel Nevers? Vielleicht war es sogar Antoinette de Soubris, die die Briefe Louis an dich unterschlagen hat – warum auch immer? Du solltest ab sofort auf der Hut sein. Und umgehend an den König schreiben und dich bei ihm entschuldigen, so vage, wie es geht. Noch ist er dir einigermaßen gewogen ..." Sie drückte Daphne an sich. „Den Brief werde ich besorgen!" Daphne erwiderte Umarmung der Freundin. „Doch – es gibt einen Menschen, dem ich hier vertrauen kann ...: dir!"

*

Ein überdurchschnittlich warmer und freundlicher Monat Mai im Jahre des Herrn 1669 ging dem Ende zu. Eben hatte die Marquise de Montespan Seine Majestät Louis Le Grand verlassen – respektive das gemeinsame Lager – und der König war in die große Kupferbadewanne gestiegen, die im Badezimmer des *château* de Cambrai immer noch vorhanden war. Die altmodische Sitte des Badens im warmen Wasser hatte sich im Französisch sprechenden Teil der Spanischen Niederlande, der nunmehr Frankreich zugeschlagen worden war, gehalten. Worüber Louis XIV. nicht unfroh war, der im Gegensatz zu seinen Höflingen eine ordentliche und gründliche Reinigung seines Körpers von Zeit zu Zeit überaus schätzte. Allerdings vermied er das Baden während der offiziellen Levers. Nicht nur, weil die Medizin seit der Konstruktion des Mikroskops durch den Niederländer van Leeuwenhoek in der Haut des Menschen kleine Löcher, genannt Poren, entdeckt hatte, von denen man ernstlich befürchten musste, dass durch diese die gleichfalls durch das Mikroskopieren nachgewiesenen massenhaften Miasmen eindringen und dort Fieber, Brand und andere Krankheiten wie die Pocken hervorrufen konnten. Es mochte angehen, Audienzen auf dem Leibstuhl zu geben, wo man das Wesentliche bedeckt halten konnte. Doch beim öffentlichen Bade wäre trotz Tragen eines Hemdes allzu viel vom königlichen Körper sichtbar gewesen – was lediglich ihn, seine Diener und einige Damen anging. Heimliches Baden jedoch erquickte ihn, befreite seine Physis von Staub und unangenehmen Gerüchen und machte seine Françoise Athenaïs noch lüsterner als sonst. Was er, der demütig-spröden Hingabe von Louise de La Vallière längst überdrüssig wie auch der einmaligen, wenngleich feurigen Umarmungen der Malerin Daphne noch längst nicht sicher, sehr zu schätzen wusste.

Eben betrat sein oberster Kammerdiener Alexandre Bontemps das Badezimmer. „Sire, soll ich den Barbier jetzt gleich kommen lassen – oder morgen früh? Außerdem ist der Postreiter eingetroffen." „Danke, Bontemps, ich wünsche erst morgen früh rasiert zu werden. Außerdem möchte ich jetzt die Wanne verlassen." – „Sehr wohl, Sire!"

Der König erhob sich aus der Wanne und ließ sich von Bontemps in die hingehaltenen, leicht vorgewärmten Leinentücher wickeln und trockenreiben. Nachdem er seinen Schlafpelz angelegt hatte, ging er hinüber ins sein Boudoir. Der Postreiter hatte, wie befürchtet, fast einen Weidenkorb voller Briefe gebracht, die sein Sekretär schon gesichtet hatte: Berichte, Bittschriften und Privatkorrespondenz. Oben auf diesem Häufchen lag ein Schreiben der *Surintendante* Ihrer Majestät – von der er selten Post bekam. Umso neugieriger erbrach er ihr Siegel. Olympe de Soissons, mit der er eigentlich nur noch geschäftsmäßigen Umgang pflegte, war für ihn dennoch eine wichtige Informationsquelle geblieben, nicht nur im Hinblick auf seine extrem schreibfaule Königin (deren Französisch geschrieben mehr als gesprochen immer noch dürftig war).

Die Comtesse de Soissons sandte ihm zuerst eine Liste von Ehrendamen, die Ihre Majestät anlässlich des bevorstehenden *Grand Appartements royal* unbedingt auf einem Festbankett geladen wünschte, und bat um Genehmigung. Ferner ein Kostenvoranschlag für die Festrobe Ihrer Majestät – zu bestücken mit Juwelen im Wert von fünfzehntausend Livres. Louis Le Grand stöhnte. Marie Thérèse würde funkeln wie ein Sternschnuppenregen – was sie für ihn aber leider nicht anziehender machen würde. Weiterhin hätte sich der Dauphin Louis beim Versuch, Diabolo zu spielen, einen Milchzahn ausgeschlagen ... Louis XIV. wollte schon das dröge Schreiben der Haushaltsvorsteherin seiner königlichen Gemahlin beiseitelegen – sie hatte ihn schon besser amüsiert – als sie wohl endlich auf den Punkt kam, der sie am meisten zu bewegen schien: Die reizende Baronesse d'Owen, über die bekannt geworden wäre, wie hoch sie sich mittlerweile in der königlichen Gunst befände, hätte wohl während der Abwesenheit der königlichen Sonne einen Trabanten bekommen, wenn auch einen bescheidenen ...

Die Soissons hatte keinen Namen genannt, noch nicht einmal eine Anspielung gemacht. Dennoch begann das Räderwerk im Gehirn Louis' XIV. zu mahlen. Daphne d'Owen, die er protegiert hatte wie keine Frau zuvor, vor der er sich weit genug entblößt hatte, ihr sein Herz zu Füßen zu legen, hatte es also nicht nur gewagt, seine Briefe zu ignorieren, sie besaß offenkundig sogar die Impertinenz, während seiner Abwesenheit einen Nebenbuhler in sein Revier zu lassen.

Der König verfasste ein unverfängliches Antwortschreiben an die *Surintendante*, in dem er ihr verbindlichst für ihre umfassenden und aufschlussreichen Informationen dankte und die Gästeliste und die Kleiderrechnung seiner Gemahlin absegnete. Dann setzte er ein weiteres Schreiben an den Pariser Polizeipräfekten auf, worin er La Reynie anwies, seine besten Spione auf die Baronesse d'Owen anzusetzen – es sei ihm aus verlässlicher Quelle zugetragen worden, dass es die junge deutsche Edelfrau mit der Loyalität dem König gegenüber nicht allzu genau nähme. Bericht innerhalb der beiden nächsten Wochen sei gewünscht. Er hatte es dank seiner legendären Menschenkenntnis fast spüren können, dass diese zwar brillante junge Dame in einem Grad eigenmächtig war, die die königliche Geduld in einem Maße überstrapazieren könnte, um ihn, den Souverän aller Franzosen, potenziell das Gesicht verlieren zu lassen. Was er, wenn es denn der Wahrheit entsprach, niemals dulden würde. Und zuvor musste er unbedingt herausfinden, wer da wohl in seinem Wäldchen wilderte – und den Wilderer unschädlich machen.

*

Drei Tage darauf erhielt Louis XIV. einen Brief aus der Feder von Daphne d'Owen, den ersten überhaupt und völlig überraschend. Dessen Inhalt beruhigte zwar nicht seinen Argwohn, was einen möglichen Rivalen anging. Aber sein Groll bezüglich seiner bisher nicht erwiderten Gefühle war einigermaßen besänftigt. Daphne d'Owen erkundigte sich nach dem Wohlbefinden ihres Königs und dankte ihm für die erwiesene immense Gunst, deren sie sich auch künftig dankbar und würdig zu erweisen beabsichtige. Sie bäte ihn um Pardon für ihre unziemlich verspätete Antwort – indes seien ihr die beiden ersten Briefe aus seiner Feder bis dato nicht zugegangen. Weshalb sie seinen Unmut verstünde, wiewohl sie ihn nicht zu verantworten hätte. Sie bliebe stets die Seine und in Erwartung seiner Rückkehr ...

Ihr Schreibstil war geschmeidig, ihr Französisch ohne Abstriche elegant. Und er, der ein guter Musiker mit einem feinen Gehör und darüber hinaus einer reichen Fantasie war, konnte ihre Stimme fast hören in jenem Moment, da er ihr ersehntes Schreiben las. Heimlich und zärtlich strich er ihren Brief glatt, der gemäß seiner Anordnung nicht durch die Vorzensur der *Chambre Noir* gegangen war. Daphne war, wie er es liebte, eine Frau mit Intelligenz und Talent. Und sie war ein entzückender Bettschatz: zärtlich und anschmiegsam wie Louise de la Vallière. Und zugleich feurig, wagemutig und wollüstig wie Athenaïs de Montespan. Darüber hinaus verfügte sie über eine Art Genie, das Frankreich gefehlt hatte. Was konnte sich ein Mann und König mehr wünschen für Hofstaat und Bett ... Louis XIV. lächelte versonnen; bei den vielfältigen Gedanken an Daphne d'Owen hatte doch die königliche Männlichkeit begonnen, ihr Vergnügen erneut einzufordern ... Er läutete nach Bontemps, den er hinüberschickte zur Marquise de Montespan: Sie möge sich bereithalten.

*

„Warum schickst du mich schon wieder mitten in der Nacht fort, Daphne?", klagte Armand de Rossignac. „Warum bist du seit Neuestem so scheu, so verunsichert? Habe ich dir etwas getan, Liebste?" Er lag neben Daphne auf deren Bett, wo sie sich bis eben voller Liebe nicht mehr hatten lassen können. Und nun? Es war das vierte Mal innerhalb der beiden zurückliegenden Wochen, dass sie nicht mehr wollte, dass er neben ihr einschlief, sondern dass er sich wie ein Dieb in der dunklen Nacht davonschleichen sollte.

Daphne streichelte die dichten seidigen Löckchen auf seiner Brust. „Weil ich Angst habe, mein Armand!" Er nahm sie in den Arm. „Aber wovor denn? Dass man uns entdeckt? Verhalten wir uns tagsüber denn nicht mustergültig, und nicht nur in der Öffentlichkeit? Bis jetzt hat uns nach meinem Dafürhalten niemand erwischt, niemand beobachtet." Er hielt Daphnes Gesicht fest. „Oder ist es jemand Bestimmtes, den du fürchtest? Etwa den König?"

Sie machte sich von ihm los und stieg aus dem Bett, um aus einem Geheimfach ihres Sekretärs den Brief des Königs aus Cambrai zu holen, denn sie konnte es nicht länger vor ihm verheimlichen. „Bitte lies – du wirst verstehen ...", sagte sie tonlos.

Armand wurde fast blass. „Daphne ..., oh mein Gott! ... und du hast bisher geglaubt, er würde von dir ablassen?!" Sie nickte voller Ernst. „Ich war mir so sicher, dass ich dem König nichts bedeute – außer dem Handel, den wir wegen der Akademie miteinander geschlossen hatten. Und nun werde ich diesen Geist nicht mehr los!" Sie schlug ihre Hände vors Gesicht und begann zu weinen. „Er darf es nicht erfahren, dass wir ein Liebespaar sind, Armand!"

Rossignac zwang Daphne ihn anzusehen. „Louis Le Grand *muss* es sogar erfahren, Liebste! Sobald das *Grand Appartement royal* über die Bühne gegangen sein wird, werden wir – du und ich – vor den König treten und ihm erklären, dass wir heiraten werden. Es ist mir klar, dass ich meine Dienste dann quittieren muss, aber glaube mir: Ich verfüge über genügend Besitz, um dir im Languedoc ein schönes Leben ermöglichen zu können. Mit deiner Malerei. Daphne, ich liebe dich! Und wenn du mich auch nur ansatzweise ebenso liebst, dann kann dir und mir kein irdischer König etwas anhaben!" Er küsste sie voller Energie und Innigkeit, doch sie blieb zurückhaltend.

„Da ist noch etwas, Armand! Ich habe diesen Brief – die beiden ersten an mich gerichteten sind wohl auch abgefangen worden – im Sekretär deiner Patin entdeckt ...", stammelte sie. Rossignac streichelte ihr Haar und murmelte. „Kannst du dir denn nicht denken, warum? Weil Antoinette de Soubris dich vor den Begehrlichkeiten des Königs ebenso schützen will wie mich vor Entdeckung!" – „Glaubst du wirklich, Armand?" – „Ich bin mir absolut sicher, mein Herz! Und was ist nun: Darf ich hier bleiben – oder muss ich gehen?" – „Bitte bleib, mein Armand!"

*

Der König tafelte mit seinem Außenminister Lionne und unterhielt sich zwischen *entrecôte* vom Rind, Wachteln und gebratenen Milchlämmern höchst ersprießlich mit ihm darüber, wie das *Corps diplomatique* in den nun zurechtgestutzten Spanischen Niederlanden neu zu ordnen sei. „Nun, Sire", begann der alte Diplomat, dem schon vor Jahren die brillante Lösung des Londoner Kutschenstreits in den Schoß gefallen war, was ihm des jungen Königs Gunst schlagartig gesichert hatte, „dies ist kein Problem – ich kann d'Harcourt und d'Arras aus Madrid abziehen – die beiden Herren sind überaus erfahren und geschmeidig und würden es mehr als verdienen, endlich von *Attachés* zu Sondergesandten befördert zu werden. D'Harcourt bekommt das Klima im El Escorial darüber hinaus nicht besonders gut – er müsste die Spanischen Masern auskurieren ..." „So?", lächelte Louis XIV. und zog seine unnachahmlich spöttische Miene auf. „Und Ihr meint, die Quecksilberkur in Lille sei bekömmlicher und heilsamer als die in Madrid?" – „Unbedingt, Sire!"

Louis Le Grand verzehrte bereits die vierte Wachtel und tunkte den Fond genüsslich mit knusprigem Weißbrot auf. Mitten im Juli solche fetten Exemplare von diesen Tieren zu bekommen, war schon ein Genuss, den er mit etwas verdünntem Rotwein unterstrich. „Allerdings", fuhr Lionne fort, „müssten dann zügig zwei neue *Attachés* nach Madrid entsandt werden, allein aus Gründen des Respekts vor Eurer Majestät Schwager, der allerkatholischsten Majestät." – „Selbstredend! Ihr kennt nicht zufällig zwei junge und ehrgeizige Edelleute, denen der heiße und staubige Sommer in Madrid nichts ausmacht?" Lionne sah ein wenig verlegen drein, während sich der König über eine Keule des Zickleins hermachte. Etwas mehr Knoblauch hätte dem Fleisch nicht geschadet, fand er. „Offengestanden, Sire, habe ich auf Eure Empfehlung gehofft."

In diesem Moment trat Bontemps ein und verneigte sich, ein Kuvert in der Hand haltend. „Um *pardon*, Sire, aber ich habe von Euch die Anweisung, dieses Schreiben unverzüglich auszuhändigen ..." Louis XIV. wischte seine fettigen Finger an einer Serviette ab und winkte seinen Kammerdiener herbei. Nur die Briefe von zwei Personen hatten ihm ohne Verzug zugestellt zu werden: die von Minister Colbert und die vom Polizeipräfekten de La Reynie. Dieser Brief stammte aus der Feder des Letzteren, und der König öffnete ihn voller Ungeduld. Während er ihn las, trat eine steile Zornesfalte zwischen seine Augenbrauen. Er faltete den Brief zusammen, steckte ihn in eine Innentasche seines *justaucorps* – und trank einen Kelch Rotwein in einem Zug leer. Danach nagte er schweigend die Ziegenkeule ab, ehe er seinen Außenminister wieder anblickte. „Den Marschbefehl für einen Attaché kann ich Euch bereits jetzt geben, Lionne. Es handelt sich um den Comte Armand de Rossignac. Der junge Graf ist ausgesprochen kaltblütig – und damit wie geschaffen für das heiße Klima in Kastilien."

*

„Schau, und dahin kommt die Bühne für George Dandin und auch die *Fêtes de l'amour et de Bacchus*!", erklärte Armand de Rossignac Daphne voller Stolz, als er sie um die Bühnenmodelle für das *Grand Appartement royal* herumführte. „Sie wird ganz über dem Bassin aufgeschlagen und ist sechsunddreißig Fuß breit, groß genug für die hundert Tänzerinnen und Tänzer ist sie allemal – und der hintere Prospekt integriert sozusagen den Blick in die Allee zur Orangerie. Sieur Vigarani ist immer gut für geniale Ideen ..." Mit vorsichtigen Fingern fuhr Rossignac über die fein ausgeführten, etwa eine Spanne hohen maßstabgetreuen Modelle aus bemaltem Sperrholz, die man mit kleinen Kurbeln hochfahren und entfalten konnte. Sogar zwei kleine hellblau angemalte Wasserbecken enthielt das dreimal drei Klafter messende Landschaftsmodell aus Pappmaché.

„Sogar eine Krone wird in den Bäumen aufgehängt!", rief Daphne bewundernd aus. „Jawohl – und die Beleuchtung wird bei dieser Aufführung von zweiunddreißig Kristalllüstern gestellt anstatt von Theaterfeuern. Deren Geruch wohl für die geladenen Damen fatal wäre!", setzte der Comte hinzu. „Wie viele Zuschauer wird das Amphitheater denn aufnehmen können?", wollte Daphne wissen und Armand antwortete wie aus der Pistole geschossen: „Eintausendzweihundert auf den Rängen und dreihundert im Parterre! Und vorher" – er lenkte Daphnes Augenmerk auf fünf Zeltmodelle aus Leinenstoff – „wird den geladenen Gästen das *dîner des Hésperides* gereicht mit sechsundfünfzig Gängen nach den genialen Plänen des königlichen Küchenchefs Maréchal de Bellefonds – an den fünf Endpunkten des Bosquet d'Etoile rings um den Springbrunnen, wo man später auch dem Gesang der Nachtigallen lauschen kann ..." „... wenn die Musik einmal Ruhe gibt ...", lächelte Daphne. „Es gibt keine *fête* ohne Musik – zumindest nicht bei Louis Le Grand!", meinte der Comte de Rossignac. „Und nun schau hier, meine Liebste, hier hat Le Vau den Ballsaal für diesen Abend konzipiert!" „Das ist ja unglaublich!", rief Daphne aus. „Achteckig!" Sie fuhr mit den Fingerspitzen über die raue Innenseite des Sperrholz-Oktogons. „Was für ein Material ist denn für diese Wände vorgesehen?" „Die königlichen *roccailleure* arbeiten schon fleißig an den Muschelornamenten. Und siehst du hier? Hier gibt es im Inneren des Ballsaals noch Wasserspiele. Le Vau meint, dies sei für die von der warmen Sommernacht und vom Tanz erhitzten Gäste eine einmalige Erfrischung! Aber den Höhepunkt wird zweifellos das Feuerwerk um Mitternacht darstellen!"

Daphne war sichtlich beeindruckt. „Und wie viel will sich Seine Majestät eine einzige rauschende Ballnacht kosten lassen?" „Man redet von fast einhundertzwanzigtausend Livres ...", meinte Armand de Rossignac leichthin. „Ach du liebe Güte!", rief Daphne aus.

Der Comte hob Daphne hoch und schwang sie voller Übermut herum. „Das muss einfach gelingen! Und danach – danach gehen wir beide zum König!" Er küsste sie zärtlich auf den Mund, was Daphne gerne geschehen ließ. Ihre Angst vor dem Zorn Louis Le Grands war schon längst verflogen und hatte Optimismus Platz gemacht. „Wie sagtest du, mein Liebster, heißt die Ballettkomödie, die Molière eigens hierfür mit Lully geschrieben hat?"

„*George Dandin ou le mari confondu*", antwortete Rossignac. Daphne lachte: „Hauptsache, sie heißt nicht *Le roi confondu*!" „Ja, was? Der betrogene König? So etwas darf es nicht geben!" Auch der Comte schüttelte sich nun vor Lachen.

In diesem Moment trat niemand Geringeres ein als Minister Jean-Baptiste Colbert, wie immer ganz in Schwarz und mit steinerner Miene. Daphne zog sich sofort von Rossignac zurück. „Ah, Comte, Euch suche ich!" Mit leichter Missbilligung betrachtete er das Modell für die geplante *fête*. „Verplant Ihr wieder die Steuereinnahmen Frankreichs?" „Ich plane nur den Ruhm Seiner Majestät!", erwiderte der Comte. Colbert hob seine Augenbrauen. „Tun wir das nicht alle – Tag und Nacht? Ich habe hier zwei dringende Schreiben für Euch, Comte. Von Seiner Majestät – und vom Außenminister Lionne." „Gebt her!", meinte Rossignac. Jean-Baptiste Colbert entfernte sich wieder mit einem leichten Kopfnicken–wie stets riefen ihn noch dringendere Geschäfte.

Zuerst erbrach der das ministeriale Siegel und überflog mit einem Kopfschütteln das Schreiben. „Das muss ein Irrtum sein!", sagte er zu Daphne. „Meine sofortige Akkreditierung als *Attaché* an der französischen Gesandtschaft in Madrid ... Lionne ist schon etwas senil – wahrscheinlich hat er den Chevalier *de Rossac* gemeint." Er legte die Urkunde auf das Modell an der Stelle, wo Retiradenzelte für ruhebedürftige Gäste konzipiert waren. „Und was mag nun Seine allerchristlichste Majestät von mir wollen?" Armand knackte das königliche Siegel, Daphne schaute ihm über die Schulter. Zwei Minuten später sahen sich die beiden Liebenden an, wort- und atemlos, den Tränen nahe.

Der Comte legte den Brief des Königs langsam auf den Lionnes. „Er hat doch nicht den Chevalier de Rossac gemeint ...", flüsterte er. Dann nahm er Daphne in die Arme und drückte sein Gesicht an ihren Hals. „Ich bin mit sofortiger Wirkung von meinen Aufgaben im unmittelbaren Stab Seiner Majestät entbunden und habe genau zwei Tage Zeit, um meine Angelegenheiten zu regeln und zu packen, bevor ich mit dem zweiten neu akkreditierten *Attaché* auf unbestimmte Zeit nach Madrid abgezogen werde. Dies ist der ausdrückliche Wunsch Seiner Majestät ..."

Daphne fuhr über seinen zitternden Rücken. „Hat Seine Majestät irgendeinen Grund genannt?" Armand löste sich abrupt von ihr und blickte ihr in die Augen. Die seinen waren bereits stark gerötet vom Weinen. „Müssen Könige denn etwas begründen? Sein Wunsch ist Befehl – wird nicht hinterfragt und gilt bedingungslos ab sofort!" Da brach auch Daphne in Tränen aus. „Kann man denn gar nichts tun, Liebster?" Er schüttelte den Kopf. „Absolut nichts ..." „Und ich? Ich werde mitkommen nach Madrid, egal, was meine Eltern sagen, egal, was der König bestimmt!", rief Daphne voller Trotz aus.

Armand strich ihr über das nass geweinte Gesicht. „Auch du wirst gewisse Anordnungen erhalten, verlasse dich darauf!" Er blickte nach oben und ballte seine Fäuste. „Man hat uns verraten, Liebste!"

*

Daphne kehrte alleine und über die Maßen deprimiert in das Appartement der Gräfin de Soubris zurück – nachdem Armand ihr versprochen hatte, sie vor seiner Abreise aufzusuchen. Sie brach mitten in einen Dienstbotenzank zwischen Margot und einer der Zofen der

Soubris. „Die Gräfin hat gesagt, dass ich ihr *alle* Post geben soll!", meinte die stur. „Aber dieser Brief geht an meine Herrin!", protestierte Margot. „Und soweit ich erkennen kann, hat der König ihn gesiegelt! Also gibt her – oder willst du, dass ich eines deiner braunen Augen durch ein blaues ersetze? Kannst du kriegen, du dumme Nuss!" Margot schwang bedrohlich ihre Faust. Erst in diesem Moment entdeckten die beiden Zofen die hinzugetretene Daphne. Diese nahm der gräflichen Dienstbotin ohne weiteres Federlesen den an sie adressierten Brief ab und meinte kühl: „Wäre ich Ihre Herrin, hätte es jetzt eine Maulschelle gesetzt! Aus meinen Augen ..." Die Zofe knickste mit einem erschrockenen Gesichtsausdruck und verdrückte sich. Daphne erbrach unverzüglich das Siegel mit Krone und Lilien in der vagen Hoffnung auf Erleuchtung bezüglich der jüngsten Vorfälle. Sie fand jedoch nur eine weitere königliche Order vor, die besagte, dass sie sich umgehend ins Hôtel Nevers zurückzubegeben habe, wo sie sich allerdings freizügig bewegen und ihren üblichen Obliegenheiten einschließlich ihrer Akademietätigkeit nachgehen sollte. Sie würde wieder von ihm hören, schloss Seine Majestät, setzte allerdings eine überaus höfliche Schlussformel unter sein kurzes Schreiben, das er höchstpersönlich niedergelegt hatte.

Daphne ließ den Brief sinken. Margot blickte erschrocken in das fast versteinerte Gesicht ihres Freifräuleins. „Euer Gnaden, was ist mit Euch? Ihr macht mir den Eindruck eines Menschen, der ein Gespenst gesehen hat", fragte die Zofe erschrocken. „War es das Schreiben Seiner Majestät?" Daphne schüttelte sich. „Ich muss unverzüglich mit der Comtesse de Soubris sprechen. Und du sieh zu, dass meine Sachen gepackt werden. Und dass ein *aviso* ins Hôtel Nevers geschickt wird – ich soll dorthin zurückkehren!" Margot knickste. „Sehr wohl Eurer Gnaden! Wenn ich sonst noch etwas für Euch tun kann?" „Es ist gut, Margot! Melde mich einfach der Soubris."

*

Nachdem Daphne die Gräfin über die diversen Sachverhalte und jüngsten Entwicklungen aufgeklärt und das Bedauern über die unglückliche Entwicklung der Dinge entgegengenommen hatte, legte sie selbst mit Hand an beim Umzug nach Paris. Sie hatte es verabsäumt, der Comtesse mitzuteilen, dass sie ein königliches Schreiben, an sie adressiert, in einem geheimen Winkel ihres Sekretärs gefunden hatte. Vielleicht war dies auch ein Rest gesunden, intuitiven Misstrauens – denn die Betroffenheit der Alten darüber, dass ihr ausgerechnet ihr geliebter Großneffe und letzter lebender männlicher Nachfahre nach Madrid abgezogen worden war, war ihr zu glatt, zu gleichmütig vorgekommen angesichts dessen, dass sie es doch gewesen war, die ihre einflussreiche Hand über das heimliche Liebespaar hatte halten wollen. Oder war sie, die immerhin noch Ravaillac, den Mörder ihres Vaters, gut gekannt hatte, einfach zu abgestumpft? Nun legte sie selbst Bahnen zarten Seidenpapiers, um ihre neuen höfischen Roben, streichelte die kräftigen changierenden Seidenmoiré- und knisternden glänzenden Atlasstoffe, achtete darauf, dass die Spitzen an Manschetten und Ausschnitten nicht gedrückt wurden und wickelte Gold- und Silberlitzen extra ein. Eines dieser Kleider gefiel ihr besonders – es war aus leuchtend roter Atlasseide und war am Blankscheit über und über mit falschen Perlen besetzt. Wie gerne hätte sie es zu ihrer Hochzeit mit dem Comte de Rossignac getragen ... Erneut schossen ihr die Tränen in die Augen. Sie begriff immer noch nicht, was geschehen war, wer dies alles zu verantworten hatte. „Euer Gnaden", sprach Margot sie sanft an, „Ihr solltet Euch ein wenig hinlegen. Ich werde mich hier um alles kümmern und nach Euch sehen!" Daphne nickte und ging in ihr Boudoir hinüber. Da sie nur ein leichtes *deshabillé* trug, konnte sie sich alleine entkleiden und legte sich mit ihrem Untergewand aufs Bett. Margot kam wenig später, brachte ihr einen Melissentee und legte ihr eine kühle Kompresse auf die Stirne. „Ihr solltet nun ein wenig schlafen, Euer Gnaden!", meinte die Zofe mit besorgter Miene. Daphne trank zwei Tassen, weil ihre Kehle vom Weinen ausgetrocknet war, und schlief rasch ein. Sie vermutete, dass Margot den Melissen noch stärker beruhigende Kräuter beigemischt hatte.

Es war tiefste Nacht, als sie von einer Berührung an der Schulter geweckt wurde. Es dauerte geraume Zeit, bis sie ihre bleischweren, vom Weinen etwas geschwollenen Lider öffnen konnte. Noch etwas undeutlich blickte sie in Armands ebenfalls übernächtigtes Gesicht. Es hatte eine Kerze bei sich, ansonsten war es im Raum stockdunkel. Armand streichelte über ihr Gesicht, dann neigte er sich über sie und gab ihr einen zarten Kuss. „Meine Daphne ...", flüsterte er. Sofort hüllten sein Duft und seine Zärtlichkeit sie erneut ein, sie richtete sich jäh auf und schlang ihre Arme um ihn, als wäre er ihr Kind, das sie eben vor dem Ertrinken gerettet hatte. „Mein Armand! Dass du gekommen bist! Verlass mich nicht!", flehte sie. Er stellte seine Kerze auf ihr Nachtkästchen und drückte Daphne heftig an sich. „Wenn ich die Wahl hätte, meine Liebste–ich würde mich an dich ketten!" „Wie bist du hergekommen? Hat die Comtesse dich hereingelassen?" Sie begann, ihm das schlichte *justaucorps* von den Schultern zu ziehen und die Knöpfe seiner bestickten Weste zu öffnen, er half ihr dabei. „Meine Patin? Nein, es war Margot. Mit der Comtesse hatte ich heute Nachmittag beinahe Zank wegen meiner Abberufung. Ich fürchte, dass ich der alten Dame gegenüber undankbar war, denn ich habe ihr Nachlässigkeit bei der Vertuschung unserer Affäre vorgeworfen." Er streifte seine Weste ab, schob seine Schuhe unters Bett und schlüpfte aus Hose und Strümpfen. Nur mit seinem Hemd bekleidet, kroch er zu Daphne ins Bett und begann, sie glühend zu küssen und zu umarmen. „Meine Liebste! Ich bete zu Gott, dass dies nicht das letzte Mal sein wird, dass ich die Liebe in deinen Armen genießen darf!", rief er aus, ergriff ihre Hand und küsste voller Verlangen erst ihre Handfläche, dann ihren Arm hinauf bis zu ihrer Schulter. „Und der Gedanke, dass der König sein Recht auf dich erneuern wird, der macht mich rasend!" Daphne zupfte am Ausschnitt seines Hemdes, dessen Nestel sie in Windeseile gelöst hatte. Fast krankhaftes Verlangen hatte ihre Trauer und ihren Schmerz für den Moment verdrängt.

„Ich bin nicht erpicht darauf", meinte sie, bereits außer Atem, wobei sie sich ihr Unterkleid und ihr Hemd über den Kopf zog und beides achtlos auf den Boden warf. Eine Weile hielt sie inne und betrachtete ihren nackten Geliebten, der sich ihr in seiner ganzen Pracht präsentierte und dessen Augen glänzten, als hätte er Belladonna eingeträufelt. Dann schmiegte sie sich an ihn.

*

Wie lange sie in dieser Nacht aneinander ihr Vergnügen hatten, konnte keiner von ihnen sagen – und als der Himmel weit im Osten jenen zarten Bleiton annahm, bevor die Farbe in die Natur zurückkehrte, lagen sie still und ruhig einander in den Armen. Daphne spielte leicht mit den seidigen Locken ihres Liebsten, der sie zart auf den Hals küsste.

„Ich werde einen Weg finden, wie wir miteinander in Kontakt bleiben und uns schreiben können. Bitte antworte erst, wenn du von mir Nachricht erhalten haben wirst. Alles andere wird abgefangen werden und macht dich, die du hier zurückbleiben musst, unnötig verdächtig." Rossignac richtete sich leicht auf. „Daphne, bitte versuche du herauszufinden, was wirklich geschehen ist, und wer dahinter steckt!" Sie nickte ernsthaft, er fuhr fort: „Dies dient auch deinem Schutz und deiner Sicherheit! Und noch eines: Reize den König nicht! Ziehe dich zurück, wenn du ihn unerträglich findest, aber meide die Konfrontation!" Daphne nickte erneut. Der Comte schwang sich aus dem Bett und zog sein Hemd über. „Ich werde heute Mittag aufbrechen. Wahrscheinlich werden wir heute nicht mehr miteinander sprechen können ..." Er wühlte in den Taschen seines *justaucorps* und fand den Gegenstand, den er gesucht hatte. Es war ein goldenes, wunderschön graviertes Medaillon an einer langen Kette, das er Daphne um den Hals legte. „Ich hatte keine Zeit, meine Liebste, es angemessen auszustatten – darum nimm es bitte so!" Sie verließ ebenfalls das Bett, ging zu ihrem Sekretär und kehrte mit einer kleinen Schere zurück. „Dann gib mir eine deiner Locken!", verlangte sie. „Dein Bildnis aus dem Gedächtnis zu malen, wird mir vor allem anderen kaum schwerfallen!" Sie schnitt dem Comte ein Löckchen ab und legte es ins Medaillon. Armand de Rossignac kleidete sich rasch an. Dann drückte er Daphne an sich. „Meine Liebste, ich muss dich nun verlassen! Achte auf dich! Und schütze uns Gott!"

Kapitel zweiundzwanzig *Erzählt von einer dunklen Bedrohung bei einem Sommerfest im Park von Versailles, Verfolgungs- und Verwirrspielen*
Paris und Versailles, Juli 1669

Drangvolle Enge herrschte an jenem lichten und warmen Abend Ende Juni, als die erste von zwei Kutschen in den Hof des Hôtel Nevers zu Paris einrollte: die sechsspännige, mit einer dicken Schicht Straßenstaub bedeckte Reisekarosse der Herzogin Anne de Gonzague. Ihr entstiegen nacheinander Madame d'Arcachon, Nicolette und die beiden Zofen der Herzogin. Eine weitere Zofe musste oben auf dem Kutschbock sitzen und war entsprechend staubig und missmutig.

Zur Begrüßung der Herrin nach ihrer glücklichen Rückkehr eilten ihnen Martine du Plessis, Diane und Adelaïde de Machy sowie der Majordomus entgegen, während die Dienerschaft bereits Truhen, Plattenkoffer, Kisten und Schnappsäcke ablud. Dankbar griff die Gonzague nach einem Glas gekühltem Limonenwasser, das ein Dienstmädchen bereithielt. Dann erst sah sie sich im Hof um und atmete tief durch: „Ah, welche Wohltat, wieder zu Hause zu sein! Auch wenn die modernen Kaleschen noch so gut mit Stahlfedern ausgestattet sind – stundenlanges Reisen ist doch nichts mehr für eine Dame jenseits der fünfzig!" Sie streckte sich dezent.

In diesem Moment rollte die zweite, etwas kleinere und nur mit vier Pferden angespannte Gonzaguesche Kutsche ein – auch sie war über und über bepackt mit allerhand Gepäck. „Nanu", rief die Gonzague aus, „ist mir etwa entgangen, dass ich mit einem zweiten Tross gereist bin?" Der entstiegen Daphne und Margot, die den Weidenkorb mit Heloïse trug. Daphne erblickte ihre Gönnerin und knickste. „Herzlich willkommen zurück, Durchlaucht!" Anne de Gonzague blickte Daphne erst kritisch, dann fragend an. Das Gesicht der jungen Deutschen war von ungesunder vergrämter Blässe, ihre Worte fielen nur schleppend – die erfahrene Diplomatin erkannte mit einem Blick, dass ein gewaltiger Kummer an ihrem Schützling nagte. Was schlagartig die Befürchtung in ihr aufkommen ließ, dass einige Pläne womöglich alles andere als wunschgemäß verlaufen waren. Sie nickte Daphne zu. „Wir sollten uns alle restaurieren – und nach dem gemeinsamen Abendessen wird genug Zeit für Berichte sein. Für offizielle wie für vertrauliche!" Daphne lächelte – matt aber dankbar. Auch wenn die Herzogin mit ihr während der zurückliegenden Monate meist distanziert umgegangen war – einfach weil es sowohl dem Naturell als auch dem Brauch der Diplomatin entsprach –, hatte sie sich während der zurückliegenden Wochen so sehr gewünscht, sich mit ihr beraten zu können.

Währenddessen wurden die Kisten mit Daphnes Gemälden und Malutensilien in die Galerie gebracht – sie würde das meiste davon in den kommenden Tag in ihr neues Atelier im Palais Brion bringen lassen, das ihr als *académicienne* zugewiesen worden war – während sich Margot um das Gepäck mit der Kleidung kümmerte und die in ihrem Korb böse maunzende Heloïse nach oben trug. Daphne indessen wartete, bis Anne de Gonzague von allen gebührend begrüßt worden und danach im Stadtpalais verschwunden war. Erst dann begrüßte sie Diane, die ein entsetztes Gesicht machte, als sie Daphnes seelische Verfassung erkannte. „Was ist passiert?", war alles, was sie fragte. „Komm mit nach oben, ich will es dir erklären", entgegnete Daphne. Dort war Margot längst mit dem Auspacken von Daphnes Kleidern beschäftigt, Daphne wies mit dem Kopf auf ihre Zofe: „Wir können unbesorgt reden – Margot ist eingeweiht!" Sie ließ sich auf den Stuhl bei ihrem Sekretär sinken. „Nun?", wollte Diane wissen. Daphne seufzte: „Der König hat Armand mit sofortiger Wirkung abgezogen zur Gesandtschaft in Madrid. Mich hat Seine Majestät hierher zurückgeschickt – ich möge seine Rückkehr abwarten, und dann ..."

Sie zog den letzten Brief Louis XIV. aus ihrem Beutel und gab ihn der Freundin zu lesen. „Da ist doch etwas faul!", entgegnete Diane.

Sie wanderte im Raum hin und her. Dann blieb sie abrupt stehen. „So sehr es dich drängt, Licht ins Dunkel zu bringen und für Gerechtigkeit zu sorgen – ich rate dir, die Sache Ihrer Durchlaucht anzuvertrauen, vielleicht sogar zu überantworten. Denn ich werde das Gefühl nicht los, dass diese Intrige höheren Orts gesponnen wurde. Und dass sie Anne de Gonzague sogar unmittelbar betrifft." – „Meinst du wirklich, Diane?" – „Ich meine nicht nur, ich befürchte es sogar, auch, dass du genau das bist, was du nie sein wolltest: ein kleiner Bauer, nicht etwa die Dame beim Schach. Überlasse es um Himmels willen unserer Meisterdiplomatin, die ganzen Stränge zu entwirren. Denn du wirst dich darin verheddern!"

*

Anne de Gonzague hatte Daphne eine Stunde nach der Abendmahlzeit eine Audienz gewährt. Sie selbst sah wieder frisch und gestärkt aus, was man von Daphne nicht behaupten konnte. Die Herzogin wies sie an, neben ihr auf dem Canapé Platz zu nehmen. „Ich wähnte Euch in der Nähe Seiner Majestät, wo auch immer er sich aufhält! Nun aber seid Ihr mit Eurem ganzen Gepäck hierher zurückgekehrt. Erzählt mir bitte, was geschehen ist – und zwar der Reihenfolge nach!" Sie erhob sich kurz und kehrte mit ihrem Schreibzeug zurück. Dann forderte sie Daphne mit einem freundlichen Lächeln auf, ihren Bericht zu beginnen.

Daphne erzählte zunächst stockend, dann zusehends strukturierter. Von der Aufnahme in den Haushalt der Soubris bis hin zum Marschbefehl für Armand nach Madrid. Sie ließ nichts aus. Dabei berührte sie immer wieder das Medaillon mit Armands Haarlocke.

Anne de Gonzague schrieb emsig mit, danach las sie den Brief Louis XIV. ein weiteres Mal. „Hmm", machte sie. „Wie würdet Ihr die Gefühle Seiner Majestät für Euch anhand dieses Briefes einschätzen?" – „Oh –

Seine Majestät scheint sehr ungehalten wegen meiner Unhöflichkeit – ich hatte ihm schließlich bis dato nicht geantwortet!", meinte Daphne. „Das auch, meine Liebe! Und darüber hinaus?"

Daphne errötete leicht. „Es scheint ihm sehr gelegen zu sein … an mir …" Anne de Gonzague nickte. „So würde ich es auch interpretieren. Ich hoffe doch, dass Ihr dann reagiert habt!" – „Oh ja, das habe ich – ich habe mich vielfach bei Seiner Majestät entschuldigt und mich seinem Wohlwollen anempfohlen." – „Daran habt Ihr klug gehandelt. Nun zu Rossignac, diesem – *pardon*! – Esel! Ich hatte ihn, wie Ihr wisst, instruiert, sich von Euch zurückzuziehen, solange seine Majestät um Euch wirbt. Und was tut er? Fängt an, Euch wieder den Hof zu machen, und zwar noch so offenkundig, dass der König davon erfahren hat." Sie blickte Daphne streng an. „Habt Ihr ihn dazu aufgefordert?"

Daphne sprang abrupt auf. „Nein, um Himmels Willen! Aber … ich habe es zugelassen, enttäuscht, wie ich von Louis Le Grand war." Anne de Gonzague rieb sich ihren Nacken. „Hat sich seine Majestät etwa unhöflich, ungalant, undankbar verhalten? War er grob zu Euch?", fragte sie voller Skepsis. „Das würde niemals seiner Art entsprechen." Daphne wanderte ein wenig umher – Anne de Gonzague sah ihr diese kleine Unhöflichkeit in diesem besonderen Fall nach. Dann blieb sie stehen. „Seine Majestät hat mich danach mit Gunst und Privilegien versehen. Und – wie es scheint – bedeute ich ihm sogar etwas."

„Gut, dass Ihr zumindest das einseht, Daphne. Wollt Ihr mir nun sagen, wer Rossignac so weit angestachelt hat, dass er in Euer Bett gestiegen ist – wovon man wohl ausgehen kann?" Daphne seufzte. Sie wollte Diane nicht verraten, die sie zumindest mit Armand wieder zusammengebracht hatte, auch wenn es nur um das Klären ihrer Gefühle und von Missverständnissen ging. „Armand – ich meine, der Comte de Rossignac ist der Patensohn, Großneffe und wohl auch Erbe der Comtesse de Soubris", hob sie an. „Das weiß ich doch!", entgegnete die Herzogin leicht enerviert. „Oder wollt Ihr damit andeuten, dass ausgerechnet sie es war, die Euren kurzsichtigen *Galan* angeschoben hat? Ihren einzigen Protegé?" Sie notierte etwas in ihre Schreibkladde. „Erscheint mir zunächst und mit Verlaub unlogisch und inkonsequent!" Daphne seufzte erneut. „Mir doch auch, Durchlaucht! Rossignac hatte allerdings mehrfach erwähnt, dass die Comtesse de Soubris gelobt hatte, unsere Affäre zu schützen und geheimzuhalten."

„Aha", meinte Anne de Gonzague dazu. „Sie hat also davon gewusst – und es gebilligt. Das, meine Liebe, ist bemerkenswert! Nun zu diesem Brief Seiner Majestät. Ihr habt mir noch nicht erzählt, wo Ihr ihn gefunden habt – und bei welcher Gelegenheit!"

Daphnes Wangen färbten sich erneut leicht rot. „Ich habe ihn im Sekretär der Comtesse gefunden, als ich mir ein Fläschchen mit einem Trank genommen habe, der eine Empfängnis verhütet." – „Wenigstens diesbezüglich wart Ihr vernünftig! Habt Ihr eine Ahnung, wo die Vorgängerbriefe des Königs gelandet sein könnten?" – Daphne schüttelte den Kopf. „Nein, ich habe keine Ahnung. Vielleicht weiß meine Zofe Margot etwas." Wieder schrieb Anne de Gonzague etwas nieder. „Nun, eine letzte Überlegung gilt es noch zu verfolgen, meine liebe Daphne: Wem verdankt Ihr Eure niederschmetternde Erkenntnis, dass Ihr für den König nichts weiter als ein beliebiges Stück Fleisch darstellt? Wer hat Euch dieses hässliche Vorurteil eingeimpft?"

„Es war die *Surintendante* Ihrer Majestät – sie hat sich während dieser Zeit rührend um mich gekümmert", antwortete Daphne mit leicht schamhafter Zögerlichkeit. „Rührend. Wie eine Mutter. Olympe de Soissons!", meinte Anne de Gonzague tonlos, machte eine letzte Notiz und schlug ihr Vademecum zu. „Ich habe", meinte sie, erhob sich und legte ihr Buch weg, „eine Menge von Euch erfahren, Daphne d'Owen. Bis jetzt ist nichts Ungereimtes dabei." Sie trat vor sie hin und legte beide Hände auf ihre Schultern. „Ich werde dem nachgehen, ich verspreche es Euch! Und bis dahin gilt: Zu niemandem ein Wort über diese Angelegenheit! Und wer von den Beteiligten auch immer deshalb auf Euch zukommt – und sei es Seine Majestät selbst – Ihr habt mich erst umgehend darüber zu informieren, bevor Ihr reagiert! Habt Ihr mich verstanden?"

Daphne nickte, die Herzogin tätschelte ihre Wange. „Noch ist nicht aller Tage Abend – und die Gunst des Königs ist bestimmt noch nicht verloren!" Daphne wandte ihr Gesicht ab. „Und wenn ich mir nichts mehr daraus mache?" Der Tonfall der Gonzagues wurde schärfer: „Dann seid Ihr eine elende kleine Närrin! Und all die Mühen, die man sich bisher um Euch gemacht hat, noch nicht einmal im Ansatz wert! Und nun geht und zerstreut Euch mit Euren Freundinnen! Dies wird Euch guttun!"

Nachdem sie Daphne entlassen hatte, zog sie aus ihrem Reise-*écritoire* einen Brief des Königs, der sie mit einem Eilkurier vor drei Tagen in Burgund erreicht hatte. In dem Louis Le Grand sie, seine beste Diplomatin und zugleich die Fördererin von Daphne d'Owen mit aller Dringlichkeit bat, deren Illoyalität und vor allem die Hintergründe zu erhellen. Denn es sei ihm mehr als ernst um die junge Dame. Louis XIV. war als Souverän ein klug und strategisch denkender Mann, der sich beim Regieren niemals von ersten Eindrücken, Impulsen, Schmeicheleien und vorgefassten Urteilen beherrschen und leiten ließ. Stets war er bestrebt, sich so umfassend wie möglich zu informieren und erst dann sein abschließendes Urteil zu fällen. Ebenso pflegte er es mit menschlichen Beziehungen zu handhaben, was ihm schon früh den Ruf der Gefühlskälte eingetragen hatte. Anne de Gonzague kannte den Monarchen seit seiner frühen Jugend, seit den Verletzungen, die ihm durch die Fronde beigefügt worden waren. Louis Le Grand war kein menschlicher Eisberg. Er war zurückhaltend, vorsichtig – und in seinem Handeln überlegter und damit konsequenter als die meisten

Menschen, die ihn umgaben. Seine Gefühle und seine Sehnsüchte wusste er meisterhaft zu verbergen. Was Anne de Gonzague jedoch am meisten an ihrem König schätzte, waren sein strategischer Instinkt und sein messerscharfer Verstand, der ihm oft einen Vorsprung vor Kontrahenten und Konkurrenten gewährte. So auch in dieser Angelegenheit: Louis XIV. hatte ihr bereits mitgeteilt, wer ihn darüber in Kenntnis gesetzt hatte, dass er bei Daphne auf einen Nebenbuhler achten müsse: Olympe de Soissons.

Die Herzogin läutete um eine Kanne starken Kaffee. Eigentlich wollte sie sich nach der anstrengenden Rückreise ausruhen – doch nun, so wusste sie, stand ihr eine mehr oder minder schlaflose Nacht bevor. Und die sich verdichtende Erkenntnis, dass sie sich in dieser delikaten Angelegenheit falsche Verbündete gesucht hatte.

*

„Ah, meine lieben Freundinnen – wie wundervoll und wie überaus schmeichelhaft, dass Ihr Euch eigens der Mühe unterzogen habt, mich hier in Paris aufzusuchen, um das glückhafte Ende meiner Mission mit mir zu feiern!“, rief Anne de Gonzague betont erfreut aus, nachdem sie die Comtesse de Soubris und die Comtesse de Soissons mit Küsschen links und Küsschen rechts im hübsch dekorierten Gartenpavillon des Hôtel Nevers begrüßt hatte. Da die Sonne niemals im Jahr höher stand als Ende Juni, hatte man rund um den Pavillon große Segel angebracht, um die empfindliche Haut der Damen zu schützen. Ringsum, um den Zauber dieses Hochsommertags erst recht zu erhöhen, waren Kübel mit duftenden Pflanzen aufgestellt wurden – Tuberosen, Echter und Falscher Jasmin und eine tropische, sehr rare Pflanze mit dem Namen „Je länger, je lieber“. Bienen summten geschäftig in den blühenden Stauden, Diener schleppten fortwährend Erfrischungen und Naschwerk an. Etwas abseits spielte ein Quartett mit Blockflöten und Laute auf, leise und dezent, aber überaus unterhaltsam. Kurz – die Gonzague hatte keinerlei Mühen gescheut – um die Damen gründlich auszuhorchen, denen sie fälschlicherweise vertraut zu haben glaubte.

Olympe de Soissons winkte ihr Äthiopiermädchen her, das sie in eine Fantasieuniform gesteckt hatte, in dem es wie ein Türkenjunge wirken sollte. Die Kleine war gerade neun Jahre alt, aber zart und schmächtig wie eine Siebenjährige, sprach kaum ein Wort Französisch, hatte vollständige Zähne, die so weiß waren wie chinesisches Porzellan – und nur einen einzigen Zweck: ihrer Herrin stilecht Kaffee zu servieren. „Was für eine charmante Mode!“, fand auch die Herzogin. „Aber Euer Gefühl für Stil und aufkommende Moden ist ja stets bemerkenswert, liebste Olympe!“ Diese neigte geschmeichelt ihr sorgsam à la Sevigné frisiertes Haupt und hielt der kleinen Mulu – die Herzogin glaubte, diesen exotischen Namen gehört zu haben – ihr silbernes Mokkatässchen hin. „Nun ja, liebste Cousine – warum sollte ich mich der Mode Ihrer Majestät anschließen und hässliche Zwerge sammeln, die beißen und sich augenscheinlich ausschließlich von Knoblauch ernähren?“ Antoinette de Soubris setzte hinzu: „Das mit dem Knoblauch ist eine reine Zweckmaßnahme; ansonsten wäre die Nähe der Königin aus demselben Grund etwas unersprießlich!“ Die beiden Besucherinnen schüttelten sich vor Lachen; die Gonzague winkte einem Lakaien nach eisgekühltem Schaumwein und ließ großzügig einschenken.

„Und welch himmlische Ruhe bei Euch herrscht, liebste Anne!“, rief die Soubris aus. „Und das mitten in Paris. Ganz im Gegensatz zu Versailles ...“ „Ach ja“, setzte die Soissons hinzu, „dort herrscht momentan eine unsägliche Hektik – wegen der bevorstehenden *fête*! Ihr könnt Euch das Durcheinander nur schlecht vorstellen. Zumal es Seiner Majestät in letzter Minute gefallen hat, den federführenden Kämmerer auszutauschen ...“

Die Gonzague nippte an ihrem Kaffee. Er war mit Kardamom gewürzt, was ihr sehr behagte. „Pardon, Mesdames, aber bedingt durch meine wochenlange Abwesenheit bin ich ... nun ja ... *je n'informe pas des événements.* War bis dato nicht der Comte de Rossignac“, sie blickte die Comtesse de Soubris in aller Unschuld an, „also Euer lieber Neffe mit der Koordination betraut?“ Sie winkte einem im Hintergrund stehenden Lakaien, um der alten Comtesse Schaumwein nachschenken zu lassen. Die aus Höflichkeit natürlich nicht ablehnte. „Je nun, Ihr wisst doch, liebste Cousine – die Torheit der Jugend! Hattet Ihr den verliebten Comte nicht eigens ins Gebet genommen, damit er sein Engagement für Daphne zurückstellt ... hinter das Interesse Seiner Majestät?!“ „Ja, freilich habe ich das! Und er hat mir schweren Herzens versprochen, Verzicht zu üben, solange der König mit Daphne umzugehen wünscht.“ Sie schüttelte ihr Haupt. „Die Jugend, die Jugend! Töricht – wie zu meiner Zeit! Und voll des Stürmens und Drängens. Ich nehme doch an, dass Ihr der wankelmütigen Daphne gehörig ins Gewissen geredet habt, liebe Antoinette?“

Die Soubris hatte schon rosige Wangen vom Schaumwein, und ihre Augen glänzten wie in der Blüte ihrer Jugend. „Das eigensinnige Ding! Wie es scheint, hat sie sich selbst meinem ebenso eigensinnigen Großneffen wieder zugewandt, gänzlich undankbar für die Gunstbeweise Seiner Majestät. Ich konnte nur dadurch den schlimmsten Schaden abwenden, indem ich ihre Liebschaft geheimgehalten habe.“ Rasch griff sie nach der Hand der alten Comtesse, drückte diese voller Innigkeit und zwinkerte ihr zu: „Wie wahrhaft geistesgegenwärtig – wenn Ihr nicht gewesen wärt, so hätten diese beiden liebesblinden Turteltauben gewiss öffentlich miteinander poussiert. Und uns arme ältere Damen damit bis auf die Knochen blamiert!“

„Wohl wahr!“, rief Olympe de Soissons aus, öffnete ihren Fächer und wedelte sich reichlich Luft zu. „Etwas eisgekühlten *chartreuse*?“, schlug Anne de Gonzague vor, der die Abneigung der *Surintendante* gegen

Schaumwein bekannt war. Außerdem war der Mokka auf ihr Geheiß hin extra stark aufgebrüht worden. „Gerne – Ihr seid wie immer so aufmerksam! Wo aber steckt denn nun unser Turteltäubchen Daphne?"

Anne de Gonzague winkte ab. „Ach, die hat zu arbeiten. An der Akademie! Schließlich muss sie sich des Privilegs, das ihr zu verleihen Seine Majestät die große Güte hatte, endlich als würdig erweisen. Außerdem ist ernsthafte Arbeit das beste Heilmittel gegen ein gebrochenes Herz." „Ach herrje", rief die Comtesse de Soissons aus, „das arme, arme Ding!"

Die Herzogin legte ihren Kopf schief: „Die Jugend sieht es immer viel zu spät ein, wenn man sie mit scheinbar schmerzhaften Einschnitten vor noch viel größeren Schmerzen bewahrt. Die normale Undankbarkeit, würde ich sagen. Wo Ihr doch so weitsichtig und geistesgegenwärtig wart, ihrem König und Wohltäter rechtzeitig die Augen zu öffnen." Die Comtesse de Soissons leerte ihren Likörkelch der warmen Witterung wegen zur Hälfte in einem Zug – und verschluckte sich „Ich habe keinen Moment gezögert, so zu handeln, das könnt Ihr mir glauben!", erwiderte sie hastig. „Bravo, meine Liebe! Zumal es Euch gewiss das Wohlwollen Seiner Majestät zu gewissen Teilen zurückgebracht hat", erwiderte die Gonzague leichthin. Der Likörkelch wurde zur Gänze geleert. „Es bestehen gewisse und nicht unberechtigte Hoffnungen ...", nuschelte die *Surintendante*. Die Comtesse de Soubris blickte sie mit gewisser Verwirrung an, bevor sie die Achseln zuckte. Denn ein Lakai hatte eine Schale mit dieser neumodischen italienischen Köstlichkeit vor sie hingestellt, die *gelato* genannt wurde. Und auf die sie unbändig neugierig war.

„Vermisst Ihr Euren Patensohn denn nicht?", wandte sich die Herzogin wieder an die Comtesse de Soubris, die mit einem leichten Schluckauf zu kämpfen hatte. „Gelegentlich schon – aber nun hat er doch eine wirkliche Chance auf eine großartige diplomatische Karriere. Im Cordon Seiner Majestät ist er doch nur einer von vielen. Und austauschbar, wie sich justament gezeigt hat. Ich würde", setzte sie hinzu und stieß ihren Löffel in die Eismasse, „durchaus für ihn beten – wenn er es vor Jahren nicht vorgezogen hätte, zum Katholizismus zu konvertieren." Sprach es und versuchte die Eiscreme, die ihr köstlich mundete.

Der Kaffee der Herzogin war mittlerweile kalt geworden, was sie sich nicht anmerken ließ. „Aber jetzt habe ich doch noch eine gänzlich andere Frage, liebste Olympe! Wie sieht es mit den Platzkarten aus für meinen Hofstaat und mich zum *Grand Appartement royal*?" – „Bestens, bestens – ich habe für eine Reservierung gesorgt. Sowohl für die Ballettkomödie im Amphitheater als auch für das Bankett. Wie Ihr es angeregt habt, im Festzelt der Königin!"

Die Gonzague hatte genug gehört. Die zwangsläufigen Konsequenzen würden folgen, und zwar auf dem Fuße.

„Nun, meine Damen, wie wäre es jetzt zur Abwechslung mit einer

Partie *piquet*?" Die Besucherinnen lehnten mit dem allergrößten Bedauern ab – die Comtesse de Soissons mit plötzlicher Unpässlichkeit durch die angestaute Hitze des Tages, die Comtesse de Soissons mit unaufschiebbaren Vorbereitungen – für den morgigen Purgiertag Ihrer Majestät. In Wirklichkeit war die *Surintendante* zwar eine gute Spielerin, gleichzeitig aber eine schlechte Verliererin, und die alte Comtesse konnte mit Karten ungefähr so gut umgehen wie ein Karnickel rechnen kann. Man hob die charmante nachmittägliche Tafelrunde auf unter tausend Dankes- und Entzückensformeln.

*

Das Schreiben an Seine Majestät hatte Anne de Gonzague eine Stunde später mit einem Diplomatenkurier nach Cambrai gesandt. Länger als drei Tage würde es bis zur Zustellung nicht benötigen. Darin versuchte sie, dem König die Drahtzieher dieser Intrige so schonend es ging zu enthüllen – und Daphne bestmöglich zu exkulpieren. Der Rest lag allein in der Gnade und im Wohlwollen des Königs. Außerdem musste sie nicht offiziell mit ihren beiden Verbündeten abrechnen oder gar brechen. Das würde in jedem Fall Louis XIV. besorgen – als Herrscher aller Franzosen unangefochten und souverän, da es auf jedem Fall in seinem Interesse war, bei seinen Höflingen für Loyalität zu sorgen. Und nötigenfalls ein Exempel zu statuieren.

*

In einem Punkt hatte die Herzogin Anne nicht übertrieben – Daphne befand sich mittlerweile jeden Tag im Palais de Brion, sah man von den Sonntagen einmal ab. Ihr als Mitglied der Akademie stand ein eigenes Büro mit Atelier zu; Beaubrun in seiner Funktion als Schatzmeister hatte dafür Sorge getragen, dass Le Brun gar nicht erst auf die Idee kommen konnte, dieser ihm so verhassten Weibsperson lediglich eine Rumpelkammer ohne Tageslicht zuzuweisen. Ihre Räume waren groß, lagen im ersten Geschoss, wiesen nach Südosten und waren durch eine Türe verbunden. Beaubrun war es auch gewesen, der für einen Sekretär, einen großen Arbeitstisch, Regale und reichlich Kisten zum Verstauen gesorgt hatte. Und eines schönen Morgens im Juli fand Daphne dort eine nagelneue Präsentationsstaffelei vor, von der ihr keiner sagen konnte, wer sie dorthin gestellt hatte. Erst eine genauere Inspektion förderte ein *billet* zutage, auf dem lediglich folgende Worte standen: „Mit vorzüglicher Hochachtung, J-B Colbert" Mehr nicht. Daphne musste lächeln. „Man" hatte sie also noch im Auge, auch wenn Seine Majestät sich noch immer nicht persönlich an sie gewandt hatte. Was ihr so unlieb nicht war.

Denn weitaus mehr bedrückte sie, die selbst nie eine große Schreiberin gewesen war, das Ausbleiben jeglicher Nachrichten von Armand de Rossignac. Tagsüber war ihre Arbeit an der Akademie die allerbeste Ablenkung – doch beim Zubettgehen weinte sie immer noch ihr

Kissen nass. Und oft genug kam es vor, dass sie in den frühesten Morgenstunden aus einem wirren Traum erwachte und nicht wieder in den Schlaf fand. So war sie oft eine der Ersten, die morgens um acht Uhr antrat, wenn der diensthabende Pedell die Pforten des Palais Brion öffnete. Ihre Arbeit war erfreulich vielfältig – zum einen hatte derjenige, der von ihr abgebildet zu werden wünschte, sie hier in ihrem Atelier aufzusuchen, zumindest für die Aufnahme der Verhandlungen und die Diskussion von Wünschen, Vorstellungen und Entwürfen. So mancher Auftraggeber genoss den Trubel der Akademie geradezu und zog es vor, Daphne dort Modell zu sitzen, als sie zu sich in sein Stadtpalais oder an einen der Höfe kommen zu lassen. Daphne übernahm auch Korrekturen für die Anatomischen Lektionen von Professor Qualtroux und scheute nicht vor der Mühe zurück, die Zeichnungen recht ausführlich zu kommentieren. So sprach es sich bei den *jeunesses* recht zügig herum, wer sich ihrer Arbeiten so dezidiert und konstruktiv annahm, wie es Testelin vor fünfzehn Jahren getan hatte – mit dem Resultat, dass sich manchmal fünf oder sechs *étudiants* gleichzeitig in ihrem Atelier aufhielten, ihr bei der Arbeit zusahen oder ihre eigenen Arbeiten diskutieren wollten. Die ihre nahm so stetig zu, dass sie schließlich unter den ihr so sehr nacheifernden Akademieschülern ein Geschwisterpaar namens Pérot dafür auswählte, ihr Material zu richten und vorzubereiten, die Kommentare für die Schülerzeichnungen nach ihrem Diktat zu schreiben, Farben anzurühren und aufzubewahren und ihr beim Spannen und Firnissen der Leinwände zu helfen. Vor allem die erst fünfzehn Jahre alte Cathérine zeigte ausgesprochen aufgeschlossen begabt und flink, und Daphne fand, dass das junge Mädchen über ein wunderbares Talent als Tiermalerin verfügte. Ihr Bruder Marc-Antoine, vier Jahre älter, war ein rechter Kraftprotz, der für das Führen von Griffel und Pinsel nicht allzu viel übrig hatte und dies nur zwangsläufig praktizierte, da es ihn zur Bildhauerei hinzog.

„Stimmt es", fragte Cathérine eines Tages unverblümt, „was man so spricht von Euch: Dass Ihr es dem König allein zu verdanken habt, Mitglied zu werden?" Daphne trat von der Skizze auf einer Leinwand zurück – Monsieur Oury wünschte, nebst seiner Gattin in der Manier eines römischen Imperators dargestellt zu werden. Das reiche Bürgerpaar war übrigens mehr als beleibt ... „Ja, Cathérine, das ist wahr. Mindestens sechs weitere *Officiels* übrigens auch. Es ist nichts allzu Außergewöhnliches dabei ..." Monsieur Oury verfügte über mindestens drei Doppelkinne – was für ein gewichtiger Imperator! Cathérine sah sich um, ob ihr Bruder in der Nähe war, um sie zu belauschen. „Daphne" – sie durfte diese vertrauliche Anrede wählen, wenn sie unter sich waren – „es gibt hier aber hässliches Gerede,", Daphne stutzte einen Moment – und wusste zu gut, was nun kommen würde, „manche sagen, dass Ihr dem König ganz bestimmte Gunstbeweise dafür gewährt hättet."

Daphne ging einen Schritt auf Cathérine Pérot zu und legte ihr die Hand auf die Schulter. „Cathérine Pérot – wenn Du es ernsthaft mit der Malerei aufnehmen willst, dann lass dir gesagt sein, dass du es im Prinzip mit Männern aufnehmen willst, die seit Jahrtausenden gegen uns Frauen voreingenommen sind. Es wird – sofern du nicht so hässlich bist wie eine Wasserleiche – immer welche geben, die dir selbst den geringsten Erfolg neiden werden und dann gerne behaupten, dass du diesen nicht deinem Talent zuzuschreiben hast, sondern dem, was zwischen deinen Schenkeln ist. Außerdem, und das muss ich wirklich hervorheben, ist Seine Majestät ein wirklicher Förderer der Künste und einen talentierten Künstler erkennt er sofort."

Cathérine lächelte verschämt. „Aber gesehen habt Ihr ihn doch wohl schon?" „Den König? Freilich. Und in zwei Tagen werde ich ihn wohl wiedersehen." Cathérine schluckte. „So seid Ihr Gast auf diesem gigantischen Fest im Park von Versailles? Mit einer Bühne auf dem Wasser und einem eigens gebauten Ballsaal mit Wasserläufen? *Tout* Paris spricht von nichts anderem – wie ich Euch darum beneide!" Und Cathérine Pérot wäre kein junges Mädchen gewesen, wenn sie nicht die für sie allerwichtigste Frage zum Schluss gestellt hätte: „Und welche Farbe hat Euer Festgewand?" – „Rot, Cathérine."

*

Der Hofstaat von Herzogin de Gonzague et Nevers pflegte, sofern keine dezidierte Kleiderordnung ausgegeben wurde, bei solchen hochoffiziellen Anlässen stets geschlossen in roten Festroben aufzutreten. Sie liebte diese machtvolle Farbe, sie stand ihr gut zu Gesicht, und der Rest hatte sich zu fügen. Aufsehenerregend war das allemal.

Bereits zur vierten Nachmittagsstunde drängten die mehr als tausend Besucher zu den Hauptpforten von Versailles hinein, verliefen sich jedoch im Park wieder schnell. Es war fast schwülwarm an jenem 15. Juli, doch der Himmel war von zartem Blau und ohne die geringste Andeutung von Unwetterwolken. Daphne entfaltete ihren Fächer und war froh darüber, ihre Haare hochgesteckt zu haben. Wie bedauerte sie die Herren, deren Köpfe an einem Abend wie diesem unter einer dicken Allongeperücke staken. „Lass mich einen Blick auf die Festfolge werfen!", bat Diane, die sich bei Daphne untergehakt hatte. Sie sah übrigens hinreißend aus in Rot – im Gegensatz zur kupferhaarigen Nicolette. Und auch die blonde Adelaïde wirkte ein wenig blass in dieser Farbe.

Wortlos streckte Daphne ihrer Freundin die Agenda hin. „Aha – ab sechs Uhr Promenade der Majestäten vom Schloss zum Festplatz, in Begleitung von Musik. Dann die Bankette mit Damen ..." „Warum *nur mit Damen*?", wollte Daphne wissen. „Wenn ich mich hier so umsehe, gibt es genug herausgeputzte Edelmänner!“ – „Nun, nur die Damen bekommen feste Sitzplätze – Seine Majestät weiß schon warum: Die Hähne folgen stets den Hennen und nicht umgekehrt.“ Adelaïde steckte ihren Kopf zwischen denen der Freundinnen hindurch und griff nach der Festfolge, die Diane sich allerdings nicht aus der Hand nehmen ließ. „Werden wir im Festzelt des Königs sitzen?“, wollte sie wissen. „Nein“, antwortete Daphne, „in dem der Königin. Im Zelt Seiner Majestät hält die Marquise de Montespan Hof.“ „Ach, diese widerliche fette Kuh!“, meinte Adelaïde. Diane kniff sie in die Wange. „Sei bloß vorsichtig mit dem, was du hier sagst und kommentierst! Am besten, du öffnest deinen Mund nur, um Essen hineinzuschieben!“ – „Essen“, meinte Adelaïde da Machy, „Essen interessiert mich nicht. Essen macht bloß dick. Und der König mag keine dicken Frauen ...“ Sie hob ihren langen, überschlanken rechten Arm in die Höhe und bewunderte ihn ausgiebig. „Was gibt es dann nach dem Essen?“, wollte sie wissen. „Die Uraufführung einer Ballettkomödie von Molière und Lully – ‚George Dandin‘. Zwar nur acht Schauspieler auf der Bühne – aber für die Rahmenhandlung und die *couplets* vier Sänger, fürs Ballett hundert Tänzer. Nicht zu vergessen das Orchester: achtundzwanzig Mann“, erklärte Daphne. „Obacht, Monsieur, wohin Ihr tretet! Das unter Eurem Fuß war nämlich meiner!“, rief sie einem sich recht rüde durchboxenden Gast zu. „Das Gedränge hier wird nicht eben besser. Ach so – nach der Aufführung Ball bis Mitternacht. Und zum krönenden Abschluss ein Feuerwerk!“ „Ja“, meinte Adelaïde blasiert, „das klingt nicht schlecht. Was meint ihr – kann ich den König dazu kriegen, mich zum Tanz aufzufordern?“ Diane reichte Daphne ihr Festprogramm wieder, dass diese zusammenrollte und in ihren Beutel schob. „Vergiss es einfach!“, antwortete sie.

Es stellte sich heraus, dass die Kapazität des Parkabschnitts für die Menge der Gäste bei Weitem nicht ausreichte – das Gedränge sowohl auf den Spazierwegen als auch in den Festzelten und an den Büffets war fast heillos. Daphne war es nicht entgangen, dass der zuletzt verantwortliche *Premièr Valet du Chambre*, ein Chevalier du Plessis, die Zelte viel enger hatte stellen lassen – und dass die Gelegenheiten, in denen sich die Damen erleichtern konnten, viel zu nahe bei den Festzelten standen. Die Arrangements und Dekorationen freilich, die hatte er unverändert von Armand übernommen, und diese waren zauberhaft. Allein die fünf kurzen Alleen, die von den Festzelten ins Zentrum der *étoile* führten, wo Amphitheater und Bühne aufgeschlagen waren, waren bestückt mit Girlanden, Lampions und mit jeweils eigens in Kübeln herantransportierten, hochstämmigen Obstbäumchen, deren fruchtiger Behang ein natürliches Dekor bildete: portugiesische Orangenbäume, weiße Johannisbeeren, Kirschbäume, Birnen und Aprikosen, die betörend dufteten.

Wie es Armand wohl geht?, fiel Daphne mit einem Mal ein. Noch immer war für sie keine Nachricht aus Madrid gekommen ...

Der Zeremonienmeister brachte die zur Gonzague gehörenden Damen zu ihren Plätzen – zu Daphnes großer Freude saß Diane ihr gegenüber. Links von Daphne kam die frisch verheiratete Madame de Grange zu sitzen, die jüngst von ihr anlässlich ihrer Vermählung porträtierte Tochter der Comtesse de Sevigné, den Platz zu ihrer Rechten besetzte Monsieur Hulbert, ein schwerreicher Pariser Salzhändler und kultivierter Sammler von Kupferstichen und *Veduten*. Den Platz rechts von Diane eroberte im wahrsten Sinne des Wortes ein alter Haudegen von Konteradmiral, der aber gut gelaunt war und die anwesenden Damen mit herrlich derben Anekdoten über die Seefahrt unterhielt. Links von Diane war noch frei, sie warf einen Blick auf die Platzkarte. „Dies scheint mir ein bedeutender Herr zu sein, da man ihm eigens einen Platz zugewiesen hat", meinte sie. „Und welcher Name steht da?" – „Christiaan Huygens!" – „Oh!", machten Daphne und Madame de Grange wie aus einem Mund. „Ein bedeutender Forscher und Physiker!", setzte Daphne hinzu. „Er hat schon vor vierzehn Jahren entdeckt, dass auch der Saturn einen Mond besitzt! Er hat das Schleifen von optischen Linsen perfektioniert, versucht, die Quadratur des Kreises als unmöglich zu erklären, hat eine Wahrscheinlichkeitstheorie für das Glückspiel aufgestellt, eine Theorie, dass sich Lichtstrahlen wie Wellen ausbreiten und ..." „... und ist überaus charmant und sieht unverschämt gut aus!", fiel Madame de Grange ihr ins Wort. Daphne lachte leise und zwinkerte Diane zu, die zurückzwinkerte. Welch immenses Pech für den geistreichen – und unverschämt gut aussehenden Niederländer! Der sich gerade zu seinem Sitzplatz durchschlängelte, ihn identifizierte und sich den Anwesenden mit einer eleganten Verneigung vorstellte.

Madame de Grange stieß Daphne sanft unter der Tafel an. Sie hatte durchaus Recht – Daphne war selten ein besser aussehender Mann begegnet. Seine Größe war ordentlich, seine breitschultrige Statur, sein angenehm kantiges Gesicht mit der geraden Nase, den vollen dunkelblonden Haaren und den leuchtend blauen Augen war ausnehmend wohlproportioniert und ebenmäßig. Hinzukamen seine vollendeten Manieren und seine sonore, freundliche Stimme. Daphne lächelte in sich hinein. Ein Abend wie dieser war wie geschaffen dafür, von seinem eigenen Kummer zurückzustehen – und sei es nur, ein Fest zu genießen.

Dass Ihre Majestät eingetroffen war, hatten sie nur aufgrund der Fanfarensignale registriert, und weil alle sich von ihren Plätzen erhoben. Immerhin ergatterte Daphne einen kurzen Blick auf die Königin – trotz der sommerlichen Temperaturen trug sie den von ihr bevorzugten schwarzen Samt, der wohl nach ihrer Ansicht die aufgenähten Brillanten besonders gut zur Geltung brachte. Dieser optische Effekt mochte zwar per se richtig sein – doch Marie Thérèse sah in ihrer *grande robe* aus wie ein kleines glitzerndes Brikett. Daphne wandte sich wieder ihrer Tischgesellschaft zu, und schon bald unterhielt man sich höchst vergnüglich und auch lehrreich über den Effekt von Farben in der Malerei und ob der Physiker eine Theorie dazu hätte, wie man diesen je nachdem abmildern oder verstärken könne. „Oh, dies ist ohne Weiteres vorstellbar! Und reizvoll in seiner Verwendung! Ihr wisst doch bestimmt, was eine Camera obscura ist, meine Herrschaften!" Und an Daphne gewandt: „Findet sie in der Kunst allgemein Verwendung? Oder auch im Speziellen?" Daphne schüttelte den Kopf, Huygens fuhr fort: „Man kann Linsen einsetzen, die derartig geschliffen sind, dass sie nur bestimmte Anteile des Sonnenlichtspektrums passieren lassen. Man betont also zum Beispiel das langwellige Rot, indem man das kurzwellige Violett nicht hindurchlässt. Das so projizierte Bild erhält also – *voilà* – einen Rotstich." „Das wundert mich jetzt – denn als Komplementärfarbe zu Rot ist Blaugrün definiert. Nicht Violett. Wenn ich abgebildetem Haar zuverlässig die Rotkomponente nehmen will, dann mische ich etwas Grün in den Blondton." Huygens lächelte nachdenklich. „Ich werde mich dieser Diskrepanz wohl zu widmen haben – aber habt Ihr in Eurer Akademie denn einmal darüber nachgedacht, wie sehr es die Arbeit an großformatigen und komplex komponierten Gemälden erleichtern würde, projizierte man den Entwurf auf die Leinwand?"

Mittlerweile trug man Suppe und Pasteten auf. „Nun, Nocret hat es versucht, er malt oft große Formate", konzedierte Daphne. „Er hat es meines Wissens aber rasch wieder aufgegeben und bedient sich wieder des – für Schüler übrigens strengstens verpönten – Malgitters. Das Problem bestand meines Wissens darin, dass gerade bei Vergrößerungen auf große Formate die randständigen Motive stets verzerrt und unscharf waren. Und damit ist diese ansonsten praktische Vorrichtung für diesen Zweck wohl ungeeignet", wandte Daphne ein. „Aber man amüsiert sich prächtig damit!", meinte Hulbert. „Ich besitze eine solche *camera obscura* – sie bildet stets den Mittelpunkt bei ansonsten langweiligen Gesellschaften."

„Die Ränder sind verzerrt, weil Ihr ungeeignete Linsen für die Projektion benutzt. Man kann nicht jede beliebige Vergrößerungslinse benutzen, wie man sie in Lupen einsetzt für Menschen, denen der Star gestochen worden ist. Man muss sie außerdem kombinieren – konkav gegen konvex, im rechten Wechsel, im rechten Abstand, um die Unschärfe zu eliminieren. Außerdem sollte man sich davon überzeugen, dass der Linsenschleifer eine saubere und staubfreie Werkstätte besitzt und selbst nicht fehlsichtig ist. Einen guten Linsenschleifer zu finden ist wie eine Perle in einer Wildauster zu entdecken. Ich selbst habe mich darin versucht – und es wieder aufgegeben. Jetzt beziehe ich wie auch Mijnher Leeuwenhoek meine Präzisionslinsen bei Mijnher Spinoza. Ein wahrer Meister seines Fachs." „Mir", meinte da Madame de Grange,

„sind eher seine philosophischen Schriften vertraut. Wenn es sich um ein und dieselbe Person handelt." Huygens nickte mit einem freundlichen Lächeln.

„Ah – da kommen die gebratenen Lämmer!", rief der Konteradmiral erfreut aus. „Übrigens – die großen Fregatten der französischen Kriegsmarine sind allesamt mit Fernrohren ausgestattet, die nach dem von Euch entwickelten Prinzip gebaut worden sind. Damit kann man dann mit einer Muskete dem feindlichen Bootsmann auf fünf Lieue Distanz die Pfeife aus dem Mund schießen!"

Nachdem äußerst kurzweiligen Diner geleitete Hulbert Daphne hinüber zum Amphitheater, der Konteradmiral chaperonierte Madame de Grange und Huygens bot der merkwürdig schweigsamen Diane seinen Arm.

„Welch zauberhaftes Bühnenbild!", rief Daphne begeistert aus. Zwischen den gewundenen, Marmor und Lapislazuli täuschend nachahmenden Säulen hatte man die schönsten Landschaftstapisserien gehängt, sodass der Zuschauer nach dem Heben des Vorhangs kurz die Illusion genießen durfte, in einen Paradiesgarten zu blicken. Die Kristalllüster, die sowohl vor dem Bühnenprospekt als auch daneben angebracht waren, spendeten ein mildes und doch präzises Licht. Statuen von Pax und Victoria befanden sich ebenfalls am Rande der Kulisse. Und über allem schwebte in zwanzig Fuß Höhe in den Wipfeln der Linden die vergoldete Pappmaché-Krone, auf die Armand besonders stolz gewesen war.

Daphne spähte nach unten, wo in vorderster Reihe des Parterre die Sessel für die königliche Familie aufgebaut waren. Undeutlich konnte sie Louis Le Grand ausmachen – an seinem breiten, mit goldgelben Federn bestückten Filzhut. Er schien sich fast noch besser zu amüsieren als der große Rest des Publikums.

*

Daphne hatte, obwohl sie von Heidelberg her sowohl mit Theaterstücken als auch mit Gartenfesten vertraut war, noch nie etwas Vergleichbares erlebt. Gut, Molières Stück war mehr oder minder eine Posse um einen gehörnten Ehemann, der an seinen Ambitionen, in eine Adelsfamilie eingeheiratet zu haben, am Ende scheiterte. Aber die Pointen saßen, die Schauspieler agierten lebhaft und geschmeidig – und die auf dem Papier nicht so recht dazu passende Rahmenhandlung mit dem Idyll singender Schäferinnen und Schäfer bildete einen dergestalt witzigen Kontrast, dass Daphne nicht umhin konnte, diese Kombination als kongenial zu bezeichnen. Molière gab den übertölpelten bäurischen Ehemann selbst – was ihm etlichen Szenenapplaus einbrachte, ihn gelegentlich jedoch auch zum Extemporieren nötigte. Und was er sichtlich genoss. Den krönenden Abschluss bildete das Ballett mit über einhundert Tänzern auf der Bühne.

Wenn Armand dies alles hätte sehen und den Triumph genießen können ...

Sie verabschiedete sich, nachdem der letzte Applaus, die letzten Bravo-Rufe verklungen waren, höflich von Hulbert. Sie wollte nach all dem Gedränge ein wenig für sich alleine spazieren gehen. Der Besuch des Tanzvergnügens, zu dem Diane und Huygens geradezu drängten, reizte sie nicht wirklich.

Daphne ging ein wenig abseits, die Wege waren zauberhaft illuminiert, und sie beobachtete die wogenden, herausgeputzten und mittlerweile teils derangierten Gäste, wie sie sich über die Reste der Büffets hermachten – oder sich paarweise verstohlen in die Boskette schlugen. Rechts von der Hauptallee des Festorts befand sich die *Étoile* mit den Bewirtungszelten. Links davon die Nördliche *Quinconce* mit der Thetisgrotte, die an diesem Abend den ausländischen Diplomaten vorbehalten war. Etwas näher zum Amphitheater hatte man am Rande der *Quinconce* kleinere Einzelzelte aufgebaut, die wohl dem Rückzug dienen mochten.

Sie schlug den Weg zur Thetisgrotte ein, wo es wesentlich ruhiger war. Nur gelegentlich wehte der warme Sommerwind Melodiefetzen aus dem Ballsaal herüber. Noch gelegentlicher begegneten ihr eng umschlungene Paare. Daphne dachte kurz daran, wie die Männern gegenüber ansonsten überzeugt spröde Diane für sie vollkommen unerklärlich von Huygens hingerissen war. Konnte dies sein? War an einem Abend wie diesem mehr möglich als an anderen? War vielleicht sogar etwas möglich, was sonst unpassend war?

„Demoiselle d'Ovène!", rief auf einmal eine Männerstimme und riss sie aus ihren Gedanken. Mit Demoiselle d'Ovène wurde sie kaum je angesprochen, nur gelegentlich in der Akademie. Ein ungefähr gleichaltriger Mann trat ihr in den Weg, durchaus elegant und höfisch gekleidet – und doch ließ er feine Manieren missen. Mit einem fast nur angedeuteten Kopfnicken markierte er eine Begrüßung, die Daphne zustehende Verneigung unterließ er. Er war von durchschnittlicher Größe, gertenschlank, hellhäutig und trug natürliches aschblondes Haar. Seine Augen standen leicht auseinander und waren von undefinierbarer Farbe, seine Nase klein und aufgeworfen wie die eines Kindes. Die Haut seiner Wangen wies zahlreiche kreisförmige, wie ausgestanzte Narben auf, als hätte er in seiner Kindheit die Pocken überlebt.

„Demoiselle d'Ovène – ich habe nach Euch gesucht!", meinte er und hielt seine Blendlaterne etwas höher. „Wollt Ihr Euch denn nicht vorstellen, wie es unter höflichen Menschen üblich und wünschenswert ist?", entgegnete Daphne. Sie kannte ihn, konnte ihn aber nicht recht einordnen. Von ihm ging etwas unbestimmt Bedrohliches aus.

„Pardon, Demoiselle – ich vergaß! Mein Name ist Houasse. René-Antoine Houasse. Vielleicht kennt Ihr mich – aus dem Palais Brion!" Daphne überlegte krampfhaft. Der Name Houasse war in ihrer Gegenwart schon einmal gefallen. Doch er gehörte weder zu den *Officiels* noch zu den *Associés,* geschweige denn in den erlauchten Kreis der *Anciens.* Er war keiner der *Assistenten*, noch war er einer der Pedelle. Vielleicht ein Student? Dazu war er fast zu alt. Außerdem passte sein Gesicht in keinen der Unterrichtsräume. „Bitte seid so freundlich, mir ein wenig auf die Sprünge zu helfen, Sieur ... Houasse!", forderte Daphne ihn auf. Gleichzeitig verschränkte sie ihre Arme vor der Brust und richtete sich auf. „Einer der Akademiestudenten seid Ihr ja wohl nicht. Oder doch? Fühlt Ihr vielleicht eine Eurer Studien von mir zu kritisch beurteilt? Darüber können wir gerne diskutieren – aber weder hier noch jetzt – sondern bei Tageslicht und in meinem Büro im Palais Brion."

Houasse lächelte spöttisch. „Demoiselle, ich *war* Student der Akademie. Freilich vor drei Jahren. Nun habe ich die Ehre, als Maler in den Werkstätten für Monsieur Le Brun tätig zu sein – welcher, wenn ich es recht und gelehrig anstelle, gewillt ist, mir die Hand seiner einzigen Tochter geben zu wollen." – „Meinen Glückwunsch!", entgegnete Daphne trocken. „Der *Récteur* Le Brun ist sicher ein respektabler Dienstherr – und überaus großzügig, einem so verdienstvollen Künstler wie Euch sein kostbarstes Gut, die einzige Tochter, anvermählen zu wollen. Ihr werdet es gewiss noch weit bringen, Monsieur Houasse!" – „Eure Rede, Demoiselle, trieft wahrlich vor Spott!"

Daphne schüttelte den Kopf. Welch merkwürdiges Zusammentreffen ... Dieser Houasse schien sie auf irgendeine Weise provozieren zu wollen, rückte aber nicht so recht mit seinen Absichten heraus. Allerdings war ihr wieder ins Gedächtnis gekommen, dass sie ihn einige Male im Schlepptau von Le Brun gesehen hatte. Was ihn nicht unbedingt sympathischer machte.

„Es ist nicht meine Absicht, Euch zu verhöhnen, Sieur Houasse – da wir aber gerade von Absichten sprechen: Was lässt Euch meinen Weg kreuzen?" Houasse stellte sich nun neben sie. „Lasst uns ein wenig promenieren, werte Demoiselle! Ich schätze Bewegung während der Konversation. Ihr doch gewiss auch?" Er wollte sie am Ellbogen nehmen, doch sie zog hastig ihren Arm fort. „Ich habe nicht um Eurer Geleit gefragt, Houasse! Auch würde ich es bevorzugen, auf den gut beleuchteten Wegen zu bleiben!" Houasse nickte. „Aber sicher, wie Ihr wünscht! Auch ist es nicht meine Absicht, Euch physisch in irgendeiner Form zu nahe zu treten!" Seine Stimmlage wurde glatt wie ein Aal. Sie gingen auf die Thetisgrotte zu, aus der Musik und Gelächter drangen.

„Alles amüsiert sich hier aufs Prächtigste, Demoiselle. Aber ich erleide Kummer. Und mein designierter Schwiegervater, der erleidet auch Kummer", fuhr er fort. „Nun lasst mich raten, Houasse: Ihr und Le Brun, Ihr seht wohl mich als Quell des Kummers an? Nun, dass Le Brun nicht unbedingt mein Fürsprecher ist und wohl auch niemals sein wird, das ist mir bekannt. Teilt ihm doch bitte mit, dass ich damit sehr gut leben kann!", entgegnete Daphne mit leichtem Ärger. „Ihr bewegt hier nur heiße Luft – was besser auf einen Donnerbalken gehört als in das Gepränge eines königlichen Fests!"

„Eines königlichen Fests ...", echote Houasse süßlich. „Welch wundervolle Vorlage! Und passend zu der Warnung, die ich Euch in Le Bruns und auch anderer *Officiels* Namen vortragen soll. Wir kennen nämlich den wahren Hintergrund Eurer speziellen königlichen Protektion."

Daphne blieb wie erstarrt stehen. Von Louis Le Grand und ihr hatte sie lediglich Testelin gegenüber Andeutungen gemacht. Und dieser war erstens diskret – und zweitens ihr unbedingter Fürsprecher. Oder konnte sie hier niemandem mehr trauen – allein nach der Angelegenheit mit Rossignac? Sie starrte schweigend auf den Weg. Houasse lachte leise. „Das ist Euch jetzt aber unangenehm, nicht wahr, Demoiselle?! Sicher – Seine Majestät ist ein mächtiger Förderer der Künste und ein guter Schirmherr. Einen mächtigeren findet man in Frankreich nicht. Die Crux, Demoiselle, ist nur, dass die königliche Gnadensonne nicht den ganzen Tag über scheint, wenn Ihr versteht, was ich meine. Königliche Gnade kann schnell aufblühen – und ebenso schnell wieder verwelken. Und dies gilt in besonderem Maße für das schöne Geschlecht, wie Ihr wohl wisst. Und ohne die Protektion Seiner Majestät seid Ihr ein Nichts, ein Niemand – und vielleicht sogar eine *persona non grata* in Frankreich. Ihr habt", setzte er mit süffisantem Lächeln hinzu, „mit einem Kammerherrn Seiner Majestät das Bett geteilt, während der König in Flandern war. Und eben habt Ihr diesem niederländischen Wissenschaftler schöne Augen gemacht. Ich kann mir nun beim besten Willen nicht gut vorstellen, dass Seine Majestät ausgerechnet so einer Metze die Zukunft der französischen Künste überantworten würde."

Daphne blieb stehen. Ihr war beinahe übel vor Zorn. „Horcht – Houasse! Malerin bin ich durch meine Begabung, nicht durch die Gnade Louis' XIV.! Ebenso wenig ist es mein Lebensziel, mein Dasein als Favoritin Seiner Majestät zu fristen. Oder irgendeines anderen Mannes Zeitvertreib zu sein! Das mag die Berufung anderer Frauen sein, meine ist es nicht. Und falls Ihr versucht, mich mit irgendwelchen Boudoirgeschichten unter Druck zu setzen, werde ich Genugtuung fordern. Von Euch und auch von Le Brun. Und glaubt mir – ich bin eine exzellente Schützin!"

„Demoiselle Daphne, Ihr nehmt den Mund reichlich voll! Glaubt mir – meine Spione sind überall! Und wenn Ihr Euch an der Akademie nicht schnellstens zurück auf den einem Weibsstück zustehenden Platz verfügt, wird man Seiner Majestät bald noch mehr charmante Geschichten aus Euren Bettlaken vortragen können." Weiter konnte Houasse nicht mehr sprechen, denn Daphne holte aus und versetzte ihm eine Ohrfeige, die schnitt wie Stahl aus Solingen. „Ich denke doch", entgegnete Daphne,

„dass ich nicht mehr darauf warten muss, Euch und Le Brun vor die Pistolen zu fordern! Ihr seid ein überaus elender Wurm – und nun kriecht zurück in das übel riechende Loch, aus dem Ihr gekommen seid!"

Dann drehte sie auf dem Absatz um und ließ den geohrfeigten Houasse stehen. Der ihr hinterher rief: „Das werdet Ihr schon bald bereuen, Demoiselle d'Owen!"

Sie lief planlos, voller Wut und Besorgtheit zugleich über Nebenwege der *Quinconce*, die kaum beleuchtet und menschenleer waren. Irgendwie hatte sie sich in ihrer Echauffiertheit verlaufen – und nun stieg zu ihrer an sich schon unangenehmen Gefühlsmelange noch so etwas wie leichte Panik in ihr auf. Wo war sie? Ihr Orientierungssinn war wie bei den meisten Frauen in der Dunkelheit eher schwach ausgeprägt und die verschwommene Klangkulisse aus Musik und menschlichen Rufen war nicht hilfreich. Etwas raschelte in einem Boskett etwa drei Klafter neben ihr, dann hörte sie Schritte auf dem Kies knirschen. „Hallo?", rief sie in die Dunkelheit hinein. Die Schritte näherten sich der Stelle, auf der sie sich befand. „Hallo?", wiederholte sie zaghaft. „Gebt Euch bitte zu erkennen!" Das Tempo der Schritte beschleunigte sich rasch – da ergriff Daphne die blanke Panik; sie raffte ihre Röcke und rannte los, so schnell es ging mit ihren viellagigen Unterröcken und ihren samtenen Überschuhen, die bei rascherer Fortbewegung kaum Halt boten. Der, der sich ihr eben genähert hatte, verfiel nun in Laufschritt. Vielleicht war es Houasse, tödlich gekränkt, mit einem Dolch in der Hand?

Vor ihr breitete sich ein kleiner Lichtfleck aus, aber es war nur die weiße Leinwand eines der Ruhezelte. Hier gab es keine Fackeln oder Laternen, die die Wege erleuchteten. Ihr Korsett machte tiefes Durchatmen fast unmöglich, das Blut rauschte in ihren Ohren, ihr Verfolger war ihr, wie es schien, immer dichter auf den Fersen ...

Daphne stolperte über ihren Rocksaum und fiel in eine der vor dem Ruhezelt aufgestellten Kübelpflanzen. Es waren kräftige Arme, die ihr aufhalfen und Halt boten. Der Besitzer dieser Arme, der in keiner Weise außer Atem zu sein schien, zog behutsam ein kleines Zweiglein aus ihren Haaren, das sich in ihren gebrannten Locken verfangen hatte.

„Welch überaus sinnige und charmante Charade! Die fliehende Nymphe Daphne verwandelt sich in einen Lorbeerstrauch ..."

Daphne atmete erleichtert aus, rang aber noch sichtlich um Fassung. Dann nahm sie mit zierlicher Geste das ihr entgegen gehaltene Lorbeerzweiglein aus der Hand Louis' XIV. „Das, Sire, tut sie nur, wenn der Sonnengott sie verfolgt. Was hiermit wohl geschehen sein dürfte!" Der König bot ihr galant seinen Arm. „Es tut mir unaussprechlich leid, falls ich Euch erschreckt haben sollte wie Pan einen armen Hirten. Indes", er sah sich um, „ist das Werk von du Plessis in einer Hinsicht aufs Schärfste zu tadeln: Es gibt für diese Menge an Besuchern viel zu wenige Möglichkeiten, sich zu erleichtern!"

Erst betreten, dann mit einem leisen Kichern blickte Daphne zur Seite. Eben hatte sie Todesangst verspürt – und wer hatte sie ausgelöst? Seine allerchristlichste Majestät, der König von Frankreich, der sich wie jeder normale Mann mit Druck auf der Blase in die Büsche geschlagen hatte. „Erheitert Euch das etwa, Daphne? Dann seid Ihr wirklich leicht zu unterhalten!" Nun musste auch der König verhalten, wie es seine Art war, lachen. „Nun, da die Gefahr vorüber ist, sollten wir den Rückweg antreten – auf dem ich Euch selbstverständlich beschützen und verteidigen werde!"

Doch als Daphne sich am Arm Seiner Majestät in Bewegung setzen wollte, merkte sie mit einem Mal, wie weich ihre Knie immer noch waren – sie knickten ganz einfach weg unter ihr, als bestünden sie aus feuchtem Pappmaché. Louis XIV. fing sie geistesgegenwärtig auf. „Baronesse, Ihr solltet nach diesem Schrecken wohl doch besser ein wenig ausruhen!", meinte er – und hob sie, ihr Einverständnis nicht weiter abwartend, auf seine Arme und trug sie hinüber zu dem keine zwanzig Schritte entfernten Ruhezelt, wo er sie auf die Chaiselongue bettete. Daphne bildete sich ein Sternchen zu sehen – und den König dabei zu beobachten, wie er die Bahnen zum Zelteingang mit den am Stoff angebrachten Nesteln verschloss. Er kehrte zu ihr zurück und setzte sich abwartend neben sie, nachdem er seinen breitkrempigen Hut beiseitegelegt hatte. Eine Weile sprach er nichts, Daphne vernahm nur seine leisen, etwas beschleunigten Atemzüge und das feine Jasminparfüm, das seiner Haut entströmte.

„Daphne", begann er mit leiser Stimme und griff behutsam nach ihrer Hand, „eigentlich wollte ich mit dir erst sprechen, nachdem die *fête* über die Bühne gegangen ist. Da die Gelegenheit nun aber günstig ist ..." Er räusperte sich ein wenig. „Sire?", fragte sie verunsichert, da ihr nicht entgangen war, dass er sie nun ausgesprochen vertraulich ansprach. Seine feinen Finger spielten mit ihrer Hand, und diese verhaltene Zärtlichkeit, die so gar nicht zum Bild eines Königs passen wollte, der jede Frau im Sturm zu erobern pflegte, tat ihr unendlich wohl. „Daphne", machte Louis XIV. einen weiteren Anlauf, „ich muss dich um Entschuldigung und Verzeihung bitten – auch für die, die dir in den vergangenen Wochen ausgesprochen übel mitgespielt haben. Die mich glauben machen wollten, dass du mich verhöhnst, belügst und betrügst, nachdem ich dir gewisse Gnade gewährt habe." „Sire, ich ...", hob Daphne an, doch der König legte ihr seinen Zeigefinger auf die Lippen. „Du bist so ein süßer, entzückender Frechdachs, meine Daphne! Deinen König zu unterbrechen – der dir eben seine Liebe gestehen will!" Er legte seinen Mund auf ihre Hand, die er immer noch hielt, und küsste sich bis zu ihrem Unterarm vor. Die Berührung durch seine weichen und warmen Lippen war so köstlich, wie das Kitzeln seines kleinen kecken *moustache* delikat war. „Ich werde diesen Finger erst von deinem Mund nehmen, Daphne, wenn ich ihn durch meinen Mund ersetzen darf!", raunte er nahe ihrem Gesicht. „Sire

– Ihr seid der Souverän ..." Sein Gesicht kam noch näher. „Soll das etwa ja heißen?" „Nichts anderes, Sire, scheint mir in einem solchen Augenblick angemessen und ..."

Louis XIV. ließ ihre Entgegnung unvollendet – er legte seinen Mund auf ihren und strich zärtlich mit seiner Zungenspitze über ihre Unterlippe, bis sie nachgab und ihn einließ. Daphne hatte es fast vergessen, wie wonnevoll der König küssen konnte.

Minuten später rangen sie beide sanft nach Luft. „Sire – ich fürchte, dass ich immer noch weiche Knie habe!", flüsterte sie. Seine Lippen wanderten behutsam über ihren Hals. „Dann kannst du wohl auch nicht wieder vor mir davonlaufen – wie erfreulich, was meine Absichten angeht!" – „Sire ..."

Der König streichelte ihre ziemlich erhitzten Wangen. „Bitte sag Louis zu mir!", raunte er an ihrem Ohr. „Das würde mich glücklich machen. Fast so glücklich wie ..." Er stockte kurz, denn sie spielte sachte mit seinen langen, elastischen Locken – er trug nach wie vor keine Perücke. „Wie was, Louis?" Seine weiche Hand glitt wie ein Hauch über ihr Dekolleté, unter dem ihr Herz wie rasend schlug. „Wie deine Zärtlichkeit – und die Erfüllung, dich lieben zu dürfen." Seine freie Hand schob die Röcke ihrer Robe hoch und streichelte ihre Schenkel, die willig nachgaben. „Louis ...?", flüsterte sie fragend, als er ihre Röcke ganz nach oben schob – und mit einem liebevollen Lächeln seinen Kopf schüttelte. „Meine schöne Malerin, jetzt ist es an mir, dir meine Referenz zu erweisen!"

Und in jenem Augenblick wurde draußen im Park das Feuerwerk gezündet. In dessen Flammenwirbeln, Funkenregen, Feuerbällen, Zischen, Heulen, Prasseln und Knallen die befreiten Seufzer von Daphnes Lust einfach untergingen.

Kapitel dreiundzwanzig

In dem es um Heimlichkeiten, Auskundschaftung von Geheimnissen und einen überstürzte Abreise geht

Paris, August 1669

„Ah, was für ein wunderschöner Morgen!", rief Diane beglückt aus, als sie zu Daphne unter die Bettdecke schlüpfte. Der Hofstaat der Herzogin Anne de Gonzague durfte nach dem Fest des *Grand Appartement royal* ausschlafen, Ihre Durchlaucht verzichtete auf ein wie auch immer geartetes *lever* – denn man war erst weit nach Mitternacht ins Hôtel Nevers zurückgekehrt von dieser rauschenden Ballnacht.

Die beiden jungen Frauen lauschten eine Weile den hohen Schreien der Schwalben, die durch das weit geöffnete Fenster drangen. Daphne griff nach ihrer Bürste auf dem Nachtkästchen und bat Diane, sich aufzurichten und ihr den Rücken zuzukehren, weil sie ihre Locken strählen wollte.

Die wusste das zu schätzen, denn Daphne war fast behutsamer als ihre eigene Zofe Marie-Jeanne. „Wie war das Tanzvergnügen?", wollte sie von Diane wissen. „Erst berstend voll, doch nachdem der König sich nicht hatte blicken lassen, hat sich der Ballsaal schnell geleert. Die Leute hatten eher Hunger, nicht wahr?" „Oh, wie wahr! Ich habe selten jämmerlicher geplünderte Büffets gesehen als dieses. Als ob die Schweden unter Oxenstjerna durchgezogen wären." Daphne bürstete nun die Haare in Dianes Nacken. „Ist Christiaan Huygens wenigstens ein guter Tänzer?"

Diane drehte sich abrupt zu ihr um, packte fast schmerzhaft ihr Handgelenk und starrte ihr in die Augen. Die Freundin zuckte schuldbewusst zusammen. „Pardon! Das war wohl die falsche Frage!" Diane ließ Daphnes Handgelenk los, ließ sich plötzlich auf den Rücken fallen und fing an zu kichern wie eine alberne Zwölfjährige. „Wie wäre es, wenn du mich fragtest, ob er ein guter Liebhaber ist?"

Daphne blickte ratlos drein, dann warf sie die Bürste in die Ecke. „Wie? Du hast ihn bei dir liegen lassen?" – „Oh ja! Ich wollte endlich auch einmal wissen, wie das geht – mit einem Mann. Und ein derartig gut aussehendes Exemplar kommt unsereinem wohl nur alle Jubeljahre unter." Daphne legte sich zu Diane und stimmte in ihr Kichern ein. „Und welche Erfahrung hast du aus ihm geschöpft – und seinen brillanten Kenntnissen der Physik?" Die Freundin grinste und zuckte die Achseln: „Er sieht gut aus, wie gesagt, auch ohne Kleidung, er hatte einen angenehmen Geruch – aber sonst? Ich würde sagen: Vergeudung – was mich betrifft. Schade für ihn, denn er hat sich Mühe gegeben und war überaus zartfühlend. Du hättest weitaus mehr Vergnügen an ihm gehabt, das kann ich dir sagen! Ich für mein Teil bleibe lieber bei meinesgleichen." „Oh, das nenne ich, wie die Engländer sagen pflegen, echten Sportsgeist! Eine kritische Sache erst ausprobieren, ehe man sie definitiv ablehnt", meinte Daphne bewundernd.

Ihre Freundin verschränkte die Hände hinter dem Kopf und blickte versonnen auf die gestickte *nature morte*, die an Daphnes Betthimmel angebracht war und Früchte, Vögel und Insekten darstellte. „Ab einer bestimmten Stunde waren weite Teile des Parks ohnehin eine einzige Grotte der Venus, glaube mir! Im Zelt neben Huygens und mir, da haben sich zwei ganz mächtig getummelt. Er hieß wohl Louis, ihren Namen konnte ich nicht verstehen, weil der *Galan* eher leise gesprochen hat."

Daphne musste plötzlich heftig husten. Dann kugelte sie vor Lachen im Bett herum, sprang auf und lief hinüber zu ihrem Toilettentisch, von dem sie mit zwei kleinen Glasphiolen zurückkehrte. „Bevor ich es vergesse – du just gewesene Jungfrau: Du solltest das trinken. Sofern du nicht die Absicht hast, für Mijnher Huygens Nachwuchs auszubrüten!" Sie öffnete beide Phiolen, von denen sie eine Diane in die Hand drückte. „Auf dass es uns nie schlechter gehen möge als heute!" Sie selbst ging mit gutem Beispiel voran und leerte das zierliche Glasgefäß, Diane folgte ihr nach kurzem Zögern. Dann lächelte sie wissend. „Du scheinst den Trank ja wohl auch nötig zu haben, ... der schmeckt ja widerlich!" – „Wirkt aber ausgesprochen zuverlässig. Dies sind übrigens die Restbestände aus den Vorräten von Madame de Soubris, die ich an mich genommen habe, da eine Dame von über siebzig Jahren dies wohl nicht mehr benötigt. Übrigens: Die beglückte Dame im benachbarten Zelt hieß Daphne. Daphne Sophia ..."

„So trauerst du also um deinen Schatz! Ich bin empört! Schmeißt dich einem dahergelaufenen ... Louis an den Hals. *Fi donc*!", spöttelte Diane. Daphne streckte ihre Linke aus, an deren Mittelfinger ein prächtiger Ring prangte – dieser war mit Saphiren und rosafarbenen Diamanten bestückt. „Zumindest hat ... Louis Geld für solche hübschen Preziosen." Sie besah sich den wunderschönen weißgoldenen Ring eingehend, ehe sie ihre Hand mit einem nachdenklichen Gesichtsausdruck sinken ließ. „Und er scheint mich sehr zu mögen." Sie legte sich zurück in die Kissen. „Von Armand habe ich immer noch keine Nachricht. Länger als drei Wochen benötigt doch kein Brief von Madrid bis Paris."

Diane legte den Arm um Daphne. „Gib ihm Zeit – zu seiner Sehnsucht hinzu. Und halte ... Louis bei Laune! Wenn er wirklich ein so guter Liebhaber ist, wie seine Gesangskünste vermuten lassen." – „Oh ja, das ist er!" Sie seufzte und blickte ihre Freundin lange an. „Darf ich dir ehrlich sagen, wie es mir geht?", setzte sie nach längerem Schweigen hinzu. Diane streichelte ihr über die Wange: „Wes das Herz voll ist, der sollte seinen Mund nicht vernähen und seine Zunge nicht fesseln, Daphne! Könnte es sein, dass du im Moment an einigem zweifelst: an deinem Verstand, deiner Loyalität und deiner Liebe zu Armand?"

Daphne seufzte: „Du verstehst mich wirklich, liebste Freundin! Ich bin glücklich – und doch so unglücklich zugleich!" Ihr Atem ging tief. „Ich vermisse Armand, es schmerzt tief hier drin!" Sie legte eine Hand auf die linke Seite ihrer Brust. „Und zugleich ist das Werben des Königs so zauberhaft, dass ich fürchte, nicht widerstehen zu können, wenn er damit fortfährt!" Sie schmiegte ihren Kopf an Dianes Schulter. „Ich könnte irrewerden daran! Und fühle mich zugleich, als würde die ganze Milchstraße um mich herumtanzen!"

Diane lächelte. „Da kann ich für mein Teil froh sein, dass *le sourcier* mich nicht verzaubern kann. Dieser Mann besitzt ein derartiges Charisma, dass jede Frau, die Männer liebt, in Ohnmacht fällt, wenn er sie etwas länger anlächelt." Sie streichelte über Daphnes Haar. „Du musst dich dessen nicht schämen, Liebes, wenn er dir den Kopf verdreht hat!" Dann schwieg sie eine Weile. „Doch du solltest Armand nicht aus deinem Herzen verbannen – und die Hoffnung niemals aufgeben, dass er irgendwann wieder vor dir stehen wird."

Beide ließen wiederum ihre Blicke spazieren gehen auf dem gestickten Stillleben. „Weißt du noch", hob Daphne an, „als du mich vor einem guten

Jahr davor gewarnt hast, mich nicht von Seiner Majestät vereinnahmen zu lassen? Weil er mich immer wieder demütigen würde?" – „Oh ja, und ich stehe immer noch zu dem, was ich dir gesagt habe!", entgegnete Diane. Daphne fischte eine Strähne von Dianes Haar aus dem Ausschnitt ihres Nachthemds. Sie liebte diese Intimität mit ihrer Freundin – sie liebte dies fast noch mehr als die Freuden der körperlichen Liebe. „Wie", fragte sie zögerlich, „kann ein Mensch einen anderen Menschen demütigen – wenn er ihn liebt?"

„Wir verletzen immer diejenigen am härtesten, die uns am Nächsten stehen, Daphne. Deshalb gibt es nicht wenige Menschen, die, weil sie sich davor fürchten, enttäuscht, zurückgewiesen und verletzt zu werden, die Nähe anderer nicht ertragen können", meinte Diane. Dann blickte sie ihre Freundin an; ihre schönen grünen Augen schimmerten. „Darf ich dir sagen, Daphne, dass ich dich selten so glücklich erlebt habe wie an diesem Morgen?"

Daphne verschränkte ihre Arme hinter dem Kopf und seufzte. „Du magst dich da nicht täuschen, aber ich schäme mich deshalb auch ein wenig! Ich vermisse Armand unsäglich." – „Keine Frage, Liebes!" – „Und nun bin ich beglückt durch das Liebesgeständnis desjenigen Mannes, der uns getrennt hat! Was ist nur los mit mir? Das ist doch völlig ungehörig – wie ich empfinde!" – „Meine Daphne, ist dir je in den Sinn gekommen, dass die Liebe ein Ding ist, das man im Gegensatz zu materiellen Dingen unendlich teilen kann? Wäre dem nicht so, dann könnten Eltern immer nur ein einziges Kind lieben und hätscheln. Lass die Dinge einfach auf dich zukommen, und genieße die Liebe und die Gunst von ... Louis. Er ist kein schlechter Mensch, glaube mir!" –

„Und du? Ja, was ist mit dir? Du hast mir ein einziges Mal ganz vage von dem erzählt, was auf dich zukommen wird. Ansonsten weichst du aus, wo du dich selbst so rührend um mich kümmerst."

Diane setzte sich auf. „Du weißt, dass ich die Grafschaft Landou erben werde, drunten in der Gegend von Carcassonne. Ich habe nicht vor zu heiraten – und wenn ich einmal nicht mehr bin, dann wird mir meine jüngere Schwester nachfolgen. Oder ihr ältestes Kind. So einfach ist das!" Sie blickte Daphne an. „Kronen und Ländereien finden immer einen Nachfolger."

„Aber was willst du tun, wenn du die Comtesse de Landou sein wirst? Eine Karriere bei Hof anstreben?" Diane schüttelte den Kopf. „Beileibe nicht! Ich werde in den Süden zurückkehren und mich um meine Leute und das Land kümmern. Dafür sorgen, dass die Landwirtschaft genug Erträge abwirft, und Bewässerungskanäle bauen, dass Missernten und Waldbrände vermieden werden. Mehr Gewerbe ansiedeln. Schulen eröffnen, in denen Knaben wie Mädchen gleichermaßen für ein geringes Schulgeld gut ausgebildet werden – damit auch die vierte Tochter eines Kätners nicht Schweine hüten oder ihren Körper in der nächsten Hafenstadt verkaufen muss. Ich werde Apotheken verpachten, in denen jedermann für wohlfeiles Geld gute Medizin kaufen kann, damit nicht mehr jedes zweite Kind vor seinem ersten Geburtstag sterben muss. Das ist mein Ziel – so kann und werde ich Frankreich dienen. Indem ich jeden Nachmittag mit alten zänkischen Gräfinnen Kaffee trinke und mich darüber ärgern muss, dass mein Ehemann schon wieder eine andere Mätresse hat, damit ist dem Land nicht geholfen." Sie erhob sich – und griff sich mit leicht besorgter Miene an den Bauch. „Kann es sein, dass dieser fabelhafte Trank für leichtes Abweichen sorgt?" „Oh!", machte Daphne. „Pardon, ich vergaß dich darauf hinzuweisen!" Diane schmunzelte: „Nur gut, dass du Malerin bist und nicht Ärztin!" Und flitzte schnell zur Türe hinaus.

*

Wenig später wurde Daphne eingeladen, mit Herzogin Anne de Gonzague gemeinsam zu frühstücken. Alleine, sah man von den im Porphyr-Salon ein- und ausgehenden Dienstboten einmal ab. Die Herzogin trug ein wundervolles *deshabillé* aus lichtblauer Seide, das reichlich mit cremefarbener Klöppelspitze besetzt war, und war schlicht, aber elegant frisiert. Dennoch wirkte sie, trotz ihrer Morgentoilette, ein wenig mitgenommen. Adelaïde jedenfalls hatte während der Rückfahrt mitten in der Nacht – die Herzogin hatte zusammen mit Madame d'Arcachon die kleinere der beiden Kutschen genommen – die Bemerkung fallen lassen, dass Ihre Durchlaucht nicht eben wenig Schaumwein und Likör zu sich genommen hätte. Und dass dies älteren Damen oft nicht mehr so gut bekäme. Auf alle Fälle standen starker Kaffee und kaltes Zitronenwasser bereit, an denen sich die Herzogin reichlich labte. Dazu verspeiste sie eine kleine Brioche – wie es schien ohne besonders großen Appetit. „Nun denn, meine Liebe, war das nicht eine exorbitante *fête*? Davon wird ganz Europa noch in zehn Jahren sprechen!", meinte die Gonzague. Daphne nickte freundlich und schielte nach den Hörnchen – sofort war ein aufmerksamer Diener zur Stelle und legte ihr vor. „Konfitüre dazu? Oder Kastanienhonig?" Sie blickte kurz irritiert hoch. „Honig, bitte." „In der Tat!", fuhr Daphne fort. „Man hat weder Kosten noch Mühen noch Kreativität gescheut." Sie wusste nicht so recht, worauf ihre Gönnerin hinauswollte. Anne de Gonzague war bei aller Verbindlichkeit beileibe keine Frau, die nur plauderte, um ihre Langeweile zu vertreiben. Die Herzogin fuhr fort: „Seine Majestät kann mit sämtlichen Resultaten überaus zufrieden sein." Sie schob den Teller mit der restlichen Brioche beiseite und nahm dafür noch Kaffee zu sich. Dann lächelte sie Daphne hocherfreut an. „Und wir können es auch – denn mich hat heute früh ein *billet* erreicht, verfasst von Seiner Majestät persönlich. Er hat sich von einer meiner Damen mehr als beeindruckt und entzückt gezeigt ...

Félicitations, ma chère! Das habt Ihr blendend gemacht! Ihr wart, wie es scheint, zur richtigen Zeit am richtigen Ort!" Sie blickte in die Runde – und winkte ihre Dienerschaft dann doch hinaus. „Daphne, Ihr müsst brillant gewesen sein! Darf ich fragen, wie Ihr es angestellt habt, Seine Majestät mit fliegenden Fahnen zu Euch zurückstürmen zu lassen?" Daphne dachte kurz nach, dann erhellte sich ihre Miene. „Durchlaucht – der Eingebung einer Situation folgend, haben Sire und ich quasi eine der Ovidschen Metamorphosen nachgestellt: Apoll und Daphne." Anne de Gonzague lachte kurz auf. „Brillant, wie gesagt, brillant! Woher wusstet Ihr, dass Louis Le Grand solche Spielchen über alles schätzt?" – „Gewusst habe ich nichts – aber sollte ein Herr von Kultur und Kunstsinn solche Improvisation denn nicht würdigen?" Sie hob ihre Linke, an der das jüngste Geschenk des Königs prangte. Beifällig nickte die Herzogin. „Bon! Und damit in Zukunft keine Probleme mit der Kommunikation mehr auftreten, sollte die Korrespondenz zwischen Seiner Majestät und Euch über mich abgewickelt werden. Diplomatenpost – Ihr versteht? Weiterhin absolute Diskretion – Ihr versteht ebenfalls? Um Eure Eltern müsst Ihr Euch keine Gedanken machen, das werde ich handhaben. Kümmert Euch um die Akademie – und um Seine Majestät!" Versonnen und mit zufriedenem Lächeln schnupperte sie an ihren Kaffee, der sie dankenswerterweise wiederbelebte.

„Ach, und falls es Euch interessiert: Seine Majestät war so rücksichtsvoll und zartfühlend, der betagten Comtesse de Soubris zu gestatten, sich umgehend vom Hof auf ihre Besitzungen in der Vendée zurückzuziehen. Es wurde aber auch Zeit, denn die alte Dame ist doch arg gebrechlich geworden. Die Aufregung der vergangenen Wochen war einfach zu viel für sie."

*

Vor einem Fenster im ersten Stock drängelten sich gleich vier Zofen und spähten hinunter in den spätnachmittäglichen Innenhof. Es war der zweite Tag im August, und die Stimmung draußen war gedrückt – was einzig dem heraufziehenden Gewitter geschuldet war. Von Westen her bezog sich der Himmel bleigrau, und Zweige und die Blätter der Bäume hingen schlaff und reglos herab, weil kein Lüftchen wehte. Eine drückende Stille hatte sich breitgemacht, da hallte das Klappern beschlagener Hufe und das Knarren von Kutschrädern im Hof umso stärker wider. Daphne war froh, mit ihrem Tragstuhl dem drohenden Unwetter auf dem Rückweg von der Akademie eben noch entronnen zu sein.

„Wisst ihr, wer hier krank ist und einen Arzt gerufen hat?", wollte Marie-Jeanne, die Zofe von Diane, wissen. Die übrigen Kammerdienerinnen, unter denen sich auch Margot befand, schüttelten ihren Kopf. Krankheiten, und seien es Stechwarzen an den Füßen, waren stets von enormem allgemeinem Interesse, besonders für die Lakaien. „Muss ja ein ganz besonderer Doktor sein – er kommt mit der Kutsche!", meinte Marie-Jeanne und wandte sich an die hasenschartige Dienerin von Nicolette. „Oder hat deine Herrin etwa wieder eine ihrer Nervenkrisen, so kurz vor der Hochzeit, Ninette?" „Ach ja, die Ärmste!", lispelte die Angesprochene. „Sie scheint mir ja nicht so ganz glücklich zu sein ... wegen ihres Gatten. Wäre ich auch nicht, wenn er zwanzig Jahre älter wäre als ich." „Pfui Teufel!", machte Marie-Jeanne, „dem wachsen doch bestimmt schon Haare aus den Ohren und aus der Nase!" – „Schaut, jetzt steigt er aus der Kutsche! Was für elegante Schuhe er trägt! Der behandelt doch ganz gewiss nur vornehme und reiche Leute. Schaut nur – Kniebundhosen aus schwarzem Samt. Und ein großer weißer Spitzenkragen!", meinte Ninette aufgeregt. „Und für einen alten Kerl mit grauen Haaren bewegt er sich ganz schön flink!" „Der will sicher zu Madame d'Arcachon. Oder gar zu Ihrer Durchlaucht!"

Daphne räusperte sich, die Zofen fuhren schreckhaft herum und knicksten verlegen. „Margot, komm und hilf mir mit den Farbflecken!", befahl Daphne. „Ich habe mir mein Unterhemd an der Manschette verdorben!" Sie hielt ihren Arm hoch und zeigte den leicht grün befleckten Besatz. Die Dienerin lief ihr zu ihrem Zimmer voran, wo sie sich das Malheur besah. „Wenn Ihr Terpentinöl hier habt, sollte dies kein Problem sein", meinte Margot. Daphne wies mit ihrem Kinn auf ein Regal. „Da, in dem runden kleinen Blechkanister. Nimm einen von den kleinen Leinenlappen daneben. Tss – da hätte ich auch selbst darauf kommen können!"

Margot holte das Terpentin, benetzte ein Läppchen und rieb damit vorsichtig die Spitze ab, „Oh nein, Eurer Gnaden! Ihr würdet mich damit meiner Existenzberechtigung berauben!" Daphne seufzte und blickte hinüber zu ihrem Schreibtisch. „Gab es heute wenigstens Post aus Spanien?" Margot, die sich immer noch der Manschette widmete, schüttelte den Kopf. „Leider nein – wie alle Tage ... Und Ihr gebt die Hoffnung nicht auf, nicht wahr?" Daphne schüttelte den Kopf. Wie es Armand wohl ging? War er gesund und wohlauf? Wie bekam ihm die Hitze in Spanien, wie das Essen mit dem vielen Knoblauch?

Es klopfte und Madame d'Arcachon streckte ihren Kopf ins Zimmer. „Daphne, der Arzt für Euch ist da!" Und zu Margot: „Sie kann verschwinden. Sofort!" Daphne und Margot sahen sich mit einem ratlosen Achselzucken an, ehe Margot knickste und aus dem Raum witschte.

Ein trat ein Medicus mit langen grauen Locken und der typischen Standestracht: schwarze Strümpfe und Kniehosen, schwarzes Wams mit Gürtel und breitem weißem Spitzenkragen und einem schwarzer Umhang. Auf seiner Perücke hatte er einen steifen hohen Hut mit Silberschnalle sitzen, und unter dem Arm trug er seine *valise,* aus dem eine Klistierspritze aus Messing ragte. Der Herr Doktor trug eine starke

Nietbrille aus Horn und einen altmodischen, fast weißen Knebelbart. Er verneigte sich stumm vor Daphne, die seinen Gruß ratlos und flüchtig erwiderte.

„Ihr lasst uns wissen, wenn die Konsultation beendet ist, Doktor?", wollte Madame d'Arcachon wissen. Der Arzt nickte, die *Première Dame d'Honneur* schloss die Türe hinter ihm. Daphne blickte den Medicus voller Skepsis an. Der hob an: „Madame, ich bin hier, um mich ausschließlich um Euer leibliches Wohlbefinden zu kümmern!", sagte er mit leiser Stimme.

„Dies mag Euer Metier sein, Doktor, und ich will keine Sekunde bezweifeln, dass Ihr die ärztliche Kunst trefflich beherrscht. Alleine – ich befinde mich sehr wohl und bedarf weder der Visitation noch der Therapie!"

„Fehlt Euch denn gar nichts, edle Dame?", insistierte der Arzt. Doch – seine Stimme, auch wenn sie leise war, kam Daphne bekannt vor. Seine Nase auch ... Sie neigte ihren Kopf. „Ach, Herr Doktor, wo Ihr mich fragt, ob mir denn nichts fehle ... freilich fehlt mir etwas, doch fürchte ich, dass Eure löbliche ärztliche Kunst hier am Ende ihres Lateins angelangt sein dürfte", hob sie mit sanfter Klagsamkeit an. „Es sei denn, Ihr könnt mir auf eine *Präskription* setzen, dass man von meinem Souverän, nach dem ich mich verzehre bei Tag und Nacht, Küsse und Umarmungen auf Flaschen ziehe."

Der Konsiliarius machte kurz ein besorgtes Gesicht, dann legte er seine *valise* auf eine Konsole und nahm galant seinen Hut ab. „Nun könnt Ihr gleich das Vermögen meiner ärztlichen Kunst auf die Probe stellen, meine Teure – denn in der Tat vermag ich nicht nur dies!" Er nahm die Nietbrille von seiner Nase und lüftete seine grauen Haare. Unter denen wundervolle und natürliche lichtbraune Locken mit leichtem Kastanienton hervorquollen. Und als er den struppigen Knebelbart mit einer raschen Handbewegung von seinem Kinn zog, sank Daphne in einen tiefen Knicks und heuchelte völlige Überraschung: „Sire!"

Louis XIV. stürmte fast auf sie zu und schloss sie in seine Arme. „Ich habe dich überrascht, nicht wahr? Gib es ruhig zu!" Sie schlang ihre Arme um seine breiten muskulösen Schultern und sog den warmen Duft seiner Locken ein. „Oh ja, Sire, das habt Ihr!"

Ungeduldig zerrte er seinen Umhang herunter. Seine Lippen wanderten über ihr Gesicht und ihren Hals, weich, heiß, verlangend. „Du sollst Louis zu mir sagen, wenn wir unter uns sind!", forderte er. „Es ist ... so ungewohnt, Sire!", stammelte sie. Er drückte sie mit einer Innigkeit an sich, dass ihr schier die Luft wegblieb. Wie hatte sie nur vergessen können, welche Kraft er besaß!

„Bei der *fête* im Park ist dir mein Taufname doch auch leicht über die Lippen gekommen!", murmelte Louis Le Grand. Seine Hand fasste sie zärtlich im Nacken, ehe sie über ihren Rücken nach unten bis zu ihrer

Hüfte glitt. „Sire, freilich …, aber da waren meine Lippen bereits durch Euren Kuss geöffnet worden!“, entgegnete Daphne, der dieses Spielchen unerwartete Freude bereitete.

„Du bist mein süßer Frechdachs!“, murmelte der König. Er begann, die Festung ihres Mundes mit Lippen und Zunge zu erobern. Sie fuhr mit den Fingerspitzen über seine breiten Wangenknochen und sein rundliches Kinn mit dem angedeuteten Grübchen, während er ernstlich dazu überging, ihr die Seele aus dem Leib zu saugen. „Louis …“, wisperte sie endlich, „ich habe mich so sehr nach dir gesehnt!“ Seine Hand packte ihr Gesäß durch die Stofffülle ihrer Röcke erstaunlich kräftig und schob sie zu sich hin, dass kein Stück Seidenpapier mehr hätte zwischen sie passen können. Daphne spürte, wie unruhig und lüstern er geworden war. „Nun, Herr Doktor“, setzte sie nach, „wenn Ihr Euch über meine Diagnose im Unklaren seid, so untersucht mich doch etwas eingehender …“

Louis Le Grand riss Daphne mit sich hinüber zu ihrem Himmelbett, verhedderte sich in seiner ungewohnten Kleidung – und ließ es geschehen, dass sie die Regie übernahm und ihn langsam, bedächtig und voller Genuss entkleidete.

„Ich habe nicht allzu viel Zeit!“, seufzte er atemlos. „Louis – du wirst sie dir nehmen müssen! Ich war länger als zwei Wochen ohne dich!“, wandte Daphne ein, während sie die straffen schwarzen Seidenstrümpfe von seinen wohlgeformten Waden rollte. Sie zog sich ihr *deshabillé* und ihr *corps piquet* vom Leib – und konnte die Augen nicht lassen von ihm, dem schönsten Körper Frankreichs …

*

Hernach lagen sie einander zufrieden, ermattet und etwas verschwitzt in den Armen, nachdem Daphne das Fenster ihres *boudoir*s geschlossen hatte, weil der Gewitterregen in jenem Moment mit heftigster Wucht eingesetzt hatte.

Nun prasselten die Wassermassen gegen die Scheiben, als wolle der Himmel die Fluten des gesamten Mittelmeers innerhalb einer Stunde über Paris ausgießen. Der Duft der leicht schweißfeuchten Haut des Königs war köstlich, Daphne hatte ihr Gesicht auf jene Stelle seiner muskelbepackten Brust gelegt, unter der sein Herz in jetzt ruhigem Takt schlug. Er spielte mit ihrem Haar, das sich mittlerweile gelöst hatte, und küsste sie sanft auf die Stirne. „Fürs Erste werde ich dich hier aufsuchen, im Hôtel Nevers. Es ist sicherer, meine geliebte Malerin!“ Daphne blickte an Louis Le Grand hoch, seine schönen, leicht katzenhaften Augen schimmerten im düsteren Licht der Gewitterstimmung dunkelgrün. Ein Blitz zuckte hernieder, unmittelbar gefolgt vom Donnergrollen. „Man weiß mittlerweile, dass der Schall eine Geschwindigkeit von einhundertsechsundsechzig *toises* pro Sekunde hat. Demnach müsste sich das Zentrum des Gewitters hier unmittelbar über der Rive Gauche befinden“, sinnierte der König und fuhr weiter mit den Fingern durch Daphnes Haare. „Wie du duftest, mein süßer Frechdachs! Ich will dich gewiss öfter um mich haben – und ich werde einen *modus vivendi* finden, das verspreche ich dir!“

Daphne wusste nicht, wie ihr war – sie wurde davongetragen von einer warmen Welle aus Zufriedenheit, Sympathie und Jubel. „Sire, ganz wie Ihr wünscht!“ Sie war, ohne darüber nachzudenken, dazu übergegangen, nach dem Liebesakt wieder zur förmlichen, dem König gebührenden Anrede zurückzukehren. „Das bedeutet“, fuhr der König fort, „dass du dich hier im Hôtel Nevers und an der Akademie so bewegst und benimmst wie gehabt – und unsere Liebesbeziehung mit größter Diskretion behandeln wirst.“ Daphne lauschte ihm, sie hatte den Eindruck, dass seine angenehme Stimme immer dann leise und gesenkt war, wenn ihm ernsthaft an etwas gelegen war. Laut reden oder gar schreien hatte sie ihren König noch nie gehört.

„Ach, die Akademie …“, meinte sie nachdenklich. „Ich bin dort nicht eben willkommen, Sire – es gibt wohl einen einflussreichen Zirkel um den *Récteur* Le Brun, der mich loshaben möchte.“ Louis XIV. stutzte. „Hat Le Brun dich dies so wissen lassen? Das wundert mich, schließlich hat er mein Edikt bezüglich deiner Aufnahme so umgesetzt, wie ich es gewünscht habe – obwohl diese Einforderung eines polizeilichen Führungszeugnisses äußerst ungewöhnlich war.“ „Charles Le Brun würde es nie riskieren sich öffentlich gegen mich – und damit Euch, Sire – zu stellen. Er ist ein machtbewusster Mann und alles andere als ein Narr. Aber – er hat Narren um sich“, sagte Daphne zögerlich. Louis XIV. sah sie sehr ernst an. „Dann erzähle mir, was du weißt! Alles, was sich gegen dich richtet, richtet sich letztendlich gegen den König. Und das kann der König unter keinen Umständen dulden!“

Daphne erzählte von jenem unerquicklichen Zusammentreffen mit Houasse während des *Grand Appartement royal* am 15. Juli, Louis Le Grand unterbrach sie nicht. „Darum warst du also so panisch und verschreckt in dieser Nacht. Und ich habe dich weiter in den Schrecken getrieben, weil ich dir nachgelaufen bin, als ich deine Stimme erkannt habe …“ Er küsste sie sanft auf die Wange. „Verzeih, das lag nun wirklich nicht in meiner Absicht!“ Der König überlegte eine Weile. „Mir scheint, die Leitung der *Académie royale de Peinture und Sculpture* bedarf dringend der persönlichen Aufmerksamkeit und Korrektur durch ihren König. Wann wird die nächste Mitgliederversammlung abgehalten, Daphne?“ – „Morgen um elf Uhr, Sire. Es ist immer der erste Samstag in einem Monat.“ – „Wirst du anwesend sein?“ – „Sicher, Sire. Ich nehme das als meine vornehme Pflicht!“ – „Wie überaus löblich, dieses Pflichtbewusstsein. Das könntest du dir fast von mir abgeschaut haben.“ Wie zerstreut begann er, ihre weichen, warmen Brüste zu liebkosen.

*

Charles Le Brun stand inmitten seines Ateliers in der Nähe des Louvre und betrachtete den Entwurf zu einem Historiengemälde, den er während der zurückliegenden Stunden auf die große Leinwand übertragen hatte. Daneben stand, auf einer Präsentationsstaffelei, die kleinere, in Tempera gehaltene Vorstudie. Der Titel des Gemäldes sollte sein: *Der glorreiche Friedensschluss von Aachen* – in dessen Zentrum selbstredend Seine Majestät saß, jedoch nicht in der Pose eines siegreichen Feldherrn im Harnisch, sondern in ziviler höfischer *parure*. Umgeben war der betont sanftmütig dreinblickende Monarch von einem *defilé* von Militärs und Diplomaten, die ihm ihre *honneurs* machten, welche der König huldvollst entgegennahm; über seinem Haupt schwebten auf rosigen Wölkchen die antiken Göttinnen für Sieg – Nike – und Frieden – Eirene – mit ihren Insignien einher. Eine sehr gelungene Komposition, wie er fand. Dabei war er beunruhigt. Er bildete sich ein, dass ihm der Auftrag für dieses geschichtlich doch so bedeutsame Werk sehr zögerlich von Colbert übermittelt worden war – wo er ihm als *Premièr Peintre du Roi* ohne Abstriche zustand. Überhaupt–es hatte sich zu viel ereignet mit und um die Akademie, was ihn zutiefst beunruhigte.

„Was für eine überaus gelungene Komposition!“ Le Brun schreckte aus seiner Betrachtung und Überlegung auf. „Ah, René-Antoine! Schön, dass Ihr es einrichten konntet!“, rief Le Brun aus. „Ich hoffe doch, dass Ihr mir etwas zu berichten habt!“ Houasse stellte sich neben den *Récteur* und ließ seine Blicke kurz über den Bildentwurf schweifen. „Ist es nicht beruhigend, dass dieser Auftrag an Euch vergeben wurde – wie es Euch auch gebührt?“, meinte er. Dann blickte er Le Brun von der Seite an: „Ich werde frei von der Leber weg sagen, was ich herausgefunden habe: Baronesse d'Owen schläft nach wie vor mit Seiner Majestät. Sie treffen sich ausschließlich im Hôtel Nevers. Seine Majestät kreuzt dort in diversen Kostümierungen auf. Auch eine Methode, den Reiz zu erhöhen.“

Le Brun schnaubte. „Diverse Galanterien gehören hier nicht zur Sache, Houasse!“, wies er seinen Malerassistenten zurecht. „Dass die d'Owen immer noch zu Seiner Majestät ins Bett steigt – oder umgekehrt – habe ich fast befürchtet. Dass er ihr mittlerweile fast aus der Hand frisst, leider auch. Wie sonst wäre das plötzliche königliche Interesse an der Akademie erklärlich? Am letzten Samstag ist Louis Le Grand unangemeldet bei der Monatsversammlung aufgetaucht, hat sich in den Saal gesetzt, erst zugehört und dann beiläufig wirkende Fragen gestellt.“ Und mich im Anschluss in mein Büro zitiert und wissen lassen, dass die d'Owen für mich und andere widersetzliche Mitglieder der Akademie „unantastbar“ sei, dachte er grimmig für sich weiter. Und das, dachte er noch grimmiger, ist nichts weiter als das Schaffen königlicher Fakten.

„Eure Quelle im Hôtel Nevers scheint ja unvermindert zu sprudeln, Houasse?“, fragte Le Brun interessiert. „Oh ja, Maître, fast ergiebiger denn je. Eine überaus ambitionierte Quelle, wie ich meinen darf." – „Nun", meinte Le Brun, „dann schöpft zügig weiter." Er legte dem jungen Maler die Hand auf die Schulter. „Ich fürchte darüber hinaus, dass uns nicht mehr viel Zeit bleibt, um den wunden Punkt der Baronesse zu entdecken, an dem wir sie angreifen können. Bettgeschichten sind es offensichtlich nicht." Sein freundlich glatter Ton wurde eisiger. „Ihr habt ab jetzt eine Woche Zeit, Houasse, mir etwas zu liefern, was brauchbarer ist als ein Gerücht um einen Kammerherrn. Nun, daran haben sich andere dankenswerterweise die Finger verbrannt, drum lasst es Euch eine Warnung sein."

Houasse verneigte sich mit einem gekünstelten Lächeln. „Ich bin der Eure, Maître! Mehr denn je habe ich eigene Motive, dieses Weibsstück auszuschalten!" Dann entließ ihn Le Brun, der sehr wohl von den Schulden wusste, die der junge Maler mittlerweile in mehreren als Spielhöllen getarnten Bordellen (oder umgekehrt) angehäuft hatte. Wovon er nicht wusste, war die Begegnung von Houasse mit Daphne und deren demütigender Ohrfeige in jener Festnacht in Versailles.

*

„Gestern war er wieder bei ihr!", meinte sie und verzog den Mund. „Als Musiklehrer verkleidet, um ihr Gesangsunterricht zu erteilen. Ich weiß nicht, singen kann Daphne ja nicht besonders!" – „Bitte, gnädiges Fräulein, wenn ich Euch ernstlich als Aphrodite Anadyomene abbilden soll, dann dürft Ihr Euer reizendes Gesichtchen nicht zu einer Medusenfratze verziehen!", ermahnte Houasse sein Modell so sanft es ging. Diese beschränkte Pute, so ergiebig sie als Quell relevanter Informationen auch sein mochte, enervierte ihn von Mal zu Mal mehr. Sie war nicht nur töricht, sondern darüber hinaus von einer fast krankhaften, weil verbohrten Ambitioniertheit beseelt, die eine besondere Form von Boshaftigkeit mit sich brachte. Lieber würde er, René-Antoine Houasse, sich eine Tonsur scheren lassen und die Kutte eines Minoritenordens überziehen, als so eine hirnrissige Megäre zu ehelichen.

„Ich frage mich schon die ganze Zeit über, Houasse, warum Euch das Ganze so brennend interessiert, was sich um Daphne tut? Habt Ihr etwa ein Auge auf sie? Dann müsst ihr es aber klüger anstellen als dieser Kammerherr! Ach ja, ich glaube wirklich, dass sie leicht zu haben ist. Versucht ruhig Euer Glück, aber lasst Euch vom König nicht erwischen!" Sie kicherte verschlagen. Houasse stellte eine Gegenfrage, die sich ihm ebenfalls seit Längerem aufgedrängt hatte: „Mademoiselle, ebenso könnte ich Euch fragen, warum Ihr mir so bereitwillig derart delikate Informationen gebt!" „Könnt Ihr Euch das denn nicht denken, Meister? Der Aufenthalt von Daphne in Paris neigt sich dem Ende zu! Ihre Eltern haben bestimmt, dass sie nach zwei Jahren zurückkehren soll, wenn sie hier keinen Mann findet!" Ihr Kichern wurde etwas schärfer. „Schließlich kann sie Seine Majestät nicht heiraten und ein anderer ist ja weit und breit nicht in Sicht!“ Sie schüttelte ihre blonden Korkenzieherlocken. „Nur noch wenige Wochen, und sie muss abreisen. Und dann, dann bin ich bereit für Louis Le Grand …!“ Das ist ja ein interessanter Aspekt!, dachte Houasse und war ziemlich erfreut. Sie scheint also noch unter elterlicher Kuratel zu stehen. „Kommt doch bitte gütigst her, gnädiges Fräulein, und werft einen Blick auf meine Arbeit!“, forderte er sein Modell auf. „Noch besteht Gelegenheit, Änderungen anzubringen!“ Sie trat neben ihn hin und kniff – sie war wohl ein wenig kurzsichtig – ihre Augen zusammen. „Ihr könntet mir größere Brüste verpassen!“, meinte sie. „Könige mögen das!“

*

Heute war er als Tuchhändler verkleidet gekommen und ächzte fast unter Last der Seiden- und Samtballen, als er Daphnes Appartement betrat. Erschöpft warf er seinen schlichten breiten Filzhut beiseite und wischte sich den Schweiß von der Stirne, ehe er Daphne in seine Arme schloss und sie fast ohnmächtig küsste. „Sire, ich werde mir einen Stoff für ein Gewand aussuchen – und nächstes Mal kommt Ihr dann als Schneider“, scherzte sie, während ihre Finger über einen wundervollen hyazinthblauen Seidensamtstoff glitten. „Ah, nein!“, rief der König aus, während er hinter sie trat, sie um die Taille fasste und sie an sich zog. „Für einen Schneider bin ich nicht mager genug! Andererseits könnte ich dann stundenlang bei dir Maß nehmen! Welch verlockende Vorstellung!“ – „So mir diese leichte Impertinenz zugebilligt wird, Sire – ich hätte gerne diesen lichtbauen Seidensamt!“ Louis Le Grand lachte leise auf. „Du wirst bald in Stoffen schwelgen könnten, meine süße, kluge Muse, und auch in Tapisserien, Hölzern, Intarsien, Beschlägen und Schaustücken: Ich habe vor, dich in die Appartements der Comtesse de Soubris in Versailles einziehen zu lassen. Offiziell als *Première Peintresse du Roi*.“ Daphne schlug sich vor freudigem Schreck die Hände vor den Mund. „Sire – das kommt unerwartet! Das ist zu viel der Ehre! Und – ist nicht Charles Le Brun Premièr Peintre du Roi?“ „Der Herr hats gegeben. Der Herr kanns auch wieder nehmen …“, erwiderte der König mit einer wegwerfenden Handbewegung.

*

Zur selben Stunde arbeitete Le Brun mit seinem *Assistenten* an der Agenda für die kommende Monatsversammlung, als Houasse ohne anzuklopfen in sein Büro gestürmt kam. Der *Récteur*, der solche unhöflichen Störungen nicht leiden konnte, registrierte jedoch sofort die Dringlichkeit in Houasses Impetus – und die optimistische Komponente seiner Angespanntheit. „Ihr könnt uns für einen Moment alleine lassen!“, wies er seinen Assistenten an, der sich umgehend und brav trollte. „Was gibt es denn so Wichtiges, Houasse?“ – „Wir haben ihn!“, rief dieser triumphierend aus. „Wir haben Daphne d’Owens wunden Punkt! Ihr

Aufenthalt in Paris ist begrenzt – wenn sie bis Herbst keinen Ehekandidaten vorweisen kann, muss sie zurückkehren. Außerdem ist sie, obwohl schon zweiundzwanzig Jahre alt, immer noch unmündig!" Le Brun starrte Houasse ungläubig an. „Und das habt Ihr erst jetzt herausgefunden?" „Besser jetzt als nie, Monsieur Le Brun!" „Immerhin! Und nun tummelt Euch und seht zu, dass den ehrenwerten Eltern dieser hochanständigen jungen Frau das Licht der Wahrheit leuchte. Gieß am besten noch etwas Essig drauf mit der Andeutung, dass das Fräulein Tochter eine schändliche Affäre mit einem verheirateten Mann hat – was ja nicht gelogen ist! Und sorgt dafür, dass unser beider Namen definitiv aus dem Spiel bleibt! *Vite, vite*, setzt Euch in Bewegung, Houasse! Zeit ist einmal mehr Geld!" René-Antoine Houasse warf sich in die nächste verfügbare Mietdroschke und ließ den Kutscher seine dürren Klepper hinüber ins Hôtel Nevers hetzen. Dort wurden gerade Stoffballen in eine andere Kalesche verladen, die der Händler schwungvoll bestieg. Dem Houasse eine gewisse Ähnlichkeit mit Seiner Majestät nicht ganz absprechen konnte. Egal – der Kutsche eines Kaufmanns musste er ja wohl nicht Platz machen, was er, Houasse, für einen boshaften Moment lang genoss. Dann rannte er hinauf und suchte seine Informationsquelle auf.

Die junge blonde Edeldame saß mit konzentriert gerunzelter, leicht schweißüberzogener Stirne vor ihrem Stickrahmen und war etwas ungehalten, weil sie sich zum wiederholten Male beim Rapport verzählt hatte. „Legt Euer Stickzeug weg!", rief Houasse aus. „Ich habe eine Möglichkeit gefunden, Euch bereits jetzt der Gunst des Königs näherzubringen!" „Ach, wirklich?" Der *Denier* brauchte bei Adelaïde de Machy immer etwas länger, um zu fallen als bei den übrigen Hofdamen. „Und nun setzt Euch an den Sekretär und nehmt Papier, Feder und Tinte. Und schreibt einen Brief nach Heidelberg."

Das Aufsetzen des Schreibens benötigte dank langsamen Diktats und wiederholter Korrekturen etwa eine Stunde. Mademoiselle Machy war am Ende ebenso von Schweiß überströmt wie Houasse einem Tobsuchtsanfall nahe. Für so eine Fehlerhaftig- und Langsamkeit hätten ihm seine Lehrer früher zu Recht Stockhiebe angedeihen lassen, um ihn anschließend mit der Eselskappe in die Ecke zu stellen. Er überflog den endgültigen Brief – in dem er drei neue Fehler entdeckte, aber sei's drum! – faltete ihn und bat um Adelaïdes Petschaft zum Versiegeln. „Ich werde den Brief besorgen – danke einstweilen fürs Schreiben und Euer Siegel, Mademoiselle!", rief er aus und steckte das Schreiben vorne in sein *justaucorps*. „Ja – und was ist jetzt mit dem König?", rief sie aus. – „Ein anderes Mal! Außerdem hat er eben das Haus verlassen!"

*

Die Tage wurden wieder etwas kürzer, die größte Hitze des Jahres war wohl vorbei. Daphne hatte es sich angewöhnt, früh aufzustehen, um auch morgens das Tageslicht zum Malen zu nutzen – und sich ein wenig mit den Entwürfen für die Umgestaltung ihres künftigen Appartements im Schloss zu Versailles zu beschäftigen. Auf dringende Bitte des Königs hielt sie diesen Plan bisher geheim – und wann konnte man sich damit besser befassen als früh am Morgen? Von Armand de Rossignac hatte sie immer noch keine Antwort. Und vor zwei Tagen war ihr Vorrat an jenem Kräuterelixier zu Ende gegangen, mit dem man eine Schwangerschaft verhüten konnte. Was bisher immer zuverlässig funktioniert hatte: Vor einer Woche hatte ihre Regel pünktlich wie stets eingesetzt. Sie würde sich etwas anderes überlegen müssen. In Paris, so wurde in den Kreisen vornehmer Damen geredet, arbeiteten etliche fähige Hebammen, die sich auch mit dieser Materie befassten. Althergebrachter, aber für den *Galan* sehr unangenehm, war die Methode, sich vor dem *faire l'amour* ein mit Essig oder Branntwein getränktes Schwämmchen einzuführen. Darüber hinaus galt dies als eher unzuverlässig.

Margot rumorte im Nebenraum, wo Daphne gleich zusammen mit Diane frühstücken wollte, ehe die Zofe wegen frischen Brötchen den Salon nochmals kurz verließ. Daphne fuhr mit den Fingerspitzen über eine Sammlung von *tabourets*, auf denen Musterhölzer für Parkette kunstvoll zusammengestellt waren. Sie wollte zumindest in ihrem Boudoir, ihrem Ankleidezimmer und ihrem Arbeitszimmer keinen Steinfußboden haben. Nicht im Schloss in Versailles, wo es ziemlich zugig war, und die Kamine, wie sie sogar im Frühjahr festgestellt hatte, nicht über die Kapazität verfügten, während einer Periode grimmigen Frosts genügend durchheizen zu können. Steinfußböden nur im Salon, auf den Korridoren und in der *antichambre*. Und man musste bedenken, dass Holz nicht gleich Holz war – manches Holz war wunderbar für Schnitzereien und Einlegearbeiten an Möbeln – aber um tägliche Fußtritte unbeschadet auszuhalten, dafür war es zu weich. Linde, Erle, Hemlocktanne und Pflaume schieden daher für die Böden aus. Besser geeignet waren Eiche, Esche, Rotbuche, Kirschbaum und das fast schwarze afrikanische Ebenholz ... Und an der Stirnseite des Salons würde sie eine Kopie aufhängen vom *Apollon musagetes*.

„Daphne?" Diane klopfte an den Türzargen. „Das Frühstück ist bereit – und ich habe einen Hunger wie ein Bär nach dem Winterschlaf! Außerdem habe ich eben eine Sendung bekommen – Lavendelhonig von daheim, neue Tracht!" „Ich komme!", rief Daphne aus und legte ihre Parkettmuster beiseite, um sich am Frühstückstisch niederzulassen. „Was ist denn das für ein Getränk?" wollte ihre Freundin wissen, als Margot ihnen einschenkte. „Oh, das ist ... ja, Ihre Durchlaucht hat es vom Botschafter des Kaisers von Catay geschenkt bekommen. Es handelt sich um die getrockneten Blätter einer Art Kamelie. In der Provinz Sechuan nennt man das daraus aufgegossene Getränk *Chai* und in der Provinz Kanton am Gelben Meer *Dö*. Es belebt wie Kaffee, lässt einen aber weder in Schweiß ausbrechen, noch verursacht es Herzrasen. Und wenn der Magen etwas aufgewühlt sein sollte, dann ist dieser *Chai* im Gegensatz zu Mokka die reinste Labsal!" Diane schnupperte an dem klaren zartgrünen Getränk. „Es riecht ein wenig nach ... Moos, finde ich!", meinte sie skeptisch. „Probier ruhig!", ermunterte Daphne sie. „Ich jedenfalls bin davon ausgesprochen angetan." „Immer du – und deine Tränke!", erwiderte Diane und packte ein kleines Päckchen aus, dem sie einen Honigtopf entnahm. „Der Postreiter war heute einmal so früh da, dass ich den Honig tatsächlich zum Frühstück genießen kann."

Daphne schaute fragend zu Margot. Die schüttelte nur den Kopf. „Kein Brief aus Madrid, Euer Gnaden! Aber einer aus Heidelberg – von Eurer Frau Mutter!" Daphne knickte das von Owensche Siegel. Irgendwie gelang es ihr, die Tasse ordentlich wieder abzustellen, während sie stumm und mit gerunzelter Stirne las. „Daphne – was ist denn?", fragte Diane vorsichtig. Daphne fing an, am ganzen Leib zu zittern, die Hofdame ließ ihr Frühstücksbrötchen fahren, sprang auf und umarmte ihre Freundin. „Sind es schlechte Nachrichten, meine Liebe?" Mittlerweile waren Tränen in ihre Augen getreten. „Meine Mutter schreibt mir, dass es meinem Vater sehr schlecht geht. Und dass sie ausdrücklich wünscht, dass ich jetzt schon nach Heidelberg zurückkehren soll. Umgehend." Sie drückte ihren Kopf an Dianes Schulter. Die schwieg eine Weile. „Liebes, das klingt nicht gut!", sagte sie vorsichtig. Daphne schluchzte. „Der gesamte Brief klingt nicht gut. Noch nie habe ich von meiner Mutter einen Brief bekommen, der in einem so harschen, kurz angebundenen Ton verfasst war. Als hätte sie mir irgendetwas vorzuwerfen." Diane ging kurz hinüber zum Frühstückstisch, schickte Margot mit der Bitte hinaus, Herzogin de Gonzague unverzüglich in Kenntnis zu setzen, und brachte Daphne ihre Teetasse. Sie streichelte ihr über den Rücken: „Ihr habt irgendwelche großartigen Pläne, du und ... Louis?" Daphne nickte erneut. „Die haben wir, in der Tat. Und nun fürchte ich, dass von denen nicht viel übrig bleiben wird."

*

Anne de Gonzague suchte Daphne eine halbe Stunde später selbst in deren Räumlichkeiten auf. Wie sich herausstellte, hatte sie ebenfalls einen Brief von ihrer Cousine Elisabeth Johanna von Owen erhalten, ähnlichen Inhalts, wenn auch auf Italienisch.

Daphne lag auf ihrem Bett und weinte still vor sich hin – aus Enttäuschung, aus Schmerz, aber auch aus Angst um ihren Vater und nicht zuletzt aus schlechtem Gewissen. Die Herzogin, alle Etikette außer Acht lassend, setzte sich zu ihr aufs Bett und nahm Daphnes Hand. „Meine Liebe, es tut mir so leid! Hoffentlich gibt es für Euren Herrn Vater noch Rettung! Bitte sagt mir, was ich für Euch tun, wie ich Euch helfen kann!", sprach sie mit sanfter Stimme. Die Berührung ihrer warmen Hand tat Daphne gut.

„Wozu ratet Ihr mir?“ „Darf ich den Brief sehen, den meine Cousine Euch geschrieben hat?“, fragte die Herzogin in ihrer überlegten Art. Daphne wies mit dem Kopf auf ihr Nachtkästchen. „Bitte fühlt Euch so frei! Er ist freilich auf Deutsch verfasst.“ „Das macht nichts, ich bin des Deutschen ordentlich mächtig.“ Anne de Gonzague nahm Elisabeth Johannes Brief und überflog ihn. Der gestrenge Tonfall war in der Tat nicht der übliche ihrer Cousine, aber sie glaubte den Grund zu kennen, den die Schreiberin im Brief an ihre Tochter freilich unerwähnt gelassen hatte. Ihr gegenüber hatte sie Vorwürfe erhoben, wie es ihr hatte entgehen können, dass die ihrem Schutz befohlene Nichte offensichtlich zur Mätresse eines zwar vornehmen, aber bereits verheirateten Herrn hatte werden können. Sie hätte einen Hinweis bekommen, der wohl aus Daphnes engster Umgebung stammen musste. Die Herzogin hatte innerlich geschäumt vor Wut. Schon wieder Verrat! Schon wieder, wie es schien, aus den eigenen Reihen. Doch darum würde sie sich später kümmern. Daphne selbst schien nichts davon zu wissen, was ihren Eltern aufgesteckt worden war. Das hatte nun Zeit. Viel wichtiger war es, das arme Kind aufzurichten und eine akzeptable Lösung zu finden. Dabei waren sie so dicht vor der Verwirklichung ihrer Wünsche und Ziele gewesen, erst recht, nachdem der Skandal um Armand de Rossignac so glimpflich verlaufen war.

„Wozu ich Euch rate, Daphne? Zwar ist die Lage eindeutig: Ihr seid nicht mündig – und habt daher Eure Kindespflichten zu erfüllen. Darüber hinaus würde auch ich ans Krankenlager meines eigenen Vaters eilen, wenn es so kritisch um ihn stünde“, sagte die Gonzague zögerlich. „Doch über allem würde ich dieses Dilemma so schnell wie möglich mit Seiner Majestät besprechen. Ihr seid zwar nicht seine Untertanin. Aber so wie die Dinge nun liegen, ist ihm an Euch viel gelegen. Sehr viel sogar.“

Daphne richtete sich auf. „Könnt Ihr für mich eine Audienz bewirken? Wenn es geht, heute Nachmittag?“ Die Herzogin schüttelte den Kopf und zog am Klingelzug neben dem Kopfende von Daphnes Bett. „Nicht heute Nachmittag! Jetzt! Eure Zofe soll Euch so hübsch wie möglich herrichten. Ich setze derweil ein Papier für Euch auf, das Euch prompten Zugang zum König verschaffen wird. Bitte findet Euch in einer halben Stunde in meinem Arbeitskabinett ein. Ich werde auch für Euch anspannen lassen.“

Keine dreißig Minuten später stand Daphne in einer ihrer elegantesten Toiletten mit lichtblauer Spitze vor der Herzogin. Margot hatte ihr so gut es auf die Schnelle ging Locken gebrannt und eine ordentliche Schicht Puder und Rouge aufgelegt, um die Spuren ihrer Tränen zu überdecken. „Bezaubernd!“, fand Anne de Gonzague. „Hier ist Euer Diplomatenpass! Er garantiert Euch sofortigen Zugang zu Seiner Majestät! Und meine Kutsche wartet bereits unten im Hof auf Euch!“ Sie erhob sich und reichte Daphne ein versiegeltes *billet*, ehe sie sie auf die Stirne küsste. „Ich denke, dass der König Euch gewogen sein wird. Und nun geht mit Gott!“

*

Die sechs vorgespannten Pferde brachten die Kutsche in nicht einmal einer Stunde hinüber nach St. Germain, wohin der Hof vor Kurzem wieder gezogen war. Vor dem Arbeitszimmer des Königs herrschte ein unbeschreibliches Gedränge; Daphne schien, als hätten sich Bittsteller aus sämtlichen Provinzen ausgerechnet an diesem Morgen nach St. Germain aufgemacht, um Louis Le Grand ihre Anliegen vorzutragen. „Habt Ihr eine Audienz?", schnarrte einer der wachhabenden Gardisten. Daphne schüttelte den Kopf und hielt dem Soldaten den diplomatischen *aviso* der Herzogin unter die Nase. „Aber ich habe das hier!" Der Mann nahm Daphne ihren Pass ab und entfernte sich. Sie musste keine zehn Minuten warten, als er mit einem Kammerherrn zurückkehrte, der Daphne ihr *billet* zurückgab, sich verneigte und sie durch die Menge hinüberbegleitete ins königliche Sitzungskabinett. Dort musste sie nochmals einige wenige Minuten vor der doppelflügeligen Türe warten, was ihre Anspannung ins Unermessliche steigen ließ. Endlich tat sich ein Türflügel auf, Daphne wurde eingelassen und vor den Schreibtisch des Königs vorgelassen, der eben das Billet der Herzogin überflog. Eine steile Falte hatte sich dabei zwischen seinen Augenbrauen gebildet.

Als er Daphne erblickte, erhob er sich, während sie in einen tiefen Knicks versank. „Madame", sagte er mit leiser Stimme zu ihr, „wenn Ihr mir bitte für einen Moment folgen würdet!" Er verließ seinen Schreibtisch und ging auf eine Tapetentüre zu, die von einem Lakaien aufgerissen wurde. Daphne raffte ihre Röcke und folgte ihm zügig. Dabei meinte sie, die Blicke von mindestens fünfzig Augenpaaren wie Nadeln in ihrem Rücken zu spüren.

Louis XIV. ging Daphne einen schwach beleuchteten Gang voran, bis sie ein kleines Kabinett erreichten, indem einige Bücherregale, ein kleiner Sekretär und als Sitzgelegenheiten lediglich Schemel standen. Der König setzte seinen Hut ab und wies Daphne einen Platz zu, ehe er sich selbst setzte. „Ihr habt beunruhigende Neuigkeiten?", fragte er unsicher. „Sire, ich habe Nachricht von meinen Eltern erhalten. Es sieht so aus, als ginge es mit meinem Vater zuende – und meine Mutter wünscht meine unverzügliche Rückkehr nach Heidelberg!" Der König blickte Daphne erschrocken an. „Sire, ich erbitte Euren Rat – und Euren Befehl", sprach Daphne so ruhig wie möglich.

Der König erwiderte nichts, sondern erhob sich und trat, Daphne den Rücken zukehrend, an das kleine Fenster, das hinausging auf den spätsommerlichen Schlosspark. „Ich habe nichts zu befehlen!", sagte er leise und drehte sich zu Daphne um, auf die er ein paar Schritte zuging. „Daphne d'Owen, du bist nicht meine Untertanin. Du hast lediglich deiner Kindespflicht genüge zu tun." Er seufzte – und reichte Daphne seine Hand, damit sie sich erhob. Und küsste sie sanft. „Meine kluge, schöne und geliebte Malerin! Wir hatten große Pläne, du und ich – aber die müssen nun zurückstehen. Als meine Mutter, die Königinwitwe, vor drei Jahren ernstlich und zuletzt auf den Tod erkrankt war, wollte ich nicht von ihrer Seite weichen. Nicht als König, sondern als ihr Sohn. Bitte reise, Daphne – und kehre zurück! Ich werde dich mit allem ausstatten, was du benötigst, Reisepapiere, Budget, Kutsche und Eskorte. Es soll an Komfort und Sicherheit nicht mangeln!"

Daphne rannen mittlerweile die Tränen über die Wangen. Dieser König war so gänzlich anders, als man sich von ihm erzählte – und wie man sie hatte glauben machen wollen. Sie knickste und die Stimme drohte ihr zu brechen. „Sire – Eure Güte ist grenzenlos!" Er legte sachte seine Arme um sie und räusperte sich: „Aber vor allem und zuerst kommt die Pflicht. Wärest du eine Königin, so hättest du das schon längst lernen müssen." Er küsste sie sanft auf die Wange, seine Lippen waren heiß und trocken. „Ich werde mich auf alle Fälle in der Zeit, die dir noch bleibt, noch einmal einfinden, um mich von dir zu verabschieden. Ich werde auch Colbert befehlen, deine Angelegenheiten für deine Abwesenheit bei der Akademie zu regeln. Und nun geh mit Gott, meine liebste Malerin!"

Daphne knickste erneut vor ihrem König, der nun auch den Tränen nahe war, ehe er nach einem Lakaien läutete, den er anwies, Daphne über einen Geheimgang nach draußen zu bringen, damit sie nicht erneut den Blicken im Sitzungskabinett ausgesetzt war. Nachdem sie ihn verlassen hatte, trat Louis XIV. erneut ans Fenster und legte seine heiße Stirne ans Fensterglas. Er, der als Souverän dem bisher ungeheuerlich grassierenden Aberglauben in der Bevölkerung so entschieden und wohl auch erfolgreich den Kampf angesagt hatte, er hatte jetzt das Gefühl, dass auf seiner Beziehung zu dieser Frau so etwas wie ein Unstern liegen musste.

*

Geschickt nutzte Anne de Gonzague die während der nächsten Tage herrschende Hektik um Daphnes Abreise dazu aus, ihren Hofstaat auszufragen, wer wohl Daphnes Liebesverhältnis mit dem König an ihre Eltern verraten haben könnte. Als Zeugen nahm sie jeweils ihren Majordomus Renard mit, der schon unter ihrem Vater gedient hatte und so etwas wie ein Fels der Loyalität in der Brandung der Gemeinheit war. Zuerst knöpfte sie sich Madame d'Arcachon und danach Madame du Plessis vor – und ließ deren Räumlichkeiten durch den Majordomus und einen kräftigen Knecht durchsuchen. Schließlich hatte sie als Diplomatin dereinst eine solide Ausbildung zum Spitzel durchlaufen und wusste, wo Verräter was zu verstecken pflegten. Bei Madame du Plessis fand man rein gar nichts, bei Madame d'Arcachon ein paar niemals abgesandte Liebesbriefe älteren Datums an Diane de Perrêtre sowie ein ziemlich abgenutztes *godemiché*. Was beides nicht weiter kommentiert wurde. Bei Diane fand man allerhand philosophische und fast schon bedenklich freidenkerische, vor allem antiklerikale Schriften. Nicolette du Boismortier war schon etwas ergiebiger in skandalöser Hinsicht – unter ihrer Matratze kam reichliche Korrespondenz zutage, welche sie wohl mit dem ihr gleichalten Neffen ihres zukünftigen Ehemannes führte und in der gewisse Pläne für die Zeit nach ihrer Verheiratung geschmiedet wurden. Die Gonzague schüttelte nur mit leichter Missbilligung den Kopf, als sie der Hofdame die aufschlussreichen und pikanten Briefe des jungen *gentilhomme* zurückgab. „Dieser junge Tunichtgut ist übrigens bestens bekannt – oder vielmehr berüchtigt. Genauso wie seine Spielschulden!", meinte die Herzogin. „Gebt Acht auf Euch, meine Liebe! Und betrügt Euren ehrbaren Gatten lieber mit einem anderen Mann!"

Blieb noch Adelaïde de Machy. Ihr hatte sie wegen ihrer unsäglichen Ambitionen schon vor Jahr und Tag gehörig den Marsch geblasen. Könnte es sein, dass sie trotzdem so töricht geblieben war? Die Herzogin seufzte. Wenn sich der Verräter nicht in den Reihen ihres Hofstaats befand, dann musste sie sich in der Dienstbotensphäre umtun. Und dann, dann würde es richtig schwierig werden.

Indes – Adelaïde de Machy bereitete Anne de Gonzague und ihrem Haushofmeister keinerlei Mühen: Die fehlerhaften Erstentwürfe des Schandbriefs an Daphnes Eltern lagen noch obenauf in der obersten Schublade ihres Sekretärs. Die Herzogin nahm sie an sich, dann fiel ihr Blick auf das von Houasse fast vollendete Porträt von Adelaïde als *Aphrodite, aus dem Schaum entstiegen.* „Wer hat das gemalt?", wollte sie wissen. „Und wozu – Euch als Akt?" Adelaïde, nun ein wahres Häufchen an Elend und an Reue, schniefte leise. „Sieur René-Antoine Houasse. Er hat mich auch ausgefragt über Daphne. Ich sollte sie ausspionieren. Und den Brief da an ihre Eltern schreiben." Anne de Gonzague ging um sie herum. Dann blieb sie vor der jungen Hofdame stehen. „Nennt mir jetzt und hier Eure Gründe, Adelaïde de Machy!" Diese begann haltlos zu weinen: „Houasse hat versprochen, mein Porträt Seiner Majestät zu zeigen!" „Seid Ihr etwa immer noch so töricht, danach zu streben, Gespielin des Königs zu werden?" Adelaïde nickte verschämt.

Die Herzogin wandte sich an den Haushofmeister und zeigte auf das Gemälde: „Packt dieses Geschmiere da weg und bringt es zu seinem Urheber zurück. Wenn er Auslagen und Unkosten hatte, etwa für Leinwand, Rahmen und Farbe, so will ich ihm dies erstatten. Sein Honorar mag er bei der Familie de Machy eintreiben! Nun zu Euch, Demoiselle! Ich dulde im Hôtel Nevers weder Spionage noch Verrat. Ich werde Eure Eltern darüber umgehend informieren, dass Ihr nach Hause zurückkehren werdet. Vielleicht findet sich ja ein Kloster, in dem Ihr künftig Buße tun und darüber nachdenken könnt, dass es törichten Jungfrauen wie Euch nicht zusteht, Seiner Majestät zu nahe zu treten. Und nun gehabt Euch wohl – und kommt mir, solange Ihr noch hier weilt, besser nicht mehr unter die Augen!"

*

Die hektische Betriebsamkeit während der drei nächsten Tage verhinderte wohl, dass Daphne in ein Loch namenloser Trauer und Lähmung fiel. Allein das Auflösen ihrer beiden Ateliers – der kleineren im Hôtel Nevers und des größeren in der Akademie, wo sich Daphne kurz und unsentimental für unbestimmte Zeit verabschiedete – mitsamt dem Verpacken von Gemälden, Zeichnungen und Utensilien erwies sich als ausgesprochen kompliziert. Man würde einen zusätzlichen Packwagen benötigen für den Transport nach Heidelberg.

Während dieser Tage wich Diane nicht von Daphnes Seite; sie hatte sich bis zu deren Abreise von sämtlichen Verpflichtungen freistellen lassen. Sie war aufmerksam und ruhig und ertrug Daphnes Tränenausbrüche mit liebevoller und stoischer Ruhe. Auch Nicolette suchte nun das Gespräch mit der scheidenden Hofdame. Daphne und sie waren einander während der beiden zurückliegenden Jahre nicht unbedingt die besten Freundinnen gewesen; Daphne war der Hofdame als zu freidenkend erschienen, während Nicolette mit ihrer manchmal etwas herrschsüchtigen und gleichzeitig ruppigen Art Daphne gelegentlich unliebsam war. Nun aber ließen die beiden ihre gemeinsamen Tage in Paris Revue passieren. Nicolette gelang es gelegentlich sogar, in Daphne etwas heiterere Stimmung aufkommen zu lassen.

Anne de Gonzague hatte bereits einen schnellen Diplomatenkurier nach Heidelberg vorausgeschickt, um die Rückkehr der Tochter anzukündigen sowie vorzuwarnen, dass sie viel Gepäck bei sich führen würde. Ein Brief des Königs traf ein, in dem er erst recht nüchtern ankündigte, dass sämtliche Angelegenheiten für ihre Ausreise inklusive Geleitschutz geregelt wären. Dann versprach er ihr in wesentlich zärtlicheren Worten hoch und heilig, sie noch einmal sehen zu wollen, bevor sie Frankreich verlassen würde. Daphne drückte dieses Schreiben an ihr Herz und lächelte erstmals seit Tagen wieder. Was Louis XIV. versprach, das pflegte er auch zu halten.

*

Zufrieden machte Charles Le Brun eine Aktennotiz in seinem Tagesjournal: Baronesse Daphne Sophia d'Owen als *académicienne* auf unbestimmte Zeit expatriiert und vorläufig nicht mehr unter den Mitgliedern zu führen. Gegeben zu Paris am 3. September im Jahre des Herrn 1669. Es klopfte, und als er seinen Kopf hob, stand Houasse vor ihm. Seine Miene war unergründlich bis finster. Le Brun stand auf und kam mit ausgebreiteten Armen eilig um seinen Schreibtisch herum. „Ah, mein lieber René-Antoine! Nun habt Ihr aber ganze Arbeit geleistet! Das Weibsstück ist fort – und nicht einmal der König kann etwas dagegen unternehmen! Gerade noch rechtzeitig!" Er wollte Houasse auf die Schulter klopfen, doch der wehrte ab. „Wie ich sehe, genießt Ihr Euren Triumph in aller Stille – wie ein echter Edelmann!" Le Brun lachte auf.

„Soll ich hier etwa herumtanzen wie ein Derwisch? Nein, mein Freund – wir werden heute Abend gebührend feiern! Nennt mir eine Lokalität Eurer Wahl, gerne auch eine, wo es hübsche Mädchen gibt, und dann ...“ „Ich werde nicht mit Euch feiern, Le Brun!“, erwiderte Houasse schneidend und streckte seine Hand mit der Fläche nach oben aus. „Vielmehr plane ich, mich sofort auf meine Studienreise in die Toskana zu begeben – und ersuche Euch um sofortige Auszahlung meines Stipendiums. Ganz so, wie Ihr es mir bei erfolgreichem Vollzug versprochen habt.“ Le Brun fuhr zurück. „Was ist denn mit Euch los?“ – „Was los ist? Ich bedarf dringend des Tapetenwechsels, Sieur Le Brun, und anderer Impulse für meine persönliche und künstlerische Entwicklung! Und vor allem bedarf ich, Euer Gesicht für die nächsten Monate nicht mehr sehen zu müssen. Und wenn ich wiederkomme, dann werde ich auf die Hand Eurer Tochter pochen. Damit sie hoffentlich einen besseren Ehemann bekommen wird, als sie einen Vater hat!“

Le Brun ging zu einem Geldschrank, der in einer Ecke stand, und entnahm ihm mehrere Lederbeutel mit Münzen, die er mit einer heftigen Geste vor Houasse auf den Tisch warf. „Mit welchem Recht fordert Ihr, dessen Impertinenz seine Torheit übersteigt, denn dies ein?“ „Sieur Le Brun, ich bin nicht impertinenter, verschlagener und gieriger als Ihr. Aber nehmt bitte zur Kenntnis, dass Ihr nicht ausschließlich von Toren umgeben seid. Sollte ich nicht lebend und wohlbehalten von meiner Reise zurückkehren, und Ihr mir dann die Hand Eurer Tochter nicht geben wollen – so habe ich vorgesorgt für diesen hoffentlich unwahrscheinlichen Fall: Ich habe die ganze Affäre schriftlich niedergelegt und bezeugen lassen. Ein Exemplar liegt bei einem Gerichtsnotar, eines in einem Kloster und das dritte wurde Minister Colbert überbracht – zu öffnen im genannten Unglücksfall!“ Er neigte sich Le Brun entgegen: „Und dann wart Ihr für die längste Zeit Rektor der Akademie und wohl auch *Premièr Peintre du Roi* und Oberinspektor der königlichen Teppichmanufaktur. Adieu, Sieur Le Brun!“, sprach Houasse und steckte die Geldbeutel in seine *valise*. Unter der Türe drehte er sich nochmals um: „Und lasst Euch nicht einfallen, Eure arme Tochter derweil in ein Kloster zu stecken! Dafür ist sie viel zu schade!“

*

Am frühen Morgen des 4. September war alles für Daphne reisebereit. Es war ein bedeckter, eher kühler, aber windstiller Morgen. Seit zwei Wochen hatte es nicht mehr geregnet, darum waren die Straßen und Wege fest und trocken. Der Tross mit Kutsche, Packwagen und Eskorte sollte Heidelberg innerhalb von zehn Tagen erreicht haben. Margot hatte sich schon in die große Reisekutsche der Herzogin gesetzt und hielt den Weidenkorb mit Heloïse auf dem Schoß, während Daphne sich noch verabschiedete. Man steckte ihr Päckchen mit Leckereien und Souvenirs zu; Tränen, Umarmungen und Küsse wollten kein Ende nehmen. Sogar die spröde Madame d'Arcachon nahm Daphne in den Arm, ehe diese endlich die Kutsche bestieg. Weit lehnte sie sich aus dem Fenster, als der Wagen bereits angerollt war. „Ich werde schreiben!!", versuchte sie das Rattern der Wagenräder und das Hufklappern der acht Mann starken Eskorte zu übertönen. „Was hat sie gesagt?", fragte Nicolette Diane. „Sie wird schreiben!", schluchzte diese. „Wird sie nicht!", meinte Nicolette grimmig und verschränkte ihre Arme fest vor der Brust, um ja nicht erneut in Tränen auszubrechen. Diane schüttelte den Kopf; ihre linke Hand fuhr in ihre Rocktasche und umklammerte einen Brief, den Daphne in der Nacht vor ihrer Abreise an Armand de Rossignac geschrieben hatte, um ihn von ihrer vorzeitigen Rückkehr nach Heidelberg in Kenntnis zu setzen. Diane hatte ihrer Freundin hoch und heilig versprochen, für den Versand dieses wichtigen Schreibens zu sorgen.

Daphne hatte sich gegen die gepolsterte Rückbank gelehnt und die Augen geschlossen, als weigere sie sich, noch einmal den Anblick von Paris in sich aufzunehmen. Margot sprach ihre Herrin nicht an, sondern versuchte, die kläglich maunzende Heloïse ein wenig zu beruhigen, die Reisen zu hassen schien – noch mehr als King-Charles-Spaniel. In zwei Tagen wäre die Monatsversammlung der Akademie gewesen, auf der Daphne ihr Konzept für strukturierte Führungen durch die im kommenden Jahr fällige Ausstellung der Akademie hatte vorstellen wollen. Testelin hatte versprochen, dies für sie zu übernehmen. Man würde auf ihn hören, und er würde sich auch nicht mit fremden Federn schmücken. Und morgen, ja morgen wäre der 31. Geburtstag von Louis XIV. Dieudonné, seiner allerchristlichsten Majestät. Der trotz allerchristlichsten Versprechens versäumt hatte, sich von der heimlichen Geliebten zu verabschieden ...

In diesem Moment rollte die Kutsche durch die Porte de Reims, durch die Daphne vor nicht ganz zwei Jahren Einzug in Paris gehalten hatte. Sie öffnete die Augen und blinzelte. Was hatte sie mitzubringen in ihre Heimat? Einen Akademietitel. Viele Gemälde. Zwei mit Juwelen besetzte Ringe von Louis Le Grand ...

Kapitel vierundzwanzig

Handelt von dem von Trauer überschattetem Wiedersehen Daphnes mit ihren Eltern und einer unerwarteten Entdeckung

Heidelberg im November 1669

Auch nach Daphnes Rückkehr blieb das Haus in der Heidelberger Zehntgasse weiterhin so still und fast grabesruhig, wie sie es Mitte September angetroffen hatte. Margot, die entlassen werden musste, weil man sich keine weitere Dienerin leisten konnte, fand aufgrund von Daphnes

Empfehlung rasch Anstellung im Haushalt eines Universitätsprofessors.

Was für Daphne bedrückender war, konnte sie kaum benennen: War es das bizarre, fast abstoßende Siechtum ihres Vaters oder die unausgesprochenen Vorwürfe ihrer Mutter, die Daphne anzusprechen vermied. Dass die Sorge und die Angst vor dem Verlust des geliebten Gatten aus der früher so frohsinnigen und energischen Johanna Elisabeth ebenso schwer lasteten wie ihre Furcht vor ihrem Dasein als Witwe, dies konnte Daphne nachvollziehen. Hatte sie doch selbst schon drei Männer, die ihr viel bedeutet hatten, verloren – wenn auch nur einen durch den Tod. Sie versuchte sich ihrer Mutter zu nähern und sie dessen zu versichern, dass sie, was immer käme, zu ihr stehen würde. Dass sie ihr Herz bei ihr erleichtern möge. Doch die Freifrau beugte sich nach einem kurzen, überaus kritischen Blick auf ihre Tochter, wieder über ihr Tagesgeschäft – Haushaltsjournal, Rechnungen, Korrespondenz mit der Universität. „Du kannst für mich nichts weiter tun, Daphne", erwiderte ihre Mutter schmallippig wie selten. „Hilf bei der Versorgung und der Pflege deines Vaters – dies ist jetzt deine erste Pflicht." Der Blick, den sie Daphne dabei zuwarf, machte mehr als deutlich, dass Johanna Elisabeth keinen Widerspruch duldete. Das Einzige, was Mutter und Tochter an Gemeinsamkeit geblieben war, war der sonntägliche Kirchgang, den sie miteinander absolvierten. Doch nicht einmal durch den Glauben fand Daphne Zugang zu Johanna Elisabeth. Es war, als hätte sich ein schmiedeeiserner Panzerreif um das Herz ihrer Mutter gelegt.

*

Am fünfzehnten September im Jahre des Herrn 1669 war Daphne mit ihrem Tross über die Neckarbrücke nach Heidelberg eingerollt. Die sechsspännige herzogliche Kutsche mit dem Wappen von Pfalz-Simmern, welches Anne de Gonzague weiterhin führte, einem Packwagen und eine Eskorte von sechs Mann erregte natürlich beträchtliches Aufsehen. Daphne fühlte sich durch die Enge der Altstadt, in der nach wie vor, dank der Bemühungen des Kurfürsten, fleißig gebaut wurde, ziemlich bedrückt und befremdet. Die Straßen waren dunkel, Unrat häufte sich an fast jeder Ecke, und ihre Kutsche blieb dreimal fast stecken. Endlich gelangte der Geleitzug in die Zehntgasse, wo der Kutscher in sein Hifthorn stieß und seine Kalesche zum Stehen brachte. Dutzende von neugierigen Kindern und Dienstboten, die sich eine solche Unterbrechung ihrer Arbeit natürlich nicht entgehen lassen wollten, blieben stehen, gafften und tuschelten. Diese Kutsche und französische Soldaten vor dem Haus des Rechtsgelehrten Professor Freiherr von Owen ... Was mochte das nur bedeuten?

Christoph, der Hausdiener und Kutscher der von Owens, öffnete zuerst eine Luke im Hoftor, spähte hinaus, sah Daphne aus dem Wagenschlag herauswinken, und öffnete dann ganz. Sein Haar war während der letzten beiden Jahre fast weiß geworden, sein Gesicht wirkte eingefallen. Daphne stieg noch vor Margot aus der Kutsche und ging dem alten Faktotum entgegen. Christoph verneigte sich und lächelte die junge Herrin verhalten an. „Schön, dass Ihr wieder wohlbehalten hier seid, gnädiges Fräulein! Oh du milder Himmel, was habt Ihr denn da alles mitgebracht? Die große Kutsche mit den sechs Pferden passt hier nicht herein!", meinte er, praktisch, wie er nun einmal dachte. „Aber der Gepäckwagen ..." „Schön, wieder den Kurpfälzer Dialekt zu hören!", entgegnete sie und gab Anweisungen abzuladen.

„Und–hier? Wie steht es?", fragte sie vorsichtig. Christoph schüttelte nur den Kopf. „Dem gnädigen Herrn geht es überhaupt nicht gut! Seit einer Woche kann er die Universität nicht mehr aufsuchen; aber Ihr werdet ja sehen." Erst jetzt fiel Daphne auf, dass ihre Mutter sich noch nicht hatte blicken lassen. Sie raffte ihre Röcke und ging hinein ins Haus.

Aus der Küche hörte sie es rumoren, also steckte sie ihren Kopf hinein und fand drinnen die alte Barbara, die mit rot geschwitztem Gesicht im Suppenkessel rührte. Als sie Daphne erblickte, warf sie fast die hölzerne Kelle weg und rannte auf die Tochter des Hauses zu. „Kind", rief sie aus, „lass dich drücken! Du bist mager geworden!" Daphne ließ sich die derben, aber von Herzen kommenden Liebkosungen gefallen und fiel für einen Moment in das Lachen der Köchin ein. „Unsinn, Barbara! Ich habe zugelegt! Alle halbe Jahr musste ich mir neue Kleider schneidern lassen!" Barbara zwinkerte: „Das ist doch nur eine Ausrede unter euch jungen Damen – damit ihr wieder den neuesten Schnitt am neuesten Stoff ausprobieren könnt!" Sie stieß ihre Kelle in den Kessel. „Hier – versucht! Hühnerbrühe!" Daphne pustete auf die dampfende Flüssigkeit, bis die Temperatur angenehm schien. „Oh, wie köstlich!", rief sie aus. „Noch nicht einmal die Schlossküche von Versailles kriegt so etwas hin!" „Oh, das will ich meinen!" Barbara barst schier vor Stolz. „Weißt du, wo die Mutter ist?", wollte Daphne wissen. „Beim gnädigen Herrn in seinem Arbeitszimmer." Die Köchin schüttelte den Kopf. „Es geht ihm seit dem späten Frühjahr von Woche zu Woche schlechter, und ich glaube, dass die gnädige Frau seit Neuestem deshalb bei ihm so lange in seinem Kabinett ist, weil sie für ihn schreiben muss. So, wie es aussieht, kann er auch nicht mehr richtig sehen – er verpasst beim Essen mit dem Löffel den Mund. Auch die Speisen auf dem Teller findet er nicht ... Vor drei Tagen hat er behauptet, dass ich ihn vergiften wolle – alles, was ich koche, schmecke nach Mottenpulver!" Sie seufzte. „Geht nur und seht selbst! Ich will für Euch auf alle Fälle eine Schale Brühe beiseitestellen und ein Ei hineinschlagen. Das kann niemals schaden!"

Beklommenen Herzens und langsamer, als eigentlich der Freude auf ein Wiedersehen mit den Eltern angemessen war, begab Daphne sich zum Arbeitszimmer ihres Vaters. Die Stimmen der Eltern drangen leise durch die

Tür in den Korridor. Sie klopfte, und erst, nachdem man sie hereingebeten hatte, trat sie ein. Ihr Vater saß mit dem Rücken zu ihr in seinem Lehnstuhl, sie sah nur seinen linken Arm mit der heftig gestikulierenden Hand. Die Melodie seiner Stimme kam ihr schleppend vor. Vor ihm stand seine Frau, Daphne konnte nicht erkennen, womit sie beschäftigt war, aber es musste wohl mit dem Vater zu tun haben. Sie blickte ihn an mit einer Mischung aus höchster Konzentration, Besorgtheit und – Widerwillen.

„Frau Mutter? Herr Vater?", fragte Daphne zaghaft. Johanna Elisabeth blickte zu ihr herüber – nun machte sich eine gewisse Erleichterung in den Zügen der Freifrau breit. Wahre Freude allerdings konnte Daphne darin nicht erkennen. „Daphne!", rief sie aus – und diese ging um den Tisch herum, um auch ihrem Vater gegenüberzutreten.

Freiherr Theodor Alexander von Owen bot ihr ein Bild des Schreckens und des Jammers zugleich. Er war, wie sie es erwartet hatte, korrekt gekleidet und trug eine ordentliche Perücke – doch seine Kleidung hing um ihn, als hätte man David in Goliaths Wams gesteckt. Irgendwie schien seine rechte Körperhälfte schlaffer und regloser als die Linke. Am erschreckendsten war jedoch sein Gesicht – nicht nur, weil es eingefallen wirkte wie ein Kürbis, über den der Frost gegangen war. Sein linker Mundwinkel hing herab, ein dünner Speichelfaden floss unaufhörlich zu seinem Kinn hinab. Hastig beugte sich Johanna Elisabeth über ihn und tupfte ihn mit einem Bibertüchlein ab. Am schlimmsten aber fand Daphne seine Augen – das rechte schien fast aus der Augenhöhle quellen zu wollen, war rot unterlaufen und die Pupille war starr erweitert. Ein fürchterlicher Augapfel – wie der einer Kröte oder eines Molches. Daphne biss sich auf die Lippen und wandte unwillkürlich für einen Moment den Kopf ab. Dann fand sie ihre Beherrschung wieder, knickste und begrüßte ihre Eltern.

Um den rechten Mundwinkel ihres Vaters zuckte ein einseitiges Lächeln, er hob seinen linken Arm und streckte ihn Daphne knapp entgegen, um sie näher zu sich zu winken. Sie neigte sich ein wenig über ihn, und er küsste sie unsicher auf die Stirne. Obwohl er sauber gekleidet und auch frisch rasiert war, roch er nach Verderben. „Daphne, *filia mea ... postremo ades* ..."[1] Er nuschelte, das Sprechen schien ihn anzustrengen. Sie löste sich von ihm, aber er hielt ihre Hand eine Weile in seinem seltsam schlaffen Griff – und plötzlich fingen seine Augen an, von links nach rechts zu wandern. Immer wieder, wie bei einem aufgezogenen Spielautomaten. Auch der ungesunde, entstellte rechte Augapfel. Daphne straffte sich brüsk.

Dann knickste sie vor ihrer Mutter – und wartete auf deren Begrüßung und Segen zur glücklichen Heimkehr. Doch Johanna Elisabeth nickte nur und wollte wissen, ob Daphne wisse, wie weit die Mahlzeit sei. Daphne schluckte ihre Enttäuschung hinunter. „Barbara lässt ausrichten, dass

[1] *Meine Tochter – endlich bist du hier.*

die Brühe bereit ist", entgegnete sie. Johanna Elisabeth spähte hinunter in den Hof – und schien erst jetzt zu registrieren, welche Aktivität dort anlässlich Daphnes Rückkehr entfaltet worden war. „Mein Gott – hast du einen kompletten Hausstand mitgebracht? Wo sollen wir das denn alles unterkriegen?" Daphne spürte Ärger in sich hochkriechen – und schalt sich sofort der Undankbarkeit und Unbotmäßigkeit. „In der Hauptsache sind dies alles Gemälde und Malutensilien, *maman*!", bemühte sie sich um einen ruhigen Ton. „Es wird sich ein Platz dafür finden." Johanna Elisabeth sah Daphne mit einem unbestimmten Blick an. „Ich werde das, denke ich, besser überwachen!" „*Mulier* ...", warf der Freiherr ein, „... *esurio* ..." Johanna Elisabeth rollte leicht mit den Augen. „Seit zwei Tagen", seufzte sie, „spricht er fast nur noch Latein." Daphne entgegnete: „Er hat eben gesagt, dass er hungrig ist!" „Das ist er immer – und dann behält er es nicht bei sich. Aber da du ja des Lateinischen mächtig bist, trifft sich deine Rückkehr gut! Kümmere du dich jetzt um die Mahlzeit deines Vaters!", sprach sie – und rauschte davon.

Daphne versuchte, dem grotesken Blick ihres Vaters standzuhalten. Dann wandte sie sich zum Gehen, aber er wollte offensichtlich, dass sie blieb. „*Pater*", wandte sie sich an ihn, „*mox revenibo!*"[2] Dann verließ sie ihn.

Im Vestibül traf sie auf Margot, die eben Heloïse aus ihrem Korb ließ und die ersten Befehle von der Freifrau empfing. „Sie kann die kommenden Nächte bei Thomasine in deren Kammer schlafen, bis hier alles etabliert ist. Dann werden wir sehen, ob und welche Verwendung wir künftig für sie haben werden." „Frau Mutter", wandte Daphne ein, „wünscht Ihr mit dem Vater und mir zu speisen?" Die Freifrau schüttelte den Kopf.

„Keinesfalls! Trage du Sorge dafür, wie ich schon gesagt habe. Ich hingegen kümmere mich um das Chaos, welches du mitgebracht hast!"

Barbara hatte ein Tablett gerichtet mit zwei Schalen Brühe, frischem Brot und einem Krug Wasser, Daphne trug es hinauf zu ihrem Vater. Die Hektik, die sich im Haus in der Zehntgasse breitgemacht hatte, tangierte sie im Moment nicht. Rasch erkannte sie, dass der Freiherr überhaupt nicht mehr imstande war, selbstständig und damit genug zu essen. Auch das Trinken aus einem Becher war ihm nicht möglich. Sie hatte ihrem Vater eine große Serviette vorgebunden und schob ihm mit dem Löffel in großen Abständen Brotwürfel in den Mund, die sie in der kräftigen Brühe eingeweicht hatte. Nach einer halben Stunde war der Suppennapf ihres Vaters fast zur Gänze leer. Ihrer war fast unangetastet. „Bist du satt geworden?", wollte sie wissen. „*Sufficit ... nunc ede ea ipsa*!"[3] Sie tupfte ihm Mund und Kinn ab und trank selbst etwas von ihrer Brühe, die nur mehr lau, aber trotzdem schmackhaft war. „Herr Vater ... warum sprecht Ihr nur noch Latein? Die Mutter versteht es nicht, sie ist voller Sorge,

[2] *Ich werde (bald) zurückkehren.*

[3] *Es genügt – nun iss du selbst.*

und zugleich erzürnt“, wandte sie zaghaft ein. „*Nimis in capiti ... est ... ... nisi dolori permagno!*“[4], presste der Freiherr hervor – und seine Augäpfel begannen, erneut von links nach rechts zu wandern. Daphne wandte kurz ihren Blick ab. „Benötigt Ihr mich noch?“ „Geh ...“, sagte er schleppend. „Geh ..., geh ...!“

Daphne brachte das Tablett zurück in die Küche zu Barbara. Die Köchin saß mittlerweile mit Margot und Thomasine am blank gescheuerten Erlenholztisch und ließ es sich schmecken. Als sie einen Blick in die leeren Suppenschalen warf, riefen sie hoch erfreut: „Das erste Mal seit Tagen, dass der gnädige Herr aufgegessen hat!“ „Ich habe ihm das Brot hineingebrockt“, meinte Daphne. „Ich habe diese Geduld leider nicht, gnädiges Fräulein!“, gab Thomasine zu. „Ich gestehe sogar, dass mir vor dem Freiherrn unheimlich ist!“ Die Magd blickte verlegen zur Seite. Daphne legte ihr die Hand auf den Unterarm. „Er ist nicht *dein* Vater, Thomasine. Welcher Arzt behandelt ihn denn?“ „Doktor Jacobi, Gott sei es gedankt!“, rief Barbara aus. „Keine ekelerregenden Kuren mit Blutegeln oder täglichen Klistieren. Morgen früh wird er sicher wieder Visite halten.“ „Bitte zieht mich hinzu!“, war alles, worum Daphne bat.

*

So sah sie ihren Förderer nach zwölf Jahren wieder, als er am nächsten Vormittag durch den Innenhof in der Zehntgasse schritt. Er war ein wenig fülliger geworden, der nun nicht mehr ganz junge Medicus, und die Haare wurden ihm an den Schläfen licht. In seinen Augen leuchteten nach wie vor Neugierde und Güte zugleich. „Gnädiges Freifräulein!“, rief er aus, als Daphne ihn unter der Türe des Haupthauses erwartete. Ihre Mutter war droben beim Vater im ehelichen Schlafzimmer. „Wie habt Ihr Euch verändert!“, rief er aus. Einen Moment lang saß Daphne der Schalk im Nacken. „Nun stoßt bloß nicht mit unserer Barbara ins selbe Horn – und behauptet, ich sei dünn geworden!“ Er ließ kurz seine Blicke über ihre schlicht, aber elegant gekleidete Gestalt gleiten – jedoch nicht mit dem lüsternen Tenor eines beliebigen Mannes, sondern mit dem Blick des Arztes, der es gewohnt ist, dass ihm oft nur eine kurze Spanne bleibt, um alle wichtigen Symptome zu erfassen. „Nein, Ihr seid proper und eine wirkliche Dame geworden! Und nach der Visite erzählt Ihr mir von Eurem Aufenthalt bei den Franzmännern! Ich bestehe darauf!“ Mittlerweile eingetreten, hielt Thomasine eine Waschschüssel mit Lappen, Seife und einem Leintuch für den Arzt bereit. Daphne schmunzelte. „Ihr wisst doch sicher, dass man seit der Entdeckung von Miasmen im Wasser und den Hauptporen gerade in Frankreich panische Angst vor Kontakt mit Wasser hat?“ Dr. Jacobi lachte leise. „Nun, liebstes Freifräulein, die Wahrheiten der einen Epoche sind bereits die Torheiten der nächsten – oder spätestens übernächsten. Hat die Badekultur den alten Römern etwa geschadet? Oder

[4] *Es ist nichts mehr in meinem Kopf – nur übergroßer Schmerz!*

das Aufsuchen von Badehäusern im Mittelalter? Zumindest haben damals die Lustseuchen ihre Verbreitung nicht über den Inhalt der Badezuber erfahren, sondern über die Bademägde selbst." Er trocknete seine Hände ab, nahm seine *valise* und ging die Treppe hinauf. „Herr Doktor – wie sieht es aus?", wollte Daphne wissen. Der Arzt seufzte. „Lasst uns nach der Visite darüber sprechen. Wenn es geht, gerne ohne die Freifrau."

Daphne hatte aus Frankreich Tee mitgebracht und braute für Dr. Jacobi und sich eine Kanne auf, nachdem er ihren Vater untersucht und neue Rezepte ausgestellt hatte. Sie servierte in einem Zimmer im ersten Stock bei der Galerie, das ihr die Mutter als Atelier zugewiesen hatte. Dr. Jacobi neigte sein Gesicht über das chinesische Porzellanschälchen, in dem Daphne ihm seinen Tee kredenzte. „Das duftet fein!", fand er. Und setzte als wahrhaft gebildeter Mann hinzu. „Die Blätter werden aus der Chinesischen Kamelie gewonnen, nicht wahr? Und das Gebräu gilt als angenehm belebend?" Daphne nickte – dann berichtete sie von ihrer Maltätigkeit und ihrer Aufnahme in die Akademie. „Ich habe mit Porträts in Frankreich nicht wenig Geld verdient, Herr Doktor, aber was jetzt daraus wird, ist mehr als fraglich. Ich habe gelinde Zweifel, ob meine Fähigkeiten hier so gefragt sein werden wie dort. Dort stand mir zuletzt der Hof des Königs offen ..."

Dr. Jacobi schlürfte dezent. „Doch Ihr wisst auch, dass seine Durchlaucht der Kurfürst ein großer Sammler und Förderer der Malerei ist. Und dass Euch die Raugräfin von Degenfeld immer noch gewogen sein dürfte. Ihr solltet nicht säumen und Euch im Schloss in Erinnerung bringen!"

Daphne seufzte. „Das bringt mich auf meinen Vater. Ich finde seinen Zustand bejammernswert! Wisst Ihr denn, woran er leidet – und wie man ihn behandeln kann?", rückte sie direkt mit der Sprache heraus. Dr. Jacobi kratzte sich am Nacken und seufzte. „Anfangs dachte ich, dass er den Schlagfluss gehabt hätte – doch Aderlässe, die da wirklich hilfreich sein können, haben nicht viel gebracht. Seine zunehmenden Lähmungen, seine sprachliche Verwirrtheit, seine bohrenden Kopfschmerzen, die ihn wohl schon seit Monaten quälen – und diese *protrusio bulbi oculi* ..."[5] Er schüttelte den Kopf. „Das ist kein gewöhnlicher Schlagfluss, liebes Freifräulein Daphne. Ich habe schon Konsil gehalten mit anderen *collegae* von der Universität. Man befürchtet, dass er eine Art Gewächs im Kopf hat, das sich unaufhörlich ausbreitet und sein Gehirn in Bedrängnis bringt. Viel länger kann man nicht zuwarten – und muss wohl zur *Trepanation* schreiten. Das mag ihm Linderung bringen – das Gewächs aber wird ihn verzehren!", sagte er leise und ernst.

Daphne setzte sich und starrte eine Weile zum Fenster hinaus. „Wie lange gebt Ihr ihm, Doktor?" Er trat hinter sie und legte seine Hand auf ihre Schulter. „Gnädiges Fräulein, ich wäre der schlechteste Arzt, würde

[5] *Heraustreten des Augapfels aus der Augenhöhle*

ich eine Prognose von Tag und Stunde wagen – wie es ein Astrologe tut. Aber ich rechne mit seinem Ableben noch in diesem Winter und ..." In diesem Moment sprang Heloïse auf das Fensterbrett, drückte geschickt einen Flügel auf und begrüßte ihre Besitzerin, indem sie mit lautem Schnurren und inniger Berührung ihre Beine umstrich. Kurz in freundlichere Gedanken versunken, beugte sich Daphne zu ihrer Katze hinab und kraulte sie zwischen den Ohren. Weiter kam er nicht, denn die Türe wurde aufgerissen, und Thomasine stürmte herein. „Doktor ...", keuchte sie aufgeregt, „kommt schnell! Der gnädige Herr hat Zuckungen ... ganz schreckliche Zuckungen!"

*

Der Oktober, hell aber windig, ging vorüber. Der Freiherr konnte das Bett nicht mehr verlassen, wurde fast täglich von Krämpfen geschüttelt, in deren Anschluss er Stunden in seinem Bett vor sich hindämmerte. Er sprach nur noch Fetzen von Latein, schien aber alles, was auf Deutsch zu ihm gesprochen wurde, zu verstehen.

Daphne half, ihren Vater zu waschen, zu füttern und zu rasieren. Ihre Mutter ließ sich im elterlichen Schlafzimmer kaum mehr blicken – sie gab vor, damit beschäftigt zu sein, heftige Auseinandersetzungen mit der Rechtsfakultät der Universität, mit seinem Verleger und mit dem Lutherischen Kirchenkonsistorium auszufechten, was die ausstehenden Honorare und Tantiemen ihres Mannes anging. Wie es schien, hatte er es nicht rechtzeitig geschafft, sein Haus zu bestellen. Oder konnte nicht mehr mitteilen, wo er es niedergelegt hatte.

Die Malerei war für Daphne eine Möglichkeit, ihre düsteren Grillen und ihre Erschöpfung für kurze Zeit zu vertreiben; lukrative Aufträge hatte sie, seit sie nach Heidelberg zurückgekehrt war, noch keinen einzigen bekommen. Zwar war sie bereits eine halbe Woche nach ihrer Rückkehr oben im Schloss vorstellig geworden und hatte um Audienz gebeten, die ihr für die Raugräfin binnen einer Woche auch gewährt worden war. Man hatte sie freundlich und voll der guten Erinnerungen empfangen, ihrem Bericht von Paris mit großem Interesse gelauscht, ihr Geschenk – eine kleine mythologische Szene, die Penelope am Webstuhl darstellte, wie sie zudringliche Freier abwehrte – gerne angenommen, doch hatte es ihr nichts gebracht als den höflichen Kanzleitrost, man werde sich bei Bedarf gerne wieder ihrer erinnern. Und abgesehen davon sei der Pfalzgräfliche Staatssäckel wie immer leer und wegen der regen Aufbautätigkeit in Heidelberg womöglich bald noch leerer ... So zog sie unverrichteter Dinge und mit leeren Händen wieder vom Schlossberg ab.

Dr. Jacobi hatte ihr nahegelegt, mit ihrer Mutter so schonend es ihr möglich sei umzugehen. Die Freifrau sei ratlos und verzweifelt zugleich – und könne mit Krankheit und Siechtum nicht umgehen. Was ihr nicht vorzuwerfen sei als Mangel von ehefraulicher Liebe und Loyalität. Wenn es etwas gäbe, um sie zu erheitern oder besser noch ihren Blick nach vorne schweifen zu lassen – Daphne solle es um aller Himmel willen zur Sprache bringen.

So saßen Mutter und Tochter in der Woche vor dem Ewigkeitssonntag im Erker und flickten Weißwäsche. Der Nachmittag war hell, was die – von Daphne früher so geschmähten – Näharbeiten leicht von der Hand gehen ließ. Johanna Elisabeth blickte konzentriert über den Rand ihrer Brille und besserte einen Saum nach. Daphne ließ ihre Näharbeit sinken. „Frau Mutter", hob sie an, „Ihr wisst ja sicher noch, dass der Comte de Rossignac" – der ihr übrigens auch nicht nach Heidelberg schrieb – „sich ernstlich um meine Hand bemüht?" Obwohl sie ihm entgegen seiner dringlichen Bitte gleich nach ihrer Rückkehr einen Brief mit ihrem neuen Aufenthaltsort geschickt hatte. Johanna Elisabeth ließ das von ihr bearbeitete Wäschestück sinken. „Dein Vater und ich, wir haben keine einzige Zeile von diesem ominösen Comte erhalten. Mehr und mehr", meinte sie fast tonlos, „halte ich diesen Edelmann für eine Art Phantom! Er hat sich uns kein einziges Mal vorgestellt, meine Liebe!" Daphne war erstaunt: „Aber es war doch im Mai, also vor einem halben Jahr, als er einen offiziellen Brief an Euch und den Herrn Vater gesandt hat, in dem er sich vorgestellt und um meine Hand gebeten hat? Ich stand schließlich neben ihm, als er dieses Schreiben verfasst hat! Und ich habe seinem Schreiben gleich eine Übersetzung beigefügt!" Und setzte in Gedanken hinzu: Und überhaupt hat keiner der französischen Männer, die mir so glühend ihre Liebe geschworen und bewiesen haben, auch nur eine einzige Zeile geschrieben. Weder Armand noch Louis. Hat sich wohl bewahrheitet, dass ich für das starke Geschlecht keine Ausnahme bilde – aus den Augen, aus dem Sinn! Sie seufzte.

Die Freifrau fädelte frisch ein. „Hier ist nichts dergleichen angekommen, glaube mir!", wiederholte sie. Daphne war perplex. „Das kann ja wohl nicht sein! Es stimmt, was ich Euch erzählt habe!" Kurz entschlossen zog sie das Medaillon, das Rossignac ihr zum Abschied geschenkt hatte und das sie alle Tage an einer Kette um den Hals trug, aus ihrem Mieder, klappte es auf und zeigte ihrer Mutter die entzückende Miniatur, die sie kurz nach Armands Abreise von ihm gemalt hatte und von der sie meinte, dass sie sehr gut gelungen sei. „Dies, Frau Mutter, ist der Comte Armand Geoffrey de Rossignac. Seine Familie besitzt ausgedehnte und reiche Ländereien im Languedoc. Und er ist mit seinen vierundzwanzig Jahren bereits Witwer." Johanna Elisabeth rückte ihre Brille zurecht. „Und warum konnte dieser – zugegeben sehr hübsche – junge Graf seine arme Braut nicht nach Deutschland zurückbegleiten?", fragte sie spitz. „Weil er unversehens nach Madrid abberufen wurde – zum französischen Botschafter", erklärte Daphne. Ihr wurde ganz flau im Magen unter dem prüfenden Blick ihrer Mutter und ihren gezielten, nicht gerade wohltuenden Fragen. Die Freifrau besah sich das Medaillon. „Je nun, wenn die Pflicht die Herren einmal ruft ..., aber andererseits soll es ja Postreiter geben, die auch von Madrid Diplomatenbriefe befördern – sogar ins barbarische Deutschland." Sie widmete sich erneut dem Ausbessern von Spitzensäumen – dann blickte sie ihre Tochter eindringlich an. „Ich glaube zu ahnen, was dir jetzt durch den Kopf spukt, Daphne – doch schlage es dir aus demselben! Auch wenn dein Vater das Christfest wohl nicht mehr erleben dürfte, so brauche ich dich hier in Heidelberg." Sie atmete tief durch. „Ich untersage es dir hiermit, in nächster Zeit irgendwohin zu reisen – und das Irgendwohin schließt Frankreich und Spanien mit ein!"

Daphne griff sich an den Magen. „Mutter, Ihr entschuldigt mich eben ...", murmelte sie, stand abrupt auf und lief ziemlich eilig nach draußen. Johanna Elisabeth sah ihr eine Weile hinterher, blickte wieder auf Rossignacs Konterfei, legte ihre Flickarbeit weg, erhob sich und ging ihrer Tochter nach.

Würgegeräusche verrieten ihr, dass sie den Abtritt aufgesucht hatte. Sie kehrte zurück zu ihrem Nähkästchen ins Erkerzimmer – wo auch Daphne kurz darauf, etwas blass aussehend und leicht säuerlich riechend, auftauchte. Und ihre Flickarbeit wieder aufnahm, als hätte sich nichts ereignet. Johanna Elisabeth schloss den Deckel des Medaillons und gab es ihrer Tochter zurück. „In der Tat, ein schmucker junger Edelmann ...", meinte sie beiläufig. Dann blickte sie von ihrem Nähwerk auf. „Daphne", hob sie an, kein Ausweichen duldend, „wann hattest du deine letzte Regelblutung?"

*

Rückblende

Sie mochten sich etwa zehn Lieues östlich von Paris befunden haben und waren dank des festen und trockenen Zustands der Straßen gut vorangekommen. Die dichte Wolkendecke hatte sich mittlerweile gelockert und ließ vielfach die milde Septembersonne durchblitzen. Ein sanftes Lüftchen wehte von Südost – ideales Reisewetter. De St. Cyr, der Fähnrich der königlichenDragoner, der den Vortrab leitete und gleichzeitig als Quartiermeister fungierte, hatte Daphne gemeldet, dass man die erste Etappe bereits am späten Nachmittag erreicht haben würde. Daphne sah nur gelegentlich zum Kutschfenster hinaus. Die flachhügelige Landschaft langweilte sie fast. Sie spähte ein wenig in den Katzenkorb hinein – Heloïse hatte sich beleidigt zusammengerollt und schlief.

Daphne war fast eingedöst, als sie ein rasch lauter werdender, dumpfer Donner aufmerken ließ. Auch Margot war irritiert und streckte den Kopf zum Kutschfenster hinaus. „Sieht so aus, als bekämen wir Besuch!", meinte sie. Worin sie sich nicht getäuscht hatte – eine sich im gestreckten Galopp nähernde Kavalkade hatte innerhalb weniger Minuten den Geleitzug eingeholt, der nach einigen aufgeregten Rufen zum Stehen kam. Daphne und Margot wurden tüchtig durchgeschüttelt, als der Kutscher die sechs vorgespannten Pferde durchparierte und gleichzeitig in die Eisen trat. Aufgewirbelter Staub drang in das Innere der Kutsche, als der Schlag geöffnet wurde und ein Rittmeister der königlichen Dragoner seinen Kopf hineinsteckte. „Gott zum Gruß, Baronesse! Wir haben Euch hoffentlich nicht erschreckt?", wollte er wissen, besann sich dann auf die Etikette und nahm seinen mit einer weißen Feder geschmückten Hut ab. „Ein wenig schon, Herr Rittmeister! Wenn ich den Grund Eures Besuchs erfahren dürfte?" Doch der Kavallerist wandte sich nur kurz Margot zu und gab ihr den knappen Befehl: „Du – verschwinde!"

Margot sah Daphne ratlos an, zuckte die Achseln und stieg mit gerafften Röcken aus der Kutsche. „Ah, Moment!", rief sie aus und wandte sich nochmals kurz um. „Ich nehme Heloïse mit, vielleicht mag sie ja draußen pissen." Sie griff nach dem Katzenkorb und verließ die Kutsche.

Daphne hörte, wie nun ein einzelner Reiter nahte, abstieg und seine bestimmt verstaubte Kleidung ausklopfte, bevor er in die Kutsche stieg. Dieser Reiter jedenfalls wusste, was sich einer Dame gegenüber gehörte, denn er hatte seinen großen schwarzen Plumagenhut mit dem roten Federschmuck bereits abgenommen. „Sire!!", rief Daphne erfreut aus. Louis XIV. verneigte sich leicht vor ihr, soweit es die Enge der Kutsche zuließ. Dann setzte er sich neben sie. „Was der König von Frankreich verspricht, pflegt er zu halten, meine Liebe!", meinte er mit charmantem Lächeln, nahm ihre Rechte und hauchte einen Kuss darauf. „Das da draußen ist die Eliteeinheit meiner Dragoner, lauter junge und starke Soldaten – ich muss sagen, ich hatte gewisse Mühe, mit ihnen mithalten zu können – obwohl ich mein schnellstes Jagdpferd habe satteln lassen." Seine Wangen mit den schönen hohen Jochbeinen waren gerötet, seine Augen glänzten und in seinen dichten Locken glitzerten vielfach Schweißtropfen.

„Sire", hauchte Daphne hingerissenen von so viel wagemutiger Galanterie, „Ihr schmeichelt mir ungemein!" Sie seufzte beglückt, ihn doch noch zum Abschiednehmen wiedersehen zu können. „Und natürlich haltet Ihr Euer Wort – bevor Ihr Frankreich verlasst, hattet Ihr gesagt!" „Nun siehst du ...", meinte er sanft und legte ihr zwei Finger unters Kinn, um ihren Blick zu fixieren. „Nie hätte ich dich gehen lassen können, ohne mich angemessen von dir zu verabschieden und dir ein Andenken mitzugeben!" Er griff in eine Tasche seines *justaucorps*, aus der er eine flache Lederschatulle zog. Saphire, roséfarbene Brillanten und Weißgold blitzten Daphne entgegen, der es schier die Luft verschlug. „Leider ist der königliche Juwelier erst heute Morgen damit fertig geworden, *ma douce peintresse*! Und das Collier sollte doch zu deinem Ring passen!" Louis Le Grand entnahm das herrliche Geschmeide dem Samtpolster, öffnete den Verschluss und legte es Daphne um den Hals. Den er zart küsste. „Nun sind die Steine viel schöner!", meinte er. „Was dich betrifft – deine Schönheit kann durch nichts mehr erhöht werden. Mit einer Ausnahme vielleicht ..."

Daphnes Wangen fingen vor Hitze schier zu glühen an. „Sire, ich danke Euch–wie wundervoll!" Louis XIV. rückte näher zu ihr. „Möchtest du nicht wissen, was dich einzig und allein noch schöner machen kann?", murmelte er. Daphne lächelte kokett: „Vielleicht, wenn Raffael mich porträtiert hätte?" „Ah – nein, mein süßer Frechdachs!", wisperte er und strich eine ihrer Haarsträhnen, die sich gelöst hatte, von ihrem Hals. „Du bist einzig noch schöner, wenn deine Lippen und deine Wangen gerötet sind durch meine Küsse und deine Leidenschaft!" – „Louis ...!", seufzte Daphne voller Entzücken; da hatte er sie schon an sich gedrückt und hielt sie umschlungen, um sie mit einer Glut zu küssen, die ihr verriet, dass er schon geraume Zeit in Hitze war. Louis Le Grand liebte es, sich körperlich zu verausgaben und zu ertüchtigen, am allerliebsten im Freien, und danach befand er sich stets in allerbester Liebeslaune. Der scharfe Ritt von Paris her mochte vielleicht drei Stunden gedauert haben – vielleicht hatten sie unterwegs einmal die Pferde gewechselt – und nun war der König sichtlich erhitzt und erregt.

Daphne mochte den Duft seines frischen Schweißes und seiner Körperwärme, auch das eingefettete Leder seiner *cuissades* roch gut. Dies war womöglich das letzte Mal auf unbestimmte Zeit, da der König sie in den Armen hielt ... Der eben begann, gierig ihren Hals, den juwelengeschmückten, und ihre Schultern zu küssen. Seine wunderbar warmen Hände knöpften die Jacke ihres Reisekostüms auf; sie trug um der Bequemlichkeit willen unter ihrem Hemd weder Korsett noch *corps piquet*. Nur zwei, drei Knöpfe, die er geschwind löste, trennten ihn noch davon, unter ihr Hemd zu schlüpfen und ihre blanken Bürste ungeduldig zu liebkosen und zu drücken. „Süßer Frechdachs, du ..., ich würde glatt mein halbes Königreich darum geben, könnte ich mit dir ...!", flüsterte er.

Daphne fühlte nur noch brennende Schwäche, als ihr königlicher Liebhaber seine Hand aus ihrem Hemd zurückzog und sie dafür unter ihre Röcke wandern ließ, die er zügig hochschob. „In deinem Duft, *ma douce peintresse,* ... steckt alle Wollust des Weibes, ... nicht einmal hundert Huris im Paradies der Muselmanen ... könnten meine Sinne so berauschen, ... wie du es tust!" Daphne schwanden schier die Sinne, sie rutschte seiner weichen Hand förmlich entgegen. „Mein Louis", seufzte sie, „wenn du mich noch ein letztes Mal haben willst – nichts lieber als das!"

*

Der Avantgardist der königlichen Dragoner und der Fähnrich de St. Cyr hatten sich beim Postillion der Reisekutsche versammelt, um ein wenig zu plauschen. De St. Cyr hatte sogar seine Tabakpfeife aus seinem Soldatenrock hervorgezogen, sie in aller Ruhe gestopft und zu schmauchen begonnen. Da begann sich hinter ihnen im Gespann eine gewisse Unruhe breitzumachen. „Ho – Bruno!", rief der Kutscher aus, und zog am Zügel. Das rechte Pferd in der zweiten Reihe, ein kräftiger dunkelbrauner Wallach mit zwei weißen Vorderhänden, wurde zusehends nervös, rollte mit den Augen und begann zu tänzeln. „Ho, guter Junge!"

Als all dies nichts nutzte, sprang der Kutscher, ein erfahrener, vierschrötiger Fünfzigjähriger mit Pockennarben im Gesicht und einer vielfach gebrochenen Nase, behände vom Bock und fasste das nervöse Kutschpferd kurz an der Kandare, um dessen Hals zu tätscheln und beruhigend auf es einzureden. „Hat Er Probleme, Noyon?", wollte de St. Cyr wissen. „Warum spannt Er denn einen Gaul an, der so unruhig ist?" Noyon erwiderte zunächst nichts, sondern redete weiter auf den Braunen ein. „Bruno ist das kräftigste und ausdauerndste Kutschpferd im Stall Ihrer Durchlaucht. Er ermüdet so gut wie nie. Aber er ist manchmal ein wenig launisch, deshalb kann er nicht in erster Reihe angeschirrt werden. Wenn Ihr ein junger und starker Gaul wärt, dann wärt Ihr auch *jaloux*, wenn man Euch erst aus vollem Galopp durchparieren würde, Ihr stillstehen müsstet, nichts zu saufen bekommen würdet und dann wackelt die Kutsche dahinter auch noch wie ein Lämmerschwanz!" Er wies mit dem Daumen auf die heftig hin und her schwingende Karosse. Der Dragoner ritt um das Gespann herum zu Noyon. „Ihr habt wohl noch nicht oft Damen befördert, denen Seine Majestät nachgeritten ist, was?" Noyon blieb ruhig. „Es gehört normalerweise nicht zu meinem Metier, Rittmeister!" Mittlerweile hatte Bruno sich wieder beruhigt und schnob nur noch leise. Noyon holte einen kleinen Apfel aus seiner Manteltasche und stopfte ihn dem Wallach ins Maul, der das Obst dankbar zermalmte. „Mehr gibts aber nicht, Junge – sonst kriegst du wieder Koliken!" Dann zuckte er seine Achseln. „Gehört es dann etwa zum Metier Seiner Majestät, mir die Gäule scheu zu machen?" De St. Cyr lachte laut auf. „Ihr seid um eine schlagfertige Antwort wohl nie verlegen, was Noyon?" Auch der Avantgardist schien sich über Noyons Erwiderung zu amüsieren.

Zugleich kehrte Margot zurück, den Korb mit Heloïse tragend, und machte ein zufriedenes Gesicht. „So, das hat eben funktioniert bei uns beiden!", rief sie aus. Erst als sie des heftig wackelnden Kutschwagens ansichtig wurde, stutzte sie kurz, ehe sie in das Lachen des Kutschers und der Musketiere einfiel. „Doch wie es scheint, braucht meine Herrin für ihr eigenes Geschäft noch etwas länger ..."

*

Zwei Tage, nachdem ihre Mutter die Vermutung angestellt hatte, dass ihre Tochter womöglich neues Leben in sich tragen könnte, kehrte Daphne, wegen der plötzlichen beißenden Kälte in einen langen Wollumhang gewickelt, von Ricarda Bechtlerin vom Plöck zurück. Die alte Hebamme hatte sie ein wenig befragt und gründlich untersucht. „Ihr habt vor etwas weniger als drei Monaten empfangen", meinte sie. „Also werdet Ihr am Ende des Frühjahrs niederkommen, Ende Mai oder Anfang Juni.

Sofern Ihr es behalten möchtet. Bis Mitte Dezember könnte ich es noch gefahrlos entfernen." – „Was würde das kosten?", wollte Daphne wissen, die zu sprachlos war, um schockiert zu sein. „So viel wie eine unkomplizierte Entbindung – sechzehn Heller", meinte die Bechtlerin. „Gebt mir bis nach dem Ewigkeitssonntag Bescheid."

Daphne ging langsamen Schritts zurück – nicht etwa aus Vorsicht um ihre gesegneten Umstände, sondern weil allein schon ihre Gedanken Kobolz schossen. Die ergreifende Szene, als Louis Le Grand doch noch von ihr Abschied genommen hatte, war demnach nicht ohne Folgen geblieben. Und wenn sie es recht sah, dann hielt ihre Mutter Armand de Rossignac für den Verursacher ihrer gesegneten Umstände. Doch sie war entschlossen war, dieses Kind nicht zur Welt zu bringen – welche Rolle sollte da noch der wirkliche Kindsvater spielen? Und welchen Nutzen sollte es in sich bergen, nur um der reinen Wahrheit willen den König von Frankreich als Erzeuger benennen? Zumal es im Deutschen Reich für eine Frau als weitaus schimpflicher galt, von König Ludwig einen Bastard zu empfangen als in Frankreich. Dort war er das Zentrum, die Sonne. Hier galt er als Verschwender und *libertin*.

*

Daphne stand vor ihrer Staffelei. Zum ersten Mal seit Wochen hatte sie eine größere Leinwand aufgespannt und begann sie in einem wunderbaren gebrannten Siena zu grundieren. Sie wusste genau, was darauf entstehen sollte – es hatte seit dem vierten September in ihr geschlummert ... In ihr geschlummert. Sie musste schmunzeln. Es klopfte an der Türe – Johanna Elisabeth trat ein, ohne aufgefordert worden zu sein. Ihre Tochter legte den breiten Pinsel weg und stellte ihren Farbtopf beiseite.

Die Freifrau ging direkt auf Daphne zu. „Nun, warst du auf dem Plöck?", wollte sie wissen. Daphne nickte. „Es wird mich sechzehn Heller kosten, es abtreiben zu lassen – aber welche Wahl habe ich schon? Was will ich mit einem Bastard – wo wir es schon zu zweit nicht einfach haben werden, um über die Runden zu kommen", antwortete sie tonlos. Johanna Elisabeth nickte ernst. „Es ist eine schwere Sünde, mein Kind, aber wer von uns Sterblichen ist davon schon frei. Es freut mich zu einem gewissen Maße, dass ziemliche Vernunft in dir waltet." Dann setzte sie hinzu: „Denn wenn dies das einzige Resultat der beiden Jahre ist, die man dir in Paris gewährt hat, dann würde es wirklich für keinen von uns hier zur Ehre gereichen ..."

Daphne blickte ihre Mutter mit zusammengepressten Lippen an. Johanna Elisabeths Urteil war herb – und gab doch das wieder, was die engstirnige Heidelberger Gesellschaft von ihr denken würde. „Ich bin Mitglied der *Académie royale de Peinture et Sculpture*. Und ich stand kurz vor der Ernennung zur Ersten königlichen Malerin, Mutter!" Sie machte eine Pause, um ihren Ärger zu zügeln. „Und ja, morgen gehe ich wieder zur Bechtlerin, zahle ihr ihren Vorschuss und mache einen Termin aus für die Woche nach dem ersten Advent." Zum ersten Mal seit vielen Wochen legte Johanna Elisabeth ihrer Tochter die Hand auf die Schulter und liebkoste sie kurz. „Du tust das nur der Not gehorchend! Ich kann dich gut verstehen – und werde dich niemals deshalb verurteilen. Es hätte anders kommen können, aber solche Gedanken sind so müßig, dass sie nur stören."

Daphne Sophia von Owen, im dritten Monat schwanger vom König von Frankreich, begab sich am anderen Morgen erneut auf den Plöck, zahlte Ricarda Bechtlerin fünf Heller und traf eine Vereinbarung für den achten Dezember.

*

Daphne schlief wie ein kleines Kind – die Hebamme hatte ihr gesagt, dass die meisten Schwangeren in der ersten Zeit ohnehin so müde seien wie ein Stein -, als sie ein Rütteln an der Schulter verspürte. Es war ihre Mutter, die sie weckte. Ihr Haar war zerzaust, ihre Miene trostlos. „Daphne, komm, bitte!", rief sie. „Es geht zu Ende mit deinem Vater! Komm bitte – und mache deinen Frieden mit ihm!" Daphne schwang sich aus dem Bett, schlüpfte in ihre Pantoffeln und wickelte ein großes Wolltuch um ihre Schultern. Sie nahm die brennende Kerze, die die Freifrau für sie mitgebracht hatte, und folgte ihr über den Gang ins elterliche Schlafzimmer. Dort hatten sich bereits die Dienstboten versammelt und murmelten ihre Gebete. Irgendjemand hatte wohlriechenden Kräuter in einem Kohlebecken entzündet. Freiherr Theodor Alexander von Owen lag auf dem Rücken im Bett, er war so schmal geworden, dass sich die Decke über ihm kaum wölbte. Sein Atem ging nur noch unregelmäßig. Daphne trat langsam an die linke Seite seines Bettes, wenn ihr Vater überhaupt noch etwas sehen oder erkennen konnte, dann auf dieser Seite. Sein Gesicht war friedlich, denn seit Dr. Jacobi vor zehn Tagen die Trepanation vorgenommen hatte, war sein hervorquellender rechter Augapfel wieder einigermaßen in seine Höhle zurückgetreten. Sie griff nach seiner linken Hand, die er noch ein wenig bewegen konnte – sie war erstaunlich warm. Dann beugte sie sich über ihn. „Mein Vater, ich danke Euch für alles, was Ihr für mich getan habt – ein Leben lang!", sagte sie leise. Ganz langsam drehte er seinen Kopf zu ihr, als suche er die Quelle dieser vertrauten Stimme, und fing an, seine Lippen ein wenig zu bewegen. „Ich ... segne ... dich ... Kind!", sprach er langsam und ziemlich deutlich – auf Deutsch. Daphne schluckte. „Ich wünsche Euch den Frieden des Herrn, Vater! Und bedaure es aus tiefstem Herzen, dass Ihr die Verheiratung Eures Kindes nicht erleben durftet!" Mit einer winzigen Geste, die den anderen, die hinter ihr standen, verborgen bleiben musste, legte sie kurz die Hand auf ihren Leib. Der Druck der väterlichen Hand wurde etwas stärker, keinesfalls hart, sondern für einige wenige Sekunden sogar innig. „Benedictus est ... fructus ... ventri tui ...",[6] sagte er, wieder ins Lateinische verfallend. Dann ließ er los, seine Hand

[6] *Gesegnet sei die Frucht deines Leibes!*

wurde schlaff wie ein welkes Blatt. Er wandte seinen Blick wieder ziellos nach rechts.

Sekunden später verlor der Freiherr sein Bewusstsein – für immer. Sein Tod trat in den tiefen Nachtstunden ein, als seine Atmung und sein Puls endgültig ausgesetzt hatten.

*

Am übernächsten Morgen erschien Daphne vereinbarungsgemäß im Haus der Hebamme Ricarda Bechtlerin auf dem Plöck. Dort war alles vorbereitet – ein hoher Tisch war bedeckt mit einem sauberen Tuch, ein niedrigerer, ebenfalls ordentlich hergemacht, stand daneben und war gedeckt mit seltsamen, blitzenden und reinlichen Instrumenten. „Nun, gnädiges Fräulein, habt Ihr Euch an die Instruktionen gehalten und zuvor Eure Blase und Euren Darm entleert? Dann können wir gleich zur Sache kommen. Schürzt Eure Röcke und legt Euch auf den Tisch da, mit der Hüfte an der Kante!“, wies die Engelmacherin ihre Klientin an.

Doch Daphne schüttelte ihren Kopf und zückte ihre Geldkatze. „Ich habe es mir anders überlegt, Bechtlerin. Mein Vater – Friede seiner Asche – hat mir den Segen für dieses Enkelkind gegeben. Eure elf Heller erstatte ich Euch natürlich trotzdem!“, meinte sie und zählte der Alten die Münzen auf die Hand. Die diese mit stoischer Miene einsteckte; dies war nicht das erste Mal, dass eine Schwangere, und mochte sie zuvor noch so verzweifelt gewesen sein, in letzter Minute doch nicht mehr abtreiben wollte. Ihr konnte es egal sein – Kundschaft würde sie haben so oder so. Ob nun jetzt – oder erst in einem halben Jahr.

*

Freiherr Theodor Alexander von Owen, ehemaliger Bannerführer des Herzogs von Württemberg, Ordentlicher Professor der Rechte an der Universität zu Heidelberg, Hofsyndicus Seiner Durchlaucht des Kurfürsten Karl I. Ludwig von der Pfalz zu Rhein, Vizepräses des Konsistoriums der Evangelisch-Lutherischen Providenzgemeinde, verstorben am achten Dezember im Jahre des Herrn 1669 in seinem siebenundfünfzigsten Lebensjahr wurde nach einem feierlichen Trauergottesdienst inklusive einer ergreifenden Leichenpredigt durch den Konsistorialpräsidenten drei Tage nach seinem Tod zu Grabe getragen. In der Nacht zuvor hatte es in jenem Winter zum ersten Mal geschneit – nicht viel, aber genug, um das Wintergrau mit einem frischen, dünnen Leichentuch zu bedecken und den Lärm der Welt ein wenig zu dämpfen. Noch war der Boden nicht gefroren, das Ausheben des Grabes hatte keine Mühe bereitet. Und so wälzte sich ein langer rabenschwarzer Leichenzug, angeführt von den Kirchenoberen, gefolgt von Witwe und Tochter, allen *collegae*, Honoratioren und Freunden, abgeschlossen von den Dienstboten, von der Providenzkirche hinüber zum Friedhof.

Daphne verspürte zum ersten Mal seit Wochen keine Übelkeit mehr.

Sie stand – nicht nur der frischen Kälte, sondern auch ihrem Zustand geschuldet, rotwangig und nicht etwa blass an seinem Grab, warf eine Handvoll Erde auf seinen Sarg – und gelobte im Stillen, dass sein Enkelkind irgendwann jene Ehre wiedererlangen würde, die sein Ahne im *Großen Krieg* verloren hatte und die ihr selbst bisher zu erringen nicht gelungen war.

Zum ersten Mal an diesem Frühwintertag brach die Sonne durch, die noch genug Kraft besaß, um die zarte Schneeschicht auf den nassen Zweigen und Ästen rasch schmelzen zu lassen. Die herabfallenden Tautropfen glitzerten wie Diamanten. Während die Sonnenstrahlen ihre Tränen in ein wehmütiges Lächeln wandelten, das sich als kraftvolle Wärme in ihrer Seele und ihrem Herzen ausbreitete.

Sie würde den letzten Wunsch ihres Vaters erfüllen und ihrem Kind das Leben schenken. Wie sehr sie es doch bedauerte, dass er die Geburt seines Enkelkindes, das er sich allen Umständen zum Trotz gewünscht hatte, nicht mehr erleben durfte! Ihr Leben hier in der Kurpfalz, im traditionsreichen Heidelberg, würde weitergehen – und es lag in ihrer Verantwortung, es zu bewerkstelligen, dass sie, eine unverheiratete junge Frau und ihr kleiner Bastard weder großen Mangel noch Entwürdigungen leiden mussten. Sie besaß einen Akademietitel. Sie hatte für die königlichen Höfe und für zahlreiche Adlige gemalt. Daran anzuknüpfen, hier in Heidelberg ... Daphne unterdrückte einen Seufzer, der ihr am Grab des Vater zugestanden hätte. Einen Moment schalt sie sich, mit ihrem Herzen nicht ganz bei der Trauer und der Andacht gewesen zu sein. Und doch war auch ein offenes Grab ein Ort, der wie sonst kaum einer dazu antrieb, Bilanz zu ziehen und nach dem weiteren Sinn und Weg zu fragen.

Noch sah man ihr nicht an, dass sie ein Kind unter dem Herzen trug. Das Kind eines großen Königs. Das Kind des *sourciers*, der Sonne Frankreichs.

Soll ich es Louis XIV. gestehen? Wird sich Seine allerchristlichste Majestät zu seiner Vaterschaft bekennen? Und was, dachte Daphne weiter, was wird mit Armand und mir?

Sehnsüchtig schweifte ihr Blick in die Ferne. Sie legte die Hände auf ihren Bauch, der sich ganz leicht wölbte, und glaubte, die erste zarte Bewegung ihres Kindes zu spüren.

Danksagung

So erfüllend und beflügelnd das Verfassen eines Romans sein kann – ein Buch entsteht nie alleine durch die Geisteskraft und die Hand des Autors. Und nahezu jeder einzelne wichtige Schritt des Werdens bis zum fertigen Produkt verläuft umso kraftvoller und deutlicher auf sein Ziel gerichtet, wenn das Umfeld mit seinen unterschiedlichsten Kompetenzen unterstützt, kritisiert und korrigiert.

Diesen Personen gilt mein besonderer und persönlicher Dank: Karl-Heinz Dautermann für seine nimmermüde Beratung in kunsthistorischen Belangen, darüber hinaus noch zu Fragen der Etikette, der Genealogie und der Alltagskultur zur Zeit des französischen Absolutismus. Ohne seine konstruktive Kritik und den von ihm gegebenen Impuls, dieses Werk veröffentlichen zu lassen (nachdem etliche Vorgänger seit meiner Jugend immer noch unveröffentlicht im Regal stehen), wäre „Ich malte die Sonne – Die Berufung" niemals entstanden. Danke auch für seine unschätzbare Unterstützung bei der umfangreichen Recherche.

Meiner Freundin Birgit Blessmann-Gurk sei ebenfalls gedankt – in zweifacher Hinsicht: als medizinische Beraterin sowie als geduldige Testleserin. Ohne sie hätte Daphne niemals so schöne Kleider getragen!

Und ohne das sorgfältige und einfühlsame Lektorat – unschätzbar für einen Erstling – von Verena Rotermund wäre dieses Buch mit Sicherheit sperriger und aufgrund seines Umfangs ermüdender zu lesen gewesen. Vielleicht ist es mir im Gegenzug gelungen, ihr Augenmerk ein wenig auf die Ära des Barock zu lenken.

Mein spezieller Dank gilt überdies Nathy Gebauer – unser Austausch über Tennis hat sowohl ihr Verständnis für die Historie des Weißen Sports vertieft als auch mich dazu angeregt, Daphne und Armand einige Bälle hin und her spielen zu lassen.

Danke auch an meine Familie und an viele andere Freunde, die mich während der Entstehungszeit unter- und gestützt haben, in jeglicher Hinsicht. Ich hoffe, mir wird verziehen, dass ich über gewisse Phasen kaum ansprechbar war, da ich zeitweise anscheinend in einem anderen Jahrhundert gelebt habe.

Glossar

À l' Hurluberlu	*Höfische Frauenhaartracht, am Hinterkopf aufgesteckt, über Stirne und Scheitel onduliert und toupiert. À l'Hurluberlu bedeutet im übertragenen Sinne „Kohlköpfchen".*
Allongeperücke	*Bereits seit ca. 1630 in Mode gekommene Lockenperücke für Herren, ab Mitte des 17. Jahrhunderts zunehmend länger und voluminöser toupiert. Je nach Zahlungsfähigkeit des Trägers gab es A. aus Echthaar, Rosshaar, Mohair oder Wolle. S. auch „peruque á cheveux vifs" und „peruque á fenêtre". Louis XIV., der über volles und schönes Haar verfügte, fing mit dem Tragen von Allongeperücken erst mit Mitte dreißig an – als seine Haare zu ergrauen begannen.*
Ancien	*Mitglied der königlichen Akademie für Malerei und Skulptur seit mindestens 20 Jahren (Ehrenmitglied)*
Apollon musagetes	*Gemälde, das Apoll als Anführer der neun Musen zeigt*
Aubusson	*Stätte der königlichen Manufaktur für gewebte Teppiche und Gobelins*
Aviso	*Kurze Nachricht*
Beignet	*Schmalzgebackenes Hefegebäck*
Bergère	*Zweiersitz mit einander gegenüber zugewandten Sitzflächen. Die durchgehende Lehne wirkt von oben wie ein „S".*
Bibergeil	*Grundstoff für Parfüms, gewonnen aus den Brunstdrüsen des Bibers*
Bisamkugel	*Ca. mandarinengroße, kunstvoll ziselierte und perforierte Metallkugel, die mit Material zum Wärmen der Hände sowie mit Duftstoffen gefüllt werden konnte.*
Blankscheit	*Am unteren Ende spitz zulaufendes, versteiftes und besonders verziertes Vorderteil des Mieders*
Bleuet	*Frz. für Kornblume*
Branle	*Langsamer Schreittanz*
Capriole	*Sprungfigur im klassischen Ballett, wobei der Ausführende die seitlich in der Luft ausgestreckten Beine gegeneinander schlägt*
Camera obscura	*Einfacher Projektionskasten für transparente Abbildungen mit einer Linse zur Vergrößerung verse-*

	hen = Vorläufer der Kamera
Caroussel	*Prunkvolles höfisches Reiterfestspiel*
Chancellier	*Kanzler einer Institution*
chaperonieren	*Ehrengeleit, Begleitung durch eine Anstandsperson (= Chaperon)*
Chassis	*Wagenschlag*
Châtelet	*Hauptsitz der Pariser Polizeibehörde, nahe der Kirche Nôtre Dame*
Clavecin	*Mit Gänsekielen angeschlagenen Tasteninstrument, Vorläufer des Cembalos*
Corduanleder	*Rücken- und Hüftleder vom Pferd*
Couplet	*Doppelstrophiges Lied*
Cuissades	*Lange schwere Stulpenstiefel für Reiter, für den sicheren Sitz im Steigbügel stets mit hohen Blockabsätzen versehen*
Cul bas	*Frz. Kartenspiel, bei dem es darumgeht, die zugeteilten Karten möglichste schnell loszuwerden – ähnlich Mau Mau oder Uno. Wer als Letzter noch Spielkarten auf der Hand hat, ist der „Cul bas" – zu Deutsch: „Arschloch". Cul bas wird übrigens seit dem 16. Jahrhundert auch in Deutschland gespielt.*
Defilé	*Formelles Abschreiten einer Abordnung*
Deshabillé	*Legeres Hauskleid ohne Schnürmieder oder Korsett*
Douceur	*Trinkgeld, oft auch Schmiergeld*
Drugware	*Heilkräuter in getrockneter Form*
Écritoire	*Schreibutensilien als kunstvolles Accessoire*
Entourage	*Gefolge*
Galant	*Seidene Zierschleifen an der Oberbekleidung; zu Zeit der Rheingrafenmode (ca. 1650 – 1670) überwucherten diese auch petites oies genannten Schluppen besonders die Herrenmode regelrecht*
Homme de Marbre	*Mann aus Marmor: Spottname für den bei der Bevölkerung und nicht wenigen Höflingen als hartherzigenTechnokraten verschrienen Minister Jean-Baptiste Colbert*
Italienisches Laster	*Bezeichnung für männliche Homosexualität*
jaloux	*Nervös, eigentlich eifersüchtig*
Jetté	*Tanzschritt beim Ballett*
Journal à la main	*Inoffiziell vertriebene Geheimgazette, die wegen Verbreitung von unzensiertem Hofklatsch nur von Hand zu Hand vertrieben wurde: à la main*

Justaucorps	*Taillierter Überrock für den Herrn ab 1650, bis zu den Knien reichend, im Gegensatz zum kurzen konventionellen Wams mit aufgesetzten Taschen und Knöpfen versehen. Das justaucorps war knielang, wurde offen über Weste und Hemd getragen und hatte bereits Knöpfe zum Verschluss. Ca. ab 1670 reichten seine ursprünglich nur ellbogenlangen Ärmel dann bis zum Handgelenk und waren mit einem breiten, andersfarbigen Aufschlag versehen. Das justaucorps ist die Urform des Herrensakkos.*
Laudanum	*Opiumtinktur*
Lever	*Offizielles Zeremoniell des morgendlichen Aufstehens*
Lorgnon	*Gestielte Brille, die beim Lesen vor die Augen gehalten wird.*
Madrider Masern, auch Marseiller Masern oder Spanische Masern	*Umgangssprachlich für die Syphilis*
Manteau	*Überkleid der Damen, bei Adeligen mit einer Schleppe versehen, wurde über dem Unterkleid nach hinten geschlagen und leicht hochgerafft.*
Medianoche	*Abendveranstaltung im eher kleinen Kreis mit künstlerischen Darbietungen und Mitternachtsimbiss*
Miasmen	*Krankheitsübertragende Winde im Sinne der frühneuzeitichen Infektionstheorie. S. z.B. Malaria: wörtlich für schlechte Luft*
Mouche	*Schönheitspflästerchen. Sowohl dessen Form als auch Sitz hatten eine gewisse Bedeutung: z.B. bedeutete der Sitz der mouche oberhalb des linken Mundwinkels bei einer Frau, dass diese für ein erotisches Abenteuer zu haben war.*
Moulage	*Besondere, bemalte Abbildungsform im Relief mit Wachsmodellage und Verwendung von Stoff, Echthaaren und anderen natürlichen Materialien. Moulagen werden bis heute in der medizinischen Lehre für die authentische und vor allem dreidimensionale Abbildung von Krankheiten der Körperoberfläche verwendet – allerdings ist der Beruf des Moulageurs mittlerweile im Aussterben begriffen.*

Moustache	*Schmaler, gestutzter Oberlippenbart, oft mit Wachs an den Enden in Form gezwirbelt*
Nature morte	*Stillleben*
Nördliches Quinconce / Quincunx	*Boskett im Schlosspark von Versailles, heute in dieser Lage nicht mehr erhalten*
Oculi	*Der dritte Passionssonntag*
Peintre decoratif	*Auf ausschmückendes Dekor spezialisierter Maler*
Péruque à cheveux vifs	*S. Allongeperücke: Vollhaarperücke, möglichst aus Echthaar*
Peruque à fenêtre	*S. Allongeperücke: Haarteil oder Perücke, aus deren „Fenstern" die eigenen Haare hervorquellen konnte. Die peruque à fenêtre wurde meist dazu benutzt, das eigene Haupthaar auf modische Länge zu bringen.*
Petites Oies	*S. galants: Seidene Bandschluppen auf der Oberbekleidung, meist bei Herren. Wörtlich: Gänschen*
Pirouette	*Figur beim Ballett: schnelle, mehrfache Drehung um die eigene Achse. Eine Pirouette kann auf dem Boden oder im Sprung in der Luft gedreht werden.*
Plinthe	*Sockel für eine Plastik oder Skulptur*
Plumage	*Federschmuck am Hut. Im 17. Jahrhundert bevorzugt aus Straußenfedern, s. Plumagenhut*
Plumagenhut	*s. Plumage*
Porphyr	*Dunkelviolettes Urgestein*
Pourpoint	*Kurzes, oft nur knapp über die Brust reichendes Wams für Herren, geschlitzt, das viel vom Spitzenhemd sehen ließ. In Mode von 1640 - 1670*
Präskription	*Ärztliches Rezept*
Premier Peintre	*Hofmaler*
Prix informel	*Monatspreis für Arbeiten bei den Akademiestudenten*
Raison	*Künstlerische Rationale inklusive Konzept*
Rechaud	*Stövchen*
Retirade	*Rückzugsgemach – damit war nicht nur die Toilette gemeint, sondern vielmehr ein den Damen für Erfrischung und Restauration ihrer Kleider vorbehaltener Raum. Im Englischen bis heute Ladies powder room.*
Rhinegraves/ Rheingrafenhosen	*Überweites, knielanges, mit zahlreichen volants, galants und Spitzen besetztes Beinkleid für Herren, einem Hosenrock ähnlich. In Mode von 1640 – 1670. Dazu wurden pourpoint, Oberhemd, ein*

	kurzer Umhang und manchmal sogar ein dem Kilt nicht unähnlicher kurzer Überrock getragen.
Ridikül	*Vorläufer der Handtasche, am Handgelenk an Bändern getragen, aus bestickter Seide, Samt oder Atlas*
Robe battante	*Tageskleid ohne Schnürtaille. Eingeführt und in Mode gebracht von der Marquise de Montespan, wohl ursprünglich, um ihre ersten Schwangerschaften von Louis XIV. möglichst lange zu verbergen – solange sie selbst noch verheiratet war.*
Roccailleur	*Auf das Bilden von Reliefs mit Muscheln und Schnecken hochspezialisierter und entsprechend bezahlter Spezialist*
Roman à clés	*Im Frankreich des 17. Jahrhundert in Mode gekommenes literarisches Sujet: der Schlüsselroman greift oft die Biografie einer lebenden Person auf – allerdings mit geänderten Namen und oft exotischen Szenarien.*
Sabots	*Über dem Rist mit einer langen Zunge zuschließender, enganliegender, knöchelhoher Herrenschuh aus Glattleder, beim Adeligen mit hohem und rot bezogenem Ansatz*
Savonette	*Taschenuhr mit gläsernem Deckel*
Serpentes	*Korkenzieherlocken, bei Damen in Mode bis ca. 1670. Die Serpentes wurden mit einem Brenneisen gedreht, mit Haarwachs stabilisiert und manchmal mit Draht in Form gehalten.*
Skrofulose	*Im engeren Sinne Lymphdrüsentuberkulose; in der frühen Neuzeit wurde unter dem Begriff Skrofulose jegliche Form von potenziell infektiösen Hautkrankheiten (bis auf die Lepra) zusammengefasst.*
Stickereibeet	*Ursprünglich wirklich nach dem Vorbild von Stickmustern für Stoffe angelegte Beete. Stickereibeete kommen bereits in der Gartenkunst der Renaissance vor, sind also keine Entwicklung der Barockzeit*
Stylus	*Nachfüllbarer Zeichengriffel mit einer Metallhülse*
Surpointe	*Spitzentanz im Ballett*
Surintendant(e)	*Oberaufseher/in über einen Hofstaat, im Prinzip der Geschäftsführer*

Theorbe	*Basslaute, typisches Continuo-Instrument der früheren bis mittleren Barockzeit*
treideln, Treidelknecht	*Ziehen von Lastschiffen an einer langen Leine gegen den Strom; die Uferwege, über die getreidelt wurde, heißen auch Leinpfade.*
Trepanation	*Seit der Antike praktizierter operativer Eingriff am Kopf, bei dem ein kleines Stück der Schädeldecke wie ein Deckel entfernt wird.*
Tric Trac	*Vorläufer des Backgammon*
Trompe-l'œil	*Besondere Malweise, die darauf abzielt, den Gegenstand möglichst natürlich wiederzugeben.*
Vademecum	*Verzeichnis und Notizbuch in einem, das ständig mitgeführt wurde. Vademecum: lateinisch für „Geh mit mir"*
Valise	*Felleisen: Tasche oder Reisesack mit weichem Körper, aber festem Bügelverschluss. Vorläufer des Schnappsacks – und des bis heute geläufigen Arztkoffers*
Vedute	*Gemälde mit Stadt- oder Gebäudeansicht*
Virginal	*Mit Gänsekielen angezupftes Tasteninstrument, kurz und querformatig, für den Haus- und Übungsgebrauch, nicht für Konzerte*